Scott Turow

So wahr mir Geld helfe

Roman

Aus dem Amerikanischen übersetzt
von Günter Seib

Droemer Knaur

Titel der Originalausgabe: Pleading Guilty
Originalverlag: Farrar, Straus & Giroux, New York

Die Deutsche Bibliothek – CIP-Einheitsaufnahme

Turow, Scott:
So wahr mir Geld helfe: Roman/Scott Turow.
Aus dem Amerikan. übersetzt von Günter Seib. –
München: Droemer Knaur, 1994
Einheitssacht.: Pleading Guilty <dt.>
ISBN 3-426-19338-8

Die Folie des Schutzumschlags sowie die Einschweißfolie
sind PE-Folien und biologisch abbaubar.
Dieses Buch wurde auf chlor- und säurefreiem Papier gedruckt.

Umschlaggestaltung: Agentur ZERO, München
Umbruch: Ventura Publisher im Verlag
Druck und Bindearbeiten: Mohndruck, Gütersloh
Printed in Germany
ISBN 3-426-19338-8

2 4 5 3 1

Seit nunmehr sieben Jahren unterstützen mich meine Kollegen bei Sonnenschein Nath & Rosenthal – Rechtsanwälte wie Nichtjuristen, vor allem aber meine Sozietätspartner – unermüdlich in den verschiedensten Situationen, die sich für uns alle bisweilen recht überraschend entwickeln. Nur ich als Autor weiß besser als sie, wie wenig Ähnlichkeit die auf den folgenden Seiten beschriebene Anwaltsfirma mit unserer eigenen und deren Atmosphäre unerschütterlicher Seriosität hat.
In Anerkennung ihrer Kollegialität, Liebenswürdigkeit – und Toleranz – widme ich diesen Roman von Herzen den vielen Menschen bei Sonnenschein, denen ich tiefen Dank schulde.

Denn wohin sollte wohl mein Herz vor meinem eigenen Herzen fliehen? Wohin ich mir selbst entfliehen? Wohin wäre ich nicht nachgekommen?

AUGUSTINUS, »BEKENNTNISSE« IV,7

Das geheime Ich –
mehr und mehr geheimnisvoll,
unglücklich,
fehlgeleitet.

ERSTES TONBAND

Diktiert am 24. Januar
um 4 Uhr morgens

Anwaltskanzlei Gage & Griswell
Hausmitteilung
Honorarpflichtige Anwaltsleistung

Persönlich & vertraulich
an: den Geschäftsführenden Ausschuß
von: McCormack A. Malloy
betrifft: unseren verschwundenen Sozietätspartner

In der Anlage auftragsgemäß mein Tätigkeitsbericht.
Diktiert, nicht korrekturgelesen

Montag, 23. Januar

I. Mein Auftrag

Jeden Montagnachmittag um drei Uhr tagt der Geschäftsführende Ausschuß unserer Anwaltsfirma, von den Kollegen in der Sozietät schlicht »der Ausschuß« genannt. Bei Kaffee und Schokoladenbrioches legen unsere drei Asse, die Abteilungsleiter für Prozesse, Verträge und außergerichtliche Vergleiche fest, was bei Gage & Griswell im Laufe der Woche ansteht. Keine üblen Kerle, die drei, fähige Juristen, dynamische Geschäftsleute, die für möglichst viele bei G & G das Bestmögliche wollen, doch seit meinem Eintritt in die Firma vor achtzehn Jahren habe ich einen Heidenrespekt vor ihnen und ihrer nach dem Sozietätsvertrag uneingeschränkten Macht. Ich selber bin neunundvierzig, ehemaliger Streifenpolizist, kräftig, nach außen belastbar und von irischer Leut-

seligkeit; in den letzten Jahren habe ich mir allerdings manch hartes Wort von den dreien anhören müssen. Meine Jahresprämie wurde gekürzt, mein Büro in einen kleineren Raum verlegt, die Zahl meiner Arbeitsstunden und mein Einsatz als viel zu gering kritisiert. Als ich heute nachmittag zur Sitzung kam, war ich wie immer auf das Schlimmste gefaßt.
»Mack«, wandte sich Martin Gold, einer der Geschäftsführer, an mich, »Mack, du wirst gebraucht. Was Ernstes.« Martin ist gut gebaut, war vor drei Jahrzehnten an der Uni Ringer im Mittelgewicht. Sein Brustkasten ist so breit wie die Landkarte von Amerika, sein Gesicht braun und schlau, fast wie das eines Mongolenkriegers vom Schlage Dschingis-Khans, und dazu strahlt er die Würde eines Menschen aus, der im Leben schon allerhand mitgemacht hat. Ohne Frage der beste Jurist, den ich kenne.
Die anderen beiden, Carl Pagnucci und Wash Thale, saßen kauend am Nußbaumkonferenztisch, einer Antiquität aus Europa mit massivem Schnitzwerk. Martin bot mir eine Brioche an, aber ich wollte bloß Kaffee. Bei diesen Burschen mußte ich stets klar zum Gefecht sein.
»Geht nicht um dich«, beschwichtigte mich Carl, der meine Befürchtungen offensichtlich genau erfaßte.
»Um wen?« wollte ich wissen.
»Um Bert«, sagte Martin.
Seit rund zwei Wochen ist mein Kollege Bert Kamin nicht mehr im Büro erschienen. Kein Brief, kein Anruf, ein Verhalten, mit dem üblicherweise jeder Beschäftigte bei Gage & Griswell, den ich dort kennenlernte, von Leotis Griswell bis zu unserer polnischen Putzfrau, Anlaß zur Sorge gegeben hätte. Nicht aber Bert. Bert ist so was wie ein unberechenbarer ewiger Jugendlicher, ein massiger Vorsichhinbrüter, der erst bei den Gefechten vor den Schranken des Gerichts auftaut. Wenn du einen Anwalt brauchst, der dem Bevollmächtigten der Gegenpartei vor Gericht im Kreuzverhör wie eine Raubkatze die Gedärme rausfetzt, ist Bert dein Mann. Willst du aber einen, der regelmäßig zur Arbeit kommt, seinen Zeitnachweis brav ausfüllt und mit seiner Sekretärin umgeht, wie

das seit Abschaffung der Sklaverei üblich ist, dann suchst du dir vielleicht besser einen anderen. Nach zwei Monaten Gerichtsterminen hintereinander kriegt Bert einen Rappel und macht schlichtweg blau. Einmal ist er im Trainingslager der *Trappers* wiederaufgetaucht, unserer Baseballmannschaft in der Oberliga, ein andermal spielte er in Monte Carlo Roulette. Bert mit seinen üblen Launen, seiner finsteren Miene, seinem Herumbrüllen auf dem Flur, seinen Macho-Allüren und seiner Sprunghaftigkeit kann sich bei Gage & Griswell wohl nur dank der Eselsgeduld Martins halten, der ein Toleranzapostel ist und eine Schwäche für schräge Vögel wie Bert zu haben scheint. Und aus demselben Grund wohl auch für mich.

»Warum redet ihr nicht mit den Ganoven im Dampfbad, wo er immer rumhängt? Vielleicht wissen die, wo er steckt.« Ich meinte das Russische Bad. Den Junggesellen Bert trifft man am Wochenende als Schlachtenbummler bei den Sportveranstaltungen von Kindle County, er wettet Unsummen und schlägt die Zeit in Stadionkneipen oder etwa im Russischen Bad tot, wo so intim über die Spieler getrascht wird, wie sich's die Leute bei der eigenen Verwandtschaft nicht rausnähmen. »Der taucht wieder auf«, fügte ich hinzu. »Tut er doch immer.«

Pagnucci widersprach: »Diesmal nicht.«

»Äußerst brisante Sache«, sagte Wash Thale. »Äußerst brisant.« Wash verkündet gern ernst und gewichtig das Selbstverständliche, eine Pythia von eigenen Gnaden.

»Sieh dir mal das an!« forderte Martin mich auf und ließ ein braunes Leporello über die polierte Tischplatte zu mir herüberschlittern. Ein Test, befürchtete ich sofort und spürte, wie mir der Hals eng wurde, aber ich fand darin bloß achtzehn eingelöste Schecks. Alle auf das Schadenersatzkonto für Flug 397 gezogen, das Gage & Griswell treuhänderisch verwaltet und mit dessen Guthaben von zweihundertachtundachtzig Millionen Dollar demnächst die Kläger in einem Riesenverfahren aus einer Flugzeugkatastrophe von TransNational Air abgefunden werden sollen. TNA, das größte Luftfahrt- und

Reiseunternehmen der Welt, ist Gage & Griswells größte Mandantin. Wir vertreten TNA vor Gericht; wir beraten TNA bei Firmenkäufen, Verhandlungen und Kreditaufnahme; wir fechten für das Unternehmen mit Finanzämtern und Aufsichtsbehörden rund um den Erdball. Mit seinen weltumspannenden Hotelketten und Ferienanlagen, seiner landesweiten Cateringfirma, seinen Golfplätzen, Flughafenparkhäusern und Autovermietungen beansprucht TNA einen Teil der Arbeitskraft fast jedes Rechtsanwalts unserer Sozietät. Wir leben mit dem Unternehmen sozusagen familiär unter demselben Dach als Mieter vierer Stockwerke des TNA-Büroturms, eine Etage unterhalb der Schaltzentrale dieses Weltkonzerns.

Die Schecks in dem Leporello waren alle von Bert unterschrieben, in seiner schwungvoll-manischen Handschrift, und jeder lautete über mehrere hunderttausend Dollar für eine gewisse Litiplex Ltd. Als Zahlungsgrund hatte Bert »Prozeßnebenkosten« vermerkt. Flugschreiberanalysen, Computersimulation, Expertenanhörungen – nach jeder Luftfahrtkatastrophe laufen die Ingenieure Amok.

»Wer ist Litiplex Ltd.?« erkundigte ich mich.

Zu meiner Verblüffung schnellte Martin den Zeigefinger in meine Richtung, als hätte ich was besonders Schlaues gesagt. »Als Gesellschaft oder Firma in keinem der fünfzig Bundesstaaten eingetragen oder zugelassen«, sagte er. »Nicht in einem einzigen Handelsregister. Carl hat's gecheckt.«

Carl nickte und ergänzte wie ein Omen: »Höchstpersönlich.«

Carl Pagnucci – eigentlich heißt er Carlo – ist zweiundvierzig, der jüngste von den dreien, wortkarg, mit Leib und Seele Advokat, und traut sogar den eigenen Äußerungen so wenig wie Woody Hayes einer Steilvorlage. Ein blasser kleiner Zwerg mit einem Schnurrbart wie eine Reinigungsbürste vom Elektrorasierer. In seinen perfekt geschnittenen Maßanzügen, elegant und in gedeckten Farben, aus deren Ärmeln manchmal goldene Manschettenknöpfe blitzen, gibt er nichts von sich preis.

Noch während ich die Mitteilung verdaute, daß Bert, mein

verrückter Bürokollege, Millionenbeträge für eine Phantasiefirma kassiert hat, kam mir die seltsame Regung, ihn aus meinem langjährigen Hang zu Außenseitern heraus in Schutz zu nehmen. »Vielleicht hatte er von jemand den Auftrag.«
»Genau *da* haben wir angesetzt«, sagte Wash. Er hatte sich in all seiner Fülle wieder den Brioches zugewandt. Aufgeflogen sei das Ganze, erläuterte er, als unserer Chefbuchhalterin Glyndora Gaines aufgefallen war, daß es zu diesen großen Auszahlungen keinerlei Belege gab.
»Glyndora hat dreimal nach Unterlagen gesucht«, erklärte mir Wash. »Nach Rechnungen, nach Zahlungsanweisungen von Jake.« Laut unseren Vorschriften hatte Bert für Flug 397 nur mit schriftlicher Ermächtigung durch Jake Eiger Zeichnungsvollmacht, einem ehemaligen Partner der Anwaltssozietät, der inzwischen zum Chefsyndikus von TNA aufgestiegen ist.
»Und?«
»Es gibt nichts. Wir ließen Glyndora sogar bei ihren Kollegen oben bei TNA nachfragen, bei den Leuten, die für Flug 397 die Bücher führen. Natürlich ohne schlafende Hunde zu wecken. Du verstehst schon. ›Wir haben da einen Irrläufer für Litiplex Ltd. Blablabla.‹ Martin hat es mit dem gleichen Trick bei ein paar Klägeranwälten probiert, in der Hoffnung, die wüßten was, was wir nicht wissen. Aber Fehlanzeige«, schloß er. »Kein Fitzelchen Papier. Niemand hat den Firmennamen je gehört.« Wash ist eher verschlagen als schlau, aber als ich ihn so ansah – mit seinen Leberflecken und Warzen, seinem nervösen Zucken und der mausgrauen Haarsträhne, die er sich beharrlich über die Glatze kämmt –, entdeckte ich die hilflose Miene, die er immer aufsetzt, wenn er es ehrlich meint. »Ganz zu schweigen vom Einlösevermerk«, setzte er noch hinzu.
Der war mir glatt entgangen. Erst jetzt fiel mir der zweisprachige grüne Stempel der International Bank of Finance in Pico Luan auf der Rückseite eines jeden Schecks auf. Pico, ein Kleinstaat in Mittelamerika, ein Niednagel an der Zehenspitze der Halbinsel Yucatan mit striktestem Bankgeheimnis, der

ideale Fluchtort für Schwarzgeld. Unterschrieben waren die Schecks auf der Rückseite von niemand, doch trug jeder unter dem Stempel dieselbe Zahl, meiner Ansicht nach die Nummer des Kontos, auf das sie zugebucht worden waren.
»Wir haben es mit einem Anruf bei der Bank versucht«, sagte Martin. »Dem Bankdirektor habe ich erklärt, wir wollten lediglich bestätigt haben, daß Robert Kamin für Konto 476642 verfügungsberechtigt ist. Als Antwort hielt er mir einen sehr liebenswürdigen Vortrag über die gesetzlichen Vorschriften des Bankgeheimnisses in Pico. Ziemlich aalglatter Bursche, der Typ. Sehr gepflegtes Englisch. Genau die Sorte, die man in diesem Job erwartet. Als ob man versucht, blauen Dunst mit Händen zu greifen. Ich hab ihn gefragt, ob ihm der Name Kamin etwas sagt. Die Antwort war nichts Verwertbares, aber ich denke, er hat so was wie ja gemeint. Nein hat er jedenfalls nicht gesagt.«
»Und wie hoch ist die Summe?« Ich blätterte die Schecks durch.
»Über fünfeinhalb Millionen«, antwortete Carl, bei Zahlen immer der Schnellste. »Genauer fünf Komma sechs und ein paar Zerquetschte.«
Da blieb uns allen der Mund offen angesichts der Höhe des Betrags und der Unverfrorenheit dieses Griffs in die Kasse. Meine Sozietätspartner wanden sich weiter in Betroffenheit, aber ich merkte bei eingehender Selbstbetrachtung, daß in mir etwas wie eine eben angeschlagene Glocke nachdröhnte. Was für ein Einfall! Sich den ganzen Zaster zu greifen und die Fliege zu machen, Adresse unbekannt. Reich sein, Freiheit, die Chance, ein neues Leben anzufangen! Ich wußte nicht mehr so recht, war ich betroffen oder mehr fasziniert.
»Hat schon jemand mit Jake geredet?« Dies schien mir der nächste logische Schritt, dem Mandanten beizubringen, daß er behumst worden ist.
»Um Gottes willen, nein!« wehrte Wash ab. »Die von TNA fahren mit uns Schlitten. Einer unserer Partner hat sie belogen, betrogen, bestohlen. Auf so was hat Krzysinski nur gewartet, um Jake zu kippen. Dann sind wir erledigt. Restlos.«

Die drei – die »großen drei«, wie sie hintenrum genannt werden – wußten allerhand, was ich nicht mitbekam, aber nun leuchtete mir ein, warum ich hier war. Seit ich bei Gage & Griswell bin, gelte ich als Jake Eigers Protegé. Wir sind im selben Viertel groß geworden, und Jake ist außerdem ein Vetter dritten oder vierten Grades meiner früheren Frau. Jake war es, der mich in die Firma gebracht hat, als er ausschied, um bei TNA Abteilungsjurist zu werden. Schon mehr als vier Jahrzehnte lang sitzen ehemalige Sozietätskollegen von uns in der Rechtsabteilung von TransNational Air, bereichern sich an jungen Aktien und schieben ihren früheren Kollegen fette Mandate rüber. Jake wird allerdings seit geraumer Zeit vom neuen TNA-Vorstandsvorsitzenden Tad Krzysinski bedrängt, die Mandate breiter zu streuen, und Jake, selber nicht genau im Bilde, woran er mit Krzysinski ist, hat beunruhigenderweise verlauten lassen, daß er sich fügen wird. Mich jedenfalls läßt er schon seit längerem links liegen, obwohl ich nicht sagen kann, warum. Vielleicht weil ich mich inzwischen von seiner Kusine habe scheiden lassen, oder weil ich mich ehemals nur flüssig ernährt habe, vielleicht auch, weil ich immer noch daran leide, was höfliche Leute mit »Durchhänger« umschreiben.

»Wir wollten deinen Rat, was wir machen sollen«, sagte Martin, »bevor wir weitere Schritte einleiten.« Unter seinen buschigen Brauen hervor beäugte er mich kritisch. Hinter ihm und den breiten Fenstern im siebenunddreißigsten Stock des TNA-Turmes erstreckte sich Kindle County – die Schuhkartonkulisse von Center City mit den hohen Backsteinschloten als Abschluß. Am Westufer des Flusses duckten sich behäbig die besseren Viertel unter einem Dach von alten Bäumen, alles verloren eingetrübt vom winterlichen Dämmerlicht.

»Ruft das FBI an«, schlug ich vor. »Ich kenn da jemand.« Von einem früheren Streifenpolizisten wäre zwar eher eine Empfehlung an seine alte Dienststelle zu erwarten gewesen, aber ich hatte dort noch ein paar Feinde. Meinen Partnern war am Gesicht abzulesen, daß ich ihre Absichten ohnehin weit verfehlt hatte. Eine Strafverfolgung stand noch nicht zur Debatte.

Wash sprach es schließlich aus: »Noch nicht.«

Ich mußte einräumen, daß ich keine Alternative sah.

»Das hier ist ein Geschäft«, sagte Carl, ein Bekenntnis, aus dem sich alle weiteren Prämissen ergaben. Carl Pagnucci verehrt das von ihm so bezeichnete freie Spiel der Kräfte mit einer Inbrunst, die in früheren Jahrhunderten dem Glauben vorbehalten war. Er hat eine harte Schule im Wertpapierhandel hinter sich, weiß also, wo's langgeht, und lebt mit ständigem Jet-lag, weil er mindestens zweimal die Woche zwischen Washington, wo er unsere Hauptstadtfiliale leitet, und Kindle County hin- und herdüst.

»Wir hatten daran gedacht«, fuhr Wash fort und legte seine Altmännerhände geziert auf den Tisch, »wie es wäre, wenn wir Bert aufstöberten, ihm gut zuredeten.« Er mußte schlukken. »Ihn veranlaßten, das Geld zurückzugeben.«

Ich schaute ihn blöd an.

»Vielleicht hat er sich's anders überlegt«, beharrte er. »Irgend so was ... Er ist impulsiv. Zunächst ist er abgehauen, untergetaucht. Vielleicht hätte er gern noch mal 'ne Chance.«

»Aber Wash!« widersprach ich. »Er hat fünfeinhalb Millionen stichhaltige Gründe, nein zu sagen. Und wer geht schon gern in den Knast.«

»Braucht er nicht, wenn wir nichts sagen«, meinte Wash. Wieder mußte er schlucken. Sein wächsernes Gesicht über Kragen und Fliege überzog sich mit blassem Hoffnungsschimmer.

»Ihr wollt TransNational nichts verraten?«

»Nein, wenn die nicht fragen. Und warum sollten sie? Mal ganz nüchtern betrachtet, was gibt's noch zu erörtern, wenn's klappt? Daß wir *beinahe* ein Problem gehabt hätten? Nein, nein!« Wash schüttelte den Kopf. »Ich halte das nicht für geboten.«

»Und was wollt ihr mit Bert machen? Soll er Küßchen geben, und alles ist wieder paletti?«

Die Antwort kam von Pagnucci. »Muß ausgehandelt werden«,

sagte er schlicht, als alter Makler überzeugt, daß es immer einen Weg gibt, wenn beide Parteien nur richtig wollen.
Ich dachte nach und erkannte allmählich, wie fein das gedeichselt werden konnte. Die üblichen Heuchelmienen am Arbeitsplatz, nur mit ein bißchen mehr Inbrunst. Sie würden Bert wieder in Gnaden aufnehmen und das Ganze einen bösen Traum nennen. Oder ihn eine Weile kaltstellen und ihm was zahlen – Überbrückungsgeld, Abfindung, irgendwas. Einen, der Schiß hat oder vor Reue stirbt, mögen derlei Offerten reizen. Aber ich konnte nicht so recht glauben, daß Bert so was als tollen Deal betrachten würde. So schlau die drei sonst waren, hier schienen sie nicht ganz begriffen zu haben, was wirklich Sache war. Man hatte ihnen einen Vogel gezeigt, und sie taten noch so, als sei das Gebärdensprache für Taubstumme gewesen.
Wash hatte seine Pfeife hervorgeholt, eins von seinen zahlreichen Gesprächsrequisiten, und fuchtelte mit ihr herum. »Entweder schaffen wir's irgendwie und lösen das Problem – unter uns –, oder der Laden hier ist in einem Jahr dicht. In sechs Monaten. Das dürft ihr mir glauben.« Am meisten war Wash sicherlich um die eigene Haut besorgt, denn er rechnete schon fast drei Jahrzehnte lang Honorare mit TNA ab. Das Unternehmen war sein einziger nennenswerter Mandant und der bestimmende Faktor in seiner beruflichen Karriere, die ansonsten so bescheiden verlaufen wäre wie meine. Seit zweiundzwanzig Jahren sitzt er jetzt kraft seiner Funktion im Aufsichtsrat von TNA und reagiert schon so empfindlich auf jede Unternehmensregung, daß er genau sagen kann, wenn einer aus der Vorstandsetage sieben Stockwerke über uns einen Pups gelassen hat.
»Ich kapier immer noch nicht, wie ihr Bert finden wollt.«
Pagnucci zeigte auf die Schecks. Zuerst begriff ich nicht. Er tippte auf den Einlösestempel.
»In Pico?«
»Warst du schon mal da unten?«
Das erste Mal war ich in Pico gewesen, nachdem ich zum Betrugsdezernat versetzt worden war. Das ist jetzt mehr als

zwanzig Jahre her: blauer Himmel, makellos gewölbt über den Mayanbergen wie eine Frühstücksflockenschüssel, endlose Strände, schmal und anmutig wie gebräunte Mädchenhüften. Die meisten Kollegen hier fliegen ziemlich oft nach Pico. TNA gehörte zu den ersten, die die Küste verschandelten, indem sie drei gigantische Ferienanlagen hinklotzte. Doch ich war schon seit Jahren nicht mehr dortgewesen. Das erklärte ich auch Carl. »Glaubst du, Bert ist dort?«

»Zumindest sein Geld«, konstatierte Pagnucci.

»Aber mitnichten. Das war mal dort«, sagte ich. »Wo es jetzt ist, wissen die Götter. Das Tolle am Bankgeheimnis ist doch, daß es die Spur verwischt. Von Pico aus kann man überallhin Geld transferieren. Unter uns gesagt, es könnte sogar wieder hier sein. Und wenn es in den entsprechenden Kommunalobligationen angelegt ist, braucht er es nicht mal zu versteuern.«

»Richtig«, gab Pagnucci sofort zu. Im übrigen quittierte er diesen Rückschlag wie so vieles mit Schweigen, doch sein gutaussehendes Bleichgesicht verzog sich mißmutig.

»Und wer soll Bert suchen?« fragte ich. »Ich kenne nicht viele Privatdetektive, die ich mit so was beauftragen würde.«

»Nein, nein«, wehrte Wash ab. »Niemand, der nicht zur Familie gehört. An einen Privatdetektiv hatten wir nicht gedacht.« Er blickte mich sozusagen hoffnungsvoll an, und ich mußte lachen, als ich endlich kapierte.

»Wash, ich kenne mich besser mit gebührenpflichtigen Verwarnungen aus als mit einer Privatfahndung nach Bert. Meldet ihn doch als vermißt!«

»Dir traut er, Mack«, sagte Wash. »Du bist sein Freund.«

»Bert hat keine Freunde.«

»Er gibt bestimmt was auf deine Meinung. Besonders im Hinblick auf seine Aussichten, straffrei davonzukommen. Bert ist ein Kindskopf. Wissen wir doch alle. Und ein bißchen schräg. Sitzt ihm ein vertrautes Gesicht gegenüber, sieht er das Ganze in einem anderen Licht.«

Wer sich mehr als zwei Jahrzehnte lang in einer Anwaltskanzlei oder bei der Polizei hat halten können, weiß nur zu gut, daß er seinem Chef nicht mit einem Nein kommen kann. Bei uns herrscht Teamgeist – jawoll, Sir, und gefälligst zackig grüßen! Es gab keine Möglichkeit, mich zu weigern. Doch hatte ich aus gutem Grund abends Jura studiert, während ich tagsüber Streife fuhr. Ich gehörte nie zu den Deppen, die den Polizeidienst für was Glorreiches halten. Türen eintreten, durch finstere Seitengassen rennen – das alles flößte mir eher Schrecken ein, besonders nachher, wenn ich ins Grübeln kam, was ich da eigentlich trieb.

»Ich habe Mittwoch einen Verhandlungstermin«, wehrte ich ab. Da mußten sie alle erst mal schlucken. Offenbar war keiner ernstlich auf den Gedanken gekommen, ich könnte was zu arbeiten haben. »Die Anwaltskammer will Toots Nuccio immer noch rausschmeißen.«

Kurzes Geplänkel, als Wash Alternativen vorschlug – vielleicht eine Vertagung oder eine Vertretung durch einen anderen Gage & Griswell-Anwalt, schließlich hätten wir hier ja hundertdreißig Rechtsanwälte. Martin, der Chef des Prozeßwesens, schlug schließlich vor, ich solle mir einen Kollegen suchen und zur Verhandlung mitnehmen, der später notfalls einsteigen könne. Doch auch nachdem das geklärt war, wollte ich immer noch nicht.

»Jungs, das hat doch keinen Zweck! Bert finde ich nie. Und bei TNA werden sie bloß noch saurer, wenn sie merken, daß wir's nicht gleich gebeichtet haben.«

»Überhaupt nicht«, widersprach Wash. »Überhaupt nicht. Wir brauchen eben Zeit, um Fakten zu sammeln, bevor wir in der Lage sind, sie zu beraten. Mack, du führst laufend Protokoll«, fügte er hinzu, »damit wir ihnen was in die Hand geben können. Sprich alles aufs Diktiergerät. Schließlich ist das von großer Tragweite. Kann sie bös in Verlegenheit bringen, genau wie uns. Die werden schon Verständnis haben. Wir sagen einfach, du brauchst höchstens zwei Wochen.« Bestätigung heischend blickte er zu Martin und Carl hinüber.

Ich sagte noch einmal, daß man gar nicht weiß, wo man suchen soll.

»Warum fragst du nicht die Ganoven im Dampfbad, wo er so gern rumhängt?« schlug Pagnucci vor. Wenn Carl etwas sagt, ist das oft unangenehmer als sein Schweigen. Er hält dann hartnäckig, unterschwellig, aber unerbittlich dagegen. Nachgeben ist für ihn ein Verstoß gegen seine heilige Pflicht, den kritischen Verstand zu gebrauchen. Er bohrt stets nach, zieht alles raffiniert ins Lächerliche, suggeriert Alternativen, weiß immer, wie er jemand die Axt an den Stamm legen kann. Der Kerl ist fast einen Kopf kleiner als ich, und trotzdem komme ich mir jedesmal wie eine Wanze vor.

»Mack, du wärst der Retter der Firma«, schmalzte Wash. »Stell dir vor, es klappt! Wie dankbar wir dir wären.« Er wedelte mit der Hand. »Grenzenlos.«

Von ihrer Warte aus nahm sich die Sache glänzend aus. Ich bin für sie ein ausgebrannter Fall. Prozeßscheu, seit ich das Saufen lasse. Ein verkorkstes Wrack, dem sie die Chance geben, seine Stellung zu festigen. Und das Ganze kommt genau zum richtigen Zeitpunkt. In der Sozietät herrscht die alljährliche Hysterie um den bevorstehenden Jahresabschluß zum 31. Januar. Alle Partner sind damit beschäftigt, von unseren Mandanten längst fällige Honorare einzutreiben, und lauern schon in den Startlöchern für den 2. Februar, wenn der Jahresgewinn aufgeteilt wird.

Ich sah Wash an und fragte mich, wie ich je dazu kommen konnte, für jemand zu arbeiten, der eine Fliege trägt.

»Ich sage dir, was ich schon zu Martin und Carl gesagt habe«, redete Wash mir zu. »Es geht hier um unsere Firma, unsere Existenz als Rechtsanwälte. Was können wir schon dabei verlieren, wenn wir ein paar Wochen lang versuchen, das zu retten?«

Dann schwiegen alle drei. Immerhin genoß ich jetzt ihre volle Aufmerksamkeit. In der High School hatte ich Baseball gespielt. Ich bin groß – einsneunzig – und nie ein Fliegengewicht gewesen. Ich habe ein gutes Augenmaß, konnte den Ball auch recht weit schlagen, aber ich bin lahmarschig, ein bißchen schwerfällig, wenn man's höflicher sagen will, und die Trainer mußten sich immer überlegen, wo sie mich einsetzen sollten, und so landete ich im Außenfeld. Unbedingt in der Mannschaft haben wollten sie mich eigentlich nie.

Wenn ich nicht gerade Schlagmann war, war ich am Spiel so gut wie unbeteiligt. Hundert Meter vom Home Plate entfernt, kommst du ins Dösen. Du spürst den Wind, riechst das Gras, das Parfüm von irgendeinem Mädchen auf der Tribüne. Ein Butterbrotpapier wirbelt über den Rasen, ein Staubteufel hinterher. Du prüfst den Sonnenstand, und obwohl dich das Massengegröle wachhalten müßte, fällst du in eine Art Trance, so was wie Meditation oder Träumerei. Und merkst dann irgendwie, daß alle im Stadion plötzlich auf dich gukken: der Werfer sieht her, der Schlagmann, das Publikum auf der Tribüne, und irgendwo hat einer deinen Namen gerufen. Und dann rast alles auf dich zu, dieser schwarze Punkt am Himmel, der immer größer wird, genau wie du es nachts im Traum erlebt hast. Und genauso fühlte ich mich jetzt: wie ein ertappter Träumer.

Angst war wie stets meine einzige Ausrede, die noch zog.

»Hört mal, Jungs. Das ist doch sorgfältig geplant, von Mr. Litiplex, von Kamin oder von sonstwem. Bert läuft mit vollen Segeln vor dem Wind, und seine Mastspitze ist unter der Kimm. Selbst wenn ich ihn durch irgendein Wunder finde, was glaubt ihr, was passiert, wenn er die Tür aufmacht und merkt, einer von seinen Partnern hat ihn aufgespürt und fängt jetzt gleich an vom Knast zu reden? Was glaubt ihr denn, was der dann macht?«

»Mit dir reden, Mack.«

»Der schießt auf mich, Wash. Wenn er noch einen Funken Verstand hat.«

Um die Antwort verlegen, starrte Wash mit wasserblauen Augen und schwindender Kraft vor sich hin – ein alternder weißer Mann. Martin, wie immer einen Schritt weiter, lächelte fein, weil ihm klar war, daß ich eingewilligt hatte.

Pagnucci sagte wie üblich gar nichts.

II. Meine Reaktion

Ganz im Vertrauen würden meine Partner von mir sagen, ich sei ein Mensch mit Problemen. Wash und Martin sind höflich genug, das halbherzig murmelnd in Abrede zu stellen, wenn sie das hier lesen, aber Jungs, wir wissen doch alle Bescheid. Ich geb's ja zu, daß ich in jeder Beziehung sozusagen ein Wrack bin: übergewichtig selbst für einen großen Mann, dem man ja allerhand nachsieht, an Regentagen leicht hinkend, weil ich mir als Bulle das Knie versaut habe, als ich bei der Verfolgung irgendeines kleinen Gauners, den zu erwischen sich gar nicht lohnte, über einen Maschendrahtzaun sprang. Meine Gesichtshaut ist nach zwei Jahrzehnten starken Trinkens so rot, als habe mir jemand Stirn und Backen mit Stahlwolle abgerieben. Noch schlimmer sieht's da drinnen aus. Ich habe ein schweres Herz, zertrampelt, fiebrig und angefault, und mein Hirn gärt nachts blubbernd in üblen Träumen. Wie ferne Musik höre ich das Gekeife meiner Mutter und meiner Exfrau, beides abgehärtete Irinnen, die recht gut wußten, daß man die Zunge bei passender Gelegenheit zum Marterwerkzeug machen kann.

Aber jetzt war ich aufgedreht. Kaum hatte sich der Ausschuß vertagt, machte ich mich eilig auf den Weg ins Russische Bad, voller Tatendrang und sogar ein wenig neidisch auf Bert. Sieh mal einer an, dachte ich, als ich im Taxi in Richtung Westen geschaukelt wurde. Schon die Idee. Ein Typ, der zwei Türen weiter gearbeitet hat. Setzt sich einfach ab. Und läßt jetzt mit einem unterschlagenen Vermögen die Puppen tanzen, dieweil ich immer noch in mein armseliges Dasein eingezwängt bin.

Beim Lesen dieser Zeilen werden meine Partner wohl ungläubig die Augen zukneifen. Wieso neidisch? werden sie fragen. Neidisch worauf? Jungs, machen wir uns nichts vor, schon gar nicht um vier Uhr früh. Das ist die Stunde der Wölfe, Grabesstille, und ich hocke hier, wie immer mit Schlaflosigkeit geschlagen, und murmle in mein Diktiergerät, flüstere sogar für den Fall, daß mein neugieriger Sohn tatsächlich noch von seinen nächtlichen Umtrieben heimkehren sollte. Wenn ich fertig bin, bewahre ich das Band in der Stahlkassette unter dem Bett auf. So kann ich es immer noch in den Müll schmeißen, wenn ich's mir anders überlegen sollte.

Bevor ich das Deckblatt mit der Hausmitteilung diktiert hatte, dachte ich sogar, ich würde es genauso machen, wie Wash verlangt hat. Ein Protokoll. Irgendwie mit örtlicher Betäubung und juristisch verklausuliert, Prosa in der Zwangsjacke, mit zahlreichen Fußnoten. Aber ihr kennt mich – ich mach's auf meine Art, wie es im Sinatra-Lied heißt. Sagt, was ihr wollt, die Rolle hat was an sich. Ich rede, ihr hört zu. Ich weiß was, ihr nicht. Ich verrat euch, was ich will und wann ich will. Ich behandle euch wie ein Möbelstück oder rede euch ab und zu mit Namen an. Martin, da mußt du unwillkürlich lächeln. Wash, du fragst dich, wie Martin wohl reagiert. Carl, du willst alles in drei Sätzen haben, und dir sträuben sich jetzt schon die Nackenhaare.

Nehmen wir also den Schluß vorweg: Bert hab ich heute nachmittag nicht gefunden. Bemüht hab ich mich. Das Taxi hat mich richtig abgeliefert, und ich bin draußen vor dem Bad stehengeblieben, sah mich in der heruntergekommenen Geschäftsstraße um, in einem der vielen sanierungsbedürftigen Viertel von DuSable mit schäbigen Eßlokalen und Bierkneipen, Ladenfassaden und Mietskasernen, dessen Fenster trübe vom Staub sind. Die Backsteingebäude wurden in der Zeit, als noch mit Kohle geheizt wurde, für immer verrußt, und die Klinkermauern scheinen in den Himmel zu wachsen, den schwere Winterwolken grau und glanzlos verzinkt haben.

Nicht weit von hier bin ich aufgewachsen, im Westend, in der Nähe der Callison Street Bridge, einem gewaltigen Bauwerk aus riesigen braunen Sandsteinquadern und Betonfiligran, von H. H. Richardson höchstpersönlich entworfen, glaube ich. Das Riesending wirft seinen Schatten über mehrere Häuserblocks unseres düsteren irischen Dörfchens, eigentlich ein Stadtteil, aber abgeschottet, als hätte es Zugbrücke und Wälle. Unsere Väter waren alle entweder bei der Feuerwehr wie mein Vater oder bei der Polizei, Angestellte der Stadt oder Fabrikarbeiter. Eine Kneipe an jeder Ecke. Und zwei herrliche große Kirchen, St. Josef und St. Viator, deren Gemeinde zu meiner Mutter ewigem Leidwesen halb aus Italienern bestand. Spitzenvorhänge. Rosenkranzperlen. Bis zum zwölften Lebensjahr kannte ich kein Kind an einer Oberschule. Meine Mutter nannte mich nach dem berühmten irischen Tenor John McCormack, dessen traurige Balladen und Sprachgewalt sie ob der Trostlosigkeit des Erdenlebens und der vergeblichen Hoffnung auf Liebe erschauern ließen.

»Heruntergekommen« ist nicht das richtige Wort für das Russische Bad, besser wäre »prähistorisch«. Innen war es reinste McCarthy-Ära: nackte Rohre an der Decke, die grünlackierten Wände schwarz von Öl und Ruß, in Stuhllehnenhöhe eine alte Stoßleiste aus Mahagoni. Ein Ambiente wie im Lande der stehengebliebenen Zeit, als seien Vergangenheit und Zukunft eins, ein Urbereich von männlichen Grunzlauten, starker Hitze und baumelnden Schwänzen. Der Zahn der Zeit kann daran nagen, es aber nie kleinkriegen: eine Atmosphäre, wie sie von Iren in jeder Bar gepflegt wird. Ich zahlte vierzehn Dollar an einen Exilrussen in einer vergitterten Kassenbox, der mir ein Handtuch, ein Laken, einen Garderobenschlüssel und ein paar Gummilatschen aushändigte, die ich schnell noch erstand, um meine Fußsohlen zu schonen. Der schmale Flur hing voller Fotos in schwarzen Billigrahmen, lauter Berühmtheiten: Sportler, Opernsänger, Politiker und Gangster – einige paßten in mehr als eine dieser Kategorien. Im Umkleideraum, wo ich mich auszog, war der Teppich so grau wie ein toter Fisch und roch nach Schimmel und Chlor.

Dieses Russische Bad ist in Kindle County berühmt und berüchtigt. Ich hätte nie einen Fuß hineingesetzt, aber als ich noch im Betrugsdezernat war, hatte das FBI hier ständig seine Kundschafter sitzen. Politiker, halbseidene Gewerkschafter, diverse schwere Jungs, sie alle treffen sich gern an diesem Ort, um ihre unsauberen Geschäfte zu bereden, weil hier nicht mal ein FBI-Agent eine Wanze unter seinem nassen Laken verbergen kann. Bert hockt hier gern rum und genießt die zwielichtige Atmosphäre, wann immer er sich freimachen kann: in der Mittagspause, nach der Arbeit, manchmal sogar eine Stunde nach der Verhandlung, wenn er mittendrin in einem Prozeß ist.

Seelisch lebt Bert offenbar noch in seiner Knabenwelt. Die meisten meiner männlichen und weiblichen Sozietätspartner sind Absolventen von Elitehochschulen – Harvard, Yale und Easton –, die höchstens ein paar Minuten ihres Alltags intellektuell sind, Typen, von denen die *New York Review of Books* lebt und die zum Einschlafen hochgestochene Artikel lesen. Bert aber ist ungefähr das, wofür viele mich halten: ein Durchblicker, aber primitiv. Er war Assi an der juristischen Fakultät, davor Absolvent der Luftwaffenakademie und im letzten verzweifelten Kriegsjahr Pilot in Vietnam. Doch die Ereignisse seines Erwachsenenlebens haben offenbar keinen bleibenden Eindruck hinterlassen. Er bleibt gefangen in den Phantasien, die ihn als Elfjährigen beschäftigten. Bert findet es irre, unter Kerlen herumzuhängen, die sich in Andeutungen über Morde und Feme ergehen und ganz genau sagen können, wie das Spiel morgen laufen wird, noch bevor sie die Zeitung gelesen haben. Ich werde den Verdacht nicht los, daß diese Kandidaten genau dasselbe tun wie Bert: rumschwadronieren und sich dabei für Mordskerle halten. Doch hier im Dampfbad hocken sie in Laken gewickelt im Umkleideraum an Kartentischen, futtern Bismarckheringe, die an einem kleinen Tresen serviert werden, und erzählen einander Geschichten, wie sie mit einem Gegner abgerechnet oder einem anderen Wichser gezeigt haben, was eine Harke ist. Schon bei einem Erwachsenen ist dieses Machogehabe albern, aber bei jemand, dessen Tagwerk darin besteht, sichere Verhältnisse für Luftfahrtkonzerne, Banken und Assekuranzen zu schaffen, ist es der reine Irrwitz.

Das eigentliche Bad war im Kellergeschoß, und ich klammerte mich an den Handlauf, wie immer voller Zweifel, auf was ich mich da einließ, auch darüber, daß ich mich jetzt hüllenlos in unbekannte Gefilde begab, doch der Ort erwies sich als gemütlich, voller Dampf und Rauch, und ein Hitzeschwall schlug einem entgegen. Überall saßen die jungen Kerle, ließen in schamloser Nacktheit ihre schlaffen Schwänze baumeln, die älteren, fett und schrumplig, hatten ein Laken um die Körpermitte gewickelt oder togaähnlich über die Schulter geschlungen.

Das Bad war holzverkleidet, nicht kiefernhell wie eine Sauna, die an skandinavische Möbel erinnert, sondern mit dunklen Paneelen, die schwarz von der Feuchtigkeit waren. Ein saalartiger Raum, über fünf Meter hoch, in dem es nach feuchtem Waldboden roch. Reihen von Lattenbänken stiegen ringsum empor, und in der Mitte stand ein alter gußeiserner, schamotteverkleideter Ofen, unbezähmbar und irgendwie obszön, wie eine Schwiegermutter von dreihundert Pfund Lebendgewicht. Hier loderte nachts das Feuer und erhitzte die Steine im Ofenbauch bis zum Weißglühen, ein Gelege von Dinosauriereiern, Granitfelsen, vom Grund der Großen Seen heraufgeholt und inzwischen weißlich verkrustet von der Glut.

Hin und wieder stemmte sich ein tapferer Veteran mit einem tiefen, tierischen Grunzen auf die Füße und goß eine Kelle Wasser in diesen Bauch. Der Ofen fauchte und spuckte wütend zurück; sogleich wallte Dampf auf. Je höher man saß, desto heißer spürte man ihn, und schon nach ein paar Minuten auf der dritten Stufe fühlte man sich, als werde einem die Birne gesotten. Schweißtriefend hockten die Mannen da und sprachen ab und an miteinander in barschen Halbsätzen, standen dann auf und schütteten sich einen Eimer eiskaltes Wasser über den Kopf, das aus Hähnen zwischen den Brettern ständig nachlief. Ich fragte mich angesichts dieser Übung, wie viele die Rettungssanitäter wohl schon hinausgetragen haben. Gelegentlich legte sich einer auf die Bank und ein anderer seifte ihn in einer grotesken Zeremonie vorne und hinten vom Kopf bis zu den Füßen ein, indem er mit Luffaschwämmen und Eichenlaubbüscheln üppigen Schaum erzeugte.

Heutzutage kommt man auf bestimmte Gedanken, wenn man eine Gruppe nackter Männer einander massieren sieht, und ich würde mich ehrlich gesagt nicht dafür verbürgen, welche Neigungen Bert hat. Doch die Leute hier wirkten ziemlich überzeugend. Typen aus der alten Welt mit prallen Bäuchen, Kerle wie Bert, die wohl seit frühester Jugend hierherkamen, und Männer, denen man gleich ansah, welcher Volksgruppe sie angehörten: Slawen, Juden, Russen, Mexikaner. Alles Menschen, die eher rustikalen Vergnügungen nachgingen und hier ihre Treue zur Vergangenheit mit Schweiß bekräftigten.

Von Zeit zu Zeit fing ich einen schrägen Blick auf. Hier wurde wohl, dachte ich, allerhand Schwulen handgreiflich klargemacht, daß Kindle County nicht San Francisco ist. Diese Truppe machte den Eindruck, als sei sie schnell mit dem Urteil über einen Neuen fertig.

»Freund von Bert Kamin«, murmelte ich in dem Versuch, mich gegenüber einem älteren Schmerbauch auszuweisen, der mir, in sein Laken gehüllt, gegenübersaß. Sein Grauhaar war eingeseift und stand in verschiedene Richtungen ab, so daß er wie eine Kühlerfigur wirkte. »Er erzählt immer davon. Wollte es mal ausprobieren.«

Der Typ fragte knurrend: »Wer issen das?«

»Bert«, erläuterte ich.

»Ach so, Bert«, erinnerte er sich. »Was is mit dem? Riesenprozeß oder was? Wo isser denn abgeblieben?«

Das ließ mich verstummen. Ich hatte gemeint, so würde meine Frage lauten. Jetzt spürte ich auch die Hitze, die mir das Blut kochen ließ und die Nasenschleimhäute dörrte, und ich rutschte eine Stufe tiefer. Wohin seilt sich jemand mit fünfeinhalb Millionen ab? Welche logischen Möglichkeiten gibt es? Kosmetische Operation? Brasilianischer Dschungel? Oder ein entlegenes Kaff, wo nie ein Bekannter auftauchen wird? Vielleicht meint ihr, das sei ganz einfach, aber fragt euch das doch mal selber. Ich jedenfalls würde mich für was Schlichtes entscheiden. Viel schwimmen. Gute Bücher lesen. Ein bißchen Golf. Mir eine von den Frauen schnappen, die Ausschau halten nach einem ehrlichen und treuen Mann.

»Vielleicht ist er irgendwohin mit Archie und den anderen«,

meinte der Schmerbauch. »Den habe ich auch nicht mehr oft gesehen.«
»Archie?«
»Sie kennen Archie nicht? Das ist mir vielleicht ein schräger Vogel. Und einen Posten hat der! Was war das doch gleich? Wie heißt das doch? Hey, Lucien! Wie nennt man das, was Archie bei dieser Versicherung macht?« rief er zu einem anderen hinüber, der näher am Ofen saß und mehr oder minder ähnlich aussah, Hängebauch und fleischige Brüste, von der Hitze gerötet.
»Versicherungsmathematiker«, antwortete Lucien.
»Das isses«, sagte der Alte und schleuderte beim Gestikulieren Seifenschaum von sich. Er sprach weiter über Archie. Jeden Tag sei er da, erzählte er. Man könne die Uhr nach ihm stellen. Immer um fünf. Er und Bert hingen immer zusammen, zwei Profis.
»Wette, da ist er hin, der Bert. Hey, Lucien! Bert und Archie, sind die zusammen oder was?«
Jetzt kam Bewegung in Lucien. »Wer will das wissen?«
»Der hier.«
Ich dementierte schwach, was beide ignorierten.
»Name?« fragte Lucien, in den Dampf blinzelnd. Er war ohne Brille hereingekommen und rutschte jetzt eine Stufe tiefer, um mich besser sehen zu können. Er versuchte offenbar, mich einzuordnen, und gehörte wohl zu jenen, die zu alt sind, um sich noch für irgend etwas zu entschuldigen. Ich sagte meinen Namen und streckte Lucien die Hand hin, die er schlaff verkehrt herum ergriff, da er mit seiner rechten Pranke das Laken um sich raffte. Er keuchte ein paarmal mit offenem Mund, rot wie ein Granatapfel.
»Auch auf der Suche nach Kam Roberts?« fragte er schließlich.
Kam Roberts. Robert Kamin. Sicher ein Scherz.
»Yeah.« Ich nickte und setzte ein schwachsinniges Lächeln auf. »Yeah. Kam Roberts«, wiederholte ich. Fragt mich nicht, warum ich so was mache – ich tu einfach immer so, als wüßte ich mehr, als ich wirklich weiß. So war ich schon als kleiner

Strolch, als ich mir dies oder jenes ausdachte; in meinem Inneren tummeln sich allerhand verschiedene Ichs, eine verhängnisvolle Neigung für jemand, der so oft wie ich aus dem Ruder läuft. Mir kam der Gedanke, »Kam Roberts« könne vielleicht eine Art Geheimparole sein, und mir stünden, nachdem ich sie genannt hatte, ein paar Fragen frei, aber irgendwas, der seltsame Name oder mein übereifriger Ton, hatte die Atmosphäre gleichsam frostig werden lassen.
Der alte Schmerbauch und Lucien reagierten mehr oder minder mit Rückzug. Lucien sagte, er wolle Karten spielen, und forderte seinen Kumpel stupsend zum Mitkommen auf, worauf sich beide verzogen, mit einer angedeuteten Verabschiedung und einem verstohlenen Blick über die Schulter in meine Richtung.
Ich blieb im Dampf sitzen, schmorte wie Gemüse vor mich hin und erwog mein weiteres Vorgehen. Hitze hat eine eigentümliche Wirkung. Mit der Zeit werden die Glieder schwerer und der Verstand wird langsamer, als würde die Schwerkraft zunehmen und man plötzlich auf dem Jupiter sitzen. So als Mann unter Männern in der Gluthitze dösend, kamen mir entlegene Gedanken an meinen Alten in den Sinn, der mit seinen Kameraden einen großen Teil des Lebens im Feuerwehrhaus verbrachte und in diesem Riesensaal schlief, wo alle unruhig träumten und stets auf die schrille Alarmglocke gefaßt waren, die sie hinausschickte in Lebensgefahr. Wir wußten immer, wenn es brannte. Man hörte nämlich genau, wie die Einsatzwagen vom kleinen, vier Block entfernten Feuerwehrhaus jaulend losfuhren, das durchdringende Geläut, »die Sirenen«, wie mein Vater sagte, und die donnernden Dieselmotoren, die sich anhörten, als könnten sie eine Mondrakete antreiben. Mein Paps kam manchmal heim und hatte das Feuer noch in den Klamotten, einen durchdringenden Brandgeruch, der ihn wie eine Wolke umwaberte. »Stinkend wie die Sünder in der Hölle drunten« nannte er das gern, wenn er müde und ausgepumpt von der körperlichen Anstrengung und der ausgestandenen Angst darauf wartete, daß die »Schwarze Rose« aufmachte, damit er einen heben

konnte, bevor er schlafen ging. In meinen Träumen brennt es seither oft, auch wenn ich nicht mit Gewißheit sagen kann, ob das von meinem Vater kommt oder von meiner Mutter, die mich, wenn sie mich ausschimpfte, ins Ohrläppchen zwickte und schrie, ich sei mit dem Teufel im Bunde und müsse dereinst in Hosen aus Asbest begraben werden.
Durchgegart taumelte ich zurück in den vergammelten Umkleideraum.
Mit zusammengekniffenen Augen versuchte ich, die Nummer auf meinem Schlüssel zu entziffern, da hörte ich jemand hinter mir sagen: »He, Sie, Mister, ja, Sie! Jorge will Sie sprechen.« Es war ein Junge mit einem Eimer und einem Schrubber. Ich war mir nicht sicher, ob er mich meinte, aber er warf seine glatte schwarze Mähne zurück und forderte mich winkend auf, ihm zu folgen, was ich dann auch tat. Das nasse Laken um die Hüften, schlappte ich hinter ihm her an einem Hinweisschild vorbei mit der handgemalten Aufschrift THE CLUB ROOM. Vielleicht will mir einer eine Dauerkarte andrehen, dachte ich. Oder mir was über Bert erzählen.
Auch hier war die Möblierung der letzte Schrei, wenn man zufällig im Jahre 1949 lebte. Billige Mahagoniimitation. Braune, fleckige Bodenfliesen aus Asbest, bei deren Anblick einen Inspektor vom Gesundheitsamt sofort der Schlag getroffen hätte. Rote Kunstledersessel, aus deren Kanten die Polsterung quoll, und bei einem ragte eine schwarze Sprungfeder offenbar schon so lange heraus, daß sie zu rosten begonnen hatte. Um einen grauen Resopaltisch, dessen Platte ein so verschwommenes Muster hatte, als sehe man durch ein unscharf eingestelltes Mikroskop, saßen vier Männer und spielten Binokel. Der Jüngste, ein gutaussehender Mexikaner, nickte, und der Junge schob mir einen Stuhl in die Kniekehlen.
»Sie suchen Kam Roberts?« fragte der Mexikaner und schaute dabei in seine Karten. Lucien und der alte Schmerbauch waren nirgends zu erblicken.
»Ich bin ein Freund von Bert Kamin.«
»Ich hab Sie nach Kam Roberts gefragt.« Jetzt fixierte er mich scharf. Dieser Jorge war ein schmaler Typ, einer von diesen

feingliedrigen Mexikanern mit Dreitagebart, die hervorragende Leichtgewichtboxer sind und eingeölte Muskelprotze nach Strich und Faden durch den Ring dreschen. Unvermutete Kraft von dieser Art hat mich schon immer beeindruckt.

»Einen Ausweis dabei?«

Ich sah an meinem Laken hinunter, das vom Dampf durchnäßt und beinah durchsichtig war.

»Geben Sie mir zwei Minuten.«

»Wie weit wollen Sie in zwei Minuten kommen?« fragte er und drosch eine Karte auf den Tisch. Das mußte ich erst mal verdauen.

»Ich heiße Mack Malloy. Bert ist mein Kollege. Ich bin Rechtsanwalt.« Ich streckte ihm die Hand hin.

»Nee, sind Sie nicht«, widersprach Jorge. So geht's mir halt im Leben. Lüge ich, schenkt man mir ein freundliches Lächeln. Sag ich die Wahrheit, stoße ich auf Mißtrauen.

»Wer sind denn Sie?« fragte ich.

»Wer ich bin? Ich bin der, der hier sitzt und die Fragen stellt, klar? Wenn Sie Kam Roberts suchen, bin ich genau das, klar?« Jorge musterte mich mit einem Ausdruck, den man als die Wut der Dritten Welt bezeichnen könnte, und der weit mehr ausdrückt als den Unterschied der Hautfarbe; er reicht zurück durch die Epochen, eine genkodierte Erinnerung an die Ansteckungskrankheiten, die Cortez' Mannen einschleppten, an Kaziken, die von den behelmten europäischen Truppen in Vulkanschlünde gestürzt wurden. »Mr. Roberts ist hier Mr. Shit. Verstehen Sie, was ich meine?«

»Ich hab's vernommen.«

Er wandte sich an einen Typ neben ihm, einen verfetteten alten Schläger, der immer noch die Karten in der Hand hielt.

»Er hat's vernommen.«

Sie lachten.

Alles in allem keine angenehme Situation, nackt vor vier wütenden Männern. Jorge legte beide Hände flach auf den Tisch.

»Ich sage, Sie sind ein Bulle.« Er leckte sich die Lippen. »Ich weiß, daß Sie Bulle sind.« Diese schwarzen hispanischen Au-

gen hatten Pupillen wie Löcher, ließen keinen Lichtstrahl entrinnen, und ich versank darin. Es dauerte eine Weile, bevor ich mich mit dem Gedanken tröstete, wie unwahrscheinlich es war, daß ich als Bulle zusammengeschlagen wurde und in einem Seitengäßchen liegenblieb. »Ich würd euch auch an neun Tagen pro Woche erkennen. Ihr habt 'nen Sheriffstern auf die Arschbacken tätowiert.«
Seine drei Zuhörer fanden das zum Schreien komisch.
Ich zeigte jenes Primatengrinsen zwischen Angst und Flucht und überlegte dabei, woher der Kerl was über mich zu wissen glaubte. Auch wenn es mehr als zwanzig Jahre zurückliegt, ich möchte wetten, daß ich mich an jeden einzelnen Verhafteten erinnern kann. Wie bei den Klassenkameraden von der Grundschule. Die Gesichter vergißt man nie.
»Was du auch immer suchst, *hombre,* hier findest du's nicht. Frag Hans drüben im sechsten Revier, dann weißt du's.«
»Ich suche Bert.«
Jorge schloß die Augen, faltige Nickhäute wie bei einer Eidechse.
»Kenn ich nich. Den nich und keinen von seiner Truppe. Hab ich schon dem ersten Bullen gesagt, der hier nach Kam Roberts fragen kam, hab's ihm gleich gesagt, von so 'nem Scheiß will ich nix wissen. Frag Hans, hab ich gesagt, und da taucht schon wieder so ein Wichser auf und fängt das Spiel von vorne an. Verarsch mich bloß nicht!« Er drehte mir ruckartig den Kopf zu, wie eine Marionette, und ich wußte, ich hatte von Anfang an richtig getippt: ein ehemaliger Boxer. Jetzt verstand ich auch, warum er mich für einen Bullen hielt: Die Cops waren schon dagewesen und hatten nach Kam Roberts gefragt. Ich hätte gern Näheres erfahren – was für Cops, welches Dezernat, warum sie Bert suchten –, aber ich wollte mein Glück nicht zu sehr strapazieren.
Jorge beugte sich noch einmal auf seine vertrauliche Art über den Tisch.
»Ich brauch mir so 'nen Scheiß nicht gefallen zu lassen.« Dafür schmierte er schließlich Hans, wollte er mir damit bedeuten. Auch ich kannte Hans, den Revierleiter im sech-

sten Bezirk. Hans Gudrich hatte noch zwei, drei Jahre bis zur Pensionierung, war inzwischen schweinefett geworden, und hatte klare, blaue Augen, echt schöne Augen, soweit man das von einem fetten alten Polizisten sagen kann.

»Ich war gerade am Gehen«, sagte ich.

»Genau, dachte ich mir schon.«

»Richtig getippt.« Ich stand auf, und von meinem Laken tropfte es auf den Boden. »Jeder hat eben seinen Job«, beschwichtigte ich ihn, doch meine Rolle als ehrbarer Polizist kam nicht an. Jorge hob den Zeigefinger.

»Niemand hat hier seinen Job. Wenn du hier schwitzen willst, okay, aber wenn du uns was unterjubeln willst, einen Mr. Roberts oder sonst was, kriegen wir dich am Arsch, is mir scheißegal, was für'n Stern du mit dir rumschleppst. Mann, ich will hier jedenfalls von einem Mr. Roberts nie wieder was hören, kapiert?«

»Verstanden.«

Ich machte mich schnell aus dem Staub. Bert war vielleicht ein Möchtegernganove, diese Typen aber kannten sich aus mit rabiaten Maßnahmen. Im Handumdrehen war ich angezogen und auf der Straße, wetzte den Gehweg entlang mit kollernden Eingeweiden. Nette Bekannte, sagte ich für mich zu Bert, und da ich schon mal dabei war, fragte ich ihn auch gleich noch etliches, zum Beispiel warum er sich Kam Roberts nannte.

Jetzt war ich schon an der Kreuzung Duhaney/Shields, in einer dieser verrückten Gegenden, Völkergebrodel, elf Sprachen auf vier Häuserblocks, und marktschreierische Rabattschilder in all diesen Idiomen an die Schaufenster geklebt. Taxis kommen hier höchst selten vorbei. Ich stampfte mir an der Bushaltestelle, wo noch ein letztes bißchen Schnee als dreckverkrusteter Haufen lag, die Füße warm. Die Wangen brannten mir vor Kälte, während ich innerlich noch siedete von dieser Stippvisite in der Hölle der harten Männer und der hohen Hitze. Hier, in heimatlichen Gefilden, geriet ich wieder in den festen Griff der Zeit und jener unausgelebten Gefühle, die mich vor vierzig Jahren wie zäher Leim zu lähmen schienen. Ich war hoffnungslos über Kreuz mit allem: mit meiner Mutter, der Kirche, den Nonnen in der Schule, der ganzen bedrückenden Gemeinde mit ihren tausend Regeln. Ich hatte nicht, wie offenbar alle anderen, das frohe Gefühl, hierher zu gehören. Ich kam mir wie ein Spion vor, ein Geheimagent von anderswo, ein Außenseiter, der alle anderen für Sachen, Oberfläche und Sehenswürdigkeiten hielt.

In den letzten paar Jahren aber, seit Nora abgehauen ist, finde ich anscheinend immer öfter hierher zurück. Meine Träume spielen in den dämmrigen Häusern unterhalb der Callison Street Bridge, wo ich jetzt hinter Bert her bin. Nach vierzig Jahren stellt sich heraus, daß ich es war, der insgeheim unterwandert worden ist. Manchmal glaube ich, in diesen Träumen nach meiner Schwester zu suchen, nach der lieben Elaine, die jetzt schon drei Jahre tot ist. Ich kann sie aber nicht finden. Draußen flattert die Wäsche in der Sonne, die so hell ist, daß sie sie bleicht, ich aber bin drinnen. Der Wind spielt mit den Vorhängen und den Zeitungen im Hauseingang, während ich durch die schummrigen Innenflure schleiche, um einen verlorenen Anschluß wiederzufinden. Was war mir damals wichtig? Verzweifelt sitze ich jetzt nachts im Bett und konzentriere mich, versuche, mich an den Ursprung all dieser Irrtümer zu erinnern, und weiß genau, daß ich irgendwo in diesem dunklen Haus, im einen oder anderen Zimmer, eine Tür aufreißen und diesen Schwall von Licht und Hitze spüren werde, das Feuer.

III. Mein Rechtsbeistand

Es war etwa halb acht, als ich ins Büro zurückkam, und wie üblich war Brushy noch da. Soweit ich weiß, glaubt keiner meiner Partner, daß Geld das Wichtigste auf der Welt ist, und doch arbeiten sie, als wäre dem so. Anständige Leute, meine Partner, Männer und Frauen mit gehobenen Instinkten, die anders denken als die meisten, viele sind angenehme Gesellschafter und auf allen möglichen Gebieten gemeinnützig tätig, aber wir werden wie die Bauteile eines Atomkerns zusammengehalten durch die geheimnisvollen Magnetkräfte der Natur, durch unsere gemeinsame Schwäche für unsere schlimmsten Begierden: Karriere machen. Geld verdienen. Macht ausüben. Und das alles kostet Zeit. Ein solches Leben setzt dich so unter Druck, daß dir schon ein Kopfkratzen wertvolle Sekunden zu rauben scheint, die dir dann bestimmt später am Tag fehlen werden.

Brushy fühlt sich wie viele andere hier in den Stunden der Dunkelheit am wohlsten, wo sie wie eine Fackel vor sich hinbrennen kann. Keine Anrufe, kein Gegenanwalt und keine Sozietätskollegen, keine idiotischen Koordinierungssitzungen. Mit scharfem Verstand konzentriert sie sich auf die anfallende Arbeit: Briefe schreiben, Schriftsätze korrigieren, kurz, sieben Kleinigkeiten in sechzig Minuten, jede davon mit einer viertel Gebührenstunde abrechenbar. Dagegen war für mich die Zeit im Büro eine Kette ziellosen Zeitvertreibs.

Auf der Suche nach einem mitfühlenden Wesen steckte ich meinen Kopf durch die Tür: »Hast du mal Zeit?«

Brushy hat das Eckbüro, das Glanzstück. Ich bin zehn Jahre älter und arbeite in einem kleineren Kabuff daneben. Sie saß an ihrem Schreibtisch, einer Glasplatte, die links und rechts von Pflanzen überwuchert ist, deren Blattwerk bis zu ihren Papieren reicht.

»Geschäftlich?« fragte sie. »Um welchen Mandanten handelt es sich?« Schon hatte sie den Honorarabrechnungsbogen zur Hand.

»Um einen alten«, sagte ich. »Um mich.« Brushy war meine Anwältin bei meinen Gefechten mit Nora. Eine absolut erbarmungslose Prozeßbevollmächtigte, Emilia Bruccia, einer der großen Stars von Gage & Griswell. Bei Sachstandsdarlegungen habe ich erlebt, wie sie dem Gedächtnis eines Zeugen drastischer auf die Sprünge half, als wenn er Psychopharmaka geschluckt hätte, und sie hat auch diese wunderbar verschlagene, gerissene Geistesgegenwart, mit der man die prozeßschädlichsten Dokumente der Gegenseite stets als ein Stück Papier wegerklären kann, das nicht mal dazu taugt, tote Fische darin einzuwickeln. Sie ist zu einer tragenden Säule unserer Geschäftsbeziehungen zu TNA geworden und hat daneben noch ein Dutzend eigene Großmandanten aufgetan, darunter eine bedeutende Versicherungsgesellschaft in Kalifornien.

Sie rechnet nicht nur eine Million Dollar Honorare jährlich ab, sie ist auch ein großartiger Mensch. Wirklich. Dabei würde ich mit Brushy genausowenig was anfangen wie mit einem ausgehungerten Panther. Sie ist aber keineswegs gefühlsarm. Sie hat 'nen Haufen Gefühle, die sie in Arbeit und sexuellen Raubzügen auslebt, wobei sie ein bißchen mannstoll ist, wodurch ihre Intimsphäre hinter ihrem Rücken zum Gegenstand von Wetten wird. Sie ist loyal, sie ist klug, sie erinnert sich lange an erwiesene Dienste. Und sie ist sehr kollegial. Wenn ich jemand finden müßte, der mich mitten in der Nacht binnen einer Stunde hundert Meilen hinter Tulsa vertreten müßte, würde ich als erste Brushy anrufen. Deswegen hatte ich hereingeschaut, weil ich wußte, daß ich mich auf sie verlassen konnte. Als ich ihr sagte, ich müßte sie um einen Gefallen bitten, zuckte sie mit keiner Wimper.

»Ich fände es toll, wenn du Toots' Anhörung vorm Disziplinarausschuß der Anwaltskammer übernehmen könntest«, sagte ich. »Zum ersten Termin am Mittwoch bin ich noch da, aber danach vielleicht weit fort.« Der Disziplinarausschuß der Anwaltskammer ist eine schwerfällige Bürokratie, die langwierig mit Suspendierungen und Berufsverboten befaßt ist. Dort habe ich meine ersten vier Berufsjahre als Jurist verbracht, indem ich ständig verzweifelt gegen eine wahre Sintflut von Beschwerden wegen unerlaubten, pflichtwidrigen oder unterlassenen Handelns einzelner Rechtsanwälte anschwamm. Brushy sträubte sich, sie habe noch nie eine Anhörung vor der Anwaltskammer gemacht, und ich mußte sie erst überzeugen, daß sie der Sache gewachsen sei. Wie viele Erfolgsmenschen hat auch Brushy ihre Augenblicke des Zweifels. Sie lächelt alle gewinnend an und ringt dann die Hände, wenn sie allein ist, unsicher, ob sie wirklich sehen wird, was allen anderen offensichtlich ist. Ich versprach, unsere gemeinsame Sekretärin Lucinda die Akte kopieren zu lassen, damit Brushy alles durchsehen könne.

»Und wo bist du dann?« fragte sie.

»Auf der Suche nach Bert.«

»Aha. Wo treibt der sich denn rum?«

»Das gerade will der Ausschuß wissen.«

»Der Ausschuß?«

Brushy begann sich für die Sache zu interessieren. Die »großen drei« lassen sich ungern in die Karten gucken, und die meisten meiner Sozietätspartner sind scharf auf einen Blick hinter die Kulissen. Brushy genoß jede Einzelheit, bis sie plötzlich begriff, worum es ging.

»Einfach so? Fünf Komma sechs Millionen?« Offenen Mundes blickte Brushy in eine trübe Zukunft: Schadenersatzforderungen hier, Schuldzuweisungen dort. Was sie in die Sozietät investiert hatte, war in Gefahr. »Wie kann er uns so was antun?«

»Opfer gibt's nicht«, widersprach ich. Sie verstand nicht gleich. »Polizeijargon«, erläuterte ich, »sagen wir immer. Jemand spaziert in der falschen Gegend allein eine unbeleuchtete Straße entlang, kriegt eins über'n Dez und wird ausgeraubt. Ein Naivling heult Rotz und Wasser, weil er hunderttausend Mäuse an einen Hochstapler verloren hat, der Autos mit Kartoffelchips betanken wollte. Die Leute kriegen immer nur, was sie herausgefordert haben. Opfer gibt's nicht.«

Sie musterte mich besorgt. Brushy trug ein elegantes Kostüm und eine Bluse mit einer großen orangenen Schleife. Ihr Haar war extrem kurz geschnitten, wirkte fast ein bißchen lesbisch und ließ ein paar auffällige Aknenarben hervortreten, die wie kleine Mondkrater in ihre linke Wange eingegraben waren. Bestimmt hatte sie eine schwere Jugend hinter sich.

»Nur so eine Redensart«, sagte ich.

»Und bedeutet? Hier für uns?«

Achselzuckend ging ich zur Bleistiftschublade in dem mattgrauen Aktenschrank hinter ihr, um mir eine Zigarette zu holen. Wir sind beide heimliche Raucher. Gage & Griswell ist inzwischen eine einzige Nichtraucherzone, aber wir hocken hinter verschlossener Tür in meinem oder in Brushys Büro. Aus der Schublade holte ich auch einen kleinen Schminkspiegel, den ich mir ausborgen wollte. Brushy achtete nicht darauf. Sie nagte am Daumen und war immer noch ganz verstört von der drohenden Katastrophe.

»Darfst du mir das alles überhaupt erzählen?« wollte sie wissen. Sie hatte schon immer genauer gewußt als ich, wieviel eine Indiskretion wert war.

»Wahrscheinlich nicht«, gab ich zu. »Bezeichnen wir's als eine Sache zwischen Mandant und Anwalt.« Ich meinte natürlich das Anwaltsgeheimnis. Vertraulich auf immerdar. Einer von diesen blöden Späßen, die sich die Juristen vor dem Gesetz herausnehmen. Brushy war in diesem Fall gar nicht meine Rechtsvertreterin und ich nicht ihr Mandant. »Außerdem muß ich dich was über Bert fragen.«

Sie grübelte immer noch über die Situation, in die G & G geraten war. Wieder sagte sie, sie könne es einfach nicht glauben.

»Ist doch ein hübscher Einfall, *n'est-ce pas?* Du steckst dir ein paar neue Ausweise und etliche Millionen Dollar ein, fliegst weg und bist dein weiteres Leben jemand anders.« Ich stöhnte. »Schon bei der Vorstellung fängt es an, mich zu kribbeln.«

»Was für neue Ausweise?« fragte sie.

»Och, er benutzt offenbar so'n blöden Decknamen. Hast du je gehört, daß er sich aus irgendeinem Grund mal Kam Roberts genannt hat – auch nur im Scherz?«

Hatte sie es noch nie. Ich erzählte ihr ein bißchen von meinem Besuch im Russischen Bad und wie ich diese Schränke von Kerlen einander mit Eichenzweigen und Seifenschaum bearbeiten gesehen hatte.

»Schräg«, sagte sie.

»Dachte ich auch. Aber das Kuriose kommt noch, Brushy. Diese Vögel dort glauben anscheinend, Bert hat sich mit

einem Mann abgesetzt. Hat er je einen gewissen Archie erwähnt?«
»Nö.« Sie musterte mich durch den Zigarettenqualm. Sie wußte bereits, welche Hintergedanken ich hatte.
»Weißt du, ich find das schon komisch. Es ist Jahre her, daß ich Bert mit einer Frau gesehen habe.« Als Bert hier vor mehr als einem Jahrzehnt anfing, brachte er zu offiziellen Anlässen der Firma noch seine High-School-Liebe Doreen mit. Er hatte ihr vage versprochen, sie zu heiraten, diese reizende Lehrerin, und mit den Jahren des Wartens verwandelte sie sich in eine Art Baseball-Groupie, die genauso versoffen wurde wie ich, mit taschentuchkleinen Röcken und blonden Strähnen, die chemisch so malträtiert waren, daß sie ihr wie Raffiabast vom Kopf abstanden. Eines Tages verkündete Bert beim Lunch, daß sie ihren Rektor heirate. Ohne weiteren Kommentar. Kam nie darauf zurück. Und schleppte nie eine Neue an.
Brushy, stets empfänglich für Nuancen, war hellhörig geworden. »Willst du wissen, was ich davon halte?«
»Du denkst was Schmutziges und Indiskretes, klar. Ich erwarte von dir keine Spekulationen. Ich dachte bloß, du könntest vielleicht sachdienliche Hinweise geben.« Ich kratzte mich betont nonchalant hinterm Ohr, konnte ihr aber nichts vormachen. ›Herausfordernd‹ bezeichnet man wohl den Blick, der mich traf. Sie ist nicht groß – eher untersetzt und zur Fülle neigend, würde sie sich nicht unermüdlich im Fitness-Studio quälen –, aber nun reckte sie mir gefährlich das Kinn entgegen.
»Wen spielst du jetzt? Das Gesundheitsamt?«
»Verschone mich mit Einzelheiten! Ja oder nein genügt für den Anfang.«
»Nein.«
Ich war mir nicht sicher, ob das bereits eine Antwort war. In Sachen Intimsphäre ist Brushy empfindlich, da über die ihre dauernd gewitzelt wird. Eigentlich gehört in jedes Büro eine Brushy, eine freiwillig alleinlebende, sexuell aktive Frau. Sie hat sich einem ganz eigenen Feminismus verschrieben, der was mit Freibeuterei zu tun hat, betrachtet sie es doch als

erstrebenswert, jedes vorbeisegelnde männliche Schiff zu entern. Die üblichen Schranken wie Verheiratetsein, Altersunterschied und andere Gesellschaftsschicht sind ihr schnurz. Wenn sie sich einen Mann ausgeguckt hat, dessen Stellung, verheißungsvolle Ausstrahlung oder Aussehen andere Frauen nur zum Träumen verführen würden, macht sie unzweideutig ihre Wünsche klar. Im Laufe der Jahre ist sie in Gesellschaft von Richtern und Politikern, Journalisten, Prozeßgegnern, Gehilfen aus der Aktenablage sowie mehreren ehemaligen Geschworenen gesehen worden – und mit etlichen ihrer Sozietätspartner, darunter auch, wenn es euch noch so seltsam vorkommt, eines schönen Nachmittags mit mir. Bert, hochgewachsen und gutaussehend, war zweifellos ebenfalls ins Fadenkreuz von Brushys ständig ausgefahrenem Periskop geschwommen.

»Das ist keine krankhafte Neugier, Brushy. Nur rein beruflich. Eine Andeutung bitte. Ich brauche dein sachkundiges Urteil: Sind's Männlein oder Weiblein, wenn Bert jemanden flachlegt?«

»Ich kann nicht glauben, daß so was von *dir* kommt«, sagte sie und blickte mißmutig die Stirn runzelnd weg. Brushy ist auf ihre Art diskret. Sie würde nicht einmal unter der Folter reden, und so wild entschlossen sie auch bei ihren Avancen ist, achtet sie doch stets darauf, was sich am Arbeitsplatz gehört. Dennoch zahlt sie einen hohen Preis für ihren sexuellen Appetit. Ihr offenes Eingeständnis von Trieben, welche die meisten von uns gewaltsam unterdrücken, hat dazu geführt, daß man sie für mannstoll oder für eine *femme fatale* hält; manche Frauen reagieren sogar regelrecht feindselig auf sie. In ihrer Altersgruppe, bei jenen Sozietätspartnern, Männern und Frauen, die etwa zur gleichen Zeit in der Firma anfingen und die vielen Jahre hier ausgehalten haben – trotz der verrückten Nachtschichten in der Bibliothek und der tausend Fertigmahlzeiten am Schreibtisch –, gilt Brushy ohnehin als Außenseiterin. Man neidet ihr ihren Aufstieg in der Firma, und wenn man privat zusammenkommt, um andere durchzuhecheln, geht es häufig um sie.

Sie ist auf ihre Art allein in der Firma, und das hat uns wohl zueinander hingezogen. Unsere einzige, verpatzte Begegnung war nie ein Thema. Seit Noras Abgang scheint mein Vulkan mehr oder minder erloschen, und wir wissen beide, daß besagter Nachmittag in meine schlimmste Zeit fiel – unmittelbar nach dem Tod meiner Schwester Elaine und nachdem ich trocken geworden war, in die Zeit, als die Erkenntnis, daß meine Frau sexuell auf ganz anderen Wegen wandelte, mehr und mehr Gestalt annahm, ganz wie sich wirbelnde Gas- und Staubwolken in fernen Regionen des Weltalls allmählich zu einem Planeten ballen. Für Brushy und mich hatte unser kurzes Techtelmechtel dennoch sein Gutes: Anschließend wurden wir gute Kumpel, die einmal die Woche miteinander tratschen, rauchen und Squash spielen. Auf dem Spielfeld ist sie übrigens tückisch wie ein Frettchen.
»Was macht das peinsame Kind?« fragte Brushy. Ihr warnender Blick verriet mir, daß sie damit das Thema gewechselt hatte.
»Seinem Namen alle Ehre«, versicherte ich ihr. Lyle war das einzige Kind von Nora und mir, und sein eigenbrötlerisches Wesen als kleiner Junge hatte mich veranlaßt, ihn zärtlich das einsame Kind zu nennen. Mit seinem Größerwerden war allerdings ein Konsonant dazugekommen.
»Und die neueste Schandtat?«
»Ach, ich bitte dich! Eine ganze Latte davon: Ich finde schlammige Stiefelabdrücke auf dem Sofa. Angetrocknete Colapfützen auf dem Küchenboden. Er kommt um vier Uhr morgens heim und klingelt, weil er die Schlüssel vergessen hat. Nicht mal die Hälfte von dem, was er sich einwirft, ist im Betäubungsmittelgesetz verzeichnet. Er ist jetzt neunzehn. Und spült nicht runter, wenn er auf dem Klo war.«
Beim letzten Punkt schnitt Brushy eine Grimasse. »Müßte er jetzt nicht allmählich erwachsen werden? Ist das bei Kindern nicht irgendwann der Fall?«
»Bei Lyle ist davon nichts zu merken. Ich sage dir, Brushy, was immer du mir an Unterhalt für Nora sparen geholfen hast, mit dem Gutachten von diesem Shrink hat sie sich revan-

chiert. Dieser ganze Seich, daß ein Heranwachsender unter solchen Umständen viel zu sensibel ist, um ohne Vater aufzuwachsen.«
Brushy antwortete wie immer: Es sei ihr erster Sorgerechtsfall gewesen, bei dem es darum gegangen sei, wer das Kind nehmen müsse.
»Tja, sie hat sich revanchiert«, wiederholte ich.
»Wofür mußte sie sich denn revanchieren?«
»Lieber Gott«, seufzte ich, »du warst noch nie verheiratet, was? Eine Welt ging den Bach runter und ich mit. Was weiß ich.«
»Du hast aufgehört zu trinken.«
Ich hob die Schultern. Mich beeindruckt diese Heldentat nicht so wie andere Leute, die daran zwar nichts Geniales, aber immerhin etwas Besonderes sehen. Stehvermögen. Dazu kann ich nichts sagen. Aber ich weiß Bescheid, was wirklich Sache ist, und dieses Wissen bleibt mir auf ewig. Ich bin immer noch süchtig. Inzwischen abhängig vom Schmerz, nichts trinken zu dürfen, von der vergeblichen Gier, von der Selbstverleugnung. Besonders von der. Ich stehe morgens auf, weiß genau, daß ich heute nichts trinken werde, und frage mich dann, warum ich mir so was antue. Genau so wacht man nach einer Sauftour auf. Und tief in mir sitzt noch immer der kleine Dämon und stellt fest, daß mir recht geschieht.
Ich hatte mir noch eine Zigarette genommen und trat an das Panoramafenster. Scheinwerfer und Rücklichter fegten über das von hier einsehbare Stück Stadtautobahn, und gelegentlich zuckten in einem Rohbaufenster, wo jemand sein Leben mit Überstunden verklempnerte, blaue Schweißerblitze auf. Als ich mich vom Fenster wieder abwandte, sah ich mein Spiegelbild vor dem nächtlichen Hintergrund: einen müden Krieger, dessen Haar grau geworden war und dessen Kinn in geröteten Fleischwülsten verschwand und der keinen Kragenknopf mehr zubrachte.
»Weißt du«, sagte ich. »Wenn du eine Scheidung hinter dir hast, ist das, wie wenn dich ein Lastwagen angefahren hat. Du läufst rum in einem beschissenen Nebel und weißt nicht mal,

ob du noch lebst. Erst im vergangenen Jahr ist mir klargeworden, daß ich sie aus dem Haus getrieben habe, als ich aufhörte zu saufen.«
Brushy hatte ihre Pumps abgestreift und die Beine auf dem Schreibtisch übereinandergeschlagen. Nun hörte sie auf, sich mit der kleinen Zehe an ihrer orangefarbenen Strumpfhosenwade zu kratzen, und wollte wissen, was ich damit meinte.
»Nora mochte mich lieber, als ich noch soff. Sie mochte mich nicht sehr, aber besoffen war ich ihr lieber. Ich ließ sie in Ruhe. Sie konnte ihren Großversuch in Sachen Leben fortsetzen. Das Letzte, was sie sich wünschte, war Aufmerksamkeit von meiner Seite. Inzwischen haben sie ein Wort für solche Leute, wie nennt man sie doch gleich?«
»Ko-Alkoholiker.«
»Genau.« Ich mußte lächeln, aber wir waren beide still geworden. Brushy hatte es schnell erfaßt. Wie stets war die Verkorkstheit meines Lebens die Sackgasse, in der ich steckte.
Ich setzte mich auf ihr Sofa, schwarzes Leder mit verchromten Metallrohren.
Das Dekor hier drin war einundzwanzigstes Jahrhundert, High-Tech, und der Raum wirkte so gemütlich wie ein Operationssaal. Jeder Anwalt der Sozietät richtet sein Büro so ein, wie es ihm paßt, weil die Räume ansonsten genau baugleich sind: drei Betonwände und eine phantastische Aussicht durch eine riesige Glasscheibe zwischen Pfeilern aus Stahlbeton. Im TNA-Büroturm, einem vierundvierzigstöckigen Stilett, das aus der Innenstadt und der Prärielandschaft aufragt, sitzen wir, seit er vor sechs Jahren eingeweiht wurde, auf Tuchfühlung mit unserem größten Mandanten. Unsere Telefone und Computer sind mit denen von TNA vernetzt und die Hälfte unserer Juristen benutzen Vordrucke von Chefsyndikus Jake Eiger, damit sie Briefe in seinem Namen loslassen können. Besucher des Gebäudes meinen oft, sie könnten nicht sagen, wo TransNational Air aufhört und Gage & Griswell anfängt, und just so wollen wir es haben.
»Und du willst das wirklich machen, Bert suchen?«
»Die ›großen drei‹ sind wohl der Ansicht, ich hätte keine

andere Wahl. Ist doch allen bekannt, was mit mir los ist. Ich bin zu alt, um noch was Neues zu lernen, zu geldgierig, um auf das bequeme Gehalt zu verzichten, und zu ausgebrannt, als daß ich dies wirklich verdiente. Also übernehme ich den unmöglichen Auftrag und sichere mir damit meinen Job.«

»Der Deal hört sich an, als wär er nicht viel wert. Hast du dir das überlegt?«

Hatte ich bereits, aber die Vorstellung, daß auch dritte das so schnell merkten, war verflucht niederschmetternd. Ich zuckte nur mit den Achseln.

»Im übrigen«, tröstete ich mich, »finden die Cops Bert wahrscheinlich vor mir.«

Sie versteifte sich etwas, als ich die Polizei erwähnte. Ein bißchen dauerte es noch, bis ich ihr den Rest der Geschichte erzählt hatte, von Jorge, dem Leichtgewichtboxer, und seinen drei schäbigen Kumpanen.

»Soll das heißen, daß die Cops etwas wissen? Von dem Geld?«

»Ausgeschlossen. Es ist von unserem Abfindungskonto abgebucht, und wir haben noch keinen Piep von ihnen gehört. Das kann es nicht sein.«

»Was dann?«

Ich schüttelte bedauernd den Kopf. Ich hatte keinerlei Anhaltspunkte. Ich sagte: »Wie es sich anhörte, hatten sie sich im Bad nach Kam Roberts erkundigt.«

»Jetzt versteh ich gar nichts mehr.« Sie seufzte.

»Ich auch nicht.«

»Tja, und ich versteh auch nicht, warum du zu so was bereit bist«, sagte Brushy. »Hast du denen nicht gesagt, daß er dich niederknallen wird?«

»Als Verhandlungsargument. Aber davon werd ich ihn schon abbringen. Ich sag einfach zu ihm, daß ich's nicht glauben kann und nur zu seiner Ehrenrettung gekommen bin.«

»Glaubst du's denn?«

Ich hob die Hände: Wer weiß? Wer wird es je erfahren?

Einen Augenblick lang geriet ich ins Staunen. Geht es so im Leben zu? Da sitzt man acht Stunden täglich Schulter an Schulter mit einem Kerl, führt Prozesse mit ihm, geht mit ihm

Mittagessen, sitzt bei Sozietätskonferenzen mit ihm auf den hinteren Stühlen und macht blöde Witze, steht neben ihm am Pinkelbecken und sieht ihn die Tropfen von seinem Schniepel schütteln, aber was zum Henker weiß man von ihm? Ritsch, geht der Reißverschluß zu. Wie's da drinnen aussieht, geht niemand was an. Man weiß nicht, was in seinen Augen als schweinisch gilt oder was er sich als Paradies erträumt. Man weiß nicht, ob er sich ständig dem Großen Geist verwandt fühlt oder ob ewig die Angst in ihm knabbert wie eine halbverhungerte Ratte. Mal ehrlich, was ist es? Man kennt sich mit Menschen nie aus, dachte ich. Auch so ein Satz, den ich auf Streife gehört habe und den ich mir seit zwanzig Jahren vorsage. Jetzt wiederholte ich ihn für Brushy.

»Ich kann's nicht akzeptieren«, sagte sie. »Klingt alles so berechnend. Und Bert ist impulsiv. Wenn du mir gesagt hättest, er hat letzte Woche einen Astronautenvertrag unterschrieben und ist schon auf halbem Weg zum Mond, würde das eher nach ihm klingen.«

»Abwarten! Ich denke, wenn ich ihn wirklich aufspüre, gibt's immer noch eine verwegene Alternative dazu, ihn anzuzeigen oder mit nach Hause zu bringen.«

Sie schaute mich an, ihre großen grünen Augen blitzten vor verschlagener Neugier. »Was für 'ne Alternative?«

»Bert und ich könnten uns das Geld ja genau hälftig teilen.«

Ich drückte die Zigarette aus und ein Auge zu. Dann sagte ich: »Anwaltsgeheimnis. Bleibt unter uns.«

IV. Berts Zuhause

A) In der Wohnung

Mein Partner Bert Kamin ist kein Durchschnittsmensch. Muskulös und braungebrannt, von athletischem Körperbau und mit langen schwarzen Haaren, sieht er recht gut aus, aber er hat so ein Glitzern in den Augen. Bis seine Mutter vor fünf oder sechs Jahren starb, wohnte Bert – ehemaliger Kampfflieger, gewiefter Anwalt, leidenschaftlicher Zocker und Ganovenkumpel – unter einem Dach mit ihr, einer ewig unzufriedenen alten Hexe namens Mabel. Keine Charakterschwäche, die sie ihm nicht vorgehalten hätte. Schlampig sei er. Verantwortungslos. Undankbar. Gemein. Sie gab ihm Saures, und Bert saß mit seinem Nußknackerkinn, seinen starken Sprüchen daneben, kaute Kaugummi und hielt still.

Der Mann, der nach diesen fünfunddreißig Jahren Mörserbeschuß übriggeblieben ist, ist so was wie ein düsteres Mysterium, einer von diesen vagen Paranoikern, die alle ihre seltsamen Gewohnheiten als Ausdruck von Individualität verteidigen. Nahrungsmittelchemie ist eins seiner Steckenpferde. Er ist felsenfest überzeugt, Amerika habe es darauf abgesehen, ihn zu vergiften. Er hat ein Dutzend obskurer Gesundheitsblättchen abonniert – »Neueste Erkenntnisse über Vitamin B« und den »Rundbrief Ballaststoffe« etwa –, und er liest regelmäßig Bücher von Spinnern seiner Couleur, die ihm jedesmal einen neuen Floh ins Ohr setzen, was man nicht essen soll. Bei vielen gemeinsamen Mahlzeiten habe ich mir gezwungenermaßen seine Ansichten anhören müssen. Er hat eine Heidenangst vor Leitungswasser, in dem er lauter todbringende Zusätze vermutet – Fluor, Chlor und Blei –, und er nimmt keinen Schluck aus dem städtischen Netz; trotz aller Einwände unseres Ausschusses hat er sich sogar einen von diesen großen grünen Trinkwasserkühlern aus Glas im Büro aufstellen lassen. Er ißt keinen Käse *(»junk food«)*, keine Wurst (»Nitrit«), kein Huhn (»Salmonellen«) und trinkt auch keine Milch (immer noch Angst vor Strontium 90). Andererseits hält er die Cholesteringefahr für eine Erfindung der Ärztekammer und hat nichts gegen ein saftiges Steak. Grüngemüse ißt er nie. Er behauptet, es werde überschätzt, in Wirklichkeit aber mochte er es schon als Kind nicht.

Berts Ausstrahlung, seine ganze Überdrehtheit glaubte ich ziemlich stark zu spüren, als ich vor seiner Wohnung stand. Es war etwa elf Uhr abends, und ich hatte beschlossen, seine Bude auf dem Heimweg zu überprüfen. Bei meinem letzten Blick ins Gesetzbuch war Einbruch noch eine Straftat gewesen, und so dachte ich mir, diesen Besuch behältst du besser für dich.

Bert wohnt – oder wohnte – in einem kleinen freistehenden Zweifamilienhaus in einer sanierten Gegend, nahe dem Stadtzentrum. Soweit ich mich erinnere, wollte er eigentlich im Haus seiner Mutter im Southend wohnen bleiben, war aber mit seiner Schwester in eine dieser Erbstreitigkeiten am offenen Sarg geraten und hatte verkaufen müssen, um sie abfinden zu können. Hier aber fühlte er sich ziemlich verloren. Ich trat mit meinem Aktenkoffer an, der nichts enthielt außer zwei Drahtkleiderbügeln, einem Schraubenzieher, den ich beim Verlassen des Büros aus dem Hausmeisterschrank entlehnt hatte, und dem Diktiergerät. Letzteres hatte ich auf die Vermutung hin mitgenommen, daß ich aus meinen Alpträumen aufwachen könne, was ja auch eintrat, und dann dankbar sein würde, in den entsetzlich stillen Morgenstunden etwas zu tun zu haben.

Vor zweiundzwanzig Jahren, bevor sie mich ins Betrugsdezernat versetzten, damit ich mein juristisches Abendstudium beenden konnte, ging ich auf Zivilstreife zusammen mit einem gewieften Polizisten namens Gino Dimonte, den alle nur Schweinsäuglein nannten. Zivilstreifen sind eine Art Mittelfeldspieler der Polizei, die ohne Uniform Berichten anderer Polizisten, sozusagen der Stürmer, nachgehen, etwa auf eine Verhaftung lauern oder nach einem Verdächtigen fahnden. Ich habe von Schweinsäuglein viel gelernt, und auch deswegen war er so sauer, als ich vor einer Grand Jury gegen ihn aussagte. Inzwischen haben sie ihn durch Versetzung ins Betrugsdezernat kaltgestellt, und es heißt, er halte stets Ausschau nach mir wie Käptn Hook nach dem Krokodil oder Ahab nach Moby Dick. Jedenfalls hat mir Schweinsäuglein tausend Finessen beigebracht. Wie man den Streifenwagen in eine Seitengasse rollen läßt, ohne Scheinwerfer, und mit der Handbremse stoppt, damit der Verdächtige nicht mal Bremslichter sieht. Ich war dabei, wie er ohne Durchsuchungsbefehl in Wohnungen eindrang, indem er anrief und sagte, er sei vom United Parcel Service und habe unten eine Sendung stehen, oder er wohne gegenüber und glaube, es brenne auf dem Dach, so daß unser Mann rausgestürmt kam und seine Wohnungstür sperrangelweit offen ließ. Ich habe ihn sogar anrufen und sagen hören, da schlichen verdächtige Typen ums Haus, und hatte anschließend mit ihm einen Heidenspaß, wenn der Verdächtige mit einem Revolver rauskam, für den er keinen Waffenschein hatte, damit seine Festnahme provozierte und obendrein eine Wohnungsdurchsuchung wegen Gefahr der Verdunkelung.

Das folgende war ebenfalls eins von Ginos Kabinettstückchen, nichts als ein kleiner Schminkspiegel, wie ihn eine Frau in der Handtasche herumträgt oder – Brushy etwa – in der Büroschublade hat. In den meisten Altbauten sind die Wohnungstüren unten abgesägt, damit der Teppichboden drunter paßt, und mit einem Spiegel sieht man schon allerhand, wenn man sich erst dran gewöhnt hat, daß alles kopfsteht. Ich kniete im Hausflur und horchte immer wieder mal an der Tür zur oberen Wohnung, um sicher zu sein, daß die Nachbarin nicht da war. Dunkel erinnerte ich mich, daß sie Stewardeß war. Irgendwann wollte ich sie noch aushorchen, nachdem ich festgestellt hatte, was in Berts Wohnung los war.

Es sah eindeutig so aus, als sei Bert abgehauen. Im Spiegel konnte ich einen Haufen Post auf dem Boden sehen: *»Sports Illustrated«*, Gesundheits- und Bodybuildingmagazine, Reklamezettel und natürlich auch allerlei Rechnungen. Ich bummerte ein bißchen gegen die Tür, gerade so stark, daß sich drin jemand rühren würde, wenn einer da war, dann setzte ich nach einer Weile die Drahtkleiderbügel ein. Ich bog sie bis auf die Haken gerade und verdrillte sie miteinander. Im Spiegel sah ich, daß die Sicherheitskette nicht vorgelegt war. Fünf Minuten lang versuchte ich, den Hebel des Sicherheitsschlosses zu erwischen, bis sich herausstellte, daß das blöde Ding gar nicht abgeschlossen war. Mit dem Schraubenzieher bekam ich das alte Türschloß hinter dem Knauf in zwanzig Sekunden auf. Hatte ich nicht immer zu Nora gesagt: Wenn sie wirklich reinwollen, kommen sie rein.

Vielleicht war es der Gedanke an Nora, denn sobald die Tür

aufschwang, überfiel es mich: die Einsamkeit in Berts Leben. Ich fühlte mich plötzlich wie ausgehöhlt, ein Vakuum, erfüllt vom Schmerz des Alleinseins. Ich erschrecke immer, wenn ich sehe, wie alleinstehende Männer hausen. Als Nora sich aufmachte in die große Freiheit, ließ sie fast alles da. Viele der Möbel sind aus dem Leim und zerschlissen, schon wegen des peinsamen Kindes, aber sie stehen wenigstens herum, bilden noch ein Zuhause. In Berts Wohnzimmer lag nicht mal ein Teppich auf dem Boden. Er besaß ein Sofa, einen Fernseher mit Großbildschirm und eine wuchernde Zimmerpflanze, die ihm bestimmt jemand geschenkt hatte. In einer Ecke stand, noch auf dem Verpackungskarton, eine komplette Computerausstattung – Rechner, Tastatur, Bildschirm und Drucker – und davor ein Klappstuhl. Plötzlich sah ich den guten Bert vor mir, wie er sich in der Maschine verlor und die toten Nachtstunden damit verbrachte, mit dem Verstand durch Chipschaltungen zu kriechen, von einer Bildschirmtextseite zur nächsten zu schalten oder in komplexen Computerkriegsspielen kleine grüne Männchen mit einem Todesstrahl aus dem Weltraum zu vernichten. Ein ausgeflippter Typ.
Beim Eintreten war ich direkt durch den raschelnden Haufen Post gelatscht, überlegte es mir dann aber anders und hockte mich zwischen die Staubmäuse auf das Parkett. Die ältesten Umschläge hatten Poststempel von vor etwa zehn Tagen, was ungefähr zu Berts vermutetem Abreisedatum paßte. Auf einem der Umschläge war ein Sohlenabdruck, vielleicht von mir, vielleicht von jemand anderem, vielleicht von Bert selbst, als er wegging. Diese Erklärung schien am einleuchtendsten, da ich einen Umschlag fand, der geöffnet worden war. Er enthielt eine Kreditkarte – nur eine –, sie steckte noch in dem kleinen doppelseitigen Etui, mit dem jedes Jahr die neuen Karten verschickt werden. Vielleicht hatte Bert die zweite Karte mitgenommen? Auf der verbliebenen jedenfalls war der Name Kam Roberts eingeprägt.
Unter der verstreuten Post fand ich auch ein Kuvert, das an Kam Roberts adressiert war. Ich hielt es gegen das Licht und riß es einfach auf. Der monatliche Kontoauszug für die Kre-

ditkarte. Er enthielt in etwa das, was bei Bert während der Basketballsaison zu erwarten war: Belastungsmitteilungen aus fast jeder Stadt im Mittleren Westen. Bert fand nichts dabei, nachmittags um fünf zum Airport zu hetzen und in eine von diesen fliegenden Schrottkisten zu steigen, um rechtzeitig in irgendeinem Collegenest im Mittleren Westen anzukommen und dabeisein zu können, wenn unsere Universitätsmannschaft, die *Bargehands,* seit Generationen als die *Hands* bekannt, wieder mal hoffnungslos allegemacht wurde. Auch ein paar Abbuchungen von hier waren dabei, doch ich stopfte Kreditkarte und Kontoauszug in die Innentasche meines Jacketts, um die Einzelheiten später zu studieren.
Sonst fiel mir unter Berts Post nur noch der *»Adviser«* auf, die Schwulenzeitung von Kindle County mit ihren eindeutigen Kontaktanzeigen und einigen recht anstößigen Reklamen für Herrenunterwäsche. War er's nun oder war er's nicht? Bert hätte mir viel erzählen können, daß er das Blatt nur wegen der Anzeigenrubriken oder der Filmkritik abonniere, doch für mich war er jetzt eindeutig ein verkappter Schwuler. Wie ich, ist er zu einer Zeit aufgewachsen, in der Sexualität als etwas Schmutziges und Begehren als stummes Elend galt, das jeder sorgfältig in seiner persönlichen Pandorabüchse verschlossen hielt und nur heimlich im Dunkeln herausließ, wo es ihn prompt zum Sklaven machte. Berts Neigungen sind ein tiefdunkles Geheimnis. Er gesteht sie niemand ein, vielleicht nicht mal sich selbst. Dafür ist wohl Kam Roberts da, diese Identität ist sozusagen sein Fummel. Wenn er Jungs auf der Toilette der Stadtbibliothek von Kindle County anspricht oder in Schwulenkneipen anderer Städte geht, wo er angeblich hingefahren ist, um die *Hands* spielen zu sehen, heißt er also Kam. So etwas würden die Flugingenieure von TNA sicher eine ungesicherte Vermutung nennen, doch für mich klang es, wie ich so in seiner Wohnung stand, plausibel. Nein, mein Knie hatte er nie betatscht und auch keine lüsternen Blicke auf das peinsame Kind geworfen, aber ich würde trotzdem Haus und Hof darauf wetten, daß Berts Verrücktheiten, seine Verkleidung und Verlorenheit aus der Richtung kamen,

in die sein Schniepel wies. Und das geht nur ihn etwas an. Ich meine das wirklich so. Ehrlich. Ich habe schon immer Leute bewundert, die Geheimnisse hatten, die sie nicht preisgeben durften, denn natürlich habe auch ich ein paar Leichen im Keller.

Womit ich freilich nicht behaupten will, daß mich das, was ich hier herausfand, nicht doch auf seine Art faszinierte und eine leicht perverse Neugier weckte. Sprecht also mal mich auf meine Neigungen hin an. Doch fragt ihr euch nicht auch manchmal, was sich bei denen abspielt? Ich meine, wer wem was macht, ihr wißt ja, Ohrring links oder rechts und so. Die haben genauso eine seltsame Geheimsprache wie die Freimaurer oder die Mormonen.

Ich fragte mich, ob es wohl mit Berts Zweitidentität als Kam zusammenhing, daß die Bullen hinter ihm herschnüffelten. Als ich noch Streife ging, wurden solche Heinis immer auf die gemeinste Art hereingelegt. Ein Strafgefangener im Gefängnis von Rudyard etwa brachte es mit dem brieflichen Standardversprechen, er werde ihnen »einen bis zur Ekstase blasen«, sobald er wieder draußen sei, fertig, daß ihm eine ganze Reihe von Männern, an die er durch Kontaktanzeigen gekommen war, jeweils fünfzig Mäuse schickten. Es gab einen Restaurantbesitzer, der hinter einem seiner Pißbecken eine versteckte Kamera installiert hatte und eine Porträtsammlung der prominentesten Schwänze von Kindle County besaß. Und es wurde allerhand gemunkelt über glatte Erpressung durch Strichjungen, die damit drohten, es der Ehefrau oder dem Arbeitgeber zu stecken. Es gab tausenderlei Möglichkeiten für Bert, in solche Schwierigkeiten zu geraten, und als ich mir das vergegenwärtigte, bekam der gute alte Mack Mitleid mit dem armen Bert, der keiner Fliege was zuleide tun konnte.

Ich besichtigte die Wohnung. Berts Schlafzimmer war auch nicht üppiger möbliert als das Wohnzimmer: eine billige Kommode, das Bett ungemacht. In der ganzen Wohnung kein einziges Bild. Seine Anzüge hingen ordentlich im Einbauschrank, aber seine anderen Sachen lagen verstreut im Zimmer herum, wie ich es von Lyle kenne, meinem Sohn.

Ich ging in die Küche, um im Kühlschrank nachzusehen, vielleicht gab es dort einen Anhaltspunkt, wie lange unser Held schon fort war; auch so ein alter Bullentrick, an der Milchflasche schnuppern, das Verfalldatum ablesen. Als ich den Kühlschrank aufmachte, starrte mir ein Toter ins Gesicht.

B) Im Kühlschrank

Tote sind wie reiche Leute anders als du und ich. Ich hatte dieses verrückte Gefühl von Bluthochdruck, als würde ich gleich aus der Haut platzen. Makabres Interesse regte sich aber durchaus auch. Ich zog mir einen Küchenstuhl heran, blieb ungefähr einen Meter von dem Toten entfernt sitzen und starrte ihn an. Als Streifenpolizist hatte ich meinen Teil an Leichen gesehen, Selbstmörder, die im Keller an Heizungsrohren pendelten oder in einer Badewanne voller Blut schwammen, ein paar Mordopfer und eine Menge Leute, die schlicht gestorben waren, und ich bin inzwischen in dem Alter, wo es alle paar Wochen so aussieht, als müßte ich irgendwo Totenwache halten. Jedenfalls hat mich stets beeindruckt, wie ein Mensch ohne dieses pulsende Leben aussieht: ein Baum ohne Blätter. Der Tod nimmt immer etwas fort, nichts, was man wirklich benennen könnte, doch das Leben ist eben was Sichtbares.

Bert war das nicht. Der Kerl hatte etwa Berts Größe, aber er war älter, vielleicht sechzig. Er war wie ein Kleidersack in den Kühlschrank gestopft worden. Seine Füße waren umgeknickt, die Beine unter ihm zusammengeklappt, und der Kopf um etwa neunzig Grad gebeugt, damit er hineinpaßte. Die Augen standen unglaublich hervor, sie waren so hellgrün, daß man sie auch grau hätte nennen können. Er trug Anzug und Krawatte, auf seinen Hemdkragen war Blut gesickert und zu einer Art Batikmuster getrocknet. Schließlich fiel mir die schwarze Schnur auf, die tief in seinen Hals schnitt und um einen Gitterhalter geschlungen war, um ihn aufrechtzuhalten. Eine Angelschnur. Für Hochseeangeln. Reißfest bis hun-

dert Pfund. Die Kühlschranklampe glänzte wie ein kleiner Glatzkopf und warf einen gelben Lichtschimmer auf das graue Gesicht. Lebendig hatte der Mann wohl recht seriös gewirkt.
Ich saß da und überlegte, was ich tun sollte. Jetzt mußte ich aufpassen, soviel war klar. Noch immer fragte ich mich, was wohl geschehen war. Berts Beweggründe für eine Weltreise schienen nun plausibler. Der einleuchtendste Grund, die sterbliche Hülle zu kühlen, war wohl gewesen, mehr Vorsprung zu gewinnen. Aber nirgendwo in der Wohnung war Blut. Ob es da nicht vorher einen Teppich und ein paar Möbel mehr gegeben hatte? War der verkorkste Freund Bert fähig zu einem Mord? Die Jesuiten in der High School hatten mir weisgemacht, niemand sei das, aber dann drückte mir die Polizei eine Kanone in die Hand und gab mir Schießbefehl, und ich habe so oft in Kellerlöchern irgendeinem Scheißkerl nachgespürt, der in einem dunklen Gang verschwunden war, und mir bei jedem Knacken des Heizkessels fast in die Hosen gepißt, daß ich wußte, ich war dazu fähig. Bert stand auf seine Art ganz schön unter Anspannung. Vielleicht also doch.
Zweite Möglichkeit: Das hier war das Werk eines Dritten. Vor Berts Verschwinden oder hinterher? Vorher erschien unwahrscheinlich. Es gibt nicht allzu viele Leute, die mit einer Leiche in eine Wohnung einbrechen, um sie unerlaubt im Kühlschrank zu deponieren. Hinterher war immerhin möglich – sofern jemand wußte, daß Bert nicht da war.
Die Cops wollte ich eigentlich nicht rufen. Hätte ich es getan, wäre alles ans Licht gekommen. Bert ade! Geld ade! Mandantin ade! Aus für Mack und für G & G. Schlimmer noch, wie die Dinge lagen, würde ich für einige Zeit Mordverdächtiger Nummer eins sein. Das konnte wirklich ins Auge gehen, wo es doch bei der Polizei so viele gute Kumpel wie Schweinsäuglein gab, die einen Rochus auf mich hatten und von denen mindestens einer bald schnallen würde, daß er mich mit einem Einbruch nageln konnte. Am besten war wohl ein anonymer Hinweis an die Polizei, nachdem ich etwas Zeit gehabt hatte, die Sache zu durchdenken.

Ich machte mich daran, die Wohnung, so gut es ging, in den früheren Zustand zu versetzen, wischte den Kühlschrankgriff ab und den Küchenboden auf, um meine Abdrücke zu tilgen. Das Eingangsschloß konnte ich nicht wieder in Ordnung bringen, ohne die Tür zu öffnen, denn die Abdeckplatte mit dem Knauf mußte von außen aufgeschraubt werden. So stand ich in voller Größe unter der Tür und machte fünf Minuten herum, um die Tür wieder so aussehen zu lassen, als wäre sie nie aufgebrochen worden. Ich versuchte mir auszudenken, wie ich es anstellen würde, mich aus der Affäre zu ziehen, wenn die Stewardeß heimkam oder ein Passant draußen auf der Straße neugierig wurde. Trotzdem fand ich beim Herumfummeln an der letzten Schraube irgendwie Gefallen daran, ein bißchen über dem Abgrund zu hängen. Manche Dinge im Leben passieren einfach. Ungeplant. Nicht mehr steuerbar. Einer der Gründe dafür, warum manche Typen gerne Polizist sind. Mir hat das auch gefallen, weniger freilich die Art, wie ich nachts aufwachte, mit jagendem Herzen und dem Mund voll Kleister und mit diesen Ängsten, diesen Ängsten, die überall über mich hinleckten wie eine Katze, die sich anschickt, der Maus den Rest zu geben. Das hat mich – zumindest war es einer der Gründe dafür – in den Suff getrieben und schließlich aus der Polizei, obwohl es hinterher nicht aufgehört hat.
Aber nichts kam dazwischen, heute nicht. Die Stewardeß tauchte nicht auf und von der Straße sah niemand auch nur zu mir her. Ich ging durch die Haustür hinaus, den Schal bis zur Nase hochgezogen, und fühlte mich auf dem Gehweg so sicher und zufrieden wie hier im Bett, wo es bald Tag wird und ich weiß, daß ich aufhören kann, in dieses Ding zu diktieren, weil wieder mal eine Nacht glücklich vorüber ist.

ZWEITES TONBAND

Diktiert am 24. Januar
um 11 Uhr abends

Dienstag, 24. Januar

I. Alltagstrott

A) Wie die Maschine denkt

Dann und wann will jeder von uns mal wer anderes sein, Elaine. In unserem Innern balgen sich so viele geheime Identitäten – Mama und Papa, Räuber und Gendarm sowie diverse Serienhelden –, und sie alle gewinnen immer mal wieder die Oberhand. Das können wir nicht abstellen, und wer sagt, daß wir das sollen? Was erschien mir gestern verführerischer als der Gedanke, Bert zu kaschen und mit dem Geld abzuhauen? Jetzt bin ich wieder ich selber. Dein Bruder, der ehemalige Polizist, will dir eben erklären, wie es kommt, daß Leute auf die schiefe Bahn geraten. Jeder Vogel, den ich hoppnahm, greinte: War nicht so gemeint, ich hab's nicht gewollt. Als wär's ein anderer gewesen, der den Bruch gemacht oder gegen den Automaten getreten hat, bis er den Schotter ausspuckte. Und irgendwie ist's auch so. Sage ich.
Heute morgen bin ich in meinem Büro gesessen und habe, wie ich es jeden Tag ein paarmal mache, diesen bescheidenen Kommentar für meine tote Schwester abgelassen, während ich über dem Kontoauszug für Kam Roberts' Kreditkarte, den ich eingesteckt hatte, grübelte. Der Gedanke, daß Bert sich jederzeit ohne weiteres in jemand anderen verwandeln konnte, durchzuckte mich insgeheim noch immer wie ein Schwachstromschlag, doch die Einzelheiten seines Doppellebens blieben undurchschaubar. Außer den Belastungen für Flugtickets, Restaurants und Kleinstadtmotels im Mittleren Westen gab es fast täglich Abbuchungen von fünf bis fünfzehn Dollar für etwas, das Infomode hieß, und dazu eine Reihe von

Barabhebungen über eine Summe von fast dreitausend Dollar. Bert machte mehr Moos als ich, etwa zweihundertfünfundsiebzigtausend Dollar im Jahr, und ich hätte gedacht, er würde einen Scheck auf sein Gehaltskonto ziehen, wenn er Bargeld brauchte, anstatt Sollzinsen in Kauf zu nehmen. Dann aber wurde es wirklich merkwürdig: eine Einzelgutschrift von mehr als neuntausend Dollar von einer Firma Arch Enterprises. Vielleicht von seinem Kumpel Archie, dem kaputten Versicherungsmathematiker. Aber neuntausend Dollar für was? Die Erklärungen, die ich mir zurechtlegte, wurden immer phantastischer. Hatte Bert etwa eine Lebensversicherung gekündigt? Und dann gab es die kleinen Kuriositäten, zwei Übernachtungen letzten Monat im »University Inn«, einem drittklassigen Hotel/Motel direkt gegenüber dem Universitätshauptgebäude, eine seltsame Absteige für Bert, dessen Wohnung nur etwa eine Meile entfernt lag.
Ich schob gerade diese Puzzlestücke hin und her, als das Telefon klingelte.
»Wir haben ein schweres Problem.« Das war Wash.
»Tatsächlich?«
»Sehr schwer.« Er klang aufgelöst, aber Wash ist auch nicht der, an den wir uns wenden, wenn's brenzlig wird. Leute wie Martin reden über Wash wie über eine Legende, aber ich hab den Verdacht, daß Wash Thale als junger Mann wegen seiner glänzenden Zukunft bewundert wurde und man ihm heute als altem Mann seine Fehler aufgrund angeblicher früherer Verdienste nachsieht. Wash ist siebenundsechzig und hat meiner Meinung nach schon vor mindestens zehn Jahren jede Lust auf Anwaltstätigkeit verloren. Von mir könnte man das gleiche sagen, aber ich bin schließlich keine Galionsfigur. Bei so einem Leben kann man bequem werden. Da rücken ständig jüngere Juristen nach, von wachem Verstand und von Ehrgeiz geschwellt, die für dich denken, Schriftsätze verfassen und Verträge aufsetzen. Davor hat Wash kapituliert. Er ist hauptsächlich Frühstücksdirektor, ein Ruhepol für alte Mandanten, mit denen er sich durch gemeinsame Clubs und Studienerlebnisse verbunden fühlt.

»Ich hab grade mit Martin gesprochen«, keuchte Wash. »Er hat im Fahrstuhl zufällig Jake Eiger getroffen.«

»Und?«

»Jake hat nach Bert gefragt.«

»Oh, äh.« Der Mandant stellt knifflige Fragen. Ich hatte kurz das bekannte Gefühl stiller Dankbarkeit, daß ich keine Verantwortung trug.

»Wir müssen überlegen, was wir Jake sagen sollen. Martin mußte sich in eine Konferenzschaltung einklinken – er hatte nur ganz wenig Zeit. Müßte aber bald fertig sein. Er meint, wir sollten mal alle zusammenkommen.«

Ich sagte Wash, ich würde mich bereithalten.

Inzwischen tat ich, was ich mittlerweile jeden Tag bei G & G tue und versuchte, irgendwas zu tun zu finden. Eingestellt wurde ich vor achtzehn Jahren mit der Verheißung, Jake Eiger werde 'ne Menge Arbeit für mich haben, und ein paar Jahre wurde diese Zusage auch wahrgemacht. Ich überarbeitete die Dienstvorschriften für die Angestellten von TNA, führte etliche betriebsinterne Recherchen durch: Stewards, die Drinks auf eigene Rechnung verkauften, ein Hoteldirektor, dessen Einstellungskriterium für Zimmermädchen darin bestand, ob sie hinunterschluckten, nachdem sie ihm einen geblasen hatten. Aber dann liefen diese Sachen allmählich aus, und in den letzten beiden Jahren kam nichts mehr. Ich mache noch dieses und jenes für Bert und Brushy und ein paar andere Sozietätspartner, die auf Jakes Präferenzliste stehen, vertrete sie bei Fällen, für die sie keine Zeit haben, erledige Arbeiten für den Ausschuß und wiege mich nach achtzehn Jahren Anwaltspraxis immer noch in der stillen Hoffnung, es werde sich irgendwo und irgendwann ein Millionär als Mandant finden, der in allen Rechtsgeschäften unbedingt von einem trockengewordenen Exbullen vertreten sein will. Angesichts meiner überschäumenden Arbeitsmoral und meines Zulaufs an Klienten tendiert mein Wert für die Firma gegen null. Zwar kassiere ich immer noch jedes Vierteljahr einen dicken Akontoscheck, und noch immer gibt es Leute wie Martin, die mich trotz meiner drei Jahre hintereinander gekürzten Prämie

halten wollen, offenbar aus Gefühlsduselei, doch muß ich schon mal an den Zeitpunkt denken, wo ein Pagnucci sagen wird, es ist genug – denn da könnte mir mein Stolz zu schaffen machen, wenn von dem noch was übrig ist.
Unfrohe Gedanken, während ich im *»Blue Sheet«* blätterte, unserem täglichen Mitteilungsdienst, und in den sonstigen Rundbriefen und Hausmitteilungen, die bei G & G Tag für Tag produziert werden und für die ein ganzer Wald abgeholzt werden muß. Noch ein paar vereinzelte Vorgänge für Flug 397, der Luftfahrtkatastrophe, mit der Bert in den letzten drei Jahren voll und ich nicht nur gelegentlich beschäftigt gewesen war.
Etliche Briefe lagen zur Unterschrift bereit, und ein paar Vorlagen für fällige Zahlungen an Peter Neucriss, den federführenden Klägeranwalt, einen pedantischen Schnösel, der mich regelmäßig zwingt, alles viermal neu zu formulieren. Meine heutige Ausgangspost stammte nach außen hin von TNA und war auf TNA-Briefbögen geschrieben: diverse Ankündigungen, den Abfindungsfond betreffend, den wir eigentlich zu treuen Händen verwalten sollten und über den TNA das Sagen hatte. Ich setzte meine makellose Imitation der Unterschrift Jake Eigers darunter und wandte mich dann wieder dem *»Blue Sheet«* zu, um es auf Kuriosa durchzublättern. Bloß das Übliche. Ein Arbeitsessen zur Erörterung von Zinsoptionsscheinen; die Honorarabrechnungsblätter waren bis heute nachmittag um fünf abzugeben, sonst würden Strafprozente abgezogen; und unter den Irrläufern, meiner Lieblingsrubrik, die Fotokopie eines Schecks auf die Firma über zweihundertfünfundsiebzig Dollar mit einer Anfrage von Glyndora aus der Buchhaltung, ob jemand wisse, wer ihn uns zugesandt habe und mit welchem Zahlungsgrund. Einmal war drei Tage hintereinander ein Scheck über siebenhundertfünfzig Mille abgebildet gewesen, den ich mir beinah unter den Nagel gerissen hätte. Carl und seine verschiedenen Subalternen riefen außerdem in vier verschiedenen Memos alle Partner der Sozietät auf, sich zu tummeln und die Mandanten zu veranlassen, ihre fälligen Honorare zu begleichen,

bevor das Geschäftsjahr nächste Woche am 31. Januar zu Ende geht.

Die Erwähnung offener Rechnungen brachte mir Kam Roberts' Kreditkartenkonto in Erinnerung: Ich hinterließ bei Lucinda, wo ich zu finden sei, wenn Wash anrief, und schlenderte durch die Flure eine Etage höher zur juristischen Bibliothek im achtunddreißigsten Stockwerk. Drei angestellte Rechtsanwälte männlichen und weiblichen Geschlechts, alle im ersten Berufsjahr, saßen um einen Tisch und tratschten. Bei dem in diesen Gefilden seltenen Anblick eines Sozietätspartners erhoben sie sich stumm und eilig, um wieder nutzbringende Arbeit zu leisten.

»Nur keine Hast!« sagte ich. Ich hatte sie alle drei angeworben. Eine große Anwaltsfirma ist im Prinzip nach dem Schneeballsystem aufgebaut. Gesichert wird der Zuwachs nur durch neue Mandanten, höhere Honorarrechnungen und – das vor allem – mehr Fußvolk an der Basis, lauter kleine Profitbringer, weil diese Leute bis in die Puppen schuften und für die Firma mehr an Honoraren scheffeln, als sie Gehalt kosten. Folglich sind wir wie ein alter Wüstling ständig an jungem Fleisch interessiert und werben ständig welches an. Im Sommer lassen wir fünfzehn Jurastudenten bei uns ein Schnupperpraktikum machen, unter Bedingungen, gegen die sich ein Ferienwochenende wie Schwerstarbeit ausnimmt. Zwölfhundert die Woche für den Besuch von Baseballspielen, Konzerten und für Mittagessen in Feinschmeckerlokalen, ein Probelauf, der eher der Einführung in die Zerstreuungen einer königlichen Familie gleicht als dem Kennenlernen einer Anwaltspraxis. Und wer ist ausersehen, sich derart an die Kinderchen ranzuschmeißen? Natürlich meine Wenigkeit.

Bei meiner Versetzung in die Anwerbekommission versuchte Martin, das als Tribut an meinen hemdsärmeligen Charme darzustellen. Die jungen Leute, behauptete er, würden auf meinen informellen Ton abfahren, auf meine lässig-exzentrische Art. Ich merkte, daß er mit seinem angeborenen bürokratischen Geschick auf so was wie die letzte Hoffnung verfallen war, den anderen Sozietätspartnern meine Brauchbarkeit vorzuführen. In Wahrheit mache ich mir nicht viel aus jungen Leuten, wie auch mein Sohn bezeugen kann. Ich hab was gegen ihre Jugend, ihren Chancenreichtum und daß sie von vornherein in vieler Beziehung einen besseren Start haben als damals ich. Und, ehrlich gesagt, sie fahren auf mich auch gar nicht so toll ab. Trotzdem sitze ich jeden Herbst neunzehnmal in irgendeinem einsamen Hotelzimmer in der Nachbarschaft der angesehenen Fakultäten und beobachte, wie diese Jungjuristen auftreten, gerade fünfundzwanzig und manche so selbstbewußt, daß man Lust kriegt, sie mit einer Nadel anzupieksen und zuzusehen, wie sie furzend durchs Zimmer sausen. Mein Gott.

»Ich bin zufällig an diesen Kontoauszug da gekommen«, erklärte ich, »und will rauskriegen, wofür der Typ sein Geld ausgibt. Was ist Infomode?« Im großzügigen Ambiente der Bibliothek lauschten mir die drei mit dem bemühten Ernst, der jungem Ehrgeiz eigen ist. Ein gemütlicher, ehrwürdiger Raum mit Ledersesseln, eichenen Bücherregalen und Tischen. Oben läuft ringsherum eine Galerie mit Goldschnittbänden Rücken an Rücken. Leotis Griswell, der selige Firmengründer, hatte hier wie die Katholiken, wenn sie ihre Kirche ausstaffieren, keine Ausgabe gescheut.

Lena Holtz kannte sich mit Infomode aus.

»Ein Bildschirmtextdienst. Sie wissen ja, man klinkt sich ein und kann was bestellen oder die Aktienkurse abfragen oder die neuesten Nachrichten, alles mögliche.«

»Und wo klinkt man sich ein?«

»Hier.« Sie ging zu einem Laptop in einer der Nischen. Mit Lena habe ich heuer einen Haupttreffer gezogen. An der Fakultät Assi, aus einer betuchten Familie vom Westufer. Vor ihrem Jurastudium hatte sie harte Zeiten durchgemacht und von damals rührte ihr Wille, sich zu beweisen. Einsfünfundfünfzig groß, mit teenagerdünnen Armen und Beinen, die ihre Klamotten immer viel zu weit erscheinen lassen, macht sie nicht viel her, wenn man sie genauer mustert, aber alles an ihr ist geschmackvoll aufeinander abgestimmt. Frisur,

Make-up, Kleidung – Lena hat das, was man ganz allgemein Stil nennt.

Ich hatte ihr Kam Roberts' Kontoauszug in die Hand gedrückt, und sie tippte bereits eifrig ein. Der Computer simulierte ein Telefonklingeln.

»Sehen Sie?« sagte sie, als der Bildschirm mit der farbigen Botschaft INFOMODE! aufleuchtete.

Ich fragte: »Was für Daten kann man da kriegen?«

»Was Sie wollen. Flugpläne, Antiquitätenpreise, Wetterberichte. Da gibt's zweitausend verschiedene Dateien.«

»Und wie kriege ich raus, was er dort will?«

»Sie könnten sich seine Buchungsdaten ansehen, die erscheinen auf den Befehl ›Kontoführung‹ hier direkt auf dem Bildschirm.«

»Toll!«

»Aber dazu brauchen Sie sein Paßwort«, kam der Wermutstropfen.

Wieder mal glotzte ich verständnislos.

»Sehen Sie«, erklärte Lena, »das geht nicht kostenlos. Die Gebühr wird jedesmal von Ihrer Kreditkarte abgebucht, wenn Sie in ein Dateiverzeichnis gehen, so wie jetzt, wo ich sein Konto aufrufe.«

»Wie das?«

»Die Kontonummer steht doch hier auf dem Auszug. Aber um nachzuweisen, daß ich wirklich zugriffsberechtigt bin, brauche ich sein Paßwort.«

»Sein Paßwort. Vielleicht ›Rosebud‹?«

»Nein. Vielleicht der Name von einem Kind. Geburtstag, Hochzeitstag.«

»Toll!« sagte ich wieder. Ich saß vornübergebeugt da und sah kleine Leuchtzeichen auf dem Bildschirm flimmern wie brennende Buchstaben. Feuer fasziniert mich stets. Vielleicht hatte Bert die Karte bloß dazu, den Bildschirmtext unter einem anderen Namen zu benutzen. Ich faßte sie am Arm.

»Versuch's mal mit ›Kam Roberts‹!« Ich buchstabierte.

Wieder leuchtete eine bunte Bildschirmmaske auf: WELCOME TO INFOMODE!

»Hoppla«, sagte ich. Einmal Kunststudent, immer Kunststudent. Wie ich die Farben liebe.
Sie tippte den Befehl »Kontoführung« ein. Was jetzt über den Bildschirm lief, sah aus wie der Kontoauszug, eine Liste von Leistungen, die täglich oder alle paar Tage beansprucht worden waren, dazu die jeweilige Computerzeit und die Gebühren. Alles paßte genau zu Bert. Die meisten Beträge waren für so was wie *»Sportsline«* oder für eine andere Dienstleistung, die als *»Mailbox«* bezeichnet war. Ich dachte mir, *»Sportsline«* enthalte wohl Tabellen mit Spielergebnissen und wollte wissen, was *»Mailbox«* bedeute.
»Es bedeutet das, was es heißt: Briefkasten. Man erhält Mitteilungen von Leuten, die am Netz hängen. Elektronische Post, sozusagen.«
Oder man konnte, wie sich herausstellte, auch etwas hinterlassen, kleine Notizen für einen selbst oder für jemand anderen, dem man das Zugangspaßwort gegeben hatte. Und letzteres hatte Bert getan. Die Mitteilung, die wir vorfanden, war drei Wochen alt und ergab offenbar keinerlei Sinn. Da stand:

Hey Arch –
SPRINGFIELD
Kam's Special 1.12 – – U.
five, five Cleveland.
1.3 – – Seton five, three Franklin.
1.5 – – SJ five, three Grant.
NEW BRUNSWICK
1.2 – – S. F. eleven, five Grant.

Lena schnappte sich einen gelben Notizblock, schrieb alles ab und fragte: »Sagt Ihnen das was?«
Bloß Bahnhof. Baseballergebnisse vom Januar? Geographische Koordinaten? Die Kombination für einen Tresor? Wir glotzten beide enttäuscht den Bildschirm an.
Ich hörte meinen Namen aus dem Deckenlautsprecher: »Mr. Malloy, bitte in Mr. Thales Büro!« Die Durchsage kam noch zweimal und wirkte jedesmal unheildrohender. Ich spürte,

wie mir die Angst ans Herz griff. Was sollten wir Jake sagen? Ich stand auf und bedankte mich bei Lena. Sie schaltete das Gerät ab und ließ damit Berts Mitteilung, was immer sie bedeuten mochte, zu einem Lichtpünktchen zusammenschnurren, das noch kurz auf der Mattscheibe nachglomm.

B) Der alte Wash

Erleichtert, daß ich endlich da war, begrüßte mich Wash in seinem Büro mit einer Herzlichkeit, wie man sie bei einem Besuch bei ihm zu Hause erwartet hätte. George Washington Thale III. hat den Charme, der auf eine gute Erziehung hinweisen soll, eine unerschütterliche Liebenswürdigkeit, mit der er sogar die Sekretärinnen beglückt. Wendet er dir seine volle Aufmerksamkeit zu, und läßt er seine vollendeten Manieren spielen, hast du das Gefühl, eine Gestalt aus einem Roman von Scott Fitzgerald vor dir zu haben, einen Sproß jenes Geldadels, der einst allen Amerikanern als erstrebenswertes Ideal erschien. Trotzdem kommt mir stets die Bezeichnung »aufgeblasene Null« in den Sinn. Er hat einen von diesen Spitzbäuchen, die im Sitzen gegen die Brust drücken. Mit seiner Fliege und seiner Hornbrille, seinen vielen Leberflecken im Gesicht und seiner Pfeife ist er eine Art Idealtyp, eines jener sattsam bekannten Wohlstandssymbole, bei dessen bloßem Anblick man schon den Nachwuchs vor sich sieht, der irgendwo auf das Erbe spitzt.
Wash erkundigte sich, wie es mir gehe, aber er war unruhig wegen Jake und tippte sofort Martin Golds Nummer auf seinem Gegensprechapparat ein. In Washs pompösem Eckzimmer inmitten dunkler Holzmöbel und rot- und goldverzierten Nippes aus der Kolonialzeit wirkt die Ausübung der Rechtsgeschäfte leicht und elegant, wie eine Welt, in der bedeutende Männer Entscheidungen fällen und unsichtbare Domestiken zu spuren haben. Washs Büro ist voller Andenken an George Washington: Porträts und Büsten, kleine Gebrauchsgegenstände, Sachen, die der Vater der Union angeb-

lich durch Berührung geadelt hat. Wash ist um neun oder zwölf Ecken mit ihm verwandt, und seine unselige Vorliebe für diesen Tinnef wirkt auf mich jedesmal mitleidheischend, als habe er diesem hehren Anspruch in seinem eigenen Leben nie gerecht werden können.

»Mack ist jetzt bei mir«, sagte Wash, als Martin sich meldete.

»Schön«, antwortete der. »Genau euch zwei brauche ich.« An Martins leicht öligem Tonfall merkte ich, daß auch er nicht allein in seinem Büro war. »Mack, ich bin gerade Jake über'n Weg gelaufen, und wir sind über ein paar Fälle aus Flug 397, die Bert bearbeitet, ins Reden gekommen. Da hab ich Jake in mein Büro gebeten. Ich meine, wir sollten vielleicht gemeinsam über die Sache reden.«

»Jake ist bei *dir*?« fragte Wash entgeistert. Erst jetzt dämmerte ihm, was Martin mit seinem Vorschlag meinte, wir sollten uns gemeinsam treffen.

»Steht leibhaftig neben mir«, sagte Martin. Optimistisch, in energischem Tonfall. Martin ist wie Brushy, wie Pagnucci, wie seinerzeit Leotis Griswell, wie viele andere, die es richtig rüberbringen können: von früh bis spät durch und durch Anwalt. Er schmeißt den Laden; er plant die Sanierung des Flusses und die Uferbebauung; er berät Mandanten und trommelt vierzehn Jungjuristen zusammen, um seine großen Verfahren vorher mit ihnen durchzuspielen; er jettet hierhin und dorthin und hat endlose Konferenzschaltungen mit Leuten in jeder nur denkbaren Zeitzone der Welt; und gleichzeitig läßt er sich vortragen, äußert seine sachkundige Meinung dazu, redigiert Schriftsätze und liest seine Post. Irgendwas Juristisches liegt immer an und beschäftigt seinen Verstand. Und er liebt das – er ist wie ein Nimmersatt, der ein nicht enden wollendes Mahl verschlingt und dabei keinen Leckerbissen auf dem Teller ausläßt. Obwohl Jake in seinem Büro stand, die Krise also direkt vor ihm, klang er munter und selbstsicher, zu jeder Schandtat bereit. Wash aber, als er mich jetzt betroffen ansah, wirkte mit seinem alternden und blassen Gesicht noch verschreckter als ich.

C) Auftritt des Geschädigten

Elaine, wenn du je die »Geburt der Venus« gesehen hast, die nackte Göttin auf der Muschelschale mit den sie verzückt anhimmelnden Seraphim, dann weißt du, wie sich Firmenanwälte gebärden, wenn der Chefsyndikus ihres Hauptmandanten den Raum betritt. Während der ersten Minuten mit Jake Eiger in Martins weitläufigem Eckbüro, als uns Kaffee gebracht wurde und Martin die üblichen dringenden Anrufe abwimmelte, steckten etwa ein halbes Dutzend Sozietätspartner den Kopf durch die Tür, um Jake zu versichern, wie gut er aussehe, oder daß sein letztes Schreiben in der Sache Soundso so prägnant und einfühlsam gewesen sei wie Lincolns Ansprache in Gettysburg; beiläufig streuten sie Einladungen fürs Abendessen, Theaterbesuche oder Baseballspiele ein. Jake nahm diese Huldigungen wie immer gnädig entgegen. Sein Vater war Politiker, und er kennt sich aus, wie man abwinkt, lacht und mit allen möglichen klugen Späßchen kontert.

Jake Eiger kenne ich seit meiner Schulzeit. Wir gingen beide auf die Jesuiten-High-School, Jake zwei Klassen über mir. Du und ich, Elaine, wir wuchsen als Katholiken auf, die glaubten, Angehörige einer Minderheit zu sein. Wir gehörten zu den Makrelenfressern, die freitags Fisch aßen, sich die Stirn am Aschermittwoch mit Asche bestrichen und vor den Frauen in den schwarzen Kutten ehrfurchtsvoll beiseite traten. Uns war klar, daß uns die Protestanten als Mitglieder einer Geheimorganisation ansahen, vom Ausland gesteuert wie die Freimaurer oder der KGB. Jack Kennedy wurde natürlich unser Held, und nach seiner Ära hatte sich in Amerika für die Katholiken wirklich was verändert, glaube ich. Aber du bleibst immer, was du als Kind warst, und ich werde nie wirklich sicher sein, ob am Tisch auch für mich gedeckt worden ist.

Jake dagegen war ein Katholik deutsch-irischer Abstammung, einer, der überzeugt war, zum weißen Establishment zu gehören. Ich beneidete ihn darum und um vieles andere auch, etwa daß sein Vater reich war und daß Jake schon immer locker mit Leuten umgehen konnte. Er sieht äußerst gut aus, wie ein Filmstar, und sein glattes Blondhaar mit dem Kupferglanz wirkt immer wie geleckt. Erst jetzt, wo Jake ein paar Jahre über fünfzig ist, leuchtet es allmählich nicht mehr so, als stehe er ständig im Rampenlicht. Eindrucksvolle Augen – die langen Wimpern, die man selten bei Männern sieht, haben Jake schon in seiner ansonsten wenig aufsehenerregenden Jugend wie einen weltklugen Erwachsenen aussehen lassen. Hinter ihm waren stets die Mädchen her, und ich vermute, daß er grausam zu ihnen war, sie auf seine sanfte Art umwarb und fallenließ, sobald er sie gehabt hatte.

Trotzdem wurde ausgerechnet Jake so etwas wie ein Vorbild für mich, und zwar damals, als ich etwa zum vierzehntenmal meine Vorstellung davon änderte, was aus mir werden sollte, ich hatte gerade Vincent van Gogh, Jack Kerouac und Dick Tracy hinter mir und meinte, ich solle vielleicht doch Dads Anregung folgen und es mit Jus versuchen. Unsere Wege hatten sich nach der High School getrennt, aber meine Rolle als Noras Zukünftiger brachte uns bei Familienanlässen wieder näher, und Jake ließ sich herab, mir Tips und Ratschläge für das Jurastudium und die Anwaltspraxis zu geben. Als ich dann im Prüfungsamt der Anwaltskammer anfing, kam er und bat mich um einen Riesengefallen, für den er sich Jahre später revanchieren zu müssen glaubte, indem er mich hier in der Firma unterbrachte.

Ein vernünftiger Mensch müßte Jake Eiger eigentlich dankbar sein. Letztes Jahr habe ich 228 168 Dollar verdient und das, obwohl sie mir meine Jahresprämie zum drittenmal hintereinander gekürzt hatten. Ohne Jake säße ich wahrscheinlich in irgendeinem fensterlosen Kabuff mit Imitat-Wandvertäfelung, als freischaffender Anwalt für Ordnungswidrigkeiten und Bagatellstrafsachen, ewig auf der Lauer, daß das Telefon wieder mal klingelt. Jake scheint ein Triebwerk im Hintern zu haben, und ich dümpele gerade so dahin. Er braust noch immer den Sternen entgegen, mich aber hat er bei seinem Aufstieg abgesprengt, damit ich beim Eintauchen in die Erdatmosphäre verglühe. Ein kleinlicher

Mensch wäre womöglich verbittert, denn ohne mein Zutun wäre Jake Eiger ein jovialer Versager mittleren Alters, der sich ständig Erklärungen dafür ausdenken muß, warum er vor vielen Jahren die Juristerei an den Nagel gehängt hat.
»Wash, Mack!« Martin legte den Hörer auf, nachdem er die letzte Störung abgewimmelt und seine Sekretärin endlich die Tür zugemacht hatte. »Also, zu unserem Freund Kamin!«
»Ach so, ja.« Ich lächelte gewinnend und wartete ab, wie Martin den Drahtseilakt hinter sich bringen würde.
»Jake ist natürlich nicht entgangen, daß Bert sich wieder mal eigenmächtig ein Freisemester genommen hat.«
»Genau.« Allgemeines Lächeln. Wash lachte laut heraus. Martin ist eben ein Scherzbold.
»Und ehrlich, ich hab mir gedacht, wir weihen Jake besser in alles ein, was uns Sorgen macht. In alles. Damit möchte ich irgendwelchen Mißverständnissen vorbeugen.«
Martin fuhr ernst und gewichtig fort. Solange er sprach, war es still im Raum. Fenster an drei Seiten, abstrakte Gemälde und ausgefallene Objekte, wie Martin sie mag: skurrile Uhren, ein Beistelltisch mit einem kompletten, aus Tropenholz geschnitzten Städtchen unter der Glasplatte, der Krummstab eines Schamanen, der wie ein Wasserfall rauscht, wenn man ihn auf den Kopf stellt, statt des üblichen Familienfotos eine kleine, strubbelköpfige Figurengruppe aus Salzteig von Martin, seiner Frau und den drei Kindern auf dem Aktenschrank. Martin saß hinter dem Schreibtisch, auf den die gesamte Möblierung unterschwellig ausgerichtet ist, einem fast naturbelassenen Klotz aus dem Stamm einer tausendjährigen Eiche.
Worauf Martin hinauswollte, merkte ich lange vor Wash, der in einem der Barcelona-Sessel saß, die Martins Schreibtisch wie eine Art Proszenium umgeben. Als Wash endlich dämmerte, daß Martin jetzt unsere Verdachtsgründe gegen Bert in allen Einzelheiten schildern würde, machte er eine Bewegung, als wolle er Einspruch anmelden, doch hatte er sichtlich nicht genug Zeit gehabt, es sich genau zu überlegen, und so hielt er lieber den Mund.

Martin holte den Schlüssel zu seinem Aktenschrank hervor – er bewahrte ihn im Gummibauch einer Hulatänzerin auf, in die eine Uhr eingelassen war – und wies die Mappe vor, die ich gestern gesehen hatte. Er erklärte Jake, wir hätten keine Buchungsunterlagen für diese Schecks gefunden. Als Jake langsam spürte, daß etwas faul war, begann er, im Sessel hin und her zu rutschten. Aber Martin, ein Mann von Prinzipien und eherner Pflichterfüllung, gab nicht nach. Fiel ihm bestimmt nicht leicht. G & G ist für ihn seit seiner Zeit als rechte Hand von Leotis Griswell der Lebensinhalt, und er liebt den Wirbel und das Durcheinander, dieses Geschäft, jeden mit jedem zusammenzubringen. Das Ganze, lautet sein Lebensbekenntnis, ist mehr als die Summe der Teile. Er ist hier in der Firma für mich der Schaffer, der Mann, den ich bewundere, und er verhielt sich auch jetzt bewundernswert. Noch gestern hatte der Ausschuß entschieden abzuwarten, bevor der Mandant ins Bild gesetzt wurde. Doch nun bewies Martin abermals seine Verpflichtung zu Höherem als der Existenz einer Anwaltsfirma: zu Werten, zum Amt, zum Standesethos. Der Mandant hatte unverhofft eine Frage gestellt, die schlicht die volle Wahrheit erheischte, und Martin wollte nicht zu denen gehören, die sie ihm vorenthielten.
Mittlerweile erläuterte Martin, was der Ausschuß vorhatte, daß ich Bert suchen solle, in der Hoffnung, er werde sich überreden lassen und einlenken. Von Jake erbat Martin eine kurze Frist, wenige Wochen, mit der Zusage, daß ich danach einen vollständigen Bericht vorlegen würde. Zu seiner Schlußbemerkung erhob er sich, um sich vorn auf die Schreibtischkante zu setzen.
»Wenn wir Bert versichern können, daß ihr, du und TNA, die Sache verständnisvoll seht«, sagte er zu Jake, »besteht meiner Meinung nach eine Chance, eine echte Chance, daß wir das Geld zurückkriegen. Schaffen wir das, können wir vielleicht einen Skandal vermeiden. Und das scheint mir wirklich für uns alle das Beste.«
Martin hielt inne. Er hatte seinen Appell formuliert, seinen ganzen Charme und all seine Beredsamkeit auf Jake konzen-

triert. Nun warteten wir ab. Es war eigentlich ein höchst riskanter Moment. Gage & Griswell drohte vermutlich das Schicksal von Atlantis, das im Meer versank. Ich befürchtete, Wash würde ohnmächtig, und bekam selbst eine Gänsehaut, wenn ich mir Jakes Reaktion ausmalte. Der aber sah schlechter aus, als ich ihn je erlebt hatte: so beklemmend grau wie einer, der unter Schock steht.

»Unfaßbar.« Das war das erste, was Jake sagte. Er stand auf und ging einmal im Kreis um seinen Sessel herum, und dann noch einmal andersrum. »Wie soll ich das je da oben hinkriegen?« sagte er mehr zu sich selbst, die Finger an der Unterlippe, und man konnte sehen, daß er die Antwort nicht wußte. Er stand da, sichtlich gequält, nicht so recht willens, die Auswirkungen zu erörtern, weil ihm dafür der Wortschatz fehlte, wie jemand, der Kraftausdrücke vermeiden will.

»Wir sind ja da, als Hilfe«, sagte Wash.

»Schöne Hilfe!« knurrte Jake und zuckte schon bei der bloßen Vorstellung zusammen.

Bei TNA herrschen neuerdings schwere Zeiten, wenn sich das von einem Konzern mit einem Jahresbruttoumsatz von vier Milliarden überhaupt sagen läßt. Fast alles, was zu TransNational gehört – Hotels, Autovermietungen, Fluggesellschaften –, reagiert empfindlich auf Schwankungen der Reiselust. Und die war nach unserem Operettenfeldzug gegen Saddam Hussein nicht eben groß. Das kam auch nicht überraschend, denn jeder Wirtschaftsstudent hätte vorhersagen können, daß dieses branchenfixierte Konglomerat konjunkturanfällig ist. Zur Diversifizierung hatte TNA vor zehn Jahren ein Reisescheckunternehmen erworben und sich auf diesem Wege ins kalifornische Bankwesen eingekauft, gerade rechtzeitig, um zu erleben, wie die Kredite dort massenhaft notleidend wurden. Im selbstmörderischen Preiskrieg der Flugtarife hatte der Konzern letzten Sommer etwa sechshundert Millionen Dollar Miese gemacht, im dritten Verlustjahr hintereinander. Um dem Aderlaß ein Ende zu machen, hatten die Aufsichtsräte Tadeusz Krzysinski zum Vorstandsvorsitzenden berufen, den ersten, der mehr als Vorstandsstellvertreter geworden war, ohne Stallgeruch mitzubringen. Neben vielen anderen Rationalisierungsmaßnahmen schwingt Tad die Kostenschere und triezt Jake wegen seines engen Verhältnisses zu G & G mit dem Argument, bei der Rechtsvertretung von TNA müsse mehr Konkurrenz zum Zuge kommen. Wie man hört, spricht Krzysinski sehr angetan von einer Sozietät in Columbus mit zweihundert Anwälten, die ihm während seiner letzten Inkarnation als Vorstandschef der Red-Carpet-Autovermietung ans Herz gewachsen ist.

Das ist, vorsichtig ausgedrückt, Grund zur Sorge für Gage & Griswell, da wir mit TNA noch nie unter achtzehn Prozent unseres Firmenumsatzes gemacht haben. Martin und Wash versuchen ständig, Krzysinski zu bekehren, indem sie ihn zum Lunch und zu Konferenzen einladen und ihn immer wieder darauf hinweisen, wie teuer es kommen könnte, uns und unsere intime Kenntnis der TransNational-Struktur und früherer Rechtsfälle durch andere zu ersetzen. Krzysinski reagiert, indem er betont, die Entscheidung liege bei Jake – sein Chefsyndikus müsse wie üblich freie Hand bei der Auswahl seiner Rechtsvertreter haben –, ein geschickter Schachzug, denn sowohl Jake als auch G & G haben im Vorstand von TNA ihre Anhänger. Aber Jake hat den Machtinstinkt eines erfahrenen Konzernbürokraten. Er giert nach einem Vorstandsposten, dem Stellvertretertitel, den ihm nur Krzysinksi verleihen kann, und zeigt sich deshalb kriecherisch und gefällig gegenüber seinem neuen Vorgesetzten, der ihm in Wahrheit oft nicht recht geheuer ist. Wie in Konzerngefilden üblich, wird mehr geschwätzt als getan. Jake hat denen in Columbus ebenso wie anderen Anwaltsfirmen nur ein paar Häppchen gereicht. Doch ist es in der Wirtschaft wie beim Baseball: Der Vorstand steht, noch kurz bevor er ihn feuert, geschlossen hinter dem Trainer.

Jake hatte sich inzwischen an mich gewandt. »Das ist sehr brisant. Mack, ich möchte über alles Bescheid wissen, was du machst. Und sei um Himmels willen diskret!« fügte er hinzu. Jake ist es gewohnt, Anweisungen zu geben. Er blieb noch kurz stehen, mittelgroß und schlank, eine Hand über den

Augen. Er trug einen schicken Zweireiher mit dezentem Glencheckmuster, und seine Initialen – J.A.K.E. für John Andrew Kenneth Eiger –, sein Lieblingszierat, hatten an seiner Manschette aufgeblitzt, als er mit der Hand auf mich wies. »Mein Gott«, sagte Jake noch nachdenklich und ging dann ohne ein weiteres Wort hinaus.

Wash stand gleich darauf auf, um zu gehen. Unter der Anspannung war sein Greisengesicht so schrundig geworden wie ein Kürbis. Er hatte im Sessel gehangen, mit sich selbst im unklaren, ob er Martin Vorwürfe machen oder Jake beschwichtigen solle, und hatte sich am Ende für letzteres entschieden. Ein Erstkläßler hätte gewußt, was er sagen würde: Gib uns Zeit! Tu nichts Voreiliges! Haben wir erst Kamin gefunden, kriegen wir das wieder hin.

Hinter seinem tausendjährigen Eichenknorren beobachtete Martin den Abgang der beiden. Dann wollte er von mir wissen: »Und was meinst du?« Er hatte die Hände über dem Bauch gefaltet und den Kopf so eingezogen, daß sein pfiffiges Gesicht zwischen den Hosenträgern direkt auf die Brust des eleganten, schrill gestreiften Maßhemds sah.

»Ich laß es dich wissen, sobald ich wieder Mumm in den Knochen habe.« Mein Herz stockte noch immer. »Ich hab gemeint, wir wollten nichts verraten.«

Martin ist einer jener vielen Juristen, die durch ihren Verstand fast überlebensgroß wirken. Bei ihm funktioniert das Denken mit Elektronengeschwindigkeit. Du setzt dich mit ihm hin und fühlst dich sich von allen Seiten umzingelt. Meine Güte, fragst du dich, was geht in dem Kerl bloß vor? Ich weiß, daß er jedes Wort, das ich sage, schon dreimal gedreht und gewendet hat, bevor ich das nächste herausbekomme. Und diese Art geistige Fingerfertigkeit geht mit einer unglaublichen Kenntnis der menschlichen Natur einher. Wofür das alles eingesetzt wird, ist nicht so eindeutig. Martin würde nicht mit Mutter Teresa verwechselt werden wollen. Wie jeder, der als Jurist nur auf der Überholspur fährt, kann er dir, wenn's nötig sein sollte, das Herz rausreißen. Und mit ihm zu reden ist, wie gesagt, eine Art Kräftemessen. Dabei

beruhen seine klugen, freundlichen Bemerkungen, mit denen er dich spüren läßt, daß er genau weiß, was du meinst, nie auf Gegenseitigkeit nach dem Motto: Ich weiß Bescheid über dich, und du weißt nichts von mir. Sein wahres Domizil ist nicht unter Normalsterblichen, sondern irgendwo in der Nähe des Olymp. Doch war Martin selten so rätselhaft wie jetzt. Er schien überhaupt nicht erschüttert von dem, was sich hier abgespielt hatte. Und mit einer unerfindlichen Handbewegung, als könne er Geschehenes nicht ändern, reagierte er auf meine Frage: »Was glaubst du, wird Krzysinski sagen, wenn Jake ihm das erzählt?«
Martin schloß die Augen, um die Frage zu erwägen, auf die er noch gar nicht gekommen schien, und als er mich wieder ansah, blitzte in seinem abgespannten Gesicht fast so etwas wie Humor auf, eine entwaffnende Ironie. Er stand auf und sah mir in die Augen, während eine von seinen Scherzuhren irgendwo im Raum loskeckerte wie ein Streifenhörnchen.
»Besser, du findest Bert«, sagte er zu mir.

II. Das Doppelleben des Kam Roberts

A) Gute Nachrichten

Wenn ich das hier ins Gerät diktiere und dabei noch mal durchkaue, kann ich die Gesichter von Carl und Wash und Martin kaum vor mir sehen. Ich kann sie mir eigentlich nicht vorstellen, wie sie diese Seiten in der Hand halten. Also muß es jemand anderen geben, mit dem ich reden will, wenn ich hier so spät in der Nacht in meinem Sperrmüllschlafzimmer sitze. In der Stille scheint die Stimme der Ausdruck meiner Seele zu sein, so wie sich eine Kerze am besten in der Flamme darstellt. Vielleicht ist das Diktiergerät ein Medium, eine Möglichkeit, Verbindung mit lieben Verstorbenen zu halten. Vielleicht ist das alles eigentlich eine lange Mitteilung an die liebe Elaine, mit der ich früher dreimal am Tag gesprochen habe. Heute hat sie mir schmerzlich gefehlt, mit ihrem geduldigen Ohr, in das ich meine abschweifenden Bemerkungen murmeln konnte, sogar im Büro, als ich fickrig und sauer herumsaß, weil ich bei meiner Suche nach Bert vor 'ner Wand stand.

Wieder starrte ich auf den Kontoauszug für die Kreditkarte von Kam Roberts. Die Füße hatte ich auf den Schreibtisch gelegt, ein wuchtiges Stilmöbel mit so vielen Fächern und Schubladen, wie ein Dampfer Schotten hat. Die polierte Platte verschwand unter einem Teppich aus erledigten Telefonnotizen, überholten Hausmitteilungen, diversen Schriftsätzen und Protokollen, die ich noch ablegen mußte. Als ich mit Jake Eigers Rückendeckung zu G & G kam und während der ersten Jahre als Partner, in denen Jake mich mit Arbeit eindeckte, hätte ich mir mein Büro neu einrichten können, bin aber nie dazu gekommen, weil ich wohl immer zu besoffen war, um mich drum zu kümmern. Die ganzen Jahre hause ich hier zwischen Second-hand-Gerümpel, dem großen Nußbaumschreibtisch, dem verglasten Bücherregal und den zwei lederbezogenen Ohrensesseln mit Messingpolsternägeln, einem schönen, wenn auch schon ziemlich abgetretenen Perserteppich, einem PC und meinem eigenen Zeug. Das einzige, woran mir wirklich liegt, hängt an der Wand: eine hinreißende Reproduktion von Beckmann – die üblichen einsamen Menschen in einem Café. Am Tage habe ich einen herrlichen Blick auf den Fluß und die westliche Innenstadt, mit der A 843 als Grenze.

Ich dachte verdrossen darüber nach, wie ich Martin beglükken und Bert finden könnte. Mit der Stewardeß in der Wohnung über ihm wollte ich noch reden, wußte aber ihren Namen nicht – er hatte nicht auf dem Briefkasten gestanden –, aber die Vorstellung, mich wieder in die Nähe der Leiche zu wagen, machte mich hippelig. Ich wählte die Fernauskunft, rief in Scottsdale an und bekam beim dritten Versuch Berts Schwester an den Apparat, eine Mrs. Cheryl Moeller, die ich bei der Beerdigung der Mutter kennengelernt hatte. Sie wußte nicht, wo ihr Bruder steckte und hatte seit Monaten nichts von ihm gehört. Wieder 'ne Niete gezogen.

Auch an einen Kumpel von Bert namens Archie konnte sie sich nicht erinnern. Es hatte nicht den Anschein, als könne sie ihren Bruder inzwischen besser leiden, und sie versicherte mir zum Schluß, Unkraut vergehe nicht.
Liebe Kollegen, Elaine – mit wem ich auch rede –, ich sage euch, euer Ermittler war ratlos. Ich ging den Kontoauszug noch einmal durch. Warum buchte Bert an Baseballabenden Hotelzimmer, wo doch eine Meile entfernt seine Wohnung leerstand? Auf eine Eingebung hin rief ich das »University Inn« an. Ich bekam die Telefonistin an den Apparat und machte, was wir im Betrugsdezernat einen Rauskitzelanruf genannt hatten. Ich tat so, als brauche ich eine Auskunft über jemand, mit dem ich am 18. Dezember im »University Inn« eine Geschäftsbesprechung gehabt habe. Ich hätte meine ganzen Notizen in einem Taxi vergessen, sagte ich, und sie sei jetzt meine letzte Hoffnung. Ob sie mir seine Postadresse oder Telefonnummer geben könne?
»Wie heißt denn der Herr?« fragte die Telefonistin.
»Kam Roberts.« Ich wäre für den kleinsten Hinweis auf Berts derzeitigen Aufenthaltsort dankbar gewesen. Ich hörte die Tastatur ihres Computers klappern, lauschte eine kleine Ewigkeit in den Hörer und hatte schließlich einen gewissen Trilby am Apparat, der sich als stellvertretender Direktor auswies. Als erstes verlangte er meinen Namen und meine Telefonnummer, und ich gab ihm beides durch.
»Ich sehe in unseren Unterlagen nach, Mr. Malloy, und richte Mr. Roberts aus, daß er sie anrufen soll.«
Völlig daneben. Bert würde wohl kaum herumsitzen und auf eine Begegnung mit einem seiner Sozietätspartner warten.
»Morgen bin ich schon in Urlaub. Dabei muß ich ihn wirklich dringend sprechen. Ist das nicht irgendwie möglich?«
»Einen Moment bitte.« Er brauchte viel länger, aber als Trilby wieder am Apparat war, troff seine Stimme vor Selbstgefälligkeit: »Mr. Malloy, Sie müssen den sechsten Sinn haben! Er logiert zur Zeit bei uns im Hause.«
Mir stockte der Herzschlag.
»Kam Roberts logiert bei Ihnen? Bestimmt?«

Er lachte. »Na, so genau kennen wir ihn nicht, aber jemand mit diesem Namen hat bei uns Zimmer 622. Darf ich ihm ausrichten, er soll Sie anrufen? Oder sollen wir ihm sagen, wann Sie vorbeikommen?«

Ich überlegte. Dann fragte ich: »Kann ich ihn nicht gleich sprechen?«

Nach einer Pause, während der ich auf eine symphonische Interpretation von *»Raindrops keep falling on my head«* geschaltet war, meldete Trilby sich wieder.

»Er hebt nicht ab, Mr. Malloy. Warum schauen Sie nicht heute abend vorbei, und wir legen ihm einen Zettel ins Fach, daß Sie kommen.«

»Schön«, sagte ich. »Oder ich ruf nochmal an.«

»Wie Sie wünschen«, erwiderte Trilby. Er war offenbar am Schreiben.

Nachdem ich den Hörer aufgelegt hatte, blieb ich lange still sitzen und starrte auf den Fluß hinunter. An einem Haus gegenüber hing noch die Weihnachtsdekoration, Lichterketten und Stechpalmenzweige oben am Dachrand. Irgendwie ergab das alles keinen Sinn. Bert hatte guten Grund, in Deckung zu bleiben – alle waren hinter ihm her: seine Sozietätspartner, die Polizei und vielleicht sogar die, die ihm den seriösen Herrn mit dem Basedowblick in den Kühlschrank gezwängt hatten. Aber warum verkroch er sich dann in Kindle County, wo er früher oder später einem Bekannten über den Weg laufen mußte? Jedenfalls mußte ich schleunigst hin, bevor ihm diese hirnrissige Telefonnotiz mit meinem vollen Namen in die Hand gedrückt wurde und er umgehend wieder die Kurve kratzte.

Ich nahm den Aufzug nach unten und ging über die Straße ins Fitneßcenter, wo ich mit Brushy Squash spiele. Ich zog meinen Trainingsanzug an, steckte die Brieftasche ein und joggte los. Bei zwei Grad unter Null bewegte ich meinen breiten irischen Hintern ziemlich eilig die Straßen entlang, doch blieb mir nach etwa vier Häuserblocks die Luft weg, und ich fiel ständig in Schritt. Dann rannte ich wieder, bis sich meine Raucherlunge meldete, als hätte ich Chlorgas inha-

liert, ich verschnaufte und ließ die Schweißtropfen auf meiner Nase kalt werden.
So kam ich hinaus aus der Innenstadt in eine Gegend, wo Zweifamilienhäuser hinter bereiften Rasenflächen gluckten und entlaubte Bäume sich kahl und schwarz über Promenaden neigten. Aus einer Stimmung heraus machte ich einen kleinen Umweg durch den Randbezirk unseres irischen Gettos, um an der St.-Bridget-Schule vorbeizukommen. Ein Bau mit reichornamentierter Fassade und Rissen darin wie gezackte Blitze. Hier hatte Elaine über einunddreißig Jahre als Schulbibliothekarin gearbeitet und »die geistig Hungernden gespeist«, wie sie es gern ausdrückte. Eine Persönlichkeit von gußeisernen Überzeugungen. Für unsere Ma war ich eine Art Punchingball geworden, stets zurückweichend, um in eine neue Richtung gedroschen zu werden, wenn sie durchdrehte und blindwütig über alles herzog, doch Elaine war klüger und auf Distanz gegangen. Durch ständige Übung entwickelte sie auf diese Art wohl ihren ausgeprägten Widerspruchsgeist. Wenn alle saßen, blieb Elaine stehen; war die ganze Familie beim Abendessen, lief sie in der Küche hin und her. Sie war sich selber die liebste Gesellschaft, und das sollte sich auch später nicht mehr ändern.
Am Ende wurde sie eine katholische alte Jungfer, mochte sich nicht mehr so recht auf das Weltliche einlassen, huschte jeden Morgen um fünf zur Messe, hing ständig den Nonnen an der Kutte und achtete sogar bei den Ladengeschäften im Viertel auf die Konfession. Dabei hatte sie auch weltliche Episoden gehabt, diverse befreundete Herren, mit denen sie sündigte, und sie besaß eine unglaubliche Schlagfertigkeit, war eins dieser irischen späten Mädchen mit Witz. Die spitze Zunge von Ma hatte sie durchaus, aber während Bess mit Gehässigkeiten und Verdammungsurteilen auf andere eindrosch, pflegte Elaine vorwiegend Selbstironie. Hingemurmelte Bemerkungen, wenn man aufstand und ihr den Rücken zukehrte, und immer ins Schwarze treffend. Zu ihrem einzigen Laster kam sie nicht von ungefähr: Sie sah gern ins Glas. Der Abend, an dem sie von mir nach Hause wollte und angetütert

vom Plum Brandy die Ausfahrt mit der Einfahrt verwechselte, so daß sie die A 843 in Gegenrichtung befuhr, sollte der letzte werden, an dem ich mich betrank.
Bei den Anonymen Alkoholikern, wo ich so lau bin wie in der Kirche – im Glauben gefestigt, doch mit einer Abneigung gegen die täglichen Rituale –, bei den Anonymen Alkoholikern haben sie mir eingeschärft, ich müsse mich einer Instanz außerhalb meiner selbst unterwerfen. Glaub bloß nicht, du könntest den Suffteufel aus eigener Kraft bezwingen! Die Hilfe, die ich mir hole, Elaine, kommt von dir. Und manches Mal, wenn ich dich darum bitte, wie beim Joggen durch die trostlosen Straße zum »University Inn« oder jetzt hier im Dunklen beim Flüstern in das Diktiergerät, wundere ich mich über etwas, das ich empfinde wie eine unangenehme Wahrheit.
Du fehlst mir zehnmal ärger als Nora.

B) Schlechte Nachrichten

Endlich gelangte ich ins Universitätsviertel mit seinen bis zur Jahrhundertwende zurückreichenden Bauten, seinen Buchläden und seiner vagen Atmosphäre von Bohème. Das »University Inn« liegt an der Ecke von Calvert Road und University Avenue. Ich spurtete über den Parkplatz, joggte dann durch den Eingang direkt hinein und winkte dabei dem Portier zu, als sei ich ein Hotelgast, ein Vertreter etwa, der von Erdnüssen aus dem Hotelzimmerkühlschrank und Morgengymnastik lebt. Ich rannte bis zum Aufzug, betrat ihn zusammen mit einer vor sich hin pfiffelnden Dickmadam und fuhr hinauf in den sechsten Stock.
Im Zimmer 622 war es ruhig. Ich legte mein Ohr an die Tür und probierte den Türknauf aus. Wie ich mir schon gedacht hatte, verfingen Schweinsäugleins Tricks in einem großstädtischen Hotel nicht mehr. Massive Türen und statt der Türschlösser solch kleine, nicht knackbare elektronische Ausweisleser, Messingkästchen mit Dioden, in die man die Pla-

stikkarte stecken muß, wie man sie heutzutage statt eines Zimmerschlüssels erhält. Ich klopfte energisch. Nichts rührte sich. Ein zwielichtiger Typ in einem Sakko aus Reptilienleder kam vorbei, und ich blickte ihm nach, bis er sich Eiswürfel geholt hatte und am anderen Ende des schummrigen Flurs unter dem Ausgangsschild verschwunden war. Der Hotelflur war still bis auf das Winseln eines Staubsaugers in einem der Zimmer.

Den nächsten Schritt hatte ich mir schon überlegt. Der Typ am Telefon hatte gesagt, niemand hier kenne Kam vom Sehen. Ein bißchen mulmig war mir zwar dabei, aber ich mußte darauf bauen, mit meinem Trick durchzukommen. Das sind eben die Risiken eines Agentendaseins. Ich mußte herausfinden, was Bert angestellt hatte. Und es war für mich viel besser, mich an ihn heranzupirschen und nicht mit lautem Hallo reinzuplatzen. Ich nahm Kam Roberts' Kreditkarte aus der Brieftasche.

Unten an der Empfangstheke sprach ich eine niedliche Blondine an, wohl eine Studentin, wie viele der Beschäftigten hier. »Mein Name ist Roberts, ich habe Zimmer 622. Habe einen kleinen Dauerlauf gemacht und beim Weggehen, statt der Schlüsselkarte die Kreditkarte mitgenommen.« Ich wies beiläufig die Kreditkarte vor und klopfte mit der Kante auf den Tresen. »Vielleicht haben Sie eine zweite Schlüsselkarte für mich.«

Sie verschwand in einem Nebenraum. Wirklich ein ziemlich gammliges Hotel, besonders wenn man dank seines Spesenkontos immer in Fünfsternehotels absteigt. Die Schäbigkeit wurde natürlich durch die ideale Lage aufgewogen – im Umkreis von einer Meile um die Universität gab es kein anderes – und durch eine bewußt akademisch gehaltene Atmosphäre. Wie zu erwarten, war das »University Inn« reichlich hurrapatriotisch. Alles in den Farben der Universität gehalten, Scharlachrot und Weiß, und über dem Empfangstresen an der Wand Wimpel, Wappen und bedruckte T-Shirts der Universität. Ein Basketballspielplan der *Hands* auf Preßpappe mit einem Farbfoto von Bobby Adair, dem Spieler des

Jahres, zu beiden Seiten des Empfangtresens, und während ich den Plan studierte, wurde mir klar, von einem Heimspiel der *Hands* könnte sich Bert wohl ohne Rücksicht auf Verluste in die Stadt locken lassen.
Aber heute war keins. Und gestern war auch keins gewesen. Morgen würde ebenfalls keins sein. Da paßte doch einiges nicht zusammen. Die Heimspiele waren auf dem Plan rot gedruckt, die Auswärtsspiele schwarz. Kams Kontoauszug hatte ich zwar nicht dabei, aber ich hatte schon achtzehn Stunden lang Löcher in ihn gestarrt und war ziemlich sicher, die meisten Posten inzwischen auswendig zu kennen. Mich störte vor allem, daß die Daten nicht paßten. Am 18. Dezember, als Kam zum letztenmal hiergewesen war, hatten die *Hands* ein Heimspiel gehabt. Aber dem Spielplan zufolge hatten sie inzwischen in Bloomington, Lafayette und Kalamazoo gespielt, und zwar an anderen Kalendertagen als denen, da Kam in diesen Städten mit der Kreditkarte bezahlt hatte.
»Mr. Roberts?« Die Blondine war zurück. »Darf ich noch mal kurz Ihre Kreditkarte sehen?« Ich hatte sie noch in der Hand, und sie nahm sie. Irgendwie kam mir kurz der Gedanke, wegzulaufen, aber das Mädchen wirkte so naiv, als sei sie gerade auf einem Heuwagen in die Stadt gekommen. Mit ihren kornblumenblauen Augen gehörte sie zu den zwanzig Millionen amerikanischen Blondinen, die viel zu banal aussehen, als daß man ihnen irgendwelche Tricks nicht sofort anmerken würde. Sie verschwand erneut im Nebenraum, blieb diesmal nur ganz kurz weg.
»Mr. Roberts«, sagte sie, als sie zurückkam, »Mr. Trilby würde Sie gern kurz sprechen.« Sie machte eine Tür für mich auf und wies mich in den Nebenraum, aber ich verhielt auf der Schwelle und bekam Herzflattern.
»Irgendwelche Probleme?«
»Ich glaube, er hat gesagt, da ist eine Mitteilung für Sie.«
Na klar. Mein alter Kumpel Mack Malloy hatte ja angerufen. Trilby, voll auf Draht, wollte mir vermutlich stecken, dieser Mack habe irgendwie komisch geklungen. In dem Nebenraum waren drei Männer, ein Schwarzer hinter dem Schreib-

tisch, den ich für Trilby hielt, und der zwielichtige Typ, den ich oben im Flur gesehen hatte; der dritte drehte sich als letzter zu mir um.
Schweinsäuglein.
Ich war in Schwulitäten.

C) Würde es dir gefallen, wenn dir dein Kamerad so was antut?

Was jetzt kommt, Elaine, ist keine besonders erbauliche Geschichte. Schweinsäuglein und ich sind fast zwei Jahre zusammen Streife gefahren, Leben und Tod, allerhand Whisky und viel zu lachen. Ich ein abgebrochener Kunststudent, noch nicht trocken hinter den Ohren, er seit dem siebten Lebensjahr auf der Straße und mit allen Wassern gewaschen. Ich quatsche über Edward Hopper und Edvard Munch, wenn wir nachts die Straßen patrouillieren, und er grabbelt jede Bordsteinschwalbe ab. Ein tolles Team.
Mit dem Kerl zu arbeiten war immer ein Erlebnis. Schweinsäuglein war ein Bulle vom alten Schlag und lebte in der Überzeugung, daß Eltern für ihre Kinder sorgen, man in die Kirche gehen und zum lieben Gott für sein Seelenheil beten muß, und alles Weitere sozusagen davon abhängt, wo man gerade steht, wie man die Sache sehen will, ob als Recht oder Unrecht, du weißt ja, und daß man manchmal halt ein Auge zudrücken muß. Ich war etwa achtzehn Monate lang mit ihm Streife gefahren, als wir Razzia in einer Rauschgiftbude machten, bloß eine Wohnung, in der portioniert wurde, in einem vergammelten Wohnblock. Wir waren irgendeinem kleinen Schisser von der Straße aus gefolgt, weil wir ziemlich genau gesehen hatten, wie er mit jemand Päckchen tauschte, und hatten dann, weil wir fürchteten, sie gewarnt zu haben, kurzerhand die Tür eingetreten, bevor die Amtshilfe da war. Schweinsäuglein war immer so draufgängerisch – er wähnte sich dann in einem Gangsterfilm und war nach dem Adrena-

linstoß genauso süchtig wie ein Fixer nach einem Schuß aus der Nadel.
Eine Szene wie die folgende jedenfalls hast du schon im Kino gesehen: Wir stürmen mit gezogener Waffe und Gebrüll die Bude, ein paar Leute klettern aus den Fenstern auf die Feuerleiter, und so ein armes Arschloch rennt kopflos erst hierhin, dann dorthin, eine Schachtel in der einen und eine Waage in der anderen Hand. Ich trete die Tür zum Klo ein, und drin hockt ein Mädchen, das Kattunkleid bis zum Gürtel hochgezerrt, im einen Arm hält sie ein Baby, und mit der anderen Hand stopft sie sich gerade ein Plastikbeutelchen Schnee unten rein.
Vier Leute liegen vor uns auf dem Bauch. Schweinsäuglein tobt wie üblich, bohrt ihnen den Lauf seines Dienstrevolvers ins Ohr und schreit gräßliche Drohungen, bis einer anfängt zu winseln oder sich buchstäblich einscheißt. Schließlich wird er auf ein Beistelltischchen voller Geldscheine in der Wohnzimmerecke aufmerksam, Geld liegt in rauhen Mengen rum wie Altpapier. Schweinsäuglein hat über Funk das Rauschgiftdezernat zur Unterstützung angefordert, nimmt sich aber flugs zwei Bündel, drei- oder viertausend Dollar. Eines steckt er mir zu. Ich nehme es, gebe ihm aber das Geld dann im Auto zurück, als die vom Rauschgiftdezernat eingetroffen sind.
»Was soll der Scheiß?« wollte er wissen.
»Ich will Jura studieren.« Die Zulassung hatte ich da schon in der Tasche.
»Und?«
»Da kann ich so'n Scheiß nicht mitmachen.«
»Hey, bleib auf dem Teppich!« Dann stieß er mir Bescheid. Er schlug mir die Wahrheit um die Ohren. Ob ich vielleicht glaubte, die Rauschgiftfahnder würden da nicht zulangen? Was hätten wir denn machen sollen, es auf dem Haufen liegenlassen, damit die Scheißdealer alles zurückkriegten, wenn Richter Nowinski entschied, unsere Razzia sei rechtswidrig gewesen, da keine Gefahr im Verzug gewesen sei? Oder abwarten und hoffen, die Arschlöcher von der Vollstreckung

würden sich mal vom Golfplatz loseisen und eine Beschlagnahmeverfügung erwirken, worauf das Bargeld irgendwo im Amt oder womöglich in einem Richterzimmer versickern würde? Ob ich Angst hätte, die Dealer würden uns verpfeifen? Die hießen doch alle Hase mit Namen, die waren in flagranti erwischt und würden sofort eingebuchtet werden. »Oder willst du bloß vor deiner Mami gut dastehen?«
»Ach, leck mich doch!« Soweit waren wir quasi schon öfter gewesen. Was er tat, war seine Sache, dachte ich, er war wohl nicht der einzige, und bisher irgendwie bemüht gewesen, mich da nicht hineinzuziehen. Jetzt aber wollte er mich drinhaben. »Mach, was du willst, und kümmere dich nicht um mich. Ich muß dran denken, was ich noch werden will. Mehr nicht.«
Er saß da und beobachtete mich, ohnehin schon ein wüster Typ mit seiner Hängebackenfresse und diesen Schweinsäuglein, von denen du das Weiße nicht siehst, wirkte er jetzt mit mürrischer Miene und voller Mißtrauen noch unangenehmer. Solche Situationen nennt man delikat. Wie bei den japanischen Yakuza. Man muß sich ein Fingerglied abhacken, um zu beweisen, daß man dazugehört. Auf was war er aus? Rückblickend meine ich, er wollte nur was beweisen, mir vor meinem Eintritt in Justizkreise unbedingt vor Augen führen, daß man über niemand den Stab brechen soll, daß jeder mal in Versuchung gerät. Also nahm ich das Geld mit heim, zeigte es meiner Frau und spendete es schließlich meiner Schwester für die St.-Bridget-Schule, nachdem es drei Wochen in der Sockenschublade gegammelt hatte. Ja, Elaine, da war es her, nicht von einer Sammlung im Revier, wie ich behauptet habe. Ich bekam vom Sprecher der achten Klasse einen Dankesbrief, den ich all die Jahre aufbewahrt habe, eigentlich blödsinnig, denn die Wahrheit durfte ich ohnehin niemand sagen, denn als korrekter Polizist hätte ich Schweinsäuglein sofort an seinem kriminellen Arsch packen und einbuchten müssen, anstatt *»Que sera, sera«* zu trällern und Geld für wohltätige Zwecke zu spenden, das juristisch aus einer Unterschlagung im Amt stammte.

Zwei Monate später fing ich mit dem Jurastudium an, worauf ich wenige Wochen später vom Streifendienst ins Betrugsdezernat versetzt wurde. Schweinsäuglein spendierte mir einen schönen Ausstand. Alles vom Feinsten.
In jeder Stadt, egal, wo man hinkommt, bildet die Polizei eine Art geheime Bruderschaft. Der Dienst. Ein Zusammenhalt wie von Pech und Schwefel. Volles Vertrauen nur untereinander und sonst gegenüber so gut wie niemand. Hat viele Gründe, der wichtigste ist vielleicht, daß niemand die Polizei so richtig gern hat. Warum auch? Nur Kerle, die dich belauern und bloß auf einen Ausrutscher warten. Ich war selber Bulle, aber wenn ich heute einen Streifenwagen an der Straßenecke parken sehe, denke ich als erstes: Warum hat mich der Scheißkerl im Auge?
Außerdem sind Bullen tatsächlich nur auf sich gestellt. Der Rattenschwanz von Verteidigern, Staatsanwälten, Richtern, Vollzugsbeamten, diese ganze Robenwelt ist so weit weg wie die Pago Pago, wenn du ein Kellergeschoß nach dem verdächtigen Straßenräuber durchsuchst, den Mrs. Washington dort hineinlaufen sah. Du gehst durch die Kellertür rein, bleibst direkt hinter ihr stehen, wartest ein Weilchen und kommst fünf Minuten später wieder raus, schüttelst enttäuscht den Kopf – leider nicht zu finden –, und schon geht der ganze Verein von Juristen, Gefängniswärtern und dergleichen leer aus und hat keinen zum Draufrumhacken. Nur du allein bist es – riskierst nicht bloß dein Leben, sondern bist allein zuständig dafür, ob dieser Typ gefaßt wird. Da gibt's keinen Staat mehr. Deshalb fällt es recht leicht, so einem Scheißkerl eins in die Fresse zu geben, wenn er in Handschellen auf dem Rücksitz hockt und deine Mutter verunglimpft oder von der Mißachtung seiner verfassungsmäßigen Rechte faselt, und davon, was der Siebenundsiebzigjährige noch soll, dem er eben wegen seines Rentenschecks den Schädel mit einem Pflasterstein eingeschlagen hat. Weil nur *du* da bist. Und er *dir* gehört. Nur andere Cops können das verstehen.
Und so kommt es, daß unabhängig von allem anderen – Zugehörigkeit zu einer geheimen Bruderschaft, Unbeliebt-

heit allerseits – also unabhängig davon, kein Polizist einem anderen ein Auge aushackt. Wenn du vor Ort bist, völlig auf dich allein gestellt, gibst du dein Bestes. Und bist du der Anforderung manchmal nicht ganz gewachsen, bist du deswegen noch lange kein schlechterer Mensch als alle anderen, oder? Morgen kannst du's ja noch mal probieren. Wer will da den Stab brechen? Fang an, einen zu verpfeifen, und schon hält die ganze Polizei zusammen und lügt.

Szenenwechsel: Zwei Jahre später komme ich aus dem Seminar für Verfassungsrecht II, und da stehen zwei FBI-Agenten, richtige Charakterdarsteller mit näselndem Tonfall, Trevirаanzügen und weißen Schuhen, die mich sprechen wollen. Ob ich nicht früher mit Gino Dimonte Streife gefahren sei, tralala, ein paar Scherzchen zum Aufwärmen, und dann knallhart: Ob ich bei der Drogenverhaftung im April vor drei Jahren dabeigewesen sei? Ich schalte blitzschnell. Einer der Dealer ist inzwischen nicht von der Staatspolizei, sondern von der Bundespolizei hoppgenommen worden und einem karrieresüchtigen Staatsanwalt begegnet, der ihm glatt ein paar Monate Vollpension nachläßt, wenn er Cops von Kindle County ans Messer liefert, die sich schmutziges Geld untern Nagel gerissen haben, und der Dealer verpfeift natürlich nicht alle, die er kennt und womöglich bald wieder braucht, sondern bloß Schweinsäuglein, den Selbstbedienungsspezialisten. Das alles ist mir schlagartig klar, ich sehe gleich, worauf sie hinauswollen, und blubbere trotzdem: »Ja, okay, ja, ich glaub, daran erinnere ich mich, ach ja, mit dem Geld auf dem Tisch.« Hirnriß. Was hab ich mir bloß dabei gedacht! Absolut verrückt. Fünf Sekunden auf dem Flur der juristischen Fakultät, und mein ganzes Leben nimmt eine miese Wendung. Kein Cop, der nicht davon hören würde – und glaub mir, alle haben davon gehört, noch bevor die Tinte auf den FBI-Berichten trocken war, und jeder war überzeugt, daß ich mich mit meinem Jurastudium für was Besseres halte. Polizisten sind in bezug auf ihre gesellschaftliche Stellung verdammt empfindlich, es macht ihnen einfach zu schaffen, daß sie für läppische vierzigtausend im Jahr die Welt für Millionäre sicher machen und für Kriegsgewinnler, die sich an ihrer Leiche die Schuhe abwischen, als Kugelfang dienen. Aber das war es gar nicht, ich hatte mir weder neue Freunde machen wollen noch für Zinker je etwas übriggehabt. Und es war auch nicht meine unbedingte Wahrheitsliebe. Aber wem sage ich das! Ich hab schon aus geringerem Anlaß, als einem Kameraden zu helfen, gelogen. Aber als ich in diesem Moment in der juristischen Fakultät stand, mit ihren vertäfelten Wänden, überwältigte mich etwas, das ich aus meiner Kindheit kannte, ich merkte, ich gehörte nicht dazu, so ein Gefühl, als sei die Welt ein Sammelsurium aus leblosen Objekten. In diesen Zustand fühlte ich mich zurückversetzt, glaube ich, in den neunmalklugen Viertkläßler, der sein Leben betrachtet wie ein Etwas-gehört-nicht-hierher-Rätselbild und jedesmal überzeugt ist, dieses Etwas sei er selber.

Jedenfalls hatte ich schon viel zu viel von der Sache erzählt, als mir blitzartig klar wurde, so konnte es nicht laufen. Die FBI-Agenten hatten mir natürlich Straffreiheit zugesagt: Berichten Sie alles ehrlich der Reihe nach, und nichts bleibt an Ihnen hängen, nicht mal 'ne Fluse auf Ihrem neuen Anzug. Doch nun schnallte ich, das FBI war nicht mein einziges Problem. Das alles würde ich auch dem Disziplinar- und Zulassungsausschuß der Anwaltskammer erläutern müssen, und die siebten recht streng. Straffreiheit setzt eine Straftat voraus: Unterschlagung im Amt. Mit der Geschichte von dem gestohlenen Rauschgiftgeld in meiner Sockenschublade würde ich kaum Lorbeeren ernten. Also ließ ich meinen Bericht dort enden, wo ich mit Schweinsäuglein im Streifenwagen saß. Ich hätte ihm gesagt, er solle mein und sein Bündel ins Protokoll mit aufnehmen, und ihm die Scheine zurückgegeben, damit er sie zu den Beweismitteln tun konnte.

Danach gingen die Dinge ihren Gang. Ich machte meine Aussage vor der Grand Jury, genau so, wie ich es den FBI-Agenten erzählt hatte, nicht anders. Meine letzten sechs Monate im Polizeidienst verbrachte ich hinter einem Karteikasten. Auf Streife wurde ich nicht mehr geschickt, und selbst die Hilfspolizisten ohne richtige Uniform spuckten mir in den Kaffee, sobald ich ihnen den Rücken zuwandte. Dann kam es zur Verhandlung, und ich wurde als Zeuge vorgeladen und sagte gegen Schweinsäuglein aus. Er hat an Sandy Stern, den ich noch vor ein paar Jahren als jüdischen Advokaten bezeichnet hätte, etwa dreißigtausend gelöhnt, und der schaffte es, den Eindruck zu erwecken, die Anklage stehe auf tönernen Füßen. Sie konnten ein paar von den Rauschgiftdealern als Zeugen aufbieten, aber die mußten zugeben, bei der Sache mit dem Geld bäuchlings auf dem Boden gelegen zu haben; auf dem Richtertisch lag der Protokollvermerk des Rauschgiftdezernats über zweitausend Dollar in bar, von denen die Dealer behaupteten, es seien vierzigtausend gewesen; und außerdem hatten sie noch mich. Natürlich erzählte ich auf der Zeugenbank nur die halbe Wahrheit, während mein alter Kumpel Schweinsäuglein mit Blicken dahockte, als wolle er mich umbringen, und Unangenehmes hochkam wie fossile Elefantenskelette aus einem kalifornischen Asphaltloch. Stern fragte, ob ich neidisch auf Schweinsäuglein gewesen sei, ihn für den besseren Polizisten gehalten habe, und ich sagte ja und mußte einräumen, nie nachgeprüft zu haben, wieviel Schweinsäuglein als Beweismittel abgeliefert hatte. Ich räumte ferner ein, daß von den Dealern manche bestimmt den einen weißen Cop nicht vom anderen unterscheiden können, und bejahte sogar noch Sterns Frage, ob ich demnach als einziger Polizist zugäbe, von dem Geld auf diesem Tischchen etwas erhalten zu haben. Der Stellvertretende Staatsanwalt blickte drein, als müsse er die Hämorrhoiden pinseln lassen, und die Jury befand binnen zwei Stunden auf nicht schuldig. Als ich den Gerichtssaal verließ, hatte ich wirklich den Vogel abgeschossen: Bestimmt gab es dort keine Menschenseele mehr, weder auf der Richterbank noch unter den zahllosen Kackern auf der Empore, die mich nicht für den Abschaum der Menschheit gehalten hätte. Nora, der nie eine Schwachstelle bei mir entging, formulierte es treffend: »Na Mack, hast du jetzt erreicht, was du wolltest?«

Was hatte ich erreicht? Immerhin gab es ein paar eigenartige Zufälle. Einer der eigenartigsten war, daß die Anwaltskammer mich in aller Öffentlichkeit unterstützte. Dort glaubte man wohl, einen Freund anzuschwärzen sei ein Charakterbeweis, und stellte mich ein, weil ich so viel Respekt vor dem Ethos meines früheren Berufsstands an den Tag gelegt hatte. Schweinsäuglein indessen war erledigt. Eine Jury mag befinden, was sie will, aber die Cops kannten Stern und brauchten keine Verurteilung, um zu wissen, daß Schweinsäuglein nicht sauber war. Seine Kumpel bei der Polizei, und er hat viele, konnten ihm noch so zu Gefallen sein, ihm etwa den doppelten Dienstkleidungszuschuß verschaffen oder so, aber höheren Orts stand er in schlechtem Ruch: Die Polizeiführung verweigerte ihm jede weitere Beförderung. Seither geht es mit ihm bergab, wobei die Maßregelungen aussehen wie bei der römischen Kurie, wenn sie einen knabengeilen Priester ins Nonnenkloster versetzt. Schweinsäuglein büßt im Betrugsdezernat. Mir haben die kniffligen Ermittlungen dort immer gefallen, bei so einem Fall war eben mehr zu tun als die Freundin des Straftäters auszukundschaften und ihre Bude zu observieren, bis er zu einem kleinen Cha-Cha-Cha vorbeikam. Schweinsäuglein aber wird das Abhaken einer Liste von Beweisen nie ein Ersatz dafür sein, den Ballermann zu ziehen. Nach allem, was ich höre, führt er derzeit ein tristes Leben. Wenn er heute zufällig eine Razzia in einem Dealernest mitmacht, schnappt er sich angeblich vom Tisch nicht das Geld, sondern das weiße Pulver. Hinter seinem Rücken nennen ihn die Leute Triefnase oder Schneemann, und das nicht etwa, weil ihm der Winter die liebste Jahreszeit wäre. Er war schon immer ein Miesling von Cop und voller Komplexe, irgendwie haßte er alle, und fand auch nie eine Mrs. Schweinsäuglein, nur die üblichen Kälber aus der Bullenbar und die Hühnchen aus dem Milieu, die es für eine gute Versicherung halten, auch mal mit einem Cop zu bumsen. Er hatte nicht viel vom Leben gehabt. Bis heute. Jetzt hatte er mich.

D) Schweinsäuglein und ich erneuern unsere Bekanntschaft

»Habe ich dir nicht gesagt, daß der Vogel hier auftauchen wird? Gottverdammich, hab ich's dir nicht gesagt?« Schweinsäuglein war so glücklich, stolz wie ein Hahn, der jede Henne auf dem Hof getreten hat, daß ich glaubte, er werde sich gleich auf den Rücken fallen lassen und selber streicheln. Ich aber gedachte meiner Partner zugegebenermaßen nicht eben freundlich. Sie hatten mich auf eine Spur gesetzt, die mich schnurstracks zum erbittertsten Feind meines Lebens führte – meine Exfrau sogar eingerechnet –, zu einem Mann, der mich noch dazu offenbar erwartet hatte, wie er eben selbst geäußert hatte.

»Hilf meinem Gedächtnis auf die Sprünge!« sagte er und hielt die Kreditkarte hoch. »Wenn mich nicht alles täuscht, bist du das nicht.«

»Wie bitte, Officer?«

»Detective, Scheißer.«

»Detective Scheißer, wie bitte?« Ich glaubte, mich verhört zu haben. Aber so war es. Seit ich Bert jagte und mit dem Gedanken spielte, ein neues Leben anzufangen, wurde ich allmählich ein anderer Mensch.

Der jüngere Cop an der Tür mit den langen Haaren und dem Reptilienanzug schnitt eine Grimasse und drehte sich zu einer Pirouette weg. Ich machte mich auf den Schlag gefaßt. Er aber kannte unsere Vorgeschichte nicht. Wenn Schweinsäuglein mich zusammenschlug, würde seine Phantasie nicht ausreichen, einen triftigen Grund dafür zu erfinden. Mein alter Freund starrte mich aus seinen Knopfaugen an, bei denen das Weiße nicht zu sehen war, während diese Tatsache uns beiden unangenehm aufstieß. Dann streckte er einen Finger aus, dick wie ein Knüppel, bedachte mich mit seinem höllischen Blick, einem Laserstrahl direkt ins Herz, und sagte: »Laß das!«

Da meldete sich Trilby hinter seinem Schreibtisch zu Wort, ein untersetzter Schwarzer mittleren Alters. Er und seine

Gehilfin draußen am Empfang hatten mich ganz schön geleimt. Die Cops hatten hier offenbar schon vor einiger Zeit nach Kam gefragt und strikte Anweisung hinterlassen anzurufen, wenn jemand aus seinem Bekanntenkreis hier auftauchte. Während ich am Telefon auf Warten geschaltet war, hatte Trilby vermutlich mit Schweinsäuglein telefoniert, der dem Götzen, den er verehrt, wohl kniefällig dankte, als er meinen Namen hörte. Bis jetzt hatte Trilby unsere Begegnung aus den Augenwinkeln verfolgt, sozusagen mit abgewandtem Gesicht, damit er sagen konnte, er habe nichts gesehen, wenn die Post abging. Jetzt wurde er mutig und wollte wissen, wer ich eigentlich sei.

»Ein Säufer«, sagte Schweinsäuglein.

Es wundert mich immer wieder, wie man mich auf diese Art treffen kann.

»Ich bin Rechtsanwalt, Mr. Trilby.«

»Schnauze!« knurrte Schweinsäuglein. Er hat nicht ganz die Größe für ein solches Auftreten, er lügt womöglich, wenn er sagt, er sei einsfünfundsiebzig, aber gebaut ist er wie ein Kühlschrank: ohne Hals, ohne Taille, massenhaft schlaffe Haut auf einem ziemlich stabilen Gerüst. Seine Wut verlieh ihm eine Art Aura, einen Hauch von Glut. Man spürte durchaus seine Präsenz. Er hatte einen Sportsakko und ein Strickhemd an, unter dem sein Unterhemd durchschien. An den Füßen trug er Cowboystiefel.

Sein Kollege konnte erkennen, daß er auf hundertachtzig war, und drängte an ihm vorbei nach vorn. Gino jedoch wich zurück zur Tür. Der zweite Cop fing also noch mal von vorne an.

»Dewey Phelan.« Er zog seine Marke heraus, und wir wechselten sogar einen Händedruck.

Der böse Bulle und der nette. Pat und Patachon. Scheiße noch mal, dieses Verhörspiel hatte ich doch praktisch miterfunden, und dennoch war ich erleichtert, jetzt mit ihm zu reden, dem spillerigen jungen Dewey, höchstens dreiundzwanzig, blaß, Pickel im Puddinggesicht und fettige schwarze Haarsträhnen in der Stirn.

»Die Frage ist, Mr. Malloy, Sie verstehen das ja, wir meinen gewissermaßen, Sie wollten in ein Hotelzimmer eindringen, das nicht das Ihre ist. Verstehen Sie? Aber vielleicht können Sie uns das erklären.« Dewey war alles andere als abgefeimt. Er trippelte auf der Stelle wie ein Fünfjähriger, der Pipi muß. Schweinsäuglein lehnte sich hinten an die Tür, einen Arm auf einem Aktenschrank, und beobachtete die Szene mit mürrischer Miene.
»Ich bin auf der Suche nach einem meiner Partner, Officer.« Lieber bei der Wahrheit bleiben. Bluffen konnte ich nur bis zu einer gewissen Grenze, und jetzt mußte ich mich voll darauf konzentrieren, locker zu wirken.
»Hm, hm«, machte Dewey. Er nickte und dachte sich seine nächste Frage aus. »Und wie heißt er, Ihr Partner? Was für eine Art Partner ist das?«
Ich buchstabierte K-a-m-i-n. Dewey schrieb auf dem Oberschenkel in sein Notizbüchlein mit Spiralrücken.
»Falsche Identität«, warf Schweinsäuglein ein und deutete von seinem Aktenschrank aus auf die Kreditkarte, die Dewey jetzt in der Hand hielt. Schweinsäuglein wollte mir die Straftat anhängen, eine andere Identität vorgetäuscht zu haben. Ich hatte vergessen, daß der Staat ein Recht darauf hatte, zu erfahren, wer ich war oder sein wollte.
Ich schaute Dewey an, beinahe wie einen Freund. »Wissen Sie, zwischen Gino und mir, da gibt's 'ne alte Sache. Aber das hier können Sie ihm doch auseinanderklamüsern. Es ist keine Angabe einer falschen Identität, wenn ich als Handlungsbevollmächtigter eines Dritten auftrete und dieser einverstanden ist. Die Kreditkarte gehört Kamin. Verstehen Sie?«
Dewey verstand nur Bahnhof. »Sie haben diese Karte von ihm, wollen Sie sagen? Von Kamin?« Er blickte kurz hinüber zu Schweinsäuglein, vielleicht um zu sehen, wie er abschnitt. Ich aber merkte, da hatte ich den beiden was Neues offenbart. Man konnte ihnen so was wie einen Aha-Effekt vom Gesicht ablesen. Bert war Kam, oder umgekehrt. Das hatten sie noch nicht gewußt. »Ist das Kamins Karte?« fragte Dewey.
»Genau.«

»Und er hat Sie Ihnen gegeben?«
»Es ist Kamins Karte, ich habe ihn hier gesucht, und soweit ich weiß, ist es sein Hotelzimmer. Ich bin sicher, er wird Ihnen bestätigen, daß ich sein Einverständnis habe.«
»Na schön, fragen wir ihn also.«
»Klar«, sagte ich.
»Wo wohnt er denn?«
Da hatte ich mich verplappert. Das erkannte ich jetzt, aber nicht früh genug. Früher oder später, wenn Bert auf ihre Anrufe nicht reagierte, würden sie in seiner Wohnung nachsehen. Und dann war die Kacke am Dampfen, wenn sie den Kühlschrank aufmachten. Ich versuchte kurz, mir auszumalen, wie viele Tage es dauern konnte, bis wir da angelangten, und was dann passieren würde.
Dewey hatte inzwischen Berts Adresse aufgeschrieben und trat zu Schweinsäuglein, um das Ergebnis mit ihm zu bereden. Bestimmt erklärte er Gino, sie hätten wirklich keinen hinreichenden Grund, mich zu verhaften, und Schweinsäuglein hielt dagegen, Scheiße noch mal, er habe mich doch in flagranti ertappt, als ich mich für jemand anderen ausgab. Doch sogar Schweinsäuglein mußte klar sein: Wenn er mich angesichts unserer stürmischen gemeinsamen Vergangenheit hoppnahm, die Verhaftung aber nicht standhielt, würde die Schadenersatzklage, die ich dann wegen Verfolgung Unschuldiger einreichte, seine sofortige Zwangsversetzung in den Ruhestand nach sich ziehen.
Alles in allem glaubte ich allmählich, mit einem blauen Auge davonzukommen, als ich Gino sagen hörte: »Ich hol sie mal rein.« Er war in null Komma nichts zurück mit der niedlichen Studentin, die am Empfangstresen gestanden hatte. Ich bildete mir ein, er wolle meine Fisimatenten da draußen mit der Kreditkarte nachexerziert haben, um zu sehen, ob sie ihm vielleicht eine Handhabe gegen mich lieferten, die er bisher übersehen hatte. Ich hatte mich geirrt.
»Das ist doch nicht der Kerl, oder?« fragte er sie.
Das Büro war klein, und es wurde jetzt allmählich schwül darin, fünf Leute, und dabei beanspruchte den meisten Raum

Trilbys Schreibtisch, der leer war bis auf die Bilder seiner Kinder, alle schon groß, und seiner Frau. An der getäfelten Wand hingen ein Wimpel und eine Uhr. Das Mädchen blickte in die Runde.

»Nein, natürlich nicht«, sagte sie.

»Beschreiben Sie ihn!«

»Na, erst mal war er schwarz.«

»Wie bitte?« entfuhr es mir.

Dewey bedachte mich mit einem warnenden Blick und einem winzigen Kopfschütteln: Nicht unterbrechen! Schweinsäuglein forderte das Mädchen auf, weiterzusprechen.

»Ende zwanzig, würde ich sagen. Siebenundzwanzig. Kleine Geheimratsecken. Sportlich. Sah ganz gut aus«, fügte sie hinzu und zuckte dann mit den Achseln, als wolle sie sich dafür entschuldigen, daß sie als Weiße eine so freimütige Bemerkung machte.

»Und wie oft haben Sie ihn gesehen?«

»Sechsmal. Siebenmal. Er war ziemlich oft hier.«

Ich mischte mich erneut ein: »Was soll das werden, eine Gegenüberstellung? Was soll ich gemacht haben, dem Typ die Brieftasche gestohlen?« Jetzt war es an mir zu raten, ganz im Ernst, wenn auch leicht konfus.

»He, du Vogel!« unterbrach mich Dewey. »Ich glaube, du solltest mal still sein.«

»Sie vernehmen mich, Sie sprechen von einem Dritten in meiner Gegenwart. Na hören Sie mal, ich will wissen, um wen es geht?«

»Du lieber Gott, ist der Kerl noch zu fassen?« Schweinsäuglein wandte sich ab und biß sich auf die Knöchel.

»Na, dann sag's ihm doch«, ermunterte in Dewey. Er hob unbeteiligt die Schultern. Was machte es ihm schon aus? Gino kapierte schließlich, worauf er hinauswollte. Seine Augen blitzten auf.

»Na schön«, sagte er, »und wenn du gleich tot umfällst.« Mit einer Bewegung seiner fetten Hand forderte er das Mädchen auf: »Sagen Sie doch Mr. Malloy hier, von wem wir hier reden!«

Das Mädchen hatte das ganze Zwischenspiel nicht mitbekommen. Sie zuckte mit den Achseln, ein bißchen landpomeranzig, ein bißchen füllig in ihrer weißen Bluse.
»Von Mr. Roberts«, sagte sie. »Von Kam Roberts.«
»Von deinem Kumpel.« Schweinsäugleins Augen glommen herüber wie Achate. »Und jetzt laß dir was Schlaues einfallen!«

III. Wo ich daheim bin

Das Haus, in dem Nora Goggins und ich unser Eheleben führten, ist ein kleiner quadratischer Ziegelbau, im Erdgeschoß eternitverschindelt, mit schwarzen Läden und drei Schlafzimmern in der Vorstadt Nearing, einer typischen Mittelstandsgegend. Nora sagte immer, wir könnten uns was Besseres leisten, aber ich wollte nicht; wir hatten ein Sommerhäuschen draußen am Ufer des Lake Fowler, und mir war das kostspielig genug. Es kamen so viele Ausgaben dazu: der BMW, meine Klamotten und die ihren, die bescheuerten Clubs. Rückblickend meine ich, daß unser Heim nicht viel hermachte, hatte schon seine Gründe. Efeu klettert an den Klinkern hoch. Beim Einzug gepflanzt, hat es jetzt armdicke Stränge, die langsam Rinde bilden und unheimliche Tentakel. Sie dringen in die Mörtelfugen ein und bringen mit der Zeit noch die Bude zum Einsturz. Mit dem Jungen wurde mir das Haus zugesprochen. Nora ließ sich in bar auszahlen. Nearing wird nie ein schicker Wohnort, und Nora kennt sich mit Immobilienwerten aus.
Nora ist Maklerin, du kennst die Spezies, eine von diesen Vorortdamen, die schon zum Lunch voll aufgetakelt sind. Daheim fiel ihr die Decke auf den Kopf. Für Lyle tat sie das Nötigste, zog ihn durch bis zur High School, aber ich wußte genau, daß sie sich auf irgendeinem Zettel ausgerechnet hatte, wieviel Prozent ihrer Hirnmasse jeden Tag abstarben. Sogar betrunken spürte ich etwas Wildes und Unglückliches

an ihr, das nicht zu zähmen war. Ich erinnere mich noch, wie ich sie einmal im Garten stehen sah. Sie hatte jedes Jahr einen anderen Häuslichkeitstick, und in jenem Sommer hieß er Gemüsezucht. Alles mögliche Grünzeug wucherte: Maisstauden mit Blättern wie schlanke Hände, ein Erbsendschungel, fiedrige Spargelstauden, fein wie Spitzendeckchen. Sie stand in unserem winzigen Hausgarten, Lyle am Schürzenzipfel, und starrte in die Ferne, den Kopf voller einsamer Visionen wie Kolumbus, der statt der Scheibe, wie alle anderen, eine Kugel vor sich sah.

Schließlich brach sie aus in die Gefilde der Bauherrenmodelle, Hausbesichtigungen und Marktneuheiten. Mit erbarmungsloser Fröhlichkeit zischte sie los wie eine Rakete und genoß es, wieder in der Welt der Erwachsenen zu leben. Sie war wieder wie einundzwanzig – leider in jeder Beziehung. Als mir nach ein, zwei Jahren klar wurde, daß was im Busch war, reagierte ich mehr oder minder lahm. Da ich nicht mehr trank, hockte ich zu Hause und quälte mich mit Phantasien, malte mir aus, wie Typen, die aus Kansas City hierherzogen, von Nora einen speziellen Begrüßungsservice geboten bekamen. Sie führte anderen ihren Intimbereich vor, und ich, der Exsäufer, der mehr herumgekommen war als ein fahrender Sänger, saß daheim und hatte nur noch ein perverses Verhältnis mit meiner Fünffingermarie. Das Schlimmste am Sex ist doch, daß wir dauernd dran denken müssen, besonders wir Männer. Du weißt ja, wie das ist, wir können keine Kinder kriegen und uns nur auf die Art beweisen. »Mit wem treibst du's zur Zeit?« Als würde man einen Dicken fragen, ob er zu essen bekommt. Ich schwör's dir, ich war nach meiner letzten Generaluntersuchung tagelang deprimiert, weil mich der Doktor wie heute üblich auch gefragt hat, ob ich sexuell aktiv sei, was ich hatte verneinen müssen. Aber ich schweife ab.

Bei ihren Umtrieben war Nora in Begleitung ihrer früheren Chefin, einer Frau namens Jill Horwich, mit der sie ständig einen trinken ging oder zu irgendeinem Kongreß fuhr. Jill war so was wie ein As im Kreis der Maklerinnen, geschieden, Hauptemährerin einer Schar Kinder, und ich nahm an, daß

sie gern herumvögelte, weil das nicht stressig war und eine beliebige Barbekanntschaft besser als so ein Typ, der mit breitem Arsch in ihrer Küche hockte und ein Esser mehr war. Nora schien von Jills Lebensphilosophie beeindruckt.
Noras Abenteuerlust war mir durchaus nicht neu. Bald nachdem ich sie kennengelernt hatte, bei unserem zweiten Beisammensein, wurde Nora Goggins die erste Frau, die mir einen blies. Den Augenblick, als sie meinen Reißverschluß aufratschte, den kleinen Mann Aug in Auge begrüßte und ihn so souverän ergriff wie eine Nachtklubsängerin ihr Mikrofon, rechne ich zu den herrlichsten meines Lebens. Und ich rede keineswegs von pubertärer Lust. Ich wußte genau, da hatte ich ein seltenes Exemplar erwischt, eine mit mehr Courage als ich, für mich eine unwiderstehliche Eigenschaft, besonders bei einer Katholikin. Ich dachte mir, da ist eine, die mir den Weg durch den Dschungel zeigen kann, die keine Angst vor wilden Tieren hat und die Kraft, uns einen Pfad freizuschlagen. Aber in Wirklichkeit war sie ein recht eigenwilliger Mensch, der sich dann bei unserem gemeinsamen Leben aufs Abstellgleis geschoben fühlte. Sie hackte auf mir herum, sagte mir regelmäßig, ich sei nicht imstande, ihre emotionalen Bedürfnisse zu stillen, und hatte offenbar geheime Sehnsüchte, die ich niemals befriedigen konnte.
Der Lärm, den ich heute nacht beim Heimkommen machte, veranlaßte das peinsame Kind, höchstpersönlich die Treppe herunterzukommen, augenreibend, mit bloßem Oberkörper, aber in Jeans, die aussahen, als sei Lyle von einem wilden Tier angefressen worden. Er ist ein skrofulöser Typ, ehrlich gesagt, so groß wie ich, aber nicht voll entwickelt, mit ein paar spärlichen Haaren zwischen den Aknepusteln auf der Brust. Seine seltsame Frisur, ein in einen wuchernden Hügel geschorener Golfrasen, war verstrubbelt. Schließlich saßen wir miteinander am Küchentisch und hielten einen Imbiß aus Frühstücksflocken.
»Eine harte Nacht?«
Er grunzte ein unbestimmtes Ja, hielt die Hand vors Gesicht und stützte sich mit dem Arm auf den Frühstücksflockenkar-

ton, als könne nur der seinen Kollaps verhindern. Inzwischen hatte er ein Hemd angezogen, irgendein schickes Kunstseidenprodukt, für das bestimmt ich gelöhnt hatte. Der rote Streifen darauf, entschied ich, war kein Design, sondern Ketchup.

»Wann bist du denn heimgekommen?«

»Um eins.«

Er meinte um ein Uhr nachmittags, nicht nachts. Ich sah auf die Uhr: neunzehn Uhr achtundvierzig. Lyle war eben beim Aufstehen. Er lebte völlig verkehrt herum. Er und seine Kumpel fanden es alles andere als *cool,* vor Mitternacht auf Touren zu kommen. Nora führte Lyles Gammelexistenz natürlich auf das schlechte Beispiel zurück, das der Heranwachsende an seinem versoffenen Vater gehabt hatte.

»Du solltest mal versuchen, Augustinus zu lesen. Der strotzt vor Warnungen vor einem ausschweifenden Leben.«

»Ach Dad, halt doch die Klappe!«

Wenn auch nur eine Spur Witz in dieser Antwort gewesen wäre, hätte ich vielleicht nicht so stark die Versuchung gespürt, ihm eine zu semmeln. So aber mußte ich mich mit der Vorstellung bremsen, er könnte es seiner Mutter petzen, wenn ich ihm eine scheuerte, und die würde es ihrem Anwalt berichten und der es dem Vormundschaftsgericht melden. Könnte ich davon ausgehen, daß sie mir den Jungen wegnähmen, würde ich ihn k. o. schlagen, aber das brächte nur weitere Vorschriften und Einschränkungen für mich.

Der famosen Bildung zufolge, die mir an der Universität zuteil wurde, war es Rousseau, der im abendländischen Kulturkreis begonnen hatte, dem Kinde zu huldigen, das im Zustand der Unschuld und von Natur aus vollkommen sei. Jeder, der einen Menschen von klein auf großgezogen hat, weiß, daß das gelogen ist. Kinder sind Wilde, ichsüchtige kleine Biester, die schon mit drei Jahren jede Spielart menschlicher Laster beherrschen, einschließlich Gewalttätigkeit, Betrug und Bestechung, damit sie kriegen, was sie wollen. Das Kind, das bei mir im Hause lebt, ist in diesem Stadium stehengeblieben. Letztes Jahr stellte sich heraus, daß das College, für das ich ihm seit anderthalb Jahren pflichtschuldigst jedesmal zu Semesterbeginn einen dicken Scheck für Studiengebühren ausgehändigt habe, den Saukerl gar nicht auf der Immatrikulationsliste hat. Vor einem Monat führte ich ihn zum Abendessen aus und erwischte ihn dabei, wie er das Trinkgeld für die Kellnerin einsacken wollte.

Etwa dreimal die Woche drohe ich ihm mit Rausschmiß, aber seine Mutter hat ihn aufgeklärt, daß ich nach dem Scheidungsurteil bis zu seinem einundzwanzigsten Lebensjahr für seinen Unterhalt zuständig bin – Brushy und ich hatten gemeint, das heiße, ihm das Studium zu finanzieren –, und Nora, des Glaubens, der Junge brauche mehr Verständnis, vor allem, weil sie selber nicht viel dazutun muß, würde darin sicher die Gelegenheit für ein weiteres Grundsatzverfahren sehen und wohl eine Gerichtsverfügung anstreben, die Lyle und mich zur psychologischen Beratung verpflichtet: noch mal fünfhundert Dollar im Monat. Und wie ein schartiges, rostiges Messer durchfährt mich daher oft der Gedanke, daß ich jetzt auch vor ihm Angst haben muß.

Glaub mir, ich bin nicht so lustig, wie es sich anhört.

Mein Sohn stand auf, um sich noch eine Schüssel Frühstücksflocken zu machen, und wollte wissen, wo ich gewesen sei.

»Ich hab mich mit unangenehmen Aspekten meiner Vergangenheit befaßt«, klärte ich ihn auf.

»Meinst du etwa mit Mom?« Er hielt sich wohl für witzig.

»Ich bin einem Cop über den Weg gelaufen, den ich von früher her kenne. Drüben im ›University Inn‹.«

»Tatsächlich?« Lyle findet es klasse, daß ich mal Polizist war, aber er wollte es sich nicht entgehen lassen, mal die Rollen zu tauschen. »Du steckst doch nicht in Schwulitäten, Dad, oder?«

»Wenn mir einmal einer raushelfen muß, Junge, weiß ich ja, wo ich einen Fachmann finde.« Ich sah ihn bedeutungsvoll an, worauf sich Lyle prompt in die andere Hälfte der Küche zurückzog.

Schweinsäuglein hatte es fast zerrissen, als er mich laufenlassen mußte. Er und Dewey hatten die Sache etwa eine Viertelstunde lang bekakelt und offenbar entschieden, daß sie meine Einlassungen zu Bert lieber überprüfen sollten. Gino gab mir die Kreditkarte zurück und ermahnte mich, gut auf sie achtzugeben, da ich bald von ihm hören würde. Es klang nicht so, als wolle er mit einem Blumenstrauß vorbeikommen.

Meinen Imbiß in mich hineinschmatzend, wünschte ich mir jetzt, ich hätte Berts Namen nicht so voreilig preisgegeben. Langsam dämmerte mir das Problem: Wenn Schweinsäuglein und Dewey Berts Kühlschrank aufmachten, mußten sie als nächstes bei G & G landen. Sie würden alles über Kamin wissen wollen. Dann – vermutlich irgendwann im Laufe der nächsten Woche – würde es schwierig werden, die fehlende Summe bei unseren Antworten nicht zu erwähnen. Und sobald sich die Kriminalpolizei der Sache annahm, würden alle nur noch ehrpusselig tun. Sogar wenn Krzysinski die Ruhe wahrte, sobald Jake ihn ins Bild setzte, würde sich nach dem Erscheinen der Cops nichts mehr vertuschen lassen. Die Zeit für diplomatische Lösungen wäre dann vorbei. Für G & G hieße das *Sayonara.* Ich mußte endlich in die Puschen kommen.

Und doch fühle ich mich nach der Eröffnung, es gebe einen quicklebendigen Menschen namens Kam Roberts, immer noch wie ein Astronom, der gerade entdeckt hat, daß auf der Erdumlaufbahn ein zweiter Planet kreist, der gleichfalls Erde heißt. Wenn dieser Roberts nicht Bert war – und Bert war kein siebenundzwanzigjähriger Schwarzer mit Geheimratsecken gewesen, als ich ihn vor gerade zehn Tagen das letzte Mal gesehen hatte –, warum benutzte er dann Berts Namen verkehrt herum und bekam Post in dessen Wohnung?

Ich hatte immer noch die von Lena abgeschriebene Notiz von Infomode in meiner Hemdbrusttasche. Nun studierte ich sie kurz und zeigte sie in meiner Ratlosigkeit sogar Lyle. Ich sagte, es sehe so aus, als ob Bert das eingegeben hätte.

»Dieser Schnösel? Der uns mal zu einem Spiel der *Trappers* mitgenommen hat? Mann, bei dem kann das nur Sport bedeuten.«

»Danke schön, Sherlock Holmes! Und welchen Sport genau? Safeknacken?«
Lyle hatte keine Ahnung. Ich hätte ihn genausogut über Buddhismus befragen können. Der Knabe hatte eine Pakkung Zigaretten auf dem Tisch liegenlassen, und ich schob mir eine rein.
»He!« Er zeigte mit dem Finger auf die Zigarette. »Kauf dir selber welche!«
»Ich tu dir was Gutes«, sagte ich. »Ich sorge für deine Gesundheit und Zukunft.«
Das fand der Junge nicht zum Lachen. Tut er nie. Wenn ich anfange aufzuzählen, worin ich in diesem Leben alles versagt habe, gehen die Batterien dieses Diktiergerätes dabei drauf. Aber mit Lyle und mir ist es schon was Besonderes. Als ich noch aktiver Trinker war, gab es Momente der Besoffenheit, in denen mich meine Liebe für dieses Kind schmerzhaft überwältigte. Immer dasselbe Bild: der pummelige Zweijährige, der aus Leibeskräften rennt, sein Lachen so unbeschwert wie ein Wasserfall und süßer als Musik, und ich liebte ihn so innig, mit so herzerweichender Zärtlichkeit, daß ich schamlos in mein Whiskyglas flennte. Das waren die intimsten Momente, die ich mit meinem Kind hatte, dieser imaginäre Kontakt, während er zu Hause in tiefem Schlaf lag und ich ein halbes Dutzend Meilen entfernt in irgendeiner Bar hockte. Praktisch gesehen habe ich wenig für ihn getan. Soweit ich es beurteilen kann, bin ich darin auch nicht schlechter als drei Viertel der Väter meines Bekanntenkreises, die im Grunde nur mal zwischendurch anrufen. Aber irgendwann im Lauf der Zeit hat Lyle erkannt, wo ich verletzlich bin, und wenn er mich da trifft, bin ich vor Reue fast gelähmt. Mag man es nennen, wie man will, Revanche oder gemeinsames Verrücktsein – wir beide wissen, daß in dieser Sache – der eine drückt aufs Knöpfchen und der andere will nicht springen – dieselbe emotional verkorkste Dynamik liegt wie etwa in einer rituellen Folterung oder einer Familienversion von Sado-Maso. Lyle züchtigt mich durch sein Verhalten, während ich damit, daß ich diese Züchtigung erleide,

stumm meine Liebe hinausschreie – wenn nicht für ihn, dann für das, wofür er steht.
Mit der Zigarette verkrümelte ich mich ins Wohnzimmer. Ich war zum Umziehen zurück ins Fitneßstudio gegangen und dann ins Büro, um mir die Akte für Toots Nuccios morgige Anhörung zu holen. Jetzt las ich ein bißchen darin herum. Schließlich verzog ich mich nach oben, machte meine abendliche Toilette und versuchte, mich auf die Seite zu legen und einzuschlafen. Soll ich mein Schlafzimmer beschreiben? Den Ort, wo ich nachts diktiere? Hiroshima nach der Bombe. Bücher und Zeitungen und Zigarettenstummel. Verstreute Intellektuellenjournale und juristische Fachzeitschriften, in denen ich lese, wenn mir nach Hochgestochenem zumute ist. Eine Messinglampe im Kolonialstil mit zerbrochenem Schirm. Neben meiner Kirschholzkommode ist auf dem Teppichboden ein Rechteck nicht ganz so ausgebleicht. An den vier Ecken sind noch die Eindrücke der Füße von Noras Schminktisch, einem der wenigen Möbelstücke, die sie mitgenommen hat. Mit Lyle unter einem Dach hat es nicht viel Zweck sauberzumachen, mein kleiner Erdenwinkel scheint jetzt von allen Seiten eingedellt und zerdrückt.
Neben meinem Bett stehen ein Wäschekorb und eine Staffelei mit einem halbfertigen Gemälde und vielen ausgequetschten Farbtuben mit Fingerabdrücken in leuchtenden Tönen auf dem Sims. Das Atelier des Künstlers. Mit achtzehn glaubte ich, ich würde ein Monet werden. Als Kind im Haus meiner Mutter und als Opfer ihrer schrillen Schimpfkanonaden fand ich einen gewissen Trost darin, mich auf Unwandelbares konzentrieren zu können, auf die Stetigkeit eines Strichs und das Schweigen einer leeren Fläche. Ich weiß nicht, wie oft ich in wie vielen Klassenzimmern Comicfiguren gezeichnet habe, Batman, Superman, Dagwood. Ich war gut. Die Lehrer lobten meine Zeichnungen, und abends, wenn ich mit meinem Vater in der »Schwarzen Rose« saß, unterhielt ich immer seine Kumpel damit, daß ich ein Foto aus der Zeitung akkurat abkupferte. »Tim, der Junge hat was los.« Für ihn die gewohnte Kneipenbelustigung, ein Mann unter Männern, der vor

den andern mit seinem Sohn angeben konnte, aber zu Hause meiner Mutter nicht zu widersprechen wagte, die von meinem Talent nicht viel hielt. »Läppische Bildchen malen!« knurrte sie jedesmal, wenn das Thema aufkam. Erst als ich in der Zeichenklasse während meines ersten Semesters auf der Universität eine Fünf bekam, sah ich allmählich ein, daß sie nicht ganz unrecht hatte.
Die Schwierigkeit ist: Ich kann nur zweidimensional sehen. Ich weiß nicht, ob es an der räumlichen Wahrnehmung fehlt oder irgendwo im Gehirn. Ich sehe ein Bild vor mir, aber nicht als räumliche Darstellung. Wenn Fälschen ein ordentlicher Beruf wäre, wäre ich darin ein Pablo Picasso. Ich kann alles auf Papier wiedergeben, als wäre es durchgepaust, zeichnen nach der Natur aber schaffe ich nicht. Gestaucht, verzerrt – es kommt nie richtig raus. Meine Laufbahn als Künstler – das war mir, kurz bevor ich zur Polizei ging, klargeworden – würde eine Art Hölle aus zweiter Hand werden, in der ich nie etwas Eigenes hätte hervorbringen können. Da wurde ich eben Jurist. Auch das einer meiner kleinen Scherze, bei denen meine Partner jedesmal zusammenzucken.
Zu Hause, ganz privat, mache ich mir gerne etwas vor. Wenn ich morgens um drei wach werde, beschäftigt mich normalerweise nicht ein Bericht für Wash oder das Diktiergerät. Stattdessen kopiere ich Vermeer und stelle mir dabei vor, wie herrlich es sein muß, ein Mensch zu sein, der die Realität so unverschämt anders sieht. Da stehe ich dann oft mitten in der Nacht bei hellem Licht, und während mich die spiegelnde Reproduktion in dem Kunstband und die nassen Acrylfarben fast blenden, versuche ich krampfhaft, nicht soviel über das Traumbild nachzudenken, das aus den Flammen aufgetaucht ist und mich aus dem Schlaf gerissen hat.
Welches Traumbild das ist, willst du wissen? Ein Mann. Ich sehe ihn aus dem Feuer schreiten, und wenn ich hochschrekke mit Herzrasen und trockenem Mund, suche ich ihn, diesen Kerl, der mich erledigen will. Er lauert hinter der nächsten Ecke, ist immer hinter mir her. Trägt einen Hut. Hat ein Messer. Im Traum sehe ich es manchmal blitzen, wenn er den

bläulichen Lichtkegel einer Straßenlampe durchquert. Das läuft schon mein ganzes Leben so, mit mir und diesem Typ, dem gefährlichen Unbekannten, wie die Cops sagen, einem, der irgendwo da draußen wartet und dich erledigen wird. Es ist der, vor dem Mütter ihre Töchter warnen, sie sollen sich in menschenleeren Straßen vor ihm in acht nehmen. Der Raubmörder im Park, der Einbrecher um drei Uhr nachts. Vielleicht bin ich Polizist geworden, weil ich glaubte, ihn schnappen zu können, aber es zeigt sich, daß er nachts immer noch schneller ist als ich.

Lieber Gott, wovor habe ich solchen Schiß? Fünf Jahre lang Streifendienst, trotzdem noch alle Finger und Zehen dran, einen Job, den ich mir gerade wieder sichern will, und alle möglichen Fähigkeiten. Aber ich starre immer auf die mächtige Fünf vor der Null, und die Zahl schreckt mich noch, als sei sie der Lauf eines Revolvers, der auf meinen Kopf gerichtet ist. Sie drückt mich nieder. Ich liege hier in dem Bett, in dem ich ein paar tausendmal eine Frau gevögelt habe, von der ich jetzt meine, daß es ihr immer reichlich egal war, was ich da trieb; ich lausche auf das heisere Blaffen des durchgerosteten Auspuffs eines Autos, das ich einst für meines hielt, und klammere mich untröstlich an die Abfahrgeräusche jenes unsteten Wesens, das einstmals ein liebes Kind war. Wovor muß ich so Schiß haben, Elaine, außer vor diesem Leben, dem einzigen, das mir bleibt?

Heute nacht bin ich nur einmal aufgewacht. Es war nicht so schlimm wie so oft. Keine Träume. Kein Messer oder Feuer. Bloß ein einziger Gedanke, aber der Schreck war diesmal nicht so groß, daß ich ihn nicht hätte benennen können: Bert Kamin ist wahrscheinlich tot.

DRITTES TONBAND

Diktiert am 26. Januar
um 9 Uhr abends

Mittwoch, 25. Januar

I. Männer der Großstadt

A) Archie war ein cooler Gauner

Als ich am Mittwoch ins Büro kam, wartete Lena schon auf mich.

»Ist der Typ ein Zocker?« Die Antwort war ihr ins Gesicht geschrieben.

»Zeig mal!« Ich ging hinter ihr her in die Bibliothek.

Als ich letztes Jahr an der Uni das Einstellungsgespräch mit Lena führte, war mir aufgefallen, daß ihr Lebenslauf eine Lücke aufwies: Sieben Jahre hatte sie bis zum Collegeabschluß gebraucht. Ich wollte wissen, ob sie zwischendurch gejobt habe.

»Nicht so richtig.« Sie hielt ihr Aktenköfferchen umklammert, eine kleine Rothaarige mit wissendem Blick. »Hab 'ne schlimme Zeit durchgemacht.«

»Wie schlimm?«

»Schlimm.« Wir musterten einander in dem Besprechungszimmer, einem schalldichten Verschlag, nicht größer als ein Schrank und eher als Folterkammer geeignet. »Ich glaubte, der Junge sei meine große Liebe«, erläuterte sie. »Aber meine wahre Liebe war das Dope. Jetzt bin ich NarcAnon. Volles Programm. Jede Woche.« Sie wartete auf meine Reaktion. Außer meiner Anwaltsfirma waren noch ein halbes Dutzend andere in die Stadt eingefallen, und wir gehörten zu den ersten, die Kandidaten siebten. Wenn sie bei mir mit Ehrlichkeit nicht durchkam, würde sie den nächsten einfach anlügen oder hoffen, es bis zur Einstellung zu schaffen, ohne daß jemand dahinterkam. Eine Einserjuristin. Irgendwer würde

sie schon nehmen. Man konnte an ihrem entschlossenen Gesicht ablesen, daß sie sich das ausgerechnet hatte.
»Anonymer Alkoholiker«, sagte ich und schüttelte ihr die Hand.
Sie hat sich toll gehalten. Hervorragend. Sie hat ihr Leben mit der Willenskraft eines Leistungssportlers umgekrempelt, und ich empfand jedesmal, wenn ich daran dachte, die gleiche dumpfe Gefühlsmischung aus Neid, Bewunderung und der ständigen Überzeugung, daß ich nur Talmi bin und sie echt ist.
In der Bibliothek setzte sie mich vor einen PC und gab dann die Paßwörter ein, um Berts Mitteilung auf den Bildschirm zu holen. Wieder starrte ich darauf:

> Hey, Arch –
> SPRINGFIELD
> *Kam's Special* 1.12 – – U. five, five Cleveland.
> 1.3 – – Seton five, three Franklin.
> 1.5 – – SJ five, three Grant.
> NEW BRUNSWICK
> 1.2 – – S. F. eleven, five Grant.

»Sehen Sie«, sagte sie, »ich hab' ›*Sportsline*‹ nachgesehen. Sind nicht bloß Spielergebnisse. Die haben auch ein Wettverzeichnis. Aus Las Vegas? Das zeigt den Tabellenstand und die Wettvorgabe für das Punkteverhältnis. Hier!« Die Liste lief über mehrere Seiten: Basketball, sowohl Amateur- als auch Profiliga, und Hockey, mit zwei Kreisen zum Ankreuzen hinter jedem Spiel in einer eigenen Rubrik. »Und dann habe ich mich gefragt«, fuhr sie fort, »welche dieser Sportarten vielleicht was mit Springfield oder New Brunswick zu tun haben.« Springfield, Massachusetts, ist so eine Art Basketballhochburg, aber zu New Brunswick fiel mir nichts ein.
»Football«, erklärte sie. »Dort wurde das erste Footballspiel zwischen zwei Collegeclubs ausgetragen, in New Brunswick. Und das erste Basketballspiel war in Springfield.«
Ich ließ sie auf dem Bildschirm zurückblättern, um mir Berts

Mitteilung noch einmal ansehen zu können. Vor drei Wochen hatten mir die Ergebnisse der Football-Bundesliga das ganze Wochenende versaut.
»Das sind Wetten«, sagte sie. »Ich glaube, er setzt auf Sieg oder Niederlage.« Sie schaute mich an, um zu sehen, wie ich es fand, und ich fand es toll. »Ist doch logisch«, sagte sie. »Franklin und Grant – deren Köpfe sind doch auf dem Geld, nicht wahr? Ich meine auf den Geldscheinen. Bei Cleveland weiß ich nicht so recht.«
»Präsident Grover Cleveland ist auf dem Tausender.«
»Dann wettet er wirklich«, sagte sie. »Und geht dabei in die vollen. Wie deckt er seine Verluste?« Mit ihrer Suchterfahrung hatte Lena eines gründlich gelernt: daß man für seine Sünden irgendwann zahlen muß.
Ich dachte über ihre Frage nach. Einem Zocker, der jeden Tag fünf bis zehn Tausender setzte, konnte man durchaus Unterschlagungen zutrauen.
»Was das da sein soll, krieg' ich nicht raus«, sagte sie. »Kam's Special?«
Auch ich hatte keinen Schimmer.
»Und wer ist Arch?« fragte sie.
Das war mir schon klarer. »Ein Buchmacher.« Versicherungsmathematiker sind natürlich Buchmacher in Anzug und Krawatte. Archie hatte es wohl nicht lassen können, Wahrscheinlichkeitsberechnungen auch für Kurzweiligeres anzustellen als für Sterblichkeitstabellen. Eine amüsante Vorstellung, daß ein Manschettenheini sich in einem dieser Versicherungshochhäuser als Wetteinnehmer betätigte.
»Sehen Sie«, sagte ich zu Lena, »wenn dieser Archie die Kontonummer von meinem Kandidaten hat und das Codewort Kam Roberts, kann er dessen Wetten von der *›Mailbox‹* abrufen. Klar? Und das kann er auch mit Dutzenden anderer machen, wenn er die gleichen Absprachen hat.«
»Und warum sollte er das tun?«
»Weil Glücksspiel illegal ist und ein notwendiger Geschäftsgrundsatz daher lautet, sich nicht erwischen zu lassen.« Schon als ich noch auf Streife ging und das Abhören von Telefonen

noch nicht so gang und gäbe war, ging die Branche ihrem Geschäft ambulant nach. Irgend jemand mit Boxernase klopfte in einem Armen-Viertel an die Wohnungstür und bot dreitausend Dollar Miete für einen Monat, wenn niemand Fragen stellte. Dann nutzten sie die Bude vier Wochen und zogen schnell weiter, in der Hoffnung, dem FBI immer eine Nasenlänge voraus zu sein. Heutzutage können sie's anfangen, wie sie wollen, sobald sie Wetten am Telefon annehmen, besteht eine hohe Wahrscheinlichkeit, daß die Bundesermittler mitlauschen. Archie ließ sich von niemand anrufen. Man konnte sich bei Infomode unter *»Sportsline«* was ausgucken und seine Wette dann unter *»Mailbox«* plazieren, ohne Spuren zu hinterlassen. Archie war ein elektronischer Buchmacher, ein Mann auf der Höhe seiner Zeit.
Damit war auch der Verweis auf Arch Enterprises im Kontoauszug für Kam Roberts' Kreditkarte erklärt. Archie hatte das uralte Dilemma des Wetteinnehmers gelöst: Wie kassiere ich Wettschulden, ohne Gorillas schicken zu müssen, damit sie bis Freitag den Einsatz plus Provision eintreiben? Eine saubere Sache, höchst professionell. Wird alles über Kreditkarte abgerechnet. Gewinne und Verluste. Vielleicht einmal im Monat ein Auszug mit Soll- oder Habensaldo. Für einen Gewinner war das so gut wie Bargeld: Er konnte den Wettgewinn waschen mit Flugtickets, Restaurantbesuchen, einem Anzug, einer Krawatte, mit allem, was über Kreditkarte abrechenbar ist. Verlor einer, buchte sich Arch sein Geld von dessen Konto ab. Bestimmt bedienten sich alle noch weiterer Zwischenstufen. Arch Enterprises war wohl die Tochterfirma irgendeiner Holdinggesellschaft, die wiederum einem Konzern gehörte. Vielleicht mit Sitz in Pico Luan?
»Um was geht es in dem Fall?« fragte Lena. »Darf ich daran arbeiten?« Bestimmt interessanter als Wertpapierkontrakte und Forderungen auf Schadenersatz.
Ich bedankte mich ausführlich und trug dann, irgendwie traurig über mich selbst, den Kontoauszug in mein Büro zurück. Wie üblich war ich meiner blühenden Phantasie aufgesessen. Archie war nicht Berts Liebhaber. Er war ein

Buchmacher. Aber auch so gab es jede Menge Unstimmigkeiten. Ich wußte immer noch nicht, was Bert mit Kam zu tun hatte, und ich hatte keine Ahnung, warum Schweinsäuglein und seine Kollegen hinter Kam her waren. Für Glücksspiele war ein anderes Dezernat zuständig. Schweinsäuglein und Dewey ermittelten im Rahmen des Betrugsdezernats. Einen Schritt aber war ich weitergekommen. Jetzt sah meine Theorie der grauen Morgenstunden noch plausibler aus, und diesmal sagte ich bestimmt, wenn auch sehr gedämpft: »Bert ist tot.«

Eiszapfen aus stahlgrauem Licht überzogen den Fluß. Man mußte sich mit Polizistenlogik in Berts Lage versetzen. Nach einer einfachen Erklärung suchen. Der Gentleman im Kühlschrank hatte sich die Angelschnur nicht selbst um den Hals gezogen. Damit wollten böse Buben etwas Bestimmtes sagen. Und in Anbetracht des Fundorts der Leiche hatte diese Drohung etwas mit Bert zu tun. Und nun war Bert verschwunden, und ich mußte obendrein feststellen, daß er bis über die Ohren in einer ausgebufften Wettgeschichte steckte, also in genau der Szene, wo man sich am Ende über Geld und darüber in die Haare kriegt, wer wen bescheißt, Auseinandersetzungen im Untergrund, die mit Blut geregelt werden, weil Prozessieren nicht geht. Ob Bert gar noch eine Tiefkühltruhe im Keller hatte?

Eines war sicher: Nachsehen würde ich nicht, erst recht jetzt nicht, nachdem ich Schweinsäuglein auf die Spur gesetzt hatte. Es wäre aufschlußreich gewesen, einen kurzen Blick darauf zu werfen, was der Computer in Berts Wohnzimmer enthielt, ob weitere Verweise auf Kam, seine *Specials* und seinen Lebensstil. Ich begnügte mich mit dem Zweitbesten und machte eine Stippvisite in Berts Büro am selben Flur. Die Tür war abgeschlossen – typisch für Bert, den Maniker und eifersüchtigen Hüter der Geheimnisse seiner Mandanten und erst recht seiner eigenen. Seine Sekretärin war einer anderen Abteilung zugewiesen worden, solange ihr Chef abwesend war, aber ich wußte, wo sie den Schlüssel aufbewahrte und schloß auf.

In Berts Wohnung hatte alles herumgelegen, aber sein Büro war im Einklang mit seinen Zwangsvorstellungen peinlich sauber. Alles abgestaubt und aufgeräumt. Anwaltsbüros sind ziemlich gleich möbliert: Diplome an den Wänden, Familienbilder und ein paar diskrete Andenken, die an Höhepunkte ihrer juristischen Karriere erinnern und Mandanten beeindrucken sollen. Wash etwa hatte Erinnerungsstücke an bestimmte Großabschlüsse in einem seiner Bücherschränke – Meldungen aus dem *»Wallstreet Journal«,* in kleine Acrylglasblöcke eingegossen, »Bibeln« aus Tausenden von Vertragsdokumenten, in Leder gebunden, Kürzel und Datum der Transaktion in Goldprägung auf dem Rücken. Sogar ich habe die eingerahmte Bleistiftskizze eines Gerichtszeichners vom Lokalfernsehen, auf der ich TransNational vor den Geschworenen gegen die Klage eines entlassenen Piloten vertrete, der als John eingestellt worden war und sich später den Vornamen Juanita und die dazu passenden Genitalien zugelegt hatte.

Auf den ersten Blick erkennt man in Berts Büro, daß der Benutzer ein Sportfan ist. Die Wände sind voller Andenken an Spiele: signierte Basebälle, ein Spielertrikot der *Hands,* mit Filzschreiber von jedem Teilnehmer des Meisterschaftsspiels von 1984 signiert, eingerahmt und an einem der Betonpfeiler aufgehängt. Sonst nichts, was ihm etwas bedeutet hätte, bis auf den gigantischen altmodischen Trinkwasserspender in der Ecke.

Bei unserer Zusammenarbeit an Flug 397 hatte ich Berts Paßwörter für das Netz gelernt. Ich schaltete den Computer ein und sah mir flüchtig die Verzeichnisse an, rief mit Tastendruck verschiedene Dokumente auf, in der Hoffnung, weitere Anhaltspunkte dafür zu finden, was mit Kam Roberts und Archie los war. Doch da war nichts. Statt dessen fing ich an, Berts endlose Korrespondenz durchzusehen, auf irgendwie zielloser Suche nach Indizien, zugegebenermaßen aber auch mit dem perversen Genuß des Schnüfflers, der sich auf diese Weise einen Überblick über Berts Existenz als Anwalt verschaffte.

Wegen seiner verstockten Art wurde Bert mit Mandanten nicht warm, und er warb auch nur wenig eigene an. Er ist ein sogenannter Innendienstler wie ich, einer, der die Arbeit macht, für die unsere Stars angeheuert werden. Mit dieser einen Einschränkung jedoch hat er beim Ausschuß einen dicken Stein im Brett. Bert rechnet jedes Jahr gut und gern zweieinhalbtausend Stunden ab und erzielt mit seiner knallharten Prozeßtaktik glänzende Ergebnisse. Er stürzt sich wie ein Berserker auf jeden neuen Fall. Haben wir einen problematischen Mandanten, der etwa behauptet, schwarz sei weiß, legt sich Bert für ihn ohne Wimpernzucken aus dem Fenster. Einer von den Juristen, die der Gegenseite nicht das kleinste Zugeständnis machen. Alles nur schriftlich. Jeden Furz bestätigt Bert mit einem Brief – in dem nebenbei was ganz anderes steht als das Besprochene. Wenn ich erkläre, mein Mandant müsse sich einer Operation am offenen Herzen unterziehen, heißt es in Berts Darstellung, er schütze einen Arzttermin vor, um nicht zur Verhandlung erscheinen zu müssen. Durch derlei Mätzchen hat sich Bert mit der Hälfte der Zivilprozeßanwälte in der Stadt verfeindet. Überhaupt der Grund, weshalb ich zu Flug 397 hinzugezogen wurde, weil Jake sich nicht mit den Anwälten von hundertfünfzig Klägern rumärgern wollte, von denen die meisten bei einem Telefongepräch mit Bert schon um die Erlaubnis zum Mitschnitt bitten, bevor sie auch nur guten Morgen gesagt haben.
Ich hörte, wie mein Name draußen im Flur über Lautsprecher ausgerufen wurde. Ich solle mich bei Lucinda melden. Also höchste Zeit, zu Toots' Anhörung aufzubrechen. Ich wollte den PC eben abstellen, als ich in Berts endlosem Korrespondenzverzeichnis einen Namen sah, der mein Herz Salto schlagen ließ: Litiplex.
Ich fummelte an der Tastatur, um die Datei aufzurufen. Ich wurde ganz fickrig und fürchtete schon, bestimmt die falsche Taste zu drücken und das Ganze zu löschen, doch das passierte nicht, und es gab gar nicht viel zu sehen, nur eine kurze Hausmitteilung:

Anwaltskanzlei Gage & Griswell 20. NOVEMBER
Hausmitteilung
Honorarpflichtige Anwaltsleistung

Persönlich & vertraulich
an: Glyndora Gaines, Hauptbuchhaltung
von: Robert A. Kamin
betrifft: Flug 397 Scheckanforderung – Litiplex Ltd.

Bitte nach Absprache mit Peter Neucriss für mich zur Unterschrift Einzelschecks für Litiplex Ltd. auf folgende Rechnungsbeträge gemäß Anlage ausstellen:

Ich las das vier- oder fünfmal durch. Als ich es schließlich einigermaßen verstanden zu haben glaubte, druckte ich die Hausmitteilung aus. Das Blatt kam aus dem Drucker wie eine rausgestreckte Zunge.

»He.«

Ich fuhr zusammen. Wegen des Druckergeräusches hatte ich die Tür nicht aufgehen hören. Brushy. Sie hatte meinen und ihren Mantel sowie Toots' Akte in den Armen.

»Es ist zehn vor. Wir schaffen es gerade noch.«

Mein Gesichtsausdruck hatte ihr offenbar etwas verraten, weil sie sofort zu mir hinter den Schreibtisch kam. Ich dachte kurz daran, sie abzulenken, damit sie nicht über meine Schulter lesen konnte, doch war ich im Grunde zu stolz auf mich und meinen detektivischen Erfolg.

»Heiliger Strohsack!« sagte sie. »Und wie sehen die Anlagen aus?«

»Schlag mich tot, wenn ich's weiß. Ich habe alles abgesucht, Litiplex ist nirgends sonst erwähnt. Muß wohl Glyndora fragen. Wollte sowieso mit ihr reden.«

»Du hast doch gesagt, der Ausschuß hätte dir versichert, es gebe keine schriftlichen Unterlagen.«

»Hat er.«

»Vielleicht ist diese Hausmitteilung getürkt«, sagte sie. »Da-

mit Bert sozusagen was hätte vorweisen können, wenn er gefragt worden wäre, warum er unterschrieben hat.«
Möglich. Sogar plausibel. Die Wahrscheinlichkeit, daß Bert irgendeine »Absprache« mit Peter Neucriss getroffen hatte, tendierte allerdings mathematisch ziemlich exakt gegen null. Neucriss ist in Kindle County die erste Adresse für Schadenersatzprozesse, ein gedrungener kleiner Satan, dessen arrogantes Auftreten und Prozeßerfolge ihm den Beinamen »der Fürst« eingetragen haben, wobei »der Finsternis« hinzugefügt wird, sobald er den Rücken zuwendet. Er und Bert haben seit dem Marsden-Prozeß vor ein paar Jahren, als Neucriss Bert in seinem Plädoyer als »unseren verehrten Kollegen aus der vierten Dimension« bezeichnete und einen Lacherfolg bei den Geschworenen erzielte, kein höfliches Wort mehr miteinander gewechselt. Wohl sinnvoll, meinte ich, auch mit Neucriss zu reden, auch wenn das alles andere als ein Vergnügen war.
»Erzählst du mir, was los ist«, fragte sie, »wenn du mit ihnen geredet hast?«
»Sicher«, erwiderte ich, »aber tratsch nicht! Du weißt schon: Eine Sache zwischen Anwalt und Klient. Ich will nicht, daß etwas aufkommt, bevor ich dahintergestiegen bin.«
»Komm schon, Malloy«, sagte sie, »du kennst mich doch! Ich habe deine kleinen Geheimnisse doch immer gewahrt.« Sie schenkte mir ihr ganz spezielles Lächeln, rätselhaft, kokett, im Einklang mit sich und ihren verschwiegenen Abenteuern, bevor sie mich eilig zur Tür hinausschob.

B) Der Colonel

»Nennen Sie bitte Ihren Namen und buchstabieren Sie ihn fürs Protokoll!«
»Ich heiße Angelo Nuccio, N-u-c-c-i-o, aber von Kindesbeinen an nennen mich die Leute Toots.« Der Colonel – unter diesem Namen ist Toots allgemein bekannt – bedachte die Mitglieder des Ehrengerichts der Anwaltskammer, die mit

ihm um den langen Tisch saßen, mit seinem strahlenden Fernsehlächeln. Vor diesem dreiköpfigen Ausschuß von Anwaltskollegen, die hier ehrenamtlich über andere richten, hatten wir unsere Sache zu vertreten. Mona Dallas, die Vorsitzende, erwiderte kurz Toots' Lächeln, doch die zwei Männer rechts und links von ihr wahrten die gestrenge Miene eherner Unparteilichkeit. Mona arbeitet bei Zahn, der größten Konkurrenz von G & G, und ist für ihre Umgangsformen, ihre Aufrichtigkeit und Intelligenz bekannt – Eigenschaften, die für Toots' Fall nicht gerade vorteilhaft waren, von der Warte der Verteidigung aus gesehen. Eigentlich hätten wir einen Vorsitzenden gebraucht, der schon gaga war und kurz vor der Entmündigung stand. Ein großes Tonbandgerät mit zwei Spulen lief vor Mona und hielt die Schlußphase einer der bewegtesten Prominentenkarrieren unserer County für eine Nachwelt fest, die sich wohl kaum dafür interessieren würde. Colonel Toots ist dreiundachtzig und ein körperliches Wrack. Die kurzen Säbelbeine, eines davon im Ersten Weltkrieg bei Anzio zerschossen, sind von der Arthrose zermürbt; die Lungen sind schwarzgeräuchert und verschrumpelt, so daß er nach jedem Wort rasselnd Luft holen muß. Er hat Diabetes, der seine Sehkraft bedroht, und diverse Kreislaufschäden. Aber eins muß man ihm lassen: Der Kerl ist immer noch äußerst kregel. Colonel Toots läuft schon sein ganzes Leben mit Supersprit. Ein Großstadtmensch, der im Leben schon in ganz verschiedene Rollen geschlüpft ist: Soldat in drei Kriegen; schwadronierender Superpatriot; Lokalmatador; Klarinettenvirtuose, der zweimal das komplette Symphonieorchester von Kindle County zur Begleitung angeheuert hat, um eine Interpretation von Mozarts Klarinettenkonzert darzubieten, die nicht von schlechten Eltern war, Gangster und schließlich Rechtsanwalt, gut Freund mit Huren und Killern und praktisch jedem Menschen in unserer Stadt, von dem ihm sein gesunder Menschenverstand sagt, er könnte mal wichtig werden. In meiner Polizistenzeit vor zwanzig Jahren war er noch auf dem Gipfel seiner Karriere gewesen, gewählter Bezirkssprecher für das South End, der zwischen einer politischen Mauschelei und der nächsten Richter schmierte, Pöstchen verkaufte, oder, wie behauptet wurde, auch mal den einen oder anderen umlegen ließ. Bei Toots konnte man da nie sicher sein. Die Wahrheit war ihm absolut fremd. Er war ein begnadeter Geschichtenerzähler, der Odysseus hätte einwickeln können, sogar dann noch bezaubernd, wenn er von Sachen erzählte, bei denen dir dein gesundes Empfinden sagte, sie seien eigentlich widerwärtig – etwa wie er mit Thanksgiving-Truthähnen Wahlstimmen von Schwarzen gekauft hatte (»der November ist ideal für Wahlen«) oder einmal einen Knallkopp ins Knie geschossen hatte, der eine Billardschuld nicht blechen wollte.

Mit dreiundachtzig hat Colonel Toots fast alles überstanden, nur nicht den Disziplinarausschuß, der ihn im Verlauf seiner Karriere exakt ein halbes dutzendmal im Fadenkreuz hatte und immer noch Munition nachschiebt. Die Bundesanwaltschaft hat vor kurzem ermittelt, daß Colonel Toots vierzehn Jahre hintereinander für Daniel Shea den Country-Club-Beitrag beglichen hat, für den Vorsitzenden Richter am Finanzgericht, das besonders häufig gegen Toots' Anwaltsfirma zu verhandeln hatte. Richter Shea hatte klugerweise das Zeitliche gesegnet, bevor ihm das Justizministerium wegen diverser Steuerhinterziehungen belangen konnte. Den Ermittlern gelang zwar nicht der Beweis, daß Sheas richterliche Entscheidungen durch die Beiträge beeinflußt worden sind, doch auch wenn sie nichts Hieb- und Stichfestes gegen ihn in der Hand hatten, verstießen die Zahlungen trotzdem gegen diverse Standesregeln. Das Justizministerium hatte den Fall deshalb an das Ehrengericht der Anwaltskammer überwiesen, wo meinen früheren Kollegen in ihrer stirnrunzelnden Wohlanständigkeit sofort klar war, daß sie Toots endlich am Wickel hatten, dreiundachtzig Jahre hin oder her.

So hatten sich Brushy und ich mit unserem Mandanten um zehn Uhr an diesem Mittwoch vormittag im alten Schulgebäude eingefunden, wo das Ehrengericht tagt. Schon daß wir überhaupt erscheinen mußten, war ein Symbol der Niederlage. Auf Drängen meines Mandanten hatte ich diesen Termin bisher mit verschiedenen Kniffen zweieinhalb Jahre lang vertagen lassen. Jetzt aber würde die Axt fallen.

Ich erhob keine Einwände gegen die Beweise, eine Reihe von Protokollen der Grand Jury, die vom Stellvertretenden Ehrengerichtsvorsitzenden Tom Woodhull – vor vielen Jahren mein Chef – ins Verfahren eingebracht worden waren. Als er nun aufstand, um zu erklären, er verzichte auf weiteren mündlichen Vortrag, war er ganz Woodhull; ungerührt, hochgewachsen, gutaussehend und völlig unbeugsam. Ich bat Toots sogleich um die Angaben zur Person, damit ich den Eindruck eines Verteidigers erweckte, der die Schlacht kaum erwarten kann.

»Wann sind Sie Rechtsanwalt geworden?« fragte ich meinen Mandanten, nachdem dieser eine farbige Schilderung seiner Kriegserlebnisse gegeben hatte.

»Ich wurde vor zweiundsechzig Jahren und neunzehn Tagen zugelassen, aber wer will das schon so genau wissen?« Er grinste dazu so fett wie jedesmal, wenn wir das geprobt hatten.

»Wo haben Sie Jura studiert?«

»An der Easton University, wo ich Zivilrecht hörte, und zwar bei dem seligen Mr. Leotis Griswell von Ihrer Anwaltsfirma, der mein ganzes Berufsleben lang mein Gewissen geblieben ist.«

Da ich mir kaum das Lachen verkneifen konnte, wandte ich mich wie zufällig vom Gerichtstisch ab. Ich hatte Toots gesagt, er solle doch diese Ich-bin-klein-mein-Herz-ist-rein-Masche seinlassen, aber er greift offensichtlich solche Anregungen nur ungern auf.

Er kauerte auf seinem Stuhl, den Spazierstock am Knie, vom mühsamen Schnappen nach Luft einen weißen Spuckerand auf den Lippen, von birnenförmiger Figur, ganz Bauch und Zigarre, mit buschigen Augenbrauen, die halb die Stirn hinaufkrochen. Er trug sein übliches Outfit: einen grellgrünen Einreiher, farblich irgendwo zwischen Wassermelone und Limone. Ich hätte ein Vermögen darauf verwettet, daß keiner der anderen Anwesenden eine so schreiend bunte Krawatte im Schrank hatte.

»Wie würden Sie Ihre Anwaltspraxis charakterisieren?« fragte ich als nächstes, eine kitzlige Frage.
»Als ziemlich allgemeine Praxis, möchte ich sagen«, lautete die Antwort. »Ich war ein Helfer in der Not, zu mir kamen Leute, die Hilfe brauchten, und ich hab geholfen.«
Viel mehr hatten wir nicht zu bieten, da Toots nach zweiundsechzig Jahren Anwaltspraxis keinen einzigen Prozeß, kein Testament und keinen Vertragsabschluß vorweisen konnte. An ihn wandten sich die Leute mit bestimmten Problemen, und diese Probleme wurden gelöst. Von der ganzen Anlage her hatte Toots' Anwaltspraxis etwas Katholisches. Wer macht sich schon anheischig, Wunder zu erklären? Toots half auch allerlei Mandatsträgern. In fast jeder Behörde von Belang saß jemand, den mit Toots eine besondere Freundschaft verband. Da gab es einen liebenswürdigen Stellvertretenden Justizminister, dem Toots Maßanzüge schneidern ließ; einen einflußreichen Senator, dem ein Bauunternehmerfreund von Toots zum Spottpreis von vierzehn Riesen drei weitere Flügel ans Haus geklatscht hatte. Mit derlei Großzügigkeiten hatte der Colonel ziemlichen Einfluß erlangt, zumal seine Methoden stadtbekannt waren: Erst ließ er seinen Ganovencharme spielen. Wenn das nicht half, mobilisierte er Freunde, Galgenvögel aus seinem Stadtteil, die dir die Fenster einschmissen, den Laden abfackelten oder einer Nachtclubsängerin, die mit Toots über Kreuz geraten war, ohne Narkose die Mandeln knipsten.
»Haben Sie auch vor dem Finanzgericht praktiziert?«
»Absolut nicht. Nie. Wenn ich da heute hinmüßte, müßte ich nach dem Weg fragen.«
Ich schaute zu Brushy, um zu sehen, wie es lief. Sie saß neben mir, im dunklen Kostüm, und versuchte, jedes Wort auf einem gelben Notizblock festzuhalten. Sie lächelte mir verhalten zu, aber aus reiner Freundschaft. Sie war zu abgebrüht, um sich mehr Hoffnungen zu machen als ich.
»Und haben Sie Richter Daniel Shea gekannt?« fragte ich.
»Und ob ich Richter Shea gekannt habe! Seit unserer Zeit als junge Anwälte. Wir waren enge Freunde.«

»Und haben Sie, wie die Anklage hier lautet, die Clubbeiträge für Richter Shea bezahlt?«
»Aber sicher.« Toots war nicht ganz so sicher gewesen, als ihm die Steuerfahndung vor ein paar Jahren dieselbe Frage stellte, hatte es aber damals vorgezogen zu schweigen. Hier konnte nicht viel passieren, wenn Woodhull ihn ins Kreuzverhör nahm, denn der würde auf jeden Fall ziemlich einfallslos sein.
»Können Sie bitte erklären, wie es dazu kam?«
»Ohne die geringste Schwierigkeit.« Toots packte seinen Spazierstock und legte quasi den ersten Gang ein. »Etwa 1976 traf ich zufällig Dan Shea beim Jahresessen der Kolumbusritter, und wir kamen wie unter Kollegen üblich auf Golf. Er sagte mir, daß er schon immer in den Bavarian Mound Country Club wolle, der direkt in seiner Nachbarschaft sei, aber leider keine Menschenseele kenne, die für ihn bürgen wolle. Das übernahm ich mit Freuden. Kurze Zeit später machte mich Mr. Shawcross, der Präsident des Golfclubs, darauf aufmerksam, daß es Dan Shea offenbar schwerfiel, seine Beiträge zu zahlen. Als sein Bürge sprang ich selbstverständlich in die Bresche, und so ist es dann weitergegangen.«
»Und haben Sie Richter Shea auf diese Zahlungen angesprochen?«
»Nie«, versicherte er. »Ich wollte nicht, daß ihm das peinlich oder unangenehm wird. Seine Gattin Bridget war damals todkrank, und die Behandlungskosten und die Ungewißheit setzten ihm hart zu. Wie ich Dan Shea kannte, bin ich sicher, daß er das hat regeln wollen und es ihm irgendwie entfallen ist.«
»Und haben Sie je mit ihm einen der Fälle erörtert, die Ihre Firma vor seiner Kammer vertrat?«
»Nie«, sagte er wieder. »Wie hätte ich das sollen? Die jungen Spunde in meiner Kanzlei machen alles mögliche. Es ist mir nie in den Sinn gekommen, daß sie auch an diesem Gericht aktiv sind. Heutzutage gibt es so viele Gerichte, wissen Sie.« Toots breitete die Arme aus und entblößte grinsend die gelben Zahnstummel.

Brushy schob mir einen Zettel zu. »Barzahlung« stand darauf.

»Ach ja.« Ich faßte mir an die Krawatte und nahm meine Rolle wieder auf: »Wir haben einvernehmlich festgestellt, daß Mr. Shawcross vor der Grand Jury ausgesagt hat, Sie hätten diese Zahlungen in bar getätigt und ihn gebeten, das gegenüber niemand zu erwähnen. Könnten Sie das bitte erklären?«

»Ganz problemlos«, sagte Toots. »Ich wollte nicht, daß es sich unter Clubmitgliedern herumspricht, Richter Shea habe Schwierigkeiten mit seinem Beitrag. Ich meinte, das könnte ihm peinlich sein. Also zahlte ich bar, um zu vermeiden, daß der Buchhalter oder sonst jemand meinen Namen auf einem Scheck sah, und bat Mr. Shawcross, so nett zu sein und die Sache für sich zu behalten.« Ächzend wandte er sich an das Ehrengericht und sagte: »Eine reine Freundestat.« Ich konnte niemand nach dem Taschentuch greifen sehen.

Woodhull schlug fünfzehn Minuten mit so etwas wie einem Kreuzverhör tot. Toots, dem bei meiner Befragung kein Pieps entgangen war, wirkte plötzlich so gut wie taub. Woodhull mußte jede Frage drei- oder viermal wiederholen, und Toots reagierte meist, indem er stumm und einfältig vor sich hinglotzte. Um die Mittagszeit entschied Mona auf Vertagung. Es reiche für heute. Sieben Juristen holten ihre Kalender heraus, um den nächsten Termin zu vereinbaren. Wir mußten alle Vor- und Nachmittage bis nächsten Dienstag durchgehen, bevor wir uns einigen konnten.

»Wie war ich?« fragte mich Toots auf dem Weg nach draußen.

»Großartig«, sagte ich.

Er strahlte wie ein Kind und lachte laut. Sah es genauso.

»Warum läßt es ein Mann von dreiundachtzig auf ein Berufsverbot ankommen?« fragte Brushy, nachdem wir ihn in ein Taxi verfrachtet hatten. »Warum gibt er nicht einfach seine Anwaltspraxis auf?«

Mit Toots' vierundvierzigjähriger Karriere als Bezirkssprecher für das South End war Anfang der achtziger Jahre Schluß gewesen, weil sich herausstellte, daß der Grünflächenausschuß der Stadt, den Toots durch Ernennung beherrschte, volle zehn Jahre hintereinander die Müllabfuhr der Firma Eastern Salvage übertragen hatte, die über diverse Strohmänner einem von Toots' Söhnen gehörte. Seit damals beschränkte sich Toots' Tätigkeit auf die eines Helfers in Notlagen. Er brauchte seine Anwaltslizenz, um diesen Aktivitäten einen legalen Anstrich zu geben. Das alles erläuterte ich Brushy, während wir inmitten der mittäglichen Menschenmassen zurück zu unserem Hochhausturm strebten. Gestern nacht war ein wenig Schnee gefallen, der nun, zu grauem Matsch zertreten, unsere Schuhspitzen zerweichte.

»In den gelben Seiten gibt es keine Rubrik für Mauschler. Außerdem wäre das ein Flecken auf seiner Ehre. Der Mann hätte zu dieser Anhörung am liebsten seine Kriegsauszeichnungen angesteckt. Öffentliche Bloßstellung würde er nicht ertragen.«

»Um seine Ehre geht's ihm?« fragte sie. »Der hat doch Leute killen lassen. Und was ist mit den Ganoven vom South End? Mit denen speist er doch zu Mittag. Und zu Abend.«

»Auch eine Ehre.«

Brushy schüttelte den Kopf. Wir betraten den Hochhausturm und fuhren im Aufzug zum Empfang von G & G hinauf, wo eichene Bücherschränke standen, die mit Dutzenden en gros gekaufter antiquarischer Schinken bestückt worden waren, um eine gediegene Atmosphäre zu schaffen. Unsere Büros waren unter Martins Anleitung vor ein paar Jahren im englischen Landhausstil renoviert worden. Im zentralen Empfangsraum mit Seekiefervertäfelung und dunkelbraunen Ledersesseln hingen kleine Landschaften und Jagdszenen an den Wänden, Bilder in Messingrahmen mit breiten grünen Passepartouts, alles Talmi, aber mich hatte ja keiner gefragt. Diese Bühnendekoration erleichterte es einem allerdings, in eine Art Dämmerzustand zu fallen: täglich neue Gesichter, junge Leute, die äußerst eilig und eifrig herumwetzten, um lauter wichtige Dinge zu regeln, aber nicht das geringste mit mir zu tun haben. Aktienemissionen. Vertragsabschlüsse. Man konnte das alles aus kühler Distanz betrachten: Männer mit Phallussymbolen um den Hals. Frauen mit halbnackten

Schenkeln. Was auf Gottes grünem Erdboden trieben die? Woran lag's, daß die das so wichtig nahmen, und ich nicht?
»Ich hab ihm gesagt, daß wir nicht gewinnen können«, sagte ich und meinte dabei Toots. »Er hat mich immer wieder gebeten, Aufschub zu erwirken.«
»Das sehe ich.« Sie klopfte auf die Akte. »Zwei Jahre und vier Monate. Und wofür?« Sie verdrückte sich in den Flur. Sie hatte einen Termin bei Martin, erinnerte mich aber an unsere Partie Squash um sechs.
»Um Zeit zu gewinnen.«
»Und was will er damit anfangen?« fragte Brushy.
»Sterben«, sagte ich, bevor ich mich abwandte.

II. Üble Kunden

A) Die Sklavenkönigin der Buchhaltung

Wie die rußgeschwärzten Heizer, die im Kesselraum eines Dampfers Kohle in große Feuerschlünde schaufeln, schuftet die Buchhaltung der Firma im untersten Deck. Im zweiunddreißigsten Stock, zwischen einer Investmentfirma und einem Reisebüro, fühlt man sich wie im Keller, weil die Abteilung von unseren drei anderen Etagen getrennt ist. Doch ist sie in vielerlei Hinsicht das Herz von G & G: Der Buchhaltung werden täglich unsere honorarpflichtigen Stunden gemeldet; die Buchhaltung verschickt jeden Monat unsere Honorarrechnungen. Hier brummt der gewinnbringende Dieselmotor der Anwaltsfirma mit hoher Drehzahl.
Bei meinem Wechsel vom Ehrengericht und Zulassungsausschuß der Anwaltskammer zu G & G war mit das Seltsamste, daß ich mich an eine Welt gewöhnen mußte, in der Geld – das ich als Polizist und dann als freier Anwalt als ein grundsätzliches Übel angesehen hatte – plötzlich zum Dreh- und Angelpunkt des gesamten Universums wurde. Geld wollen unsere Mandanten, wenn sie uns verpflichten, weil sie noch mehr scheffeln oder das Erraffte behalten wollen. Und Geld

wollen weiß Gott auch wir von ihnen. Das ist es, was wir miteinander gemein haben. Um diesen Zeitpunkt, wenn unser Geschäftsjahr zu Ende geht, wirkt die Firma wie ein Universitätscampus vor dem Aufstiegsspiel in die erste Liga. Wir werden zu Sozietätsbesprechungen geladen, die sich kaum von Erweckungsversammlungen unterscheiden und bei denen Martin und besonders Carl Brandreden halten, damit wir unsere Honorare von den Mandanten umgehend eintreiben. Eine von Carls vielen schlauen Neuerungen war es, den Abschluß unseres Geschäftsjahres um einen Monat auf den 31. Januar hinauszuschieben, um den Mandanten die Möglichkeit zu geben, die Honorare an uns im jeweils für sie steuerlich günstigeren Kalenderjahr zu verbuchen. Am 2. Februar, dem Murmeltiertag, wenn die Zahlungseingänge addiert werden, treffen sich die Partner der Sozietät im Smoking und der Ausschuß verkündet, wie viele »Punkte« jeder Partner bekommt – wieviel Prozent vom Gewinn der Firma.
Die Buchhaltung ist in Räumen mit grellem Neonlicht untergebracht, neun Frauen zwischen Büromöbeln aus elfenbeinfarbenem Resopal. Ihre Zahlen werden täglich dem Ausschuß und verschiedenen Abteilungsleitern gemeldet. Die Chefbuchhalterin, die die gesamte Abteilung unter sich hat, ist Glyndora Gaines. Als ich hereinkam, stand sie da und studierte einen Zeitungsausriß. Die restliche Zeitung lag auf ihrem Schreibtisch, der bis auf ein gerahmtes Bild ihres Sohnes leer war. Sobald sie mich sah, lief sie davon.
Ich war im Mantel, auf dem Weg zu Peter Neucriss. Glyndora hatte ich zuvor schon drei- oder viermal angerufen, ohne einen Rückruf zu erhalten. Jetzt fragte ich sie, ob ihr das ausgerichtet worden war.
»Hab zu tun«, sagte sie, wo sie doch gerade in der *»Tribune«* gelesen hatte. Ich lief ihr durch die ganze Abteilung nach, während sie Aktenschränke aufmachte und wieder zuknallte.
»Es ist wichtig«, fügte ich hinzu.
Sie bedachte mich mit einem Blick, der Blei zum Schmelzen gebracht hätte. »Wichtig ist auch das, was ich hier mache, Mann! Wir liegen mit den Zahlungseingängen zehn Prozent

unter Plan und suchen nach Möglichkeiten, alle Ausgaben neu zu verteilen. Du willst doch auch dein Geld!«
Junge, Junge, eine Power-Frau von ganz spezieller Art, eine dieser Afroamerikanerinnen, denen nur eins leid zu tun scheint: daß sie nur ein Leben haben, um sich über die Demütigungen der vergangenen Jahrhunderte zu giften. Niemand kommt mit ihr aus. Kein Anwalt, kein Rechtshelfer, keine Schreibkraft. In ihren Jahren als Sekretärin hat Glyndora die Hälfte der Anwälte unserer Firma verschlissen. Sie kam mit keiner Frau zurecht, mit Brushy hielt sie es nur eine Woche aus. Wash und vielen anderen war sie viel zu rechthaberisch. Bei allen Auseinandersetzungen wurde Glyndora ausgerechnet von Martin Gold der Rücken gestärkt, dem Schutzpatron unserer Exzentriker. Er scheint sie amüsant zu finden und neigt dazu, wie ich selber nur zu gut weiß, fähigen Leuten jede Sünde nachzusehen außer Schlampigkeit. Und fähig ist Glyndora. Genau da liegt der Hase im Pfeffer. Sie kommt nicht darüber hinweg, daß sie Sklavin der Umstände geworden ist. Mit fünfzehn bekam sie ein Kind und zog es alleine groß, ohne jede reelle Chance, danach noch groß Karriere zu machen.
Weil er erkannte, daß Glyndora keine Gelegenheit ausließ, ihre Fähigkeiten unter Beweis zu stellen, spannte Martin sie am Ende mit Bert zusammen, dem Anwalt, mit dem sie am längsten arbeitete. Glyndora führte seine Akten und seinen Terminkalender, schrieb Routinebriefe, füllte die üblichen Fragebögen aus, erfand Ausreden, wenn er blaumachte, notfalls vertrat sie ihn sogar vor Gericht. (Und das für etwa zehn Prozent seines Einkommens, wie ich mir als Sohn eines alten Gewerkschafters zu bemerken erlaube.) Das einzige Problem war, daß sie vor etwa einem Jahr miteinander in Clinch gerieten. Wörtlich. Ich meine nicht gelegentliche schiefe Blicke oder ein paar bissige Bemerkungen. Ich meine gegenseitiges Anbrüllen im Flur, Akten, die wie Schneegestöber flogen, Mandanten, die aus Besprechungszimmern wankten und den Mund nicht mehr zukriegten. Ich meine wahrhaftige Szenen. Schließlich hatte einer, der bei der Army oder der

Polizei gewesen sein muß, den rettenden Einfall: Befördern! Glyndora war als Chefin nicht so tyrannisch wie als Untergebene und genoß es sichtlich, über ihr eigenes Reich zu gebieten. Bert rastete natürlich aus, als sie ihm weggenommen wurde. Und Glyndora genoß mit Sicherheit auch das.
»Glyndora, es geht um diese Litiplex-Sache. Das Geld.« Das brachte sie zum Stehen. Wir waren vor einer Reihe elfenbeinfarbener Aktenschränke angelangt. Sie setzte ihre übliche Lauermiene auf. »Als du die Unterlagen gesucht hast, ist dir, glaube ich, eine Hausmitteilung entgangen. Von Bert. An die war wohl eine Art Absprache mit Peter Neucriss angeheftet.« Sie schüttelte sofort den Kopf, eine Kaskade schwarzer, durch Kräuselglätter stumpfgewordener Haare.
Ich nickte energisch: Doch!
»He, Mann!« Sie holte weit mit der Hand aus. »Ich hab hier achtzigtausend Akten und in jeder meine Nase drin gehabt. Wenn du glaubst, du kannst das besser, Mack, bedien dich! Um fünf sperren wir zu.«
Da klingelte das Telefon, und sie nahm mit langen, bedrohlich zugefeilten, glänzend roten Fingernägeln den Hörer ab. Glyndora ist über vierzig, aber man sieht es ihr nicht an. Eine attraktive Frau, was sie auch weiß: solide gebaut, einmeterfünfundsiebzig ohne Pumps und jeder Zentimeter Weib. Phänomenale Scheinwerfer, ein breiter schwarzer Hintern und ein stolzes Eroberergesicht mit majestätischem Blick und einer Adlernase, die auf semitische Abenteuer in Westafrika vor Jahrhunderten schließen läßt. Wie jeder schöne Mensch, dem ich je begegnet bin, kann sie reizend sein, wenn sie etwas will, und mir gegenüber ist sie je nach Laune manchmal sogar ein bißchen kokett, wobei sie wohl von einer gewissen Empfänglichkeit meinerseits ausgeht. Ich habe in meinem Leben meistens mit Frauen zu tun gehabt, die unter dem speziell weiblichen Frust litten, von vornherein nie eine reelle Chance gehabt zu haben – und außerdem kann man einfach nicht ignorieren, wie gut sie aussieht. Jahrelang habe ich Männer bewundernd über Glyndora reden hören – aber immer nur aus der Distanz. Al Lagodis, ein alter Kumpel von der Polizei,

bemerkte eines Tages, als er mich zum Essen abholte: Für die brauchst du einen Schwanz wie ein Brecheisen.
Heute wollte sie nichts von mir. »Ich hab's dir doch gesagt, Mack«, sagte sie, als sie mit Telefonieren fertig war, »ich hab keine Zeit für so was.«
»Dann komm ich um fünf. Da kannst du mir ja zeigen, was du alles durchgesehen hast.«
Sie lachte. Glyndora und überflüssige Überstunden, das war unvereinbar.
»Wann dann?« fragte ich.
Sie schnappte sich ihre Handtasche, ließ etwas hineinfallen und schenkte mir ein verkniffenes Leck-mich-Lächeln. Dann machte sie sich auf zur Damentoilette, wohin ich ihr nicht folgen konnte. Vergeblich rief ich hinter ihr her. Sie ließ mich einfach vor ihrem Schreibtisch stehen. Die Zeitung, aus der sie was herausgerissen hatte, lag immer noch aufgeschlagen da. Sah aus, als sei es ein Artikel gewesen, etwa eine Achtelseite. Ein Teil der Überschrift war noch zu lesen: WES und vielleicht ein Stückchen von einem T. West? Ich blickte auf. Sharon, eine aus Glyndoras Geschwader, sah zu mir her, ein braunes Frauchen in einem rosa Kostüm, das eine halbe Nummer zu eng war. Aus sieben Meter Entfernung äugte sie mißtrauisch von ihrem Schreibtisch herüber – Untergebener gegen Boß, Frau gegen Mann, die kleinen, stummen Rivalitäten der Arbeitswelt. Was ich auch immer wissen wollte, dachte sie wohl, ich sollte es nicht erfahren.
Ich versuchte ein albernes schwaches Lächeln und verließ die verbotene Zone, Glyndoras Reich.
»Sagen Sie ihr, sie soll mich anrufen!« sagte ich.
Sharon sah mich bloß an. Wir wußten beide, daß ich keine Chance hatte.

B) Der Fürst der Finsternis

Flug 397 von TransNational Air endete im Juli 1985 in einem grauenhaften Feuerball auf der Landebahn des Flughafens von Kindle County. Ein Fernsehteam war zufällig vor Ort, um die Ankunft des Pekinger Nationalzirkus zu filmen, und da der Ausschnitt im ganzen Land immer wieder gezeigt wurde, habt ihr vermutlich gesehen, wie die Maschine mit dem Bugrad aufkam und wieder hochtaumelte, fast wie in einem Kinderbuch, in dem Nilpferde Ballett tanzen, alles in Zeitlupe und voller Anmut, bis der Vogel vornüberkippte, mit der Nase aufschlug und Feuer fing. Zuerst lohte das Cockpit auf, dann rasten die Flammen nach hinten durch den ganzen Rumpf und erleuchteten die Fenster von innen, bis schließlich die Triebwerke und der komplette Rumpf in einer eigenartig gelbroten Explosion hochgingen. Keine Überlebenden: zweihundertsiebenundvierzig Menschen verschmort.

Daraufhin betraten die Anwälte der Kläger die Bühne, Typen, die den Geschworenen etwas vom Elend der Witwen und Waisen vorjammern und dann ein volles Drittel von dem beanspruchen, was aus Mitleid rübergereicht wird. Als einer von der anderen Seite will ich nicht über all die erlesenen Namen herziehen – ich gestatte mir nur die Bemerkung, daß Peter Neucriss, der Oberbarrakuda unter den lokalen Erfolgshonorarjägern, drei Klagen im Auftrag von Hinterbliebenen nicht nur eingereicht hatte, bevor die sterblichen Hüllen der Opfer beerdigt waren, sondern in einem Fall sogar buchstäblich bevor sie kalt war. Binnen sechs Monaten waren mehr als einhundertsiebenunddreißig Klagen anhängig, darunter vier Sammelklagen, bei denen ein geschäftstüchtiger Anwalt behauptete, alle Geschädigten insgesamt zu vertreten. Alle diese Verfahren kamen vor das Bezirksgericht von Kindle County unter dem Vorsitz von Richter Ethan Bromwich, einem früheren Juraprofessor der Easton-Universität, dessen Genialität nur von seiner Selbstgefälligkeit übertroffen wird. Und in jedem einzelnen Verfahren war unsere Mandantin TransNational Air Hauptbeklagte.

Wenn du bei einem Flugzeugunfall die Luftlinie bist, ist das ungefähr, wie wenn du auf dem Jahrmarkt Autoscooter fährst. Mehr Fahrer, als man zählen kann; keiner kennt die Vorfahrtsregeln oder schert sich darum; jeder gurkt nur dahin, wohin er selber will; und jedem einzelnen scheint es Heidenspaß zu machen, dich von hinten zu rammen. Da gibt es nicht bloß zweihundertsiebenundvierzig einzelne Opfer mit Verwandten und Rechtsanwälten, die deren Kummer mit Geld beschwichtigen wollen, sondern auch noch zehn oder zwölf Mitbeklagte, die sich um nichts in der Welt mit hineinziehen lassen wollen. Alle werden verklagt, nicht bloß die Luftlinie und die Erben des Piloten, sondern auch jeder arme Hund, der auch nur einen Fingerabdruck auf dem Flieger hinterlassen hat: die Hersteller des Rumpfes, die Turbinenbauer, die Flugsicherung, sogar die Treibstoffraffinerie – kurz: jeder, der tiefe Taschen hat und den man irgendwie die Schuld in die Schuhe schieben oder durch die Aussicht auf zehn Jahre teuren Prozessierens zwingen kann, ein paar Millionen auszuspucken. Und jede einzelne dieser Beklagten hat eine kostenbewußte Versicherung, die dazwischengeht und Mittel und Wege sucht, der Firma, obwohl sie ihre Haftpflichtprämien bezahlt hat, die Deckung zu verweigern oder, wenn das nicht klappt, einem Dritten die Schuld zuzuschieben, um den zur Zahlung zu zwingen. Nicht einmal Wetterfahnen zeigen in so viele verschiedene Richtungen. Wir geben den Leuten von der Flugsicherung die Schuld; die wiederum sagen, die Landeklappen seien nicht ausgefahren gewesen; der Hersteller redet sich auf einen Pilotenfehler heraus. Und für die Kläger, die dabeistehen, ist das ein Fest.

Etwa ein Jahr nach dem Absturz ging Martin Gold eine Sache an, die mir so romantisch und unüberlegt wie ein Kreuzzug vorkam: die außergerichtliche Einigung für Flug 397. Martins Verstand funktioniert wie eine Nebelkammer, mit der Atomwissenschaftler den Ablauf komplexer Kernreaktionen verfolgen. Er ist vermutlich der einzige Anwalt unter meinen Bekannten, der sich auf eine Sache einließ, bei der er in einem Fall Anrufe von einhundertdreiundsechzig Anwälten entgegennehmen mußte; ganz zu schweigen davon, daß er sie auch erfolgreich zu Ende brachte.

Nach einem Verfahren, das Martin sogar manchmal hier in der Kanzlei gewissenhaft als »Bromwich-Plan« bezeichnet, brachten die Beklagten, also zum größten Teil deren Versicherungen, einen Fonds von 288,3 Millionen Dollar zusammen. Im Gegenzug ließen sich die Kläger unter Führung von Neucriss darauf ein, diese Summe als Plafond für alle Schadenersatzforderungen zusammen anzuerkennen. In den letzten fünf Jahren ist jeder einzelne Fall entweder vor einem Sonderschlichter verhandelt oder, häufiger noch, außergerichtlich bereinigt worden, wobei Captain Bert dem Verhandlungsteam von TNA vorstand und die Verwaltung des Entschädigungsfonds kontrollierte, den G & G treuhänderisch als Festgeld angelegt hatte.

Erst kürzlich, nach der Abwicklung der letzten Schadenersatzverfahren, hat sich etwas Überraschendes ergeben: Es werden etliche Millionen übrigbleiben, die natürlich der armen kleinen TransNational Air zufallen. Und so war das einzige Problem für TNA bisher, diese Meldung unter Verschluß zu halten, da es ein Alptraum für die Presseabteilung wäre, erläutern zu müssen, warum die Fluggesellschaft, wenn alles addiert und subtrahiert ist – Anwaltshonorare, Zinsen, Überschuß und ursprünglicher Beitrag von TNA zum Fonds –, am Tod von zweihundertsiebenundvierzig Menschen unterm Strich fast zwanzig Millionen Dollar verdient hat.

Noch schlimmer, die Anwälte der Kläger, denen noch keine Dollarmünze vor Augen gekommen ist, die sie nicht sofort von Rechts wegen für sich beansprucht hätten, würden diese Schwachstelle nutzen, um einen größeren Anteil für sich rauszuschinden, und die Mitbeklagten würden natürlich ein großes Lamento erheben. Wir achten mit äußerster Sorgfalt darauf, daß jeder Kläger abgefunden ist und auf weitere Ansprüche verzichtet hat, bevor wir Richter Bromwich unsere Abschlußbilanz über den Entschädigungsfonds vorlegen. Trotzdem, Tad Krzysinski, der Vorstandsvorsitzende von TNA, lacht, wenn er in privatem Kreis einen gehoben hat,

schon mal kurz über den unvermeidlichen Witz, man solle doch einfach noch ein paar Maschinen abstürzen lassen.
Als ich schließlich um halb fünf bei Neucriss vorgelassen wurde, hatte er ein Thunfischsteak vor sich auf dem Teller. Er kam gerade vom Gericht und nahm in Vorbereitung auf seine abendliche Schwerarbeit ein leichtes Essen zu sich. Er verfügt über eine vollausgestattete Küche nebst Koch direkt neben seinem Büro. Es duftete zwar nach Ingwer, doch Peter verbreitete noch immer die Anspannung des Gerichtssaals. Er hatte seine Hundertdollarkrawatte gelockert und die Ärmel seines weißen Seidenhemds hochgekrempelt; im Stehen schlang er alles hinunter und knurrte dabei jeden frei assoziierten Gedanken als Befehl heraus. Vier oder fünf Angestellte rannten mit Fragen zu Beweismitteln rein und raus, die sie am nächsten Tag brauchten. Ein Kunstfehler bei einer Geburt, der in Peters Händen mindestens zehn Millionen Dollar wert war. Die Mutter sollte morgen früh in den Zeugenstand. Inzwischen saß ich in jener Bittstellerhaltung da, in der Peter jeden seiner Umgebung am liebsten sieht. Ich hoffte darauf, eine rasche Antwort zu erhalten und wieder gehen zu können. Ich hatte Kopien der Auszahlungsbelege zu Flug 397 mitgebracht und erwähnte Litiplex ganz nebenbei genau mit dem Vorwand, den Wash nach seinen eigenen Worten auch vor Dritten benutzt hatte: Wir könnten Korrespondenz nicht zuordnen, und ob Peter vielleicht was wüßte?
»Litiplex«, Peter faßte sich an die Stirn. Er starrte blicklos ins Leere. »Darüber habe ich doch schon mal mit jemand geredet.«
»Tatsächlich? Etwa mit Bert?«
»Mit Bert?«
»Der ist nicht da, den kann ich nicht fragen.«
»Genau. Auf Familienbesuch zum Mars.« Neucriss verdrehte die Augen. »Nein. Aber mit wem?« Er trommelte mit den Fingern, rief dann eine der Sekretärinnen und stoppte sie wieder mit einem knallenden Händeklatschen. »Jetzt weiß ich, wer mich nach Litiplex gefragt hat. Lieber Gott, ihr scheint ja ein schöner Haufen zu sein! Redet ihr Typen denn

nie miteinander? Gold, Martin Gold hat mich darauf angesprochen. Ist der auch verreist? Oder noch beim Mittagessen?«

Mir wurde flau, ich war nicht mal sicher, was es war, ich spürte nur, da stimmte was nicht. Es gab Anwälte der Gegenpartei, die Martin im Vertrauen etwas fragen konnte, doch schon für einen bloßen Gruß über die Straße hinüber zu Peter hätte Martin eine kugelsichere Weste und hinterher ein paar Alka-Seltzer gebraucht.

»Martin?« fragte ich.

»Wer sonst? Yeah, Gold hat hier vor ein paar Wochen angerufen. Hat genauso herumgeredet wie du, mir erst was anderes erzählt und dann ganz nebenbei zu Litiplex übergeleitet, damit ich's nicht merke. Worauf, zum Teufel, seid ihr denn jetzt schon wieder aus?«

»Auf nichts«, sagte ich. Peter anzulügen ist nicht mal eine läßliche Sünde: Es ist, als spreche man mit einem Franzosen französisch. Wash hatte berichtet, Martin habe sich bei ein paar Anwälten von Klägern am Telefon diskret nach Litiplex erkundigt, aber mir wäre nie in den Sinn gekommen, daß auch Neucriss darunter sein könnte. Unterdessen versuchte ich, das Mißtrauen zu zerstreuen, das dieses ganze Frage-und-Antwort-Spiel über Litiplex geweckt haben mochte; wir seien nur dabei, die Überweisungen vorzubereiten, wollten dabei nichts verkehrt machen, und wer wüßte besser Bescheid über alles als Peter?

Bei Neucriss kommt man mit Schmeicheleien immer am weitesten. Weil die Jurisprudenz jener Sektor der Gesellschaft ist, in dem äußerste Zurückhaltung geübt werden muß, zieht sie wohl zunehmend Typen an, die restlos von sich eingenommen sind und den Anwaltsberuf als Weg zu einer Front betrachten, an der Wille und Ego praktisch keinerlei Einschränkung unterliegen. Als Alleingesellschafter einer Firma mit siebzehn Juristen ist Neucriss der einzige Anwalt in meinem Bekanntenkreis, der pro Jahr mehr verdient als ein guter linkshändiger Werfer in der Baseballbundesliga. Die Schätzungen der Zeitungen liegen zwischen vier und sechs Millionen Dollar, und dieses Jahr wird, nachdem die Auszahlung von etwa dreißig Millionen Dollar Entschädigung für Flug 397 bevorsteht, sein Einkommen, wie er sich selbstgefällig ausdrückt, »endlich achtstellig werden«.

Dieser Erfolg geht nicht auf Skrupelhaftigkeit zurück. Peters Spenden für politische Zwecke sind enorm – sie sprengen alle Maßstäbe, und er spendet auch im Namen seiner siebzehn Juristen, seiner Frau und seiner Kinder. Trotzdem überläßt er nichts dem Zufall. Seine Zeugen werden bestens getrimmt, Urkunden kommen abhanden, und in der schlimmen alten Zeit, die vielleicht noch nicht so ganz vorbei ist, als man Richtergunst mit Bargeld kaufen konnte, soll Neucriss, so heißt es, auch dies getan haben. Am schlimmsten ist, daß schon seine Vorrangstellung sozusagen auf abstoßende Weise dartut, wie fehlbar unser Geschworenensystem ist. Zehn Minuten mit diesem Typ, und du weißt alles: Übersteigertes Ego, deformierter Charakter. Aber die Geschworenen belohnen Peters Schmierenkomödie, seinen selbstbeweihräuchernden Bariton und seine silbergraue Mähne seit vierzig Jahren mit begeisterten Rezensionen. Und so macht er weiter, wir aber wissen alle, daß ungeachtet seiner Triumphe, seines Reichtums, des Applauses überall im Land und trotz aller käuflichen Lobhudeleien der einzige natürliche Antrieb, der zuverlässiger funktioniert als die Schwerkraft, Peters Geldgier ist.

Er sagte noch was über Martin, der bei ihm immer einen bloßen Nerv berühre. »Ach ja, und was hat Gold mir vorgemacht? Irgendwas Ähnliches wie du. Ein Brief müsse zur Post. Ich hab ihn gefragt: ›Was für ein Spielchen ist das? Postlagernd? Ich hab immer geglaubt, das sei was für sentimentale Teenager.‹« Mit vollem Mund lachte Neucriss über den eigenen Witz. Seine Gewöhnlichkeit ging Martin ständig auf die Nerven.

»Aber was ist damit, Peter? Mit Litiplex? Was ist das?«

»Hör mal her! Woher, zum Teufel, soll ich das wissen? Das ist ja zum Heulen. Ruf die Auskunft an! Frag die doch nach Litiplex! Lieber Gott, Malloy«, fuhr er fort, »wie hältst du dieses Gewure bloß aus? Hundertvierzig Juristen, die rumrennen und einander über die Füße stolpern. Zwei leitende Sozietätspartner, die die Post sortieren, und dann Jake Eiger fünfhundert Dollar für einen Blick auf die Adresse berechnen und ihm weismachen, die Prozeßkosten würden durch die Anwälte der Gegenpartei hochgetrieben.«

Jake und Neucriss redeten immerhin miteinander, da Jakes Vater einer jener Politiker war, an die Neucriss sich vor Jahrzehnten wie eine Miesmuschel geheftet hatte. Peter war nicht mehr zu bremsen und schimpfte über die großen Anwaltsfirmen die Gogs und Magogs seiner Welt. Auf seine ölige Art buhlte er sogar um meine Sympathie. Er kannte meine Stellung bei G & G haargenau, hatte er doch die ganze Justizwelt auf Orts- und Bundesebene wie eine Landkarte im Kopf. Nachdem ich dort nur noch mit den Fingernägeln in die Steilwand krallte, war ich vielleicht dafür zu gewinnen, meine Partner zu verraten. Doch ich wich mit einem lahmen Scherz aus.

»Wenn ich's nicht besser wüßte, Peter, könnte ich glauben, du bietest mir einen Job an.« Kaum hatte ich es gesagt, merkte ich, daß dies der falsche Zungenschlag gewesen war. Neucriss' flinker Blick hatte etwas registriert, potentielle Käuflichkeit, die hier wie Kohlendioxyd zur Atemluft gehört. Er dachte ganz kurz nach, bevor er die Möglichkeit verwarf.

»Dir nicht, Malloy. Du bist ein alter Karrengaul.« Mehr sagte er nicht. Keine näheren Angaben, ob schon krepiert oder kurz davor, auf jeden Fall aber würden meine Knochen seiner Ansicht nach bald zermalmt werden, von irgendeinem anderen Ochsen in den Boden getrampelt, der nach mir in den Göpel gespannt wurde. Er machte sich wieder an seine Arbeit, und ich ging meiner Wege, voller Abwehr, bemüht, unbetroffen von seiner Einschätzung zu wirken, aber selbstverständlich völlig geplättet. Ich war es nicht mal wert, abgeworben zu werden.

Ich stand auf der Straße, den Mantel offen für den kurzen Spaziergang zum TNA-Büroturm, von allen Seiten angerempelt im dichten Fußgängerverkehr – arbeitende Menschen, die in dem trüben, schwindenden Winterlicht heimwärts

strebten. Oben verblaßte der Himmel zur Farbe eines angebrannten Topfes. Der Schnee von heute morgen war nur noch Nässe auf den Gehwegen, die zwischen den Salzrändern um die Gehwegplatten schon wieder gefror und meine Schuhe fleckig machen würde.
Unterwegs versuchte ich mir klarzuwerden, was ich da eigentlich trieb. Ich hätte nicht sagen können, daß ich Peter Glauben schenkte. Da verließ man sich besser auf den Osterhasen. Auf der anderen Seite: Was hätte er verheimlichen sollen? Ich war verdrießlich, in der von früher vertrauten Polizistenstimmung, in der ich jeden verdächtigte. Bert. Vielleicht Glyndora. Vielleicht sogar Gottes Sendboten auf Erden, Martin Gold. Die Ungereimtheiten in Martins Verhalten beschäftigten mich besonders: Wie er mit Jake umgegangen war und daß er Neucriss angerufen hatte, was er sonst nur tat, wenn ein Spitzenhonorar winkte. Ich blieb an einer Straßenecke stehen, wo ein kleiner Junge im Sweatshirt mit Kapuze Zeitungen verkaufte, und ein plötzlicher Windstoß schlug mir meinen Schal ins Gesicht. Hier war ich, in der Stadt, in der ich mein ganzes elendes Leben verbracht hatte, in deren Häuserschluchten ich mich jahrzehntelang herumgetrieben habe, fühlte mich deprimiert und ausgehöhlt, ganz unter dem Eindruck der überzeugenden, wenn auch nur momentanen Illusion, nicht mehr zu wissen, wo ich eigentlich stand.

C) Eine Frau für andere

Aus unerklärlichen Gründen ist es für mich immer ein Schock, Brushys kräftige weiße Schenkel in ihrer Sporthose zu sehen. Ihre Jugendakne machte sich immer noch auf Hautpartien breit, die normalerweise bekleidet sind, an den Oberarmen und im V-Ausschnitt ihres Tennishemds, aber ich finde sie aufreizend mädchenhaft. Sie ließ mir aber nicht viel Zeit, sie zu mustern, und begann, den Ball auf dem Squashplatz herumzudreschen. Wir absolvieren jede Woche mehr oder minder das gleiche Ritual. Ich bewege mich gut

nach rechts und links, kann weiter ausholen und härtere Schmetterbälle schlagen. Brushy schlägt linkisch mit angewinkeltem Ellenbogen, wetzt aber wie ein Eichhörnchen in alle Ecken des von weißen Wänden umgebenen Gevierts und erreicht jeden Ball; eher rennt sie mich über den Haufen, als »passe« zu rufen. Jede Woche spielen wir die ersten beiden Sätze unentschieden. Ich stolpere herum und fluche und schimpfe laut, wenn ich danebenschlage. Dann aber knallt Brushy, die aus Rücksicht auf mein Knie keine Schmetterbälle geschlagen hat, mir einen nach dem anderen hin, bis ich humple und bis zur Grenze der Ohnmacht außer Atem bin.
Wir machten gerade die übliche vielsagende Pause zwischen dem zweiten oder dritten Satz in dem kleinen Flur vor dem Platz, und während wir uns abfrottierten, wollte sie wissen, was bei meinen Besuchen bei Glyndora und Neucriss herausgekommen war.
»Null«, sagte ich. »Keiner weiß was. Vielleicht hattest du recht. Bert hat bloß einen Türken gebaut, um seine Spur zu verwischen.« Sie wollte mehr wissen, und ich erzählte ihr ein wenig von Archie und seinem feinen Wettbüro und meinem Mißgeschick gestern, bei dem ich, zumindest in meiner Version, der alten Nemesis aus dem Polizeidienst heldenhaft Paroli geboten hatte.
Brushy überdachte, was ich erzählte, und kam mit ihrem berühmten kühlen Verstand rasch auf den Knackpunkt.
»Wem gehört also die Kreditkarte«, fragte sie, »Bert oder Kam?«
Ich mußte passen.
»Wo hast du die Karte überhaupt gefunden?« fragte sie dann. Das behielt ich vorerst lieber für mich. Ich wollte nicht, daß mich jemand mit Berts Kühlschrank in Verbindung bringen konnte. Ich berief mich auf das Zauberwort »Anwaltsgeheimnis« und schob Brushy wieder hinein aufs Spielfeld, wo sie mich binnen kurzem erneut einundzwanzig zu sieben versohlte, indem sie den Ball über Eck spielte und so rasant gegen die Decke drosch, daß er von allen Seiten wie blauer Hagel auf mich zukam.

»Würdest du dran sterben, wenn ich auch mal gewinnen könnte?« quengelte ich im Gehen.
»Ich kenn dich doch, Mack! Du hast einen schwachen Charakter. Du würdest dann jede Woche gewinnen wollen.«
Ich bestritt das, aber sie glaubte mir nicht. Sie war auf dem Weg in die Damengarderobe, und ich fragte sie, ob sie mit mir noch essen gehen wolle, was wir manchmal machten, wenn wir lange im Büro saßen.
»Ich kann nicht. Vielleicht ein andermal diese Woche.«
»Wer ist denn der Glückliche?«
Brushy runzelte die Stirn. »Tad, wenn du's unbedingt wissen mußt. Ich treff mich mit ihm auf einen Drink.« Brushys gelegentliche Verabredungen zum Lunch, zu Cocktails oder zum Abendessen mit Krzysinski liefen schon einige Zeit, und niemand bei G & G wußte, was davon zu halten war. Als Tad gerade einen Monat bei TNA gewesen war, wurde er in eine Betrugsgeschichte mit Aktien hineingezogen, die Brushy übernahm und erfolgreich mit einer Verfahrenseinstellung abschloß. Angeblich pflegt Krzysinski nur ihre Bekanntschaft, aber jeder in der Firma vermutet oder hofft, daß er von Brushy auf die übliche Weise bedient wird, denn in Anbetracht unserer wackligen Position bei TNA schätzt man jeden direkten Zugang zur Spitze. Dazu paßt allerdings überhaupt nicht, daß Krzysinski im Ruf eines guten Familienvaters steht, neun Kinder hat und bekanntermaßen sogar von den Fidschi-Inseln nach Hause geflogen ist, um am späten Samstagnachmittag mit seiner Familie zur Messe gehen zu können. Andererseits schleicht sich der Teufel, wie meine Mutter zu sagen pflegte, auch in das trauteste Heim.
Ich reagierte auf Brushys Eröffnung mit einem spöttischen Brauenzucken und sagte: »Olala!«
Unter vier Augen kann Brushy solche Sticheleien gemeinhin gut vertragen, aber heute reagierte sie sauer. »Mensch, hab ich das dicke!« sagte sie, und ihr Blick wurde hitzig.
Brushy wollte für einen Rechtsbeistand von Titanen gehalten werden, für die selbstverständliche Tischgenossin von jemand, der unter den ersten fünfhundert auf der Millionärs-

liste von *»Fortune«* rangiert. Und da kam ihr Squashpartner und Kumpel und unterstellte, sie habe eine Hand an ihrem Martini und die andere Hand in Tads Hosenstall. So stand ich im Flur, einen Kopf größer als sie, schwitzte und fühlte mich unbehaglich, weil mir nichts Versöhnliches einfiel.

»Zufällig liegst du daneben«, fuhr sie fort. »Du wirst allmählich schlimmer als die anderen. Wieso bildest du dir plötzlich ein, daß dich mein Geschlechtsleben was angeht?«

»Vielleicht, weil ich selber keins habe?«

Sie blieb eingeschnappt. »Vielleicht solltest du da was tun«, gab sie zurück, drehte sich um und marschierte den schmalen weißen Flur zu den Umkleidekabinen hinunter. Die Tür war zum Zuschlagen zu schwer, aber probieren tat sie's doch.

Dergleichen passierte selten, aber es gab solche Momente zwischen Brushy und mir, in denen irgend etwas mitschwang, vielleicht Unmut über die verpaßte Gelegenheit. Besonders in ihrer Frühzeit ließ Brushy jemand nicht lange nach dem Bekanntwerden merken, daß sie zu haben sei, und ungefähr zehn Jahre lang haben wir immer darüber geflachst, was ich mir da doch entgehen ließe. Ich lächelte, hielt aber auf Distanz. Übrigens nicht, weil ich ein Tugendbold war. Es war schon schlimm genug, im Büro als Saufaus bekannt zu sein, und irgendwas an Brushy schien mir offenbar eine Nummer zu groß für mich, vielleicht bloß die häufig kolportierte Geschichte von dem Collegestudenten, der in der Poststelle arbeitete und nach einer zauberhaften Sommernacht durchblicken ließ, Brushy habe ihn so beflügelt, daß sie es zwischen halb acht Uhr abends und der Morgendämmerung neunmal getrieben hätten, eine Leistung, nach der der junge Mann nur noch *Nueve* genannt wurde und alle Männer im Büro derart befangen machte, daß sie spürbar erleichtert waren, als er nach Ende der Semesterferien wieder aufs College zurück mußte.

In jener Zeit jedenfalls, als mein Leben so etwas wie einen Hauptsatz der Thermodynamik oder der Entropie zu beweisen schien und alles schiefging, was irgendwie schiefgehen konnte, als meine Schwester starb und Nora fremdging und

Lyle seine Teenagerlaunen hatte, während ich der Flasche abschwor, verbrachte ich schließlich einen Nachmittag mit ihr im »Dulcimer House«, einem piekfeinen Hotel um die Ecke. Na schön, der Akt mit Brushy war kurz. Ich versagte nicht auf der ganzen Linie, aber plötzlich waren mir verschiedene Gedanken an trautes Heim und Ehefrau, an ein gesetztes Leben und sogar an ansteckende Krankheiten dazwischengeraten und hatten mich schlapp und vorschnell werden lassen.

Na, wenn schon? Hatte Brushy gesagt, und ihre Freundlichkeit hatte mir gutgetan. Für Brushy war sowieso alles Eroberung. Gewiß fühlte sie sich wohler, nachdem sie feststellen konnte, daß sie nicht viel verpaßt hatte.

Ich dagegen hatte es nicht anders erwartet. Den einzig guten Sex hatte ich nur, wenn ich besoffen war, was euch sicher einiges über mich sagt, ich wüßte nur gern, was. Dennoch war alles irgendwie leichter, solange ich jedes Mißgeschick auf die Flasche schieben konnte. Ich war doch so sternhagelvoll und so weiter – und nur darum hab ich zwei Zehner für die Nutte ausgegeben, die mir auf dem Rücksitz des Taxis einen geblasen hat; bloß deswegen habe ich das Mädchen noch gerammelt, nachdem sie gekotzt hatte. Eine Menge Jungs büßen die Fähigkeit bei so einem Pegel ein, aber bisweilen ging ich nach einer halben Flasche Seagram's 7 ab wie ein Feuerwerkskörper.

Ohne Alk ist tote Hose. Ab und zu habe ich noch Phantasien, die seltsamsten Dinge – ein Mädchen von einer Kosmetikreklame oder eine ganz normale Frau, deren Rock provozierend hochrutscht, während sie die Straße überquert –, und plötzlich ertappe ich mich beim ältesten Zeitvertreib der Männer. Ich weiß, ein abstoßendes Bild, ein erwachsener Mann, ein bißchen aus der Form geraten, der Hand an sich selber legt, aber was soll's. Hinterher bin ich voller katholischer Scham, wundere mich aber auch über mich selbst. Ich frage mich, was bei mir wohl nicht stimmt. Bin ich da unten bloß halb abgestorben, oder liegt es daran, daß keine Frau so gut sein kann, wie ich es mir erträume? Wovon ich denn

träume, willst du wissen? Von Leuten. Paaren, ehrlich gesagt. Ich geb's ja zu, ich sehe gern zu. Pornos, das Kino in meinem Kopf. Und der männliche Partner bin nie ich.
Solche Dinge gingen mir durch den Kopf, als ich aus dem Umkleideraum in den Eingangsbereich von Dr. Goodbodys Fitneßcenter trat. Ein paar Sessel standen da, um ein Tischchen, auf dem fast alle Zeitungen dieser Woche lagen, dazu Gesundheits- und Fitneßmagazine, und da ich in leicht trüber Stimmung war, ließ ich mich in einen der Sessel fallen, mit dem unklaren Vorsatz, irgendwas aus der Zeitung herauszusuchen, ohne im Moment genau zu wissen, was. Die Sportseite war voller Lobhudelei über das Superspiel am Sonntag und das lokale Großereignis, das Spiel der *Hands* gegen Milwaukee am Freitag abend. Der Punktestand der *Hands* und der *Meisters* war in einem Kasten auf Seite zwei abgedruckt, und ich stellte beiläufig fest, daß Bert oder Kam fünftausend Dollar gewonnen hatte, die auf Infomode unter *Kam's Special* als *five Cleveland* bezeichnet worden waren. Ich spielte mit dem Gedanken. Der Kontoauszug wies eine Gutschrift von neuntausend Dollar für Dezember aus. Bert oder Kam, wer auch immer, war am Gewinnen, und das hieß, daß keiner was unterschlagen mußte, um Archie zufriedenzustellen.
Dann fiel mir ein, warum ich die Zeitung hatte durchsehen wollen: Ich wollte nachprüfen, was Glyndora herausgerissen hatte. Zweimal ging ich die »*Tribune*« vom selben Tag erfolglos durch und wollte schon aufgeben, als ich schließlich in der Spätausgabe einen Artikel auf der Lokalseite fand: WEST BANK EXEC MISSING. Die Frau des leitenden Versicherungsangestellten Vernon »Archie« Koechell erklärte, ihr Mann sei seit zwei Wochen weder nach Hause gekommen noch zur Arbeit erschienen. Koechell war bei der Polizei von Kindle County als vermißt gemeldet worden, die wegen potentieller Verbindungen zu einem ungenannten Finanzverbrechen ermittelte. Auf derselben Seite war ein Bild von Archie, einem distinguierten Geschäftsmann mit rundem Gesicht und Geheimratsecken. Das Foto war mindestens zwanzig Jahre alt, aber ich erkannte ihn sofort, zweifellos. Wir hatten sozusagen

hautnah Bekanntschaft miteinander gemacht, und ich würde noch eine Weile brauchen, bis ich den Mann in Berts Kühlschrank vergessen konnte.

III. Euer Ermittler fällt in alte Gewohnheiten zurück

A) Euer Ermittler wird verarscht

Glyndora wohnt in einem Dreifamilienhaus in einem sanierten Viertel im Schatten der Hochhäuser der Innenstadt. Ich schwöre bei Gott, wenn ich wieder auf die Welt komme, werde ich Immobilienhai. Verkaufe den Leuten eine Dreizimmerwohnung für zweihunderttausend, und wenn sie morgens rauskommen, hat ihr Auto keine Radkappen mehr. Zwei Blocks weiter konnte man die Jugendlichen sehen, diesen Winter in Fetzenmode, wie sie Basketball spielten und mit zerstörter, verlebter Miene durch den Maschendrahtzaun spähten. Aber auf dieser Seite erinnerten die Bauten an Hollywoodkulissen, Vollkommenheit in allen äußeren Details, und trotzdem das Gefühl, daß man die Hand hindurchstecken könne. Ein Effekt wie in einer Museumsstadt. Kleine hölzerne Schnörkel an den Dachkanten und Schmiedeeisengittern; kümmerliche Jungbäume, jetzt im Januar nur nackte Stecken, waren in kleine aus dem Pflaster ausgesparte Quadrate gepflanzt. Man kam sich vor wie in einem Freizeitpark.
»Glyndora, ich bin's, Mack.« Ich hatte ihre Adresse aus dem Verzeichnis der Firma herausgesucht und mich nicht angekündigt. Über die Gegensprechanlage entschuldigte ich mich, sie daheim zu belästigen. »Ich muß mit dir reden, und ich hab es eilig.«
»Okay.« Schweigen. »Nun red schon, Mann!«
»Komm, Glyndora! Laß den Quatsch! Laß mich rein!«
Nichts.
»Glyndora, laß den Scheiß!«
»Ich ruf dich morgen zurück.«
»So wie heute? Hör zu, ich bleib hier stehen, friere mir die

Eier ab, drück auf deine Klingel und rufe laut deinen Namen. Ich führ mich so auf, daß sich deine Nachbarn über deinen Umgang wundern. Und morgen früh marschier ich stracks zum Ausschuß und erzähle denen, wie du mich verarschst.«
Irgendwas muß doch bedrohlich geklungen haben. Vor allem das mit dem Ausschuß. Ich stampfte noch eine Weile auf der Eingangstreppe herum, das Kinn in den Schal gedrückt, unter der Messinglampe im Kolonialstil dampfte mein Atem. Schließlich hörte ich den Türöffner summen.
Sie empfing mich oben auf dem Treppenabsatz; von hinten angeleuchtet aus ihrer Wohnung, versperrte sie den Weg zur Tür. Sie trug ein schlichtes Hauskleid und kein Make-up, ihr geglättetes Haar war ohne alle Spangen und sah irgendwie formlos aus. Ich drängte sie mehr oder minder über die eigene Schwelle, mit den Händen wedelnd, um zu zeigen, daß ich mich mit einem Nein nicht abspeisen lassen würde. Drinnen setzte ich mich sofort auf ihr Sofa und knöpfte den Mantel auf. Ich tat mein Bestes, massiv und wie festgewachsen zu wirken.
»Willst du mir keinen Kaffee anbieten? Es ist kalt draußen.«
Sie blieb neben der Tür stehen und machte keinerlei Anstalten.
»Sieh mal, Glyndora, da sind so ein paar Sachen. Erstens: Vielleicht überlegst du dir's noch mal, ob du nicht doch eine Hausmitteilung von Bert über die Litiplex-Schecks gelesen hast. Zweitens: Sagt dir vielleicht der Name Archie Koechell was?«
Sie wollte mich offenbar schweigend anstarren, bis ich aufgab, wie ein Varietékünstler manchmal wilde Tiere einschüchtert, Kobras oder Bären. Sie stemmte die Hände in die Hüften und schüttelte langsam den Kopf.
»Glyndora, jahrelang hast du Anrufe für Bert angenommen, und dieser Archie ist einer von seinen Kumpeln. Denk einmal nach! Er ist Versicherungsmathematiker. Und wird vermißt. Genau wie Bert. In der Zeitung hat was darüber gestanden. Vielleicht hast du es gelesen.«
Nichts. Immer noch der wütende, klägliche Gesichtsaus-

druck. Ich hauchte meine Fingerspitzen an, um sie zu wärmen, und bat noch mal um Kaffee.

Jetzt bewegte sie sich. Aber nicht, ohne mich vorher verwünscht zu haben und dabei ungläubig den Kopf zu schütteln. Ich lief in der Wohnung herum. Sehr hübsch. Verhalten geschmackvoll im bürgerlichen Stil, wie ich es auch gern bei mir zu Hause gehabt hätte. Heller Teppichboden mit Berberknüpfung und gemusterte Bezugsstoffe mit großen Blumen auf den Polstern der Rattanmöbel. Über dem Sofa hing eine Art Dekorationsgemälde, eine Menge harmloser Wellenbewegungen. Sonst waren die Wände nackt. Glyndora war kein Mensch, der Bilder brauchte.

Sie blieb eine Weile weg. Ich sah in die Küche, eine kleine Kombüse direkt hinter dem engen Zwischenflur, den der Architekt vermutlich als »Eßbereich« eingezeichnet hatte, aber da fand ich sie nicht. Die Kaffeemaschine lief auch nicht. Ein paar Türen weiter konnte ich sie herumgehen hören, und ich glaubte, ihre Stimme zu vernehmen. Vielleicht war sie auf dem Klo, oder sie legte Kriegsbemalung auf. Es sah Glyndora durchaus ähnlich, lebhafte Selbstgespräche zu führen, doch kam mir auch kurz der Gedanke, den Hörer abzunehmen, ob sie mit jemanden telefonierte. Ich hielt den Atem an, konnte aber kein Wort verstehen.

Mir gegenüber in einer Ecke des Eßzimmers war eine kleine runde Etagere, ein Gestell aus Chrom und Glas mit verschiedenen Einlegeböden. Dort standen diverse Glastiere – Steuben, wenn du Nora Goggins Exmann fragst – und Bilder von Glyndoras Jungen, ein Foto vom High-School-Abschluß und ein jüngerer Schnappschuß, gerahmt. Der Junge sah ganz ordentlich aus, schlank und muskulös, mit dem genetisch vererbten soliden Körperbau und gutem Aussehen der Mutter, doch mit einem koboldhaften, unkonzentrierten Gesichtsausdruck, wie ihn Glyndora seit dem Tag ihrer Geburt nie gehabt hatte.

»Bist du immer noch da?« fragte sie über meine Schulter, leicht amüsiert, vermutlich über sich selbst.

»Noch am Aufwärmen.«

Sie hatte sich die Haare flüchtig gekämmt und Lippenstift aufgelegt, blieb aber unzugänglich.
»Sieh mal, Glyndora«, sagte ich, »du bist doch nicht blöd, und ich auch nicht, also lassen wir den Scheiß!«
»Mack, du bis schon zwanzig Jahre kein Cop nich mehr, und ich war noch nie ein Kind von Traurichkeit. Verpiß dich woanders hin, Mann. Ich bin müde.« Glyndora macht Weißen gegenüber oft übertrieben stark auf Schwarz, besonders, wenn sie dich angreift. Im Büro heute hat sie ein genauso gutes Englisch gesprochen wie ich.
»Komm schon, Glyndora! Ich hab dir doch gesagt, was Sache ist. Laß dir ein paar Fragen stellen, und gib schön Antwort! Sonst können wir uns alle morgen zusammensetzen und die Angelegenheit durchhecheln – du und ich und der Ausschuß.« Ich hoffte, die Wiederholung der Drohung, die mir bereits Einlaß verschafft hatte, würde sie mürbe machen. Doch die Vorstellung schien sie eher irgendwie grimmig zu erheitern. »Ich soll also tun, was du sagst, hä?«
»Sozusagen.«
»Hab ich mir fast gedacht, Mann. Macht dich an, was?«
Ich zuckte mit den Achseln.
»Yeah, das macht dich an. Bloß du und ich, und mir bleibt nichts anderes übrig.«
»Komm schon, Glyndora!«
»Yeah, deswegen kommst du zu mir ins Haus, wenn's dunkel ist. Weil mir nichts anderes übrig bleibt.«
Glyndora hat, was man Prinzipien nennen könnte. Für sie läuft es immer aufs gleiche hinaus: auf Herr und Sklavin. Sie kam jetzt auf mich zu, leicht tänzelnd, mit einem Hüftschwung, der bewußt herausfordernd und trotzig war. Ich stand auf, um ihr die Hand zu reichen, doch sie rückte mir näher auf den Pelz, als dazu notwendig war. Sie wußte genau, worauf sie aus war, und ich auch, denn wir waren alte Kinogänger. Sie wollte mich mit ihrem Provozieren bloß zum Rückzug zwingen. Dazu hatte sie die Taille ihres Kleides enger gezogen, und nun reckte sie mir ihre eindrucksvolle Anatomie entgegen, ein bißchen auf den Zehen wippend, die

Hände in die Hüften gestemmt. Genausogut hätte sie sagen können: Du traust dich doch nicht.
»Na, dann sag mir doch endlich, Mr. Mack, wie hättest du's denn gern?« Aus nächster Nähe war ihre schwarze Haut voller Farbreflexe, pointillistisch. Sie lächelte mich provozierend an und zeigte dabei eine Zahnlücke, die ich in den fünfzehn Jahren unserer Bekanntschaft nie bemerkt hatte.
Noch einmal sagte ich ruhig: »Komm schon!«
Sie blieb direkt vor mir stehen, mit hocherhobenem Kopf und blitzenden Augen. Seit ich erwachsen bin, war ich immer überzeugt, Priester, Lehrer und Kriminalbeamte sollten keine intimen Beziehungen mit Leuten aufnehmen, mit denen sie beruflich zu tun haben. Natürlich wimmelt es von Versuchungen. Was es bei Mädchen ist, läßt sich nicht sagen, aber manchmal wirkt es so, als stünden sie Schlange, um mit einem Cop zu vögeln. Nimm einen Kerl mit der Figur eines Franklin-Ofens, mit Halbglatze und schmuddeligem Aussehen, der den ganzen Abend an einem Ende der Theke sitzen würde, ohne jemals eine Frau aufzureißen, aber sobald man ihm eine Uniform anzieht und ihm einen Revolver um die Hüften schnallt, wird er regelrecht zum Ladykiller. Das ist so'n Ding. Für manche Jungs bei der Polizei war das die Erfüllung ihrer Träume, die hätten umsonst dafür gearbeitet, und andere nahmen es einfach so mit.
Für mich war das einer der wenigen Bereiche in meinem Leben, in denen ich tatsächlich Selbstbeherrschung gezeigt habe. Natürlich war ich nicht vollkommen. Da gab's mal ein Partygirl aus Minnesota, das mich verrückt machte, Zeugin in einem Fall von Zwangsprostitution, als wir wie üblich ein paar schwere Jungs schnappen wollten, indem wir verdeckt observierten. Zwanzig oder einundzwanzig, ein hübsches Ding, das so unschuldig wirkte, daß man hätte glauben können, sie sei direkt aus einem Fjord hergesegelt. Furchtbares Leben. Von zu Hause durchgebrannt, weil ihr Alter sie sich jede Nacht vornahm, in der Großstadt in üble Kreise geraten, und dann, entschuldigt, wenn ich mich wie ein orthodoxer Katholik anhöre, hat sie sich auf jede nur denkbare Weise prostituiert.

Da gab's einen großen Fernsehstar, einen Komiker, den ihr alle kennt, der ihr jedesmal, wenn er in die Stadt kam, zwei Riesen dafür bezahlte, daß sie zu ihm ins Hotel kam und ihn einen Haufen auf sie machen ließ, und dann – halte dich fest! – sah er zu, wie sie ihn aufaß. Das ist keine Erfindung! Jedenfalls findet der große schlimme Mack sie ziemlich hübsch. Und lieber Gott, bei ihrem Leben reagiert sie darauf wie ein Blümchen, das sich zur Sonne dreht. So kommt es eines Tages, daß ich vom Revier mit ihr in die Wohnung soll, ihr Adreßbüchlein holen, wo sie den Namen von ein paar großen Ganoven drin hat, und wir wissen beide genau, was bevorsteht, daß die Natur ihr Recht fordern wird. Und sie macht die Tür zu dieser vergammelten Wohnung auf – ich erinnere mich, die Tür sah aus wie ein Gesicht voller Blatternarben, jemand hatte sie mit der Axt oder einem Brecheisen malträtiert –, und drinnen kommt uns so ein kleiner Chihuahua, ein Zwerghündchen voller schwarzer Schwären von der Räude oder einer anderen Hundeseuche, entgegen. Sie schreit sofort »kusch« und scheucht dann den armen Köter herum, tritt ihn und schüchtert ihn mit einem so giftigen und gehässigen Blick ein, daß bei mir sozusagen sofort die Luft raus ist. Ich kam zu mir, ich geb's zu, als ich merkte, welches Stigma es ihr aufgeprägt hatte, so rücksichtsloser Gewalt ausgesetzt zu sein wie ihre Wohnungstür.
Und jetzt war ich auch bei Glyndora aufgewacht. Auf die Fünfzig zugehend und schmerbäuchig, war ich für Glyndora mit Sicherheit nicht das Mannsbild, das sie nächtens in erotisches Schmachten versetzte. Aber irgend etwas Wildes und Verrücktes regte sich in mir, besonders weil ich wissen wollte, wie weit das gehen würde, und mit dem Draufgängertum, das immer dann in mir geweckt wird, wenn ich ansonsten fast sterbe vor Angst, tippte ich mit beiden Zeigefingern mit aufreizender Direktheit auf ihre beiden Brustwarzen und ließ meine Fingerspitzen dann so sanft, als würde ich Blindenschrift lesen, auf dem dünnen Stoff ihres Kleides zur Ruhe kommen. Darunter konnte ich das Spitzenmuster ihres BHs fühlen.

Der Augenblick, der dann zwischen uns verging, war verdammt seltsam. Beide meinten wir es eigentlich nicht so. Ich sollte ihre Titten nicht drücken, und Glyndora sollte keinen Gefallen daran finden. Wir spielten so was wie Blindekuh oder Du-traust-dich-nicht. Es war, als stünden wir beide vor der Kamera. Ich konnte es vor meinem geistigen Auge sehen: die Körper hier unten und fünf Meter darüber ihr Geist und mein Geist, die wie zwei Engel um eine Seele rangen. Theoretisch stritten wir lediglich um Macht und Territorium, doch unter all diesen vielen Gesichtern hatte sich das geheime Ich freigesetzt und irrlichterte herum. Ihre sattbraunen Augen starrten direkt in meine, eindeutig belustigt und entschlossen provokant: Ich seh dich. Was soll's? Ich seh dich. Wirklich, Leute, wir waren beide auf hundertachtzig.

Die Berührung, diese Begegnung, nennt es, wie ihr wollt, dauerte nur Sekunden. Glyndora hob die Arme und drückte meine Hände langsam auseinander. Dabei ließen mich ihre Augen nicht aus ihrem Bann.

»Würdest du nicht schaffen, Mann«, sagte sie und wandte sich zur Küche.

»Wollen wir wetten?«

Sie antwortete nicht darauf. Statt dessen hörte ich sie sagen, sie brauche jetzt einen Drink.

Ich vibrierte – der Körper stand unter viertausend Volt. Schon der bloße Gedanke, mit ihr zu spielen, während sie mit mir spielte. Und der Kleine da unten war eindeutig ebenfalls aufgewacht. Ich hörte Glyndora Schranktüren schlagen und fluchen.

»Was ist?« rief ich. Sie hatte keinen Whisky, und ich erbot mich, rauszugehen und welchen zu holen. Ich wollte, daß sie sich entspannte. Konnte ja ein langes Gespräch und ein noch längerer Abend werden. »Mach du erst mal Kaffee!« Ich deutete auf sie, blieb aber nicht in der Küche, aus Angst, sie genauer anzusehen. Irgendwas in mir klammerte sich bereits an die kuriose Intimität dieses kurzen Moments zwischen uns beiden. Die kleinste Aufforderung hätte genügt, ihr einen Abschiedskuß zu geben.

So stürmte ich hinaus in Richtung einer Brown-Wall-Filiale, die ich auf dem Herweg gesehen hatte, ein erwachsener Mann, der mitten im Winter mit halbentrollter Flagge die Straße entlangrennt. Der Laden lag im Niemandsland zwischen den verkommenen Sozialwohnungsblocks und dem sanierten Viertel. Die Backsteinwände waren mit Emblemen besprüht, hinter Scherengittern sah man bunte Dekorationen in den Schaufenstern. Ich schnappte mir eine Flasche Seagram's vom Regal mit dem Gefühl, beim Blick auf alle die Flachmänner in Reih und Glied etwas Pornographisches gesehen zu haben. Einem Impuls folgend, machte ich noch einen Abstecher zu den Drogerieregalen und holte mir einen Dreierpack Präser, für alle Fälle, wie ich mir sagte, weil ein Pfadfinder allzeit bereit sein muß. Dann rannte ich zurück, um den Block herum, ohne auf die drei Halbstarken zu achten, die in ihrer typischen Kleidung an der Ecke standen und mich musterten. Ich nahm die Eingangstreppe mit einem Sprung und drückte den Klingelknopf in der freudigen Erwartung, wieder ins Paradies eingelassen zu werden.

Ich klingelte immer wieder, etwa anderthalb Minuten lang, bevor ich mich langsam fragte, warum sie nicht aufmachte. Was mir zuerst einfiel? Daß ich ein Riesenroß bin? Daß ich den kleinen Kopf für den großen hatte denken lassen? Nein, ich machte mir richtig Sorgen um Glyndora. War ihr womöglich schlecht geworden? War ein Eindringling aus der Nachbarschaft durchs Fenster gestiegen und über sie hergefallen, während ich weg war? Dann aber fiel mir das unheilvolle leise Klicken hinter mir ein, das ich nicht beachtet hatte, als ich die Treppe hinuntergestürmt war. Jetzt plötzlich, so unter dem Hauseingang und in der Kälte geschrumpft, wurde mir klar, daß dies das Geräusch des Riegels gewesen war, den eine Dame vorlegt, um sich für die Nacht einzuschließen.

Eins kann ich zu meinen Gunsten anführen: Ich verzog mich nicht still. Ich drosch auf den Knopf ein, als wäre er ihre verdammte Nase. Nach etwa fünf Minuten war ganz kurz ihre Stimme zu hören, nur einmal, und nicht lange genug, um zu antworten.

»Hau ab!« sagte sie, putzmunter und alles andere als einladend.
Offen gestanden, kein schöner Moment. Ich hatte Lyle heute abend das Auto weggeschnappt, meine Rostlaube von Chevy. Das gute Auto hat Nora bekommen, einen jadegrünen BMW, den ich immer so lustvoll fuhr, als hätte ich mir einen Trip eingeworfen. Nun zog ich mich in dieses vergammelte Wrack zurück, in dem mir die Flecken, die Lyle und seine Freundinnen auf den Sitzpolstern hinterlassen, immer einen gewissen Widerwillen einflößen, und versuchte die Lage zu peilen. Okay, sagte ich mir, ein Mädchen will dich erst nicht reinlassen, schmeißt sich dann an dich ran und sperrt dich anschließend aus. Der Witz dabei ist ...? Füllt euch die Pünktchen selber aus! Fotos? Vielleicht hockte im Schrank irgendso'n Arschloch mit versteckter Kamera.
Allerdings mußte ich den Hut vor ihr ziehen. Glyndora wußte genau, wo die weiche Stelle war. Mach ihm noch mal Hoffnung bei den Damen und gib ihm dann Alkohol. Die Flasche in meiner Hand hatte ein seltsam magisches Gewicht. Ich hatte immer Roggenwhisky getrunken, genau wie mein Alter. Mein Gott, wie er mir geschmeckt hat! Ich spürte eine leichte Erregung, als ich mit dem Daumen über die Steuerbanderole am Flaschenhals strich. Ich war ein zivilisierter Säufer, der erst in der Dämmerstunde loslegte, aber schon um zwei Uhr nachmittags spürte ich ein gewisses trockenes Ziehen hinten in den Speicheldrüsen, und beim ersten Schluck fiel ich dann immer fast in Ohnmacht. Damals mußte ich ständig an Dom Perignon denken, diesen Mönch, der den Champagner erfunden hat. Er fiel die Treppe hinunter und verkündete den Brüdern, die ihm zu Hilfe eilten: »Ich trinke Sterne.«
Es ist alles so trist, dachte ich plötzlich, als ich in den trüben Nachthimmel zu Glyndoras Wohnung hinaufschaute. Von meinem Atem beschlugen sich die Scheiben, und ich ließ den Motor an, um zu heizen. Der ganze Reiz dieses Unterfangens hatte daran gelegen, mein Leben irgendwie rumzureißen. Doch jetzt spürte ich wieder den fernen Puppenspieler, dessen Fäden an meinen Ärmeln festgenäht waren. Die grundle-

genden Fakten traten wieder zutage: Ich war doch bloß ein verkommener Penner.
Ich dachte, was ich immer denke: Wie soll das bloß eines Tages enden? War es lediglich die Veranlagung? Wenn der Vater Polizist oder Feuerwehrmann war, hielt man es in meiner Umgebung für selbstverständlich, daß er ein Held war, einer von diesen fast mystischen Männern, die mutig ihre Helme und schweren Schutzumhänge anlegen, um gegen einen der unerforschlichsten Vorgänge der Natur anzugehen, bei dem sich feste Materie in Wärme und grelles Licht verwandelt und leuchtende Flammen den Tanz der Vernichtung tanzen. Im Alter von drei oder vier Jahren hatte ich soviel in dieser Richtung gehört – wie man die Stange hinunterrutscht und dergleichen –, daß ich überzeugt war, mein alter Herr könnte fliegen, sobald er Stiefel und Asbestumhang trug. Konnte er aber nicht. Das lernte ich im Laufe der Zeit. Mein Vater war kein Held. Er war ein Dieb. Ein »Tieb«, wie er das Wort gern aussprach, allerdings nie in bezug auf sich selber. Doch brachte er wie Jason oder Marco Polo von jedem Abenteuer einen Schatz mit nach Hause.
Ich hörte meinen Vater oft argumentieren, wie logisch das sei, wenn er im Suff vor meiner Mutter Anwandlungen bekam, sich zu rechtfertigen. Wenn ein Gebäude sowieso runterbrennt, liebes Weib, warum nicht den Schmuck nehmen, bevor er zerschmilzt, zum Teufel noch mal, man riskiert ja immerhin Leib und Leben. Glaubst du, wenn du rauskommst und die Bewohner fragen würdest, wie sie so dastehen und die Flammen durch ihr Leben lodern sehen, glaubst du, die würden nein sagen? Als ich dann am College Wirtschaft studierte, hatte ich keinerlei Schwierigkeiten, zu kapieren, was mit dem Begriff Nießbrauch gemeint war.
Aber verzeihen konnte ich ihm nicht. Als Kind fragte ich mich immer, ob alle wußten, daß ein Feuerwehrmann klaute. Für die Leute in meiner Umgebung schien das klar zu sein – sie kamen vorbeigeschlichen und waren darauf aus, kleines Diebesgut, das so gut unter den Feuerwehrumhang paßte, billig zu erwerben. »Warum, glaubst du, haben sie die Taschen in

den Mänteln so tief gemacht?« pflegte mein Vater zu sagen, nie zu mir, aber zu allen, die hereingeschneit kamen, um das Tafelsilber, die Uhren, den Schmuck, die Werkzeuge, die tausend Kleinigkeiten in Augenschein zu nehmen, die in unserem Haushalt auftauchten. Er lachte immer, wenn er diese verstohlenen kleinen Vorführungen veranstaltete. Woher stammt es denn? fragten die Besucher dann jedesmal, und mein Vater kicherte und sagte den Spruch von den Manteltaschen. War natürlich blöd, aber er wollte vor den Leuten als ein toller Hecht dastehen – alle verschüchterten Menschen machen das, sie wollen so sein wie die, die ihnen angst machen. Ich hatte eine Kusine, Marie Clare, die einmal kam und meinen Vater bat, nach einem Taufkleid für ihr Baby Ausschau zu halten, und er verschaffte ihr ein ganz tolles. Warum, glaubst du denn, haben sie die Taschen in diesen Mänteln so tief gemacht?

Als Kind verschmorte mir die Scham darüber manchmal fast das Herz. Als ich anfing, zur Beichte zu gehen, beichtete ich für ihn. »Mein Vater stiehlt.« Die Priester horchten auf. »Ach ja?« Ich wollte meinen Namen und meine Adresse hinterlassen in der Hoffnung, sie würden ihn davon abbringen. Der Vater eines Jungen ist dessen Schicksal. Doch diese Art Stehlen war eine gesellschaftlich durchaus verbreitete Sache, und sie hießen mich deshalb, meinen Vater zu achten, für seine Seele zu beten und mich mehr um mein eigenes Verhalten zu kümmern.

»So vieles im Leben ist Willenssache.« Ich hatte die goldene Kappe von der Flasche geschraubt, bevor ich wußte, was ich tat, und sagte diesen alten Satz wieder mal vor mich hin. Gehört hatte ich ihn von Leotis Griswell, kurz bevor er starb. Ich linste in die offene Flasche, als sei sie ein blindes Auge, und sie erinnerte mich aus irgendeinem Grund an den Blick auf etwas anderes, noch so einen Hort der Lust. Das scharfe Aroma des Alkohols erfüllte mich mit einem Sehnsuchtsschmerz, der so brennend und schneidend war wie der Anblick einer schönen Frau in der Ferne, deren Name ich nie erfahren werde.

So vieles im Leben ist Willenssache. Leotis sprach mit mir über Toots, seinen ehemaligen Schüler. Leotis hatte eine Fähigkeit, die ich bei vielen sehr guten Anwälten festgestellt habe: Obwohl sie berufsbegeisterte Advokaten waren, konnten sie gleichzeitig Distanz zu ihren Mandanten halten. Wenn Leotis über die seinen redete, konnte er oft sehr kaltschnäuzig sein, und er wollte nicht, daß ich mich von Toots einwickeln ließ. »Er wird sich dir gegenüber mit seinem schweren Leben herausreden, aber ich hab noch nie viel für dieses soziale Gesülze übrig gehabt. Zieht nur runter. Ich will gar nicht wissen, was die Massen bedrückt. Jeder, der Augen im Kopf hat, kann es doch sehen: So ist eben das Leben. Aber wie kommt es zu den seltenen Ausnahmen, was macht den Unterschied? Darüber grüble ich immer noch stundenlang. Woher die Kraft rührt, nicht klein beizugeben. Der Wille ist's. So vieles im Leben ist Willenssache.« Ein gewisses stilles Leuchten glomm in dem alten Mann, als er das sagte, ein schwacher Körper umschloß immer noch einen großen Verstand, und die Erinnerung daran und an die Maßstäbe, die er als Mensch gesetzt hatte, machte mir jetzt zu schaffen.

Dennoch hatte Leotis den Punkt getroffen: Leben als Willenssache. Der passende Glaube für einen Menschen, der in den letzten Jahren des neunzehnten Jahrhunderts geboren wurde, aber unzeitgemäß für alle anderen. Inzwischen glauben wir zwar, daß eine Nation das Recht auf Selbstbestimmung hat, daß aber die Seele den materiellen Verhältnissen ausgeliefert ist: Ich stehle, weil ich arm bin; ich begrabsche meine Tochter, weil meine Ma mir das angetan hat; ich saufe, weil meine Ma manchmal grausam war und mich beschimpft hat und weil mein Vater mir dieses Geschick genetisch als bösen Leitstern hinterlassen hat. Alles in allem ist mir Leotis' Sicht immer noch lieber, die gleiche, wie sie mir in der Kirche beigebracht wurde. Ich möchte immer noch lieber an die Macht des Willens glauben als an die Macht des Schicksals. Ich kann saufen oder es lassen. Ich versuch Bert zu finden, oder ich laß es. Ich nehm das Geld und verschwinde, oder ich rück es wieder raus. Lieber nach einer Alternative suchen, als

diesem Prinzip von Ursache und Wirkung hörig zu bleiben. Reicht zurück bis zu Augustinus. Wir entscheiden uns fürs Gute. Oder fürs Böse. Und zahlen den Preis.
Und das, das könnte der süßeste Apfel der Schlange sein. Mir kam es vor, als schluckte ich nicht mal.
Ich trinke Sterne.

Donnerstag, 26. Januar

B) Euer Ermittler geht nicht
nur seiner Selbstachtung verlustig

Ich bin schon so oft morgens mit dem Schwur aufgewacht, so was nie wieder zu tun, daß in dem Schmerz schon fast so etwas wie Lust lag. Ich fühlte mich wie aus dem Mülleimer gefischt. Ich lag vollkommen still. Der erste Sonnenstrahl würde wie eine Kugel ins Hirn wirken. Längs der Verbindung zwischen der Magengegend und dem Kopf kam schon was Galliges hoch, ein Würgereflex setzte bereits ein. Langsam, sagte ich laut zu mir, und dabei merkte ich erst, daß ich nicht allein war.
Als ich die Augen aufmachte, starrte mir ein Junge direkt ins Gesicht, eine Armeslänge von mir entfernt auf der Fahrerseite unters Armaturenbrett geduckt. Er hatte mit einer Hand schon den Kassettenrecorder halb rausgezogen, und das verborgene Innenleben des Autos, die farbigen Drähte und dunklen Höhlungen, kamen zum Vorschein. Die Drähte durchzuknipsen war sicher der nächste Schritt. Die Tür hinter ihm stand einen Spaltbreit auf und die Deckenbeleuchtung brannte. Ein kalter Lufthauch wehte mir über die Nase.
»Bleib bloß cool!« mahnte er mich.
Ich sah keine Kanone, kein Messer. Auch war der Typ ziemlich jung, dreizehn, vierzehn. Immer noch Pickel im ganzen Gesicht. Einer unserer niedlichen Großstadtvampire, schon zur frühen Morgenstund auf den Beinen, um Besoffene auszunehmen. Mit meinen knapp fünfzig konnte ich es mit diesem Schisser wohl noch aufnehmen. Ihm ordentlich weh-

tun. Das war uns beiden klar. Ich sah ihm nochmals in die Augen. Es wäre so ein kläglicher Triumph gewesen, dort wenigstens einen Strich, ein Komma, einen Apostroph von Angst, ein winziges Zögern zu sehen.
»Raus!« sagte ich. Ich hatte mich noch nicht gerührt. Ich war irgendwie zusammengedrückt wie eine weggeschmissene Einkaufstüte schräg auf dem Beifahrersitz geklemmt. Vom Adrenalinstoß wurde ich rasch wach, und mir wurde schwindlig, alles fing an zu kreisen. Mein Magen meldete sich.
»Mach keinen Scheiß, Mann!« Er drohte mir mit dem Schraubenzieher.
»Ich werd's dir besorgen, du Wichser! Ich werd's dir restlos besorgen. Wenn ich mit dir fertig bin, bringst du's nie mehr.«
Ich veranlaßte meinen Kopf zu einem entschlossenen Nicken. Ein schwerer Fehler. Wie wenn man sich im Stuhl zu weit zurücklehnt. Ich verdrehte ein bißchen die Augen, stützte mich auf dem Ellenbogen ab. Und dann passierte es.
Ich kotzte voll auf ihn drauf.
Ich meine, überallhin. Es tropfte ihm von den Wimpern, sein Lockenkopf war voller ekliger Bröckchen, seine Sachen waren durchtränkt. Er ersoff förmlich darin, spuckte und schüttelte sich und verfluchte mich mit zusammenhanglosem Gestammel. »O Mann!« sagte er. »O Mann!« Er tastete fahrig mit den Händen herum, und ich wußte, er mochte sich nirgends mehr anfassen. Wie der Blitz war er draußen. Mich hatte die Erwartung, daß er mich abstechen würde, so beschäftigt, daß ich ihn erst abhauen sah, als er die Straße entlangrannte.
Na Malloy, dachte ich, das gefällt dir doch. Ich klopfte mir sozusagen ein paarmal auf die Schulter, bevor ich mich aufrichtete und mir klar wurde, daß diese Geschichte wie das, was damals wirklich zwischen mir und Schweinsäuglein vorgegangen war, nie erzählt werden würde. Schließlich war ich ein schlechter Mensch gewesen. Rückfällig geworden. Hatte gesoffen. Eine ganze Flasche. Hatte das Schicksal herausgefordert.
Meine Adresse bei den Anonymen Alkoholikern, mein Schutzengel, meine Hand im Dunklen, hieß mit Vornamen

Giandomenico, Nachname unbekannt, wie wir bei der Polizei immer sagten, war tabu. Obwohl ich seit sechzehn Monaten zu keinem Treffen mehr gegangen bin, wußte ich, er würde mit mir reden und mir versichern, daß ich es trotzdem schaffen würde. Der heutige Tag würde auch nicht anders werden als der vorgestrige. Ein Tag also, an dem ich *nicht* trinken würde. Ich würde den heutigen Tag gut hinter mich bringen und morgen weiter an mir arbeiten. Ich kannte das Lied. Ich hatte mir alle zwölf Schritte eingeprägt. Irgendwann in der langen Zeit hatte ich AA schlimmer gefunden als das Saufen, ständig diesen Leuten zuzuhören: »Ich heiße Sheila und bin Alkoholikerin.« Und dann die ganze Story, wie sie klaute und auf den Strich ging und ihre Kinder verdrosch. Mein Gott, manchmal fragte ich mich, ob die Leute so was vielleicht bloß erfinden, damit wir anderen uns weniger schlecht fühlen. Ein bißchen zuviel Kult für mich, diese Kirche der Selbstanklage, wie ich mich gern ausdrückte, immer zu sagen: Ich bin ein Scheißkerl und gebe mich in die Hand einer höheren Gewalt ohne Familiennamen, die mich rettet vor John Roggenmalz, dem Teufel. Die Unterstützung tat mir freilich wohl, und ich wurde mit einer Anzahl von Leuten bekannt und vertraut, die jede Woche kamen und mit mir Händchen hielten. Ich hoffe, sie gehen noch hin und sind trocken, aber ich bin eben ein verdammter Exzentriker und will nicht so recht an das Geheimnis ran, warum ich seit dem Tod meiner Schwester nicht mehr dieses unkontrollierbare Bedürfnis habe, zu trinken. Hatte ich meinen Schmerzenskelch mit dem Loch im Boden schließlich doch vollbekommen? Oder war das, wie ich in meinen schlimmsten Augenblicken manchmal fürchtete, eine Art Exorzismus?
Das kleine Mietshaus, in dem Glyndora wohnt, stand drüben auf der anderen Straßenseite, grau in grau. Die Farben waren im trüben Morgengrau des Winters kaum erkennbar, alles wirkte immer noch wie eine Kulisse bis auf das Schild an der Fassade mit der Mitteilung, daß Wohnungen zu kaufen seien, von hundertneunundsiebzig Riesen aufwärts. Worauf hatte sie gestern abend hinausgewollt? War die ganze Sache, dieses

Zwischenspiel, nur ein Spaß gewesen? Ich wollte nicht glauben, daß Glyndora für solche Subtilitäten zu haben war. Sie sagt es einem doch sonst direkt ins Gesicht. Aber aus einem bestimmten Grund wollte sie mich aus der Wohnung haben. Hatte sie Angst, ich würde auf irgendwas kommen? Vielleicht auf einen Freund? Bestimmt hingen Sachen von jemand im Schrank, standen Schuhe neben der Tür. Von Archie? Oder von Bert?

Ich kämpfte mich hoch. Ich mußte laut lachen, als ich mir vorstellte, wie Lyle mit seinen Kumpanen nach Mitternacht hier einstieg und eine Nasevoll abbekam. Ich möchte allerhand darauf wetten, daß er keine Ahnung hat, wem er das zuschreiben soll. Er wird dasitzen und grübeln, wer da wohl vorletzte Nacht gereihert hat. Das peinsame Kind hatte mir schon Schlimmeres hinterlassen. Trotzdem kurbelte ich alle Fenster herunter und schmiß die Bodenmatte hinaus auf die Straße. Ich drückte den Kassettenrecorder wieder in die brüchige Plastikverkleidung des Armaturenbretts und malte mir dabei aus, wie der kleine Dieb auf der Suche nach einem Wasserschlauch durchs ganze North End rannte. Er würde ganz schön stinken, wenn er in die Schule kam. Ja, mir war ganz gemein fidel zumute. Ich riß mich zusammen und rutschte auf den Fahrersitz hinüber, und erst da merkte ich, was in meiner Gesäßtasche fehlte. Ich fing an zu fluchen.

Der kleine Saukerl hatte mir die Brieftasche geklaut.

IV. Alles in Butter

A) Euer Ermittler schweift ab

Wenn Bert Kamin nicht mehr lebt, wer hat dann das Geld?

Diese Frage schoß mir durch den Kopf, als ich vor dem Spiegel in Dr. Goodbodys Fitneßstudio stand, wo ich mich fürs Büro zurechtmachte. Meine innere Verfassung hatte sich durch das Duschen und Rasieren nicht groß gebessert. Ich sah noch immer so hohlwangig aus wie ein Ganove auf dem Fahndungsplakat und hatte Schädelweh wie ein Steinzeitmensch, der gerade trepaniert worden ist. Ich rief Lucinda an, teilte ihr mit, wo ich mich gerade befand, und bat sie, telefonisch meine Kreditkarten sperren zu lassen und neue zu bestellen. Dann suchte ich mir ein ruhiges Eckchen im Umkleideraum, um gründlich nachdenken zu können. Wer hat das Geld? Martin hatte gesagt, der Banker in Pico habe am Telefon durchblicken lassen, das Konto, dem die Schecks gutgeschrieben worden waren, gehöre Bert. Aber darauf konnte man sich wohl nicht verlassen.

Ein Unterschlupf, und sei er noch so provisorisch, ist ein Ort, an dem man sich sicher fühlte. Also war ich irritiert, als mir ein Angestellter sagte, da sei ein Anruf für mich. Eins der Dinge, die mich am heutigen Geschäftsleben am meisten ankotzen, ist diese Scheißerreichbarkeit immer und überall: Faxgeräte, Funktelefone und emsige, fröhliche Kuriere von Federal Exzess. Der Konkurrenzdruck beim Geldverdienen hat Privatleben zu einer Sache von gestern gemacht. Ich war darauf gefaßt, Martin am Telefon zu haben, die personifizierte Ungeduld, einen Mann, der seinen neuesten Geistesblitz ganz dringend noch aus dem Flieger kundtun muß, während er gerade nach Bangladesch startet. Aber er war es nicht.

»Mack?« Jake Eiger hing an der Strippe. »Ich hätte dich gern gesprochen, sobald es dir paßt.«

»Sofort. Ich verständige bloß noch Martin oder Wash.«

»Lieber unter vier Augen«, sagte Jake. »Warum kommst du nicht einfach rauf? Ich möchte dir reinen Wein einschenken. Über die Lage hier oben.« Er räusperte sich unbestimmt vielsagend, und ich wußte sofort, was im Busch war. Die Allgewaltigen von TNA hatten das Fiasko mit Bert und dem Geld spitzgekriegt und beschlossen, in Zukunft ohne eine gewisse Anwaltsfirma auszukommen. Ruf den Suchtrupp zurück und fang an zu packen! Mir aber war die Rolle zugedacht, dies meinen Sozietätspartnern zu stecken.

Es war schon geraume Zeit her, seit Jake und ich unter vier Augen geredet haben. Nach meiner Scheidung von seiner Kusine und seit Jake mir keine weiteren TNA-Fälle mehr

zuleitet, sind solche Begegnungen peinlich. Wir klammern diese Themen immer aus, und unser ganzes Verhältnis beruht mehr oder minder auf Unausgesprochenem.
Die übliche alte Geschichte. Jake war als Student nicht gerade gut; ich hatte ihn immer im Verdacht, schon die Zulassung zum Jurastudium nur geschafft zu haben, weil sein Vater genug Vitamin B hatte. Dabei ist er schlau – manchmal richtig gerissen –, aber er tut sich schwer mit dem Formulieren. Unschlagbar bei Prüfungen, bei denen man nur die richtige Antwort ankreuzen muß, war er bei jeder schriftlichen Darlegung völlig verratzt. Er nennt das Kryptophobie, aber heute würden wir's wahrscheinlich schlicht lernbehindert nennen.
Ich war schon etwa ein Jahr im Prüfungsamt der Anwaltskammer tätig, als Jake mich zum Lunch einlud. Erst meinte ich, das sei wohl aus einer Art familiärer Verpflichtung geschehen – eine von Noras Tanten habe ihn gelöchert, dem armen Mack mal ein warmes Essen und ein paar Ratschläge zukommen zu lassen, damit vielleicht doch noch was aus ihm wird. Aber ich merkte gleich seine Betretenheit. Wir saßen in einem schicken Dachrestaurant, und Jake mußte in die Sonne blinzeln. Die Volants des Sonnenschirms über unseren Köpfen flatterten im Wind.
»Tolle Aussicht«, sagte er.
Jeder hatte einen Drink vor sich stehen. Er wirkte unglücklich. Sonst war Jakes hübsches Gesicht immer nur jungenhaft unbeschwert, diesmal waren ihm die Sorgen auf die Stirn geschrieben.
»Also was ist?« fragte ich. Da mußte was sein. Echte Freundschaft war zwischen uns nicht.
»Zulassungsexamen«, stieß er hervor.
Zuerst kapierte ich nicht, hielt es für einen seiner oberschlauen, versnobten Einwürfe, zu hoch für mich – Reicheleutejargon. Er war als Washs Protegé schon über zwei Jahre bei G & G, nachdem er vor drei Jahren sein Studium abgeschlossen und ein Jahr als Assistent eines Richters angehängt hatte, und das Zulassungsexamen zum Anwalt hätte er längst hinter sich haben müssen. Ich bestellte mein Mittagessen.

Von da oben sah man bis zum Stadion der *Trappers*, und wir redeten ein Weilchen über Baseball.
»Da möchte ich auch mal wieder hin«, seufzte Jake. »Komm einfach nicht dazu.«
»So viel zu tun? Sicher große Geschäfte?«
»Zulassungsexamen«, sagte er wieder. »Hab gerade den dritten Versuch hinter mir.« Er sah mich über den Tisch an, mit dem treuherzigen Hundeblick, mit dem er wohl auch die Mädchen rumkriegte, auf die er scharf war. Ich brauchte keine Gebrauchsanleitung, um zu merken, daß er mich in was reinziehen wollte.
»Nach dem dritten Mal ist Schluß«, konstatierte er. Wer dreimal durchfiel, hatte fünf Jahre Wartefrist bis zum nächsten Versuch. Die Vorschrift kannte ich; ich war dabeigewesen, wie sie aufgestellt wurde. »Die Firma schmeißt mich raus«, fuhr er fort. »Meinen alten Herrn trifft der Schlag. Der Schlag.« Seine Juristenkarriere wäre damit praktisch beendet, aber die Sache mit seinem Vater ging Jake wohl noch härter an die Nieren.
In meiner Jugend war Jakes Vater einer von Toots' Kollegen als Bezirkssprecher und ziemlich prominent. Ausgestattet mit der mittelalterlichen Machtvollkommenheit, wie sie für einen Bezirkssprecher von DuSable typisch war, lebte Eiger senior in unserem beschaulichen Katholikendorf wie ein Fürst unter seinen Vasallen. Am 18. Juni 1964, meinem einundzwanzigsten Geburtstag, war mein Vater mit mir zu Eiger gegangen, um ihn zu bitten, mir eine Stelle bei der Polizei zu verschaffen. Damals hatte ich ein paar Jahre College hinter mir und schlug mich recht und schlecht als Staubsaugervertreter durch; mein Kunststudium hatte ich geschmissen und war so was wie ein Bücherladen-Freak geworden. Ich war der typische schwierige junge Mann, ein Ire, der noch am Schürzenzipfel hing und keine blasse Ahnung hatte, wo es im Leben langging. Der Polizeidienst sollte mir einen ersten Ansatz bieten und mich zugleich von der Wehrpflicht befreien, was ich allerdings nicht laut sagte und was auch nicht ideologisch gemeint war. Für mich war das nur wie ein Aussetzen im Mensch-ärgere-

dich-nicht des Lebens, und ich wollte mir das nicht antun, zumal ich noch nie dazu neigte, Befehle entgegenzunehmen. Drei Jahre später ruinierte ich mir das Knie und durfte kostenlos Jura studieren, ohne Einberufung und den Umweg über Vietnam. Ich beschritt diesen Weg hauptsächlich deswegen, weil mich das Weiterstudieren reizte – eine von diesen seltsamen Weichenstellungen, wie sie im Leben öfter passieren.

Bezirkssprecher Eiger saß im hobbyraumähnlichen Kellerbüro seiner Parteiorganisation, das mit Landkarten und alten Wahlkampfplakaten dekoriert war. Vier vorsintflutliche schwarze Telefonapparate, so massiv, daß die Hörer als Mordwaffe herhalten konnten, nahmen den Großteil seiner Schreibtischplatte ein. Er versprach mir in die Hand, daß meine Bewerbung bei der Polizei sehr wohlwollend berücksichtigt werden würde. Man mußte ihn einfach mögen, diesen Mann, der so viel Macht hatte und sie so großmütig gebrauchte. Ein Politiker, der noch volkstümlich war und bei dem feststand und stadtbekannt war, für wen er sich einsetzte: zuerst für sich, dann für seine Familie und danach für seine Freunde. Er hatte nichts gegen Gesetze oder Rechtsvorschriften, er setzte sich bloß über sie hinweg. Binnen drei Wochen war ich Anwärter in einer frisch zusammengestellten Eingangsklasse der Polizeiakademie.

Jetzt saß sein Sohn vor mir, und auch wenn er leugnete, daß sein Vater Bescheid wußte, wollte er doch unmißverständlich etwas von mir. Ich schuldete ihm etwas. Seiner Familie. Logisch, daß sein alter Herr es genauso sehen würde.

Ich wagte nur einen Vorstoß in Richtung Korrektheit: »Jake, ich glaube, wir sollten von was anderem reden.«

»In Ordnung.« Er starrte in sein Glas. »Die Prüfung war letzte Woche. Da gab's 'ne Frage aus dem Zivilrecht – hab sie saumäßig vermasselt –, du weißt schon, Revision eines Scheidungsurteils, und ich hab so einen Seich über Eherecht verzapft.« Er schüttelte den Kopf. Der arme, hübsche Jake, den Tränen nahe. Und dann flennte er wirklich los. Ein beinahe Erwachsener schluchzte wie ein Kind in seinen Gin

Tonic. »'tschuldige, du weißt schon, tut mir leid.« Er richtete sich auf. Wir aßen etwa zehn Minuten in völligem Schweigen, dann sagte er noch einmal, es tue ihm leid, stand auf und ging weg.

Das Leben bringt einem unter anderem bei, daß große Institutionen groß werden durch das, was ihnen die Leute zutrauen, und nicht dadurch, wie sie wirklich funktionieren, was ja häufig recht prosaisch ist. Ähnlich verhielt es sich mit dem Prüfungsamt der Anwaltskammer für das Zulassungsexamen. Wir schickten die Klausuren an zehn Korrektoren im ganzen Staat, einen für jede Frage. Die Hefte kamen mit der Post zurück, Tausende von Stapeln, so lieblos aufgehäuft wie Müll. Die Sekretärinnen sortierten sie tagelang, addierten dann die Gesamtbewertung für jeden Kandidaten auf, und die juristischen Mitarbeiter überprüften die rechnerische Richtigkeit. So kamen die Klausurergebnisse zustande. Mit siebzig Punkten hatte man bestanden, mit neunundsechzig war man durchgefallen. Jake hatte sechsundsechzig, als ich seine Unterlagen auf dem Schreibtisch eines Kollegen aufstöberte, an dem Abend, als ich mich überwunden hatte, nach ihnen zu suchen. Der Benoter von Jakes Zivilrechtsklausur hatte ihm drei von zehn möglichen Punkten gegeben. Eine Drei und eine Acht sehen auch dann sehr ähnlich aus, wenn kein begabter Fälscher am Werke war. Ein Risiko gab es nicht dabei; niemand außer mir würde je was davon erfahren.

Trotzdem fragt man sich, warum ich das gemacht habe. Nicht Jake zuliebe, weiß Gott nicht, nicht mal, weil sich mein Alter und meine Ma bei dem Gedanken geschämt hätten, ich könnte einen Freund hängenlassen. Nein, ich hatte wohl eher meine Kollegen im Sinn, Woodhull und seine Arschkriecher, die Ethos mit Ego verwechselten, diese selbstgerechten Schnösel; wieder ein Team, bei dem ich nicht mitspielen, wieder so eine Gruppe, der ich meine Seele nicht verschreiben wollte. Der gleiche Grund, aus dem ich Schweinsäuglein ans Messer lieferte und hinterher log, weil ich weder auf der einen noch auf der anderen Seite mitmachen mochte.

Jake lud mich wieder zum Lunch ein, eine Woche, nachdem

die Ergebnisse bekanntgegeben wurden. Schwanzwedelnd wie ein junger Hund beschlabberte er mich von allen Seiten, und ich sagte nicht einmal piep. Ich gratulierte ihm sogar, als er mir mitteilte, er habe bestanden, schüttelte ihm die Hand.
»Du glaubst wohl, ich vergeß das, aber das vergeß ich dir nie«, sagte er.
»*No comprendo.* Bedank dich bei dir selber, du hast die Klausur doch geschrieben!«
»Red keinen Scheiß!«
»Ach, Jake. Übung macht den Meister. Du hast bestanden. Okay? Gib endlich Ruhe!«
»Bist schwer in Ordnung, Mack. Weißt du, nach der Szene neulich war mir ganz schlecht. Ich hab mir gedacht: Ein Cop! Um Himmels willen, um so was gehst du einen an, der früher mal Cop war!«
Sein Blick sagte alles. Wir zwei Freunde. Wir zwei Kumpel. Dieses selbstzufriedene Korporiertengrinsen, das Jake mit den Jahren nicht mehr abgelegt hat. Sein Leben besteht heute aus Golfturnieren im Country Club und Fremdgehen hinter dem Rücken seiner dritten Frau, aber damals, vor einundzwanzig Jahren, konnte ich sehen, daß ich ihm den Glauben ans Dasein wiedergegeben hatte: Wir sind was Besseres und können jeden Schlag parieren, wenn wir zusammenhalten wie Pech und Schwefel. Am liebsten hätte ich ihm ins Gesicht gespuckt.
»Vergiß es, Jake!« sagte ich. »Alles.«
»Nie«, erwiderte er.
Und ich wußte, es war ein Fluch.

B) Euer Ermittler macht einen Ausflug in die dreißiger Jahre

Ich saß am Empfang im vierundvierzigsten Stock, der Direktionsetage von TNA, wartete auf meinen Termin mit Jake und kam mir sehr minderwertig vor. Dort oben herrscht eine aufgedrehte Atmosphäre von Wichtigtuerei, die mich jedes-

mal runterzieht. Irgendwann wird mir einer wohl mal erklären, warum unser System, das doch Angebotsvielfalt und Individualität glorifiziert, letztendlich doch immer alle dazu bringt, sich für das gleiche zu entscheiden. TNA ist mit seinen Fluglinien, Banken und Hotels letztes Jahr mit zwei Dritteln aller Amerikaner, die mehr als fünfzigtausend Dollar im Jahr verdienen, ins Geschäft gekommen. Von denen halten viele TNA zwar für so was wie eine Busgesellschaft in der Luft, aber wir leben in einer Massendemokratie, und da fällt auch aus einer trivialen Geschäftsverbindung zu immerhin fünfundzwanzig Millionen Menschen, die auch noch einer gehobenen Einkommensschicht angehören, ein unerhörter Abglanz von Größe und Macht auf eine Firma.
Jakes Sekretärin brachte mich zu ihm, und Mister Schönling erhob sich zu meiner Begrüßung. Sein Büro ist so weitläufig, daß er mir zunächst zuwinkte, als ich hereingeführt wurde. Sobald wir allein waren, setzte sich Jake auf die Schreibtischkante, schlug die Beine übereinander und stützte sich mit nur einem Fuß auf den flauschigen Teppich. Irgendwie drängte sich auf, daß er die Pose aus einer Zeitschriftenanzeige haben mußte. Das Jackett hatte er anbehalten. Perfekte Frisur. Um die Sendezeit auszufüllen, plaudert Jake sonst mit mir gern über unsere alte Wohngegend, was aus den Kameraden von der High School geworden ist, und wie weit wir beide es doch gebracht haben. Doch heute kam er sofort zur Sache. Wie ich befürchtet hatte, ging es um Bert.
»Sieh mal, altes Haus, ich geb ja zu, daß ich da nicht ganz durchblicke. Was zum Kuckuck geht bei euch da unten eigentlich vor?«
»Wenn ich's dir nur sagen könnte, Jake.«
»Hab gehört, du warst bei Neucriss.«
So was spricht sich schnell rum.
»Er hat mich angerufen«, fuhr Jake fort, »noch ehe du mit dem Fahrstuhl wieder unten warst. Er wollte wissen, was da faul ist. Darf ich fragen, was du bei ihm wolltest, um Himmels willen?«
»Moment mal«, sagte ich liebenswürdig. Ich würde Jake nie

vor den Kopf stoßen, habe ich doch diese vielen Jahre lang zugesehen, wie mein Alter dem Feuerwehrhauptmann den Ring küßte. »Weißt du, ich stochere nur noch im Nebel. Wir kriegen einfach nicht raus, nicht ums Verrecken, was Litiplex bedeutet. Vielleicht wissen's die Kläger. Mir war nicht klar, daß Martin bereits Peter auf den Zahn gefühlt hatte.«
Jake schluckte das ungerührt. Er musterte mich. »Ja, hatte er. Und als du dann auftauchtest, ging wirklich die Sirene los. So eine Stümperei können wir uns nicht leisten.«
Neucriss hatte sich am Telefon offenbar königlich amüsiert: Diese Trampeltiere, die Sie da für dreihundert Dollar Stundenhonorar beschäftigen. Stellen Sie sich bloß vor, gleich zwei haben nichts anderes zu tun, als Post zu verteilen. Hohoho! Jake hatte eins auf den Deckel gekriegt, und ich mußte es jetzt ausbaden.
»Sieh mal, Mack, alter Freund. Laß uns mal Klartext reden!«
Jake beherrscht diese Phrasen, die Umgangssprache der Konzerne, auch so etwas, worin er Meister ist. Er glättet zwar Unebenheiten, ist aber trotzdem noch so sackgrob wie sein Vater, und ich kenne ihn gut genug, um gleich zu wissen, daß er jetzt ohne Rücksicht auf Feinheiten direkt werden würde. »Der da«, er deutete auf die Verbindungstür zur Büroflucht des Vorstandsvorsitzenden und senkte die Stimme, »der polnische Pan da nebenan. Mal mag er mich, mal mag er mich nicht. Wer will sich da jeden Tag auskennen? Sagen wir mal, er hat zumindest keinen Fanclub für mich ins Leben gerufen. Klar? Nehmen wir an, er meint, ich habe die falschen Anwälte und zahle denen zuviel. Nur mal angenommen. Und findet sich trotzdem mit mir ab. Und weißt du, warum?«
»Der Aufsichtsrat?«
»Der Aufsichtsrat, richtig. Der Aufsichtsrat. Weil eine Fraktion dort, mehrere Mitglieder, mir einen Heiligenschein aufsetzen möchte. Und weißt du, warum?«
»Warum?«
»Weil ich mit den von mir beauftragten Anwälten für diese Gesellschaft eine dreihundert Millionen Dollar schwere Katastrophe abwickle, ein Prozeßchaos, für das wir eine Rückstel-

lung von hundert Millionen Dollar gemacht haben, und *wir* wickeln das ab – ich, eure Firma, Martin –, und zwar so, daß für TNA auch noch bares Geld dabei rausspringt! Fast zwanzig Millionen! Jeder Dollar, der auf diesem Treuhänderkonto übrigbleibt, ist ein Fleißbildchen. Für uns alle. Und ein Punkt auf der Wertungstafel. Klar?«

Ich nickte. »Sicher«, sagte ich. Ich mußte stillsitzen und mir das anhören, mich belehren lassen wie ein Kind, ihn anhimmeln und so tun, als habe er soeben die kalte Kernfusion erfunden.

»Nun sehen wir uns mal diese angebliche Geschichte mit Bert an. Sehr beunruhigend. Ehrlich gesagt, selber glaube ich nicht mal daran. Wenn ich's glauben würde, wäre mir noch unwohler. Aber am Ende, wenn wir der Sache geduldig auf den Grund gegangen sind, etwa die Buchhaltung revidiert haben, wird sich meiner Ansicht nach vielleicht rausstellen, daß da was ganz anderes los war. Aber jetzt sieht es eben so aus ... Schön, untersuch die Sache! Schnüffel rum! Tu, was du nicht lassen kannst, aber, Alterchen, behalte immer den Ball im Auge! Wenn du hergehst und die Anwälte der Kläger aufscheuchst, daß sie einen Kassensturz verlangen, bevor wir nächsten Monat abfinden – wenn du das machst und jemand wie Neucriss Wind davon kriegt, daß wir Überschuß erzielen, werden die Himmel und Hölle in Bewegung setzen, um sich jeden einzelnen Cent unter den Nagel zu reißen. Ganz zu schweigen von unseren Mitbeklagten. Ganz unabhängig davon, was deiner Meinung nach Bert zugestoßen sein mag, wird das noch viel, viel schlimmer für uns alle. Kapiert? Also müssen wir umsichtig vorgehen. Ich hab dir's neulich schon mal gesagt: *Bleib diskret!*«

Mehr oder minder aufs Stichwort steckte Tad Krzysinski, der Vorstandsvorsitzende, den Kopf durch die Seitentür. Wäre die Welt ohne Widersprüche, könnte man so jemand bedenkenlos hassen, einen Schnösel wie Pagnucci, einen ichbesoffenen Erfolgsmenschen. Doch so einfach ist es nicht. Kaum größer als einssechzig, von sonnigem Gemüt, und ein Energiefeld in jedem Raum, den er betritt, als habe einer unvermutet einen Minireaktor installiert, ist Krzysinski von solcher Vitalität, daß man fast darauf gefaßt ist, durch die Wand gepustet zu werden.

»Hack!« begrüßte er mich und kam her, mir die Hand zu schütteln. Ein muskelbepackter Exsportler mit gewinnendem Blick. Ich fragte mich wieder einmal, was zwischen ihm und Brushy wohl lief, aber er wirkt immer so gnadenlos fröhlich, daß man ratlos bleibt.

»Tad!« sagte ich. Der Knabe hält nichts von Etikette, erzählt einem immer gleich, wo er herstammt, Klempnersohn mit acht Geschwistern, jetzt neun eigene Kinder, nur drei Stunden Schlaf, und das Wichtigste nach eigenem Eingeständnis: die Familie, der liebe Gott und den Wohlstand der Leute mehren, die als Aktionäre von TNA ihr Vertrauen in ihn gesetzt haben. Man sah gleich, daß schon sein Nicken und Händeschütteln Jake einen Heidenrespekt einflößte. Sie verkörperten zweierlei ethnische Komponenten, ehemals ausgegrenzte Amerikaner, die erst in den sechziger Jahren ihren Weg in die Spitzen der Konzerne gemacht hatten: Jake, ein entwurzelter Deutsch-Ire, der nach allem äußeren Glanz strebte, den sich ein Aufsteiger nur vorstellen kann, und Krzysinski, der alles wie die Heilige Schrift verinnerlicht hatte, was eingewanderte Polen von harter Arbeit, Gottesfurcht und der Fähigkeit hielten, das Antlitz der Erde verändern zu können. Ich stand hier unbehaglich zwischen den beiden und erkannte plötzlich, daß dies ein höchst ungleicher Kampf war. Jake hatte zwar mächtige Fürsprecher im Aufsichtsrat von TNA, aber Krzysinski mußte ihn einfach verabscheuen. Und genau das hatte Jake mit seiner Bemerkung gemeint, der Überschuß aus dem Schadenersatzkonto vom Flug 397 sei sein Rettungsanker.

»Na, Hack, wenn ich dich hier sehe, sind wir sicher wieder in Schwulitäten.« Tad klopfte mir gutgelaunt auf die Schulter, lachte über seinen eigenen Scherz und sprach dann mit Jake über ein Problem auf den Fidschi-Inseln. TNA hat natürlich überall Hotels. Paris. Tokio. Gerade in Fernost hat sich der Konzern stark ausgebreitet, was in diesen Krisenzeiten heißt, daß die Vorgänge dort besondere Bedeutung haben. An manchen Tagen macht sich Tad mehr Gedanken um Premierminister Miyazawa als um Bill Clinton. Jemand sollte sich mal hinsetzen und über diesen Umstand nachdenken. Solche Konzernherren werden bald eine staatenlose Oberschicht sein, Leute, die für ihr Geschäft und ihr Golfspiel leben und mehr darauf sehen, wo einer sein Diplom in Betriebswirtschaft gemacht hat, als auf sein Herkunftsland. Ein Rückfall ins Mittelalter, lauter Duodezfürstentümer und Lehen, alle mit eigener Flagge und offen für jeden Vasallen, der dem Lehnsherrn sein Leben verpfändet. Wer sich heute noch fortwährend selber auf die Schulter klopft, weil die Roten auf dem Müllhaufen der Geschichte gelandet sind, wird über die eigentlichen Sieger erst nachdenken, wenn Coca-Cola einen Sitz in der UNO beansprucht.

Als Tad schließlich verschwand, blickte ihm Jake gereizt nach.

»Machen wir 'nen kleinen Spaziergang!« Jake ging den Flur entlang und ich hinterher, wobei ich die mir bekannten Leute flüchtig grüßte. Für mich bedeutet jede Stippvisite hier oben eine Art Goodwilltour, um den Leuten vom Büro des Chefsyndikus klarzumachen, daß ich weder besoffen noch tot bin. Als wir den Aufzug erreichten, fegte ein Bote heraus, einer von der unterbezahlten Kavallerie, die auf Fahrrädern durch den Innenstadtverkehr rasen, mit einer Leuchtfarbensicherheitsweste über dem zerschlissenen Parka. Jake und ich traten in den Aufzug, endlich allein.

»Ich möchte sichergehen, daß wir aus demselben Gesangbuch singen«, sagte Jake. Er drückte den Knopf TÜREN SCHLIESSEN und sah mich, nachdem sie zu waren, an.

»Bert?« fragte ich.

»Genau«, antwortete er.

Der Aufzug fuhr an und Jake drückte den Knopf für ein Stockwerk tiefer.

»Du weißt, was ich will – mach das glatt!« sagte er.

»Und wenn Kamin wirklich nicht mehr auftaucht?«

»Ja, was dann?«

Er näherte sich einen Schritt, so daß er ganz dicht vor mir

stand, den Finger immer noch fest auf dem Knopf TÜREN SCHLIESSEN, während die Kabine zum Stillstand ruckte.
»Dann darf niemand hier oben noch mal was davon hören.« Er bedachte mich mit einem tiefen Blick, bevor die Türen langsam zurückglitten und er ins helle Licht hinaustrat.

V. Geheimnisse werden ausgeplaudert

A) Zwischen Mädchen und Jungs

»SOS«, sagte ich und streckte dabei den Kopf in Martins Büro. Seine Sekretärin war schon weg, und ich hatte nur kurz geklopft und vom Flur aus die Tür einen Spaltbreit geöffnet. Neben Martin stand Glyndora.
»Oh, Scheiße!« sagte ich. Es war mir irgendwie rausgerutscht, und die beiden starrten mich an. Ein seltsamer Moment. Glyndora bedachte mich mit einem verstohlenen Blick, der mir den Tod zu wünschen schien, und ich dachte zuerst, sie habe sich über meine Ermittlungstaktik beschwert. Eine von Martins vielen Rollen war die des großen Beschwichtigers, zuständig für die Empörten, die Verfolgten und die Schwachen. Unser neuer Anwalt kommt nicht klar mit der Praxis, ein Partner flippt aus oder hat Drogenprobleme – Martin kümmert sich darum. Man könnte meinen, es sei Mitgefühl, aber er tut es eigentlich nicht um der Leute willen, es ist mehr das Olympische an ihm: Ich bin der Fels, lehnt euch an!
Aber Martin schien mein Auftauchen nicht zu stören. Er lächelte sogar und winkte mich unbefangen in sein Büro mit all den skurrilen Objekten. Er murmelte etwas von den gestrigen Zahlungseingängen, die ihm Glyndora gezeigt habe, also ein geschäftsführender Partner und die Chefbuchhalterin beim Gespräch über die Vorarbeiten zum Jahresabschluß. Trotzdem verblüffte mich irgendwie die Konstellation, in der ich die beiden angetroffen hatte. Nichts Anstößiges: Sie stand ein Stück von ihm entfernt vor seinem Sessel, aber auf seiner Seite des Schreibtischs, und Martin sah in ihre Richtung und

in das milchige Gegenlicht aus den breiten Fenstern hinter ihr. Mit ausgestreckten Beinen saß er da, die Hände über dem Bauch gefaltet, entspannt, recht untypisch und vertraut mit ihr, überhaupt nicht unser Martin, der doch sonst immer so auf dem Quivive ist. Vielleicht war es aber auch bloß der Schock beim Anblick Glyndoras, deren Magnetfeld mich noch immer gefangenhielt.
Martin sagte jedenfalls, sie seien gerade fertig, und Glyndora packte auf den Wink hin ihre Sachen zusammen, um an mir vorbei durch die Tür zu stolzieren, ohne sich auch nur nach mir umzudrehen. Ich gebe zu, daß ich enttäuscht war.
»Ich hatte eben ein Gespräch mit Jake«, sagte ich zu Martin, als sie weg war.
»Unangenehm?«
Er kann es mir am Gesicht ablesen, dachte ich. Mein Herz zapperte noch so unruhig wie ein Eichhörnchen. Jake hatte auf seine Art einen reichlich finsteren Eindruck hinterlassen. Ich begann, meine Unterredung mit ihm zu schildern, und Martin hörte sehr interessiert zu. Bei genauerer Betrachtung sieht man Martin seine ethnische Abstammung an; er ist einer von diesen behaarten Schwarzgelockten, die man oft Lastzüge beladen sieht, mit kräftigem Bartwuchs, der das Gesicht bläulich verschattet. Sein Vater, ein Schneider, hatte auch für diverse Gangster gearbeitet, und Martin gibt ab und zu Geschichten aus seiner Jugend zum besten, um einen Mandanten, der aus bescheidenen Verhältnissen kommt, zu becircen oder einen Gegner zu verunsichern. Er hat ein paar saftige Stories parat, etwa wie er Smokings im berühmten Dover-Street-Bordell im South End abliefern mußte. Doch im Unterschied zu mir flüchtet Martin nicht in die Vergangenheit und läßt sich von ihr nicht vereinnahmen. Er verbreitet die lockere Noblesse von jemand, der während seiner Jugend den Sommer in einem Landhaus an der Atlantikküste verbracht hat. Verheiratet ist er mit einer anmutigen, hochgewachsenen Britin namens Nila, die man sich sofort auf englischem Rasen mit einem Glas Pimm's in der Hand vorstellt. Breitrandige Hüte und taillierte Kleider mit Glockenröcken. Er ist

durch und durch der Mann, der er sein will, und reagierte als solcher nicht erkennbar auf meinen Bericht, bis er sich an einer bestimmten Stelle veranlaßt sah, mich zu unterbrechen. »Heb dir das auf!« sagte er. »Das sollte ich vielleicht gemeinsam mit meinen Kollegen hören.« Damit meinte er den Ausschuß. »Carl kommt heute zurück.«

Martin schlug ein Treffen um vier Uhr vor und überließ es mir, die Leute zusammenzutrommeln. Ich ging zurück zu Lucinda und bat sie, die Anrufe zu machen, nur mit Carl Pagnucci wollte ich selber sprechen. Als ich kurz vor dem Schreibtisch meiner Sekretärin stehenblieb und die Liste meiner Kreditkartenfirmen durchsah, die sie angerufen hatte, fiel mir zum erstenmal ein, daß ja auch Kam Roberts' Kreditkarte in meiner Brieftasche gewesen war. Ich hatte keinen Schimmer, was ich da unternehmen sollte.

Zufällig kam Brushy, sportlich wie immer, vorbei und stutzte, als sie mich sah.

»Liebes Gottchen, Mack, wie siehst du denn aus!« War sicher richtig. Jake hatte meinen Adrenalinspiegel hochgetrieben, aber mir war immer noch, als pumpe mein Herz Melasse. »Fühlst du dich etwa nicht wohl?«

»Vielleicht 'ne leichte Grippe.« Ich wandte mich ab, aber sie kam besorgt in mein Büro nach. »Vielleicht bin ich deprimiert.«

»Deprimiert?«

»Über unser gestriges Gespräch.«

»He, he!« beschwichtigte sie mich. »Du kennst mich doch! Mein südländisches Temperament. Ich sag so was öfter.«

»Laß nur!« sagte ich. »Da war schon was dran.«

Da stand Brushy: kurzgeschnittene Haare, große Ohrringe mit Perlen, offenes Gesicht, straff und frisch, gleich würde sie die Stöckelschuhe abstreifen und einen schönen Body-block machen.

»Vielleicht.« Sie lächelte verhalten.

»Sicher«, sagte ich. »Ich bin auch gleich gestern abend noch los, um nicht ganz aus der Übung zu kommen.«

Sie brachte den Mund nicht mehr zu. »Und?«

»Und was?«
»Und?« fragte sie wieder, obwohl sie sich erst gestern eine solche Neugier meinerseits verbeten hatte.
»Am Ende wurde ich ausgenommen.«
Sie lachte tatsächlich laut heraus. Sie fragte, ob ich wenigstens unversehrt sei, und trällerte dann völlig falsch ein paar Takte von *»Looking for Love in All the Wrong Places«*.
»Sei nicht so schadenfroh!«
»Wieso schadenfroh?« fragte sie zurück und mußte wieder lachen.
Ich drehte ihr den Rücken zu, um die Post durchzusehen. Wieder ein paar Aktennotizen der »großen drei« über den Rückstand beim Eintreiben der Honorare und die Hausmitteilungen. Ich hörte Brushy die Tür schließen, und das Zuschnappen des Schlosses verlieh mir ein seltsames amouröses Hochgefühl, verirrte Assoziation aus unserem Gespräch und aus den vergangenen vierundzwanzig Stunden, unbestimmte Erinnerung an das, was geschehen konnte, wenn Mann und Frau miteinander allein waren.
Brushy aber hatte nichts dergleichen im Sinn. »Hast du Zeitung gelesen?« fragte sie. Offenbar hatte heute morgen wieder eine kurze Meldung über Archie dringestanden, im Grunde nur, daß er immer noch gesucht wurde. Das berichtete sie mir, und dann fragte sie: »Glaubst du, daß er das ist? Der, von dem sie im Dampfbad erzählt haben?« Ihr entging aber auch gar nichts.
»Ich glaube schon«, sagte ich und setzte dann, die Post überfliegend und ohne recht zu wissen, was ich da tat, hinzu: »Er ist übrigens tot.«
»Wer ist tot?«
»Er. Archie. Vernon. Mausetot.«
»Nein so was!« staunte sie. »Woher weißt du das?«
Da sagte ich es ihr. »In Berts Kühlschrank gammelt was, das kriegst du auch mit doppelkohlesauerem Natron nicht weg.«
Sie hockte sich auf mein abgewetztes Sofa und fuhr sich mit den Fingern durch die kurzen Haare, während ich ihr die Leiche beschrieb.

»Wie konntest du mir das verschweigen!« empörte sie sich.
»Na, bleib auf dem Teppich! Du solltest lieber fragen, warum ich dir überhaupt was erzähle. Fällt eindeutig unter das Stichwort Anwaltsgeheimnis. Die Bullen drehen mich durch den Wolf, wenn sie erst schnallen, daß ich auch nur in der Nähe dieser Leiche gewesen bin.«
»Hat Bert ihn umgebracht?«
»Möglich.«
»Bert?«
»Deine Rede«, sagte ich.
»Nie.«
»Dann eben nicht.«
»Wer dann?«
»Irgendwer sonst. Vielleicht die von der Ehrenwerten Gesellschaft.«
»So was machen die doch nicht mehr, oder?«
»Darfst du mich nicht fragen«, gab ich zurück. »*Du* bist Italienerin.«
»Komm schon«, sagte sie, »ich meine, die bringen keine normalen Leute um.«
»Der gehörte nicht zu den normalen Leuten, Brushy. Wenn du den Buchmacher spielst, hast du auch Verbindung zu denen.«
»Warum?« fragte sie.
»Warum? Das ist *denen ihr* Geschäft. Landesweit. Und von Konkurrenz halten die gar nichts. Du steigst ins Wettgeschäft ein, schön und gut, aber dann mußt du denen was abgeben – Vergnügungstaxe nennen sie das. Sonst nimmst du körperlich Schaden, oder sie verpfeifen dich an ihren Lieblingsbullen. Außerdem leisten sie allerhand wertvolle Dienste. Wenn du bei deinen Kunden einen faulen Zahler hast, können die den ganz schön auf Trab bringen, das kannst du mir glauben. Ohne die bist du nicht im Geschäft.«
Sie starrte vor sich hin. Sie kapierte noch immer nicht, warum.
»Sieh mal«, sagte ich, »das ist wie bei deiner Mandantin, dieser Versicherung. Wie heißt die doch gleich?«
Sie nannte die große Gesellschaft, die sie mit Abfindungspro-

zessen im Mittleren Westen beauftragte. Ein satter Brocken, und sie konnte den Namen kaum aussprechen, ohne zu zeigen, wie stolz sie darauf war.

»Sagen wir mal, die haben bis zu einer Deckung von vier Milliarden Dollar Gebäude- und Unfallversicherungen in Kalifornien laufen«, sagte ich. »Wie sichern sie sich ab, daß sie nicht pleite gehen, wenn die Hügel abbrennen?«

»Sie haben eine Rückversicherung.«

»Genau. Sie suchen sich selbst große zuverlässige Gesellschaften, bei denen sie ihre Versicherung buchstäblich versichern. Und genau das tun auch Buchmacher. Ein richtiger Buchmacher ist kein Spieler. Genausowenig wie deine Mandantin. Ein Buchmacher kassiert zehn Prozent von deinem Einsatz, ob du gewinnst oder verlierst. Wenn du hundert verwettest, schuldest du ihm hundertzehn. So kommt er zu seinem Verdienst. Bei einem beliebigen Spiel läßt er zum Beispiel dich auf Niederlage und mich auf Gewinn setzen. Dann kriegt er von dir hundertzehn Dollar, behält zehn Dollar Provision ein und zahlt mir hundert zu meinen eingesetzten hundert aus ...«

Brushy unterbrach mich: »Niemals, Malloy, *dein* Geld kassiert er und *mich* zahlt er damit aus.«

»Sehr witzig.« Ich boxte sie pro forma gegen den Bizeps und fuhr fort: »Jedesmal, wenn er buchungsmäßig ins Risiko kommt, wenn also erheblich mehr auf Gewinn gesetzt wird als auf Niederlage oder umgekehrt, macht er's wie deine Versicherung. Er verringert sein Risiko, er rückversichert sich. Nenn's, wie du willst. Und wenn du in diesem Geschäft dein Risiko verringern willst, arbeitest du besser mit Netz, sonst will keiner was mit dir zu tun haben. Und wenn du dazu noch einen ganz Großen und Zuverlässigen haben willst, eine Firma, die dein Risiko jederzeit abdeckt, dann ist es der Mob.«

»Und was hat er dann verbockt, dieser Archie?«

»Vielleicht wollte er sie um die Vergnügungstaxe prellen.« Es haben schon Leute wegen viel kleinerer Vergehen dran glauben müssen. Bei seiner Masche mit den Kreditkarten hatte Archie vielleicht geglaubt, er brauche sie nicht. Aber auch ein Versicherungsmathematiker mit Anschluß an die Wettcomputer von Vegas hatte sich bei der Ehrenwerten Gesellschaft rückzuversichern. Was ich jetzt brauchte, war ein kleines Tête-à-tête mit jemand, der die richtigen Verbindungen hatte. Da kam mir Toots in den Sinn.

Da ich den Faden verloren hatte, fragte ich Brushy, ob sie mit zum Lunch komme.

»Geht nicht«, sagte sie. »Pagnucci ist wieder zurück. Ich hab's schon ihm versprochen.«

»Pagnucci?« Kein Verbündeter von Brushy, soweit man wußte, und keine Liaison, aber der Gedanke an gestern ließ mich auf die Zunge beißen. »Um was geht's?« fragte ich. »Um den Murmeltiertag?«

Sie vermutete es. In unserer Firma sind jedem Mitarbeiter fünfundsiebzig Prozent seines letzten Jahreseinkommens garantiert, und entsprechende Beträge darf er jeweils am Ende der ersten drei Viertel des Geschäftsjahres entnehmen. Am 31. Januar teilt der Ausschuß dann den Rest auf und gibt das Ergebnis am Murmeltiertag bekannt. Alle legen den Smoking oder das kleine Schwarze an und begeben sich zum Dinner in den »Club Belvedère«. Wir werden zuvorkommend bedient und machen die üblichen Witzeleien. Auf den Heimweg bekommt jeder einen verschlossenen Umschlag mit, in dem steht, wie hoch sein Anteil am Firmengewinn ausgefallen ist. An diesem Abend gibt es keine Fahrgemeinschaften. Jeder fährt allein nach Hause, euphorisch über seinen Erfolg oder zutiefst deprimiert. Das Genörgel geht tags darauf los und hält häufig das ganze Jahr über an bis zum nächsten Murmeltiertag. Manche Leute liegen dem Ausschuß mit ihren Großtaten und Verdiensten in den Ohren: ihren neugewonnenen Mandanten, ihrem guten Inkasso. Um allzu großes Geschrei zu vermeiden, macht Pagnucci, der als erster den Verteilungsplan entwirft, die Runde bei den einflußreichsten Mitarbeitern, um sicher zu sein, daß wenigstens diese die Bewertung ihrer Leistung durch den Ausschuß akzeptieren. Zumindest habe ich so was läuten hören. Mit mir hat sich Pagnucci noch nie zum Lunch verabredet. Ich erfahre dergleichen normalerweise nur durch den Tratsch vor oder nach dem großen

Ereignis, denn jeder darf eigentlich nur seine eigene Prämie kennen, sozusagen wie seine Schamteile. Als ich vor drei Jahren zum erstenmal rückgestuft wurde, war ich derart vergnatzt, daß ich spätabends mal in die Schublade von Martins Aktenschrank linste, wo er den Prämienplan verwahrt. Mir platzte fast eine Ader, als ich sah, wieviel mehr als ich alle diese Sesselfurzer und Nulpen verdienen.
»Wie wär's, wenn wir das Essen morgen mittag nachholen?« fragte Brushy. »Ich such uns was, wo es Tischdecken gibt. Ich möchte mit dir reden.« Sie faßte mich ans Knie. Ihr rundes Gesicht strahlte Mitgefühl aus. Emilia Bruccia ist wahrscheinlich die einzige aus meiner Bekanntschaft, die sich für meinen Gemütszustand interessiert.

B) Polizeigeheimnisse

Nachdem Brushy gegangen war, hängte ich mich ans Telefon und rief im Polizeipräsidium von Kindle County an. Zweiundzwanzig Jahre war das her, aber ich wußte die Nummer noch auswendig. Ich ließ mich mit Al Lagodis verbinden, der jetzt im Archiv sitzt, und sagte ihm, ich würde vorbeikommen. Ich gab ihm keine Gelegenheit zu einem Nein, konnte aber auch so hören, daß er ungefähr so begeistert war, als wolle ich ihm Tombolalose für einen wohltätigen Zweck andrehen.
Das Polizeipräsidium ist ein Granitklotz mit den Dimensionen einer Festung am Südrand von Center City, genau dort, wo die Hochhäuser aufhören und die Gegend verkommen und dröge wird, voller Schummerkneipen mit Reklameplakaten für Nackttänzerinnen, wo Alkis und Abartige aus den Bürosilos während der Mittagspause an der Bar Seite an Seite mit Nutten einen zwitschern. Bis zum Präsidium brauchte ich nur zehn Minuten. Ich mußte mich an der Pforte melden, und sie riefen Al, damit er mich abholen kam.
»Wie geht's?« Al sah mir voll ins Gesicht, so richtig treuherzig, während er mich hinaufbegleitete.
»Weißt du doch.«

»So gut?« Er lachte. Al und ich kennen uns seit der Zeit, als ich im Betrugsdezernat war und er meinte, ich hätte mich im Hinblick auf Schweinsäuglein sauber verhalten. Nicht daß Al damals selbst was unternommen hätte, außer vielleicht dem FBI was zu stecken, wie ich stets vermutete: Hintergrundinformationen, bei einer Tasse Kaffee ganz konkrete Hinweise, die er bestimmt nur vom »Hörensagen« kannte. Ich war schon immer der Meinung, daß es Al war, der das FBI auf mich angesetzt hatte. Nachher gehörte er zu den wenigen hier, die noch mit mir sprachen – obwohl es ihm lieber war, wenn es niemand merkte. Das war jetzt zwanzig Jahre her, aber der gute Al bekam immer noch unstete Augen und betete, niemand möge ihn zusammen mit Mack Malloy sehen, dem legendären Nestbeschmutzer. Viel verändert hat sich hier im Präsidium nicht. Heutzutage laufen hier auch junge Frauen durch die dämmrigen altmodischen Flure, mit Revolvern und Krawatten und in Hemden, die meiner Ansicht nach für jemand mit Busen nicht passen, aber auch sie mit dem typischen, herausfordernden Polizistenschritt.
»Hübsches Büro«, sagte ich. Er hatte einen Verschlag, mit polizeiblaugestrichenen Stahlblechwänden, geriffelten Plastikscheiben statt Fenstern und einer Tür. Oben offen. Eine Atmosphäre, in der man automatisch leise redet und wo man beide Wände berührt, wenn man die Arme streckt. Al hatte vierzehn Jahre im Betrugsdezernat gearbeitet. Als Schweinsäuglein dorthin verbannt wurde, ließ er sich versetzen – aus Diskretion und Ehrgefühl, man kennt das ja – und ging ins Archiv, immerhin eine bessere Sackgasse. Er gehört jetzt zu den Cops, die den harten Einsatz hinter sich und ihr stilles Gäßchen im Lebensplan gefunden haben, um sich dort zu verkriechen, bis sie das Pensionsalter erreicht haben, was für Al mit seinen fünfundfünfzig bald der Fall sein wird. Im Präsidium wimmelt es von solchen Typen mit Hängebauch und tabakheiserer Stimme. Er arbeitet von acht bis sechzehn Uhr dreißig. Beaufsichtigt die Leute unter ihm und füllt Formulare aus. Niemand schießt auf ihn, niemand tritt ihn in den Arsch. Er hat seine Erinnerungen, an denen er sich

wärmen kann, und eine Frau, die ihm Bescheid stößt, wenn er mal ein Bier zuviel intus hat und mit dem Schwachsinn anfängt, wie schön es doch wäre, wieder auf Streife zu gehen. Ein netter Saftsack mit vom Alkohol aufgeschwemmtem Gesicht.

»Ich brauch dich, du mußt ein paar Sachen für mich überprüfen«, sagte ich zu ihm.

»Schieß los!« Ich saß direkt neben seinem kleinen Schreibtisch, von wo man hinlangen und die Tür zumachen konnte, was er auch tat.

»Du hast viel länger im Betrugsdezernat gearbeitet als ich. Ich brauch ein paar Angaben über Pico Luan – über einen, der dort Zeichnungsvollmacht für ein Bankkonto hat.«

Al schüttelte den Kopf. »Nein, vergiß es«, sagte er, dann fragte er wie beiläufig: »Was soll denn da sein?«

Ich wich aus. »Bin mir da nicht ganz sicher. Ziemlich verwirrend. Also laß es mich mal so umreißen: Jemand erzählt mir, er hat mit einem Bankdirektor in Pico Luan gesprochen, am Telefon, und der hat sozusagen zwischen den Zeilen durchblicken lassen, wer der Kontoinhaber ist. Wie findest du das?«

»Nicht, als hätte er mit einem von denen geredet, mit denen ich mal zu tun hatte. Schon gar nicht am Telefon. Diese Jungs kennen nur einen Standardtext: ›Wenden Sie sich an die Botschaft! An unsere Brillantine-Diplomaten. Füllen Sie ein Formular aus! Warten Sie eine kleine Ewigkeit! Und noch mal eine!‹ Dann schicken sie dir als Antwort ein wunderschönes Dokument, ehrlich, so viele Siegel und Bänder hast du noch nie gesehen, fast wie bei der Veteranenparade, aber die verscheißern dich bloß, die verraten dir nicht mal den Vornamen deiner eigenen Mami, wenn du wissen willst, wer bei ihnen auf der Bank Geld hat. Du bist doch schon dort unten gewesen! Du kennst das doch!«

Ich kannte es, hatte mir aber zunächst nichts dabei gedacht, als Martin uns von seinem Anruf bei der Bank erzählte, denn Martin war immerhin Martin. Nun fragte ich mich plötzlich, wie ich das je hatte schlucken können. »Als ob man versucht, blauen Dunst mit Händen zu greifen.« Lieber Gott, dachte ich.

»Ein paarmal«, sagte Lagodis, »wenn wir uns nicht anders zu helfen wußten, haben wir einen ganz üblen Schleicher angeheuert, der sich Rechtsanwalt schimpft und behauptet, einen geheimen Draht zu den Banken zu haben. Was für ein Schlangenbeschwörer das war! Zu neunundneunzig Komma vier Prozent ein Ekelpaket, wenn du mich fragst. Bei dem könntest du's probieren. Ich jedenfalls habe mehr Zutrauen zu den Krüppeln im Rollstuhl, die bei Erweckungspredigten aufstehn und nach vorn zur Bühne laufen.« Al schüttelte noch einmal den Kopf, aber ich sagte, ich wolle mir den Namen trotzdem notieren.

Nachdem er seinen Stuhl scharrend beiseite gerückt hatte, ging er hinaus in das geräuschvolle Zentralarchiv mit seinen Computerterminals, Druckern und Aktenschränken, in dem jetzt zur Mittagszeit etliche Schreibtische unbesetzt waren. Von meinem Platz aus konnte ich einen einzelnen Uniformierten sehen, der einen Hamburger aus dem Einwickelpapier mampfte und die *»Tribune«* studierte. Im Präsidium, vor allem in seinen zentralen Abteilungen wie dem Archiv, ist es wie in einem toten Gewässer, als hätten alle Valium geschluckt. Man könnte schwören, dreißig Sekunden dauern dort so lange wie eine Minute Echtzeit draußen, aber ich fühlte mich irgendwie fröhlich dabei, wieder diese Stickluft der Bürokratie zu atmen, diese gesättigte Atmosphäre absoluter Unangreifbarkeit.

Es ist traurig, aber wahr, daß ich den Polizisten nie mehr ganz abstreifen kann. Noch nie habe ich mich in moralisch seichteren Gefilden bewegt. Oder seligeren. Cops sehen alles: den Pfadfinderführer, der die kleinen Jungs verführt, den Geschäftsmann, der dreihundert Riesen im Jahr verdient und erwischt wird, weil er noch was dazu unterschlagen hat, die Mutter, die ihren Säugling grün und blau geprügelt hat und Zetermordio schreit, wenn man mit dem Jugendpfleger kommt und ihn ihr wegnimmt. Man sieht sie die Arme ausstrecken und kniefällig betteln, Rotz und Wasser heulen, man sieht die aufgestaute Gewalt ihres eigenen Leidens, man sieht, daß man ihr ihr ein und alles wegnimmt, so verkorkst ihr Leben auch ist, daß dieses Kind für sie alles bedeutet, nicht bloß den eigenen wilden Schmerz, sondern auch die dumpfe Hoffnung, besser mit ihrem Jammer fertigzuwerden, wenn sie ihn aus sich raus- und an jemand Greifbarem ausläßt. Man sieht das alles und fragt sich, wie kann man's überhaupt verstehen, wenn man nicht selber etwas davon in sich trägt? Nur zufällig steht man heute mal auf der richtigen Seite, in der blauen Uniform.

JOAQUIN PINDLING stand auf dem Kärtchen, das mir Al gegeben hatte. »Lieber Gott, wie kann man bloß so heißen!«

»Der wird dich ganz schön teuer kommen, kann ich dir flüstern. Einer wie du«, schmeichelte Lagodis, »mit einer so starken Persönlichkeit, kann doch selber da runterfliegen und Freunde gewinnen, sich auf eigene Faust erkundigen.«

»Freunde, die mir die Taschen leeren?«

»Alles möglich. Aber natürlich könntest du auch an einen geraten, der keine so freundschaftlichen Gefühle hegt wie du. Dann wirst du so was wie ein Experte aus eigener Erfahrung für Untersuchungshaft in Pico Luan.«

»Na, das wär doch was, oder?«

»Aber klar. Die Haftbedingungen in Pico Luan, mein Lieber, sind nicht wie im ›Regency‹ oder im ›Beach Hotel‹. Da mußt du ins große Plumpsloch scheißen in der Zellenmitte, tief, ganz tief hinab geht's, und wer weiß, wohin. Nachts spielen die Wärter gern Blindekuh mit den Yankees. Dann paß auf, wo du hintrittst, Mann! Wenn du Pech hast, weißt du bald, wohin die Kacke plumpst.«

»Hab's schon kapiert.«

Al trödelte noch ein bißchen herum. Er hatte sich noch nicht wieder hingesetzt. Er trug eine Krawatte und jetzt, mitten im Winter, ein kurzärmeliges Hemd, das über seinem Bierbauch ein wenig spannte. Ich erzählte ihm von meinem Zusammenstoß mit Schweinsäuglein, aber er hatte schon davon gehört. So geht's bei der Polizei. Das war bereits Schnee von gestern.

»Hat mich sogar laufenlassen«, sagte ich.

»Geh dem lieber aus dem Weg! Das nächste Mal reißt er dir den Kopf ab und scheißt dir in den Hals. Nach allem, was ich höre, gibt er dir noch die Schuld, wenn er sich mal das Knie aufschürft. Hat was mit verletzten Gefühlen zu tun, glaube ich.«

»Das wird's wohl sein.« Mir schoß kurz durch den Kopf, Al zu fragen, in welcher Sache Gino ermittle, ich hätte dann ein bißchen was über Kam rauskriegen können, aber alles in allem hatte ich mein Glück wohl schon reichlich strapaziert.

»Yeah«, sagte Al nur so und zog seine Hose hoch, die jedesmal zehn Zentimeter tiefer sackte, wenn er auf den Ballen wippte. »Mußt dich ganz schön vorsehen!« ermahnte er mich.

Das war mir nichts Neues.

VI. Wer hat da gesagt, Anwälte seien zimperlich?

A) Was bei Toots an der Wand hängt

In Toots' Kanzlei empfing man mich mit einer Feierlichkeit, wie sie wohl jedem Besucher dort zuteil wird. An seinem Stock vor mir herhumpelnd, die erloschene Zigarre zwischen den Zähnen, stellte Toots mich jeder einzelnen Sekretärin und seiner halben Belegschaft vor: den hochberühmten Mack Malloy, der dem Colonel bei diesem Standesverfahren eine solche Hilfe ist. Dann komplimentierte er mich in sein Büro und gab ausführliche Kommentare zu jedem Erinnerungsstück, das dort an der Wand hängt.

Toots' Büro hätte man komplett in ein Museum verpflanzen können, als Anschauungsmaterial für ein Politikerleben im zwanzigsten Jahrhundert, oder zumindest für das Talent eines Individuums zur Selbstbeweihräucherung. Ein regelrechter Tempel für Colonel Toots Nuccio. Selbstverständlich hingen da die signierten Fotos mit dem Colonel neben den einzelnen Präsidenten der Demokratischen Partei, angefangen mit Franklin Delano Roosevelt, dazu zwei mit Eisenhower, und auf beiden war Toots in Uniform. Plaketten von den B'nai B'rith (Mann des Jahres), von den Frommen Schwestern der Armen und von der Kunsthalle von Kindle County. Die Ehrengabe des Sinfonieorchesters: eine Klarinette in Bronzeguß. Religiöse Andenken von dankbaren Geistlichen und ein langes Dankschreiben von der Liga gegen Rassendiskriminierung, vielleicht die einzige Anerkennung Toots' von Farbigen in den letzten dreißig Jahren, aber trotzdem gerahmt. Ein Sitzungshammer, den ihm der Stadtrat bei seiner Pensionierung überreicht hatte, die Amtsjahre auf einem Messingband unter dem Hammerkopf eingraviert, und Dutzende von Fotos, auf denen man Toots mit Spitzensportlern und Politgrößen sah, von denen manche schon so lange tot waren, daß dir ihre Namen nichts mehr sagten. Und im Zentrum der Sammlung, direkt über seinem massiven antiken Schreibtisch befestigt, seine Kriegsmedaillen unter einem Glassturz; ein Strahler hob den auf schwarzen Samt gebetteten *Silver Star* hervor. Ich zeigte kurz die gebotene Ehrfurcht und fragte mich indessen, ob diese Auszeichnung für Tapferkeit oder für eines von Toots' unvermeidlichen Geschäften verliehen worden war. In diesen vier Wänden wurde einem allmählich klar, daß diese Selbstinszenierung, dieses Sammeln von Bändern und Medaillen für Toots viel realer und wichtiger war als das jeweilige Ereignis, an das sie erinnern sollten.

»So«, sagte er, als er endlich saß, »ich wußte gar nicht, daß Sie Hausbesuche machen.«

»Kommt schon mal vor. Ich habe da was, das ich mit Ihnen besprechen möchte.«

»Unsere Anhörung?«

Ich sagte, daß es um etwas anderes gehe und rückte mit dem Stuhl ein bißchen näher an ihn heran.

»Toots. Darf ich Sie was fragen? Unter Freunden?«

Er schmalzte das übliche, ich dürfe alles, und ich erwiderte die Lobhudelei und sagte, er sei für mich der einzige Mensch in unserer County, der mir meiner Meinung nach eine Antwort geben könne. Toots lächelte, hocherfreut über jedes Kompliment, ob ehrlich gemeint oder nicht.

»Ich hab mich gefragt, ob vielleicht Sie was haben läuten hören. Da ist nämlich ein Versicherungsmensch, ein Mathematiker, der in der Zeitung als vermißt gemeldet wird. Vernon Koechell, genannt Archie. Mich würde interessieren, ob Sie sich vielleicht vorstellen können, warum ihn jemand abgenippelt hat.«
Toots lachte schallend, als hätte ich eine freche Bemerkung gemacht, die gerade noch in den Grenzen des guten Geschmacks blieb. Seinem faltigen Altmännergesicht war nicht das leiseste Beleidigtsein anzumerken, aber mir fiel auf, daß er seinen Spazierstock fester umklammerte und in seinen weißlichen Greisenaugen so etwas wie ein tödlicher Funke aufglomm.
»Mack, mein Lieber, darf ich einen bescheidenen Vorschlag machen?«
»Klar.«
»Fragen Sie mich was anderes!«
Das machte mich stumm.
»Sehen Sie, Mack, ich hab da eine Lebensregel. Die hab ich schon beherzigt, als ich noch nicht mal Flaum am Kinn hatte. Ich kenn Sie jetzt schon ein Weilchen. Sind ein schlauer Bursche. Aber lassen Sie mich sagen, was ich denke: Quatsch nie über anderer Leute Dinge! Das ist denen ihr Bier, sollen die sich den Kopf darüber zerbrechen.«
Ich nahm seinen Rat stumm entgegen. Toots musterte mich und zwinkerte mir zu.
»Ich hab's vernommen, Colonel, aber ich steh da vor einem echten Problem.«
»Was denn? Hat er Sie bei Ihrer Versicherungspolice falsch eingestuft, oder was?«
»Also, die Sache liegt so, Colonel: Ich hab da einen Partner, der wird vermißt. Heißt Kamin, Bert Kamin. Keinen Dunst, wo er abgeblieben ist. Und dieser Archie trägt 'nen weißen Kragen und 'ne hübsche Krawatte, ist aber hintenrum Buchmacher. Und mein Freund Kamin wettet bei ihm. Zumindest sieht es so aus.«
Ich schaute Toots an. Ich hatte seine volle Aufmerksamkeit.

»Archie jedenfalls ist mausetot. Das steht fest. Weiß ich genau. Und sehr bald, jeden Moment eigentlich, können die Cops auf der Matte stehen und mich dazu befragen wollen. Und ich bin, offen gesagt, nicht daran interessiert, mich mit den falschen Leuten anzulegen. Das ist der Grund für meine Frage. Ich muß wissen, was da abgeht, weil ich mich vielleicht ganz schön tummeln muß.« Ich versuchte, bedrückt und ehrlich zu wirken, voll Ehrfurcht vor einer der zahlreichen Mächte, die Toots' Leben beherrschten. Aber er kaufte es mir nicht ab.
»Sind Sie ganz offen zu mir, Mack?«
»So offen wie sonst jemand.«
Toots lachte. Das gefiel ihm. Er nahm die Zigarre aus dem Mund und begutachtete im Schummerlicht ihr zerkautes Ende, das aussah wie ein Büschel Seegras am Angelhaken. Er sagte: »Sie kennen sich mit Buchmachern aus.«
»Nicht ganz.«
»Sehen Sie mal – wenn jemand Wetten annimmt, wissen Sie, muß er sein Risiko streuen, klar?«
»Wie 'ne Versicherung. Er trägt das Risiko nicht allein. Soviel weiß ich auch.«
»Und nun hat da einer ein Sauglück. Irgendwie schafft er es immer, seine Verluste abzuwälzen.«
Ich wartete, dann sagte ich: »Wie schafft er es, nur die Verluste abzuwälzen? Muß er sich nicht schon vorher rückversichern? Ich meine, bevor etwas stattfindet, ein Pferderennen, ein Baseballspiel oder sonst was?«
»Er schafft es eben«, sagte Toots.
Jetzt war ich der Sache schon näher. Toots widmete sich liebevoll seiner Zigarre.
»Sie meinen, er hat vorher gewußt, wie die Veranstaltungen ausgehen? Meinen Sie das? Er hat gewußt, daß die Ergebnisse geschoben waren?«
»Sehen Sie«, sagte Toots, »wer Risiken teilt, muß auch Risikoloses teilen. Kapiert? Man muß seinen Freunden was zukommen lassen. Sonst werden aus Freunden Feinde, klar? So ist doch das Leben, oder?«

»Scheint so, Toots. Opfer gibt's nicht.«
Das gefiel ihm. Brauchte man ihm nicht erst zu erklären.
»Sie sehen also«, sagte er, »Sie ham was gefragt, noch mal nachgefragt, Sie ham mir was gesteckt, ich hab Ihnen was gesteckt, wir ham halt so dahergeredet, okay? Sollte jemand fragen, wissen Sie vielleicht was, aber auch nicht alles. Klar?«
»Klar.«
»So ist es«, sagte Toots und kicherte kurz so selbstgefällig, daß mir angst wurde. »Schön. Gewinnen wir unsere Anhörung?«
»Ich wollte, ich könnte die Frage bejahen, Colonel. Ist ein Rennen bergauf.«
Er zuckte mit den Achseln, hier, in seinem eigenen Element konnte er durchaus weltmännisch und lebensklug reagieren.
»Tun Sie Ihr Bestes! Die Todesstrafe kriege ich nicht, oder?«
Darin waren wir einig.
»Und wer wird dabeisein, Sie oder das Weib?«
»Das Weib ist gut«, versicherte ich ihm.
»So sagt man«, bestätigte Toots. »So sagt man. Recht durchsetzungsfähig, wie ich höre.« Ich hatte gewußt, daß er seine Nachforschungen anstellen würde.
»Eine welterfahrene Frau«, antwortete ich.
»Sehr welterfahren«, sagte er.
»Ich werd versuchen dabeizusein, Colonel. Aber ich muß mich auch um die andere Sache kümmern, um Archie. Bert.«
Er verstand das. Manchmal kam man eben in die Klemme. Er begleitete mich zur Tür.
»Denken Sie an meine Regel!« Er unterstrich seine Worte mit der Zigarre. Quatsch nie über anderer Leute Dinge! Hatte ich mir gemerkt.

B) Geheimnisse der Buchhaltung

Auf dem Rückweg in mein Büro hielt der Fahrstuhl im zweiunddreißigsten Stock des Hochhauses. Niemand stieg ein, aber ich betrachtete es als Wink des Schicksals, sprang hinaus und trabte den Flur entlang zur Buchhaltung. Schon von weitem sah ich die Abteilungsleiterin dasitzen, Mrs. Glyndora Gaines.

Ich ließ mich neben ihr nieder. Ihr Schreibtisch war völlig leer, blankgefegt bis auf eine Akte, die sie gerade durchsah, eine Ordentlichkeit, die den gewohnten Eindruck einer herrschsüchtigen, unnachgiebigen Seele noch verstärkte. Glyndora studierte weiter ihre Akte, fest entschlossen, mich nicht zur Kenntnis zu nehmen. Vielleicht gab's da die Spur eines Lächelns, das gleich wieder weggedrückt wurde.

»Glyndora«, sagte ich leise, »nur mal so, nicht, daß ich's wirklich tun würde, aber, du weißt schon, wenn. Wenn ich dem Ausschuß erzähle, wie du mich auf den Arm genommen hast? Was wäre, wenn ich dir wie einer von deinen Chefs kommen würde statt wie ein Kumpel?«

Ich versuchte, irgendwie vernünftig zu reden, nicht unbedingt freundlich, aber ruhig. In dem großen Raum hinter der Glastür liefen ein Dutzend Leute herum, voll beschäftigt mit der Jahresabrechnung. Addiermaschinen spuckten Papierstreifen aus, und die Telefone winselten elektronisch. Auf ein paar Schreibtischen lagen bunte Stapel von Schecks.

»Du willst mit dem Ausschuß reden? Dann erzähl denen doch folgendes.« Sie richtete sich in ihrem Stuhl auf mit einem sichernden Blick zur Tür. »Erzähl denen, daß du zu meiner Wohnung gekommen bist, Sturm geläutet und einen Mordsradau veranstaltet hast, um mir lauter dummes Zeug über Bert vorzumachen, und dann, als ich dich reinließ, Mann, war von Bert nicht mehr die Rede. Als nächstes faßt dieser Typ mit der einen Hand an meine Titten und mit der andern an meinen Po, und losgeworden bin ich den Geilhuber bloß, weil er, der in einem fort von den Anonymen Alkoholikern sabbert, lospreschen und sich was zum Saufen holen mußte. Erzähl das doch dem Ausschuß!«

Sie lächelte auf ihre Art, mit zusammengekniffenen Lippen, als ziehe sie eine Schraube fest, und wartete ab, wie das auf mich wirkte. Für Glyndora ist alles ein Wettstreit, und sie wußte, daß sie mich geschlagen hatte. Meine Version der Geschichte würde sehr schwach klingen, schlimmer noch, lachhaft. Niemand würde mir glauben, daß diese Hand auf ihrer Brust »nur so« gemeint war. Und wenn sie erfuhren, daß ich wieder getrunken hatte, waren meine Tage als Privatdetektiv Holzauge vermutlich gezählt – ganz zu schweigen von meinem Job.

»Glyndora, du weißt ganz genau, was hier abgeht.«

Sie stützte sich auf ihre Unterarme und brachte ihre üppigen Formen in der orangefarbenen geblümten Bluse eindrucksvoll zur Geltung. Auf ihren Lidern purpurner Lidschatten, matt und dick wie Blütenpollen.

»Eins weiß ich ganz sicher, Mack. Du bist ein labiler Saftsack.« Sie grinste schon wieder, amüsiert beim Gedanken, daß sie meine Geheimnisse kannte.

Aber ich war auch mit von der Partie gewesen und hatte ein paar von ihren erfahren. Ich zeigte mit dem Finger auf sie. »Und du hast eine Schwäche für weiße Kerle«, gab ich zurück und nickte dazu, wohl um sie nachzuäffen. Aber auch so tat es mir sofort leid. Sie erstarrte und zuckte zurück. Wir waren angelangt, wo wir immer anlangen – ich hab dich geschlagen, ätsch. Wieder ein Wettstreit. Ein Hahnenkampf, irgendwie unecht. Das war nicht das, was ich wollte, und da tat ich etwas, was unter diesen Umständen irgendwie kühn war, ich ergriff ihre Hand. Die Berührung, meine große rosa Hand auf ihrer braunen, erschreckte uns beide. Und genau das war der springende Punkt.

»He«, sagte ich, »du weißt doch, mir geht's wie dir, ich mach hier meine Arbeit. Ich spiel mich nicht als dein Herr und Meister auf. Hab ich das je getan? Okay, nenn mich kaltschnäuzig, grob et cetera, et cetera. Aber habe ich je irgend etwas unternommen, um dich zu schikanieren? Die großen drei tragen mir auf: ›Such Bert!‹ Also suche ich ihn. Ich sag dir, wie's ist: Mir bleibt gar nichts anderes übrig. Also gib mir 'ne Chance, ja? Sei ein Mensch!« Aus dem Bettelton, den ich angeschlagen hatte, hörte ich plötzlich eine Art Selbstbeichte heraus. Die ganze Zeit hatte ich mir bei dieser ganzen Eskapade meiner Fahndung nach Bert eingeredet, es handle sich um den Als-ob-Versuch, ein neues Leben zu beginnen. Aber das war nur Rumgeblödel, Selbstveräppelung mit Träumen, wie ich mit dem Geld durchbrennen oder mir die Hochachtung meiner Partner erwerben könnte. Dabei hatte ich irgendwie mehr in dieses Unternehmen investiert, als ich mir eingestehen wollte. Vielleicht pfiff ich wirklich schon auf dem letzten Loch. Vielleicht schwanden meine Aussichten bereits. Doch erkannte ich jetzt, daß ich mir geschworen hatte, aus dieser Geisterbahn nicht mehr so rauszukommen, wie ich reingegangen war. Irgendeines von meinen Ichs glaubte daran und klammerte sich an das, was man auch in einer noch so dürftigen und nur noch glimmenden Gestalt Hoffnung nennen muß.

Und indem ich das zugab, tat ich genau das, wovor Glyndora alle warnte: Ich zeigte meine Verletzlichkeit und bot ihr Gelegenheit, diese auszunutzen. Sie starrte mich ungläubig an, beleidigt und durchaus nicht beglückt von der körperlichen Berührung. Sie zog ihre Hand unter meiner weg und schob ihren Stuhl zurück, damit sie mich aus größerer Distanz betrachten konnte, als wir nun einander abschätzten. Glyndora hat ihre Show drauf, ihr Hey-ich-bin-'ne-beinharte-Schwarze, und die zieht sie im Schlaf ab, ein Stückchen Rassenrhetorik, so viel Maske und Verschlüsselung wie bei einer Nummer auf der Bühne. Oh, ich weiß, daß ihr dabei ernst ist. Ich weiß, daß sie knallhart ist. Wie Groucho Marx, der in keinem Club Mitglied sein will, dem er beitreten kann, möchte Glyndora immer die erste sein, die dich abweist. Wieder einmal hatte sie ihr Ziel erreicht. Aber in ihren Augen taucht manchmal ein Unbehagen auf, die Erkenntnis, daß sie ganz anders ist. Ich weiß nicht, ob sie in ihrer Phantasie Angst hat, durch Aluminiumtöpfe Alzheimer zu kriegen, oder ob sie im stillen Kämmerlein den Koran liest, aber in ihr steckt mehr, als sie rausläßt. Und das ist die schwerste Beleidigung, die sie den meisten von uns antut: Daß sie uns nie in sie hineinschauen lassen will. Denn Glyndora hat ihr Geheimnis. Laß dir das von einem sagen, der selber an geheimen Stätten haust. Einem, der gestern abend kurz bei ihr war und jetzt wieder an ihre Tür klopfte.

»Mir bleibt gar nichts anderes übrig, als Bert zu finden«, wiederholte ich.
Schließlich beugte sie sich zu mir und sagte in sanfterem Ton, vielleicht nur, um mir zu widersprechen: »Doch. Du *mußt* ihn nicht finden, Mack. Du sagst denen einfach, du hast ihn gesucht.« Ein Orakelspruch. Glyndora spielte die Rolle des Mediums, der Pythia, aber ich war nicht sicher, ob ich um etwas gebeten oder vor etwas gewarnt wurde.
»Du mußt mir schon ein bißchen mehr sagen, Glyn. Ich hab nichts in der Hand. Wen willst du decken? Ich meine, sag mir wenigstens was zu der Hausmitteilung!«
Ihre Haltung versteifte sich wieder, ihre Miene wurde eisig. Man konnte zusehen. Es war, als würde ein Buch zugeklappt. »Du verlangst zu viel, Mann.« Es war nicht klar, ob ich von ihr zu viele Informationen verlangte, die nicht für mich bestimmt waren, oder ob der Preis, den sie zahlen mußte, zu hoch war. Doch die Antwort war wie auch immer nein. Sie stand auf und ging an mir vorbei. Sie wollte weglaufen. Ich überlegte, was ich tun solle. Ich konnte ihr die Schlüssel abverlangen und ihr Büro auf den Kopf stellen. Ich konnte bei der Jobvermittlung dreißig Leute anheuern, um die Akten filzen zu lassen. Aber ich hatte gerade einen Handel gemacht. Ohne mich umzuwenden, sagte ich, solange Glyndora mich hören konnte: »Warte, eins noch!« Das Klacken ihrer hohen Absätze verstummte, und ich wußte, sie war unter der Tür stehengeblieben. »Ich hab dir nie mit der Hand an den Po gefaßt.«
Als ich mich umblickte, lächelte sie ein wenig – oder so etwas Ähnliches. Wenigstens das hatte ich erreicht. Aber sie gab keinen Fußbreit Boden preis.
»Behauptest du«, erwiderte sie.

C) Luzifer persönlich

»Es ist ein Pakt mit Luzifer.« Also sprach Pagnucci, als er, Wash, Martin und ich in dem getäfelten Besprechungsraum saßen, in dem wir schon zu Beginn der Woche zusammengetroffen waren. Es war einer der seltenen Augenblicke, daß die Wintersonne schien, ihre Scheibe kam teilweise zwischen den Wolken zum Vorschein, als hinge sie aus einer Tasche. Die schweren Vorhänge hatte der Innenarchitekt nicht zuziehbar drapiert, und so glänzte der lange Nußbaumtisch im späten Nachmittagslicht wie eine Platte aus Karamel. Als ich kam, hatten die drei schon auf mich gewartet, und ich gab kurz mein Gespräch mit Jake Eiger vom selben Morgen wieder. Berts Hausmitteilung und meine Vorsprache bei Neucriss erwähnte ich nicht. Um beide Themen machte ich wegen Glyndora einen Bogen, und ich hatte auch keine Lust, Martin bloßzustellen, dessen Motive für mich immer noch schleierhaft waren. Martin und Carl hatten sehr gut verstanden, was ich mitzuteilen hatte, aber Wash war nicht so schnell von Begriff.

»Er will uns sagen, daß die Straftat nicht angezeigt werden soll, wenn wir sie nicht ungeschehen machen können«, half ihm Martin auf die Sprünge. »Jake ist das Hemd näher als der Rock. Er kann seinem Chef Krzysinski also nicht mit so was kommen, ohne seine Stellung zu gefährden. Wer, meint er, hat denn Bert Vollmacht für das Treuhänderkonto von Flug 397 gegeben? Er will uns zum Schweigen verdonnern.«

»Ach so«, sagte Wash und konnte kaum verbergen, wie froh er darüber war. »Und wo landen wir dann mit Jake?«

»Im Bett, würde ich sagen«, antwortete Martin. »Schmutzige Händchen haltend. Dann kann er uns nicht mehr ausbooten, oder? Er macht sich zu unserer Geisel.«

»Und wir uns zu seiner«, ergänzte Pagnucci, womit er ein vielsagendes Schweigen provozierte.

»Aber«, sagte schließlich Wash, der die Sache noch immer wiederkäute, »dem Mandanten haben wir es doch gemeldet und damit unsere Pflicht erfüllt. Wenn der sich anders entscheidet und die seine nicht tun will ...« Sein gepflegter weißer Handrücken wedelte die moralische Frage beiseite. Wash hatte es schon geschluckt. Die elegante Lösung. Fünf Millionen unterschlagen, und unterm Teppich auf immerdar.

»Jake sagt; er glaubt es eigentlich nicht«, warf ich ein. »Er meint, bei einem Kassensturz kommt hoffentlich etwas ganz anderes raus.«

»Ist doch Affenscheiße«, sagte Pagnucci. »Der macht uns doch was vor. Wir aber sehen, daß der Mandant nicht wirklich aufgeklärt wurde, und wenn wir uns darauf einlassen, ist es dasselbe, als hätten wir gar nichts gesagt.«

Nur mit dem Unterschied natürlich, daß das Risiko einer Entdeckung viel kleiner war. Die Buchprüfung des Treuhandkontos, von dem das Geld verschwunden ist, würde unter Jakes Anleitung und Federführung stattfinden. Er würde uns decken, um sich selber zu decken. Das und nichts anderes stand, wie mir jetzt klar wurde, hinter der Bemerkung, die er heute morgen mir gegenüber über die Buchprüfung gemacht hatte.

Wieder wurden wir stumm, alle vier. Die ganze Sitzung hindurch konzentrierte ich mich auf Martin. Wash hatte für sich bereits den Weg des geringsten Widerstandes gewählt, und auch Carl hatte die Problemlösung bei der Hand, für ihn war das Ganze eine Frage von Kosten und Nutzen. Im Kopf stellte er bereits Aktiva und Passiva gegenüber. Doch Martins Kalkül war – wie sein Charakter – sicher komplexer. Wie ein Aristoteles hatte er die Augen in tiefer Kontemplation gen Himmel verdreht. Martin ist ein Wertephilosoph, ein echter Jurist, der das Recht nicht bloß als Gelderdienst oder Sport betrachtet. Er ist Mitglied in hundert Bürgerinitiativen: gegen Atomraketen, Todesstrafe und Umweltverschmutzung, für das Recht auf Abtreibung und bessere Schulbildung, für den Bau von Sozialwohnungen für Bedürftige. Schon seit Jahren sitzt er in der Riverside Commission, die es sich zur Aufgabe gemacht hat, den Strom wieder so sauber zu machen, daß man sein Wasser trinken oder wenigstens drin baden kann – Ziele, die, offen gestanden, wohl erst verwirklicht sein werden, wenn wir längst den Mars besiedelt haben. Aber Martin nimmt dich trotzdem gern mit auf einen Spaziergang entlang des verschlungenen und abfallübersäten Ufers, wo das weiche Präriegras wächst, und er beschreibt dir lautstark die Radwege und Bootsanleger, die er vor seinem geistigen Auge sieht.

Wie jeder Wertephilosoph, der Jurist ist, betreibt Martin diese Aktivitäten nicht aus reiner Herzensgüte. Sie machen ihn auch bekannt und ziehen Mandanten an. Vor allem gewähren sie ihm, was wir alle von unserer Rechtskenntnis haben: ein Gefühl der Macht. Martin fühlt sich nur wohl, wenn er die Hand am Steuerhebel hat. Spricht er von der Vierhundert-Millionen-Dollar-Stiftung, die wir vor zwei Jahren im Auftrag von TNA eingerichtet haben, leuchten seine Augen wie die einer Katze im Dunkeln. Das Wort »Gemeinnützigkeit« spricht er so ehrfürchtig aus wie ein Priester »Leib des Herrn« bei der Hostienausgabe. Martin hat begriffen, wie das Big Business Amerika beherrscht, und er will dabei nicht im Abseits stehen.

Doch erregend ist für ihn nicht nur das Gefühl, wichtig zu sein, weil man dazugehört, sondern auch die Orientierung, um die ihn seine Mandanten fragen: ob etwas recht oder unrecht, erlaubt oder verboten ist. Er ist der Lotse mit dem Kompaß, der Mann, der die Großkopfeten, wenn nicht über Moral, dann doch wenigstens über Grundsätze und Regeln belehren darf. Seine Mandanten mögen ihren Weinberg bestellen und sich die Stiefel schmutzig machen. Er aber bleibt in seiner Kanzlei sitzen und legt ihren Kurs nach den Sternen fest. Wenn Martin abends zu Bett geht und um Gottes Segen betet, dankt er dem HERRN, daß er seinen Mandanten helfen durfte, sich elegant und rasch durch die schwierige und zweideutige Welt zu schlängeln, die ER für uns erschaffen hat. Obwohl sich vielleicht nicht einmal Martin logischen Schlüssen entziehen kann, glaubt er doch, sich für eine im Grunde gute Sache zu engagieren.

Wenn du dir das anhörst, wirst du bestimmt ironisch in ein patriotisches Tä-tä-rä-tä ausbrechen. Schon gut. Ich versuch dir ja bloß zu sagen, wie's ist. Rümpf nicht die Nase! Es ist einfach, als Dichter im Elfenbeinturm einer Universität oder als Mönch in einem Kloster zu sitzen und den lebendigen Geist zu spüren, dem man sich hingegeben hat. Aber laß dich mal auf das Gewimmel der Großstadt ein, wo so viele Seelen »will haben«, »brauch unbedingt« kreischen, wo gesellschaftliche Planung zum Großteil darauf hinausläuft, wie man die Leute alle am besten in Schach halten kann – komm und laß dir mal einfallen, wie man dieses gigantische, unbändige Gemeinwesen noch nach den höheren Zielen der Menschheit wie Evolution, Allgemeinwohl und Wahrung der Rechte des Individuums ausrichten kann. Das hab ich schon immer als die Hauptaufgabe der Rechtsprechung gesehen, und die Hochenergiephysik wirkt daneben wie Kinderkram.

Wash brach schließlich unser gedehntes Schweigen mit der Frage, die keiner hatte stellen wollen: »Wie kann das überhaupt jemals rauskommen?«

Martin lächelte sogar, sah uns alle nacheinander wortlos an und ließ dabei kurz und vielsagend das Kinn hängen. Schon diese Mimik, diese schlichte Zurkenntnisnahme dessen, was da im Raume stand, war irgendwie erschreckend. Als nächstes würden wir einen Gänsekiel in Blut tunken müssen.

»Wo ist Bert eurer Meinung nach abgeblieben?« fragte ich. »Das fragen sich schon dreihundert Leute hier im Haus.«

»Sag doch, er ist in Pico Luan, so viel wir wissen«, erwiderte Pagnucci. »In Frühpension. Damit kommen wir durch. Laß ihm seine Post an die dortige Bank nachsenden. Das dürfte alles kein Problem sein.«

»In Frühpension?« fragte ich. »Einfach so? Er ist doch erst einundvierzig.«

»Kein Mensch, der Bert Kamin einigermaßen kennt, wird an so einem sprunghaften Entschluß zweifeln«, sagte Wash und zeichnete mit dem Pfeifenstiel Kreise in die Luft. Da hatte er recht. In den letzten fünf Jahren hatte Bert ein halbdutzendmal mit seltsameren Sachen für Überraschung gesorgt. »Das ist machbar«, sagte Wash, »und glaubhaft. Und was deine Bedenken betrifft, Carl, weil Jake unser Eingeständnis nicht zur Kenntnis nimmt ...« Wash setzte mit dem Feuerzeug seine Pfeife wieder in Brand. »Ich für meinen Teil glaube nicht, daß Jake Eiger lügen würde.« Das klang wie ein Schlußwort, doch wir erkannten alle, worauf Wash hinauswollte. Wenn sich je zeigen sollte, daß dies alles nicht geheim blieb, hatten wir die Ausrede, voll auf Jake vertraut zu haben: auf seine Ehrlichkeit, Korrektheit und Wahrheitsliebe, seine Wahrnehmung der Interessen von TNA und seine Pflicht, Mitteilungen von solcher Tragweite weiterzugeben. Das Schweigen der oberen Etagen hätten wir eben als Zeichen der Absicht von TNA verstanden, das Gesicht zu wahren und den Abfindungsfonds vor den Krallen der Klägeranwälte zu retten. Wir würden uns über Jakes Verhalten entsetzt zeigen. Mit der Katastrophe konfrontiert, würde Wash, der Jake vor vielen Jahren wie einen Sämling bei TNA eingepflanzt hatte, seinen Protegé ohne Erbarmen absaufen lassen.

Der Mann aber, der mir am besten gefällt, der Keats womöglich nachdenklich gemacht hätte, ob Schönheit Wahrheit ist und umgekehrt, also Martin, durchschaute Wash sofort.

»Wenn wir diesen Pfad betreten«, sagte er, »und es kommt der Tag, an dem wir uns rechtfertigen müssen, werden wir alle lügen. Dann hört ihr viererlei Versionen davon, was in diesem Raum besprochen wurde.« Sein Blick schweifte über uns alle und blieb an mir hängen.

»Auch wenn ich mich wiederhole«, seufzte er dann, »hoffentlich findest du Bert.«

D) Der Chef der Finanzen

Carl Pagnucci meinte: »War unangenehm«, als wir nach der Besprechung den büchergesäumten Flur entlang zu meinem Büro gingen. Martin hatte damals mit den Innenausstattern entschieden, es gebe genau die richtige Atmosphäre, wenn man die goldgeprägten Sammelbände der Gerichtsentscheidungen auf Staats- und Bundesebene links und rechts an den Flurwänden aufreihte, auch wenn dies alles andere als prak-

tisch für die hier arbeitenden Anwälte ist, die nie wissen, wo sie die Bände suchen sollen, die sie gerade brauchen.
Carl war diese Woche schon zweimal in Washington gewesen. Um TNA gefällig zu sein und die Aufträge an andere große Anwaltsfirmen zu minimieren, hatten wir vor fünfzehn Jahren ein eigenes Büro in der Hauptstadt eröffnet, damit wir dort alles mit dem Bundesluftfahrtamt und der Staatlichen Tarifaufsicht regeln konnten. Als die Reglementierung der Beförderungstarife abgeschafft wurde wie die weißen Tennisbälle, saßen dreißig Anwälte herum und drehten Däumchen. Bis Pagnucci kam, der ehemalige Assistent von Richter Rehnquist am Obersten Bundesgericht, und ein Honorarvolumen von sechs Millionen Dollar jährlich mitbrachte, das er Ronald Reagan verdankte, der Carl 1982 zum jüngsten Mitglied in der Geschichte der Börsenaufsicht ernannt hatte.
Über Anwaltsfirmen geht der Spruch, es gebe dort Aufreißer, Aufpasser und Aufarbeiter. Erstere sind Leute wie Carl, Martin und Brushy, die wichtige Mandanten mit Money auftun, zu den zweiten zählen Routiniers wie ich, die für qualifizierte Arbeit sorgen, indem sie über die dritte Gruppe wachen, die jungen Spunde, die in der Bibliothek schuften, eingesperrt zwischen die klagenden Geister abgeholzter Wälder. Es ist traurig, aber wahr, daß es weitaus weniger Aufreißer als Aufpasser gibt, daß aber die Aufreißer immer mehr vom großen Kuchen verlangen. Carl hat seine frühere Sozietät verlassen, weil man dort nicht auf der Höhe der Zeit war, ihm also nicht zahlte, was er wert zu sein glaubt, und schon sein Eintreten bei uns mit dieser Vorgeschichte bedeutete, daß wir uns tummeln mußten, damit uns nicht ähnliches widerfuhr. Nur, wie soll man das bewerkstelligen? Man kann etwa die angestellten Anwälte breitschlagen, noch mal 'ne Viertelstunde nach Mitternacht draufzusatteln oder absurde Sonderleistungen abzurechnen, etwa fünfzig Cent pro Seite dafür, daß sie vertrauliche Akten höchstselbst durch den Reißwolf drehen, aber letztendlich schöpfen die Spitzenkräfte den dicksten Rahm ab, wenn sie mit weniger Leuten teilen, also ein paar Partner der mittleren Kategorie rausschmeißen und deren

Gewinnanteile Carl zuschanzen. Viele Leute bei G & G behaupten, bei uns werde es dazu nicht kommen, aber der Druck ist da, und Carl, der der Abteilung Finanzen vorsteht, hat sich noch nie zu einem Verzicht auf solche Härten bekannt. Bestimmt meinte er jetzt, ich wolle ihn wegen der bevorstehenden Jahresprämie anbaggern, und kaum war meine Bürotür hinter uns zu, schlug er ein anderes Thema an.

»Gibt's was Neues bei unserer Vermißtenfahndung?«

»Einen kleinen Geländegewinn«, sagte ich, »aber unser Mann ist immer noch außer Sicht.«

»Hm«, knurrte Pagnucci und gestattete sich ein verhaltenes Stirnrunzeln.

»Ich habe eine Bitte an dich, als Chef der Finanzen.«

Er nickte. Wortlos. Er wappnete sich. Unbewußt strich er sich über den Hinterkopf. Dort hat er eine kahle Stelle vom Durchmesser einer Apfelsine, und aus der Art, wie er immer drüberfährt, kann man schließen, daß sie ihn äußerst irritiert: etwas Unvollkommenes, Unbeherrschbares. Er ist den Fährnissen des Schicksals unterworfen wie alle anderen auch.

»Mal angenommen, ich würde dir sagen, ich möchte nach Pico Luan?«

Carl überlegte. Obwohl er auf etwas ganz anderes gefaßt gewesen war, zeigte er keine Neigung, rasch zuzustimmen.

»Anfang der Woche hast du das noch für keine so gute Idee gehalten.«

»Die einzige Spur, die mir geblieben ist.«

Carl nickte. Er hatte von vornherein recht gehabt; auf so was konnte er sich einlassen. Mich hingegen hinderte ein Rest von Loyalität, ihm zu sagen, daß an Martins Bericht über seinen Anruf bei der International Bank of Finance in Pico was faul war.

»Dort unten gibt es einen Anwalt, den ich gern einschalten möchte. Deine Genehmigung vorausgesetzt.« Ich reichte ihm das Kärtchen, das mir Lagodis gegeben hatte. »Der kriegt Bankgeheimnisse, wenn's sein muß, angeblich mit Schwarzer Magie heraus.«

Pagnucci schnaubte kurz, reagierte aber nicht weiter. Außerhalb des Rampenlichts führt Pagnucci ein abwechslungsreiches Leben; dieser geschniegelte Kleine mit seinem geraden Schnurrbärtchen ist ziemlich bekannt. Angelangt ist er inzwischen bei Ehefrau Nummer vier – alles Blondinen, atemberaubende, die mit jeder Ehe eine Nummer größer werden –, und zur Arbeit braust er in der Straßenversion eines Formeleins-Renners, einem Shelby oder Lotus, alle mords hochgetunt. Manchmal, vielleicht auch ganztägig, lebt er in einer Phantasiewelt, einem John-Wayne-Film oder was ähnlich Banalem. Im Büro aber läßt er sich nichts davon anmerken. Da zuckt er mit keinem Muskel. Jetzt schien ihm nichts mehr einzufallen. Mit einem polierten Fingernagel strich er sich über den Rand seiner Rotzbremse.

»Ich würde die Reise gern auf den Einstellungsetat buchen lassen«, sagte ich. »Vielleicht nehme ich jemand als Gesprächszeugen mit. Aber ich wollte es dir gesagt haben, damit's keinen Ärger gibt, wenn die Rechnungen eintrudeln.«

»Hast du schon mit Martin oder Wash darüber gesprochen?«

»Das lasse ich lieber.« Damit hatte ich Carl allerhand preisgegeben, und er registrierte es schweigend wie alles andere. Ich riskierte da einiges, doch behielt Carl schon charaktermäßig manches gern für sich. Und ich hatte mir nicht vorstellen können, daß er etwas gegen seinen eigenen Einfall haben würde.

»Du bist offensichtlich viel komplizierter, als ich dachte«, sagte Pagnucci. Ich neigte leicht den Kopf. Vielleicht war es als Kompliment gemeint. Bevor er meine Tür öffnete, sagte er noch: »Halt mich auf dem laufenden!« Dann ging er locker weg, selbstzufrieden und ungerührt, seine gewohnte Aura hinterlassend: Jeder für sich.

Vernunftgesteuerte Selbstsucht ist Carls Credo. Er betet es vor dem Altar der freien Marktwirtschaft. Wie Freud glaubte, hinter allem stecke Sex, glaubt Pagnucci, daß sich jede soziale Interaktion, wie komplex auch immer, regeln läßt, sobald man eine Möglichkeit findet, sie in Geld auszudrücken. Städtebau. Bildungswesen. Ohne Konkurrenz und Gewinnstre-

ben kann nichts funktionieren. Ich weiß, das ist 'ne interessante Theorie. Soll jeder drum ringen, mit seinem Eimerchen aus dem Bach zu schöpfen, und mit dem Naß dann anfangen, was ihm beliebt. Die einen machen's zu Dampf, die andern saufen's und wieder andere baden drin. Dann blüht das freie Unternehmertum, die Leute sind froh und glücklich, und wir kriegen alles, was wir brauchen, inklusive Balsamico-Essig und Mentholzigaretten. Doch welche ethisch einigermaßen intakte Gesellschaft kann sich auf Wörtchen wie »ich«, »mich« und »mir« gründen? Mit denen fangen unsere Zweijährigen an, und wir verwenden die nächsten zwanzig Jahre darauf, ihnen beizubiegen, daß zum Leben ein bißchen mehr gehört.
Ich blieb den Abend im Büro und holte nach, was während meines Rumrennens in der Stadt die letzten Tage liegengeblieben war. Hausmitteilungen und Briefe. Arbeitete die fälligen Rückrufe ab. Viel gegessen hatte ich nicht. Ich war hundemüde, Augen und Knochen wie ausgelaugt vom Kater. Ab und zu schloß ich die Lider und vermeinte, ganz hinten im Hals noch den scharfen Biß des Whiskys schmecken zu können; ich genoß das.
Schließlich griff ich zum Diktiergerät. Die Stadt draußen vor dem Fenster sieht um diese Zeit wie ein Kunstwerk aus, lauter schwarze Schemen und zufällige Lichtpunkte, holzschnittartig – Grau auf Indigo und Pechschwarz. Ein einsames Auto rast die Schnellstraße entlang. Ich bin einer von denen, die sich im gelegentlichen Knarren und Ächzen des Riesenbaues verborgen halten und mit sich selber reden. Das Mastlicht eines einsamen Eisbrechers der Küstenwacht schwankt den Strom hinauf.
Es wird immer offensichtlicher, sogar ich sehe das ein, daß ich keinem vom Ausschuß auch nur ein Sterbenswörtchen dieses Protokolls zeigen werde. Von den Beleidigungen mal abgesehen, die ich löschen könnte, habe ich jeden der drei ein halbdutzendmal angelogen oder ihm was vorenthalten. Und die Verbindung mit dir, meine liebe Elaine, wird durch Diktiertes oder Getipptes auch nicht besser. Also stellen wir uns die Frage: Mit wem rede ich eigentlich?

Vor meinem geistigen Auge tauchen Gesichter auf. Frag mich nicht, welche. Aber ich sehe irgendein denkendes und fühlendes Wesen, das sich der Sache bemächtigen wird, irgendwen mit ziemlich unidentifizierbaren Merkmalen, den ich trotzdem ab und zu anspreche. Dich. Den Menschen per se. Geschlecht, Alter, Neigungen unbekannt. Erfahrung ohnegleichen. Jemand, der wie kosmischer Staub in den äußeren Regionen des Alls schwebt. Aber trotzdem – Freund, ich glaube, das ist für dich.

Natürlich versuche ich, mir deine Reaktionen vorzustellen. Du könntest ein Cop sein, ein FBI-Agent mit einem Gemüt wie Schmirgelpapier, der dies Protokoll abends wegschließt, um sicherzugehen, daß sich seine Frau nicht über die Kraftausdrücke entsetzt, während du, wenn du daheim bist, die Seiten durchblätterst nach so einer Textstelle, wo ich wieder mal Hand an mich lege. Vielleicht bist du ein fünfzigjähriger Ire und meinst, ich höre mich ganz und gar nicht so an wie du. Oder ein Junge, den das alles anödet. Oder ein Professor, der zu dem Schluß kommt, das Ganze sei insgesamt widerlich. Wer du auch bist, ich will was von dir. Keine Bewunderung, die heg ich weiß Gott auch für mich kaum. Wie soll ich es anders nennen als Nähe? Verständnis. Laß diesen kraftvollen Zauberstrahl durch Zeit und Raum zucken, von mir zu dir. Und zurück. Wie der Blitz vom Himmel zur Erde zuckt und zurückschießt ins All. Ewig weiter bis in Regionen, von denen die Physiker uns sagen, daß dort Materie und Zeit eins werden, während an einem einzigen Ort auf diesem kleinen bescheidenen Planeten ein Baum gespalten wird, ein Dach zu qualmen anfängt oder ein Mensch aus dem Schlafe aufschreckt, verblüfft über dieses Wunder aus Energie und Licht.

VIERTES TONBAND

Diktiert am 30. Januar
um 1 Uhr morgens

Freitag, 27. Januar

I. Ihr Schleicher!

A) Unter Mordverdacht

Freitag vormittag. Ich war auf dem Weg durch die Drehtür in unser Bürohochhaus, als mich ein junger Mann anhielt. Er hatte ein pockennarbiges Gesicht, pomadisiertes Haar und ein modisches Jackett im Dessin der Haut eines wechselwarmen Tiers. Kam mir irgendwie bekannt vor, wie ein Schauspieler, den man im Fernsehen gesehen hat.

»Mr. Malloy?« Er zeigte mir seine Hundemarke, und da erkannte ich ihn natürlich: Schweinsäugleins wieseliger Kompagnon Dewey.

»Ihr Schleicher!« sagte ich.

»Gino will Sie sprechen.« Ich schaute suchend herum, wollte nicht glauben, daß Schweinsäuglein näher als hundert Meter an mich herangekommen war, ohne daß ich ihn wie ein Raketenwarngerät, das auf infrarote Strahlung anspricht, ausgemacht hatte. Dewey deutete zum Bordstein, wo ich nur einen rostigen Lieferwagen stehen sah.

Ich wollte wissen, was wäre, wenn ich nein sagen würde.

»Na, Freundchen, machen Sie, was Sie wollen! Ich an Ihrer Stelle würd mich nicht mit ihm anlegen. Sie stecken ja bis zum Hals in der Scheiße.« Schweinsäuglein hatte 'ne Stinklaune, wollte Dewey mir damit andeuten. Es schwang eine leise Klage in seinem Ton mit. Das Leben stiftet seltsame Schicksalsgemeinschaften, und Dewey und mir hatte es besonders übel mitgespielt: als Arbeitspartner von Schweinsäuglein. Nur wenige Menschen auf Erden konnten verstehen, was er durchmachte, und ich gehörte dazu, ob ich bereits Hundefutter war oder noch nicht. Wir wechselten einen kurzen Blick in der Menge, die hier in der Innenstadt um uns herumhastete, und dann folgte ich ihm zum Bordstein und zu diesem Lieferwagen, einem unscheinbaren Klapperkasten mit sklerotischen Rostbeulen auf den Kotflügeln und sechs blinden Bullaugen, jeweils zwei am Heck und zwei links und rechts an den Seiten. Als Dewey die Hecktür aufriß, hockte drinnen Schweinsäuglein zusammen mit einem Schwarzen, dem dritten Cop. Ein Observierungsfahrzeug. Schwer zu sagen, wie lange sie mich bereits beschatteten; jedenfalls schon lange, denn sie wußten, ich war noch nicht am Arbeitsplatz. Womöglich waren sie mir von zu Hause gefolgt, oder sie hatten Lucinda angerufen und erfragt, ob ich schon im Büro saß. Hinter jedem Bullauge schwenkbare Videokameras und zwei Reihen Recorder in niedrigen Holzregalen hinter dem Fahrersitz. Das ganze Fahrzeuginnere war mit einem räudigen grauen Langflorteppich ausgekleidet, der am Boden Falten warf und Kahlstellen, hie und da auch Brandlöcher von Kippen aufwies. Die Schleicher verbrachten lange Nächte hier drin und flehten einander an, um Himmels willen nicht zu furzen, dabei observierten sie irgendwelche Rauschgifthändler, Mafiabosse oder Irre, die gedroht hatten, einen Senator umzulegen. Zur Ausstattung gehörten Becherhalter an den Wänden und teppichbelegte Sitzbänke auf den Radkästen. Schweinsäuglein kauerte neben der Elektronik, eine Mütze mit schmalem Schild auf dem Kopf. Das war wohl sein Kostüm für verdeckte Ermittlungen. Ich nickte ihm zu, um ihn nicht mit seinem Namen begrüßen zu müssen, und Dewey faßte mich am Ellbogen, um mir hineinzuhelfen. Im Wageninneren stank es nach Frittenfett.

Ich war beeindruckt von Schweinsäugleins Zugriff auf derlei technische Ausrüstung. Die Personenüberwachung war ein Dezernat für sich. Als ich noch bei der Polizei war, hätten sie dort ein Amtshilfeersuchen vom Betrugsdezernat schneller in den Papierkorb spediert als den Prospekt für eine Busfahrt mit Werbeveranstaltungen. Aber Schweinsäuglein hatte sozusagen sein Leibdezernat, seine eigenen Connections und

Regeln. Vettern von ihm waren Polizisten, zwei seiner Brüder desgleichen, und er hatte in jedem Winkel des Präsidiums einen »Kumpel« sitzen. Kleinigkeiten konnte er allemal deichseln: einen Urlaubs- oder Krankenschein, Spesen für einen Spitzel. Natürlich revanchierte er sich für jeden Gefallen – übrigens auch außerhalb der Polizei. Die Kerle, mit denen er aufgewachsen war und die jetzt ihren Lebensunterhalt mit dem Import von tiefgefrorenen Thunfischen mit brauner Heroinfüllung fristeten oder Berufszocker waren, riefen ihn an, so oft sie in der Bredouille saßen, und Gino war ihnen jedesmal behilflich. Fragen wurden keine gestellt. Schweinsäuglein, die Girozentrale für erwiesene und geschuldete Gefälligkeiten. Bedenklich stimmte mich nur, daß er seine Guthaben dafür verwendete, mich zu observieren.

Kaum hatte ich mich auf einem Radkasten niedergelassen, war Schweinsäuglein auf den Beinen. Kein Zweifel, er war stinksauer.

»Da kenn ich ein Arschloch, Malloy, das ist nicht halb so schlau, wie du denkst, daß du bist.« Er wartete kurz, ob ich darauf einsteigen würde, aber ich biß nicht an. »Du hast doch genau gewußt, daß ich die Scheißkreditkarte im Auge hatte, etwa nicht?«

Ich sah den schwarzen Cop an, hochgewachsen, in Tweedjackett und Wollweste, aber ohne Krawatte. Er machte sich an der Elektronik zu schaffen. Für den Wagen, jede Wette, war er zuständig.

»Jetzt hat er schon wieder diese Visionen«, sagte ich.

»Laß die faulen Witze!« Schweinsäuglein zeigte mit dem Finger auf mich. »Komische Geschichte, die der Knabe da erzählt hat. Was hast du dem dafür gegeben?«

»Ich weiß nicht, wovon du redest.« Aber mir war inzwischen ein Licht aufgegangen. Schweinsäuglein hatte nach Kam Roberts mit genau derselben Methode gefahndet wie ich – anhand der Buchungsspuren seiner Kreditkarte. Als Kriminalpolizist und noch dazu vom Betrugsdezernat war er eindeutig im Vorteil. Die Leute von den Kreditkartenfirmen müssen sich das Dezernat warmhalten, weil da Leute sitzen, die unter Umständen auch mal 'nen faulen Zahler mit einem Sollstand von zwanzig Riesen über dem Limit auf den Pelz rücken und ihm nahelegen, bald was aufs Konto zu tun, weil er sonst wegen Kreditbetrugs hoppgenommen werden könne. Eine Hand wäscht die andere. Jedesmal, wenn eine Lastschrift auf Kam Roberts' Konto einging, rief das Rechenzentrum aus Alabama bei Schweinsäuglein an. Er konnte Kam rund um den Erdball im Auge behalten, und wenn er anfing, hier in DuSable Spuren zu legen, konnte Schweinsäuglein hinwitschen, ihn mit ein bißchen Glück einkassieren oder wenigstens rauskriegen, woher er gekommen war und wie er aussah, und dem Ladeninhaber oder Hotelgeschäftsführer einschärfen, unverzüglich Meldung zu machen, wenn sich der Vogel noch mal blicken ließ oder jemand nach ihm fragte. Auf diese Art hatte ich mich, wie mir jetzt klar wurde, im »University Inn« in Schweinsäugleins Maschen verfangen.

So weit, so gut, doch offenbar hatten Gino und Dewey den gestrigen Tag damit zugebracht, quer durchs ganze North End zu hecheln, hinter allen möglichen Käufern von CD-Playern, Sportschuhen, bunten Adidas-Jacken und Videospielen her, und dabei immer wieder einen dreizehnjährigen Latino beschrieben bekommen, der so ganz anders aussah als ein siebenundzwanzigjähriger Schwarzer mit Geheimratsecken.

Dewey pulte mit dem Fingernagel in den Zähnen, und alle drei belauerten mich.

»Gar nichts hab ich dem gegeben«, sagte ich.

»Natürlich nicht«, sagte Dewey. »Er behauptet, er hat Ihnen die Brieftasche abgenommen, als Sie stinkbesoffen in einem Chevrolet vor einer Wohnblockanlage gelegen haben.«

»Klingt für mich realistisch.«

»Für mich nicht«, schaltete sich Schweinsäuglein ein. »Wie ich höre, bist du doch Mitglied bei den Anonymen Alkoholikern. Ist da nicht Enthaltsamkeit angesagt?«

Aus Schweinsäugleins Sicht war ich recht gemein vorgegangen. Im Milieu weiß jeder, daß man für schmutzige Geschäfte Jugendliche unter sechzehn anheuert, die noch nicht strafmündig sind, weil in dem Alter so gut wie keiner einfahren muß. Gangster setzen Zwölfjährige als Drogenkuriere ein, sogar als Auftragskiller. Schweinsäuglein glaubte, ich hätte dem Buben Kam Roberts' Kreditkarte in die Hand gedrückt und ihn geheißen, Einkäufe zu machen bis zum Umfallen oder bis die Polente ihn schnappt, und im letzteren Falle das abgesprochene Märchen erzählen.

»Du begünstigst ihn bei der Flucht, Malloy.« Ich war nicht sicher, wen Gino meinte, Bert oder Kam Roberts, oder ob sie tatsächlich ein und dieselbe Person waren. »Was bedeutet dir der Kerl?«

»Wer?«

»Nach wem fahnde ich denn, du Arschwichser?«

»Nach Kam Roberts?« riet ich.

Er äffte mich nach, mit hängendem Kiefer, ein bißchen wie Marlon Brando. »Nach Kam Roberts?« Er wiederholte den Namen ein halbes Dutzend mal, in immer höherem Falsett. Dann wurde er tückisch. Rotgeränderte Augen und überm Nasenrücken ein Anflug von Schorf; ich begriff, warum das Gerücht umging, Schweinsäuglein habe es mit dem Dope. Jähzornig war er allerdings schon immer gewesen. »Du Scheißer sagst mir jetzt auf der Stelle, wo er steckt. Augenblicklich!«

»Hast du 'nen Haftbefehl für ihn?« Ich wollte immer noch rausbekommen, um was es ging, was Kam, wer immer das war, ausgefressen hatte.

»Ä-ä, läuft nicht, Malloy! Nur wer was gibt, kriegt was. Nix Einbahnstraße.«

»Da bist du bei mir falsch, Schweinsäuglein. Ich weiß nichts über den Kerl außer dem, was ich dir schon neulich gesagt habe.« Ich hob drei Schwurfinger. »Großes Pfadfinderehrenwort.«

»Willst du wissen, was ich glaube, Malloy? Ich glaube, du hast da Dreck am Stecken.« Schweinsäugleins Instinkt funktioniert sehr zuverlässig, und sein Hang, mir zu mißtrauen, bedarf keiner näheren Erklärung. »Ich meine, da paßt doch was zusammen. Wir haben bei deinem Freund Kamin nachgesehen.« Schweinsäuglein stützte die Hände auf seine Knie. Er schob sein Gesicht ganz nah an meines heran. Er schnauf-

te; seine Haut glänzte fettig und grausam. »Du warst nicht zufällig die letzten Tage in seiner Wohnung?«
Seit zweiundsiebzig Stunden war mir klar, daß das kommen würde. Aber da die Zeitungen schon über Archie schrieben und die von der Mordkommission ja alle mit den Reportern kungeln – Abendessen und Drinks und »schreib meinen Namen richtig, da vor dem sechsten Absatz« –, und ich außerdem fest daran geglaubt hatte, die Nachricht würde im Lokalfunk kommen und eine von den Sekretärinnen mit »Ogottogott, habt ihr das mit Berts Wohnung gehört?« über den Flur laufen, erwischte es mich kalt.
Ist dir wahrscheinlich schon aufgefallen, du Mensch per se, ich bin echt bescheuert. Ich meine das wie andere Leute auch, nicht daß ich verrückte Sachen mache, sondern daß meine Motive, einander gegenübergestellt, keinen großen Sinn ergeben. Widersprüchlich, wirst du sagen. Gespalten. Erst bin ich ein Schlauberger, der alle Antworten parat hat, und dann pfeif ich im dunklen Keller wegen der vielen Ängste, die in mir toben, und, schlimmer noch, zieh Wahnsinnsdinger durch wie Einbrüche in Hotelzimmer und Wohnungen, bei denen auch der kühnste Trapezkünstler das Hemdflattern bekäme.
Doch ab und zu wird sogar ein Traumtänzer wie ich von der Realität wachgerüttelt, und ohne Vorwarnung wurde mir im Bannkreis von Schweinsäugleins wohlvertraut unheildrohender Aura klar, daß ich tatsächlich in Gefahr schwebte. Irgendwie war mir, während ich so meine Spielchen trieb und mir frohgemut ausmalte, was ich alles tun könnte, wenn ich Bert erst geschnappt hatte, völlig abhanden gekommen, welche goldene Gelegenheit ich Schweinsäuglein bot. Obwohl ich wußte, daß er mir auf den Zahn fühlen, mir den Mastdarm spiegeln, mich hochnotpeinlich verhören würde, hatte ich in Berts Wohnung allerhand angefaßt. Türknäufe innen und außen. Briefe. Jetzt saß dort die Mordkommission und nahm überall Fingerabdrücke. Mein Erzfeind Detective Gino Dimonte findet eine Leiche, dazu meine Fingerabdrücke und allerhand Anhaltspunkte, daß ich mich verdächtig verhalte.

Rat mal, was als nächstes kommt? Panik stieg in mir hoch, so wie dir plötzlich die Tränen kommen.

»Ich hab's doch schon mal gesagt, der Kerl ist mein Kollege. In seiner Wohnung bin ich alle naselang.« Gino wußte genau, worauf ich hinauswollte. Wenn ich einräumte, neulich in der Wohnung gewesen zu sein, servierte ich ihm einen Einbruch und damit ein Offizialdelikt, dazu einen Hebel für den Mordverdacht, da ich mich ins Umfeld der Leiche plazierte. Leugnete ich aber meinen Besuch, konnte ich meine Fingerabdrücke nicht wegerklären.

»Junge«, sagte Schweinsäuglein, »wo du ein so guter Kumpel bist von dem, da sind dir doch sicher seine Freunde bekannt. Kennst du 'nen Buchmacher namens Vernon Koechell?«

»Nein.«

»Nie von ihm gehört?«

»Ich kenn ihn nicht.«

»Das hab ich dich nicht gefragt, Malloy.«

Ich war in diesem Russischen Bad gewesen, wo über Archie gesprochen wurde, und es würde keines großen Verhördrucks bedürfen, bis jemand in seinem Gedächtnis das alles umdrehte und zu Protokoll gab, daß den Namen zuerst ich erwähnt hätte. Schweinsäuglein konnte vieles manipulieren, sogar die Spurentechniker und den Tatortbericht. Leute, die ihm was schuldig und deshalb gern gefällig waren, hatte er überall im Polizeiapparat sitzen, und ich war dort obendrein der Nestbeschmutzer. Ein Fingerabdruck am Türknauf ließ sich als einer am Kühlschrank oder Gemüsefach etikettieren. In der Küche gefundene Haare von mir konnten am Ende auf Mr. Koechells Jackettrevers landen. Plötzlich dämmerte mir, warum es keine Blitzmeldung über den Leichenfund gegeben hatte. Es war ein Kinderspiel, mit den Medien ein Stillhalteabkommen zumindest für die paar Stunden zu schließen, die die Cops noch brauchten, um den Mörder dingfest zu machen.

»Diesen Koechell – den such ich auch. Hast du das gewußt?«

»Nein«, sagte ich, total erleichtert, wenigstens hier eine ehrliche Antwort geben zu können.

»Muß ihm ein paar Fragen zu seinem Kumpel Kam Roberts stellen.«
Mitten in diesem Chaos von Gefühlen wußte ich plötzlich, in welcher Sache Schweinsäuglein ermittelte, zumindest, was es anfänglich gewesen war. Es stand mir so klar vor Augen wie ein Vogel am kalten Winterhimmel, als mir mein Gespräch mit Toots einfiel. Geschobene Spielergebnisse. Kam Roberts und Archie. Deswegen war das Betrugsdezernat zuständig und nicht das Dezernat für Glücksspiel und Prostitution. »Kam's Special 1.12 – U five.« Vielleicht hatte auch Bert da die Finger drin.
»Hab so was wie Glück gehabt. Jedes Schlechte hat auch sein Gutes. Läuft mir doch so ein verkommenes, mir von früher bekanntes Arschloch in die Arme. Den zwieble ich kurz, und Volltreffer, der nennt mir einen Robert Kamin, sagt, ich soll nach dem Typ suchen. Scheint auch Kam Roberts zu kennen. Ich mach mich auf die Suche und seh mich sogar in Kamins Wohnung um.«
»Mit Haussuchungsbefehl?« fragte ich. Nur eine Zwischenfrage, ein Aufschub. Die Angst saß mir immer noch in den Knochen, ein Backstein schien mir das Herz abzudrücken.
Schweinsäuglein zog die Lefzen hoch. »Hör zu, Suffkopp, mit oder ohne Haussuchungsbefehl, was ändert sich dabei für dich?« Wir wußten beide, wie recht er hatte. »Da, zeig ihn ihm doch!«
Dewey griff nach einem Aktenköfferchen neben dem Beifahrersitz. Unwillkürlich kniff ich kurz die Augen zu.
»Ich frage dich jetzt noch mal, Malloy: Du warst nicht zufällig in dieser Wohnung, oder?«
Ich war damals noch Polizist gewesen, als das anfing mit der Pflichtbelehrung: »Alles, was Sie von nun an sagen, kann gegen Sie verwendet werden.« Mir hat nie eingeleuchtet, wozu. Eine nette Geste, ja, anerkennenswert, gleiche Chancen für alle, Reiche wie Arme, alle sollen wissen, wo's langgeht. Aber problematisch ist doch das Allzumenschliche, nicht die Zugehörigkeit zu einer sozialen Schicht. Wer mit dem Rücken an der Wand steht, wird nie die Klappe halten.

Schweigt er nämlich und macht er, was ich meines Wissens jetzt unbedingt machen mußte, verlangt einen Anruf bei seinem Anwalt, dann muß er mit aufs Revier, wird festgenommen, dem Haftrichter vorgeführt. Wer einmal drinhängt, hat nur eine Chance: weiter Ausreden erfinden in der Hoffnung, sich damit vom Haken zu quasseln.
»Schweinsäuglein, was soll ich denn getan haben?«
»Ich hab dich gefragt, ob du in der Wohnung warst.« Er bedeutete Dewey zu notieren: »Jetzt hat er schon zum zweitenmal die Antwort verweigert.«
»Gino, ich war es doch, der dir Berts Namen genannt und gesagt hat, du sollst ihn ausfindig machen.« Und zu Dewey sagte ich: »*Das* können Sie aufschreiben!« Der rührte sich natürlich nicht. »Was hätte es für einen Sinn, wenn ich mit was hinterm Berg halte?« Er wußte, worauf ich hinauswollte: Wenn ich Archie umgebracht hatte, warum ihnen dann vorschlagen, auf die Suche nach Bert zu gehen? Aber die Polizistenantwort darauf kannte ich: Wir würden keinen schnappen, wenn nicht jeder irgendwann einen Fehler machte.
»Malloy, aus dir wird man nicht klug. Du bist nicht bei Trost. Sag mir mal, warum schickst du diesen kleinen pickeligen Punk mit der Scheißkreditkarte los, um die Stadt leerzukaufen? Sag mir mal, warum der, den ich suche, und der, den du suchst, genau gleich heißen, bloß andersrum? Sag mir mal, warum du Robert Kamin überhaupt suchst? Oder wie es kommt, daß du nichts über seinen Freund weißt, dieses Arschloch Vernon Koechell. Warum nimmst du diesen Scheißhomo in Schutz?«
Homo. Das hatte er nicht von mir. Ich wußte nicht, meinte er Archie, Kam oder Bert.
»Na, vielleicht wird's jetzt was«, sagte Schweinsäuglein. »Aller guten Dinge sind drei. Wir probieren's noch mal, und stell gefälligst die Lauscher auf! Ja oder nein. Bist du in den letzten paar Tagen in der Wohnung gewesen?«
Mir war, als habe er mir die geballte Faust in den Rachen gerammt.
»Schweinsäuglein, brauch ich 'nen Anwalt?«

»Nanu, ich dachte, du bist selber einer.« Alle drei wieherten. Der Schwarze schlug sich die Hand vors Gesicht. Ts, ts, ts. Er trug einen quadratischen Diamantring, der an seinem Finger aufblitzte. »Weißt du, ich frage deshalb, weil ich mir die ganze Bude angesehen hab, dem Kamin seine. Die Staubschicht auf den Fenstersimsen, die Stempel auf seiner Post. Ich hab den Kühlschrank aufgemacht, ob was verdorben ist, nach den Verfallsdaten von Milch und Orangensaft geguckt. Und weißt du, was ich gefunden habe?«

»Nein«, sagte ich. Ohne mich aus den Augen zu lassen, bedeutete er Dewey, auch das zu notieren. Ich wollte gefaßt wirken, aber er bohrte sich in meine Augen, las jeden Gedanken in meinem Kopf. Er wußte, jetzt hatte er mich. Er wußte von früher schon, wie ich aussah, wenn ich Schiß hatte. Er kannte den Blick, und er genoß es. Und auch ich kannte ihn. Ich hatte gesehen, wie er diese armen Bengel zum Verhör aufs Revier schleifte und hinging und die blutbesudelte Metzgerschürze aus seinem Spind umband, weil er genau wußte, daß diese Jungs der Polizei von Kindle County alles zutrauten. Er hatte den gleichen Gesichtsausdruck wie damals. Jetzt würde er mich k. o. schlagen, mit der Leiche und damit, daß Tatortbericht, Haarproben, Enzyme im Verdauungstrakt, daß alles irgendwie auf Malloy hinwies. Er beugte sich vor und schob sein verzerrtes Gesicht wieder dicht an meines heran. Der schwarze Mann, der dich erwischt, genau der.

»Nicht einen Fliegenschiß«, sagte er. »Genau das hab ich gefunden: nicht einen Fliegenschiß. Der Kerl ist mindestens vierzehn Tage fort. Und wenn du nicht in der Wohnung warst, dann sag mir mal, wie du zu 'ner Kreditkarte kommst, von der die Bank erklärt, sie hat sie erst vor zwölf Tagen abgeschickt?« Er ließ die Worte regelrecht auf der Zunge zergehen und grinste dazu schief.

Das tat ich auch.

B) So also sieht Kam Roberts aus

Nachdem die Panik überstanden war, fröstelte mich erst einmal. Ich hätte rülpsen oder ein Lied trällern mögen. Fast war mir, als könnte ich fliegen. Gino hatte klipp und klar gesagt, im Kühlschrank sei nichts gewesen, und so wie ich ihn kenne, macht es ihm viel zuviel Spaß, mir Angst einzujagen, als daß er sich das hätte verkneifen können. Wer die Leiche fortgeschafft hatte und warum, waren Fragen für später.
Zufrieden damit, mich vorerst genagelt zu haben, quetschte sich Schweinsäuglein zwischen den Sitzen wieder nach vorn und setzte sich hin, um sich auszulachen; es schüttelte ihn dermaßen, daß er die Mütze festhalten mußte. Für ihn war es ein Mordsspaß. Seine Kumpel hier, Dewey und der Schwarze, grinsten beifällig. Keiner hatte Mitleid mit Malloy.
Schließlich wischte sich Schweinsäuglein die Augen. »Mal ganz offen, okay? Malloy, mir ist scheißegal, was du im Schilde führst. Robert Kamin? Ist mir doch schnurz, ob er die Gattin vom Chef gepimpert hat oder etwa den Chef selber. Ich will bloß diesen Kam Roberts, wer immer das sein mag. Liefer mir den, und der liefert mir ... Dann entlaß ich dich wieder in dein kleines Schisserleben. Ehrlich.« Gino schlug sich gegen die Brust. Dabei fiel mir auf, daß er wohl noch dasselbe Hemd trug wie neulich.
»Sagst du mir, warum du ihn haben willst?«
»Sagst du mir, wo ich ihn finde?«
»Gino, ich weiß es nicht.« Er überlegte, Zweifel glomm in seinen Augen. »Hab den Kerl noch nie im Leben gesehen. Die Kontoauszüge seiner Kreditkarte werden an Kamins Adresse geschickt. Frag mich nicht, warum. Das ist alles, was ich weiß.« Das und Infomode und noch andere paar Kleinigkeiten mehr. Aber die gingen nur mich was an. Und außerdem, wer weiß besser als Schweinsäuglein, daß ich manchmal lüge? »Das ist alles. Okay? Hast mir ganz schön die Eier geschliffen.«
Schweinsäuglein forderte mit einer Geste Dewey auf: »Zeig's ihm!«

Dewey griff in das Aktenköfferchen. Sie hatten eine Porträtskizze. Auf Karton, mit Bleistift, in einer kleinen Plastikhülle. Observierungsfahrzeug. Polizeizeichner. Über was Schweinsäuglein alles verfügte! Dewey reichte mir die Bleistiftzeichnung.
Ein Schwarzer, Ende zwanzig, gutaussehend, Geheimratsekken.
»Haben Sie den schon mal gesehen?« fragte Dewey.
Und jetzt kam das Eigenartigste: Hatte ich.
»Weiß nicht so recht«, zögerte ich.
»Vielleicht?«
Wo? Ich kam einfach nicht darauf. Jedenfalls nicht gleich. Wenn's mir überhaupt einfiel, dann im Halbschlaf, oder wenn ich mir den Hintern kratzte oder mich an eine raffinierte Argumentation erinnern wollte, die ich in einen erfolglosen Schriftsatz noch hatte einbauen wollen. Vielleicht war er der Mann von der chemischen Reinigung oder einer aus meinem Linienbus. Aber gesehen hatte ich ihn.
Ich schüttelte den Kopf. »Das soll er sein? Dieser Kam?«
Schweinsäuglein leckte mit der Zunge über die Schneidezähne und fragte: »Wer ist das?«
»Gino, ich schwör bei Gott, ich weiß es nicht. Wenn ich ihn auf der Straße treffe, halt ich ihn fest und ruf als erstes euch.«
»Ob Robert Kamin ihn kennt?«
»Werd ihn fragen müssen, wenn ich ihn das nächste Mal treffe.«
»Und wann wird das wohl sein?«
»Kann ich nicht sagen. Er scheint irgendwie nicht dazu aufgelegt.«
»Nein, scheint er wirklich nicht.« Er wechselte einen Blick, ein Grinsen mit den zwei anderen Cops. Die Suche nach Bert hatte sie wohl in letzter Zeit sehr beschäftigt. »Und wie steht's mit Koechell?«
»Ehrlich, ich schwör's euch, den hab ich noch nie kennengelernt.« Ich hob die Hand. »Ehrlich. Und ich hab keine Ahnung, wo er jetzt steckt.« Auch das war die reine Wahrheit.
Schweinsäuglein ließ sich das Ganze durch den Kopf gehen.

»Und wer ist jetzt eigentlich der Homo?« fragte ich. »Koechell?«
Schweinsäuglein stützte sich wieder mit beiden Händen auf den Knien ab, damit er sich vorbeugen und sein Gesicht ganz nah an meines heranbringen konnte. »Warum wundert es mich wohl nicht, daß dich dergleichen interessiert?«
»Wenn du mich diskriminierend behandelst, Schweinsäuglein, schreib ich an die Menschenrechtskommission.« Wir waren wieder beim alten Ton. Gifteleien. Ginos Blase hatte ihre scharfe Rachepisse verspritzt, nur vorübergehend. Schon füllte sich das Reservoir wieder auf, und er war drauf und dran, abermals die Hose aufzuknöpfen. Wie ein Leitstern stand er wieder vor ihm, dieser Haß auf mich.
»Wenn ich dir sage«, zischelte er, »daß eine Saturnrakete in Archies After paßt, sagst du mir dann, warum du so neugierig bist?«
»Ich such nur nach Anhaltspunkten, mit wem Bert verkehrt. Mehr nicht. Der Typ ist abgängig. Weißt du doch. Meine Partner machen sich Sorgen und haben mich gebeten, ihn zu suchen.« Ich hob unschuldig die Schultern.
»Sobald du ihn findest, will ich es wissen. Wenn er mir was über Kam erzählt, kann er nach Hause gehen. Falls du mich aber verscheißerst, Malloy, kriegst du volles Rohr: Einbruch, Kreditkartenbetrug, falsche Identität. Ich hau dich voll in den Gully, mein Verehrtester. Und glaub bloß nicht, daß mir das nicht innerer Abgang wird!«
War mir schon klar. Dewey klinkte die Lieferwagentür von innen auf und ich kletterte hinaus auf die Straße, genoß das Tageslicht und die Kälte, endlich wieder an der frischen Luft. Schon das zweite Mal jetzt, dachte ich. Ein zwiefach Wunder. Ich schickte ein Dankgebet zu Elaine. Schweinsäuglein hatte mich laufenlassen.

II. Brushy sagt mir, was sie möchte, mir geschieht wieder mal recht

A) Brushy ergreift die Initiative

Für unser Lunch am Freitag hatte Brushy das *»Matchbook«* gewählt, ein ruhiges, auf alt getrimmtes Lokal, das für Geschäftsleute noch die Atmosphäre einer ruhigen Insel im reißenden Strom zu wahren sucht. Vom Straßenniveau steigt man hinab in samtweiche Geborgenheit unter einer niedrigen Decke.

Im Inneren kompensieren den Mangel an Fenstern kleine Lichtinseln vor der Marmortapete, die von Strahlern am Kapitell der den Raum gliedernden Gipssäulen erzeugt werden. Die Kellner in schwarzer Weste und Fliege stellen sich nicht mit ihren Vornamen vor und werden auch nicht so plump vertraulich, daß du dir Hoffnungen machst, sie würden dich freihalten.

Nach meinem Abenteuer mit Schweinsäuglein hatte ich den Vormittag totgeschlagen und immer wieder gegrübelt, warum die Leiche aus Berts Kühlschrank verschwunden war. Nur zu gern hätte ich geglaubt, ihr Verschwinden habe nichts mit meiner Stippvisite in der Wohnung zu tun, doch brachte ich es kaum fertig, mir das selber weiszumachen.

Schließlich hatte ich Lena gesucht und in der Bibliothek gefunden. Sie hatte die Füße auf ihrem Eichentischchen und war in einen der schweren Goldschnittbände des Obersten Bundesgerichts vertieft, wie in einen Roman; wie alle Frauen mit Köpfchen wirkte sie anziehend reserviert. Ich hatte gefragt, ob sie einen gültigen Paß und ein freies Wochenende habe und an der Wettgeschichte weiterarbeiten wolle, bei der sie den Buchmachercode von Infomode geknackt habe. Sie war sofort Feuer und Flamme gewesen. Wie es sich in einer Anwaltsfirma gehört, wo der Kleinkram stets nach unten abgewimmelt wird, hatte ich delegiert, indem ich ihr Anweisung gab, das Büro von TNA für Geschäftsreisen anzurufen und notfalls unsere Beziehungen auszuspielen, um uns für Sonntag Flugtickets nach Pico Luan und ein anständiges

Hotel zu verschaffen, möglichst am Strand. Sie hatte sich alles aufgeschrieben.

»Also«, sagte ich nun, als Brushy und ich ganz hinten nebeneinander in einer Nische saßen. Der Oberkellner hatte Brushy mit Namen begrüßt und uns in eine etwas erhöhte intime Ecke verfrachtet, wo eine Säule und eine Kübelpflanze einen gewissen Sichtschutz gewährten. Der Tisch war mit großen Leinenservietten und einer prächtigen Flamingoblume dekoriert, die wie eine priapische Liebesgabe wirkte. Das Riesentischtuch war steifgestärkt wie ein Priesterkragen und reichte bis auf den Boden. Ich sah mich um und staunte. Für die Innenstadt war das *»Matchbook«* ein elegantes Lokal. Vor ein paar Jahren hätte ich mit Freunden der Versuchung nachgegeben und hier schon zum Lunch einen gehoben, womit der Tag dann gelaufen gewesen wäre. Ich fragte Brushy, wann sie zuletzt hier war.

»Gestern«, sagte sie. »Mit Pagnucci.«

Das hatte ich ganz vergessen. »Und wie war's?«

»Eigenartig«, sagte sie.

»Was hat er gewollt?« erkundigte ich mich. »War's wegen dem Murmeltiertag?«

»Ein wenig schon. Vor allem wollte er aber wohl rauskriegen, warum ich immer wieder mit Krzysinski zum Lunch gehe.«

»Ts, ts, ts! Hoffentlich hast du ihm tüchtig Bescheid gegeben.«

Sie kniff mich so heftig in den Oberschenkel, daß es wehtat. »Der wollte nichts dergleichen. War rein geschäftlich.«

»Pagnucci? Na so was. Was hat er denn wissen wollen?«

»Na, er sagte, es seien stürmische Zeiten für die Firma. Er frage sich, wie ich das alles sehe, meine Mandanten und so. Klang bei ihm wie ein Personalentwicklungsgepräch.«

»Hat er dir etwa wegen einer eventuellen Midlife-Crisis auf den Zahn gefühlt?«

»Gewissermaßen. Ich dachte erst, er wolle nicht mit der Tür ins Haus fallen. Du weißt schon, wegen dem Murmeltiertag. Der Prämie. Aber dann lief es darauf hinaus, ob mein persönliches Verhältnis zu Tad meiner Meinung nach so stabil sei,

daß TNA meine Mandantin bleiben würde, komme, was da wolle.«
»Komme, was da wolle?«
»Seine Rede.«
Ich stutzte. Pagnucci und Brushy, die beiden gäben ein gutes Team ab, eine ausgefuchste Zivilrechtlerin und ein Börsenjurist, zwei italienische Aufsteiger.
»Hat er's direkt gesagt? Daß er überlegt, die Flatter zu machen und dich mitzuziehen?«
»Mack, wir reden hier von Pagnucci. Der bringt doch kaum die Zähne auseinander. Weißt du, bei dem hört sich das an wie eine ganz entlegene Möglichkeit.«
»Wie das Spiel bei 'ner Dinnerparty: Was wärst du denn gerne, wenn du nicht wärst, was du bist?«
»Genau. Und ich hab ihn abblitzen lassen. Ich hab ihm erklärt, ich hätte meine Sozietätspartner recht gern, sei stolz auf unsere Arbeit und würde auf solche Fragen keine Zeit verschwenden.«
»Hervorragend. Leotis hätte ihm nicht besser rausgeben können. Hat er 'nen Rückzieher gemacht?«
»Er gab mir völlig recht. Er druckste rum. ›Freilich, freilich‹, und versuchte so zu tun, als hätte er's nicht so gemeint.«
»Carl meint offenbar, TNA gibt uns den Laufpaß, wenn ich Bert nicht finde und das Geld nicht zurückbringe. Die Firma geht den Bach runter. Meint er das?«
»Vielleicht. Vielleicht sorgt er nur vor. Spielt alles durch. Du kennst ihn doch.«
»Vielleicht *weiß* er bereits, daß ich Bert nicht finde.«
»Wie bitte?«
Ich konnte nicht viel Handfestes vorbringen. Besonders nicht, nachdem Carl meine Pico-Reise abgesegnet hatte.
Der Kellner kam, und wir bestellten Eistee, dann überlegte Brushy es sich anders und verlangte Weißwein. Wir studierten die Speisekarte, halbmetergroß, auf antik gemacht mit Pergament und Troddeln. Pagnuccis Manöver gab mir immer noch Rätsel auf, aber Brushy blockte ab, als ich noch mal davon anfing.

»Mack, glaubst du wirklich, ich möchte mit dir Mittag essen, um über Pagnucci zu reden?«

Ich sagte, wenn ich das gedacht hätte, wäre ich wohl nicht mitgekommen.

»Ich möchte mit dir mal Tacheles reden«, sagte sie. »Du hast mir gestern wehgetan.«

Innerlich zuckte ich zusammen. Irgendein uralter Rückzugsmechanismus setzte ein. Schon wieder eine Gardinenpredigt von einer Frau, daß ich sie enttäuscht habe. Jetzt würde ich eine feministische Interpretation meiner sarkastischen Bemerkungen über ihren Männerverbrauch zu hören kriegen.

»He, Brush, ich dachte, wir hätten das hinter uns. Du kennst mich doch! Du und ich, wir sind und bleiben gute Freunde.«

»Genau darum geht's.« Sie drehte sich wie beiläufig zu mir hin, so daß sich unsere Knie sachte berührten. Mit dem Rücken an die Trennwand gelehnt, legte sie den Ellenbogen auf die Lehne der Sitzbank und stützte ihr rundes Gesicht mit dem weichen Haar darüber aufreizend in die Hand. Sie wirkte freimütig und zugänglich wie ein Teenager in der eigenen Bude. »Ich denke mir, Malloy, dein nächstes Techtelmechtel hast du mit mir.«

Da blieb mir kurz die Spucke weg.

»Im Ernst?« Hier ging es offenbar um eine dieser Sachen zwischen Mann und Frau, bei denen ich so häufig auf der Leitung stand.

»Ja, dachte ich.« Sie zog einen Flunsch. Kokettierte.

»Brush, ich dachte immer, ich hätte die Chance verpaßt. Ich hab gemeint, wir hätten das sozusagen hinter uns.«

»Und ich denke und meine, wir haben sozusagen erst angefangen.« Ihre Augen blitzten auf und sprühten voller Eroberungslust. Wie die großen Institutionen, etwa eine Universität oder der Präsident der Vereinigten Staaten, bekam Brushy selten einen glatten Korb. Nach Angaben der Alleswisser, mit denen ich bei der Einstellung der Anfänger zusammenarbeitete, neugierigen Fischweibern, denen dergleichen stets zu Ohren kam, hatte Brushy sich mit den Jahren eine perfekte Strategie zurechtgelegt: »Ich frage mich, ob ich mich von dir lieben lassen soll.« Überrumpelte oder tatsächlich nicht Interessierte hatten da eine Rückzugsmöglichkeit, die für keinen der beiden peinlich wurde. Es rührte mich, daß sie bei mir mehr riskierte, doch machen mich echte Gefühle immer verwirrt. Während ich eine möglichst nichtssagende Miene aufsetzte, übernahm sie, wie es zu ihr paßt, die Initiative.

»Es sei denn«, sagte sie, »es funkt nicht.« Dabei spürte ich, wie ihre Finger sacht über meinen Oberschenkel strichen. Dann sah sie mir in die Augen, legte die ganze Hand auf meine Hose und ließ sie rasch ans Ziel gleiten. Sie knuddelte meinen kleinen Mann auf eine Weise, die man alles in allem nur als wohlmeinend bezeichnen konnte. Jetzt wurde mir auch klar, warum sie ein Restaurant mit Tischdecken ausgesucht hatte. Wie reagieren? Das Adrenalin, der Schreck erzeugten eine gehobene Stimmung, eine Art Übermut, den ich rückblikkend dem Schwindelgefühl bei der Erkenntnis zuschreibe, daß es jetzt um etwas Entscheidendes ging. Brushy erwies sich, was ich ja schon immer wußte, als Teufelsbraten. Und es amüsierte mich leicht, wie nahe das dem kam, was ich mir zwischen ihr und Krzysinski zurechtphantasiert hatte. Doch Brushy besitzt die Gabe aller verführerischen Frauen, die die geheimen Wünsche eines Mannes erraten und auf sie eingehen können, ohne sich dabei herabgewürdigt zu fühlen.

»Ich würde schon sagen, es funkt«, sagte ich, noch immer gebannt von dem entschlossenen Blick in den grünen Augen, die so schlau glitzerten. »Ich würde sagen, du gäbst einen verdammt guten Pfadfinder ab.«

»Pfad*finder*?«

»Yes, Madam, denn wenn du das Hölzchen noch länger reibst, entfachst du ein ganz schönes Feuerchen.«

»Will ich schwer hoffen.«

Wir saßen Aug' in Auge, Nase an Nase, doch in der gediegenen Atmosphäre des *»Matchbook«* konnten wir einander nicht abknutschen. Lieber drehte ich mich auf der Bank ein bißchen, trommelte mit den Fingern leicht auf ihr Knie und fuhr dann mit der Hand, indem ich mich zu ihr beugte, als wolle ich ein Scherzchen machen, durch ihre Dessous bis zum

Mittelpunkt ihrer Weiblichkeit, die nur noch durch ein dünnes Höschen geschützt war. Ich sah ihr voll in die Augen, griff in den Stoff und zerrte so heftig, daß Brushy zurückzuckte. Doch sah sie mir immer noch in die Augen, äußerst belustigt, während ich das Loch suchte, das ich in den Stoff gerissen hatte, und so zart wie möglich zwei Finger an ihre Labien legte.
»Ist das die sogenannte Chancengleichheit?« fragte sie.
»Vielleicht. Aber wie du siehst, Brush, bin ich weiter gekommen als du. Männer sind auf dieser Welt immer noch besser dran.«
»Oh«, sagte Brushy und lehnte sich ein wenig zurück. Sie faßte das Tischtuch und zog es beiläufig über meine Hand, die ohnedies von ihrer Serviette verdeckt war. Sie nahm die Speisekarte und schlug sie auf, so daß diese zwischen ihrer Taille und der Tischkante mehr oder minder ein Zelt bildete, einen Sichtschutz. Nun schob sie die Hüften vor und öffnete die Knie. Sie zündete sich eine Zigarette an, griff nach ihrem Weinglas und sah mir ins Gesicht, dabei genoß sie ihre Lust mit Koboldaugen: eine Frau, die das Erregende liebt, auch in dieser etwas gedämpften Version.
»Ich weiß nicht genau, ob ich das genauso sehe«, sagte sie.

B) Würdest du das einen Erfolg nennen?

In dem Hotelzimmer im *»Dulcimer House«* lief alles bestens, bis ich aus der Unterhose stieg. Da schrie Brushy auf und schlug beide Hände vor den Mund.
»Was ist denn *das?*« Sie zeigte auf mich, und nicht etwa, weil sie so beeindruckt war.
»Was?«
»Der Ausschlag da.« Sie bugsierte mich vor den Spiegel.
Da erblickte ich mich, mit einem halben Ständer und einem feuerroten Mal auf dem Hintern, das wie ein Erdteil aussah. Es kroch als Halbinsel aus meiner Pospalte, lief, breiter werdend, um mich herum und verschwand in der Schambehaa-

rung. Ich starrte wie das Opfer einer Verschwörung auf mein Spiegelbild. Da fiel es mir wie Schuppen von den Augen.
»Das gottverfluchte Russische Bad!«
»Aha«, sagte sie.
Sie wich zurück, als ich mich wieder an sie heranmachen wollte.
»Dermatitis«, erklärte ich. »Nichts Schlimmes. Ich hab nicht mal gemerkt, daß ich das habe.«
»Sagen sie alle.«
»Aber Brushy.«
»Geh lieber zum Onkel Doktor, Malloy!«
»Brushy, hab ein Herz!«
»Wir leben in den Neunzigern, Mack!« Splitternackt ging sie durchs Zimmer. Sie kramte in ihren Klamotten, und ich hatte schon Angst, sie wolle sich wieder anziehen, aber sie suchte sich nur eine Zigarette. Sie setzte sich mir gegenüber auf einen üppig gepolsterten Brokatsessel, rauchend und nackt, wie Gott sie schuf, eine Ferse auf dem kostbaren Stoff, so daß weibliche Säfte auf das schöne Möbel tropften. Gertenschlanke Frauen sind gute Kleiderständer, aber nackt ist eine Frau mit Rubensschen Proportionen wie Brushy der schönere Anblick. Ich blieb forsch und tatenfroh, konnte aber an ihrem Verhalten erkennen, daß ich meinen sexuellen Höhepunkt schon beim Lunch erreicht hatte.
Ich legte mich aufs Bett und fing, überzeugt, ein Recht darauf zu haben, zu jammern an.
»Mack«, sagte sie, »hab dich nicht so! Du machst mir ein schlechtes Gewissen.«
»Will ich auch hoffen.«
»Dauert doch bloß ein paar Tage«, tröstete sie mich. Sie nannte mir einen Arzt und meinte, er werde mir vielleicht sogar telefonisch etwas verordnen. Das klang, als kenne sie sich da bestens aus, aber ich verkniff mir alle Fragen, die ihr vielleicht sauer aufgestoßen wären.
Ich beruhigte mich schließlich, und bald war ich wieder der alte, also überwiegend schwermütig. Ich starrte an die pompöse Zimmerdecke hier im *»Dulcimer House«*, wo der Stuck um

die Deckenlampe nach allen Seiten in weißliche Gipsranken auslief. Wir waren schon mal hier gewesen, natürlich – mit ähnlichem Erfolg. Ich hatte gespürt, daß es von vornherein falsch war, ins selbe Hotel zu gehen; das gleiche frohe Schlendern hierher, ein bißchen gehemmt von der Mischung aus Vorfreude und dem Bemühen, in Sichtweite des Büros nicht unbedingt zu wirken wie zwei, die eben mal zum Vögeln gingen; derselbe katzbuckelnde Angestellte am Empfang; dasselbe Zimmer mit massiven Möbeln, zu unmodern, um geschmackvoll zu sein. Wieder mal nicht zusammengekommen. Ich fühlte mich in meinen Lebenszyklen regelrecht gefangen.

»Ich hab mich vorgestern abend besoffen, Brush«, sagte ich unvermittelt. »Was hältst du davon?«

»Nicht viel«, sagte sie. Ich glaube nicht, daß sie damit sagen wollte, sie habe keine Meinung dazu. Als ich mühsam den Kopf wandte, um sie in ihren Sessel sitzen zu sehen, immer noch nackt und rauchend, konnte ich an ihrer gleichmütigen Miene ablesen, daß mein Bekenntnis keineswegs wie der Blitz bei ihr eingeschlagen hatte. »Du hast gestern ziemlich mau ausgesehen«, sagte sie. Sie wollte wissen, ob es mir Spaß gemacht hatte.

»Nicht besonders«, sagte ich. »Aber irgendwie werd ich den Geschmack nicht los.«

»Glaubst du, du tust es wieder?«

»Nöh«, sagte ich. Dann setzte ich recht trotzig hinzu: »Vielleicht doch.«

Ich blieb liegen und spürte das ganze Gewicht meines großen dicken Körpers, den Bauch, diesen Medizinball, und die Fettpolster, die über die Hüften hingen.

»Na, wird dir das nicht zuviel?« fragte ich. »Noch so ein irischer Anwalt. Noch so ein irischer Säufer. Ich kotz mich selber so an – weil ich auch *alles* vermaßle. Eine Müdigkeit, die im Schlaf nicht weggeht und beim Aufwachen noch schlimmer ist. Ich denke immerzu, wie toll es wäre, neu anzufangen. Tabula rasa zu machen ist das einzige, was ich noch spannend finde.«

»Zieht mich runter, wenn du so redest«, sagte sie. »Steht dir nicht. Du willst bloß hören, daß du in Wirklichkeit ein toller Hecht bist.«
»Nein, will ich nicht. Ich würd's sowieso nicht glauben.«
»Du bist als Mann okay, Malloy, und auch ein guter Anwalt.«
»Nein«, sagte ich. »Nein. Weder das eine noch das andere. Um die Wahrheit zu sagen, Brush, ich glaube, daß ich eigentlich gar nicht für diesen Beruf tauge. Kommentare und Honorarrechnungen und Schriftsätze. Ein Leben in Schwarzweiß, aber ich bin ein Farbenmensch.«
»Komm schon, Mack! Du bist einer unserer besten Anwälte. Wenn du willst.«
Ich brummte etwas.
»Früher warst du ständig im Büro. Da mußt du doch manchmal Spaß an der Arbeit gehabt haben.«
Als ich noch trank, hatte ich geschuftet wie ein Salzträger, zweitausendzweihundert, zweitausendvierhundert Stunden jährlich abgerechnet. Ich hatte abends bis acht in der Kanzlei und bis Mitternacht in den Bars gehockt – und dann am nächsten Morgen ab acht wieder in unserem Bürohochhaus. Lucinda brachte mir zu meinem Morgenkaffee immer Alka Seltzer. Nachdem ich mit Hilfe der Anonymen Alkoholiker mein Leben änderte, brach ich auch mit dieser Gewohnheit. Ich ging abends um sechs nach Hause zu Frau und Kind – und war binnen eines Jahres geschieden. Man braucht keinen Psychologieratgeber gelesen zu haben, um zu kapieren, was das beweist.
»Willst du die Wahrheit wissen?« fragte ich. »Ich kann mich nicht dran erinnern. Ich weiß nicht mehr, wie es ist, wenn man zu tun hat. Ich weiß nicht mal mehr, welche Rolle ich in der Firma spielte, bevor Jake entschieden hat, daß ich ein nutzloses Stück Scheiße bin.«
»Wovon redest du überhaupt? Bist du beleidigt, daß er dir derzeit keine Aufträge gibt? Glaub mir, Mack, du hast bei TNA als Mandantin eine große Zukunft. Krzysinski respektiert dich. Warte ab! Das zahlt sich aus.«
Wieder Krzysinski. Ich kaute darauf herum und schenkte ihr

dann reinen Wein ein: »Sieh mal, Brush, da gibt's keine Zukunft. Jake schickt mir keine Arbeit mehr, weil er weiß, daß er fliegt, wenn jemand bei G & G Scheiße baut, und er hält mich für jemand, der keine Schnecke mehr einholen kann.«

»Stimmt nicht.«

»Stimmt schon«, sagte ich. »Und er hat wohl recht. Ich meine, ich hab mich früher gern an schwierigen Fällen versucht. So vor Gericht zu stehen. Große Gesten zu machen. Versuchen, ob ich sie dazu kriegen kann, mich zu mögen. Aber niemand weiß genau, ob ich noch mit dem Streß fertig werden und dabei nüchtern bleiben kann. Ich selber auch nicht. Und ohne das macht es mir keinen Spaß mehr. Ich bin nur noch abhängig vom Geld.«

Ich fühlte mich grün und blau, wie ich so dalag und mich selber mit der Wahrheit züchtigte. Aber ich wußte, daß ich es getroffen hatte. Das Geld setzte mir schlimmer zu als Schnaps oder Kokain. Lieber Gott, wie schnell es immer weg war. Man geht zum Schneider, kauft 'nen BMW, schafft sich vielleicht ein kleines Wochenendhaus an, sucht sich einen Club oder zwei, die nicht zu exklusiv sind und einen reinlassen. Und im Handumdrehen stöbert man bei zweihundertachtundsechzigtausend brutto in der Manschettenknopfschublade nach Kleingeld, um die Bridgeschulden begleichen zu können. Erst recht, wenn man ein Alki ist und beim Heimkommen jedesmal unter der Haustürbeleuchtung die Hosentaschen nach außen kehrt und sich wie weggetreten fragt, wo all die Zwanziger geblieben sind. (Oder auch die Hausschlüssel, bei denen ich einmal hinterher merkte, daß ich sie einem Bettler in die Blechtasse geschmissen hatte.) Jetzt hatte ich eine Exfrau mit einem schnittigen deutschen Auto und einem Haus auf dem Land, und ich konnte meinem Schöpfer danken, daß ich Unterhalt zahlen mußte und so wenigstens was vorzuweisen hatte für das viele verdiente Geld.

»Die haben wir alle«, sagte sie, »diese Abhängigkeit. Sie gehört gewissermaßen zum Leben.«

»Nein«, widersprach ich. »Dir war schon ernst mit dem, was

du zu Pagnucci gesagt hast. Es gefällt dir. Dir gefällt's bei G & G. Du würdest umsonst da arbeiten.«

Sie verzog das Gesicht, aber ich hatte ins Schwarze getroffen, und sie wußte es.

»Woran liegt's?« fragte ich. »Ehrlich, ich hab's nie begriffen. Weißt du, für mich laufen alle diese Rechtshändel darauf hinaus, ob mein Raubritter stärker ist als deiner. Was törnt dich dabei so an? Das Recht?«

»Das Recht. Sicher.« Sie nickte, selbstversunken. »Ich meine, Recht und Unrecht, das alles ist geil.«

»Geil?«

Sie kam herüber und legte sich neben mich auf den Bauch. Sie hatte O-Beine und einen unreinen Teint, aber für mich sah sie einfach hinreißend aus, vor allem der freche feste Po. Ich gab ihm einen anerkennenden Klaps, und sie lächelte. Meine Flagge entrollte sich wieder, aber ich wußte, es hatte keinen Zweck. Zumal sie jetzt an das Recht dachte, und das war, wie gesagt, ihre einzig wahre Liebe.

»Es gehört so viel dazu«, sagte sie. »Alles. Das Geld. Die Arbeit. Die große Welt. Du weißt ja, wie es ist als Kind, du willst im Märchen leben, mit Schneewittchen Familie spielen, und sieh mich an, da stehe ich und verkehre mit all den Leuten, von denen ich im *›Wallstreet Journal‹* und im Wirtschaftsteil der *›Tribune‹* lese.« Brushy, Wash, Martin, sie alle verfolgen, was in der amerikanischen Großfinanz vorgeht: Beteiligungen, Aufkäufe, Karrieren. So begierig wie Fans von Seifenopern verschlingen sie jeden Morgen das *»Journal«* und den lokalen Wirtschaftsteil mit einem Nachrichtenhunger, den ich nur für die Sportseite aufbringe.

»Wie Krzysinski.«

Sie warf mir einen warnenden Blick zu, antwortete aber geradeheraus: »Wie Krzysinski. Und die mögen mich, diese Leute. Und ich mag sie. Ich meine, ich denke oft, wie beschissen es mir ging, als ich hier anfing. Ich war die einzige Frau in der Prozeßabteilung und zu Tode verängstigt. Weißt du noch?«

»Wie könnte ich das vergessen.« Sie hatte gelodert wie eine

Sonne, die sich selbst verzehrt. Brushy wußte genau, daß sie als Frau in eine Männerwelt vorgedrungen war – unmittelbar vor der Goldgräberstimmung unter den Studentinnen an den juristischen Fakultäten –, und sie ging ihre berufliche Karriere mit einer explosiven Gefühlsmischung aus knallharter Entschlossenheit und verzehrender Angst an. Als einziges Mädchen in einer Familie mit fünf Kindern, genau in der Mitte geboren, sah sie sich in genau der gleichen Situation wie schon zu Hause, und sie spielte ihre Art Ja-und-nein-Spiel weiter. Sie machte irgendwas Geniales und schlich dann zu einem ihrer Vertrauten – zu mir oder jemand anderem – und schilderte mit größter Aufrichtigkeit, wie das alles reiner Zufall gewesen sei und sich nie wiederholen lasse, wie niedergedrückt sie sich von den Erwartungen fühle, die sie mit diesem Erfolg geweckt habe. Es machte müde – und tat weh –, ihr bloß zuzuhören, aber schon damals fühlte ich mich zu ihr hingezogen, so wie gewisse freie Moleküle stets miteinander reagieren. Vermutlich kannte ich alle diese wechselnden Stimmungen nur zu gut, das Draufgängertum und dann wieder den ängstlichen Hang, alle Schuld zuerst bei sich selbst zu suchen.

»Und jetzt. Alle diese Leute – die brauchen mich. Da habe ich für Nautical Paper vor ein paar Jahren diese feindliche Übernahme abgewehrt. Mein Vater hat da eine Zeitlang gearbeitet, du weißt schon, ist Jahrzehnte her, aber nachdem wir den Prozeß gewonnen hatten, bekam ich so einen Brief von Dwayne Gandolph, dem Vorstandsvorsitzenden, mit Dank für meine großartige Arbeit. Machte mich schwindlig wie Inhalieren von Benzedrin. Hab ihn mit nach Hause genommen zu meinen Leuten, und die reichten ihn am Abendbrottisch rum und lasen sich daraus vor. Die ganze Familie war beeindruckt – und ich selber mit.«

Ich begriff, was sie da sagte, vielleicht besser als sie selbst, daß nämlich ihr Dazugehören zu dieser Welt zu schwer erarbeitet war, um nicht als wertvoll empfunden zu werden, daß sie zu sehr Symbol war, um anders eingestuft zu werden. Aber jetzt mußte Brushy über sich selbst lachen. Mein Gott, sie war

wirklich toll. Da waren wir uns beide einig. Ich bewunderte sie ungeheuer, den Weg, den sie hinter sich hatte, mit so schwerem Gepäck. Ich schmatzte sie ab, und wir lagen vielleicht zehn Minuten da und schmusten. Zwei Erwachsene, splitternackt, am hellen Nachmittag in einem blöden Hotelzimmer, gaben sich Küßchen und hielten Händchen. Ich drückte Brushy eine Weile, dann sagte sie, wir müßten jetzt gehen, G & G, das Büro und die Arbeit warteten.
Wir mußten beide lachen, als sie mit der Faust durch das Loch in ihrem Höschen fuhr. Sie zog es trotzdem an und wollte wissen, wie weit ich mit meiner Suche nach Bert sei.
»Den werd ich nicht finden«, sagte ich. Sie machte ein fragendes Gesicht, und ich eröffnete ihr, was ich noch niemand gesagt hatte: »Ich meine, Bert ist tot.«
»Wie kann Bert tot sein?« fragte sie. »Wer hat denn dann das Geld?«
Sie brauchte nur eine Sekunde, konstatierte ich, um zu der Frage vorzustoßen, die ich mir erst nach einer Woche gestellt hatte.
»Da gibt es eine Menge Möglichkeiten, oder?«
Sie hatte sich wieder in den Sessel gesetzt, erst halb angezogen posierte sie auf dem teuren Brokat, für mich eine helle Freude, sie so zu betrachten.
»Du meinst also«, sagte sie, »wenn man wüßte, daß Bert tot ist, dann könnten sie ihm alles in die Schuhe schieben?«
»Genau das.« Ich war vom Bett aufgestanden und stieg in die Hose. »Aber sie müssen es sicher wissen«, sagte ich. »Mit Gottvertrauen ist es nicht getan. Wenn Bert wieder auftaucht, hängen sie übel drin.«
»Na, wie können sie es sicher wissen?«
Ich sah sie bloß an.
»Du meinst, jemand hat ihn umgelegt? Jemand aus der Firma? Glaubst du doch nicht im Ernst!«
Glaubte ich tatsächlich nicht. Hatte eine gewisse Logik, ergab aber wenig Sinn. Das sagte ich ihr auch.
»Das ist doch reine Theorie, oder? Daß Bert tot ist. Das alles.«
Sie wollte nicht nur beschwichtigt werden. Sie war wieder ihr

wahres Selbst, erbarmungslos damit beschäftigt, den Gedanken totzutreten wie eine Giftschlange.
»Keine Theorie«, sagte ich. »Aber hör dir mal folgendes an!«
Ich erzählte ihr von den Begegnungen gestern, zuerst mit Jake, dann mit dem Ausschuß. Diesmal konnte ich sie verblüffen. Sie lehnte sich weit vor, ihr Mund formte ein kleines rundes O. Sie war viel zu beunruhigt, um Abgebrühtheit vorzutäuschen.
»Nie!« sagte sie schließlich. »Die lassen sich nie auf so was ein. So eine Vertuschung. Dazu haben sie viel zu viel Charakter.«
»Wash?« fragte ich. »Pagnucci?«
»Martin?« hielt sie dagegen. Brushy verehrt Martin noch mehr als ich. »Du wirst sehen«, sagte sie, »die machen es schon richtig.«
Ich zuckte mit den Achseln. Vielleicht hatte sie recht, und wenn nicht, ehrte es sie, von ihren Partnern nur das Beste anzunehmen. Aber sie merkte sofort, daß sie mich nicht ganz überzeugt hatte.
»Und Jake«, sagte sie. »Mein Gott, wie durchsichtig. Was ist denn in den gefahren?«
»Du kennst Jake eben nicht. Wenn du mit ihm aufgewachsen wärst, würdest du ihn anders sehen.«
»Wie?«
»Ich könnte dir so manches erzählen.« In ihrer Handtasche kramte ich nach einer Zigarette, nah daran, ihr von dem Zulassungsexamen zu erzählen, doch dann wurde mir klar, daß ich dann bei ihr in einem noch schlechteren Licht dastehen würde als Jake.
»Du traust ihm nicht, stimmt's? Das meinst du doch. Er ist nicht gerade so erzogen worden, daß man sich auf ihn verlassen kann?«
»Ich kenne ihn. Das ist alles.«
In ihrem grünen Brokatsessel wurde sie reglos vor Unbehagen. »Du kannst Jake nicht leiden, was? Ich meine, seine Kumpelhaftigkeit und so. Alles Getue, nicht wahr?«
»Wer mag Jake nicht? Reich, gutaussehend, charmant. Alle mögen Jake.«

»Du trägst Jake was nach. Ganz offensichtlich.«
»In Ordnung, ich trage ihm was nach, nicht nur ihm.«
»Erwarte jetzt nicht von mir, daß ich dir widerspreche!«
»Ich weiß schon, ich bin verbittert und kleinlich.« Sie konnte sich denken, was ich damit sagen wollte: Dieses Lied habe ich schon einmal gehört, aus einem anderen Mund.
»Kleinlich würde ich nicht sagen. Schau, Mack, er hat eben Glück. Manche Menschen sind Glückskinder. Du kannst dich nicht hinstellen und solche Zufälle miesmachen.«
»Jake ist ein Feigling. Er hat nie den Mumm gehabt, den Dingen ins Gesicht zu sehen. Und ich hab mich von ihm zum Feigling machen lassen. Und das ist es, was mir stinkt.«
»Wovon redest du?«
»Von Jake.« Ich sah sie böse an. Ich merkte, wie ich giftig wurde, ganz Bess Malloys Sohn, und sie spürte es offensichtlich auch. Sie schlüpfte in ihre Pumps und ließ die Handtasche zuschnappen. Sie ging auf Distanz.
»Fällt das wieder unter das Anwaltsgeheimnis, ja?« fragte sie schließlich. »All das, was Jake gesagt hat. Schwamm drüber und so?« Das war jetzt kein Scherz mehr. Sie meinte damit, daß es ihr untersagt war, meine Mitteilung an TNA oder sonst jemand weiterzugeben, und daß sie von der Anwaltskammer demnach nie dafür belangt werden konnte, sich TNA nicht offenbart zu haben, wozu wir eigentlich beide verpflichtet gewesen wären.
»So ist es, Brushy, du bist gedeckt. Hast keine Hundescheiße am Schuh.«
»Das hab ich damit nicht gemeint.«
»Doch«, sagte ich, und sie wagte keine Widerrede mehr. Eine gewisse wohlvertraute Melancholie überkam mich, vom Herzen her. Ist das Leben nicht großartig! Jeder sich selbst der Nächste. Ich ließ mich aufs Bett fallen, auf die reichbestickte Tagesdecke, die wir nicht mal abgenommen hatten, und wich ihrem Blick aus.
Da setzte sie sich neben mich.
»Ich möchte nicht, daß du mir noch mehr davon erzählst. Mir wird dabei ganz komisch. Richtig mulmig. Das kommt zu nah

an mich ran, und ich weiß nicht, was tun. Wie reagieren.« Sie strich mir über die Hand. »Weißt du, ich bin auch nicht vollkommen.«

»Ich weiß.«

Sie schwieg. Dann sagte sie. »Ich glaube, die Chose ist beängstigend und irgendwie aus dem Ruder gelaufen. Insgesamt. Ich mach mir Sorgen um dich.«

»Keine Sorge. Ich gifte vielleicht allerhand rum, Brush, aber am Ende zieh ich mich schon aus der Affäre.« Ich sah sie an. »Ich bin wie du.«

Ich war nicht sicher, wieweit das zutraf, sie auch nicht. Sie ging zum Sessel und nahm ihre Handtasche, überlegte sich's dann und blieb stehen, um mir einen Kuß zu geben. Sie hatte entschieden, mir zu vergeben, und daß diese Angelegenheit, daß alles geklärt werden konnte. Ich hielt einen Moment ihre Hand fest, dann ließ sie mich auf dem Bett sitzen, allein im Hotelzimmer.

III. Die Ermittlung nähert sich dem Höhepunkt. Euer Ermittler gibt sich eine Blöße

Mein Nachmittag mit Brushy versetzte mich in eine eigenartige Verfassung. Sehnsucht – wahre Sehnsucht – überflutete mich überraschend. Ich lief herum wie ein Heranwachsender, schwelgend in der Erinnerung an Brushys umwerfende Eigenschaften, den angenehmen Duft nach flüchtigem Parfüm und Body Cream und die menschlichen Schwingungen noch namenloser elektromagnetischer Wellen, die auf meine Brust und meine Lenden weiter wirkten. Von daheim rief ich sie am selben Abend noch an, bekam aber nur ihren Anrufbeantworter. Ich sagte mir, sie sei noch im Büro, hatte aber nicht den Mumm, diese Nummer zu wählen.

Ich hatte mit ihrem Arzt telefoniert, der mir eine Salbe empfohlen hatte, und ging ins Bad, um mich noch mal einzureiben. Meine angestachelte Sinnlichkeit führte alsbald zu anderweitiger, unaussprechlicher Beschäftigung. Ich schwitzte in meinem Badezimmer, stellte mir wilde Liebesspiele mit einer Frau vor, die ein paar Stunden zuvor nackt in meinen Armen gelegen hatte, und grübelte dabei über mein Leben nach.

Ich hatte mir gerade wieder die Hose hochgezogen, als ich draußen einen Motor im Leerlauf tuckern hörte. Sofort durchzuckte mich ein Schuldgefühl, das meine Mutter zutiefst befriedigt hätte, und ich fröstelte bei dem Gedanken, Lyle und Genossen könnten meine schemenhafte Gestalt durch die Glasbausteine des Badezimmerfensters beobachtet haben. Das wäre ein Anblick gewesen, ich von hinten beleuchtet, zurückgebeugt und pumpend meinem Saxophon die Melodie entlockend! Ich hörte die Haustür zufallen und dachte kurz daran, hier oben zu bleiben. Aber mit so was konnte ich Lyle nicht kommen. So oder so war ich dazu verurteilt, ihn niederzustarren.

Ich traf ihn, als er gerade die Treppe heraufgaloppierte. Trotz seines gammeligen Aufzugs wirkte er etwas ordentlicher als sonst; vermutlich hatte er ein Mädchen dabei. Seine Haartolle war gekämmt, und er hatte eine Kindle-County-Polizeijacke an, nicht meine, sondern von einem Polizeiausstatter in der Murphy Street, die er als stummen Vorwurf trug, um mich an meine Zeit zu erinnern, als ich seiner Meinung nach noch von echtem Schrot und Korn war. Er polterte an mir vorbei und murmelte etwas, das ich zuerst nicht verstand.

»Mom ist unten«, wiederholte er.

»Mom?«

»Kennst du sie nicht mehr? Nora? Heute führen die Jungs ihre Mütter aus.« Ich fragte mich, ob es etwas Positives bedeutete, daß er die Schwächen seiner Eltern nicht mit unverhohlener Verachtung strafte, sondern spöttisch umging. Wir standen im dämmrigen Flur zwischen den Schlafzimmern im ersten Stock, und nach ein paar Schritten drehte er sich grinsend zu mir um. »Hey, Mann, was zum Teufel hast du da gerade getrieben? Im Bad. Wir hätten fast gewettet.«

»Du und deine Mutter?« fragte ich. Ich warf mich in Anwaltspose und behauptete, mir die Nase geschneuzt zu haben. Ehrlich gesagt, es schien ihm scheißegal zu sein, aber als er im dunklen Flur weiterging, fühlte ich mich so ausgehöhlt von Scham, daß ich beinahe aus den Latschen kippte. Oft erniedrigt und selten erlöst. Ist das bloß eine katholische Vorstellung, daß einen der Sex immer in Schwierigkeiten bringt? Mein Gott, dachte ich. Mein Gott. Was für ein Moment das gewesen sein muß. Ein Junge und seine Mutter wetten darum, ob sich der alte Zausel dort oben einen runterholt oder nicht. Mit der entsprechenden Laune ging ich hinunter zu meiner früheren Frau.

Nora stand im hellen Licht des Hauseingangs; eingerahmt vom Weiß des Windfangs, klammerte sie sich an ihre Handtasche und traute sich nicht weiter herein. Ich küßte sie auf die Wange, eine Geste, die sie stoisch hinnahm.

»Wie geht es dir?« fragte sie.

»Großartig«, sagte ich. »Und dir?«

»Großartig.«

Aufschlag und Konterball. Da standen wir, nach einundzwanzig Jahren, voll auf Distanz. Nach Dauerwellen, Locken und Kraushaar trug Nora das Haar nun ganz glatt, so daß es schlicht fiel, fast schwarz, wie bei einer Japanerin, deren Gesicht von einem Lackrahmen umgeben scheint. Sie verzichtete inzwischen auch auf Make-up. Ich sah Nora so selten, daß sie mir ganz verändert vorkam. Der Alterungsprozeß ging nicht mehr so unmerklich vor sich, weil man ihn nicht täglich miterlebte. Ihr Kinn war voller, und ihre Augen lagen tiefer in den Höhlen. Sie sah trotzdem recht gut aus, abgesehen von der sichtbaren Befangenheit aufgrund ihres Besuchs hier bei mir.

Nora führte jetzt ein anderes Leben, eines, das sie für besser und echter hielt als die Jahrzehnte, die sie mit mir verbracht hatte. Neue Freundinnen. Neue Interessen. Lichter der Großstadt. Bestimmt vorwiegend weibliche Kreise, mit Meetings, Vorträgen, Parties. Ich war sicher, Tage vergingen, ehe sie mal an mich dachte – oder an Lyle. Aber einen Fuß in dieses Haus, und schon ergriff sie etwas Angsteinflößendes, meinte ich, nicht Nostalgie, sondern der Schrecken, womöglich wieder festgehalten, eingesperrt, von ihrem wahren Ich getrennt, in Geiselhaft genommen zu werden.

»Setz dich doch!« forderte ich sie auf und deutete mit der Hand vom schwarzen Schieferboden der Eingangshalle zum abgewetzten staubfarbenen Wohnzimmerteppich.

»Ich bleib nur ganz kurz. Er wollte bloß Geld holen. Er will mich ausführen.«

»Geld?« Bei diesem Wort hörte ich oben Schritte. Er war in meinem Zimmer und durchwühlte alles nach Geld. Nora hörte es auch und lächelte mich an, als wären wir eine dieser schrecklich netten Familien im Fernsehen.

»Er hat sich nicht gebessert«, sagte ich. »Um kein Jota.«

Die Evidenz dieser Bemerkung schien uns beide zu überrumpeln; irgendwie kam zwischen uns ein Gefühl von Tragik hoch, so heftig, daß ich dachte, es würde uns beiden die Beine wegreißen. Bei Lyle durfte man nicht an die Zukunft denken, bei der Verfassung, in der er jetzt war, und angesichts seiner grimmen Aussichten. Denn er war nicht nur ein unglückliches Kind, sondern gehörte sicher zu den Leuten, von denen wir alle ein paar kennen und die am Ende lahm sind und verkrüppelt und nicht einmal so jämmerlichen Anforderungen gewachsen, wie einen ständigen Job zu haben oder mit jemand zusammenzuleben, Umständen, denen wir unsere bescheidene Alltagszufriedenheit verdanken. Macht man sich das klar, so kann keiner – Nora nicht und ich nicht – vor der tristen Einsicht weglaufen, daß es hier einmal ein gemeinsames Leben gegeben hat, das jenseits des seelischen Bankrotts eine Institution von Ursache und Wirkung war, deren traurige Folgen weder ein Gerichtsurteil noch ein Willensakt annullieren konnte und die noch bis ins zweite oder dritte Glied Verheerungen stiften würden.

»Und wessen Schuld ist es, Mack?« fragte sie. Wenn wir ehrlich hätten sein wollen – aber das wollten wir beide nicht –, wäre die Antwort recht kompliziert gewesen. Wir hätten bei Großmutter und Großvater anfangen und dort ansetzen können. Aber ich kannte Nora. Wir fingen gerade wieder das

Ehespiel mit der Landkarte an, bei dem Nora beweisen wollte, daß alle Wege der Schuld nur zu mir führten.
»Hör auf«, sagte ich, »und gib Ruhe! Laß uns um was weniger Vorhersagbares streiten. Um was anderes. Laß Lyle, das Geld oder mich aus dem Spiel!«
»Sieh dir *dein* Leben an, Mack! Du bist die fleischgewordene Entropie. Was kannst du da von dir noch erwarten?« Ihre Beobachtungen durch die Glasbausteine des Badezimmers schienen sie kühn gemacht zu haben, obwohl sie auch sonst keinen besonderen Anlaß brauchte.
Fleischgewordene Entropie, dachte ich. Ganze Welten ließen sich mit so einer Bemerkung vor Selbstvorwürfen in Schutz nehmen. Lieber Gott, das war eine Frau, die nicht lange brauchte, um mich bei meinen Blößen zu packen!
»Er ist dreißig Jahre jünger als ich und hat nicht diese abgedroschenen Ausreden.« Ich lächelte verkrampft, und sie zog diverse Grimassen, um auszudrücken, es sei schon in Ordnung, sie könne mit solch steifen Situationen fertig werden. Wir standen einander in siedendem Schweigen gegenüber, bis Lyle zurückkam, an mir vorbeifegte und seine Mutter mit sich fortzog.
Danach hockte ich mich im Wohnzimmer vor den Fernseher. Die *Hands* spielten gegen Milwaukee, die übliche beinharte erste Halbzeit, doch würden sowohl ihre Reservebank als auch ihr Selbstvertrauen in den letzten zwanzig Minuten erschöpft sein, so daß sie ihre Rolle als Fußabstreifer dieses Jahrzehnts wieder getrost übernehmen konnten. Ich kochte innerlich weiter. Diese verfluchte Nora Goggins. Entropie! Wie lange hatte sie das schon für mich in petto gehabt? Die hatte immer einen Sprengsatz von hundert Megatonnen in ihrem Bombenschacht.
Als ich mit dem Trinken aufhörte, beschwerte sich Nora immer, mit mir mache es keinen Spaß mehr, ein Ausspruch, der dem hehren Ziel der Übertragung diente, so daß sie mich zugleich niedermachen konnte und für sich eine Ausrede hatte. Wenn es mit mir keinen Spaß mehr machte, durfte sie ihn sich woanders suchen. Es kam eine Zeit, in der sie in

sieben Wochen dreimal zu Wochenendkongressen fuhr, und dann schließlich eine Nacht mitten in der Woche, in der sie nach neunzehn Jahren Ehe einfach nicht nach Hause kam.
Als ich am nächsten Abend durch die Tür trat, war das Haus blitzblank, ich erschnupperte ein warmes Abendessen, was relativ selten vorkam, und begriff sofort, was jetzt auf dem Spielplan stand: trautes Heim. Der Hintergedanke war, daß ich keine Fragen stellen sollte. Wir hatten beide nicht genug Finger und Zehen, die Anlässe zu zählen, bei denen ich in diesen neunzehn Jahren mehr oder minder das gleiche getan hatte. Allein die Nächte, in denen ich so volltrunken gewesen war, daß ich manchmal meinte, mich am Gras festhalten zu müssen, um nicht vom Erdball zu kippen – auch wenn der Barkeeper normalerweise Bescheid wußte und sie rechtzeitig anrief.
Trotzdem nahm ich etwa um halb neun meinen ganzen Mut zusammen.
»Ich war mit Jill zusammen«, rechtfertigte sie sich. Jill Horwich, ihrer früheren Chefin und Barkumpanin.
»Daß du mit Jill losgezogen bist, weiß ich. Ich will wissen, wer sonst noch dabei war.«
»Niemand.«
»Nora, verarsch mich nicht!«
»Ich verarsch dich nicht.« Als ich sie mit einem von den Blicken bedachte, die eigentlich ihre Spezialität waren, sagte sie: »Das kann doch nicht wahr sein.« Sie stand auf, drehte den Ehering am Finger und nahm in einer Ecke des Wohnzimmers Aufstellung, wo eine hübsche Messingvase mit Gladiolen stand. Mich verblüffte, das geb ich zu, in diesem Moment das ewige Phänomen Schönheit. »Mack, laß das doch! Ich weiß, ich hab kein Recht, um so was zu bitten. Aber ich bitte dich.«
»Antrag abgelehnt«, sagte ich. »Also mach schon, die häßliche Wahrheit!«
»Die willst du doch gar nicht hören.«
»Da hast du recht, ich will sie nicht hören. Und ich frage doch.«

»Warum?« Sie sah mich trübe an.
»Ich glaube, ich denke irgendwie, es ist wichtig.«
Schweigen.
»Wer also ist der Kerl?«
»Da ist kein Kerl, Mack.«
»Nora, mit wem warst du zusammen?«
»Ich hab's dir doch gesagt, Mack! Mit Jill.«
Drücken Sie den Knopf, wenn Sie die richtige Antwort wissen.
Erst am späten Nachmittag kam ich drauf, im Büro, als ich wie üblich nutzlos herumsaß, und, soweit ich mich erinnere, mich mit Hans Ottobee unterhielt, einem schwulen Innenarchitekten, der etwas an meiner Möblierung ändern sollte. Nach neunzehn Jahren glaubt man, einen Menschen durch und durch zu kennen, und dann erwähnt irgend jemand ein Wandelement, und auf einmal sieht alles ganz anders aus. Ich hab den Kubismus schon immer gemocht. Was für eine wundervolle Illusion, alle Seiten gleichzeitig sehen zu können.
Zu Hause fackelte ich an jenem Abend nicht lange. Sie hatte wieder gekocht. Ich nahm meinen Teller Roastbeef aus dem Ofen und ging gleich in medias res.
»Also, wie lange bist du schon so?«
»Was meinst du mit ›so‹?«
»Verschon mich! Wann hat das angefangen?« Ich hatte endlich so viel Courage, sie direkt anzusehen, womit das Spiel mehr oder minder aus war.
»Schon immer.« Sie zögerte. »Soweit ich weiß.«
»Schon immer?«
»Erinnerst du dich an Sue Ellen Tomkins?«
»Im Mädchenwohnheim?«
Sie nickte bloß. »Ich glaube nicht, daß Frauen wie Männer sind«, sagte sie dann. »Ich erwarte nicht, daß du das verstehst.«
»Lieber Gott!« stöhnte ich.
»Mack, das kostet mich unglaublichen Mut.«
Ihr kam offenbar gar nicht der Gedanke, daß es für mich auch alles andere als einfach war. Menschen, die miteinander verheiratet sind, die lange aneinander festhalten, können

sich beim anderen mit vielem abfinden: mit persönlichen Macken, schlechten Gewohnheiten, Siechtum. Für manche ist das Toleranz, für andere Pflichterfüllung, und viele haben wie ich nur Angst vor dem, was sie nicht wissen. Eine Weile versuchte ich mich in der Vorstellung, daß ich auch damit fertig werden müsse. Leute bleiben auch ohne Sex miteinander verheiratet. Ich hatte viele dieser Sorte kennengelernt, schließlich war ich als Katholik großgeworden. Und wer sagt denn, daß alles gerade *so* sein muß? Aber es ging sozusagen an den Kern. Ich habe das im Sinne von Normen gesehen, machte mir keine Sorgen, ob das pervers war oder sonst was, worüber meine bigotte Ma in Ohnmacht gefallen wäre, und ich konnte Nora umgekehrt auch kein Kompliment machen, weil es der letzte Schrei war. Es kam mir nur so unfaßbar vor, daß ich's nicht gewußt hatte. Daß sie es mir nicht gesagt hatte. Daß ich's nicht geahnt hatte.

Wie war das also für sie gewesen, all diese Jahre mit dem besoffenen alten Mack, dem nur selten die Lust das Segel blähte und der sich dann über sie wälzte und den Mast in ihrem Hafen, die Wellen abritt? Was dachte sie sich dabei? Wieviel machte sie mir dabei vor? Ein neugieriger Verstand will das wissen. Ich blieb an diesem Abend im trüben Dunkel sitzen, das nur vom Flimmern der Sportsendung und dem hysterischen Geschrei des Kommentators gestört wurde, versuchte die Sache auszuloten und kam mir bewundernswert nachsichtig vor. Ich glaube nicht, daß sie wußte, was sie davon halten sollte. Sie muß sich unsicher gefühlt haben, sich selbst etwas fremd. Weder widerwillig noch hingerissen. Wie konnte es sein, daß sie es nicht gewußt hat? wirst du fragen. Das Gesetz gilt auch für das, was man fahrlässig tut – nicht nur mit Vorsatz –, und wir scheinen uns diese Lektion zu Herzen genommen zu haben. In diesem Leben sind wir, der katholischen Theologie ungeachtet, was wir tun. Sie muß von Zeit zu Zeit an ihre Collegefreundin gedacht haben und überrascht gewesen sein, daß die Erinnerung sie erregte. Sie hat das wohl auf jugendlichen Überschwang geschoben, auf dieselbe Verwegenheit, mit der sie einem Kerl schon beim zweiten Ren-

dezvous einen blies, und den immer wiederkehrende Gedanken daran wohl als Teil jener Welt verworrener und unappetitlicher Dinge abgetan, die in jedem Durchschnittsgemüt herumgeistert. Von Zeit zu Zeit muß sie sich unbarmherzig gefragt haben: Bin ich denn so?
Und zu anderen Zeiten wird sie sich mit den Tatsachen getröstet haben: ein Ehemann, Jungs in der Vergangenheit, ihr gegenwärtiges Leben, das Kind. Es muß sie überrascht haben, daß sie es als so angenehm empfand, wie Jill Horwich ihr das erste Mal die Hand auf die Schulter legte und ihr dann wie rein zufällig über den Busen strich. So stelle ich es mir vor. Genau weiß ich's nicht, wie ungläubig diese Erfahrung – oder diese Gnade – aufgenommen wird. Wir sehen einen Menschen, hören eine Stimme, fühlen uns vertraulich zu ihm hingezogen, und doch bleibt so viel fremd. Ganz gleich, wie ernsthaft wir uns auch erforschen, die Geheimnisse bleiben. Nora würde sagen, wir wissen es nicht einmal genau, wenn wir in den Spiegel schauen.
Beim einsamen Spiel mit der Fünffingermarie ertappte ich mich dabei, wie ich mir die beiden vorstellte, Jills Gesicht bis zu den Augenbrauen in Noras Schoß vergraben, und meine Frau hat den Kopf zurückgeworfen in einer Ekstase, die sie eigentlich nur mit mir haben wollte. Ich sehe das, ich geb's zu, in einer unwahrscheinlichen Detailliertheit vor mir, phantasiere es mir aus Noras Augen zusammen – auch eins dieser Bilder, das ich nicht malen kann. Hinterher bin ich mürrisch, vor Trauer gelähmt. Häufig empfinde ich aber im Augenblick des Fühlens und der Hitze, bei diesem Bild der endlich freien Nora, die ihre Empfindungen wie die schönste Musik genießt, selber einen gewissen Höhenflug, als könne ähnliches auch mir widerfahren.
Das alles ging mir durch den Kopf, während ich in den Fernseher glotzte, bis ich mich plötzlich erinnerte, wie gern ich getrunken hatte, und voller Abscheu auf meine Umgebung sah. Die Iren haben doch die verrücktesten Wohnungen der Welt! Dunkel und billig, so voller verdammter kleiner staubverkrusteter Nippes, so daß ich kaum einen freien Platz

auf meinem Tisch finde, um ein Glas abzustellen zwischen all den Spitzendeckchen und Familienfotos. Im Haushalt meiner Mutter sah es ganz genauso aus, eine Art bittere Ironie, da Nora Bess nie leiden konnte, weder deren verknurrte, flunschbewehrte Richtermiene noch den Stimmungsumschwung, wenn sie ihre Männer anhimmelte. Schon verblüffend, denn während die Zeit vergeht und ich die Augen schließe, habe ich das Gefühl, als würden sie beide hier drinnen den gleichen Platz beanspruchen.
Am Fernsehschirm kam groß eine Nahaufnahme des Schiedsrichters. Noch während ich genauer hinsah, erfaßte mich das Hochgefühl der Entdeckung: Ich war plötzlich konzentriert, gerettet, endlich befreit.
»Der isses!« schrie ich durchs leere Haus. Den kannte ich. Dieses Gesicht hatte ich schon mal gesehen.
Auf Schweinsäugleins Zeichnung.
Kam Roberts.

IV. Ich hätte nicht überraschter sein können, wenn die *Hands* das Spiel gewonnen hätten

A) Das Phantom des Stadions

Zu den vielen erhabenen Institutionen, die vor Jahren Leotis Griswells Rat eingeholt hatten, gehörte auch die Universität. Für seine Sozietätspartner war diese Verbindung unbezahlbar, weil wir dadurch an Logenplätze beim Football und Basketball rankamen und privat durch Universitätseinrichtungen geführt wurden wie das Bevatron oder das Fieldhouse, das Heimatstadion der *Hands*. Ich hatte das versiegelte Parkett schon mal betreten, mit den zwei Händen und ihren Riesenknöcheln in einem zinnoberroten Kreis in der Mitte, war durch die Tunnels getrabt und hatte die Umkleideräume besichtigt. Bedeutsamer noch war jetzt, daß ich auch das häßliche Kabuff mit den Spinden betreten hatte, in dem die Schiedsrichter sich zum Spiel umziehen, die Pause verbringen und sich nach dem Schlußpfiff sofort duschen, um in Straßenkleidung zu schlüpfen, sich mit Sonnenbrille zu tarnen und mit der hinausströmenden Menge zu entfliehen, ehe verprellte Fans eventuelle Fehlentscheidungen mit ihnen erörtern können.

Ich rannte aus dem Haus, schnappte mir dabei nur ein Tweedjackett und raste mit dem Wagen in halsbrecherischem Tempo über den Fluß in die Stadt zurück. Dabei achtete ich auf Streifenwagen und holte mir im Autoradio das Spiel herein. Ich mußte alle Fenster runterkurbeln, um den Gestank vom Vortag hinauszulüften, so daß es im Chevy eiskalt wurde. Vor jedem Rotlicht hauchte ich in die Hände. Halbzeit. Die *Hands* nur wenig im Rückstand. Ich mußte unbedingt dort sein, ehe die Schiris wieder aufs Spielfeld trabten, damit ich diesen Kam zu fassen kriegte.

An ihn ranzukommen, wie er auch wirklich heißen mochte, würde nicht einfach sein. Meines Wissens konnte er gemeinsam mit Buchmachern jede gewünschte Schiebung machen, aber ich erwartete nicht, daß er das so ohne weiteres zugeben würde, und mit welcher Einleitung ich auch beginnen würde, er würde vermutlich sofort die Fliege machen. Neugierig war ich freilich auch, selbst wenn man sich ohne große Phantasie vorstellen kann, wie zielgerichtetes Handeln – so heißt es unter Juristen – aussieht, wenn man den Schiedsrichter in der Tasche hat: ab und zu mal ein Foul, ein Abseits, einen Einwurf, einen ungültigen Korb, einen Schrittfehler pfeifen oder es bleibenlassen. Ein Spielergebnis ließ sich vermutlich um zwanzig bis dreißig Punkte schieben, ohne daß es zu auffällig wurde, wo doch allemal über jeden Pfiff gemotzt wird und ein Schiedsrichter, zudem beim Basketball, wo alle dauernd springen und einander schubsen, nicht alles sehen kann. Archie hatte mit diesem Kam schon ein tolles Ding laufen gehabt, keine Frage, aber ich war schon lange aus dem Polizeidienst raus und mir lag nur dran, etwas über Bert rauszukriegen: ob er tot war oder am Leben, und wenn letzteres, wie ich Fühlung mit ihm aufnehmen konnte. Eigentlich brauchte ich, von meinem eingefleischten Schnüffeltrieb mal abgesehen, nicht mal zu wissen, welche Rolle Bert bei dieser Abzockerei spielte.

Das Fieldhouse, »The House of the *Hands*«, war ein klassisches Universitätsgebäude, ein gewaltiger Kasten aus den gleichen roten Klinkern wie die meisten Bauten der Uni. Etwas gemildert wurde sein abweisendes Äußeres durch Giebelzierat, Türmchen, Zinnen und Schießscharten aus behauenem Naturstein. Irgendwer muß mir mal erklären, warum sich die Architekten so vieler großer Stiftungsuniversitäten vom Festungsbauer Vauban inspirieren ließen. Mit welchem Hintergedanken? Damit sich die Bauten, sollten die Südstaaten noch mal rebellieren, in Zeughäuser verwandeln ließen?

Im Moment hätte auch ich eine Streitmacht brauchen können, denn ich fand keinen Parkplatz vor der Tür. Der Parkwächter gegenüber blieb standhaft trotz der zwei Zwanziger, die ich ihm zuschieben wollte, um den Chevy unterzubringen, und ich fegte mit quietschenden Reifen um den Block, schwitzend, fluchend, zittrig und wütend, weil mir die Zeit davonlief. Vor dem Stadion lungerten massenhaft Bauchladenverkäufer von Aufnähern und Bechern, Buttons und Wimpeln herum und fuchsten sich über die jungen Schwarzen in Anoraks und Fetzenmänteln, die nur da waren, um das Basketballspiel und die Spieler von weitem mitzukriegen. Ein paar frühzeitige Aufbrecher tröpfelten in Zweier- oder Dreiergruppen aus den Ausgängen. Von der Halbzeitpause waren jetzt nur noch fünf Minuten übrig. Die Mannschaften waren jetzt bestimmt schon draußen und liefen sich warm, versuchten locker und unverkrampft zu wirken, dieweil sie ohne den Gegner Spielzüge übten, sperrten oder blockten und Ballwechsel durchexerzierten; bald würden ihnen die Schiedsrichter aufs Feld folgen. Am Ende stellte ich die Karre im absoluten Halteverbot ab. Mit etwas Glück war ich in zehn Minuten wieder zurück, wenn ich das Vögelein fing.

Eine Eintrittskarte hatte ich nicht. Das fiel mir erst ein, als ich die Kartenabreißer sah. Sie bewachten die Eingänge während des ganzen Spiels, um herumlungernde Buben, die allerhand anstellten, um hineinzukommen, abzuhalten. Ich rannte zurück zu den Kassenschaltern, aber die waren geschlossen. Ich mußte einen mürrischen Jungen dazu bringen, eine alte Vettel heranzuholen, die den Rolladen hinter der Scheibe zur Hälfte hochschob, mich gelassen musterte und »Sorry, restlos ausverkauft« knurrte.

»Ich nehm auch 'nen Stehplatz.«

»Von der Feuerwehr verboten.« Der Rolladen rasselte runter. Ich hörte sie wegschlurfen, während ich noch an die Scheibe trommelte.

Wieder vor dem Eingang, sah ich einen Mann mit drei kleinen Kindern, der bereits ging, um sie ins Bett zu bringen, und mir gegen zehn Dollar ohne weiteres seine abgerissene Karte abtrat. Mit ihr wetzte ich an ein anderes Tor. Die zwei dicklichen Kartenabreißer, ein Junge und ein Mädchen in roten Trainingsanzügen, waren offenbar Schüler und ineinander verknallt, noch ganz hingerissen von den Wonnen der ersten Liebe und der verblüffenden Erkenntnis, daß es nach dem bisherigen Alleinflug in ihrem Leben womöglich einen Kopiloten gab. Bei ihrem Anblick fiel mir plötzlich Brushy ein, ein lustvoller Gedanke, der dann irgendwie verquer und schmerzlich wurde. Ich drängte mich zwischen den beiden durch das Drehgitter, kopfschüttelnd und grinsend und jedem in Hörweite mitteilend, wie froh ich sei, rechtzeitig gemerkt zu haben, daß die Lichter am Wagen noch gebrannt hatten. Im Weiterrennen hörte ich den Anpfiff, auf den plötzlich Bewegung in die Zuschauermasse kam: Die zweite Halbzeit hatte angefangen – und ich stand noch im düsteren Tribünenaufgang, über mir das Johlen der Menge, und murmelte: »Scheiße!« Ich konnte es jetzt wie ein verrückter Fan machen und mitten aufs Spielfeld laufen, aber günstigenfalls würde dabei eine Fahrt zum 19. Polizeirevier rauskommen, oder gar eine Bekanntschaft mit dem Gummiknüppel.

Lieber schritt ich bedächtig das Labyrinth der Backsteinflure ab und versuchte mich zu erinnern, wo der Umkleideraum der Schiedsrichter war. Die alten Klinker der Innenwände waren überall dick mit Lackfarbe gestrichen, in dem grellen

Zinnoberrot der *Hands,* das das Spektrallicht zurückwarf. Die Luft roch irgendwie salzig, nicht so sehr nach Schweiß als nach Erregung, wie stechender Ozongeruch nach einem Blitz. Das Getöse der Menge war schwächer geworden, was besagte, daß die *Hands* schlappmachten. Als ich an einer Rampe, die nach oben führte, vorbeikam, erhaschte ich einen Blick auf die große vierseitige Anzeigetafel an ihren strammen Stahlseilen unter den Deckenträgern, um die blaue Schwaden aus Zigarettenrauch zogen. Milwaukee hatte schon vierzig Sekunden nach der Pause sechs Punkte gemacht. Womöglich waren die *Hands* noch gar nicht auf dem Spielfeld.

Schließlich fand ich, was ich gesucht hatte: eine schlichte Holztür, zinnoberrot gestrichen wie die Klinker, mit dem Schild ZUTRITT FÜR UNBEFUGTE VERBOTEN. Und dann hatte ich an diesem Abend zum erstenmal Schwein. Der Mann vom Wachdienst in seiner zu großen roten Jacke spazierte gute fünfzig Meter entfernt den Betonflur entlang; das Transistorradio ans Ohr gepreßt, war er wohl auf dem Weg zum Pinkeln, jetzt, nachdem die Halbzeitpause vorüber war. Ich drückte die Klinke und ging rein wie jemand, der dazugehört. Eine Eisentreppe, dann ein langer niedriger Durchgang, von nackten Glühbirnen erhellt, ein Wartungstunnel für Heizungs- und Abwasserrohre, der in den Keller des Stadions führte, wo sich die Schiedsrichter umzogen.

Hier unten zu sein, während oben das Spiel tobte, war ein eigenartiges Gefühl. Dort oben ging es um Ruhm und Ehre, dort glänzte das Eschenholzparkett im gleißenden Licht der Stadionscheinwerfer. Die Cheerleader, der rührende Inbegriff von Jugend, in ihrer Anmut so schlicht wie Blumen, ließen die Röckchen fliegen und hopsten auf und nieder. Auf den Rängen jenes zeitlose Phänomen, das zurückgeht bis zu jener Zeit, als wir noch im Rudel jagten. Summend wie eine Hochspannungsleitung lauerten dort achtzehntausend Durchschnittsbürger, die sich unversehens in eine kompakte Masse ausgeflippter Brüllaffen verwandeln konnten. Sorgenbeladende Menschen, mit einem behinderten Kind oder einer unbezahlbaren Hypothek, kreischten dann derart enthemmt, daß sie morgen bei der Arbeit stockheiser sein würden, und hatten nun nichts mehr im Sinn außer der Frage, ob so ein langer Lulatsch in glänzenden Shorts das Leder durchs Loch kriegen würde oder nicht.

Und in schwarzweißen Trikots rannten dort droben zwischen buntem Mannschaftsdreß die Schiedsrichter rum. Als Verkörperung von Ratio, Gesetz und Regel, als Unparteiische, jene Macht, die dafür sorgte, daß das Ganze Spiel blieb und nicht zur Massenschlägerei ausartete. Hier unten machten sie sich bereit, entspannten sie sich und fanden zurück in die Wirklichkeit, und hier, du kannst es mir glauben, stank es. Im wahrsten Sinne des Wortes. Ich wußte das noch von früheren Besuchen. Der enge Raum wurde vor Schweißgeruch dann zum Pantherkäfig, dieses Kabuff, bloß zwei Meter hoch, ein Nachtrag der Architekten, abgezwackt vom Wartungstunnel neben den Abwasserrohren. Die Wände holzverkleidet und mit elender Ölfarbe, die unter den nackten Glühbirnen billig glänzte, elfenbeinfarben gestrichen. Zwei enge Umkleidenischen, dazu eine Dusche und ein Klosett, beide hinter einem Vorhang aus blauem Zeltleinen, ein Arrangement, ungefähr so gemütlich wie eine Ausnüchterungszelle.

Am Ende mündete der Gang in einen Tunnel, der sanft ansteigend zum Spielfeld hinaufführte. Lärm und Licht schwallten wie durch einen Trichter von dort herunter, und als ich an der Tür zum Umkleideraum durch den Betontunnel hinaufblickte, konnte ich die Beine und den roten Jackensaum von zwei Wachleuten sehen, die für diesen Bereich abgestellt waren. Die Geräusche der Menge oben und die Rasanz des Spiels – Ballgeräusche auf dem Parkett, Pfiffe und Schreie – drangen bis hier herunter und klangen wie exotische Musik.

Die Tür zum Umkleideraum ähnelte der, durch die ich oben hereingekommen war: alt, aus Holz, rotlackiert, mit drei aufgesetzten Gefachen. Wenn die Wachleute da oben schlau waren, hatten sie abgeschlossen, wenn nicht, würde ich mich drinnen verstecken und warten. Als ich an der Klinke rüttelte, gab die Tür nicht nach; ich probierte es noch einmal und fluchte. Jetzt hatte ich keine andere Wahl, als drei Meter weiter im Flur auszuharren und meine Chance abzupassen, wenn die Schiedsrichter unmittelbar nach dem Spiel den Tunnel heruntergerannt kamen. Wahrscheinlich würden mich dann die Wachleute packen. Sie würden mich wegschleppen, während ich blödes Zeug schreie wie »Kam! Kam Roberts!«

Ich hatte die Klinke noch in der Hand, als ich spürte, wie sie sich bewegte. Der Innenriegel schnappte zurück, und während mir fast das Herz stehenblieb, tat sich die Tür nach draußen auf.

Bert Kamin sah mich von oben bis unten an.

»Hallo, Mack!« sagte er. »Ich bin heilfroh, dich zu sehen.« Er winkte mich hinein und verriegelte die Tür wieder, kaum daß sie hinter mir zu war. Dann eröffnete er mir, was ich längst wußte:

»Ich sitze dick in der Tinte.«

B) Herzenssachen

Bert war eigentlich nie zu einer liebenswürdigen Geste fähig. Wegen meiner Vermutung hatte ich mir eingebildet, er scheue selbst davor zurück, einem die Hand auf die Schulter zu legen, aus Angst, er könne sich dadurch verraten. Tatsache aber ist, Bert ist schlicht verschroben. Normalerweise markiert er den rauhen Kerl, der Kaugummi kaut und aus dem Mundwinkel zynische Bemerkungen fallenläßt. Ich weiß nie genau, wer er zu sein glaubt – er wirkt wie einer, der die sechziger Jahre nicht ganz verarbeitet hat, gern bei allem dabeigewesen wäre, aber zum Mitmachen zu simpel gestrickt und zu gefühlsarm war. Zuweilen erinnert er mich an den ersten Typ, den ich hoppgenommen habe, eine sympathische kleine Ratte namens Stewie Spivak, Student an der Uni und dem Dealen noch mehr verfallen als dem Dope.

Nun stand Bert vor mir, warf den Kopf zurück und erklärte

mir: gut siehst du aus, Mann, gut siehst du aus, dieweil ich ihn gleichfalls musterte. Sein schwarzes Haar war aus jeder Fasson gewachsen und er strich es sich dauernd beidhändig zurück; er war unrasiert und das beängstigend gestörte Glimmen in seinen Augen war ausgeprägter denn je. Ansonsten kam er adrett in schwarzer Lederjacke und modischer Freizeitkleidung daher: italienischer Pullover mit elegantem Muster, Bügelfalte in der Hose, schicke Schuhe und Socken. War das die Kleidung eines Mannes auf der Flucht? Er wirkte irgendwie nicht ganz koscher, aber das war er ohnehin nie gewesen.
»Also wer schickt dich?« wollte er wissen.
»Wer mich schickt?« Die Frage haute mich um. »Mal langsam, Bert. Willst du mich verarschen? Wo hast du gesteckt? Was treibst du hier?«
Er wich zurück, schielte ein bißchen und war wie ein geduldiges Kind bemüht, meine Erregung zu begreifen. Noch immer schien er erfreut, ein vertrautes Gesicht vor sich zu haben.
»Ich warte auf Orleans«, sagte er schließlich.
»Orleans? Wer in Gottes Namen ist Orleans?«
Da wurde Berts Blick glasig – eine Aura wie vom Geheimnis der Milchstraße verbreitete sich. Ebensogut hätte ich fragen können, woraus das Weltall, aus was Leben besteht. Das Mißverständnis zwischen uns hatte galaktische Dimensionen: Wir lebten in verschiedenen Welten. Da wir schwiegen, hörte ich, daß das Radio lief. Eingekerkert in diesem Verlies hier verfolgte er also trotzdem das Spiel dort oben. Die Decke war so niedrig, daß er wohlweislich ständig den Kopf einzog und damit den Eindruck verstärkte, er sei irgendwie unterwürfiger geworden. Er hatte noch kein Wort gesagt, als ich selber auf die Antwort kam.
»Der Schiedsrichter«, stieß ich hervor.
»Richtig.« Er nickte, hocherfreut. »Ja. Hier darf ich eigentlich nicht rein. Du auch nicht.«
Kam Roberts war Orleans. Jetzt brachte ich es zusammen. Archie hatte Orleans in der Hand, und Schiedsrichter Orleans war Berts Busenfreund. Archie war tot und hatte zwischendurch in Berts Kühlschrank gesteckt, und Bert lebte

und war vor jemand abgetaucht, vielleicht nur vor Funktionären des Basketballverbands. Nichts paßte. Ich nahm einen neuen Anlauf in der Hoffnung, ihn aufzurütteln und genauere Angaben zu erlangen.

»Bert, was läuft hier eigentlich? Die Cops suchen dich wie eine Stecknadel – und Orleans noch mehr.«

Da zuckte er hoch. Ein altes Lehrerpult stand da, vermutlich aus einem Seminarraum abgestaubt, darauf das Radio. Bert hatte daran gelehnt, bis ich die Polizei erwähnte.

»Hoppla, hoppla, hoppla!« sagte er. »Orleans? Die Polizei sucht Orleans? Warum? Weißt du, warum?« Da merkte ich, was an ihm anders war: Er zeigte offen Gefühle. Während er früher verknurrt war wie ein Sechzehnjähriger, wirkte er jetzt fast kindlich. Fahriger als in meiner Erinnerung, aber auch wohltuend aufrichtig. Mir war, als hätte ich seinen jüngeren Bruder vor mir.

»Bert, nicht wegen Falschparkens, die sagen nicht, warum. Ich hab mir das bröckchenweise hier und da zusammengeklaubt. Meine Vermutung ist, sie glauben, dein Herzensfreund Orleans da draußen hat bei Spielen geschoben. Für Buchmacher.«

Er wirkte betroffen und pulte, ins Grübeln versunken, mit schmalen Fingern an der Unterlippe. Die Schiedsrichterklause war so spartanisch wie in meiner Erinnerung. Drüben, auf der anderen Seite, wo die *Hands* sich umzogen, hatten Sponsoren für Teppichböden und Whirlpools, Trimmgerät und ein Ambiente wie im Country-Club gesorgt. Aber hier gab es nichts dergleichen. Mittendrin eine alte, an einer Ecke abgesplitterte Bank aus imitierter Eiche ohne Rückenlehne, und an der Wand gegenüber der Tür drei verzogene Metallspinde, stellenweise angerostet, und einer mit einer tiefen Delle vom Fußtritt oder Faustschlag eines Schiedsrichters, der aus der Menge Bemerkungen über seine Mutter, seine Dioptrien, seine Penislänge etwas deutlicher vernommen hatte, als er es sich droben auf dem Spielfeld hatte anmerken lassen.

»Bert, es laufen allerhand Sauereien. Im Kühlschrank in deiner Wohnung gammelt 'ne Leiche, oder wenigstens war das mal so. Ich glaube, auch so'n Freund von dir. Hast du das gewußt?«

Er blickte kaum auf und nickte knapp, offenbar mit ganz anderen Dingen beschäftigt.

»Das heißt Gefängnis, was?« wollte er wissen.

Den Mord konnte er damit wohl nicht meinen.

»Schiebung bei Basketballspielen? Schon. Ich würde sagen, darauf steht Knast.«

Er fluchte. Tat einen Schritt in Richtung Tür und blieb wieder stehen. »Ich muß ihn da rausholen.«

»Bert, Moment mal! Wie ist der Kerl in deinen Kühlschrank geraten?«

»Wie denkst du, sind sie ihm auf die Schliche gekommen? Die Cops? Orleans?«

Es ist immer dasselbe, wenn man mit Bert redet, sein Thema ist ihm wichtiger als deins. Du mußt auf seine Sprunghaftigkeit eingehen wie bei einem Dreijährigen oder einem jungen Hund.

»Keine Ahnung. Ehrlich gesagt, haben sie von Orleans offenbar eher gewußt als von dir. Eigentlich suchen sie einen gewissen Kam Roberts. Ist *er* das?«

Diesmal bekam ich Antwort. »Alles sehr kompliziert.« Dann schlug er sich mit der Faust auf den Schenkel. »Scheiße«, sagte er. »Ich kapier das nicht. Wieso haben sie Archie gefunden? Keiner hat gewußt, daß er da drin war.«

Keiner hatte gewußt, daß Archie da drin war, und Bert war es recht gewesen. Mir wurde kurz unbehaglich, wie eine Flaumfeder berührte mich etwas Unangenehmes, wie eine Motte im Dunkeln das Gesicht. Ich forschte in Berts geistesabwesender Miene nach Indizien, während ich erläuterte, wie es dazu gekommen war, daß ich die Leiche entdeckt hatte und nicht die Bullen.

»Bis die hingekommen sind, hatte schon jemand die Leiche beiseite geschafft. Vielleicht hast du 'ne Ahnung, wer das gewesen ist.«

Er hatte die Stirn, zurückzuzucken und mich anzustarren, als sei ich ausgeflippt, dann wandte er sich wieder seinen Überlegungen zu: »Wenn die Cops Archie nicht gesehen haben, was hat sie dann auf Orleans gebracht?«

»Bert, woher soll ich das wissen? Die sind runter ins Russische Bad und ham sich erkundigt. Kriegten die vielleicht dort was von Kam Roberts zu hören?«

»Oh, genau«, sagte Bert. »Genau, genau, genau.« Er schnippte ein paarmal mit den Fingern und tat ein paar Schritte. »Lieber Gott, ich und mein großes Maul, Mann! Mein verdammt großes Maul!« Er blieb stehen, sichtlich betroffen. Als er hochblickte, sah er mich eindringlich an. »Wenn mir was zustößt, Mack, sorgst du dafür, daß er einen Anwalt bekommt? Versprichst du mir das, Mann?«

»Ich versprech's dir, Bert, aber werd doch bitte mal deutlicher! Was sollte dir denn zustoßen? Wovor hast du Schiß?«

Da kam die erste Erinnerung an den Bert von früher, der manchmal ausrastete und stets kurz davor war, in den Schlund seines selbsterzeugten Vulkans zu stürzen. Rote Wut verzerrte ihm das Gesicht.

»Komm schon, Mack! Du hast doch selber gesagt, du hast gesehen, was sie mit Archie gemacht haben.«

»Von wem ist hier die Rede? Sie? Der Mob?«

Immerhin brachte mir das ein Nicken von ihm ein.

»Und sie wollen was? Geld?« Mein erster Gedanke, sie heischten Kompensation für die Gelder, die Archie an ihnen vorbeigemogelt hatte.

Er sah mich an. »Orleans«, sagte er.

»Sag das noch mal!«

»Sie wollen Orleans. Versteh doch, Mann! Sie wollen wissen, wo sie ihn finden. Wer er ist. Ich meine, das haben sie von Archie wissen wollen.«

»Hat er's ihnen gesagt?«

»Wie hätte er können? Der hatte doch keinen blassen Dunst, woher ich Wind bekam. Ich hatte einen an der Hand, der Kam hieß. Mehr wußte er nicht.« Bert rannte jetzt recht hektisch hin und her, mit nervösen Zuckungen, in dem engen Schiedsrichterkabuff wirkte er wie ein Hamster im Tretrad. Doch ich meinte, ihm jetzt folgen zu können. Bert hatte Archie Progno-

sen über Spielergebnisse gemacht. »Kam's Special.« Mehr hatte Archie nicht gewußt.
»Hat Archie denen was von dir gesagt?«
»Er hat gesagt, würde er nicht. Anfangs. Und dann beim letztenmal, als wir telefonierten, hat er zu mir gesagt – weißt du, er war ziemlich durchgedreht. Er hat gesagt, die bringen ihn um, wenn er ihnen nicht sagt, wo das herkommt. Sie wollten Kam. Sie haben Archie so was wie 'ne Frist von vierundzwanzig Stunden gegeben, Kam auszuliefern. Weißt du, er hat richtig gebettelt.« Bert wagte einen kurzen Blick zu mir, um zu sehen, wie ich damit zurechtkam, wenn einen ein Kumpel anbettelt, ein Geheimnis offenzulegen, weil es um sein Leben geht. Bert hatte das Geheimnis für sich behalten und schielte deshalb nur vorsichtig zu mir her.
»Na, mir war schon klar, daß er mich verpfeifen würde. Ich hatte mir schon gedacht, daß ich abhauen mußte. Ich war da grade in der Stadt, schleiche mich vorsichtig in meine Bude, mache dann den Kühlschrank auf – und es macht mich so fertig, daß ich fast den Verstand verliere, lieber Gott, was die ihm angetan haben ...« Die Stimme kippte und versagte ihm, dem hartgesottenen Kleiderschrank Bert Kamin. Mit den Handballen rieb er sich die Tränen weg. Der Anblick stand so völlig im Widerspruch zu dem, was ich von Bert wußte und erwartete, daß mir wieder ein kleiner tintenschwarzer Verdacht das Herz verfinsterte. War vielleicht alles bloß Theater? Immerhin war Bert Strafverteidiger und somit auch Laienspieler, obwohl er vor Gericht nur eine Gangart hatte, Volldampf voraus, und nur einen Stil, den des Wüterichs. Aber sein schmales braunes Gesicht ließ Bert ernsthaft gequält und zerknirscht erscheinen. »Was die ihm angetan haben, Scheiße nochmal. Und jetzt bin ich an der Reihe. War mir klar. Die schäkern nicht rum, diese Saukerle.«
In meiner Zeit als Polizist habe ich sozusagen jeden Respekt vor dem Mob verloren. Wohlgemerkt, es gibt durchaus Cops, die sich mit ihm einlassen, besonders beim Wetten, und voll in die Scheiße geraten, ihm im Handumdrehen mit Haut und Haaren verfallen. Und ich kenne sogar den einen oder ande-

ren jungen Italiener, von dem es immer hieß, zur Polizei sei der nur gegangen, weil sein Onkel irgendein Pate war und einen Draht zum Präsidium brauche. Aber was sind das eigentlich, einzeln betrachtet, für Kerle? Kaum mehr als 'ne Bande dunkelhäutiger Südländer, die nicht mal den High-School-Abschluß geschafft haben. Wenn du dir einen ansiehst, der unten auf dem Markt Obst verhökert, kennst du schon die Standardausführung: Typen mit miserablem Amerikanisch und 'ner Menge Goldkettchen, die keinen besseren Job finden. Du kannst getrost davon ausgehen, daß der Mensch an sich reichlich mies ist, aber welches pygmäenhafte Selbstgefühl muß jemand haben, damit ihm einer abgeht, wenn sich alle vor ihm in die Stiefel scheißen? Über sie als Phänomen wird viel zu viel geschrieben. In einer Stadt wie unserer gibt's vielleicht maximal fünfzig, fünfundsiebzig, die echt dazugehören, und 'ne Menge kleiner Ratten und Mitläufer, die nach den Brosamen schnappen. Und das soll der Mob sein. Wohnen draußen im South End in Bungalows, weil sie Schiß haben, daß die Steuerfahndung untersucht, wo sie das Geld für all die Extras her haben. Schlürfen Espresso und Amaretto, prahlen voreinander, wie hartgesotten sie sind, und haben dabei ständig Angst, ob einer von ihnen nicht elektronisch verwanzte Unterwäsche anhat, Marke FBI. Galgenvögel, kein Zweifel, niemand, mit dem man befreundet sein möchte oder den man auch nur zum Abendessen einladen würde, aber ihr Geschäft schrumpft. Das Rauschgift haben echte Verbrecher. Die Prostitution ist mittlerweile hauptsächlich was für Sonderwünsche: bepinkeln lassen, analen Verkehr, nichts Normales; für die Pornoindustrie gilt das gleiche. Richtig verdienen können sie nur noch am Wettgeschäft.

»Und was wollen sie mit Orleans? Ihn kaltmachen?«

»Vielleicht. Ich meine, wer weiß. Weißt du's? Die sagen, nein. Jedenfalls hat das Archie gesagt. Sie wollen ihm nichts tun.«

»Was wollen sie dann?« fragte ich, doch da dämmerte es mir schon: Orleans war eine Gans, die goldene Eier legt, und so einer wird nicht der Hals umgedreht. Sie würden von ihm nur

das wollen, was er auch Archie geliefert hatte. Punkte. Schiebungen. Spielergebnisse. Ich sagte zu Bert: »Die wollen, daß er für sie arbeitet, ja?«
»Schafft er nicht. Ist nicht so gebaut. Auch wenn er wollte, es ginge irgendwie schief. Die würden ihn kaltmachen. Früher oder später.«
»Und deswegen bist *du* auf der Flucht? Das ist es, was ich nicht schnalle, Bert. Was hat das mit *dir* zu tun, letztendlich?«
Er gab keine Antwort, aber die Wahrheit tauchte kurz auf: sein Blick, plötzlich wie erschlagen, das gebräunte Gesicht von Emotionen zerfurcht. Ich bin ein Langsamer, Elaine, ein Spätzünder, wie der Trainer in der High School immer gesagt hat, aber am Schluß kapiere ich doch. Bert war verliebt. Verliebt in Orleans. Für so was gibt's keinen Knigge, und es gehört sich immer noch nicht, zu einem schwulen Freund zu sagen: Ich hab's die ganze Zeit schon gewußt. Also sprachen wir gar nichts.
»Jedenfalls«, konstatierte ich schließlich, »nimmst du ihn in Schutz.«
»Klar. Muß ich doch.«
»Natürlich«, sagte ich.
Wieder lehnte er sich mit gehetztem Blick ans Pult, verstrickt in die Tragweite dieser ganzen Probleme. Laut fragte er mehrmals: »Lieber Gott, was mache ich bloß?« Dann fixierte er ohne Vorwarnung oder Übergang plötzlich mich.
»Und was hast *du* denn damit zu schaffen?« wollte er wissen. »Ich kapier nicht, warum *du* hier bist, Mann. Wer schickt *dich*?«
»Eigentlich unsere Sozietätspartner, Bert.«
Er zog sich wieder zurück. Kniff ein Auge zu. »Warum?«
»Sie wollen das Geld wiederhaben, Bert. Fragen stellen sie keine.«
Da hatte ich ihn aber erwischt und tüchtig verblüfft. Er stand da, den Mund halb offen, und suchte nach Worten. Ich tat einen Schritt auf ihn zu, von meinem eigenen Impuls überrascht. Hätte ich doch um ein Haar die schlaue Andeutung gemacht, den hintergründigen Scherz, den Zaster doch lie-

ber zu teilen. Es war, als hätte ich mit der Hand in mich selber hineingefaßt, um rauszufinden, was da drin ist. Aber da war bloß das scheußliche Chaos wie immer, und ich sagte nichts. Draußen war inzwischen großer Aufruhr entstanden. Hallende Schritte, Stimmengewirr. Zuerst dachte ich, der Ball sei in den Tunnel geflogen und sie spielten jetzt hier weiter. Jemand hämmerte plötzlich derart an die Tür, daß sie fast aus dem Rahmen flog. Aber das war erst, nachdem mir Bert direkt in die Augen gesehen, geblinzelt und geschluckt hatte, so daß sein großer Adamsapfel in seiner langen Kehle hinter den dichten Bartstoppeln auf und nieder rutschte. Er sah mir ganz unschuldig in die Augen und fragte: »Welches Geld?«

V. Ein Mann rennt los

»Okay, Scheißer, mach endlich auf!« Ich erkannte Schweinsäuglein an der Stimme. »Mach schon, Malloy! Gib auf! Mach schon!« sagte er immer wieder. Abermals hatte er mich erwischt. Der Kerl besorgt sich einen Observierungswagen, um mich die Straßen entlangflanieren zu sehen, und ich denk mir nichts Böses dabei. Ich bin ein gefährlicher Narr. Er war mir natürlich gefolgt.
Bert wollte etwas sagen, aber ich hob warnend den Zeigefinger. Als ich mit den Lippen das Wort Polizei formte, griff sich Bert an die Gurgel und wurde blaß.
Schweinsäuglein wummerte immer noch an die Tür, während ich überlegte. Allzu dicht konnte die Beschattung nicht gewesen sein, weil ich sonst jemand hinter mir auf dem Kellerflur entdeckt hätte. Also hatten sie bloß eine Vermutung. Die richtige. Aber es bestand noch immer die Möglichkeit, daß sie von allein wieder gehen würden.
Ich holte mein Notizbuch heraus und zeigte Bert, was ich schrieb: »Wenn ich sie abwimmeln kann, schnapp deinen Kumpel, sobald das Spiel aus ist, und hau ab!« Wir suchten beide nervös nach einem Versteck, während Schweinsäuglein

weiter die Tür bearbeitete und mich mit Kosenamen bedachte. Schließlich fiel uns die Dusche ein, und ich half Bert, sich in der engen Kabine wie in einem Schornstein festzuklemmen, mit dem Rücken gegen die eine Kachelwand und mit den Füßen gegen die andere gestemmt. Ich zog den blauen Vorhang vorsichtig zu, damit keiner der rostigen Ringe auch nur leise rasselte. Sah ganz unverfänglich aus.
Inzwischen war draußen jemand an den Türangeln zugange. Ich hörte Hammerschläge und das Ratschen eines Schraubendrehers.
»Wer da?« rief ich zuckersüß.
»Wilt Chamberlain. Mach auf für ein Spielchen!«
Schweinsäuglein hatte dasselbe an wie gestern. In seinem Schlepptau Dewey in der Reptilienhaut, in der Hand Schraubenzieher und Hammer, und die beiden Wachmänner, die ich oben am Ende des Tunnels zum Spielfeld hatte stehen sehen und denen er offenbar auch eine Freude gönnen wollte.
»Voilà, das Aas!« sagte Gino. Er wies mit dem Finger auf mich und sagte: »Schon wieder.« Er freute sich ein Loch ins Hemd. Jetzt hatte er bei mir seit dem »University Inn« schon den zweiten Treffer gelandet. So was ließ sich Schweinsäuglein nicht nehmen. Für's Leben gern brachte er einen Gauner zur Strecke, für ihn war das Abenteuer pur. Solche Wichser gibt's 'ne Menge bei der Polizei. Unter dem Stichwort Abenteuer läuft bei denen alles im Kopf ab: Verfolgungsjagden im Auto, Verhaftungen auf offener Straße, das Eintreten von Türen, die Hühner aus den Cop-Bars, die's gar nicht erwarten können, bis er dem Kandidaten steht. Aber als das tollste Abenteuer stellen sich meist die Karrierespielchen im Präsidium heraus: Mal sehen, wer bei der nächsten Intrige den Dolch in den Rücken bekommt. Abstrakt betrachtet, allerhand Aufregung. Jeden Tag zur Arbeit fahren und dabei im Hinterkopf haben, daß man womöglich gar nicht mehr heimkommt. Aber normalerweise kommen alle heim. In Wirklichkeit besteht der Job aus stundenlangem Aktenwälzen, aus Nächten, in denen man nur Kalauer zu hören kriegt und sich an der

Kaffeeplörre die Zunge verbrüht, vom ewigen Trott im Streifenwagen ganz zu schweigen. Viele, und einer von denen war ich, haben irgendwann die Schnauze voll und wechseln die Innung, weil sie erkannt haben, daß das Leben eben so ist und nur soundsoviel Abenteuer bereithält. Jene Jungs aber, die das Abenteuer suchen und bei der Stange bleiben – Schweinsäuglein, zum Beispiel –, die sind es offenbar, die krumm werden. Tausendsassa, Besserwisser oder einsamer Krieger zu sein – auch das ist ein Abenteuer. So läuft das. Einer der Gründe, warum Schweinsäuglein so geworden ist.
Die zwei Wachmänner kamen hinter Schweinsäuglein in den Umkleideraum, sahen sich um, peinlich betroffen. Wie Bert gesagt hatte, durfte hier außer den Schiedsrichtern überhaupt niemand sein. Dewey blieb an der Tür. Ich redete die Wachmänner an, den Weißen und den Schwarzen. Mit ihren Schmerbäuchen hätten sie Zwillinge sein können. Sie trugen die gleichen zinnoberroten Sportjacken mit dem Emblem der Uni auf der Brusttasche und steckten beide in Trevirahosen und Billigtretern. Welch herrlicher Druckposten, fürs Zusehen beim Basketball auch noch bezahlt zu werden, da brauchte ich nicht lange zu raten, was die beiden hauptberuflich machten. Das waren Polizisten, die dienstfrei hatten, oder meine Ma war nicht Bess getauft worden.
»Ihr seid doch nicht etwa auf seine Uraltmasche abgefahren, daß er dringend nach jemand fahndet, oder?« fragte ich sie. »Ich war schon mal dabei, wie er sich in ein Sinatra-Konzert gemogelt hat. Der würde euch das Blaue vom Himmel lügen, damit er umsonst reinkommt.«
Schweinsäuglein bedachte mich mit einem giftigen Blick, während er herumstöberte. Er riß die Türen der drei verbeulten Spinde auf, daß sie an die Wand knallten, ohne im Ernst zu hoffen, da drin jemand zu finden.
»Was ist los, Malloy?«
»Ich spiel Verstecken.«
»Komischer Ort.«
Ich erzählte ihm, wie ich als Rechtsvertreter der Uni bei Besichtigungstouren auch diese verborgenen Örtlichkeiten

kennengelernt hätte. »Billy Birken von der Altherrenvereinigung hat mich rumgeführt.« Der Name, das merkte ich, nahm die Wachmänner ein bißchen für mich ein.
Schweinsäuglein, der dies spürte, sagte: »Der redet nur Scheiß«, und zeigte wie zum Beweis mit einem Wurstfinger auf mich. »Verstecken vor wem?«
Ich ging zur Tür und drückte die Klinke, die so alt und abgegriffen war, daß unter dem Messing das Gußeisen zum Vorschein kam. Ich beugte mich an Dewey vorbei hinaus, der mir sachte die Hand vor die Brust schob, um mich zurückzuhalten, als ich in den Flur spähte. Sowohl der Flur als auch der Tunnelaufgang zum Spielfeld waren leer. Ich blickte über die Schulter zurück zu Schweinsäuglein.
»Erster!« sagte ich dann und gab Dewey einen leichten Schubs, damit er die Tür nicht in die Fresse bekam, als ich sie jetzt zwischen mir und denen zuknallte und loswetzte. Einmal drehte ich mich um, um sicherzugehen, daß sie alle hinter mir herrannten.
Ich kam viel weiter, als du glaubst. Vier gestandene Cops auf den Fersen, aber offenbar alle stärkere Raucher als ich, weshalb sie schon nach den ersten zehn Metern zurückfielen. Mack, der Brummi mit ausgeleiertem Knie, schlug einen Haken, als ich, am Spielfeld angelangt, den Aufgang zwischen den ersten Sitzreihen hochraste, drei Stufen auf einmal. Als ich den Tunnel verlassen hatte, waren die Gerüche und Farben der Menschenmasse mit ihrem ohrenbetäubenden Radau so gewaltig gewesen, als stürze man sich in den heißen Rachen einer Riesenbestie. Schweinsäuglein brüllte plattes Zeug wie »Haltet ihn!«, aber niemand schien sich darum zu scheren. Die Leute, soweit sie sich nicht die Köpfe verrenkten, um weiter das Spiel zu verfolgen, sahen uns zu, mit amüsierter Neugier, wie angesichts einer Parade. Obwohl ich dadurch langsamer wurde, mußte ich unwillkürlich lachen, zumal ich daran dachte, wie sich Bert jetzt aus dem Umkleideraum stahl. Ein Mann in einem Sweatshirt der *Milwaukee Meisters* schrie: »Hinsetzen, ihr Arschlöcher!«
Als ich den ersten Rang erreichte, tat mein Knie von der

Rennerei bereits höllisch weh, doch ich hielt meinen Vorsprung. Keuchend und schnaufend rannte ich den Rundgang entlang, an einem großen Erfrischungsstand mit Coca-Cola-Uhr und langem Nirosta-Tresen vorbei, und bog dann scharf nach rechts ab, die alten Betontreppen hinauf zu den obersten Rängen. Ich hörte ihre Stimmen im Treppenaufgang hinter mir hochschallen. Ganz oben flitzte ich in die Herrentoilette, sperrte mich in eine Kabine ein und wartete ab. In etwa fünf Minuten würde das Spiel zu Ende sein und ich die Chance haben, mich in der Menge hinauszumogeln. Doch das hieß Schweinsäuglein zu mir nach Hause einladen. Außerdem würden die vier vielleicht, wenn sie mich ganz aus den Augen verloren, zum Umkleideraum zurückkehren, in dessen Nähe sich Bert herumdrückte, um Orleans abzupassen. Also blieb ich nur ein paar Minuten versteckt, zog dann mein Tweedjackett gerade und suchte mir einen Platz auf dem zweiten Rang.

Es waren noch etwa vierzig Sekunden Spielzeit auf der großen Uhr angezeigt, als sich Schweinsäuglein auf den Sitz neben mir fallen ließ. Die *Hands* waren jetzt achtzehn Punkte im Rückstand und versuchten, mit Weitwürfen Dreier zu ergattern, während die *Meisters* die langen Rückpraller abfingen. Gino war außer Atem. Schweißperlen glitzerten auf seiner Stirn.

»Du bist, Scheiße nochmal, festgenommen«, erklärte er atemlos.

»Weswegen? Gibt's ein Gesetz gegen Fangenspielen in öffentlichen Gebäuden?«

»Widerstand gegen die Staatsgewalt.«

»Widerstand? Ich sitz hier und unterhalte mich mit dir fast wie mit einem Freund.« Da keuchte Dewey heran, stützte sich kurz mit den Händen auf den Knien ab, um wieder Luft zu kriegen, und setzte sich dann auf die andere Seite neben mich. Das Stadion leerte sich, aber es waren noch genug Leute da, so daß ich mich sicher fühlen konnte. »Ich möchte mir das Spielende angucken.«

Schweinsäuglein riet mir, mich ins Knie zu ficken.

»Hast du nicht eben gesagt, ich sei festgenommen, Gino? Hast du etwa 'nen Haftbefehl?«
Schweinsäuglein sah mich starr an. »Jawoll«, sagte er.
»Schön«, sagte ich, »zeig her! Hallo, Sie da, Miss!« rief ich zu einer pummeligen Collegestudentin zwei Reihen davor hinunter und zupfte sie am Ärmel. »Würden Sie bitte was bezeugen?«
Das Mädchen glotzte verständnislos.
»Werd nicht oberschlau, Malloy!«
»Tätlicher Angriff auf einen Polizisten«, fiel Dewey ein.
»Soweit ich mich erinnere, haben zuerst Sie mich angefaßt.«
Sie wechselten einen Steinzeitblick.
Ich erinnere mich lebhaft, wie ich Anwälte gehaßt hatte, als ich noch Polizist war. Da ertönte die Schlußsirene. Diverse Leute rannten aufs Spielparkett: Cheerleader, Fotografen, Fernsehteams, Wachmänner, jugendliche Platzanweiser und die Spieler von beiden Reservebänken. Bert Kamin stand direkt am Rand des Spielfelds zwischen hundert glotzenden Fans. Ich konnte ihn von meinem Platz da oben, etwa sechzig Meter entfernt, gut sehen. Er winkte Orleans zu sich und rannte dann hinter ihm in den Tunnel hinein.
»Ich glaube, die könnten sich in der Liga halten«, sagte ich, »wenn sie auch nur einen starken Spieler hätten.«
»Hör zu, du Bleistiftpimmel! Die Zeit für Witze dürfte jetzt vorbei sein.«
»Ist mir was entfallen, Gino? Haben wir mal gemeinsam geduscht?«
»Mach nur so weiter, Malloy!« Er zielte mit dem Zeigefinger auf mich. »Wir beschatten dich seit sechs Uhr abends. Du rennst aus dem Haus, rast hierher wie ein Rüde nach 'ner läufigen Hündin. Ich tippe, du hast hier 'nen Treff. Hast 'nen Anruf gekriegt und bist wie ein geölter Blitz hierher ins Stadion.«
»Und wen sollte ich hier wohl treffen?«
»Schluß mit dem Spielchen, Malloy! Wen suche ich?«
Er hatte noch immer nicht die leiseste Ahnung, wer Kam Roberts war. Gerochen hatte er natürlich etwas, weil das hier

ein Basketballspiel war und Archie genau bei so was seine Schiebereien gemacht hatte. Aber wie, wußte er nicht. Irgendwann würde ihm freilich dämmern, was es zu bedeuten hatte, daß ich im Schiedsrichterraum gewesen war. Aber es hatte ihn zu stark beansprucht, hinter mir herzulaufen, als daß er schon jetzt zu einer solchen Einsicht gelangen konnte.

»Ich sag's dir jetzt noch mal, Schweinsäuglein, und wenn ich lüge, darfst du mich bei Gott in die grüne Minna stecken. Ich hab diesen Kam Roberts nie getroffen. Hab nicht mal äh zu ihm gesagt.«

»Dann ist es der andere. Wie heißt er doch gleich. Bert.«

»Ich bin Basketballfan.«

»Mir reicht's jetzt, Malloy, bis hierher. Nicht nur so. Bis hierher. Ich will wissen, was läuft.«

»Vergiß es, Gino!« Ich spitzte die Lippen und machte die Fingerbewegung: Schlüssel ins Schloß.

Er meinte es ernst damit, es reichte ihm. Er war auf hundertachtzig. Nach einem Blick in Ginos Augen konnte sich keiner mehr wundern, daß Menschen Fleischfresser sind.

»Steh auf!« Ich reagierte zuerst nicht, doch als er die Aufforderung wiederholte, fürchtete ich schon, den Bogen überspannt zu haben. Er leerte mir die Taschen. Er zerrte sie so wütend nach außen, daß sie mir aus der Hose hingen. Geld und Schlüssel schmiß er auf den Boden. Dann rammte er die Hände in mein Tweedjackett und fand dort den Terminkalender, den er Seite für Seite durchblätterte, bis er zu dem Satz kam, den ich für Bert aufgeschrieben hatte. Er gab Dewey den Terminkalender, derart geifernd, daß ihm die Lippen dabei zitterten. Schließlich rotzte er, weil er nicht weiterwußte, auf den Boden.

»Rechtswidrige Leibesvisitation«, sagte ich. »Vor bloß zwei- bis dreihundert Zeugen. Alle mit registrierten Dauerkarten. Ich brauch mir nicht mal die Namen aufzuschreiben.«

Er riß Dewey den Terminkalender aus der Hand und schleuderte ihn aus Leibeskräften über das Spielfeld in Richtung Anzeigetafel. Der Kalender flog hoch über die Sitze hinweg, klappte dann auf und sah aus wie eine segelnde Schwalbe, die

schließlich im Sturzflug zwischen den Scheinwerfern verschwand.
Schweinsäuglein trat ganz dicht an mich heran und flüsterte heiser: »Ich komm mit 'ner Vorladung wieder.«
»Mach, was du willst! Du lädst einen Anwalt vor, Schweinsäuglein, mit allen seinen Sonderrechten und so. Das gibt einen solchen Rattenschwanz an Strafanzeigen, daß dich irgendein armes Schwein von Staatsanwaltslehrling noch vor Gericht zitieren muß, wenn du längst das dreißigjährige Dienstjubiläum hinter dir hast.«
»Malloy, ich hab dir zu viel Leine gelassen, zweimal jetzt. Ich hätte dich schon mit dieser Kreditkarte hoppnehmen sollen und habe jetzt das Gefühl, das ich bei dir schon immer hatte: Daß du ein elender Arschwichser bist. Daß du keinen Schimmer hast, was Dankbarkeit heißt.«
»Ich bedanke mich, Schweinsäuglein.«
Jetzt war ich so nahe daran wie noch nie, zusammengeschlagen zu werden. Schweinsäuglein würde mir gleich Saures geben. Scheiß auf die Öffentlichkeit. Auf die vielen Zeugen. War ihm schnurzpiepe. Er würde mir irgendeine unflätige Beleidigung in den Mund legen, eine, die in einem Aufwasch seine Manneskraft, seine Mutter und die Polizei verhöhnte. Ich hob keinen Arm zur Deckung. Zwar bin ich ein Angsthase, aber ich machte mich bereit, einzustecken, was jetzt fällig war. Weißt du, zwischen mir und diesem Kerl, da läuft was ab. Zurückstecken oder ihm Luft lassen konnte ich nicht. Zwischen uns, zwischen mir und Schweinsäuglein, herrscht ein ewiger Kampf. Noch im Todesröcheln würde ich mit fahriger Hand an seiner Kette reißen.
Doch er hielt sich zurück. Er hatte nicht die Handlungsfreiheit, die er brauchte. Lag wohl an unserer Vergangenheit. Ich konnte ihn unverschämter anpinkeln als jeder streunende Straßenköter. Ein Augenblick verstrich, und Gino hatte sich wieder in der Gewalt. Dann tat er, was er so gerne tut. Er drohte mir.
»Für mich hast du in dieser Sache immer noch Dreck am Stecken. Du hast gestern nach Angstschweiß gestunken, als

ich dir's unter die Nase gerieben hab. Und warum, das krieg ich noch raus. Ich bleib so nah an dir dran wie dein eigener Furz. Und üb' dich schon mal ein bißchen in Benimm! Denn wenn ich dich schnappe, Malloy«, er tippte mir ans Revers, nur mit den Fingerspitzen, »dann bist du dran.«

Er und Dewey trollten sich.

Sie waren etwa eine halbe Sitzreihe entfernt, als sich Gino umwandte: »Ach, übrigens. Da ham wir ein Wahnsinnsvideo von deinem Badezimmerfenster gemacht. Irre wahnsinnig. Morgen abend führ ich's im Präsidium vor, wenn du kommen willst.« Jetzt hatte er dieses Polypengrinsen, ölig, tückisch, richtig genüßlich beim Anblick von Schmerz.

Ich sammelte, als sie weg waren, meine Sachen auf, und dachte mir, daß alles doch nicht ganz so lief, wie ich's mir vorgestellt hatte. Ein Mann von der Putzkolonne erschien mit einem riesigen Abfallsack und schaute mich giftig an, in der Hoffnung, ich würde verschwinden. Doch ich blieb sitzen. Ich mußte über Bert nachdenken. Hatte er nun das Geld oder nicht? Und wenn nicht er, wer hatte es dann? In dem großen leeren Stadion spürte ich, wie beständig der Zweifel ist, er ist immer in uns. Wir wissen eben nie Bescheid im Leben.

Schließlich dämmerte mir, daß ich irgendwie nach Hause mußte. Ich ging hinaus, mit zager Hoffnung, aber ich hatte es ja gewußt. Sie hatten mein Auto abgeschleppt.

Samstag, 28. Januar

VI. Samstag

A) Mögliche Verbindungen

Samstag morgen ging ich ins Büro. Ich hatte außer einem Lunch des Einstellungsgremiums und der Erledigung meiner Tagespost nichts vor, aber ich schaue samstags aus Gewohnheit rein. Es verhindert einen Streit mit Lyle und beeindruckt jene Partner, die von meiner Anwesenheit erfahren. Eigentlich mag ich diesen Wochentag, an dem man durch die weniger belebten Straßen der Innenstadt zur Arbeit schlendern kann und andere Rechtsanwälte in Mantel und Jeans sieht, die Aktentasche unterm Arm. Den ganzen Tag bewegt man sich so gebremst wie unter Wasser oder im Traum. Kein Scheißtelefon. Keine Sekretärinnen, die verstohlen auf die Uhr sehen. Kein Gewusel, kein Computergepiepse. Nicht die überstreßte Atmosphäre dieses karrieresüchtigen Jungvolks, das nur im Kreis rumrennt. Ich war früh da und fragte meinen Anrufbeantworter und meinen elektronischen Briefkasten ab in der Erwartung, vielleicht etwas von Bert zu hören, aber die einzige Nachricht war von Lena, die um Rückruf bat, sobald ich da sei.

Sie kam aus der Bibliothek herauf und hatte ein Button-down-Hemd mit breiten grünen Streifen an. Die Flugscheine für Pico und Zimmerreservierungen in einem Strandhotel hatte sie beschafft.

»Und was tun wir da unten?« wollte sie wissen.

»Nachforschen. Einen Anwalt namens Pindling aufsuchen. Das Menschenmögliche über ein Konto bei der International Bank of Finance ermitteln.«

»Toll.« Sie schien sich auf die Aussichten und auf mich zu freuen.

Als sie gegangen war, nahm ich mir Toots' Akte vor und sah einige Protokolle durch, die wir ergänzend für die Verteidigung einbringen wollten, wenn Woodhull ihn schließlich im Kreuzverhör verhackstückt haben würde. Doch meine Gedanken waren bei Bert. Inzwischen hatte Gino wohl zwei und zwei zusammengezählt: die Notiz in meinem Terminkalender und meine Anwesenheit im Umkleideraum der Schiedsrichter. Er würde dahinterkommen, daß einer der Unparteiischen in die Sache verwickelt ist, und zu suchen beginnen. Ich hätte Bert gern gewarnt – und unser Gespräch über das Geld zu Ende geführt.

Ich machte auf der Toilette eine Morgenausgabe der *»Tribune«* ausfindig, aber die Namen der Schiedsrichter wurden im Spielbericht nicht genannt. Nach einigem Nachdenken rief ich das Pressebüro der Universität an. Nachdem ich schon geglaubt hatte, dort sei samstags vielleicht niemand da, bekam ich eine liebenswürdige junge Dame an den Apparat. Ich stellte mich als Detective Dimonte von der Polizei von Kindle County vor und war auf einen vielsagenden Ausruf gefaßt wie »Was denn, Sie schon wieder?« Aber die Dame schien nicht mißtrauisch.

»Brierly, Gleason und Pole«, las sie mir aus der Pressemitteilung von gestern abend vor. Das waren die Namen der Schiedsrichter.

»Wie steht es mit Vorname und Adresse?«

»Da müssen Sie sich an die Regionalliga in Detroit wenden.«

»Sie wollen mich doch nicht zwingen, Ihnen ein Amtshilfeersuchen zuzustellen?«

Sie mußte lachen. »Stellen Sie mir zu, was Sie wollen. Wir haben die Angaben nicht. Die Liga gibt nicht mal die Nachnamen so ohne weiteres raus. Vor ein paar Jahren wollte ein Anwalt einen von diesen Jungs verklagen, weil er auf dem Parkplatz ein Auto ramponiert hatte, und sogar der bekam die Adresse erst per Gerichtsbeschluß. Ganz im Ernst: Meines Wissens brauchen Sie wirklich was Amtliches. Rufen Sie doch am Montag in Detroit an! Aber die sind mit solchen Sachen unglaublich hartleibig.«

Das machte Sinn. Keine zweideutige Verehrerpost. Keine rabiaten Konfrontationen. Ich nahm mir das örtliche Telefonbuch vor. Lediglich ein Orlando Gleason, sonst nichts auch nur Ähnliches. Bert mußte Orleans' Bekanntschaft auswärts gemacht haben. Mithin hatte Schweinsäuglein höhere Hürden vor sich, als ich gedacht hatte.

Nicht lange danach kam Brushy herein, ganz im Wochenendlook: in Jeans und Laufschuhen. Sie sah recht verwegen aus in ihrem großen braunen Hut, mit dem Aktenkoffer, groß wie eine Packtasche, und einem Bündel aus der Reinigung in hellblauem Einwickelpapier. Sie machte nur ein, zwei Schritte über meine Schwelle.

»War nett gestern«, sagte sie.

»Na ja.«

»Bist du sauer? Wegen dem Ausschlag?«

»Ach was«, erwiderte ich freundlich und berichtete ihr von meinem Anruf bei ihrem Arzt.
»Verheilt er?«
»Willst du nachsehen?«
»Ich komme noch auf das Angebot zurück.« Sie blieb stehen, klein, zugeknöpft, strahlend vor Fröhlichkeit. Machte mich schon ein bißchen traurig, wenn ich daran dachte, wie oft Brushy schon ins Büro gekommen war mit diesem erhebenden Gefühl, hier heimlich was laufen zu haben, etwas Sinnliches in diesem Reich der strengen Logik und des ewig Banalen. Während die andern beim Reinkommen an Vertragsklauseln und Präzedenzfälle dachten, fuhr sie mit dem Aufzug hoch in dem Vorgefühl, gleich mit jemand so ein rosiges Lächeln tauschen zu können wie jetzt mit mir, voller Vorfreude auf gemeinsame Lust, auf Sachen, über die zu reden sich bei offener Bürotür nicht schickte.
»Hab gestern abend noch bei dir angerufen«, sagte ich.
»Ich bin lange hiergeblieben. Ich hab dich auch angerufen, als ich daheim war. Aber du warst nicht da.«
»Rate mal, wen ich getroffen habe?«
Sie ließ wirklich das Wäschepaket fallen und schlug die Hände zusammen, als ich Berts Namen aussprach.
»Er lebt?«
Ich bedeutete ihr, die Tür zuzumachen.
»Wo steckt er denn?« fragte sie. »Was treibt er?«
Ich erinnerte sie daran, was sie gestern gesagt hatte, daß sie nicht heiß mache, was sie nicht wisse.
»Gilt erst ab morgen«, sagte sie.
Ich erzählte ihr nur wenig: daß Bert auf der Flucht vor Ganoven sei.
»Und was hat er zum Thema Geld gesagt?«
»Unklar«, sagte ich. »Unsere Verhandlungen sind nicht sehr weit gediehen.« Ich schilderte ihr die Unterbrechung durch Detective Dimonte.
»Klingt, als sei der Kerl echt scharf auf dich«, konstatierte sie.
Ich knurrte: Könnte man wohl sagen.
»Und wann hörst du wieder von Bert?«

»Ich warte am Telefon.« Ich tippte auf den Apparat, der direkt vor mir stand, neueste Technik, schmal und schwarz, wie aus dem Skylab. »Zunächst fliege ich morgen mal runter nach Pico Luan, ein bißchen schnüffeln.«

»Morgen? Toots' Anhörung geht am Dienstag weiter.«

»Der Ausschuß gibt mir nur zwei Wochen. Wird ein Zweitagetrip. Montag abend bin ich wieder da. Wir haben zu Toots doch alles beisammen, oder?« Ich hob den braunen Ziehharmonikaordner hoch, zum Beweis, daß ich mich in die Akte vertieft hatte. Und fügte hinzu: »Ich nehme Lena mit.«

»Wer ist Lena?«

»Anwältin im ersten Jahr. Frisch von der Uni.«

»Die Rothaarige? Die Hübsche?«

»Hat Geschmack, würde ich sagen.«

Brushy runzelte die Stirn. »Wozu brauchst du die?«

»Zum Testieren.« Als Zeugin, jemand, der notfalls vor Gericht aussagen konnte. »Der Anwalt, mit dem ich dort zu tun habe, ist angeblich nicht ganz hasenrein.«

Brushy drohte mir mit dem Finger und platzte in selbstironischem Singsang heraus: »Denk daran, wer jetzt dein Liebchen ist, Malloy!«

»Brush, du schmeichelst mir.«

»Hmm«, war ihre ganze Antwort. Ich wußte nicht genau, ob ihre Ahnung allgemein auf menschliche Erfahrung oder nur auf mich gemünzt war, aber irgendwie waren wir vom unbeschwerten Flachs abgekommen; Mißtrauen ließ ihr Gesicht klein werden. Eine desillusionierte Stimmung schwang zwischen uns, in trübsinnigen Wellen, und ich sah mich veranlaßt, schnell auf den Punkt zu kommen.

»Brush, bist du soweit, daß du mit *einem* Mann auskommst?« Deutlicher konnte ich auf Kryzsinski nicht anspielen.

»Ich hab immer nur einen gehabt, Mack. Manchmal eben bloß sehr kurz.« Sie lächelte schwach, aber mir wurde intuitiv klar, daß sie es so meinte. Bei jedem One-night-stand hatte sie sich ein wenig als Aschenputtel gefühlt, irgendwas in ihr hoffte jedesmal, der Schuh werde endlich passen. Die Phantasien der Menschen, mögen sie morbid oder banal sein, sind immer rührend, es ist die Verletzlichkeit, vermute ich, die Tatsache, daß Menschenleben so zuverlässig wie Wellpappekartons entlang bestimmter Linien umklappen.

»Weißt du«, sagte ich, »wenn mir die Frauen noch mal das Herz brechen, kriegt wohl niemand die Scherben wieder zusammen.«

»Malloy, trau mir ein bißchen, okay? Ich kenn dich doch. Hab schon verstanden.« Sie sah zur Tür, um sicher zu sein, daß sie geschlossen war, kam dann an den Schreibtisch und nahm den Hut ab, bevor sie mir einen Schmatz gab. So leicht wollte ich mich nicht beschwichtigen lassen.

»Wie alt bist du jetzt, Brush?«

»Achtunddreißig«, sagte sie, stutzte dann und wurde wütend. Mein Gott, das Mädchen konnte aber heftig werden! Sie fragte, was das ausmache, als wüßte sie's nicht. Das ewige Lied des autonomen Menschen: Ich brauche keinen. Hab ich auch schon von alten Cops gehört. Aber Gott hat noch keine Seele geschaffen, für die das ohne Einschränkung gilt. Brushy tat mir irgendwie leid. Sie sah in mir bestimmt nicht das Heißeste auf dem Markt und machte sich wohl keine Illusionen über meine Verläßlichkeit oder meinen Charakter. Sie glaubte bloß, ich sei noch das Beste, was für sie abfiel, oder auch, was ihr zustand. Doch war uns beiden klar, daß ich durchaus auch Vorzüge besaß. Ich würde tun, was sie mir sagte; ich hatte ihre Führung nötig. Sie war klüger als ich. Und sie machte Eindruck auf mich, das wußte sie, durch und durch.

»Ich denke gerade über dich nach«, sagte ich.

»Und?«

»Wie es ist«, antwortete ich. »Du weißt schon. Die lodernden Feuer der Jugend erlöschen allmählich. Da wird der Mensch einsam.«

»Sehr poetisch.«

»Das Irische.« Ich deutete auf meinen Puls. »Die Lyrik liegt uns im Blut.«

»Du hast auch was Unangenehmes, Mack.«

»Hat man mir schon öfter gesagt.«

»Du hast kein Recht, auf Leute runterzugucken, bloß weil du

sie durchschaut hast. Weißt du, selbst bist du auch kein Buch mit sieben Siegeln.«
»Verstehe.«
»Du bist ein Häufchen Elend, falls du glaubst, das hat sonst keiner gemerkt.«
Ich bat sie, es gut sein zu lassen, und stand auf. Ich faßte sie fest um die kräftigen Schultern und zog sie an meine Brust, wo sie gerne blieb, einen Kopf kürzer als ich.
»Lunch?« fragte sie.
»Nein, Einstellungsgremium«, sagte ich.
Bei dem Gedanken an Ausschußarbeit stöhnte sie mitfühlend auf.
»Heut abend?« fragte ich.
»Meine Eltern haben Hochzeitstag.« Sie wurde fröhlich. »Komm doch mit. Typisch italienische Familie.«
»Äh, hm.«
»Wahrscheinlich hast du recht.«
Wir sahen einander an.
»Dienstag«, sagte ich. »Toots.«
»Toots.« Von der Tür aus blickte sie trist zu mir am Schreibtisch herüber. Vielleicht gibt es nach der Jugend keine reelle Chance mehr, wirklich zusammenzukommen. Vielleicht lagen alle diese Völker, die Indianer und Hebräer, völlig richtig, wenn sie ihre Leute mit dreizehn Jahren verheirateten. Danach ist es Glückssache, der Geist wäre schon willig, muß aber hinwegkommen über die eingefahrenen Gleise, die tiefgefurchten Grenzen dessen, was mittlerweile als das eigene Ich erkannt oder gar sorglich gepflegt wird.
»Offen oder zu?« fragte sie von der Tür.
Ich wedelte mit der Hand. »Ich bin da«, sagte ich, »so oder so.«

B) Wie steht's um meine Punkte?

Als Verbeugung vor den Prinzipien der Demokratie und aus Gründen der Arbeitsteilung hat der Ausschuß im Laufe der Jahre mehr Unterausschüsse ins Leben gerufen als beide Häuser des amerikanischen Kongresses, und jedes dieser Gremien hat Beschlußkompetenz für einen Teilbereich der Anwaltssozietät. Wir haben Unterausschüsse zu ethischen Fragen, zur Personalpolitik, zum Computereinsatz, zu ehrenamtlichen Pflichten und zur Verwertung von Altpapier. Das Einstellungsgremium gilt als gemischtes Vergnügen. Es verfügt über echte Befugnisse, denn es entscheidet sowohl über die Einstellung von Ferienpraktikanten als auch von Juristen im ersten Berufsjahr, die jeden Herbst nach den Zulassungsexamen zu G & G stoßen, aber die damit verbundene Arbeitsbelastung ist erheblich und kann in der Hektik unter der Woche nie restlos bewältigt werden. Seit langem treffen wir uns deshalb notfalls samstags zum Lunch, jetzt zu dieser Jahreszeit, wenn unsere Aktivitäten auf Sparflamme laufen, nur einmal im Monat. Nachdem wir die endgültige Liste unserer Sommerpraktikanten durchgegangen waren und die Kandidatengespräche für nächsten Herbst terminiert hatten, fingen wir fünf – Stephanie Plotzky, Henry Sommers, Madge Dorf, Blake Whitson und ich – wie üblich zu tratschen an.
»Was hört ihr denn so?« fragte Stephanie. »Ich hab vorhin Martin getroffen. Er hat bloß gesagt: ›So beschissen wie noch nie.‹ Er wirkte völlig geschafft, und das schon um neun Uhr morgens.« Wir hockten zwei Blocks von unserem Büroturm entfernt bei »Max Heimer«, einem Schnellimbiß mit zweitklassigem Essen und Dritter-Welt-Hygiene. Stephanie brachte die Pikanterie, über den Tisch gelehnt, aufs Tapet. Ihr Vollmondgesicht dicht neben dem großen, fettverschmierten Mixed-Pickles-Glas, war auch am Samstag stark geschminkt.
»Das haut ganz schön rein bei den Großfirmen«, sagte Henry. »Die achtziger Jahre sind vorbei.« Dabei war er Konkursanwalt und hatte Hochkonjunktur. Madge, eine Verhandlungsexpertin, wollte dem nicht beipflichten, und wir gerieten in

eine kleine Debatte, als habe das für uns besondere Bedeutung.
Der geschäftsführende Ausschuß tagte heute drüben im »Club Belvedère«. In einem der eleganten Konferenzzimmer knabberten die »großen drei« an ihrem Bleistift und verteilten die Prämienpunkte. Am Donnerstag war Murmeltiertag. Meine Kollegen bangten wie früher die Kinderchen in der Grundschule, wenn die Lehrerkonferenz bevorstand und die Nonnen uns heimschickten, damit sie die Zeugnisformulare ausfüllen konnten. Ich machte mir nie Gedanken. Ich wußte ja, was drinstehen würde – lauter Einsen und keine Beanstandungen im Abschnitt Betragen.
Weniger sicher war ich mir, was mir dieses Jahr in der Firma bevorstand. Ich ging davon aus, daß mein Deal mit dem Ausschuß, als ich mich hatte breitschlagen lassen, Bert zu suchen, keine weiteren Gehaltskürzungen bedeutete, aber wörtlich gesagt hatte das niemand. Meine vier Kollegen im Einstellungsgremium waren allesamt Aufsteiger, und man merkte, daß Pagnucci bereits jeden in die Kur genommen hatte – den einen getröstet, die andere aufgemuntert. Aber alle würden sie nächstes Jahr mehr Geld verdienen. Was mich anging, war ihren Seitenblicken zu entnehmen, daß jeder privatim meinte, mein Prämienanteil würde wohl nochmals gekürzt. Mit der Axt wird hier keiner erschlagen. Es gab lediglich fünf Prozent weniger jedes Jahr. Kein Wunder, daß ich nach dem Lunch allein und grübelnd zurücklief.
Schön, ich geb's ja zu: Diese Abzüge jedes Jahr tun mir weh. In diesem Leben sticht nur das Geld, andere Maßstäbe gibt's nicht. Ich habe es schon immer aufschlußreich gefunden, daß wir die Prozente vom Jahresgewinn der Firma, die uns jeweils zugeteilt werden, als »Punkte« bezeichnen. Deine Partner sagen dir jedes Jahr, was sie meinen, wieviel du wert bist. Mittlerweile hab ich gelernt, auf viel zu verzichten, was man mit ein paar zusätzlichen Dollars kaufen kann, nur nicht auf das Selbstwertgefühl.
Ich saß in meinem Büro. Die kalte Wintersonne war als Scheibe hinter dem Wolkenvorhang zu sehen; ihr Licht glit-

zerte auf dem Fluß und ließ die Spiegelfassaden der großen Ufergebäude aufglänzen wie Weihnachtslametta. Ich versuchte das Gefühl des Zurückgesetztseins beiseite zu schieben, um über Bert nachzudenken, aber ich kam nicht weit. Wieviel? ging mir immer wieder durch den Kopf, wieviel würden sie mir dieses Jahr wegnehmen? Was für 'ne Zumutung. Da muß ich mit Cops um die Wette laufen, und die kürzen mir das Gehalt. Ich dachte weiter in diese Richtung, bis ich kochte. So geriet ich in eine meiner speziellen Stimmungen, wütend und gehässig, ganz Bess Malloys Sohn, schwindlig von dem, was man ihm vorenthielt. Wie zufällig stieg ich ein Stockwerk höher, ohne mir klarzumachen, wohin ich eigentlich wollte, spähte dann in beide Richtungen des büchergesäumten Flurs und verschwand in Martins Büro – das alles mit dem Hintergedanken, er habe vielleicht einen Entwurf der Punkteverteilung irgendwo in seiner Schublade liegen, in der ich vor drei Jahren einen Blick darauf erhascht hatte. In diesem Augenblick war mir egal, ob mich jemand dabei erwischte. Sollten sie doch! Scheiß drauf! Ich hatte auch was dazu zu sagen. Achtzehn Jahre, Herrgott noch mal! Zwacken bei mir ab, was sie Pagnucci mehr löhnen.

Die wichtigsten Unterlagen in Martins Büro lagen hinter tausendjähriger Eiche in seinem Aktenschrank eingeschlossen. Hundertmal hatte ich ihn schon die Schublade öffnen und vorher den Gummibauch seiner Hulatänzerin-Uhr lüpfen sehen, der die Batterie und das Messingschlüsselchen freigab. Ich hatte ein nagendes Gefühl von Einsamkeit wie immer, wenn ich allein in der Firma war und herumschnüffelte. Das große Eckbüro mit seiner Reliquiensammlung von läppischem Nippes – Bildern, Skulpturen, skurrilen Möbeln – war düster, und ich zögerte, das Licht anzuknipsen. Was konnte ich überhaupt ausrichten? Ich überlegte. Sollte ich ihm in die Schublade kacken wie ein spinöser Einbrecher, der sich anders nicht ausdrücken kann? Hatte ich Grund zu klagen? Vielleicht. 'ne Menge Leute hier legten sich bäuchlings hin und stöhnten, wenn der Murmeltiertag heranrückte, oder gifteten sich von Büro zu Büro. Darum ging's aber nicht. Ich würde jetzt was Unrechtes tun. Ich fühlte mich wie ein Kind, aber das war nicht das erste Mal, und es war eigenartig klärend, impulsiv handeln zu können.

In Martins Aktenschrank herrscht großes Durcheinander. Beim erstenmal, als ich so was machte, erschreckte mich das, denn ich hatte peinliche Ordnung erwartet. Martin ist so ein Mensch, so groß und beredsam, derart präsent, daß es jedesmal beunruhigt, wenn man merkt, wieviel von seinem Seelenleben er verbirgt. Ich denke, Martin macht seine Ablage selbst, weil die Unterlagen so brisant sind, ohne Sekretärin aber herrscht Chaos. Trotz der Hängeordner in einer Ausziehschublade sind viele Papiere schlicht auf dem ungehobelten Schrankboden gestapelt. Jede Menge intimer Firmengeheimnisse. Briefe von einem Psychiater mit der Prognose, einer unserer Berufsanfänger würde sich umbringen, wenn wir ihn rausschmissen. (Wir haben es dann nicht getan.) Geschäftsprognosen fürs restliche Jahr, ziemlich katastrophale. Auch ein Ordner mit der Leistungsbeurteilung jedes Sozietätspartners. Ich war versucht, die abfälligen Kommentare über mich durchzulesen, entschied aber dann, auf die Gelegenheit, mich noch weiter selbst zu quälen, zu verzichten. Endlich fand ich den Ordner mit der Aufschrift PUNKTE.

Darin eine Fotokopie des ersten handschriftlichen Entwurfs Carl Pagnuccis über den Prämienverteilungsschlüssel für dieses Geschäftsjahr. Ich sah gar nicht richtig hin, denn ich hatte im selben Ordner eine Hausmitteilung gefunden. Viermal zusammengefaltet, aber das handschriftliche Namenskürzel ganz oben war unverkennbar. J.A.K.E.: John Andrew Kenneth Eiger. Jake war verliebt in seine Initialen, er hatte sie überall: auf den Manschettenknöpfen, den Bierseideln, dem Golfsack. Wie seine ganze Handschrift konnte ich auch diese Initialen so gut nachmachen, daß ich keinerlei Unterschriftsvollmacht von ihm als Nachweis benötigte, wenn ich auf seine Weisung etwas unterzeichnete. Aber so gut wie ich war sonst niemand hier, so daß kein Zweifel bestand, daß das hier echt war.

Persönlich & vertraulich 18. November

an: Robert Kamin, Gage & Griswell
von: John A. K. Eiger, Chefsyndikus. TransNational Air
betrifft: erster Schub Abfindungszahlungen Flug 397

Ich möchte Dich über eine Panne bei den Abfindungen für Flug 397 in Kenntnis setzen, die passiert ist, während Du den Fall Grainge von Gericht vertreten hast. Wie immer streiten die Klägeranwälte untereinander über die Prozeßnebenkosten. Offenbar hat Peter Neucriss eine Firma in Cambridge, Massachusetts, namens Litiplex als Prozeßgutachter engagiert – und die haben den Absturz rekonstruiert, Computermodelle, Ingenieurberatung, Expertenaussagen, Verfahrensanalysen und Dokumentation beigesteuert. Litiplex präsentiert offene Rechnungen, die sich auf rund 5,6 Millionen Dollar belaufen. Neucriss sagt, er habe die Firma mit Zustimmung aller Anwälte des Sammelverfahrens beauftragt und behauptet, ich hätte damals bei der außergerichtlichen Einigung eingewilligt, daß Litiplex aus dem Fonds für Flug 397 honoriert wird. Die anderen Anwälte behaupten, so eine Vereinbarung gebe es nicht, würde doch die Vorabhonorierung aus dem großen Topf, wie sie Neucriss verlangt, die Anwaltshonorare um etwa eine halbe Million Dollar schmälern. Beide Seiten drohen, das Problem Richter Bromwich vorzulegen. Ich fürchte sehr, daß Bromwich dann eine Gesamtabrechnung verlangt, und dann muß der Überschuß des Treuhandfonds offengelegt werden. Um dieses Risiko zu vermeiden und weil ich vielleicht doch Neucriss gegenüber diese Verpflichtung eingegangen bin, genehmige ich hiermit die Begleichung der Litiplex-Rechnungen als außergewöhnliche Aufwendung aus dem Fondsüberschuß. Laß mir bitte Schecks über folgende Beträge zukommen:

Angefügt war eine Liste mit Rechnungsnummern von Litiplex mit dem jeweils fälligen Betrag.
Ich brauchte nicht länger danach zu suchen, was Bert an Glyndora »nach Absprache mit Peter Neucriss ... gemäß Anlage« weitergegeben hatte.
Das hatte ich jetzt vor mir. Unverkennbar. Aber ich las es noch drei- oder viermal, dort in Martins stillem Büro, und fühlte mich, als habe mir jemand mit eiskalten Fingern ans Herz gefaßt. Ich fragte mich immer wieder dasselbe, tief in mir, mit einem Stimmchen wie ein verlassenes Kind: Was mach ich jetzt bloß?

VII. Clubmitglieder

Der »Club Belvedère« ist der älteste Club von Kindle County, und seine Geschichte reicht bis in die Gründerjahre zurück. Schon über ein Jahrhundert lang speist in diesem Club die wahre Elite der County, alles Männer von Kommerz und Kultur, die hier auch Squash miteinander spielen. Nicht die uns bekannten Schmierenpolitiker, die ihre Macht nur vorübergehend geborgt haben, sondern Leute von Geld, Eigner von Banken und Konzernen, Familien, deren Namen an alten Gebäuden prangen und die hierzulande noch in drei Generationen prominent sein werden, weil ihre Kinder höchstwahrscheinlich untereinander heiraten. Leute, denen allgemein gesagt die Welt so ganz recht ist, wie sie zur Zeit beschaffen ist, weshalb auch der kleinste soziale Wandel, soweit mir erinnerlich, jedesmal zu heller Aufregung unter den Clubmitgliedern geführt hat. Erst wehrten sie sich verbissen gegen die ersten Katholiken, dann gegen die Aufnahme der ersten Juden, der ersten Schwarzen und Frauen, ja sogar gegen einen einzelnen Armenier. Man könnte meinen, jeder Mensch von Verstand fände diesen Edelmief zum Kotzen, doch die höheren Weihen einer Mitgliedswürde im »Club Belvedère« scheinen fast alle Skrupel zu tilgen, und selbst ein Martin Gold hat, als er vor mehr als zehn Jahren endlich aufgenommen wurde, einen ganzen Monat lang von nichts anderem als »dem Club« geredet – wie phantastisch das Essen sei, wie elegant die Umkleideräume.

Der Club, ein achtstöckiges Gebäude im neoklassizistischen Stil, nimmt in der Innenstadt unweit unseres Büroturms einen halben Häuserblock ein. Mit Jakes Hausmitteilung in der Tasche tigerte ich hin und am Portier vorbei hinein. Ein Prachtbau. Das ganze Erdgeschoß ist holzgetäfelt, amerikanische Walnuß, nur gewachst und von einem wunderschön satten Farbton, der die gedämpfte Beleuchtung aufzusaugen scheint und mich jedesmal an die braunhäutigen Männer gemahnt, die die Nußbäume fällten, und an ihre livrierten Nachfahren, die das Holz ständig auf Hochglanz wienern wie die Schuhe ihrer Herrn. Eine eindrucksvolle Doppeltreppe aus weißem Marmor schwingt sich am Ende der Eingangshalle nach oben, verziert mit dem Clubwappen und geflügelten Cheruben, Emblemen aus einer Zeit, in der manche Amerikaner meinten, ihrer in einem Bürgerkrieg geretteten Republik sei beschieden, in die Fußstapfen des spätantiken Griechenland zu treten.

Natürlich hatte ich in der Eingangshalle noch nicht mal den Mantel abgegeben, als, gottverdammich, Wash vor mir stand. Ausgerechnet einen Golfschläger, Holz, schleppte er mit sich herum, hielt ihn, wie man eine gerupfte Gans am Kragen packt, direkt unter dem leuchtendroten Schlägerkopf. Ich konnte mir nicht vorstellen, was er mit dem wollte. Draußen herrschten etwa fünf Grad minus und der Boden war hartgefroren. Er war ebenso verblüfft über unser Zusammentreffen wie ich und quittierte mein Erscheinen mit der sanften Herablassung eines Mitglieds gegenüber einem Nichtmitglied. Er trug einen elegant abgesteppten Zweireiher in Schwarz und Herbstgold und auf Hochglanz gewienerte Slipper mit Quasten. Aus dem offenen Hemdkragen lugte halb verborgen, als habe sogar Wash gemerkt, wie affektiert das war, ein Seidenschal mit winzigem Paisleymuster hervor. Ich hatte keinen Schimmer, was ich erwidern sollte, als er mich begrüßte, aber mein Instinkt ließ mich nicht im Stich.

»Besprechung vorbei?« fragte ich. Wash ist viel zu feige, um Entscheidungen des Ausschusses über Prämien mit mir zu erörtern, schon gar nicht die über meine. Diese Aufgabe fällt jedes Jahr Martin zu, der mich nach den Formalitäten des Murmeltiertags mit einem Besuch in meinem Büro beehrt und mir auf den Rücken zu klopfen pflegt, um so zu tun, als glaube wenigstens er standhaft an meinen Wert für die Firma. Washs Gesicht zerfloß sofort zu einem freundlichen Strebergrinsen. Schaut man genau hin, merkt man, daß Washs liebenswürdige Manieriertheit irgendwie andressiert ist. Unter Druck hat er keinen Instinkt mehr. Er ist ein Konglomerat von Allerweltsgesten, solchen, die er für nett und gewinnend hält, mit denen er auf keinen Fall anzuecken droht.
»Noch nicht ganz«, antwortete er. »Martin und Carl wollten eine Pause zum Telefonieren. Um vier machen wir weiter. Ich dachte, ich nutze die Gelegenheit, den Kopf auszulüften.« Wash schwang den Golfschläger; nur die Befürchtung, ich könne ihn womöglich aufhalten, ließ mich die spitze Bemerkung verschlucken, jetzt wisse ich Gott sei Dank endlich, wozu er das Ding mitschleppe. Wash entfloh inzwischen erleichtert in Richtung der messingglänzenden Aufzugtüren.
Ich ging gar nicht erst aus der Eingangshalle. Nachdem ich den Mantel abgegeben hatte, ließ ich mich in einen Sessel in einer getäfelten Nische neben der Garderobe und den Telefonen fallen. Ich wußte immer noch nicht recht, was ich hier wollte. Ich war hergerannt, um mich mit Martin anzulegen, aber inzwischen bewegte ich mich so schwerfällig, als wöge ich dreimal soviel, und denken konnte ich auch nur noch in Zeitlupe. Was würde ich damit erreichen? Mach einen Plan! befahl ich mir. Denk gefälligst nach! Unter den aufgestützten Händen hatten mir zu meiner eigenen Überraschung die Knie zu zittern begonnen.
Vor ein paar Jahren war Martins alter Freund Buck Buchan, Direktor der First Kindle Bank, in den Sog einer Konzernpleite geraten und hatte herumtelefoniert, worauf Martin zum Fachanwalt des Aufsichtsrats bestellt wurde. Buck und Martin kennen sich noch aus einer guten alten Zeit, aus dem

Koreakrieg und vom Studium, als sie immer denselben Studentinnen an die Wäsche wollten. Irgendwo hängt ein Foto von den beiden mit Ringelsocken und Fliege. Ich war an jenem Morgen bei Martin, als er zu Buck gehen und ihm sagen mußte, daß sie ihm seinen Job wegnehmen wollen. Für Buck das Ende, das Aus nach einem erfolggekrönten Leben unter den oberen Zehntausend, mit dem täglichen Hochseilakt vor den Augen des Publikums und der erotischen Lust an der Macht im Leib. Bucks Zirkuskuppel wurde abgebaut; er würde sich seine Seelenwunde nun im Orkus von Scham und Schande lecken müssen. Buck war ein Versager, und Martin fiel es zu, ihm das unter vier Augen zu sagen, von Mann zu Mann, und ihm klarzumachen, was Buck ohne Zweifel schon immer gewußt hatte, daß nämlich trotz der vielen Stunden, in denen sie mit wachem Verstand und dem Gefühl des Auserwähltseins zusammen Geschäfte gemacht hatten, niemand von Martin Gold erwarten konnte, er werde sich auf krumme Touren einlassen und die hehren Traditionen seines Berufsstandes über Bord kippen. Martin ging zu dieser Unterredung mit einem Gesicht wie aus Holz geschnitzt, verschattet und trauervoll. Alle in der Firma bewunderten seinen Mumm – auch der Aufsichtsrat der First Kindle Bank, der Martin seither immer häufiger beschäftigt. Aber was taugen alle diese Prinzipien, wenn du am Ende mit deiner Anwaltsfirma in die Röhre guckst? Die Antwort – die Hausmitteilung, von Martin beiseite geschafft – steckte zusammengefaltet in meiner Hemdbrusttasche.

Ich hätte eigentlich klüger sein müssen, als hinter Wash herzulaufen. Ein schwacher Mensch ist in einer Krise keine Hilfe. Aber wo es um Hauen und Stechen ging, fühlte ich mich Martin nicht gewachsen – ich hatte mit meinem Vater bis zum siebenundzwanzigsten Lebensjahr unter einem Dach gelebt und mich nie getraut, ihm ins Gesicht zu sagen, daß er klaute. Auch wollte ich mich nicht Pagnuccis eiskaltem Kalkül aussetzen. Dazu hätte es gründlicherer Überlegung und größerer Entschlossenheit bedurft. Daher wandte ich mich an jemand vom Personal, einen gutaussehenden Nickbaron, wie

man ihn an solchen Orten immer findet, wahrscheinlich Offizier im Ruhestand, und fragte, ob er vielleicht wisse, wo Mr. Thale mit seinem Golfschläger hin sei.
Er schickte mich ins zweite Untergeschoß, einem höhlenartigen Versorgungstrakt, der vor Jahrzehnten vermutlich als Sporthalle gedient hatte, bevor unter der Dachkuppel eine strapazierfähige Tartanbahn verlegt worden war. Jetzt war der Betonboden mit grünem Kunststoffrasen bedeckt, auf dem Männer in einer Reihe standen und auf Golfbälle eindroschen. Viele waren in Trainingsanzügen. Hier unten hatte es höchstens zwanzig Grad. Der grüne Teppich zum Abschlagen reichte etwa sieben Meter weit bis zu einem Netzvorhang, der von der Decke herabhing und Falten warf wie ein Schleier. Dahinter war es dunkel, finsterer als in der untersten Hölle. Irgendwo im Hintergrund schaltete wohl eine Elektronik, denn an den Deckenträgern aus Eisenbeton flimmerte zu Häupten jedes Golfers so was wie ein grüner Bildschirm. Ich beobachtete, wie der Nächststehende abschlug und dann auf dem Monitor über seinem Kopf eine Abfolge weißer Flimmerpunkte studierte, die, wie mir schließlich dämmerte, offenbar die computerberechnete Flugkurve seines Balls darstellte. Nach dem Aufleuchten des letzten Pünktchens erschien ein digitaler Zählerstand, der offensichtlich angab, über welche simulierte Distanz der Ball geflogen war.
Schließlich entdeckte ich weiter hinten in der Reihe Wash, der eifrig Bälle abschlug, von denen er ein Eimerchen voll hatte. Sein elegantes Jackett lag säuberlich zusammengelegt daneben. Er holte linkisch aus. So spielte er wohl schon sein ganzes Leben lang, ohne je etwas von Golf begriffen zu haben. Als ich näher kam, verhärtete sich sein Blick. Mir war sofort klar, er glaubte, ich sei gekommen, um ihn wegen meiner Prämienpunkte zu löchern, und er machte gleich einen hochmütigen Ausfallschritt, um mir in seiner gewohnt herzlichen Höflichkeit gegenüber Heloten zu signalisieren, daß ich hier über die Stränge schlug. Ich wollte ihn entwaffnen und zog die Hausmitteilung lieber gleich aus der Tasche. Beim Auseinanderfalten sah ich ihm zu. Er las sie im Stehen auf der

Abschlagmatte. Er hatte ohnehin schon einen leichten Basedowblick, und seine Augen mit ihren pulsenden Äderchen drum herum wieselten über den Text. Die Luft um uns war erfüllt vom stetigen rhythmischen Klicken abgeschlagener und aufprallender Bälle. Als er fertiggelesen hatte, sah er völlig verständnislos drein.
»Jake war's«, sagte ich.
Er wich ein Stückchen zurück. Über die Schulter schielte er nach den anderen Golfern und schob mich dann in Richtung der Stahltür, durch die ich hereingekommen war, dorthin, wo das Licht versickerte und schon satte Kellerschwärze nach uns griff, zusammen mit all den gespenstischen Geräuschen aus dem Untergrund des Riesengebäudes.
»Du ergehst dich in Mutmaßungen«, wehrte Wash ab. »Sag mir erst, wo du das herhast!«
Ich erzählte es ihm. Ich wußte nicht, wie ich es ihm anders hätte erklären sollen. Doch sogar Wash erkannte, daß die moralische Dimension meines Handelns hier Nebensache war. Das Resultat belegte zweifelsfrei, daß ich einen guten Grund für mein Vorgehen gehabt hatte.
»Diese Hausmitteilung ist gefälscht, Wash. Litiplex existiert nicht, erinnerst du dich? Keinerlei Unterlagen bei TNA. Jake hat das getürkt. Vielleicht steckt Bert mit in der Sache. Das wirft tausend Fragen auf. Aber unser Mann ist Jake.«
Wash runzelte die Stirn und schielte wieder über die Schulter. Sein Blick verriet Mißbilligung, aber er war zu wohlerzogen, um mich aufzufordern, leiser zu sprechen.
»Ich sage noch einmal, das sind Mutmaßungen.«
»Von wegen! Dann erklär du mir das doch mal!«
Schon der Gedanke an eine solche Herausforderung ging ihm offenbar gegen den Strich. Ich hatte ihn in die Klemme gebracht. Dann sah ich, wie sein blasses, weiches Gesicht sich straffte, weil ihm eine clevere Idee kam.
»Vielleicht ist es Neucriss«, sagte Wash. »Eins von seinen Spielchen. Vielleicht hat *er* sich das alles ausgedacht.« Peter war weiß Gott zu allem fähig. Doch mir war noch in Martins Büro, in seinem Schreibtischsessel, klargeworden, warum er

sich an Peter gewandt hatte. Martin hatte die Hausmitteilung erhalten und wollte wissen, was Sache war. Klarheit, ob der Wisch echt oder falsch war und ob Neucriss ihn mit irgendeinem noch so unwahrscheinlichen Umstand erklären konnte. Aber nicht Neucriss trieb uns im Kreis herum. Sondern Jake. »Schön«, sagte ich zu Wash, »schön. Da bitten wir also Jake in Martins Büro und eröffnen ihm, Litiplex existierte nicht, und was sagt Jake? ›Ach du lieber Gott, Neucriss hat doch gesagt, daß es diese Firma gibt.‹ Von wegen. Er tut so, als ob das Ganze ein Schock für ihn wäre. ›Wie kann Bert bloß so was tun‹, hat er sich empört. ›Und übrigens: Schwamm über die Sache, wenn ihr ihn nicht auftreibt!‹ Alles ergibt nur einen einzigen Sinn: Jake selber hat diese beschissene Hausmitteilung an Bert verfaßt. Bert hat ihm die Schecks gegeben. Und jetzt hat Jake das Geld. Er hat sein Schäfchen im trocknen, Wash. Und Martin deckt ihn.«

»Red keinen Blödsinn!« erwiderte Wash sofort als Reaktion auf die Unterstellung, Martin sei korrupt. Er schmatzte empört, als könne er die Ekligkeit regelrecht schmecken.

»Blödsinn? Denk mal nach, Wash! Wer hat uns denn weisgemacht, er hätte die Bank dort unten in Pico angerufen? Wer hat dir gesagt, der Direktor, Namen sind Schall und Rauch, habe durchblicken lassen, das Konto gehöre Bert? Von wem hast du denn diesen Scheißdreck vernommen?«

Wash ist einen Kopf kleiner als ich, und meine Körpergröße erschien mir in diesem Moment wie auch sonst gelegentlich wie ein eigenartiger Vorteil, als sei ich unerreichbar für jede Beschwichtigung.

»Denk bloß mal an Martins Auftritt neulich«, erinnerte ich ihn, »wie er Jake dazugeholt und alles ausgeplaudert hat, nachdem er vorher mit dir und Carl das genaue Gegenteil beschlossen hatte. Wie hast du dir denn das zusammengereimt?«

»Ich fühlte mich überfahren«, sagte Wash. »Das habe ich Martin auch hinterher gesagt. Aber es deutet doch nichts auf eine finstere Verschwörung hin, wenn er das Bedürfnis hatte, reinen Tisch zu machen.«

»Ach, komm schon, Wash! Willst du wissen, warum Martin Jake herbeigepfiffen hat? Er hat *absichtlich* Jake ins Bild gesetzt. Das ist Absicht gewesen, Wash. Er wollte Jake wissen lassen, daß der liebe Martin Bescheid über ihn weiß und fein stillehält.«

Washs Gesicht wurde ratlos, als er über das alles nachdachte. Er war sehr langsam von Begriff.

»Du verdrehst das alles. Ich bin sicher, Martin ist irgendwie auf dieses Dokument gestoßen und hat für sich geklärt, denke ich, daß es erst mal am besten in der Versenkung bleibt. Aus deinem Mund klingt das alles so unheilschwanger.«

»Wash, es *ist* unheilschwanger.«

Er runzelte die Stirn und wandte sich ab. Erneut schielte er zu den anderen Golfern hinüber. Ich konnte sehen, daß meine Schroffheit und Unhöflichkeit ihm endlich den Vorwand gegeben hatte, beleidigt tun zu können.

»Mann, sieh doch!« fing er an und sprach »Mann« dabei auf eine altmodisch herablassende Art aus. »Er hat sich doch hier bloß an den kategorischen Imperativ gehalten. Sei nicht vorschnell mit deiner Verachtung! Oder deinem Urteil. Denk doch mal nach! Die Firma kann ohne Jake nicht existieren. Auf alle Fälle nicht kurzfristig. Sag mir mal, Mack – wo du sonst so schlau bist – sag mir doch mal eins: Wenn du jetzt vorpreschst und was Halbgares anstellst, dann sag mir doch mal bitteschön, was willst du hinterher anfangen?« Seine hellen Greisenaugen, tief in verbrauchte Tränensäcke gebettet, blitzten in seltener Direktheit. Diese Frage bezog sich nicht auf mein Ermittlungsvorhaben, in Wahrheit meinte er, wie ich mir das mit meinem Lebensunterhalt vorstellte, ohne Jake. Ich brauchte ein Weilchen, bis ich das logische Treppchen erklommen hatte. Keiner würde mir einen Tugendpreis geben, wenn ich Jake hochgehen ließ. Soviel wußte ich. Weil mir das so klar war, kroch ich ihm schon seit Jahren hinten rein. Geändert hatte sich eigentlich nichts. Nur in puncto Selbstachtung war die Sache für mich ein bißchen teurer geworden.

»Das ist es also? Ich soll sagen: na fein? Martin hat die Antwort

ja schon gefunden. Soll Jake doch Geld unterschlagen – solange nur Mandate für uns abfallen. ›Hallo, Jake, du siehst, ich bin im Bilde. Also Schluß mit dem Scheiß mit 'ner anderen Sozietät. Wir kassieren weiter ab!‹ Komm schon, Wash! Ich find das zum Kotzen.«
Plötzlich über unseren Köpfen ein Donnergrollen. Wir fuhren beide zusammen. Einer der Golfer hatte seinen Ball gegen die Heizungsrohre an der Decke gedroschen. Sie waren zwar mit Isoliermasse ummantelt, dröhnten aber bei solchen Treffern trotzdem höllisch nach. Die Schrecksekunde schien Wash bewogen zu haben, es mit einem offenen Wort zu probieren.
»Sieh mal, Mack, ich kann nicht Martins Gedanken lesen. Offenbar behält er seine Absichten, wie immer sie auch sein mögen, lieber für sich. Aber du kennst den Mann doch seit Jahren. Seit vielen Jahren. Willst du mir sagen, daß du Martin Gold nicht traust?« Beide, Wash und ich, die wir uns hier in diesem Kellerloch flüsternd anfauchten, so dicht beieinanderstehend wie ein Liebespaar, erstarrten bei dieser Frage. Wash tat, was er immer tut – dasselbe wie neulich, als der Ausschuß Jakes Vorschlag (Schwamm drüber, wenn Bert nicht zurückkommt) erörtert hatte. Wash tat ehrpusselig, boxte gegen Schatten, nahm den Weg des geringsten Widerstandes. Er wußte, um was es ging. Nicht in allen Details. So genau wußte ich auch nicht Bescheid, konnte ich mir doch immer noch nicht zusammenreimen, wie Bert da hineinpaßte, wie Martin ihm die Schuld hatte zuschieben können, im Vertrauen darauf, daß er nie wieder auftauchen würde. Aber Wash durchschaute dennoch das Drama: Es war schmierig und anrüchig. Das ahnte er instinktiv, weil es genau dem entsprach, was Wash ohne jede Überlegung getan hätte – Jake den Zaster überlassen, um das Fortbestehen der Sozietät zu sichern. Und er verschloß vor dieser rabenschwarzen Wahrheit die Augen, indem er vorschützte, Martin habe nur das Beste im Sinn.
»Wash, du bist ein Blödmann«, sagte ich plötzlich. Auf dem Höhepunkt meiner kochenden Wut ließ ich ihn stehen, da

im Kellerdustern und fühlte mich blendend dabei. Pure primitive Lust. Das hatte ich ihm schon seit Jahren stecken wollen.
Die Hausmitteilung hatte Wash sich ohne Widerspruch aus den Fingern nehmen lassen. Ich faltete sie wieder doppelt und steckte sie ein, während ich die graue Stahltreppe emporstieg, über die ich in den Keller gelangt war. Jetzt war Klarheit geschaffen. Als ich wieder oben in dem prachtvollen Ambiente stand, vor den holzgetäfelten Wänden und unter den Kristallüstern, fühlte ich mich motiviert, stark und gemein, und hatte wieder zu mir selbst gefunden. Jetzt war ich kein zurückgesetzter kleiner Junge mehr, sondern endlich ein Mann unter Männern. Als ich mich durch die Drehtür auf die winterliche Straße hinausdrängte, schmiedete ich schon meine Pläne.

Sonntag, 29. Januar

VIII. Die Ermittlung wird international

A) Ein Flug ins Ausland

Die Executive Travelers Lounge von TNA, in der ich am Sonntag morgen auf Lena wartete, bot seltene Einblicke in eine schräge Welt. Ein großartiger Raum. Der Innenarchitekt hatte genau den geschmackvollen Raumfahrteffekt erreicht, den ich in meinem Büro angestrebt hätte, würde ich es jemals neu einrichten: viel Biegeholz und Panoramafenster, weiche Ledersessel und granitene Beistelltischchen, darauf Spezialtelefone für Kreditkartenbetrieb mit Zusatzanschlüssen für Laptop und Fax. An der Tür prüften elegante junge Damen die Eintretenden, von denen jeder mit der gleichen Selbstsicherheit seine Mitgliedskarte vorwies – da, seht her, ich bin ganz oben, ich hab's echt geschafft. Japanische Geschäftsleute dösten nach dreißig Stunden Flug in den Luxussesseln; gutgekleidete Führungskader hackten auf ihren Laptops herum; betuchte Eheleute tuschelten miteinander, jeweils einer von beiden mit deutlichen Anzeichen von Flugangst. Ein

Ober im weißen Jackett lief mit einem Tablett herum und offerierte Drinks, während über der Bar die Sonntagvormittagsnachrichten aus dem Fernseher tropften.
Hier begegneten sich die oberen Zehntausend der Lüfte, eine immer größer werdende Gruppe, die ihren realen Arbeitstag am Himmel verbringt und ihr Büro auf einem Innensitz in einer DC-10 hat, Leute, die inzwischen so viele Prämienmeilen aufgespart haben, daß sie mit ihnen kostenlos zum Jupiter fliegen könnten. Das sind die Waisenkinder des Kapitals, Männer und Frauen, die der Konzerngeschichte wegen auf ein eigenes Leben verzichten, weltweit Töchter irgendeines Konzernimperiums gründen wollen, und das alles im Namen der Losgrößendegression. Ich hatte mal einen Onkel Michael, der war Vertreter, ein Trauerkloß mit einem häßlichen braunen Koffer aus Vulkanfiber, der ihm wie an der Hand festgewachsen schien. Auf ihn wurde allgemein herabgesehen. Inzwischen ist es ein Statussymbol, wenn man vier Abende die Woche nicht daheim ist. Aber gibt es auf Gottes blauem Planeten etwas Deprimierenderes als ein leeres Hotelzimmer um zehn Uhr abends und den Gedanken, daß Arbeit, Privilegien, ökonomische Zwänge nicht nur die Tagesstunden aufsaugen, sondern dir außerdem, und sei es nur kurz, diese entsetzlich einsamen Augenblicke bescheren, in denen du fern der Menschen und der liebgewordenen und vertrauten Dinge bist, die das Leben erst lebenswert machen?
Hör sich einer das an! Was entging denn *mir* außer meinem Fernsehsessel und den häßlichen Streitereien mit Lyle? Und ich durfte mich auf Lenas jugendliche Gesellschaft freuen. Den Aktenkoffer und die Reisetasche hatte ich zwischen den Beinen stehen. Ich reiste mit leichtem Gepäck, Unterwäsche, Straßenanzug, Badehose und einigen Sachen, die ich brauchen würde: Paß, Diktiergerät, ein paar Blatt TNA-Briefpapier aus dem Büro, ein alter Brief mit Jake Eigers Unterschrift und drei Exemplare des Jahresabschlußberichts von TNA; dazu noch die Hausmitteilung aus Martins Schublade, die ich nicht mehr aus den Augen lassen würde. Wie Kam hatte ich mit meiner neuen goldenen Kreditkarte einen Barbetrag von

zweitausendfünfhundert Dollar abgehoben, die mir am Freitag ins Büro zugestellt worden waren. Den größten Teil der Nacht hatte ich mit Pläneschmieden verbracht und schloß jetzt die Augen, stellte mir den Wind in Pico vor, der, nach Salzwasser und Sonnenöl duftend, die Palmen rauschen ließ.
»Huhu!« Die Stimme war mir irgendwie vertraut, aber ich schrak trotzdem zusammen, als ich die Augen aufschlug.
»Brushy Bruccia, na so was.«
»So was«, echote sie, offenbar aufgedreht und jung. Sie wirkte glücklich und selbstzufrieden. Sie trug die Reisetasche über der Schulter und den Mantel überm Arm. Sie war in Jeans.
»Wo fliegst denn du hin?« fragte ich.
»Mit dir.«
»Wirklich und wahrhaftig? Was ist mit Lena?«
»Hat einen dringenden Arbeitsauftrag erhalten. Wird die ganze Nacht in der Bibliothek sitzen.«
Da kapierte ich. Von wem sie den Auftrag hatte, brauchte ich Brushy wohl nicht zu fragen.
»Das Mädel macht mir einen zu mageren und hungrigen Eindruck.«
»Sie macht Eindruck«, sagte ich. »Das muß ich dir zugestehen.«
Brushy boxte mich kräftig gegen den Arm, aber mir war die Szene vor den vielen anderen Männern peinlich. Wir gingen hinüber zu den Ledersesseln. Keiner sagte etwas.
»Von Rechts wegen solltest du dich freuen«, krittelte sie schließlich.
»Warum auch nicht?« Ich fühlte mich überrumpelt. Für Pico hatte ich meine eigenen Pläne, und dazu brauchte ich eine naivere Reisegefährtin als Brushy.
»Also, probieren wir's noch mal von vorn!«
Sie ging weg und kam hinter einem dekorativen Raumteiler aus Rosenholz wieder zum Vorschein, der Monitore mit den Ankunfts- und Abflugzeiten enthielt.
»Mack! Rat mal, wo ich hinfliege.«
»Hoffentlich mit mir.«
»Jetzt hast du's geschnallt.«

Ich sagte ihr, sie sei eine Komödiantin.
»Ganz nebenbei«, fragte sie, »was machen wir eigentlich dort unten?«
»Ganz ›nebenbei‹ gar nichts«, wehrte ich ab. »Vergiß das ›wir‹. Weißt du noch unsere Abmachung? Keine Fragen, keine Antworten. Du bist nicht mit von der Partie.«
Ein Mädchen mit einer Rundfunkstimme rief unsere Flugnummer auf, während Brushy meine Weigerung auf die leichte Schulter nahm. Sie legte den Kopf schräg und klimperte mit den Augen.
»Ach Liebster«, fragte sie, »was machst du bloß mit mir?«

B) Dieser alte Tanzschritt

Die gegenwärtige Hochsaison war nicht die Zeit für Pico Luan, die ich mir wünschte. Vor Jahren war ich einmal im Sommer hier gewesen, als die Hauptstadt Ciudad Luan fast ausgestorben war, aber jetzt in der Saison drängten sich die Rückflieger, buntgekleidete Erwachsene und Kinder, in der Flughafenhalle wie im Zwischendeck eines Auswandererschiffs. Ihre tiefgebräunten Gesichter waren so verblüffend wie der süßliche Hitzeschwall, der uns empfing, als wir die TNA-Gangway hinabstiegen. Noch zur Abendstunde war die tropische Sonne überwältigend, so kräftig, daß der Winter augenblicklich zur tristen Erinnerung wurde.
»Lieber Gott«, sagte Brushy und schüttelte sich die Hände in der milden Luft aus.
Ein Mietwagen wartete auf uns. TNA hatte wie üblich eine feudale Unterkunft direkt an der Regent's Beach spendiert, einem Neunmeilenstrand, weiß und unberührt, der den Fuß der Mayanberge umsäumt. In grünen Wellen drängen die Vorberge an die Küste. Jetzt, in der Hauptsaison, da sich all die Überflieger und Winterflüchtlinge hier unten aufhielten, herrschte Stau in den schmalen Gassen, und ich suchte mir einen Schleichweg hinter dem Flughafen. Brushy kurbelte das Fenster herunter, nahm den Hut ab und ließ sich das kurze

schwarze Haar vom Fahrtwind durchpusten. Wir fuhren an den Behelfshütten mit ihren Wellblechdächern und den handgeschriebenen Schildern gelegentlicher Läden und Verkaufsstände vorbei, die einheimische Gerichte anpriesen. Riesige Pflanzen mit Blättern wie Elefantenohren wucherten am Straßenrand. Die müßigen Luaner, viele barfuß, schlenderten sorglos mitten auf den schmalen Straßen, machten dem Auto Platz und setzten dann ihren Weg auf dem Mittelstreifen fort. Die Luaner sind leutselig. Sie wissen, daß sie ihr Schäfchen im trockenen, den Yankee an seiner eigenen Habgier gepackt haben. Bankiers sind sie, seit die Piraten der Barataria Bay anfingen, ihr Gold in den Höhlen oberhalb Ciudad Luans zu horten, und die Luaner drücken auch heute noch bei ihren Klienten ein Auge zu, oder gleich beide. Internationale Rauschgiftmagnaten, Steuerbetrüger aus aller Herren Länder und Banker der oberen Zehntausend pflegen in diesem vorschriftsarmen Land unbefangen Umgang miteinander und teilen sich den Kleinstaat mit seiner polyglotten Bevölkerung, in deren Blut sich die DNS von Amerikanern, afrikanischen Sklaven und allerlei entlaufenen Europäern vermischt hat – von Portugiesen, Engländern, Holländern, Spaniern und Franzosen. Pico hat Despoten, indianische Eroberer und zweihundert Jahre spanischer Herrschaft überlebt, die 1821 endete, als sich Luan entschied, lieber britisches Protektorat zu werden als sich von den Souveränitätsansprüchen des benachbarten Guatemala vereinnahmen zu lassen. 1961, als Pico die Unabhängigkeit erlangte, kupferte das Parlament die strengen Bankgesetze der Schweiz und einiger Inseln Britisch-Westindiens ab.
Dank des Aufschwungs der Steueroasenwirtschaft und der ungeheuren Reichtümer heutiger Piraten aus den lateinamerikanischen Nachbarländern, die keine Stücke von Achten mehr horten, sondern mit Schnee handeln, hat Pico in den letzten drei Jahrzehnten eine erstaunliche Entwicklung erlebt. Der ganze Zaster, der hier versteckt wird, bleibt unbesteuert und wird aus diesem Grund wohl auch nicht so schnell wieder abgezogen. Dafür wird eine Flughafensteuer von hun-

dert Dollar erhoben, eine Gebühr von zehn Dollar für jede Computerüberweisung und dazu glatte zehn Prozent Mehrwertsteuer auf alles, was gekauft oder verkauft wird. Hamburger für die ganze Familie in einem Restaurant in Ciudad Luan können schon hundert Dollar kosten. Doch die Kombination von Verzicht auf Einkommensteuer und striktestem Bankgeheimnis verheißt stetige Geschäfte und reichlich Arbeitsplätze. Die Luaner sind nach wie vor zurückhaltend, warmherzig und aufgrund ihrer Lektionen in britischer Disziplin sogar korrekt, aber sie vertrauen zugleich auch auf die ihnen angeborene Gabe, nicht so viele Bedürfnisse zu entwickeln. Uns hektische und plumpe Yankees aus dem Norden betrachten sie in aller Gutmütigkeit als Spinner.

Unser Hotel, ganz am Ende des Strands, drei oder vier Meilen außerhalb von Ciudad Luan, war umwerfend. Wir hatten zwei kleine schilfgedeckte Cabañas nebeneinander, selbständige Einheiten, jede mit Küche, Bar und einem Schlafzimmer, das auf den Ozean hinausging. Brushy mußte ihre Sekretärin daheim anrufen, um Termine für den Montag zu verlegen, und ich trat auf die kleine Terrasse meines Häuschens hinaus, während sie gelegentlich laut ihrem Frust freien Lauf ließ, daß es so schwer war, eine Telefonverbindung mit den USA zu bekommen.

Die Sonne ging gerade unter, eine große orangefarbene Kugel, die in dem klaren Himmel verglomm. Wir waren den ganzen Tag äußerst gesellig miteinander gereist, hatten im Flugzeug Kreuzworträtsel gelöst, Händchen gehalten, über unsere Sozietätspartner und über Artikel in der *»Sunday Times«* geplaudert. Draußen am Strand riefen nun diverse Mütter, zur Neige des Tages geschafft und mit ihrer Geduld am Ende, nach ihren Kindern. Pico, ursprünglich Zuflucht von Ganoven, die mit riesigen Sonnenbrillen, ein Köfferchen entschlossen im Griff, aus dem Flugzeug stiegen, oder Ziel weniger Archäologen, die nach den riesigen von den Mayas hoch in den Bergen in Sichtweite des Ozeans erbauten Tempeln strebten, setzt sich nach jahrzehntelanger Tourismusförderung durch TNA allmählich als Ferienort für Familien durch. Es ist eine Flugstunde weiter als die Bahamas, aber nicht so überlaufen und mit mehr Sehenswürdigkeiten gesegnet. Ich sah Kinder zwischen den Beinen ihrer Eltern herumtollen, wobei die Kleinsten sich von den Wellen haschen ließen und kreischend den Strand hinaufrannten. Ein Junge trug Kokosnüsse zusammen, die noch in ihren glatten braunen Außenschalen steckten, so daß es aussah, als lege er eine Schädelsammlung an. Segelboote waren noch draußen, doch das Wasser wurde schon farblos. Bei strahlender Sonne war es leuchtend blau, vielleicht wegen Kupferablagerungen auf dem korallenbestandenen Meeresboden, ein Farbton, den man nur in Farbfilmreklamen für möglich hält.

»Alles erledigt.« Brushy war mit Telefonieren fertig. Sie hatte eine Art Strandkleid angezogen, und wir gingen zum Hauptgebäude des Hotels, speisten auf der Veranda zu Abend und sahen dabei zu, wie Rosenfinger vom Himmel Besitz ergriffen und das Meer sich vom Strand zurückzog. Mit meinem Segen nahm sie ein paar Drinks, während ich Eistee in mich hineinschüttete. Sie wirkte glücklich und unbeschwert. Während des Abendessens fing eine einheimische Kapelle drin in der Bar zu spielen an, und durch die offenen Terrassenfenster drangen Musik und Lachen heraus. Rhythmus und Melodien waren mitreißend, lateinamerikanische Klänge, Pfeifen und Flöten, süße Töne wie ein Echo von den Bergen.

»Ein herrlicher Ort!« Brushy blickte sehnsüchtig aufs Meer hinaus.

»Ich finde es irgendwie charmant«, bemerkte ich, »daß du mir nachläufst.«

»Einer mußte ja was unternehmen.«

Ich reagierte so fies wie immer und tat, als wüßte ich überhaupt nicht, was sie meinte.

Sie sah in ihr Glas. »Ich hab viel über unser Gespräch nachgedacht. Gestern in deinem Büro. Weißt du, jeder Mensch hat das Recht, sich zu ändern.« Als sie die Augen hob, hatte sie wieder diesen Blick, voller Schneid und Bravour.

»Natürlich.«

»Und du hast recht in bezug auf mich. Aber ich brauch mich

dafür nicht zu entschuldigen. Es ist nur natürlich. Je älter man wird, desto mehr denkt man über Dinge nach, die ...« sie stockte.

»Die was?«

»Von Dauer sind.«

Ich zuckte zurück.

Sie sah es. Sie bedeckte die Augen mit der Hand.

»Was tu ich da?« fragte sie. Auch im Licht der flackernden Kerze auf dem Tisch konnte ich sehen, daß sie plötzlich rot geworden war, vielleicht lag es am Alkohol, vielleicht an der Hitze und dem starken Gefühl. »Lieber Gott, was sehe ich in dir?«

»Ich bin offen und ehrlich.«

»Nein, bist du nicht. Du machst dich selber runter«, widersprach sie, »das ist was anderes.«

Ich gab ihr recht. »Du hast Besseres verdient«, sagte ich ihr.

»Mach keine Witze!«

»Ich meine es so.« Ich war so entschlossen, wie ich konnte. Ich schwöre, es fiel mir nicht leicht. Aber ich hatte einen dieser hellsichtigen Momente und konnte genau sagen, wie es laufen würde. Brushy würde mir immer die Schuld daran geben, daß ich kein besserer Mann war, und sich Vorwürfe machen, nicht mehr vom Leben verlangt zu haben.

»Sag mir nicht, was für mich gut ist, okay? Ich kann nicht leiden, wenn du den Lazarus mimst, der aus seinem Grab gekrochen kommt, um eine Woche lang die Kolumne von Ann Landers zu schreiben.«

»Lieber Gott«, sagte ich. »Ausgerechnet Ann Landers?«

»Du versuchst, die Leute gegen dich aufzubringen, Mack«, erklärte sie. »Du lockst sie an und jagst sie dann wieder weg. Wenn das ein Aspekt der gewinnenden irischen Melancholie sein soll, dann tue ich dir hiermit kund, daß ich das nicht reizvoll finde. Es ist abartig«, sagte sie. »Krankhaft.« Sie schmiß ihre Serviette auf den Teller und blickte aufs Meer hinaus, um sich wieder zu fangen.

Nach einer Weile wollte sie wissen, ob es zu spät zum Schwimmen sei.

»Es ist Ebbe. Fünfhundert Meter weit Flachwasser. Das Wasser hat das ganze Jahr über 28 Grad.« Ich versuchte ein Lächeln. Sie brummte etwas und fragte dann, ob ich so etwas wie eine Badehose dabei hätte. Beim Aufstehen streckte sie mir die Hand hin.

Der Weg zum Strand führte durch hohen Dünenbewuchs und Bermudagras und war zu Beginn jedes Treppenabsatzes von verdeckten Lämpchen beleuchtet. Sonntagabends war es sogar in Pico ruhig. Am Strand herrschte noch Leben, aber das war näher bei Ciudad Luan, wo sich die großen Hotels türmten. Hier heraußen, wo hauptsächlich Ferienwohnungen lagen, herrschte Stille in der lauen Sommernacht, nur die Kapelle, ein paar hundert Meter entfernt in der Hotelbar, legte immer wieder mal los. Wir schwammen hin und her, küßten uns und blieben sitzen, während die Wellen um uns herum auf den Strand liefen. Wir, in unserem Alter, benahmen uns wie Achtzehnjährige – sooft ich dran dachte, wollte ich aufstöhnen.

»Komm mit mir hinaus!« forderte Brushy mich auf, und planschte ein Stück ins tiefere Wasser. In Strandnähe taten die angeschwemmten Muschelschalen an den Füßen weh, aber etwa fünfzig Meter weit draußen war der Sand weich, und dort blieb sie stehen und schmiegte sich an mich. Der Mond war schon seit einer Weile aufgegangen und wurde jetzt heller, ein blauer Neonschimmer, der sich wie eine Schürze um ein paar für die Nacht vor Anker gegangene Boote legte. Das Hauptgebäude des Hotels, seine kleinen Cabañas und die giraffenähnlichen Kokospalmen zeichneten sich dunkel über dem Strand ab.

»In diesen Gewässern gibt es Fische«, sagte ich. »Wunderschöne. Papageienfische und Soldatenfische, ganz in Gelb, und ganze Schulen indigofarbener Mönchsfische; von intensiverer Färbung, als du dir erträumst.« Der Gedanke an diese große Schönheit da unten, unsichtbar, rührte mich tief.

Sie küßte mich, legte dann das Gesicht an meine Brust und bewegte sich im Rhythmus der Kapelle, die ein neues Stück spielte. Die sanfte Dünung stieg und fiel um uns herum.

»Wollen wir tanzen?« fragte sie. »Ich glaube, sie spielen unser Lied.«
»Ach ja? Welches?«
»Den *hokey-pokey*.«
»Ehrlich?«
»Sicher«, sagte sie. »Hörst du nicht?«
Sie behielt das Bikinioberteil an, streifte aber das Höschen ab und zog mir die Badehose herunter. Mit der einen Hand hielt sie unser Badezeug fest und mit der anderen packte sie das Füllhorn.
»Salbe gewirkt?« fragte sie.
»Wundermittel«, sagte ich.
»Wie tanzt man den *hokey-pokey*?« fragte sie. »Ich weiß es nicht mehr.«
»Das rechte Bein: rein!«
»Gut.«
»Das linke Bein: raus!«
»Gut.«
»Das rechte Bein wieder rein und Wechselschritt!«
»Toll. Und was kommt jetzt?« fragte sie und küßte mich innig.
»Nach dem Bein?« Sie zog sich an meinen Schultern hoch, spreizte mit der langsamen Anmut einer Turnerin im dunklen Wasser die Beine und umklammerte mich, so daß ich irgendwie an eine Blume erinnert wurde.
»Ich glaub nicht, daß das so geht.«
»Das geht«, versicherte Brushy mit der ihr eigenen Souveränität in sexuellen Dingen.
Und so tanzten wir also, Brushy Bruccia und ich, den *hokey-pokey* in tropischen Gewässern zwischen schönen Fischen im bläulich-silbernen Schein des Mondes, der sich wie ein Teppich um uns ausbreitete. Rein und raus und Wechselschritt.
Mann, mal was anderes.

FÜNFTES TONBAND

Diktiert am 1. Februar
um 1 Uhr morgens

Montag, 30. Januar

I. Bankgeheimnis

A) Allein bleiben

Mit einer Frau neben mir hätte ich eigentlich fest schlafen müssen, aber ich war weit weg von zu Hause und dem Herzen der Finsternis nahe. Ich konnte das Tor zu meinen Alpträumen nicht aufstoßen. In mir knisterte hochgespannte Angst wie in einem Drahtgeflecht, auf dem sich die gefolterte Elektrizität in zuckenden Blitzen zu entladen scheint. Ich hockte mit verkniffenem Gesicht im Finstern auf der Bettkante und flehte mich selber an, nicht zu tun, was ich im Sinn hatte, nämlich stracks in die Bar zu laufen, wo die Kapelle noch immer trötete, und mir für fünf Dollar einen Flachmann Whisky zu holen. Daß Alkohol mutig macht, ist keine reine Illusion. Er tut es, weil du so schmerzunempfindlich wirst. Ich hab mir im Vollrausch eine ganze Latte ernster Verletzungen zugezogen – Verbrennungen zweiten Grades von Zigaretten und brühheißen Getränken, mit denen was schiefging, verstauchte Knöchel, ausgerenkte Knie und Wunden von Wurfgeschossen, die eine wütende Gattin wie Kanonenkugeln abgefeuert hat. Alles habe ich mit ein paar Tupfern Mercurochrom und hin und wieder einem Besuch in der Unfallstation überlebt. Daher rührte das Recht auf die Überzeugung, gerade jetzt so was zu brauchen.

Ich stand auf und schlich zur Beruhigung wie ein Kind, das sich nach der Schmusedecke oder dem Teddybär sehnt, über die Veranda zurück in meine Cabaña, um das Diktiergerät herauszuholen. Eine Stunde lang erzählte ich mir selber meine Geschichte, die Stimme gedämpft, und dennoch trug sie der laue Nachtwind davon, so daß ich besorgt war, Brushy könne etwas hören.

Es war mein Vater, an den ich denken mußte, im Grunde an meinen Vater und meine Mutter. Ich wollte ergründen, wie sie damit fertig geworden war, daß er klaute. Das meiste von dem teuren Klimbim, den er in den Taschen mit heimbrachte, hat er als erstes ihr angeboten. Vielleicht schmeichle ich ihrem Andenken, wenn ich behaupte, daß sie wohl nie ein gutes Gefühl dabei hatte. »Tim, diesen Kram haben wir wirklich nicht nötig«, beschwor sie ihn, würde ich sagen, damit er sich endlich bessere.

Ein einziges Mal steckte sie eine Brosche an, die ihm besonders gefiel, mit einem großen rubinroten Stein in der Mitte, üppig gefaßt in antikes Filigran. Doch sonst wies sie rundheraus alles zurück, was natürlich zu allerhand Streitereien führte, wenn er einen gehoben hatte.

Nur einmal habe ich mit meiner Mutter darüber gesprochen. Damals war ich sechzehn und ein rechter Besserwisser.

»Er ist nicht schlimmer als andere auch«, wies sie mich zurecht.

»Aber die klauen!«

»McCormack, jeder von uns hat etwas von einem Dieb an sich. Bei jedem gibt's was, das er gern klauen möchte. Bloß trauen sich die meisten nicht, weil wir anderen gewöhnlich scharf hingucken.«

Damit hatte sie ihn wohl nicht unbedingt in Schutz nehmen wollen, dachte ich mir, sondern als Mutter das letzte Wort behalten. So oder so kaufte ich es ihr nicht ab. Ich war noch in dem Alter, in dem ich was Besseres werden wollte als mein Vater. Mich plagte ein Durst. Unstillbar. Eins der vielen Bedürfnisse, die ich später mit dem Feuergeschmack von Fusel zu stillen versuchte. Ich wollte im Leben nie von einer Frau mit einem so niedergedrückten Blick der Enttäuschung gemustert werden, wie er ihn sich von unserer Mutter gefallen lassen mußte. Aber du weißt ja, das Leben ist lang, und ich hab unseren Alten auch lieb gehabt, mit all seinen sentimentalen irischen Liedern und seiner täppischen Zuneigung zu

mir. Er hat nie von mir verlangt, ich solle was Besseres werden als er. Er wußte, wie das Leben ist.
Ich schlief im Sitzen auf dem Sofa ein, den Aktenkoffer auf dem Schoß. Brushys Herumsuchen machte mich wach. So schlaftrunken ich war, erkannte ich an der Miene, mit der sie mich betrachtete, daß diese Frau schon öfter beim Aufwachen enttäuscht hatte feststellen müssen, daß sie allein war, und ich tröstete sie rasch, denn ich kannte dieses einsame Erwachen selber nur zu gut. Wir verbrachten noch schöne Stunden im Bett und auf der Terrasse, wo wir schließlich frühstückten, schwitzend und geblendet von der strahlenden Tropensonne. Etwa um elf erhob ich mich.
»Ich geh jetzt zu diesem Anwalt«, sagte ich.
Brushy, noch im Bademantel, bat mich, auf sie zu warten.
»Du bleibst hier«, sagte ich. »Hol dir bei der Strandaufsicht eine Schnorchelausrüstung und sieh dir die Fischlein an. Schon die allein lohnen die Reise.«
»Gar nicht«, widersprach sie. »Ich weiß doch, hier gibt es zu tun.«
»He. Du wolltest das alles doch gar nicht wissen! Erinnerst du dich nicht mehr?«
»Ich hab gelogen.«
»Hör mal zu!« Ich setzte mich neben sie. »Die Sache wird allmählich unschön. Halt dich da bloß raus!«
»Unschön in welcher Hinsicht?« fragte sie. Ihr Gesicht spannte sich zur Konzentriertheit der Juristin. Sie wollte noch mehr fragen, aber ich kam ihr zuvor. Ich küßte sie rasch und machte mich dann mit meinem Aktenköfferchen auf in die Stadt.

B) Auslandsbanken

Die International Bank of Finance, deren Stempel auf der Rückseite jedes der achtzehn Schecks prangt, die vom Treuhandkonto für Flug 397 auf Litiplex ausgestellt wurden, ist ein Ladenlokal, fast nur eine Schaufensterscheibe mit Tür, abgesehen von der opulenten Inneneinrichtung in Mahagoni. Schon zu meiner Zeit im Betrugsdezernat war sie als seriös bekannt. Wem sie gehört, ist seit jeher ein Mysterium, doch steht sie in beeindruckenden Geschäftsverbindungen zu ein paar Großbanken in England und den USA. Gerüchteweise verlautete immer, in Wahrheit stehe eine der Patrizierfamilien Amerikas, die Rockefellers oder die Kennedys oder sonst eine dieses Kalibers mit eingefleischtem Wissen über den Zusammenhang zwischen Reichtum und Korruption, hinter dem Unternehmen. Keine Ahnung.

Ich erklärte, ein Konto eröffnen zu wollen, und mit luanischer Zuvorkommenheit erschien alsbald der Bankdirektor, ein hagerer Schwarzer in blauem Blazer, Mr. George, elegant und mit diesem eigentümlichen luanischen Akzent, einem Singsang, in dem das Inselfranzösisch mitschwingt, das die Küstenbevölkerung immer noch spricht.

Mr. Georges Büro war klein, aber gediegen eingerichtet, mit hölzernen Säulchen und Bücherschränken. Ich sagte ihm, ich würde die Anlage einer siebenstelligen Summe in US-Währung erwägen.

George zuckte mit keiner Wimper. Er hat mit so was jeden Tag die Woche zu tun. Ich hatte mich nicht mal vorgestellt, und wir erwarteten beide nicht, daß ich das nachholen würde. Das hier war eine Stadt, in der noch keiner je nach einem Personalausweis gefragt hat. Willst du dich Joe Blow oder Marlon Brando nennen, keiner hat was dagegen. In die Sparbücher wird nur das Paßfoto geklebt; Namen stehen keine drin.

»Wenn ich später das Geld transferieren will«, fragte ich, »was muß ich dann machen?«

»Telefonieren«, sagte er. »Faxen.« Mr. George trug eine Brille mit runden Gläsern und hatte ein Schnurrbärtchen; seine schmalen Finger legte er beim Sprechen wie zu einem Dach aneinander. Bei Überweisungsaufträgen per Telefon, erläuterte er, müsse der Kunde die Kontonummer und ein Kennwort angeben; vor Ausführung rufe die Bank dann zwecks Bestätigung zurück. Mir kam es unwahrscheinlich vor, daß Jake in seinem Büro oben im TNA-Turm hockte und Anrufe

von Banken aus Pico Luan entgegennahm. Ich fragte, wie es mit Faxen sei.
»Wir brauchen eine schriftliche Anweisung mit eigenhändiger Unterschrift oder handschriftlichem Verfügungscode«, sagte Mr. George. Glänzender Einfall, dachte ich. Verfügungscode. Für alle, die was gegen Namen hatten.
»Und wie lange dauert es, bis eine Überweisung ausgeführt ist?«
»An Banken in Luan drahten wir binnen zwei Stunden. Sofern wir die Anweisung vor zwölf Uhr mittags erhalten, garantieren wir die Auszahlung in den USA ab drei Uhr nachmittags. *Central time.*«
Ich ließ mir das durch den Kopf gehen und fragte ihn dann, was ich zur Konteneröffnung brauche und ob ich das auch postalisch machen könne. Mr. George antwortete mit einer vieldeutigen luanischen Gebärde: Weißer Mann mag tun, was ihm beliebt. Er zog eine Schublade auf und nahm Formulare heraus.
»Der Konteninhaber sollte ein Paßfoto in zweifacher Ausfertigung einreichen. Eins für das Sparbuch, eins für unsere Akten. Und hier in diesem Feld hätten wir gern die Handschriftenprobe des Kontoinhabers mit dem jeweiligen Verfügungscode für Überweisungen.« »Konteninhaber« hatte er gesagt, in der Annahme, ich sei ein Strohmann für jemand, der zu bekannt sei, um sich in Cuidad Luan blicken zu lassen. Und selbstverständlich mied er tunlichst die Worte »Unterschrift« oder »Namen«. Da ging mir auf, daß Martin mit ihm gesprochen haben mußte. Die Beschreibung paßte haargenau. Als ob man versucht, blauen Dunst mit Händen zu greifen.
Das Büro hatte ein Fensterchen mit diskreter Jalousie, durch die man das Kommen und Gehen draußen auf der Straße beobachten konnte. Kein Fliegengitter, denn auf dieser Seite der Berge gibt es keine lästigen Insekten. Auf einmal setzte sich ein Vögelchen von einer mir unbekannten Art aufs Fensterbrett, klein wie ein Zaunkönig. Er oder sie hüpfte hin und her und sah mich dann einen Moment lang schräg an.

Da mußte ich lachen, geb ich zu, wie mich der Vogel so beäugte, und ich sagte mir, nicht mal ein Säugetier braucht man zu sein, um sich schon zu fragen, was mit diesem Malloy nicht stimmt. Mr. George scheuchte mit dem Handrücken den Vogel weg.

Mit den Formularen trat ich wieder hinaus auf die Straße. Die Sonne stand jetzt hoch, gleißend und erregend nach den Wochen des winterlichen Eingesperrtseins im Mittleren Westen. Hier unten leuchtete mir immer ein, warum Menschen die Sonne wie einen Gott anbeten konnten. Das Geschäftsviertel besteht nur aus wenigen Blocks eng aneinandergeschmiegter Häuser von jeweils drei und vier Stockwerken, Stuckfassaden in karibischen Pastelltönen und mit Mönch und Nonne gedeckten Dächern. Zwischen den Geschäftsleuten bummelten auch Touristinnen. Gutgebaute Mädchen in Strohhut und Strandkleid, mit langen sonnengebräunten Beinen, mischten sich unter Aktenköfferchen tragende Herren im Straßenanzug.

Ich sah mich nach weiteren Banken um, deren Namen diskret in Englisch und Spanisch, den beiden Amtssprachen, auf den Giebelseiten der Häuser standen. Viele der großen Namen der Hochfinanz sind hier präsent mit Ladenlokalen, kaum größer als das der International Bank. Mit solch einem bescheidenen Auftreten floriert in Luan dank mit Schwarzgeld alimentierter Briefkastenkonzerne und Treuhänderfirmen eine Hundertmilliardenwirtschaft. Da werden rings um den Globus Kredite aufgenommen, Unternehmen aufgekauft und Investitionen getätigt, anonymes Geld, das sozusagen staatenlos ist und dies liebend gern bleibt.

Ich suchte die Niederlassung einer mir bekannten Chicagoer Großbank auf – den Fortune Trust – und erklärte dort, ein Privatkonto eröffnen zu wollen. Dasselbe Ritual wie im Haus gegenüber, nur daß ich diesmal keinen Probelauf machte, sondern wirklich etwas einzahlte. Tausend amerikanische Dollar in bar, und sie machten mit einer Polaroid zwei Paßbilder von mir. Als die Fotos fertig waren, klebten sie eins in mein Sparbuch und das andere auf ihre Karteikarte mit meiner Unterschrift. Ich entschied mich, alle Guthaben in Dollar zu halten – man hatte die Wahl unter vierzehn verschiedenen Währungen – und erklärte, keine Kontoauszüge zugesandt haben zu wollen, was mich auch der Angabe einer Adresse enthob. Die Zinsen würden jedesmal gutgeschrieben werden, wenn ich vorsprach und mein Sparbuch vorlegte. Durch Ankreuzen eines Kästchens auf dem Formblatt ermächtigte ich die Bank, bei jedem Buchungsvorgang fünfzig Dollar Gebühr abzubuchen.

»Und für welchen Identifizierungscode haben Sie sich entschieden?« erkundigte sich die atemberaubend hübsche junge Frau, die mich bediente. Nach dem Akzent hielt ich sie für eine Australierin, die hergekommen war, um zu tauchen und sich von irgendwas frei zu machen, von den Eltern, von einem Kerl oder vom erstickenden Druck ihres Ehrgeizes. Wie frei war doch diese Insel mit ihren Prachtfischen, von denen das warme Wasser wimmelte, der Sonne, dem Rum und dem Gefühl, daß viele der üblichen Regeln hier nicht galten. Schließlich dämmerte mir, daß sie nach meinem Kennwort gefragt hatte.

»Tim's boy«, antwortete ich. Sie bat mich, die beiden Wörter niederzuschreiben, und ich tat auch das. Damit konnte ich jetzt telefonisch über Guthaben auf meinem Konto verfügen und den Kontostand abfragen.

Nach meinen Überlegungen war jetzt noch ein zweites Konto erforderlich. Dafür brauchte ich nicht einmal das Gebäude zu verlassen. Ein Stockwerk höher saß eine Schweizer Bank, die Züricher Kreditbank, und ich hörte mir den Vortrag über deren Geschäftsbedingungen an, wie über Einlagen entweder von Pico aus oder auch aus der Schweiz verfügt werden könne, stets unter der uneingeschränkten Garantie des gesetzlichen Bankgeheimnisses beider Länder. Ich zahlte weitere tausend Dollar ein. Nun hatte ich zwei neue Sparbücher in meinem Aktenkoffer.

Draußen auf der Straße fragte ich einen Passanten nach einem Schreibbüro, von dem aus ich einen Brief faxen könne. Ich schlenderte hinunter zu einem der großen Strandhotels, zu dem er mich geschickt hatte. Das Jackett trug ich mit dem Aktenköfferchen unter den Arm geklemmt. Ich sah müßig wie bei einem Einkaufsbummel in die Schaufenster, grübelte dabei aber nur über mich nach und fragte mich, wer ich sei. Was aus mir werden würde. Einer, der gleich seine Frau betrügen will, fühlt sich wohl so ähnlich, wenn er auf die Reiseandenken, die modischen Strickwaren und die Taucherausrüstungen in grellen Signalfarben starrt, ohne sie richtig wahrzunehmen, die Sinne mehr nach innen gerichtet auf die Frage, warum das so ist, was das für ein Hunger ist, dem er einfach nachgeben muß, wie er sich wohl hinterher fühlen wird, wenn er jedesmal kurz zusammenzuckt bei Worten wie »treu« und »wahr«.

Du Mensch per se, ich weiß schon, was du jetzt denkst: Das ist halt die katholische Erziehung, Sex als die einzige Sünde, die nicht vergeben wird. Aber ich habe ein umfassenderes Bild vor Augen. In Ordnung, stimmt schon, die meisten Heimlichkeiten der Leute sind sexueller Natur; das ist immer noch der Bereich mit den unbekanntesten Seelenfalten. Frag nur mal Nora! Oder Bert. Wir reden uns ein, es tut niemandem weh, wenn Wünsche wahrgemacht werden zwischen Erwachsenen, die sich einig sind, also wen juckt's? Aber so kann man das Lyle leider nicht verkaufen – und mir selber auch nicht. Einem tust du immer weh. Aber unsere Bedürfnisse haben wir trotzdem. Und das ist der springende Punkt. Was es auch sein mag, Sex oder Dope oder Klauen, jeder von uns hat so ein paar Verbote im Hinterkopf, die ihn heißmachen, wenn er nach einem von den dreien trachtet. Nora, Bert und in wenigen Minuten auch ich – wir gehören allesamt zu einer winzigen Minderheit, wenn wir uns erst mal unsere geheimen, unaussprechlichen Sehnsüchte erfüllt haben. Bei den meisten Leuten läuft das andersherum, sie bleiben unschlüssig genau dort hängen, wo die tiefste Verzweiflung darin besteht, daß sie nie erfahren, was das größere Elend ist: Ausleben oder Verzicht. Ich aber hatte von diesem Balanceakt nun die Nase voll.

Dann war ich am Strand im »Regency« angelangt und schritt

durch das Hotel mit der Halle voller Farne und einer Luft wie von Trockeneis. Ich setzte mich in einen Rohrsessel, um nachzudenken, war aber wie gelähmt und konnte nicht viel spüren. Ich fragte den Empfangschef nach dem Schreibbüro, und er stellte mich dem Angestellten ihres Executive Centers vor.

Der hieß Raimondo, war kleinwüchsig, sonnengebräunt und angezogen wie geleckt. Ich erklärte, daß ich eine Schreibmaschine und ein Faxgerät brauchte und steckte ihm fünfzig Luan zu. Er führte mich nach hinten in einen Raum unmittelbar neben den Hotelbüros. Ich nahm Platz in einem kleinen Abteil, das den Bibliotheksnischen in unserer Firma ähnelte; eine alte IBM-Schreibmaschine gluckte wie eine brütende Henne auf dem Tisch. Er wollte mir eine Sekretärin besorgen, was ich dankend ablehnte, und ließ mich dann allein, nachdem er mir noch die beiden Telefonapparate und den Waschraum um die Ecke gezeigt hatte.

Ich ging gleich aufs Klo und studierte mich ein letztes Mal im Spiegel. Das war immer noch ich, ein ergrauender Fettkloß in einem Anzug, so zerknittert wie ein Elefantenknie, mit zuviel Kinn, um den Kragenknopf noch zuzukriegen, und mit diesem verbrauchten Gesicht. Mir war klar, ich würde es tun. »Schön, schön«, sagte ich. »Mr. Malloy.« Dann sah ich mich um, vergewisserte mich, daß niemand in den Kabinen lungerte und mich belauschen konnte.

Zurück in der Nische, nahm ich ein Blatt TNA-Briefpapier aus dem Aktenkoffer und tippte: »An International Bank of Finance, Pico Luan. Ersuche um sofortige telegrafische Überweisung des Guthabens von Konto 476642 auf Empfängerkonto 896–908 bei Fortune Trust of Chicago, Filiale Pico Luan. John A. K. Eiger.«

In meinem Aktenkoffer kramte ich nach dem Brief von Jake, den ich mitgebracht hatte. Ich nahm ihn nicht heraus, sondern klappte nur den Deckel auf, um ihn mir noch mal einzuprägen, damit die Augen die Hand führen konnten. Dann unterschrieb ich mit Jakes Namen, wie stets in der Firma, in einer perfekten Imitation. Als ich mein Werk be-

trachtete, kam ein seltsamer Stolz in mir auf. Wirklich Spitzenklasse. Was für eine sichere Hand! Eines Tages würde ich mich wohl zum Spaß an der Unterschrift George Washingtons auf dem Dollarschein versuchen und das Imitat für Wash rahmen lassen müssen. Ich lächelte bei dem Gedanken und ergänzte die Unterschrift dann um das Kennwort »J.A.K.E.« Das war freilich blind geraten. Als Code konnte Jake durchaus den Mädchennamen seiner Mutter oder ein Wort aus der Schultertätowierung seiner letzten Gespielin benutzt haben, aber ich kannte ihn jetzt fünfunddreißig Jahre, und das Risiko schien mir vertretbar. Um ein Kennwort verlegen, war er so verdrahtet, daß ihm nur eins einfallen konnte: J.A.K.E.
Ich gab den Brief Raimondo und sah zu, wie er das Blatt in das Faxgerät einführte. Mein Herz krampfte plötzlich.
»Die Absenderzeile«, stammelte ich.
Er begriff nicht. Ich versuchte zu lächeln und merkte, wie trocken mein Mund war. Auf dem Fax, erläuterte ich, erscheine doch oben eine Zeile mit der Angabe des Absenders. Manche der Leute, mit denen ich zu tun hätte, stünden unter dem Eindruck, ich faxte von den Staaten aus. Ob er diese Zeile vielleicht unterdrücken könne.
Raimondo machte ein Schafsgesicht und schlug die Augen nieder. Das hier war Ciudad Luan, und niemand hier hatte einen Namen oder einen festen Absender. Er schüttelte bloß den Kopf in stummer Zusicherung, daß hierzulande niemand auch nur auf den Gedanken käme, dergleichen zu programmieren. Am anderen Ende würde niemand erfahren, ob der Brief aus dem Nachbarhaus oder aus Bombay gefaxt worden sei.
Nachdem ich beobachtet hatte, wie der Brief durch das Gerät knurrte, überkam mich das Bedürfnis nach einem Drink. Ich schlenderte hinaus in den Garten, ließ mich am Schwimmbecken nieder und legte das Jackett über meinen Schoß. Die Kellnerin in einer Art Safarikostüm mit Tropenhelm und khakifarbenen Shorts kam, und ich bestellte einen Rumpunsch, alkoholfrei. Ich fragte mich, ob ich es hier mein weiteres Leben aushalten könne, unter dieser Mischpoke von

Kletterfexen, Archäologen, Eingeborenenstämmen im Landesinnern und Amerikanern im Winterexil.
Am Pool war um diese Tageszeit so gut wie niemand, nur ein paar Sporttaucherwitwen und ein paar von diesen Girls, die von diversen Dollarhirschen hier unten gebunkert und jedesmal gepimpert werden, wenn die Knacker herfliegen und ihre Schwarzkonten kontrollieren. Diese jungen Damen, von denen eine besser aussah als die andere, zogen natürlich mein Augenmerk auf sich, aber sozusagen auf eine abstrakte Art. Sie bringen ihre Tage damit zu, ihre Sonnenbräune zu pflegen, ihre makellose Haut einzuölen, lesend oder mit Kopfhörern über den Ohren, und wenn ihnen die Hitze zu groß wird, schreiten sie zur Dusche und brausen sich kalt ab, daß die Brustwarzen unter dem dünnen Gewebe des winzigen Bikinioberteils erigieren. Aufregend für die wenigen anwesenden Männer – Handtuchhalter, alte Böcke wie mich –, und wenn sie sich vergewissert haben, daß andere sie immer noch zum Anbeißen finden, fläzen sie sich wieder für ein paar Stunden unter die Sonne hin. Ich war Orte wie Ciudad Luan nicht gewohnt, wo alle leckeren Appetithäppchen versammelt sind und wie auf Backpapier nebeneinander braten, und man kommt schon ins Grübeln, was die Mädchen da wohl im Kopf haben, diese Fünfundzwanzig- oder Sechsundzwanzigjährigen, wer sie sind und woher sie kommen. Wie sich eine Frau bloß mit einem solchen Gespielinnenleben abfinden kann? Wie beschönigt sie das vor sich selber? Tolle Sache das hier, der alte Zausel kommt mich nur alle paar Wochen begrabschen, ich lebe im Wohlstand und frei. Wünschen sich alle einen Papi? Oder mopsen sie sich, weil sie zu wenig Glück und Verstand fürs Jurastudium hatten? Oder denken sie nach, was aus ihnen wird, wenn sie mal dreiundvierzig sind? Hoffen sie darauf, daß der Macker die Alte rausschmeißt, wie er immer verspricht, und sie irgendwann Babies und ein Haus in New Jersey bekommen? Denken sie sich die ganze Sache so wie ein Sportler, der sich in Hochform halten muß, bis ihn sein Körper im Stich läßt? Oder glauben sie wie ich, daß das Leben weder sinnvoll noch fair ist und bloß das hier, so eindeutig

miserabel es im Ergebnis sein mag, das Beste ist, was das Glück ihnen gönnen wird, und sie den Augenblick genießen sollen, weil es ein Stückchen weiter auf ihrem Lebensweg noch hart genug kommt?

Ich blieb ungefähr eine halbe Stunde dort sitzen, länger hielt ich es nicht aus, und ging dann zurück ins Schreibbüro, um die Filiale von Fortune Trust anzurufen, in der ich vorhin gewesen war.

»*Tim's boy,* Nachfrage nach einer telegrafischen Überweisung auf Konto 896–908.« Mir war, als gehöre die Stimme am anderen Ende meiner Freundin, der atemberaubenden jungen Australierin. Ich sah sie vor mir, langhaarig und schlank, tief gebräunt und mit Augen so hell, daß sie ins Gelbliche spielten. Doch sie reagierte spröde, erkannte mich am Telefon nicht wieder und schaltete mich auf Warten, in dieses elektronische Niemandsland, das so leer ist wie der Weltraum zwischen den Sternen. Bis hierhin hatte ich alles im Griff gehabt. Normaler Alltag. Aber an diesem Punkt, an dem ich jetzt angelangt war, voller Hoffnung und abgeschnitten von jeder realen Verbindung, stockte mir das Blut, und ich war überzeugt, den Verstand verloren zu haben. Hatte doch gleich gewußt, daß das nie klappen würde. Bitte, bitte, *bitte!* dachte ich und wünschte mir nur noch eins: nicht gefaßt zu werden. So präzise wie einem Hellseher wurde mir klar, daß ich das alles nur unternommen hatte, um mir diesen Augenblick puren Schreckens zu genehmigen. Wer um Mitternacht wachliegt, macht es seinen Quälgeistern leicht: Gebt euch keine Mühe, mich zu foltern, das besorg ich schon selbst.

Nun sah ich ein, daß mein Plan auffliegen mußte. Jake hatte aller Wahrscheinlichkeit nach ein anderes Kennwort, oder das Geld schon längst woandershin überwiesen. Vielleicht hatte ich mich verkalkuliert, und das Geld gehörte nicht Jake, sondern doch Bert. Oder Martin. Sicher war Mr. George von der International Bank schon auf die Straße gerannt und schwenkte heftig die Arme, um einen Polizisten herbeizurufen. Das war keine belanglose Ordnungswidrigkeit. Das ganze Land würden die nach mir abkämmen. Das Bankgeheimnis war hier ein Nationalheiligtum, der Schlüssel zum Lebensstandard eines ganzen Volkes. Al Lagodis' Worte fielen mir so schmerzhaft deutlich ein, als drücke mir jemand einen glühenden Stempel aufs Herz: »Paß auf, wo du hintrittst, Mann!«

Selbstverständlich hatte ich auch meine Pläne für eine Flucht gemacht. Als ich samstags so lang aufgeblieben war, hatte ich mir mehrere ausgedacht, und jetzt beruhigte ich mich, indem ich sie mir in Erinnerung rief. Ich könnte behaupten, im Zuge einer Ermittlung nur deswegen versucht zu haben, das Bankgeheimnis zu lüften, um nachzuweisen, daß eine Straftat vorlag; das Geld wollte ich dem rechtmäßigen Eigentümer zurückerstatten. Ich würde Brushy die amerikanische Botschaft und ihren Herzensfreund Tad Krzysinski anrufen lassen. Der würde mich als Helden betrachten, sobald er vernahm, wie ich das Geld für TNA gerettet hatte, seine Kontaktleute bei der Regierung und seine Lobbyisten mobil machen, die mit der Hälfte der Politiker hierzulande bekannt waren, um mich binnen einer Stunde rausholen zu lassen. Und wer sollte mich überhaupt erwischen? Hier regierte das Bankgeheimnis, dazu gedacht, Defraudanten zu decken, und mein Name war Hase. Ganz egal, unter welchem Vorwand man vielleicht versuchen würde, mich noch einmal in eine der beiden Bankfilialen zu locken – daß es Probleme mit der Satellitenverbindung gebe, die Australierin mich zu einem Drink einladen wolle –, die würden mich nie wieder zu Gesicht kriegen. Ich hatte alles genau durchkalkuliert. Es war ein Geniestreich, die große Chance, der Lottogewinn.

Doch wie ich so dastand und wartete, wurde mir klar: Das war kein Jux mehr. Das ganze Planen, das Phantasieren – ich hatte meinen Spaß gehabt. Aber nun stellte sich heraus, daß das für mich nie reiner Spaß gewesen war. Ich machte mir nicht mehr vor, Martin oder Wash oder sonst jemand habe mich dazu getrieben. Vielmehr war ich wieder bei Leotis angelangt: So vieles im Leben ist Willenssache. Ich hatte mich entschieden. Und keinen Schimmer, wohin das alles führte. Es war wie in der Schreckensszene des James-Bond-Films mit dem Astro-

nauten, dem beim Weltraumspaziergang die Nabelschnur gekappt wird, woraufhin er unwiederbringlich in den unendlichen Weltraum trudelt. Wäre Raimondo in diesem Moment vorbeigekommen, ich hätte ihm einen zweiten dieser kuriosen luanischen Fünfziger gegeben, bloß um ihm die Hand drücken zu dürfen.
»Wir bestätigen einen Zahlungseingang für *Tim's boy*. Fünf Millionen sechshunderttausendzweiundneunzig US-Dollar.«
Einfach so. Wumm. Sie hatte sich nicht mal mit Namen gemeldet, als sie wieder am Apparat war. Von da, wo ich stand, blickte ich durch ein Kassettenfenster auf eine kräftige Palme und ein Blumenbeet voller Pflanzen mit Blüten wie Speere. Eine Frau im Badeanzug schalt ihr Kind aus. Der Portier schleppte für jemand den Koffer, und ein einheimisches Vögelchen, vielleicht gegen alle Wahrscheinlichkeit das, dem ich vorhin auf Mr. Georges Fensterbrett begegnet war, hüpfte den Weg entlang, mit hektischen Sprüngen, als wolle es keinesfalls eingeholt werden. Das alles – die Dinge, die Menschen, der kleine Piepmatz ohne Verstand – erschien mir wie in die Zeit hineingeätzt, so konturenscharf wie der Schliff eines Diamanten. Mein Leben, was immer das sein mochte, hatte sich nun verändert.
Ich setzte zu einer Frage an und mußte mich räuspern.
»Kann ich eine weitere Überweisung veranlassen, bestätigt durch Fax?«
Das gehe in Ordnung, sagte sie. Aus meinem Sparbuch las ich die Adresse ab, Züricher Kreditbank, Filiale Pico Luan. Die Kontonummer sagte ich zweimal.
»Wieviel?« fragte sie.
»Fünf Millionen US-Dollar.« Ich hielt es für sicherer, etwas auf diesem Konto zu lassen, gerade so viel, daß Fortune Trust meinen konnte, ich wolle weiterhin Kunde bleiben und es lohne sich, mich vor den unvermeidlichen Nachfragen zu schützen. Nicht, weil sie sonst vielleicht auf dumme Gedanken gekommen wären. Dergleichen passierte hier unten ständig. Geld, das im Hüpfspiel um den ganzen Globus geschickt wurde. Niemand fragte nach dem Warum. Das war sonnen-

klar. Es war aber vor jemand auf der Flucht, vor Steuerfahndern, Gläubigern, einer raffgierigen Ehegattin. Die zweite Überweisung brauchte ich, um die Spur zu verwischen. Jake würde bei der International Bank of Finance ein Mordstheater veranstalten, und die würden ihm nachweisen können, daß sie das Geld auf seine Instruktion hin zu Fortune Trust überwiesen hatten. Aber Bankgeheimnis bleibt Bankgeheimnis, und Fortune würde nicht preisgeben, wohin das Geld weitergeflossen war, auch nicht, von wessen Konto.
Ich ließ mehr als eine Stunde verstreichen, bevor ich die Züricher Kreditbank anrief, um mir den Eingang der Überweisung bestätigen zu lassen. Alles glattgegangen. Mein Geld war in eidgenössischer Obhut. Jetzt konnte ich wieder zu Brushy zurück. Gern hätte ich mit ihr Wein getrunken. Ich wollte die Berührung ihrer kräftigen und geschickten Hände spüren. Mit einem Blick auf die Uhr vergewisserte ich mich, daß genug Zeit war, noch einmal Liebe zu machen, ehe unser Flugzeug ging. Sie würde fragen, wo ich gewesen war, was ich getrieben hatte. Sie würde alle Geheimnisse ergründen wollen. Aber ich nahm mir vor, ihr kein Wort zu sagen. Sie würde sich nach Pindling erkundigen und alles mögliche mutmaßen, sich eine Gestalt wie den Piraten Long John Silver vorstellen, mit einem Papagei auf der Schulter und einem Haken anstelle der Hand. Sollte sie doch phantasieren! Frag mich nicht, dann brauch ich dich nicht anzulügen. Ich kam mir gefährlich vor und geheimnisumwittert. Leichtsinnig, leichthändig, lustbegierig. Auf dem Weg zum Ausgang des »Regency« huschte ich noch mal kurz in den Waschraum, nur mal schnell im Spiegel nachsehen, wer da eigentlich war.

Dienstag, 31. Januar

II. Schlimme Folgen

A) Toots spielt uns was vor

Am Dienstag um zwei, zu Toots' Fortsetzungstermin vor der Anwaltskammer, waren von unserer Partei erst Brushy und ich im Saal. Die Mitglieder des Disziplinarausschusses sahen unbewegt drein, doch folgerte ich aus ihren betont unparteiischen Mienen, daß sie die Faxen längst dicke hatten. Sobald sie den Ausschluß aus der Anwaltskammer empfohlen haben würden, hatten wir zwar noch das Recht auf Berufung vor der Kammer für Standesrecht am Bezirksgericht, trotzdem würde Toots' Anwaltslizenz in weniger als einem Jahr nur noch ein Fetzen Papier sein, ein Andenken mehr, das er sich an die Wand pinnen konnte.
Die bauliche Häßlichkeit der ehemaligen Schule, in der die Anwaltskammer tagt, fiel erst so richtig auf, nachdem sie ohne das bunte Kindergewimmel verödet dalag. Wir saßen in einem nüchternen Klassenzimmer mit Holzfußboden und glatten, funktional gefliesten Wänden, die allem Geschurre und Gekritzel widerstanden hatten. Rückte jemand mit dem Stuhl oder räusperte sich, gab es ein vernehmliches Echo.
Um zehn nach zwei war mir klar, daß wir ein ernstes Problem hatten. Über den langen Konferenztisch hinweg erkundigte sich Tom Woodhull nach dem Verbleib unseres Mandanten. Ganz der erhabene Regierungsbeamte, der Siegelbewahrer, der geleckte Weißhäutige ohne Sommersprossen oder Insektenstiche, hatte Tom mich noch nie leiden können – mein Trinken, meine Stimmungsabhängigkeit, meine gelegentlichen Ketzerein wie etwa, es sei schließlich kein Hochverrat, wenn man Mandantengelder nicht strikt auseinanderhalte. Ich hatte schon lange den Verdacht, daß er dieses Verfahren nur deshalb an sich gezogen hatte, um sich den Spaß zu gönnen, mir eins auszuwischen.
Brushy kramte in ihrer Handtasche und drückte mir einen Vierteldollar in die Hand. »Besser, du findest ihn.«
Lieber Gott, dachte ich. Schon wieder diese Aufforderung!

Als ich auf dem Weg zur Tür war, steckte mein Mandant den Kopf herein. Toots rang nach Luft und winkte mich hinaus in den Flur.

»Ich hab«, keuchte er in mehrfacher Wiederholung, »ich hab jemand für Sie.«

An der staubbedeckten Treppe klammerte sich ein rundliches Männchen an den gußeisernen Geländerpfosten, genauso ausgepumpt wie Toots, vor Anstrengung rot im Gesicht wie ein Weihnachtsmann, schweratmend und mit Schweißperlen auf der Stirn. Brushy war hinter mir herausgekommen.

»Sie werden's nicht glauben«, verhieß uns Toots. »Erzählen Sie's ihnen«! forderte Toots das Männchen mit einem Schwenk seines Spazierstocks auf. »Erzählen Sie's ihnen!«

Der so Aufgeforderte setzte sich auf eine der schlichten Holzbänke im Flur und knöpfte den Mantel auf. Da sah ich seinen Priesterkragen. Der kleinwüchsige Mann war bis auf einen weißen Haarkranz und ein paar steife Borsten, die senkrecht von seiner Kopfhaut abstanden, kahl. Er streckte mir die Hand hin: »Pater Michael Shea.«

Pater Michael war der jüngere Bruder von Richter Daniel Shea, pensionierter Gemeindepriester in Cleveland und dort in einem Kloster wohnhaft. Er sei letzte Woche hergekommen, auf Verwandtenbesuch bei seinem Neffen, Dan Sheas Sohn Brian, und habe auf diesem Wege erfahren, daß Mr. Nuccio immer noch Ärger mit dieser alten Geschichte habe.

»Ich habe Mr. Nuccio sofort angerufen. Daniel hat die Sache etliche Male mit mir erörtert und dabei immer beteuert, daß er keine Ahnung von Mr. Nuccios großzügiger Spende gehabt habe. Den Mitgliedsbeitrag für den Country Club habe er schlicht zu zahlen vergessen. Ich war skeptisch, ehrlich gesagt, Daniel ist schließlich kein Engel gewesen, und er hat mir als Priester und Bruder auch ein paar schlimme Sachen gebeichtet. Aber er hat mir bei Bridgets Andenken hoch und heilig geschworen, daß zwischen ihm und dem Colonel nie ein krummes Ding gelaufen ist. »Nie.« Pater Shea faßte unwillkürlich an das Kruzifix auf seiner Brust.

Meine Partnerin und große Liebe, Ms. Bruccia, sog das alles

begierig auf. Unsere Tropenromanze war jetzt Vergangenheit. Wir hatten zwar noch Sand in den Schuhen, und zwischen uns bestand eine zärtliche Zuneigung, die wir die ganze Nacht lang in ihrer Wohnung weitergepflegt hatten, doch waren wir jetzt wieder im kalten Mittleren Westen, in einem Land, wo das trübe Winterlicht, so stumpf wie Zinn, manche Leute verrückt macht, und wo es fast nur Ärger zu geben scheint. Brushy machte sich hunderterlei Sorgen: um uns, um alles, wovon ich ihr nichts sagen wollte, und um den Murmeltiertag in der Firma, der rasch näher kam. Hier aber war sie Strafverteidigerin und fertig zum Auftritt. Ihr Theater war ausverkauft an Toots, auch die Stehplätze. Ihre Konzentrationsfähigkeit grenzte ans Phänomenale; große Darsteller aller Gattungen, seien es Spitzensportler oder Bühnenkünstler, haben diese bewußte Präsenz. Und als ich sie jetzt musterte, sah ich nichts Gedrücktes, nein, eher Freude, die Flamme des Triumphes. Sie blickte von Toots zu Pater Shea und dann zu mir, drauf und dran, einen Fall zu gewinnen, von dem ihr alle gesagt hatten, sie könne ihn nur verlieren. Sie war kurz davor, der ganzen Welt zu beweisen, wonach sich jeder Strafverteidiger insgeheim sehnt: daß sie nicht bloß Advokatin oder Sprachrohr sei, sondern eine Magierin aus Fleisch und Blut.

Toots war endlich zu Atem gekommen und sah, wenn das überhaupt möglich war, noch fideler drein als sie. Sein eingefallenes Greisengesicht erstrahlte wie beim Freudentanz. Mit einer Schulterbewegung bedeutete ich den beiden, mit mir ein Stück den Flur entlang zu kommen. Dort standen noch immer auf beiden Seiten die halbhohen Metallspinde, in die diverse begabte Jungmänner ihre Initialen, Herzen und ein paar zotige Zeichnungen eingraviert hatten, wobei die Kratzer im Laufe der Zeit durch den Rost immer breiter geworden waren.

»Ist denn das die Möglichkeit!« sagte Brushy. »Das ist ja umwerfend!«

»Kannst du Gift drauf nehmen«, antwortete ich. »Einfach umwerfend. Auf den letzten Drücker. Sogar noch *nach* dem

letzten Drücker. So spät, daß niemand zu dem Vogel auch bloß ›buh‹ sagen kann.«
Brushy sah mich befremdet an.
»Sagen Sie's ihr, Toots!« sagte ich.
Der Alte glotzte mich trübe an. Mit dem Handrücken wischte er sich den Mund ab.
»Muß eine schwere Entscheidung gewesen sein, Toots, ob Sie einen nehmen, der mehr nach Barry Fitzgerald aussieht oder mehr nach Bing Crosby.«
»Mack!« protestierte Brushy.
Toots tat nicht mal beleidigt.
»Mir kann's egal sein. Ihnen auch«, sagte ich zu ihm. »Aber sie könnte wegen so einer Posse Berufsverbot kriegen. Und sie hat ihre Karriere noch vor sich.«
Er setzte die verkniffene saure Miene auf wie jedesmal, wenn ich ihn zurechtwies. Er ließ sich auf die nächste Bank sacken, starrte mit leeren Augen den Flur entlang, klapperte dazu mit dem Spazierstock und mied meinen Blick. Irgendwo hörte man leise einen Heizkörper spucken. Ich hatte das plötzliche Frieren nach dem Verlassen des Flugzeuges noch immer nicht überwunden.
Brushy war, als es ihr dämmerte, blaß geworden. »Ist er wenigstens Priester?«
»Priester? Ich wette ein ganzes Bündel, daß er Markowitz heißt. Direkt von der Künstlervermittlung.«
»Und ich glaub das!« stieß Brushy hervor. Sie faßte sich mit den kleinen Händen und grellroten Fingernägeln an den Kopf und setzte sich neben Toots, den sie mit einem kurzen vorwurfsvollen Blick bedachte. »Und ich glaub das!«
»Klar, daß du das geglaubt hast«, sagte ich. »Wahrscheinlich würde es Woodhull, dieser Dumpfkopf, genauso glauben. Aber irgendwer kommt letztendlich doch dahinter. Entweder schon hier oder in der Berufungsinstanz. Und wenn je einer nach den Fingerabdrücken von diesem Typ fragt, möchte ich einen Platz in der nächsten Postkutsche gen Westen gebucht haben.«
Der alte Toots sagte noch immer keinen Ton. Er war bei den

Besten der Branche in die Lehre gegangen: Wenn sie dich erwischen, stell dich ganz dumm! Bei einem Geständnis ist noch nie was Gutes rausgekommen. Ich mußte an das stille Leuchten in seinem Gesicht denken, als ihm Brushy auf den Leim gegangen war. Es mußte für ihn jedesmal Musik gewesen sein, wenn er so was deichseln konnte. Seine unbekannte Symphonie bestand darin, die Gesellschaft in ihre einzelnen Fasern aufzudröseln. Er war der Dirigent im Hintergrund, der einzige, der wußte, wie man die Fäden zog. Irgendwie mußte man den Hut vor ihm ziehen. Das war wirklich der krönende Abschluß, sogar noch das eigene Standesverfahren zur Farce zu machen. Eine tolle Geschichte zum Weitererzählen. Im Grunde hätten sie ihn ja dazu gezwungen. Er hätte doch bloß eine Terminverschiebung gewollt.

Tom Woodhull tauchte vorne im Flur aus der Tür zum Verhandlungszimmer auf.

»Was ist hier los?« herrschte er uns an. Eine glatte dichte Haartolle, schmutzigblond, fiel ihm über das eine Auge. Hitlerjugend. »Was hecken Sie da schon wieder aus, Malloy? Wer ist dieser Mann?« fragte er, als er näher kam. Er meinte Pater Markowitz, der immer noch auf der Bank vorn im Flur saß. »Wer ist der Mann?« wiederholte er seine Frage. »Ein Zeuge?«

Brushy und ich sahen uns an und gaben keine Antwort.

»Sie bringen einen neuen Zeugen? Jetzt?« Es bedurfte von meiner Seite nicht viel, um Tom in Rage zu bringen. Er hatte einen gelben Notizblock in der Hand, wedelte mit ihm herum und steigerte sich in seine Wut hinein. »Fünf Minuten vor zwölf haben wir jetzt einen Überraschungszeugen? Von dem wir noch kein Wort gehört haben? Jetzt? Den wir noch nicht mal befragen konnten?«

»Reden Sie mit ihm!« sagte Brushy schroff. Ich faßte nach ihrem Arm, und diese Geste, die sie bremsen sollte, reichte, um Tom in Bewegung zu setzen.

»Mache ich.« Er nickte und schritt an uns dreien vorbei.

Ich zog Brushy rasch um die Ecke und fragte sie kurz und bündig, ob sie den Verstand verloren habe.

»Ist standeswidrig, ihn als Zeugen einzubringen«, stellte sie fest. »Weiß ich auch.«

»›Standeswidrig‹ trifft es nicht ganz, Brush. Für so was gehst du ohne Bewährung in den Bau.«

»Okay«, sagte sie. »Aber du hast doch gesagt, Woodhull würde ihm glauben.«

»Na und? Du meinst doch wohl nicht, daß er das Verfahren einstellt. Der weiß doch nicht mal, wie man dergleichen bewerkstelligt, der macht keinen Rückzieher. Die Zeugenaussage zählt als reines Hörensagen, und selbst wenn sie zugelassen wird, kann er sagen, sie bedeutet nichts, weil sich der Richter geschämt hat, seinem Bruder reinen Wein einzuschenken. Du kennst das doch.«

»Aber er wird ihm glauben, oder? Hast du doch selber gesagt.«

»Wahrscheinlich. Vielleicht macht er sich schon jetzt in die Hosen.«

»Also kriegt er's mit der Angst, er könnte verlieren. Urplötzlich. Einen Fall, von dem alle meinten, daß er ihn gewinnen muß.« Sie demonstrierte damit die Umkehrung ihrer eigenen Logik, genau das meine ich, wenn ich sage, sie fasse schnell auf und sei ganz schön gerissen. »Er wird sich auf einen Handel einlassen. Etwas unterhalb von Berufsverbot. Und genau darauf wollen wir hinaus. Hab ich recht?«

Ich mußte einsehen, was sie wollte. Aber da gab's noch Schwierigkeiten.

»Brush, denk doch mal nach! Du hast soeben dem Zweiten Vorsitzenden des Disziplinar- und Zulassungsausschusses der Anwaltskammer einen fingierten Zeugen vorgestellt, der laut Eingeständnis deines eigenen Mandanten ein Hochstapler ist.«

»Mein Mandant hat überhaupt nichts eingestanden. Fingerabdrücke nehm ich nicht ab. Ich bin schließlich Strafverteidigerin. Ich habe keinerlei Sachdarstellung gegeben. Und auch niemand vorgestellt. Tom ist aus eigenem Entschluß auf ihn zugegangen. Soll ich ihn vor sich selber schützen?« Sie schaute mich an. »*Ich* glaub diesem Typ. Wenn jemand anders ihm

nicht glaubt, schön. Zu einer Aussage wird es doch gar nicht erst kommen. Ich meine, Mack«, sagte sie leise, »die Sache hat keinen Pferdefuß.«
Toots grinste uns an. Er amüsierte sich blendend. Der Pater kam offenbar gut an. Sinnlos, dem Colonel die möglichen Folgen vor Augen zu führen. Er hatte sein ganzes Leben lang Abgründe übersprungen und schwindelnde Höhen erklommen. Ich hörte, wie Woodhull um die Ecke die Stimme erhob.
Der Kompromiß, den wir schließlich erzielten, war unerhört. Nach den Gesetzen unseres Bundesstaates können Rechtsanwälte mit einer befristeten Zwangsbeurlaubung bis zu fünf Jahren belegt werden. Danach können sie sich erneut bewerben, und der Standesrechtsausschuß am Bezirksgericht läßt sie mit einer für die Anwaltskammer aufreizenden Regelmäßigkeit wieder zu, wohl aufgrund der Annahme, daß die meisten dieser Männer und Frauen sich auf nichts anderes verstehen, so wie Schuhmacher nichts anderes können als Schuhe besohlen. In Toots Auftrag boten wir sogar eine Dreingabe an: Er würde versprechen, nie wieder zu praktizieren. Keine große Konzession, da er das ohnehin nie getan hatte, aber er würde sein Namensschild von der Tür seiner Anwaltsfirma abschrauben, sein Büro dort aufgeben und keinen Penny vom Firmenertrag mehr kassieren. Für den Fall, daß er gegen diese Abmachung verstieß, erklärte er sich mit der Verhängung des Berufsverbots einverstanden. Im Gegenzug wurde das Verfahren gegen ihn eingestellt. Ohne Beschluß. Ohne Maßregelung. Ohne Protokoll. Er blieb im Anwaltsregister eingetragen, und es würde nie zu einer öffentlichen Bloßstellung kommen.
Mit der Großkotzigkeit, die Mandanten immer an sich haben, wollte Toots keinerlei Dankbarkeit zeigen und verfiel in Schweigen, nachdem die Übereinkunft verkündet worden war.
»Und wie soll ich mein Leben fristen?« quengelte er draußen im Flur, nachdem wir die Mäntel angezogen hatten.
Brushy und ich fixierten ihn mit einem Basiliskenblick. Toots

würde nie verbraten können, was er unter der Matratze gehortet hatte, und wenn er hundert wurde.
»Toots, Sie haben's doch selber so gewollt«, belehrte ich ihn.
»Ich bin so gern in meiner Kanzlei«, sagte er, und das stimmte wohl auch. Die Sekretärinnen, die ihn Colonel nannten, die Telefonanrufe, die Politiker auf Besuch.
»Dann mieten Sie sich eben ein Büro auf demselben Flur. Sie sind im Ruhestand. Mehr nicht. Sie sind immerhin dreiundachtzig, Colonel. Alles ganz einleuchtend.«
»In Ordnung.« Aber er war niedergeschlagen. Er sah vergreist und trübsinnig aus. Seine Gesichtsfarbe war fahl und seine Haut porös wie eine Orangenschale. Es ist immer traurig, zusehen zu müssen, wie einer vom hohen Roß herunter muß.
»Toots«, sagte ich, »das haben die noch bei keinem gemacht. Die absolute Ausnahme. Wir müssen bei Gott und dem Gouverneur schwören, daß wir von diesem Handel kein Sterbenswörtchen verlauten lassen. Die können's sich nicht leisten, daß durchsickert, wie sie in einem Ausschlußverfahren zurückgesteckt haben.«
»Ja?« Das gefiel ihm schon besser. Er, eine Kategorie für sich.
»Und was ist so Besonderes an mir?«
»Daß Sie sich die richtigen Anwälte ausgesucht haben«, erklärte ich ihm. Da mußte er schließlich doch lachen.

B) Bilanzierung

Zurück in der Firma, drehten Brushy und ich eine Art Ehrenrunde, indem wir den Kopf in die Büros diverser Anwaltskollegen steckten und beiläufig unser Ergebnis verkündeten. Allgemeines Lob, und bis wir den Schreibtisch unserer Sekretärin Lucinda erreichten, fühlten wir uns allseitig bewundert, ein Gefühl, das mich zu meiner Überraschung ziemlich sentimental stimmte, da ich so was schon lange nicht mehr genossen hatte.
Brushy und ich standen da und sahen unsere Telefonnotizen und Briefe durch. Das Geschäftsjahr der Firma endete heute,

und alle Partner hatten eine feierliche Hausmitteilung von Martin erhalten, der Firmengewinn werde auch bei noch so eifrigem Eintreiben von Honoraren bis Mitternacht wahrscheinlich um zehn Prozent niedriger ausfallen als letztes Jahr. Das hieß, daß die Prämienverteilung übermorgen am Murmeltiertag für weniger wichtige Partner wie mich grausam ausfallen würde, da Pagnucci nicht duldete, daß man die Spitze zur Ader ließ. Schon während wir noch heiter von Büro zu Büro zogen, merkten wir, daß die Atmosphäre zunehmend gereizt wurde. Brushy machte sich nun mit ihren Telefonnotizen davon – ein Triumph lag hinter ihr, eine Welt möglicher Triumphe vor ihr. Ich blieb an Lucindas Computerterminal hängen. Wie üblich gab es für mich nicht viel zu tun.

»Dieser Mann hat schon wieder angerufen«, teilte sie mir mit. »Er fragt immer wieder, wann Sie wieder zurück sind.« Sie hatte mir die Anrufe vormittags geschildert und gesagt, es habe gestern angefangen.

»Irgendein Name?«

»Legt immer sofort auf.«

Brushy, Lena und Carl waren die einzigen, die gewußt hatten, daß ich verreisen würde. Selbst Lyle hatte ich nicht mehr verraten, als daß ich womöglich eine Nacht oder zwei nicht nach Hause kommen würde. Soweit sie sich erinnern könne, meinte Lucinda, habe er geklungen wie der Anrufer vom Freitag morgen, kurz bevor Schweinsäuglein mich unten auf der Straße abgepaßt hatte. Das ergab Sinn. Gino oder einer von seiner Truppe hatte vermutlich mein Haus überwacht, mich vielleicht sogar bis zum Flughafen beschattet, und versuchte nun rauszukriegen, wo ich mich rumtrieb. Wenn Gino Wort gehalten hatte, trug er jetzt eine Vorladung für mich mit sich herum.

Oder, dachte ich, es konnte auch Bert gewesen sein. Wenn er zuerst bei Lyle angerufen hatte, war er womöglich draufgekommen, daß ich verreist war. Aber Lucinda hätte sicher seine Stimme erkannt. Vielleicht hatte er Orleans für sich anrufen lassen?

Lucinda beobachtete mich mit ihrem gewohnten Sonnenscheinlächeln. Eine stämmige, hübsche, dunkelhäutige Frau, die sich ziemlich zurückhält, aber es drückt ihr das Herz ab, so eng mit einem menschlichen Wrack wie mir zusammenzuarbeiten. Sie ist sehr kompetent – meine Retterin in der Not, mir gegenüber so loyal wie zu Brushy, obwohl allen hier klar ist, daß ich hier der Underdog bin und Brushy der große Star. Lucinda arbeitet unverdrossen. Ein Bild ihres Ehemanns Lester und ihrer drei Kinder steht auf ihrem Schreibtisch, alle um den Jüngsten gruppiert, um Reggie beim High-School-Abschluß.

»Lieber Gott!« rief ich, als mich die Erkenntnis durchzuckte. »Lieber Gott, Orleans!« Ich war sogar schon einige Schritte gerannt, bevor ich mich umdrehte und Lucinda Bescheid gab, ich machte mich jetzt auf den Weg in die Bilanzbuchhaltung.

Dort unten herrschte das Chaos. Es ging zu wie in einer Parteizentrale am Wahlabend, Computerterminals piepten, Addiermaschinen spuckten Papierschlangen aus, und alle möglichen Leute rannten zielbewußt oder kopflos herum. Wegen des Finanzamts mußten alle heute noch eingetriebenen Honorare bis Mitternacht verbucht werden. Etliche Sekretärinnen und Büroboten standen Schlange, um die Honorarbeute zu melden, die man den Mandanten im letzten Augenblick abgerungen hatte. Es roch nach Geld – eingetriebenem, gezähltem, verdientem –, und das schwängerte die Luft wie Blutgeruch und Pulverdampf in der Schlacht.

Hinter ihrem aufgeräumten weißen Schreibtisch erhob sich Glyndora aus dem Stuhl, kaum daß sie mich gesehen hatte, eindeutig in der Absicht, ein weiteres Tête-à-tête zu vermeiden.

»Glyn«, sagte ich und vertrat ihr den Weg. »Wo ist denn das Foto von deinem Sohn geblieben? Hast du es nicht immer hier stehen gehabt?« Das Bild hatte jahrelang auf ihrem Schreibtisch gestanden und bei ihr zu Hause auf dem Sidebord, ein hübscher Junge im Schulabschlußhut und Talar. »Hilf mir auf die Sprünge!« sagte ich. »Wie heißt er doch gleich? Orleans, nicht wahr? Allerdings nicht Gaines wie du.

Den Nachnamen hat er von seinem Vater, nicht wahr?« Jetzt wußte ich wieder, wo ich Kam Roberts schon gesehen hatte. Glyndora stand schweigend vor mir, von junonischer Statur, eine schöne Totemsäule, das dunkle Gesicht wutverzerrt. Aber sie erinnerte an einen Schrank, dessen Tür nicht ganz zugeht, weil zuviel in ihn hineingestopft worden ist. Etwas unfreiwillig Beschwörendes schimmerte hindurch, das ihre Zornesmaske unglaubwürdig machte und sie vermutlich noch aggressiver werden ließ als alles, was ich gesagt hatte.

»Ich will niemand weh tun«, sagte ich ruhig zu ihr, und sie gestattete mir, sie hinaus in den Flur zu führen. Hier war es erholsam ruhig nach all dem Tohuwabohu.

»Sag Orleans, er soll Bert was ausrichten«, sagte ich. »Ich muß ihn sprechen. Unter vier Augen. Hier in Kindle. Sobald er kann. Bert braucht nur Ort und Zeit zu nennen. Laß ihm ausrichten, daß ich was mit ihm klären muß. Er soll mich morgen hier anrufen.«

Sie gab keine Antwort. Mann, die hatte vielleicht Augen! Schwarz und infernalisch schätzten sie mich ab, und dahinter schlug ihr Verstand wilde Purzelbäume. Man brauchte nicht viel Phantasie, um draufzukommen, was die legendären Streitereien auf dem Flur zwischen Bert und Glyndora ausgelöst hatte, bei denen Gegenstände und Beleidigungen durch die Luft flogen. Laß meinen Jungen in Ruhe! Paßte ihr nicht, diese Vorstellung, ihr Chef mit ihrem Sohn in Verhältnissen wie im alten Griechenland. Vermutlich war sie erleichtert, daß Bert untergetaucht war.

»Glyndora, ich weiß jetzt 'ne ganze Menge. Über deinen Sohn. Und ich hab inzwischen die Hausmitteilung, die du Martin zugespielt hast, und über die ich dir keine Fragen stelle, wie du vielleicht bemerkst. Ich möchte wirklich niemandem weh tun. Aber du mußt Bert das ausrichten lassen. Du mußt mir vertrauen.«

Ich hätte sie genausogut um einen Haufen Gold bitten können. Sie war angewidert von der Lage, in der sie sich befand: ausgerechnet sie war auf einmal die Schwache, die Bedürftige, die Bittende. Und am schlimmsten war, daß sie jetzt etwas spürte, das mir so vertraut war wie mein eigener Handrücken, wie Tag und Nacht, das Glyndora jedoch durch Willensakt aus ihrem Leben verbannt hatte: eine Scheißangst. Sie biß sich auf die Lippen, um die Beherrschung wiederzuerlangen, und wandte sich dann ab, um in den Flur zu blicken, wo nichts zu sehen war.

»Bitte!« *Ich* sagte es. Das war das wenigste, was ich tun konnte. Sie schüttelte den Kopf, die Masse schwarzer Haare, weniger um zu antworten als aus Bestürzung, und ging, immer noch wortlos, zurück, um unser Geld zu zählen.

C) Ein Wort an Den da oben

Gegen fünf Uhr nachmittags rief ich zu Hause an und weckte Lyle aus tiefem Schlaf. Er versicherte, die gleichen seltsamen Anrufe erhalten zu haben wie Lucinda. »Ist Mack da? Wann kommt er zurück?« Die Stimme, sagte er, habe er nicht erkannt.

»Hast du ihm was gesagt?«

»Scheiße nochmal, nein, Dad! So schlau bin ich doch.« Sein Stolz und seine Vermutungen, der ganze Tonfall seiner Antwort machten mich so total betroffen, wie nur Lyle das konnte. Es war so offenkundig, wo er stehengeblieben war: das dreizehnjährige Schlüsselkind, dem Mami eingeschärft hat, nicht mit Fremden zu sprechen. Und das war mein Sohn. Als ich das hörte, meinte ich kurz, vor Schmerz sterben zu müssen. Es wurde etwas besser, als er sich über den Chevy beschwerte, den er im Depot hatte auslösen müssen, mit zwei Platten obendrein. Einhundertfünfundachtzig Dollar für das Abschleppen, dazu noch der Strafzettel. Das Geld wollte er von mir zurück, was er mehrfach wiederholte.

Heute übernachte ich wieder bei Brushy. Wir haben uns was vom Italiener mitgenommen, was Feines, Rigatoni mit Ziegenkäse, dazu exotische Antipasti, die wir zwischen den Liebesakten verzehrten. Ich verrate nicht, wie ich mein Tiramisu gegessen habe. Vor etwa einer Stunde, wir waren gerade am

Dösen, hat Brushy, den Rücken zu mir, der sie im Rettungsschwimmergriff umarmte, gesagt: »Wenn ich frage, sagst du es mir, ja?«
»Was?«
»Du weißt schon. Was Sache ist. Mit dem Geld. Mit Bert. Die ganze Geschichte. Ja? Du weißt schon. Anwaltsgeheimnis. Aber mir sagst du's.«
»Ich denke, du willst lieber nichts wissen? Ich glaub, du bist ohne solche Erkenntnisse besser dran.«
»Ich akzeptier das ja«, sagte sie. »Wirklich. Ich weiß, du hast recht. Ich verlaß mich auf dich. Aber wenn ich mich anders besinne, wenn ich's wirklich wissen muß, aus welchem Grund auch immer, sagst du mir's dann, ja?«
Meine Augen waren weit offen im Dunkeln. »Klar.«
So also liegen die Dinge. Meine verbotenen kleinen Träume, die so lange geheim geblieben waren, rumpeln jetzt mit vulkanischer Gewalt durch mein Leben. Vielleicht hat schon die bloße Gefährlichkeit der Situation mein Liebesspiel mit Brushy so heftig und ausdauernd werden lassen. Sie schläft, wie sie die vorigen Nächte geschlafen hat, tröstlich eingehüllt in ihre eigenen unwahrscheinlichen Phantasien, fast reglos. Ich aber sitze wach da, allein und verzweifelt im Finstern, und verscheuche all die Kobolde und Gespenster. In ihrem Wohnzimmer vertraue ich mich wieder flüsternd dem Diktiergerät an.
Da fragst du dich jetzt, du Mensch per se: Was hat er vor, dieser Kerl, dieser Mack Malloy? Glaub mir, dasselbe frag ich mich auch. Die Wohnung ist eingebettet in seltsame Winterstille: die Fenster sind hermetisch geschlossen, die Heizung flüstert, und die Kälte hat die Müßiggänger von der Straße vertrieben. Seit ich die Chose durchgezogen, TNA also ausgenommen habe und mich anschicke, das einem anderen in die Schuhe zu schieben, scheint mich das anklagende Gekeife meiner Mutter überallhin zu verfolgen. Sie selbst sah sich als gläubig, als papsthörige Katholikin, ihr Leben drehte sich wie ein Kreisel um den Mittelpunkt Kirche, doch schien sich ihr religiöses Denken hauptsächlich mit dem Teufel zu

beschäftigen, den sie regelmäßig zitierte, besonders wenn sie mit mir rechtete.
Aber es war nicht der Teufel, der mich angestiftet hat. Alles in allem glaube ich bloß, daß ich mein Leben satt habe. Das Ganze kam mir wie eine tolle Idee vor. War aber nur für mich: *mein* phantastischer Einfall, *meine* Verrücktheit, *meine* Flucht in vergnüglichere Zeiten. Teilen kann man das mit niemand. Hölle ist, wie sich jetzt rausstellte, wenn man dahockt und sich bis in alle Ewigkeit die eigenen Witze anhören muß.
Also, für wen das Ganze? Warum überhaupt darüber reden? Elaine hat immer dieselbe Hoffnung geäußert: »Mack, du stirbst nicht ohne einen Priester an deiner Seite.« Vielleicht hat sie recht. Beim Zocken geh ich auf Nummer Sicher. Aber vielleicht ist das der erste Akt der Reue, Teil jenes Prozesses, den die Kirche heutzutage Versöhnung nennt, wo dein Herz erlöst zu Gott hinstrebt. Was weiß ich ...
Also bitte, Du Erhabener, großer Geist, höchstes Wesen, wenn Du zuhörst da oben. Ich nehme an, Du kannst Dir denken, was Du magst, aber bitte, vergib mir! Ich brauch das heute abend. Ich hab getan, was ich tun wollte, und jetzt tut es mir bitter leid. Wir beide wissen die Wahrheit: Ich habe gesündigt, schwer gesündigt. Morgen früh hab ich mich wieder im Griff. Ich werde sarkastisch sein und bereit, es den anderen zu zeigen. Ich werde Apostat sein, Agnostiker, und keinen Gedanken an Dich verschwenden. Aber mein es heute abend gut mit mir, akzeptier mich einen Moment, bevor ich Dich wie alle anderen zurückstoße. Wenn Du grenzenlos vergeben kannst, dann vergib mir das, und hab einen Moment lang Mitleid mit Deinem Lumpengeschöpf, dem Sohn der traurigen Bess Malloy.

SECHSTES TONBAND

Diktiert am 2. Februar
um 7 Uhr abends

Mittwoch, 1. Februar

I. Euer Ermittler taucht ab

A) Warten auf Bert

Brushy hatte einen frühen Termin und machte sich um sieben eilig auf den Weg. Mit einem ganzen marmeladengefüllten Doughnut im Mund schlüpfte sie in den Mantel und schnappte sich zugleich den Aktenkoffer. Ich lag noch im Bett und ließ den Blick über die Besitztümer meiner Liebe schweifen. Brushys Wohnung wirkt großstädtisch überladen. Sie liegt im ersten Stock eines alten Brownstone-Hauses mit viktorianischen Architekturdetails: runde Deckenleibungen, Stuck und kleine, busenförmige Wölbungen in der Deckenmitte, wo früher die Gaslampen gehangen haben. An den Fenstern zur Straße wandhohe Kiefernholzläden, zahllose Zimmerpflanzen und Bücherwände voller bunter Stapel. Keine nennenswerten Bilder – nur ein paar geschmackvolle Poster, aber rein gegenständlich, nichts Gewagteres als ein Früchtestilleben. Das Schlafzimmer, wo ich vielleicht einen Spiegel oder ein Trimmgerät erwartet hätte, spärlich möbliert, nur ein riesiges Bett und zwei Haufen Schmutzwäsche in den Schrankecken, einer zum Waschen und der andere für die Reinigung. Wirkte alles durchaus stimmig, wie bei jemand, der viel um die Ohren hat.

Etwa um zwanzig vor neun, als ich mich langsam anschickte, die Wohnung zu verlassen, klingelte das Telefon. Lieber nicht rangehen, dachte ich bei mir. Was, wenn es einer aus der Legion von Brushys Verehrern war? Was, wenn Tad Krzysinski anfragte, ob er ihr beim Lunch die Wurst rüberschieben dürfe? Ich ließ das Gespräch auf den Anrufbeantworter lau-

fen und hörte, wie Brushy mich energisch aufforderte, endlich den Hörer abzunehmen.
»Bleib lieber da, wo du bist«, warnte sie.
»Kommst du zu einem Zwischenspiel heim?«
»Ich hatte gerade Detective Dimonte bei mir.«
»Ach du lieber Gott!«
»Er sucht dich. Ich hab ihm gesagt, daß ich deine Anwältin bin.«
»Hat er 'ne Vorladung vor die Grand Jury?«
»Deshalb war er ja hier.«
»Hast du sie angenommen?«
»Hab ihm gesagt, dazu hätte ich keine Vollmacht.«
»Kluges Mädchen. Was wollte er sonst noch wissen?«
»Wo du bist.«
Ich fragte, was sie darauf gesagt habe, kam dann aber selber auf die unvermeidliche Antwort und sprach sie gleichzeitig mit ihr aus: »Anwaltsgeheimnis.«
»Ich wette, er war auf hundertachtzig.«
»Und ob. Ich hab ihm gesagt, ich würde dich veranlassen, dich zu stellen.«
»Wenn ich soweit bin.«
»Er wird nach dir fahnden, was?«
»Tut er schon. Er könnte sogar dich beschatten. Und ich würde auch an diesem Telefon nicht so viel reden.«
»Kriegt er so schnell eine richterliche Abhörgenehmigung?«
»Schweinsäuglein schert sich nicht um solche Formalitäten. Der kennt da einen von der Telefongesellschaft, den er beim Kokainkauf oder mit dem Schwengel im falschen Loch erwischt hat und der bei Bedarf schnell und richtig für ihn schaltet.«
»Aber, aber«, staunte Brush.
»Ein anziehender Mensch, was?«
»Na, sagen wir mal so«, sagte Brushy, »maskulin dürfte zutreffen.«
»Tu mir das nicht an, Brush. Schwör mir, du hast das nur gesagt, weil er vielleicht schon mithört.«
Sie lachte. Ich überlegte kurz.

»Paß auf, ich leg lieber auf – falls er schon was unternommen hat. Heute will sich ein gewisser hochgewachsener vermißter Partner von uns bei mir melden. Sorg dafür, daß Lucinda den Anruf zu dir durchstellt. Sag ihm, er soll dir die Angaben, die ich haben möchte, auf 7384 durchgeben. Kapiert?« Sie bejahte. 7384 war die Faxnummer von G & G. Ich freute mich darauf, wie Gino diesen modulierten Pfeifton abhörte, den Paarungsschrei zweier Maschinen. Den konnte er nicht anzapfen.

Ich packte meinen Aktenkoffer, in dem immer noch alles von Pico Luan steckte, und verzog mich etwa drei Häuserblocks weiter in eines der Fitneßcenter von Dr. Goodbody. Klar, daß ich mich irgendwann mit Gino befassen mußte. Aber erst, nachdem ich mit Bert gesprochen habe und weiß, was ich sagen darf. Ich hatte meine Pläne – Millionen Pläne. Bald würde ich mich entscheiden müssen.

Ich vertrödelte den Tag im Fitneßcenter, indem ich unter gesenkten Lidern hervor die Mädchen in ihren hautengen Trikots begaffte und an den Geräten herumspielte. So habe ich schon öfter die Zeit totgeschlagen. Nach dem jahrelangen Herumhocken in Bars habe ich einfach Sehnsucht danach, mit wildfremden Leuten zusammenzusein. Mit einem Handtuch um den Hals springe ich dann in der grauen Trainingshose auf das Laufband, tippe ein paar Zahlen ein und springe wieder ab, sobald sich das Ding in Bewegung gesetzt hat. Ich ziehe ein paarmal an den Gewichthebegeräten. Schließlich finde ich jemand, mit dem ich reden kann, eins von den sinnlosen Schwätzchen, nach denen Säufer mit der Zeit ein Bedürfnis entwickeln und bei dem ich so tun kann, als wäre ich ein ganz anderer, als ich wirklich bin.

Heute hielt ich mich damit eher zurück. Immer wieder versuchte ich, meine diversen Möglichkeiten und die jeweiligen Konsequenzen durchzuspielen: wenn A, dann folgt B, etcetera. Aber ich kam nicht damit zu Rande. Statt dessen merkte ich plötzlich, daß ich mich seltsamerweise mit meiner Mutter auseinandersetzte, mit demselben Gefühl des Bestraftwerdens, wie gestern abend und ohne große Hoffnungen. Ich hatte meinen dicken Fischzug gemacht, also warum war ich nicht froh? Zwischendrin war ich kurz davor, in ein Lamento auszubrechen, wie ich es oft von ihr vernommen hatte, lauter Klagen darüber, wie bitterhart das Leben ist, daß kein Entschluß was dran ändert und man obendrein oft den falschen trifft.

Ab und zu rief ich im Büro an. Brushy hatte nichts von Bert gehört und beschrieb mir statt dessen die allgemeine Hysterie wegen des morgigen Murmeltiertags und der um zwölf Prozent geringeren Firmenerträge. Als ich um vier noch einmal anrief, hatte ich Lucinda an Brushys Apparat. Brushy hatte einen Termin. Immer noch kein Wort von Bert, aber zwei andere Mitteilungen harrten meiner: von Martin und von Toots.

Ich rief den Colonel zuerst an. Mir war klar, was im Busch war: Er hatte die Sache überschlafen und wollte den Handel mit der Anwaltskammer stornieren, er sei zu alt, um sich umzustellen. Schon der Gedanke war nervtötend.

»Mir gefällt die Sache«, sagte er als erstes.

»Wirklich?«

»Das wollte ich Ihnen bloß gesagt haben, weil ich gestern wohl nicht so beglückt ausgesehen habe. Aber mir gefällt die Sache. Echt. Hab's ein paar Freunden erzählt, und die sagen zu mir: du mußt Houdini als Anwalt gehabt haben. Niemand hat so was schon mal gehört.«

Ich murmelte etwas, auch, daß Brushy ebenfalls das Verdienst daran gebühre.

»Sie haben mich klasse bedient, Mack.«

»Wir tun, was wir können.«

»Also hören Sie mal, damit das klar ist: Wenn Sie mal was brauchen, rufen Sie Toots an!«

Der Colonel war niemand, der heiße Luft redete, wenn er dir einen Gefallen versprach. Es war also ein starkes Stück, als habe man eine Fee zur Taufpatin und drei Wünsche frei. Ich konnte jemand die Beine brechen lassen oder gewisse Stars als Sänger bestellen, wenn Lyle mal so was wie eine Hochzeit hatte. Genau jener Aspekt der Anwaltstätigkeit, nach dem

Brushy süchtig war. Jemand bedankte sich für die Hilfe und sagte, dergleichen hätte nicht jeder fertiggebracht. Ich beteuerte Toots ausführlich, es sei ganz toll gewesen, ihn vertreten zu dürfen, und meinte das in diesem Moment sogar ernst.

»Wo bist du?« fragte Martin, als er an den Apparat kam.

»Mal da, mal dort.«

»Und wo ist dort?« Seine Stimme hatte einen gewissen Tonfall, eine schroffe Gedehntheit. Ich hatte Martin so mit Gegnern reden hören, ein ganzer Kerl, der unter Männern von Schrot und Korn aufgewachsen war.

»Wo ich jetzt bin. Was gibt's?«

»Wir müssen reden.«

»Schieß los!«

»Unter vier Augen. Ich möchte, daß du herkommst.«

Martin will dich reinlegen, ging es mir durch den Kopf. Schweinsäuglein sitzt bei ihm, mit seinem fetten Lächeln, und genießt es, wie mir mein Mentor den Köder serviert. Doch dann verwarf ich den Gedanken wieder, genauso rasch. Nach all der Jauche, die unter der Brücke durchgeflossen war, wollte ich immer noch an den Mann glauben. Opfer gibt's nicht.

»Und unser Gesprächsthema wäre?« fragte ich.

»Deine Ermittlung. Du hast da ein Dokument gefunden, offensichtlich.« Die Hausmitteilung. Er hatte mit Glyndora gesprochen. Wollte sich aufpumpen. Martin der Magier, mächtig und charmant. Irgendwie wollte er mich rumkriegen, es wieder herzugeben. Ich atmete in den Hörer.

»Läuft nicht.« Gefühle waren schön und gut, aber ich würde mich nicht mal in die Nähe des Büroturms wagen, so lange Schweinsäuglein und seine Mannen dort rumlungerten.

»Dann halte erst mal den Status quo, ja?« sagte Martin. »Versprichst du mir das?«

Wortlos legte ich auf.

Um halb sechs rief ich wieder an. Brushy war wieder selber dran.

»Er will sich mit dir treffen«, sagte sie.

»Sag jetzt nichts mehr!«

»In Ordnung. Aber wie soll ich es dir übermitteln?«
Ich dachte kurz nach. »Vielleicht sollten wir zwei uns treffen.«
»Und was ist mit der Beschattung?«
»Du und ich, wir hatten doch letzte Woche Lunch zusammen.«
»Klar.«
»Und dann sind wir wo hingegangen.«
»Klar.« Ins Hotel. Sie hatte begriffen.
»Bevor wir die Treppe hochstiegen, bist du allein wo hingegangen. Weißt du noch?«
Sie mußte lachen, als sie merkte, worauf ich hinauswollte.
»Und da bist du dann? Dort, wo ich hingegangen bin?«
»Mittlere Kabine. In einer Stunde.«
»Okay«, flötete sie. Ganz wie Sie wünschen.

B) Liebe am falschen Ort, Teil zwei

Die Bar im Hotel »Dulcimer House« ist einer dieser speziellen Treffpunkte nach Feierabend, wo junge Frauen – Sekretärinnen, Bankkassiererinnen und weibliche Angestellte –, die nicht genau wissen, ob sie auf Abenteuer aus sind oder auf ein anderes Leben, aufkreuzen, um sich beglotzen zu lassen und Drinks zum halben Preis reinzuziehen, während die Männer – Junggesellen und Ehegatten mit Fremdgängerschwänzen – in Dreierreihen die Bar belagern und auf ein beschwipstes Nümmerchen hoffen, von dem sie morgen bei der Arbeit zehren können. Als ich noch in der vornehmen Empfangshalle mit ihrer goldbronzierten Zuckergußstuckdecke stand, drangen aus der Bar Lärm und Gerüche auf mich ein, so exotisch wie Radiosignale aus dem Weltall: wummernde Tanzmusik, der Knoblauchduft verschiedener warmer Appetithäppchen und Zecherstimmen, angerauht von frustrierter, allfälliger Geilheit.
Die Toiletten lagen am Ende eines kurzen, teppichbelegten Flurs, seitab von der Empfangshalle. Ich wartete vor der Damentoilette, auf die Brushy gegangen war, als wir letzte

Woche ein Zimmer genommen hatten. Schweinsäuglein würde nie mit einer Polizistin zusammenarbeiten, und er war zu altmodisch und zu prüde, auch nur daran zu denken, ihr dort hinein zu folgen. Er würde wie Lassie treudoof vor der Tür ausharren. Ich stand länger als fünf Minuten im Flur herum, zählte genau, wie viele Damen hineingingen und herauskamen, und sprach dann eine junge Frau an, die gerade rein wollte.

»Hören Sie bitte, meine Frau ist schon 'ne ganze Weile da drin. Würden Sie mir bitte sagen, ob alles in Ordnung ist, wenn Sie rauskommen?«

Sie war im Handumdrehen wieder zurück.

»Da ist niemand drin.«

»Niemand?« staunte ich. Sie blieb unter der Tür mit dem aufgemalten Symbol einer Matrone stehen, und ich hielt die Tür mit der Hand auf und ging langsam in den Vorraum und drückte zaghaft die Innentür auf. »Shirley?« rief ich, das Gesicht abgewandt, damit ich auch bestimmt nichts sehen konnte. Dann wagte ich mich weiter vor, rief erneut, und hörte meine Stimme von den rosa Fliesen widerhallen. Die junge Frau zuckte mit den Achseln und ging zurück zum Remmidemmi.

Kaum war sie weg, schlich ich mich in die Mittelkabine und schloß mich ein. Ich stellte meinen Aktenkoffer auf dem Papierspender ab und stieg auf die Klobrille, damit kein Weib meine Elbkähne erblickte und losjodelte. Da stand ich nun und hoffte, Brushy würde sich beeilen. Bei meinen zweihundertfünfundfünfzig Pfund würden meine Beinmuskeln bald streiken.

In Augenhöhe bemerkte ich zwei Schraubenlöcher, in denen ursprünglich wohl ein Kleiderhaken oder ähnliches befestigt gewesen war. Zweckentfremdet, konnten sie von meiner seltsamen Warte aus als Guckloch dienen. Ein Gentleman würde so was natürlich nie tun, aber wer behauptete denn, ich sei Sir Galahad? Nach über einer Minute betrat eine Schönheit im schwarzen Kleid mit Troddeln das Kabuff neben mir, und ich bekam wie immer, was ich verdiente. Sie griff nicht nach dem Reißverschluß und zog auch den Rock nicht hoch, vielmehr streifte sie energisch die Ringe ab und steckte dann die mittleren drei Finger der rechten Hand so tief wie möglich in den Hals. Als sie sie wieder rauszog, stützte sie sich mit beiden Händen an den Stahlblechwänden ab, ruckte wie verzückt ein paarmal mit dem Kopf und kotzte sich dann die Seele aus dem Leib. Frühstück, Lunch und Abendessen. Die Eruption zwang sie auf die Knie, sie schüttelte kurz den hübschen schwarzen Lockenkopf und räusperte sich dann rasselnd. Kurz danach spähte ich über die Kabinentür und sah sie am Waschbecken mit einem Zerstäuber den Atem auffrischen. Sie schüttelte sich mit ihren langen roten Fingernägeln die Löckchen auf, zwängte mit beiden Händen die Titten wieder in ihren Stütz-BH und blieb dann kurz stehen, um sich bewundernd im Spiegel zu betrachten. Es war Mittwoch abend und sie zu jeder Schandtat bereit.

Ich wußte immer noch nicht, welchen Reim ich mir darauf machen sollte, als ich Brushy meinen Namen sagen hörte. Sie rüttelte an der Tür. Nachdem ich uns beide eingesperrt hatte, gab sie mir einen großen Schmatz, direkt neben der Kloschüssel.

»Ich finde das alles so aufregend«, flüsterte sie. Das war typisch Brushy, das gehörte zu dem, was sie weltweit nach Schwänzen Ausschau halten ließ und unter anderem ihr Interesse an mir entzündet hatte: pure Neugier, jede Seite des Lebens kennenzulernen, jede exotische Erfahrung auszukosten. Wie ich bereits gesagt habe, Draufgängertum bei Frauen finde ich schon immer bemerkenswert und attraktiv.

»Also, wo ist er?« fragte ich.

»Moment. Willst du nicht wissen, wie ich die Verfolger abgeschüttelt habe?« Sie liebte diese Sprache, dieses Räuber-und-Gendarm-Spiel. Brushy wähnte sich in einem Film, in dem ich irgend etwas Raffiniertes ausheckte und uns allen die Rettung brachte, beileibe aber nicht mit dem Geld verschwand. Sie beschrieb mir ihren verschlungenen Weg durch verschiedene Gebäude der Innenstadt, einen Besuch bei einem Mandanten, und wie sie hier durch den Hintereingang

der Bar hereingekommen war. Sie hätte sogar einen Marlowe abgeschüttelt.
Als sie gerade etwas in ihrem schwarzen Handtäschchen suchte, hörten wir die Tür zu den Toilettenräumen aufgehen. Ich stieg wieder auf die Kloschüssel, so daß mein Hosenstall fast direkt vor Brushys Nase war. Brushy fand so was natürlich äußerst amüsant. Ich legte den Finger auf die Lippen, und sie tätschelte, um mir zu zeigen, daß sie die Situation erfaßt hatte, meinen Schniepel, ergriff die Gelegenheit und zupfte an meinem Reißverschluß. Ich schlug ihr auf die Finger.
Ins Waschbecken draußen lief Wasser. Jemand machte sich zurecht. Brushy zerrte an meinem Reißverschluß. Ich schnitt eine Grimasse, signalisierte mit den Lippen diverse Verwünschungen, doch sie genoß es, daß ich ihr an diesem Ort schweigend ausgeliefert war, machte sich weiter zu schaffen und erhielt auch prompt eine Reaktion. Sie hatte den kleinen Mann längst draußen, streichelte, küßte, stupste und lutschte ihn, unterstützt durch ein paar rasche Triller mit den Fingerspitzen, und wäre ans Ziel gelangt, hätte nicht eine junge Frau die Kabine nebenan betreten. Dieses hautnahe Publikum ließ mein Interesse erlahmen, doch das Geflüster, Gekicher und Gerangel drangen offenbar ans Ohr unserer Nachbarin, die darob vom Sitz hochzufahren schien. Auf dem Weg nach draußen spähte sie mit einem Auge durch den Spalt zwischen Tür und Pfosten und sagte: »Pervers.«
»Bist du wirklich«, sagte ich, als wir wieder allein waren, »pervers.«
»Fortsetzung folgt«, erwiderte Brushy. Ich hatte mein grobes Tweedjackett an, und als sie meinen verdrossenen Blick sah, grabbelte sie mich durch den dicken Stoff hindurch. »Hab dich nicht so, Mack! Das ist doch geil. Geil, genieß es!«
Ich schüttelte bloß den Kopf und fragte nach Bert. Sie gab mir die Notiz, die er gefaxt hatte: »Heute abend um zehn Nummer 462 Salguro Street.« Als ich die Adresse hörte, mußte ich lachen.
»Es ist das Russische Bad.«
»Haben die dann nicht schon zu?«

»Ich glaube, eben deswegen.«
»Kommst du hinterher zu mir?«
»Die observieren doch deine Wohnung, Brush. Zumindest ist das möglich.«
Sie wurde aufgekratzt – melodramatisch. »Also ein Abschied für immer?«
Ich glaube nicht, daß ihr die verbissene Nußknackermiene gefiel, die sie als Antwort erhielt. Sie wollte hier in dieser Klokabine turteln und scherzen, verrückt wie ein Teenager, als könne man alles haben, sobald man im Duett *»I got you, babe«* sang.
»Ich möchte dich sehen«, sagte sie. »Ich möchte sicher sein, daß es dir gutgeht.«
»Ich ruf an.«
Sie schaute mich scheel von unten an. Immerhin sei sie mir bis nach Mittelamerika nachgelaufen. Also machten wir einen Plan. Sie würde gar nicht erst heimfahren, weil Gino dort ihre Spur aufnehmen konnte, sondern ein Taxi nehmen und damit zweimal um den Block fahren, um festzustellen, ob ihr jemand folgte. Im Film beschatten Polizisten einen Verdächtigen vielleicht tagelang, ohne gesehen zu werden, aber im wirklichen Leben braucht man dazu mindestens vier Autos, damit in jede Richtung eins starten kann, und wenn der Beschattete Lunte riecht, wirst du in neun von zehn Fällen abgehängt, im Rückspiegel freundlich gegrüßt, oder du kriegst ein Freibier spendiert, wenn du ihm bis in die Kneipe gefolgt bist. Falls sie ohne unerwünschte Gesellschaft wegkam, sollte Brushy zur Niederlassung einer Hotelkette drei Blocks weiter fahren, nur für eine Nacht einchecken, einen Schlüssel am Empfang lassen – und mir eine Zahnbürste kaufen.
Ich riet ihr, als erste abzuhauen. Ich wartete im Vorraum, und sie klopfte einmal an die Tür, um mir zu signalisieren, daß der Flur draußen menschenleer war. Dann gab ich ihr noch ein paar Minuten Vorsprung, damit sich etwaige Verfolger an ihre Fersen hefteten. Natürlich kam inzwischen eine alte Schachtel mit hochtoupierter Frisur herein, stutzte und be-

dachte mich mit einem vorwurfsvollen Wer-sind-denn-Sie-Blick. Ich mußte herumschwänzeln und so tun, als hätte ich geglaubt, dieses rosa geflieste Interieur sei die Herrentoilette, ehe ich mich mit tausend Entschuldigungen durch die Tür davonmogeln konnte.

Kein Schweinsäuglein in Sicht, und auch keiner seiner Kumpane. Ich setzte die Pelzmütze auf, zog meinen Schal enger und ging hinaus, um zu sehen, ob ich einen Taxifahrer dazu überreden konnte, abends ins West End zu fahren. Ich mußte an Brushy denken. Sie hatte mich auf der Toilette zum Abschied geküßt, mich ausdauernd und voll Übermut und Hitze umarmt und mir, ehe sie verschwand, einen schicksalhaften Rat gegeben: »Hol dir nicht wieder einen Hautausschlag!«

II. Das Doppelleben des Kam Roberts, Fortsetzung

Im West End war ich über anderthalb Stunden zu früh, also schlug ich die Wartezeit in einer kleinen Latino-Bar um die Ecke vom Bad tot, in der so gut wie kein Wort Englisch gesprochen wurde. Ich saß da und schlürfte Limonade, jeden Moment versucht, gleich mit allen guten Vorsätzen zu brechen und mir einen richtigen Drink zu bestellen. Brushy kam mir in den Sinn und ich fühlte mich nicht gerade wohl dabei, weil ich ins Grübeln kam, was wohl draus werden würde, ob ich das gleiche wollte wie sie oder ihr das Gewünschte geben konnte, und als Ergebnis geriet ich in eine meiner liebenswürdigsten Stimmungen, fläzte mich mit dem Ellenbogen auf den Tresen und wartete nur darauf, daß jemand mich verdammten Gringo vor die Tür setzen wollte.

Doch die Jungs hier waren alle recht langmütig. Sie zogen sich ein Video von einem dieser Boxkämpfe in Mexico City im Fernseher rein, gaben *en español* ihren Senf dazu, linsten immer wieder mal zu meiner Wenigkeit herüber und kamen letztendlich wohl zu dem Schluß, ich sei für eine tätliche Auseinandersetzung zu massig. Schließlich ließ ich mich von der Atmosphäre anstecken und blödelte mit ihnen rum, schmiß mit meinen paar Brocken Spanisch um mich und erinnerte mich wieder an die uralte Einsicht, daß so eine Eckkneipe zu den schönsten Orten auf der Welt gehört. Ich war damals mehr oder weniger in der »Schwarzen Rose« aufgewachsen, vielleicht ein erschütterndes Eingeständnis, wenn man bedenkt, was für ein Suffkopp aus mir geworden ist, doch in einem Stadtteil von Mietwohnungen und winzigen Eigenheimen sehnten sich die Leute nach einem Lokal, in dem sie durchatmen und sich umdrehn konnten, ohne gleich die Tassen vom Tisch zu fegen. In der »Schwarzen Rose« waren auch Ehefrauen gern gesehen, tobten Kinder um die Tische und zupften die Mütter am Ärmel, wurden Lieder gesungen und Witze fürs ganze Lokal erzählt. Die Menschen gaben einander Nestwärme. Aber ich brannte schon als Kind darauf, von dort wegzukommen, aus dieser ganzen Gemütlichkeit auszubrechen. Das fiel mir jetzt mit Bedauern wieder ein, doch ich fürchte, aus unerklärlichen Gründen wieder genauso empfinden zu müssen, würde ich noch mal dorthin zurückverpflanzt.

Punkt zehn verließ ich die Bar und ging die Salguro Street hinunter, eigentlich durch ein Großstadtviertel, das Polizei und Stadtverwaltung schon vor langer Zeit mit diesen gelben Natriumdampflampen ausgestattet hatten, so daß die grelle Leuchtkraft die Welt in Schwarzweiß erscheinen ließ. Doch in der Salguro Street drohten überall Schatten: Mülltonnen und Container, finstere Nischen und Hauseingänge mit Scherengittern, alles lauter Hinterhalte für den gefährlichen Unbekannten, aus denen er tückisch grinsend mit dem Springmesser hervorstürzen konnte. Im Weitergehen bekam ich Trockenfäule im Mund und butterweiche Knie. Ich hörte ein Gitter quietschen und erstarrte. Da vorn lauerte einer auf mich. Dann fiel mir ein, daß das ja seine Richtigkeit hatte, ich wollte mich ja mit jemand treffen.

Als ich näher kam, sah ich eine Gestalt, die mich heranwinkte. Der Mexikaner Jorge, der Zorn der Dritten Welt, der mich damals unten im Bad verhört hatte. In Badelatschen und einem blauschillernden Bademantel aus Kunstseide stand er auf der Straße. Er hatte die Hände tief in die Taschen vergraben, und im Lichtstreif der Tür hinter ihm wölkte sein Atem. Er drehte ruckartig den Kopf in meine Richtung und knurrte: »Eh.«

Hinter der Tür, von draußen nicht zu sehen, wartete Bert. Wir waren offenbar in einem Versorgungstrakt hinter den Umkleideräumen, und er begrüßte mich so erleichtert wie neulich abend. Inzwischen hatte Jorge den Sicherheitsriegel vorgeschoben und latschte fort. Offenbar wollte er sich wieder aufs Ohr legen. Nach ein paar Schritten blieb er stehen und wandte sich noch einmal zu uns um.

»Wenn ihr geht, schließt ab! Und, Leute, verzieht euch ungesehen! Ich will hier keine Scheißscherereien. Ich hab dir schon immer gesagt, *hombre,* du bist bescheuert, restlos bescheuert.« Damit hatte er Bert gemeint, aber er zeigte jetzt auf mich. »Du auch.«

Jorge, erzählte Bert, muß um vier Uhr raus und die Steine aufschichten, die die ganze Nacht im Ofenfeuer durchglühen. Er richtet die Bude für die ersten Badegäste her, die schon um halb sechs Uhr auftauchen. Ich fragte mich, wie Jorge wohl zu den Typen vom Mob stand. Viele von ihnen kamen hierher, um ihre Sauereien und den Ruch der Fäulnis auszuschwitzen. Jorge wahrte sicher jedermanns Geheimnisse, aber wenn jetzt ein Kerl mit Maschinenpistole oder Fleischerhaken ans Tor pochte, würde er ihm sagen, wo wir uns aufhielten, und sich wieder aufs Ohr legen. Das Leben ist hart. Ich sagte zu Bert, wir müßten reden.

»Wie wär's im Schwitzraum?« fragte er. »Weißt du, der Ofen ist an. Da drin ist's so heiß, daß dir das Hirn schmort. Ganz toll. Treibt dir den ganzen Talg und Dreck so richtig aus der Haut. Wie wär's?«

Mich plagten ein paar lächerliche und prüde Bedenken, mich mit Bert nackend hinzuhocken, selbst in ein Laken gewickelt, doch dann kam ich mir schafsblöde und verklemmt vor, überzeugt, daß er hinter einem Nein meinerseits genau diese Bedenken vermuten würde. Also hängten wir unsere Sachen

in einen Spind, und Bert tappte voraus treppab, beide mit ockerfarbenen Laken, die über dem Bauch festgewickelt waren und an Röcke erinnerten. Bert wagte es nicht, in Fensternähe Licht anzumachen. Dunkel blieb auch die Dusche vor dem Schwitzraum, dessen Inneres nur von einer einzigen Glühbirne erhellt wurde: trübes, teefarbenes Licht. Die Steine lagen alle im Ofen, und es war staubtrocken da drin, da das Höllenfeuer die Luft versengte. Trotzdem roch es immer noch sachte nach Feuchtigkeit. Bert machte die Ofentür einen Spaltbreit auf, setzte sich dann auf die oberste Stufe des Holzgerüsts und grunzte in der Gluthitze vor Behagen.
Man hätte meinen können, er habe keine Sorgen, wie er so über Basketball fachsimpelte, bis ich ihn aufforderte, mir nun endlich zu sagen, wie sich alles zugetragen habe. Da starrte er zwischen seine Knie und gab keine Antwort. Es war eine schreckliche Zeit, vermutete ich. Hier saß einer vor mir, der Kampfeinsätze geflogen hatte und das Gefühl, wenn einem die Angst den Hals zuschnürt, genau kannte. Doch das war schon eine Weile her; die Phantasie nimmt überhand, authentische Erinnerungen verblassen. Daß Angst so weh tun konnte, hatte ihn sichtlich überrascht.
»Ich hab Fritten gefressen. Gesundheitsschädliches Wasser getrunken, Mann. Ich weiß nicht, was mich zuerst umbringt. Verstehst du?« Er grinste. Der verrückte alte Bert. Er fand sich witzig. Blei blieb Blei, ob aus der Wasserleitung oder aus dem Revolverlauf.
»Und wo zum Kuckuck hast du dich versteckt?« fragte ich.
Die Frage brachte ihn zum Lachen.
»Bruder«, sagte er und lachte wieder. »Hier, dort, überall. Bildungsreisen. Ständig auf Achse.«
»Na, wie war's zum Beispiel heute? Wo kommst du her?«
»Heute? Aus Detroit.«
»Wieso von dort?«
Er rutschte in der Gluthitze hin und her und suchte nach Worten. »Orleans hatte dort gestern abend ein Spiel«, sagte er schließlich. Er sah dabei von mir weg und schwieg. Ich war im Bilde. Bert bereiste die herrlichsten Flecken der Erde,

Detroit und La Salle Peru, indem er Orleans hinterherlief und nach Basketballabenden in Bumshotels wie dem »University Inn« seiner Leidenschaft frönte.
»Und was ist mit Geld? Wovon lebst du?«
»Ich hatte 'ne Kreditkarte auf ein Alias.«
»Kam Roberts?«
Das brachte ihn kurz aus der Fassung. Er hatte ganz vergessen, wieviel ich wußte.
»Richtig. Fand ich schlauer, als die eigene zu benutzen, weil sie mich auf diese Weise nicht so leicht aufspüren können. Aber sie haben's trotzdem geschafft.«
»Ich dachte, Orleans hat die Karte benutzt.«
»Ich hatte eine, und er hatte eine. Am Ende haben wir sie zerschnitten. Waren sowieso fast abgelaufen. Aber wir haben Bargeld gehortet. Das reichte. Was brauch ich denn schon? Ein Motel mit Kabelfernsehen, und ich bin zufrieden. Wenn nur diese Typen nicht wären, Mann. Die waren uns dicht auf den Fersen. Checkten Läden, wo Orleans mit der Karte Einkäufe gemacht hatte. Und so weiter. Die haben uns zu Tode erschreckt, Mann.« Er sah mich an. »Bullen waren das, sagst du?«
»Die treten dir bald auf die Hacken.« Ich hatte mich nicht gesetzt, denn ich dachte, wenn ich das Laken umgeschlungen und mein Hinterteil von den Bohlen fernhielt, würde ich Brushy die Freude machen, ohne Hautausschlag heimzukehren. »Die sind unser Problem, Bert. Diese Cops. Die wissen nämlich, daß ich hinter dir her bin, also sind sie jetzt hinter mir her, erst recht nach der Hetzjagd am Freitag im Stadion. Ich habe jetzt schon vier Nächte nicht mehr daheim geschlafen. Bert, du und ich, wir müssen uns jetzt was ausdenken, was wir denen sagen können. Mit ›weiß nicht‹ sind die nicht mehr zufrieden. Die ganze Sache mit Orleans – ich wüßte gern, wie das gelaufen ist, damit wir uns überlegen können, was für Pirouetten ich drehen muß.«
Ich sah ihn dabei nicht an. Das brachte nichts. Auch so konnte ich fühlen, daß er sozusagen entwurzelt war, in der Luft hing, während wir hier in diesem heißen Holzverschlag schwitzten.

»Ich meine, du weißt's doch«, murmelte er hinter meinem Rücken.
»Klar«, sagte ich. Wir kamen der Sache näher. »Du bist ihm begegnet, als er seine Mom bei der Arbeit besucht hat. So was Ähnliches.«
»Genau.«
So redeten wir weiter um den heißen Brei herum, und Bert erzählte mir die Geschichte mit Orleans auf die ihm eigene mundfaule Art. Wir schwitzten und schmorten und sahen uns nicht an – lediglich zwei Stimmen in dem teetrüben Licht und der unglaublichen Hitze. Bert war kein großer Erzähler. Er murmelte oft etwas wie »Scheiße noch mal, ist halt passiert« dazwischen. »Du weißt ja«, fügte er dann hinzu, »du weißt ja.« Und ich wußte es wohl auch. Ich verstand das Wesentliche. Orleans hatte Berts Dasein auf eine Art umgekrempelt, wie es in einem Menschenleben normalerweise nur durch Gewaltverbrechen oder Naturkatastrophen passiert: Vulkana, Hurrikane und Taifune. Immer wieder sieht man diese Bilder: So ein armer Teufel in wasserdichter Stiefelhose, der ungläubig auf sein Hausdach glotzt, das jetzt schief aus den lehmigen Fluten der Überschwemmung ragt. Bert, nachdem er Orleans kennengelernt hatte. Ich habe den Jungen nur in einiger Entfernung auf dem Basketballfeld gesehen und kann daher nichts über ihn sagen, außer, daß er ein hübscher Junge ist. Aber auch hochsensibel und sprunghaft, soweit ich die wenigen Puzzlestücke zusammenbringe. Offenbar ein Footballgenie in der High School, bis er sich das Knie versaute und sehr darunter litt, den Sport so abrupt aufgeben zu müssen. Deshalb fing er noch auf dem College in diversen Sportarten als Unparteiischer an. Mittlerweile war er Hilfslehrer an der Grundschule und nebenberuflich Schiedsrichter, seine Hauptbeschäftigung jedoch bestand offenbar darin, sich mit seiner Mutter zu fetzen. Er hatte häufig die Arbeit gewechselt, war weggezogen und wieder zurückgekehrt und hatte zwischendurch immer wieder bei seiner Mutter gewohnt. Glyndora wünschte ihn sich wohl anders, und so war er noch immer in dem üblichen Kampf zwischen Eltern und Kind

gefangen, erfüllt von Wut auf Glyndora und von Sehnsucht, endlich von ihr so anerkannt zu werden, wie wir uns das so oder so alle von unseren Alten wünschen.
Jedenfalls waren sie irgendwie zusammengekommen. Für Bert ein epochales Erlebnis. Orleans, wurde mir klar, war Berts erste ernsthafte Beziehung, und Bert liebte ihn wie Aladin den Geist nach seiner Entdeckung der Wunderlampe. Für Bert war Orleans Befreiung. Schicksal. In all seiner Liebessehnsucht und Anhänglichkeit floß Bert auch über vor Dankbarkeit. Kaum zu glauben, daß so was heutzutage noch wirklich passiert – mit Menschen, die einen halben Äquatorumfang entfernt von dem dahingelebt haben, was sie wirklich empfinden –, doch der alte Polizist in mir sagt, es kommt alle Tage vor. Sieh dir nur Nora an! Sieh dir mich an! Plötzlich kommst du in ein Alter, wo dich deine unsittlichen Sehnsüchte verfolgen; und wenn du sie noch so energisch wegdrücken willst, sie bleiben da. Das häßliche Brandmal, das sie deinem Gemüt aufgedrückt haben, bleibt unauslöschlich. Da kannst du gleich das werden, was sie dir einflüstern zu sein. Du bist es sowieso.
So legten sie also los mit ihrem Rumba, Bert und Orleans, und Glyndora kriegte es spitz und rastete aus. Mir schien, als sei es Orleans nicht unwillkommen, daß sie so die Wand hochging.
Bert ging jetzt auf der Bank vor mir auf und ab, seine großen Füße mit den ungeschnittenen Zehennägeln hatten Hühneraugen von den engen Slippern und Laufschuhen. Seine schwarze Mähne war durchgeschwitzt, und die unrasierten Wangen wirkten in der Hitze noch bläulicher.
»Und wie ist das mit dem Wetten gekommen? Wessen Idee war das?«
»Ach, du weißt ja, Mann«, sagte er, wohl zum hundertstenmal. »Die Idee hatte eigentlich keiner: Wir ham über Sport geredet. Über Spieler. Halt so'n Zeug. Du weißt ja, wie das ist, du hängst mit jemand rum, da weißt du bald, was er denkt, ich meine, vielleicht läßt er 'ne Bemerkung fallen, sagt irgendwas. Also vor dem Spiel gegen Michigan sagt er zum Beispiel:

›Ayres stell ich vom Platz, der ist ein Foulspieler, muß mal auf die Bank.‹ Oder Erickson beim Spiel gegen Indiana. ›Stößt immer mit den Ellenbogen.‹«
»Und du hast dann entsprechend gewettet. Richtig? Wenn Ayres vom Platz sollte, hast du auf eine Niederlage von Michigan gesetzt.«
»Jaaa«, vor Scham sprach er gedehnt. »Schien mir keine große Sache. Nur ein kleiner Vorteil. Hab ich mir keine großen Gedanken drüber gemacht.«
»Hat Orleans Bescheid gewußt?«
»Am Anfang?«
»Später?«
»Mann, weißt *du*, daß ich wette?«
»Ich weiß es«, sagte ich. Orleans, wollte er mir damit sagen, hat es auch gewußt. Ich stellte mir Bert kurz als Spieler vor. Was trieb ihn dazu? War er scharf darauf, als Glückskind dazustehen, oder wollte er Bestrafung herausfordern? Was zog ihn an? Die Männer? Oder der Sport? Die Anmut der Bewegungen oder die Tatsache, daß es nur Gewinner und Verlierer gibt und dazwischen nichts? Irgendwas von alledem muß es gewesen sein und es gehörte zu dem Blindekuhspiel, das er mit sich selber trieb.
»Hat er dich gefragt, ob du auf seine Spiele wettest?«
»So ist's nicht gewesen. Er hat bloß wissen wollen, worauf ich gesetzt habe. Und weißt du, das hab ich ihm gesagt. Bis um halb fünf am Vortag hat er oft nicht mal gewußt, wo er pfeifen würde.« Und dann, zögernd: »Er hat nie gesagt: ich dreh dir das hin. So ist das nicht gewesen.«
»Aber du hast gemerkt, daß er drauf achtete?«
Ich wagte einen Blick nach hinten zu Bert, der auf der obersten Bank stand, mit dem Kopf zwischen den massiven Deckenträgern, die schwarzen Augen starr und betroffen.
»Willst du wirklich 'ne ehrliche Antwort? Als ich gemerkt habe, was er da macht – als ich das erkannt habe, weißt du, da war ich happy. Hat mich so scheißfroh gemacht. Mein Gott!«
Bert beugte sich plötzlich vor, hängte sich mit einer Hand an einen Deckenträger und ließ sich nach vorn fallen. Die Mus-

keln an seinem gestreckten Arm strafften sich, während er eine Grimasse schnitt und mit der anderen Hand das Laken festhielt. Er hatte geglaubt, Orleans sei in ihn verliebt. Deswegen hatte er sich so gefreut. Nicht wegen des Geldes. Nicht mal, weil er damit herumschwadronieren konnte, hier im Schwitzbad. Sondern weil es ein Unterpfand der Liebe war. Und das tat jetzt weh.

»Was für eine dumme, blöde Sache!« sagte er.

Ich merkte plötzlich, daß ich mich darauf gefreut hatte, die Sache mit Bert auszutragen, aus eigenen Motiven. Da hockten wir beide, zwei Männer mittleren Alters, die einen Coup gelandet hatten, sozusagen, und waren beide Straftäter. So was wie Ganovenehre gibt's vielleicht gar nicht, aber diese Art von Gemeinsamkeit, zu wissen, daß andere auch nicht standhafter sind. Und ich hatte mir wohl gedacht, wenn ich Bert in die Enge treiben, ihm eine Rechtfertigung abfordern kann, springen dabei auch ein paar Antworten für mich heraus, um der Nörgelstimme meiner Ma Paroli zu bieten. Eine herbe Enttäuschung. Berts Verbrechen war eines aus Leidenschaft. Nicht in dem Sinne, daß das Ergebnis des Betrugs dabei unerheblich war – vielleicht war es bei mir genauso –, sondern weil das für Bert und Orleans gar kein Betrug war. Das alles war nur ein Trittstein, ein Zugang dorthin, wohin sie sich sehnten, vor allem Bert, und wo es so was wie Unrecht gar nicht gab.

»Und wie ist Archie dahintergekommen?« wollte ich jetzt wissen.

»Mein Gott, er nimmt eben Wetten an. Und auf einmal steige ich bei einer Sportart dreimal die Woche satt ein und mache richtig Moos. Ich wollte nicht, daß er zu Schaden kommt. Da hab ich ihm gesagt: paß da mal auf, bei diesen Spielen. Jeder hier unten hatte bei Archie Geld gewettet.« Bert schweifte kurz ab, um Archies System mit Infomode zu erklären, das mit den Kreditkarten und Decknamen. Einer hieß Moochie. Hal Diamond wurde Slick genannt. Bert war Kam.

»Wir sitzen hier unten und reden stundenlang über Sport. Und, weißt du, wir kennen einander. Ziemlich genau. Du weißt ja, wie das ist. Wir kennen den anderen wie die eigene Hosentasche.«

Und so hatten hier recht bald alle Bescheid gewußt. Sie hatten Bert aufgezogen. Was empfiehlt Kam Roberts heute? Bert hat gemerkt, daß es ein Fehler gewesen war. Hinterher. Zuerst hatte er nicht widerstehen können. Das war so seine Art: schwätzen und schwadronieren. Ich bin ein toller Hecht. Wer sagt da, daß das je anders sein wird?

»Archie hatte keine Ahnung, woher du deine Informationen hattest?«

»Ich hab keinen Piep gesagt. Ich weiß nicht, was die geglaubt haben. Wohl an eine Connection zu den Spielern.«

Ich schwieg, um im Kopf alles zusammenzukriegen. »Und Orleans hat die Kreditkarte gekriegt?« fragte ich dann.

Das war falsch. Bert rastete aus. Er turnte eine Bank tiefer, katzenflink, mir dicht vors Gesicht. Mein Lieblingsirrer.

»He, Mack, fick dich selbst! *So* war es nicht. Lieber Gott, ist doch nur sein Teilzeitjob, den Schiedsrichter zu spielen. Er ist Lehrer. Weißt du, wenn du in Geld schwimmst, gibst du 'nem Freund was ab. Bleib auf dem Teppich! Ich hatte die Kreditkarte und genug Klimpergeld. Das ist alles, Mann. Aber *so* war es nicht. Komm mir nicht mit dem Scheiß!« Orleans manipulierte eigentlich keine Ergebnisse. Und Bert beteiligte ihn eigentlich auch nicht am Erlös. Es war nichts faul dran. In ihren Augen nicht. Es war Liebe. Und das war es natürlich unter anderem auch.

Hinter mir hörte ich einen Wasserhahn fauchen und Wasser einlaufen. Bert hatte einen Hahn zwischen den Bretterbänken aufgedreht, ließ einen Eimer vollaufen und schickte sich an, die Nummer mit dem Eiswasser über den Kopf vorzuführen.

Da erst merkte ich, daß ich mich hingesetzt hatte. Ich sprang hoch und führte einen schwerfälligen Indianertanz auf, fluchte und klopfte mir den breiten irischen Hintern ab, als könnte das was helfen. Bert sah her, aber ich gab keine Erklärung.

Ich wollte ihn zum Weitererzählen veranlassen und sagte:

»Also mal ganz ausführlich: Irgend so'n Kerl mit Schlagring fängt an, Archie einzuschüchtern, sagt zu ihm, er soll den Spieleschieber preisgeben, aber alles, was er nennen kann, bist du. Und du findest Archie im Kühlschrank und gehst auf Weltreise, richtig?«

»Sozusagen. Ich wußte schon, daß ich untertauchen mußte. Davon hatte mich Martin hinreichend überzeugt.«

Volltreffer. Ich sah den Schweißperlen zwischen meiner grauen Brustbehaarung zu, den Rinnsalen, die sich den Weg über meinen vorgewölbten Bauch suchten und dann in das Laken um meine Hüften sickerten.

»Martin?« fragte ich. »Hilf mir auf die Sprünge, Bert! Wie kommt Martin da hinein?«

Bert reagierte verblüffend. Er lachte höhnisch auf. »Komische Frage!«

»Wie kommt der da hinein? Martin?«

»Na, die Antwort lautet: wie in Glyndora.« Bert grinste dreckig wie ein Vierzehnjähriger, bildete mit Zeigefinger und Daumen einen Kreis und steckte den anderen Zeigefinger ein paarmal hindurch. Die Geste war so abgegriffen, aber sie saß, und wir mußten beide laut lachen. Wie das Leben so spielt! Da saßen wir, ausgerechnet Bert und ich, und kicherten uns eins über anderer Leute Affären.

»Mar – tin?«

»Worauf du einen lassen kannst«, antwortete er.

»Undenkbar.«

»Uralte Geschichte. Ist Jahre her. Nicht mehr aktuell. Orleans ging da noch zur Grundschule. Aber sie sind immer noch, wie sagt man, so ...« Bert wedelte mit der Hand. »Ich meine, sie rennt zu ihm, wenn's brenzlig wird. Und nicht bloß beruflich, Mann. Du weißt schon, auch privat.«

»Martin und Glyndora!« Ich staunte noch immer. Seit Jahren ergehe ich mich mit Martins Gattin Nila in hirnlosem Partygeplauder und weiß nicht mehr über sie als das Augenfällige: mondänes Auftreten und kultiviertes Benehmen. Ich hatte immer angenommen, Martin sei glücklich verheiratet, seinen Ansprüchen entsprechend. Ihn sich mit einer Geliebten vorzustellen, paßte irgendwie nicht zu dem Eindruck vollständiger Autarkie, den er so gern von sich verbreitete.

»Und weswegen ist Glyndora zu ihm gerannt?« fragte ich. »Ich versteh immer noch nicht, wie er da hineinkommt.«

Bert gab keine Antwort. Inzwischen begriff ich, was das bedeutete: Mach langsam! Wir waren wieder bei dem bewußten Thema.

»Sie ist ausgerastet, weil du was mit Orleans angefangen hast?«

»Richtig«, sagte Bert. Er ließ sich Zeit. »Er versuchte zuerst auszugleichen. Zu vermitteln. Ich weiß nicht, wie du's nennen würdest. Sie war völlig durchgedreht. Du kennst sie ja. Bei dem Thema spielt sie verrückt.« Er sah trübe zu mir her, ein halber Kontrollblick. Mittlerweile und nach dieser Bemerkung hatte ich kapiert, wie die Psychopathologie der Familie funktionierte. Orleans hatte sich Moms volle Aufmerksamkeit verschafft. Nicht bloß mit »Ich bin nun mal so«, sondern mit »Ich bin ... mit deinem Chef zusammen, einem aus deiner Welt«. Ich wußte, daß Bert nie hinter diese stummen Intentionen kommen würde. Er hatte sozusagen ein unheilbares Wahrnehmungsdefizit. Seine eigenen Gefühle nahmen ihn derart gefangen, daß er kaum Augen für die anderer Menschen hatte.

»Und dann ist Martin uns auf die Schliche gekommen, auf das Wetten. Mann, er ist explodiert wie der Mount St. Helens. Der führte sich noch schlimmer auf als Glyndora. Er hat mir schlankweg erklärt, wir riskierten Kopf und Kragen. Du weißt ja, er hat schon in seiner Jugend alles über diese Kerle mitgekriegt. Er meinte, für mich wäre es das Beste, mich dünnezumachen. In der Versenkung zu verschwinden. Und es hat sich wirklich ganz gut angehört, verstehst du?« sagte Bert. »Ein neues Leben und das alles. Einfach die Fliege machen. Wenigstens für 'ne Weile. Weg von der Firma. Hast du mal von Pigeon Point gehört?«

»Nein.«

»Liegt in Kalifornien. Im Norden. An der Küste. Hab eine Anzeige gesehen. Eine Artischockenfarm. Bin inzwischen dort gewesen. Ist neblig dort, weißt du. Umwerfend, Mann.

Der Seenebel kommt zweimal am Tag rein über die Artischocken. Brauchst sie kaum zu gießen. Tolle Pflanzen. Und ein hervorragendes Nahrungsmittel.« Er verbreitete sich über den verdammten Vitamingehalt, in fünf Sekunden mehr Angaben als auf einem Konservenetikett, und ich ließ ihn reden, selbst gebannt von dieser Idee. Das neue Leben. Die neue Welt. Lieber Gott, schon der bloße Gedanke ließ mein Herz jubilieren. Dann fiel mir plötzlich wieder ein, daß ich auf zwei ausländischen Bankkonten fast sechs Millionen Dollar zur freien Verfügung hatte, und mir kam eine Frage über die Lippen, die ich mir genausogut hätte selber stellen können.
»Und wieso bist du noch nicht weg?«
»Er will nicht.« Bert hob die großen Hände, die Finger zu Krallen der Verzweiflung gekrümmt. »Der blöde Arsch will nicht. Ich fleh ihn an, dreimal die Woche.« Er starrte mich an, völlig fertig bei diesen Gedanken, und wandte sich dann lieber ab, um sich dem Problem nicht stellen zu müssen, von dem ihm klar war, daß ich es auch sah: daß er nämlich seine ganze Existenz aufgegeben hatte, um Orleans zu schützen, Orleans aber, wenn es darauf ankam, diese Hingabe nicht aufbrachte. Vielleicht lag es daran, daß Orleans seine Mutter aus zweitausend Meilen Distanz nicht mehr so schön auf die Palme bringen konnte. Vielleicht war er am Ende auch nicht wirklich wild auf Bert. Wie dem auch sei, Berts Kampagne war eine Einbahnstraße. Und ich sah noch etwas – ich sah, daß die Affäre zwischen Bert und Orleans nicht die Liebe war, wie sie die Dichter besingen. Etwas Schlimmes war daran, sie war mit Schmerz gekoppelt; es mußte einen Grund dafür geben, daß Bert so lange brauchte, um sich die Wahrheit einzugestehen, die er nicht kennen wollte.
Und trotzdem beneidete ich ihn flüchtig. Hatte ich jemals jemand so geliebt? Meine Gefühle für Brushy erschienen hier in der Gluthitze dürftig. Aber was ist mit der Zeit? dachte ich. Vielleicht macht es die Zeit. Das Leben hat diese zwei Pole, scheint es. Du gehst in die eine Richtung oder in die andere, kannst immer nur wählen zwischen Leidenschaft oder Verzweiflung.

»Ich hab ihm das mit der Polizei gesagt«, berichtete Bert. »Er glaubt mir kein Wort.«
»Die werden ihn schnell kirre kriegen, wenn sie ihn schnappen.«
»Kannst du mit denen reden?« fragte er schließlich. »Mit den Cops? Sind das Freunde von dir?«
»Kaum«, sagte ich, stand da und lächelte. Es war wirklich schrecklich, wie ich mich an dem Gedanken ergötzte, Schweinsäuglein eins auszuwischen. Ein paar Ideen hatte ich schon.
Die Hitze und die Nachtstunde machten mich allmählich schwach. Ich drehte den Hahn auf und ließ einen Eimer Kaltwasser für mich einlaufen, konnte mich aber nicht überwinden, ihn mir über den Kopf zu schütten. Ich blieb vor Bert stehen, besprengte mir Gesicht und Brust und versuchte kurz rauszukriegen, was das alles für mich zu bedeuten hatte. Der Ofen flüsterte, und die Steine zischten leise.
»Du hast wohl keine Ahnung davon, was in der Firma im Busch ist? Von dem Geld? Von diesem ganzen Ding?«
Der Schweiß lief ihm in die Augen, und er mußte blinzeln. Er hatte seinen undurchdringlichen schwarzen Blick: Er versteht dich nicht und wird es nie tun.
Ich fragte, ob es bei dem Namen Litiplex bei ihm klingle.
»Jake?« fragte er.
Ich nickte.
»Ob Jake mir eine Hausmitteilung geschickt hat? Und ob ich ihm eine Reihe Schecks auf das Konto Flug 397 ausgeschrieben hab? Jawoll!« Bert ließ seinen langen Körper zusammensacken. Er versuchte, sich zu erinnern. »Irgendwas war daran sehr brisant. 'ne Komplikation mit den Klägern. Jake hatte Schiß, Krzysinski würde ihm den Arsch sengen, wenn er hörte, daß Jake das alles zahlen mußte. Ein richtiges Staatsgeheimnis. Jake war reichlich zugeknöpft in der Sache.« Bert dachte nach und fragte: »Irgendwo aus dem Ruder gelaufen, was?«
»Kannst du laut sagen.«
»Ja«, sagte er, »weißt du, jetzt, wo ich dran denke – Martin hat

mich vor einem Monat danach gefragt. Nach Litiplex. Aber er hat getan, als sei das ganz nebensächlich, nichts Wichtiges.«
Das mußte zu dem Zeitpunkt gewesen sein, als Martin die Hausmitteilung und die Schecks zu Gesicht bekommen hatte. Glyndora war natürlich zuerst zu ihm gelaufen, als sie Lunte roch.
»Also, was ist das für 'ne Geschichte?« fragte Bert.
Ich schilderte es ihm kurz: Litiplex Fehlanzeige. Nummernkonto in Pico Luan. Bert schien die Sache leicht amüsiert zur Kenntnis zu nehmen, bis ich an den Punkt kam, wo Martin und Glyndora die Sache so hindrehten, als habe er selber das Geld.
»Ich? Diese Schweine! Ich? Ich glaub das einfach nicht!« Er sprang auf. Abrupt wurde ich an meine Prozesse mit Bert erinnert, an seine plötzlichen Wutausbrüche im Gerichtssaal, wenn er gegen eine Suggestivfrage Einspruch erhob in einem Ton, als wären fremde Truppen auf unserem Staatsgebiet gelandet. Ich wartete, bis er sich beruhigt hatte.
»Jetzt mal 'ne klare Antwort, Bert: Es gibt also keine Abmachung zwischen dir und Martin, daß du die Schuld auf dich nimmst? Für das abhanden gekommene Geld?«
»Spinnst du? Scheiße noch mal, nein, Mann!«
»Nichts? Kein Augenzwinkern, kein Kopfnicken?«
»Nein. Scheiße noch mal, so was geht mit mir nicht. Das sind Gaunermethoden.« Und das von Bert, der Millionen Amerikanern um Sportergebnisse behumst, seinem Schwanz das Denken überlassen und dabei einen Reibach gemacht hatte. Aber er blieb auf seinem hohen Roß. Er hatte denselben irren Blick, als würde er von den geheimen Giften reden, die irgendwelche gesichtslosen »die da« in seine Nahrungsmittel mogelten. Er stellte sich mit dem Rücken zu einer der feuchtigkeitsschwarzen Bänke, schüttete sich den Eimer über den Kopf und tauchte mit wütendem Blick wieder aus dem Wasserschwall auf. In diesem Moment hatte ich den seltsamen Einfall, wie sehr er mich doch an Glyndora erinnerte.
Wir gingen dann rauf und zogen uns an, beide ziemlich muffig geworden und ohne noch viel zu sagen. Bert hatte in

seinem Spind einen Beutel mit Deodorant und dergleichen und gab mir was ab.
»Wer ist es?« fragte er mich plötzlich. »Mit dem Geld?«
»Unwichtig.«
»Ja, aber ...« Er zuckte mit den Achseln.
Ich hatte die letzten Tage damit zugebracht, mich in die Tiefen von Martin Golds Denken einzugraben. Es war, als schreite man in einer endlosen Höhle bergab. Anfänglich hatte Martin wohl gedacht, wenn er das Bert anhängte, würde ihm nie einer widersprechen. Jake natürlich schon gar nicht. Aber auch Bert nicht, der auf Dauerurlaub war und sich zwischen Artischocken vor Killern versteckte. Ebensowenig ich, der ahnungslose Saftsack. Nicht einmal der Aufsichtsrat von TNA, der, sofern er überhaupt etwas erfuhr, nichts zu gewinnen hatte; wenn er öffentlich herumtobte, würde das im Hinblick auf den Überschuß aus Flug 397 doch nur schlafende Hunde wecken. Indem er Bert die Schuld in die Schuhe schob, konnte Martin alles picobello halten.
Und ich könnte mitmachen bei Martins Plan, die Welt zu retten, wie ich sie kannte. Sofern Schweinsäuglein Bert nicht schnappte, würde der nicht wieder auftauchen. Zwar konnte Jake jeden Tag entdecken, daß sein Konto da unten in Pico Luan ein Loch bekommen hatte, aber was soll's? Sein Selbsterhaltungstrieb würde ihn hindern, im Ausland eine Szene hinzulegen. Er konnte schlecht aufjaulen: Wo ist all der Zaster, den ich unterschlagen habe? Übertrumpft und hereingelegt, würde vermutlich auch Jake Bert die Schuld in die Schuhe schieben. Nach Martins Methode konnte die Sache genausogut auch für mich funktionieren. Warum sich nicht in ein paar Monaten aus der Firma zurückziehen und notfalls Dauerurlaub in Pico Luan machen?
Aber als ich am Samstag wutentbrannt aus dem hochglanzlackierten Portal des »Club Belvedère« gestürmt war und die ganze Nacht wachgesessen und Pläne geschmiedet hatte, war ich in Tücke verfallen. Ich hatte den festen Entschluß gefaßt, Martin hochgehen zu lassen, ihn und seinen ganzen schmierigen Plan. Inzwischen hatte ich wieder Hoffnung gefaßt.

Hierher war ich nicht zuletzt mit dem Wunschgedanken gekommen, Bert würde mir erzählen, hinter der Sache stecke eine Milchstraße guter Absichten, irgendein ehrenwerter oder zumindest entschuldbarer Aspekt, der mir entgangen war. Aber das hatte Bert nicht gekonnt. Weil die Dinge nicht so lagen. Und nachdem mir das klargeworden war, hatte ich wieder den gleichen inneren Antrieb wie zuvor. Womöglich war ich noch immer ein Streifenpolizist, meinen eigenen pauschalen Gerechtigkeitsvorstellungen verpflichtet. Ich habe weiß Gott noch nie gut im Team gespielt. Aber ich würde es auf meine Art machen. Brushy spielte da irgendwo eine Rolle, ein unbekannter Faktor. Doch gab es eigentlich keinen Grund, weshalb ich das nicht schaffen sollte – sagte ich mir ständig selber vor.

»Jake«, antwortete ich schließlich. »Jake hat das Geld.« In diese Richtung lief es jetzt. Ich würde gemein werden. Aber auch so waren die Einzelheiten noch niederschmetternd.

»Jake! Hoppla.« Bert faßte sich mit der linken Hand ans Kinn und rieb es, als sei ihm ein Haken verpaßt worden. Er blieb auf der Bank in dem schummrigen Umkleideraum sitzen, die Socken in der Hand, beleuchtet nur von der einzelnen Glühbirne aus dem Klo.

»Martin deckt ihn, um die Firma zu retten.«

»Jake«, wiederholte Bert.

Mit einer plötzlich neugewonnenen Klarheit ging mir auf, daß ich, wenn ich das durchzog, wenn ich also Martin in die Suppe spuckte, einen Weg finden mußte, damit Bert zurück konnte. Ohne das lief es auf Freigabe zum Abschuß hinaus. Martin und Jake konnten Bert weiterhin als den Schurken im Stück ausgeben. Warum war er denn auf der Flucht? Millionendieb weiter unauffindbar. Um meine Version restlos überzeugend zu machen, mußte Bert präsent sein und seinen Bericht abgeben: Er habe die Hausmitteilung von Jake erhalten, Jake die Schecks ausgehändigt und sich genau an dessen Mahnung gehalten, höchste Geheimhaltungsstufe. Ich hatte allerdings noch keine Vorstellung, wie sich das bewerkstelligen ließ. Die klamme Luft im Umkleideraum war von Schimmelgeruch durchsetzt. Wir blieben schweigend sitzen. Ein Heizungsrohr knackte laut.

»Hör zu, Bert, ich werd versuchen, dir zu helfen. Ich will zusehen, daß du da heil wieder rauskommst, aber dafür muß ich mein Hirn anstrengen. Bleib einstweilen in Kontakt! Ruf unbedingt jeden Tag bei mir an!«

Der Junge durchschaute mich. Nicht, was faul war. Aber daß etwas im Busch war. Daß es auch für mich um was ging. Aber es war ihm scheißegal.

»Tu das bitte«, sagte er leise. Er saß da und beobachtete mich, das Gesicht ganz im Schatten, aber immer noch mit einem Ausdruck eifrigen Hoffens.

Als wir angezogen waren, führte er mich zum Hinterausgang, zog den Riegel zurück und schloß das Gittertor auf.

»Wo willst du hin?« fragte ich.

»Ach, weißt du.« Seine Augen wichen mir unstet aus. »Orleans ist zurück.«

Gott, es hatte ihn schwer erwischt. Sogar im Finstern konnte man erkennen, wie er bartverschattet und schlank dastand, seiner traurig hoffnungslosen Liebe völlig verfallen. Er ließ sich quälen und locken. Motte und Licht. Wieder dachte ich bei mir: was ist es? Bei jemand wie Bert meint man, sein Kreiselkompaß eiert. Aber der Kopf, das Herz – doch wem sage ich das! Was für den einen Vernunft ist, ist für den anderen Wahnsinn. Nichts paßt je zusammen. Entweder sind die Prämissen falsch, oder die Logik ist verquer. Wir sind alle Nadelkissen, von Gefühlen durchbohrt, voller Wunden und Schmerzen. Die Vernunft ist die Lüge, der Balsam, mit dem wir uns salben, indem wir so tun, als ließe sich unseren Schmerzen ein Sinn abgewinnen, wären wir doch bloß schlau genug.

Ich hatte meine Nase schon in die Kälte hinausgesteckt, als mir klar wurde, daß eine Frage offengeblieben war. Mit dem Arm im Mantel blockierte ich die Tür.

»Und wer hat die Leiche weggeschafft, Bert? Wer hat Archie verschwinden lassen? Orleans?«

»Nicht ums Verrecken«, sagte Bert. »Der würde ausflippen.«

Er schüttelte heftig den Kopf bei dem Gedanken und wiederholte, Orleans sei zu dergleichen nicht imstande.
»Wer also dann?«
Wir standen auf der Schwelle und schauten uns in die Augen, umflossen von der tiefen Dunkelheit der Salguro Street und vom kalten Winterhauch. Die nichtausgesprochenen Unwahrscheinlichkeiten unserer Zukunft, das uns schlicht Unbekannte, ließen uns zögern.

Donnerstag, 2. Februar

III. Mack Malloys fünfzehnter Eventualplan

A) Erster Schritt

Mitternacht. Als einziger Weißer im Umkreis von einer Meile schlich ich mit Mantel und Aktenkoffer und dem ausgeprägten Drang, endlich ernsthaft zu planen, durch das verkommene Altstadtviertel in Richtung Center City, aus der Sicherheit eines Lampenlichtkreises in die des nächsten, was für einen Fünfzigjährigen reichlich riskant war. Schließlich kam ein Bus, und ich stieg dankbar ein und ließ mich mit den Wermutbrüdern und Spätschichtheimkehrern durch die Straßen schaukeln. Ein paar Blocks vor unserem Büroturm sprang ich ab. Kindle County hat kein ausgeprägtes Nachtleben. Die Neonreklamen flimmern, aber die Straßen sind ausgestorben; eine eigentümlich irreale Stimmung wie in einem leerstehenden Gebäude, ein Ort, den sogar die Gespenster fliehen.
Ich betrat das Hotel, in dem ich mich mit Brushy treffen wollte. In der großen Eingangshalle war es still; sogar die übliche Hintergrundmusik war für die Nacht abgestellt. Ich setzte mich in einen häßlichen Sessel mit abstoßend grellem Muster und dachte an die Zukunft. Irgendwann fragte der einsame Nachtportier hinter dem Tresen, ob er mir helfen könne. Seinem Tonfall konnte ich entnehmen, daß er mich für einen bessergekleideten Penner hielt, den der Wachmann würde hinausbefördern müssen. Ich ging den guten Mann

beruhigen, erklärte ihm, hier sei eine Ms. Bruccia abgestiegen, nahm meinen Schlüssel entgegen, setzte mich dann aber wieder hin, um die einzelnen Schritte meines Plans durchzugehen. Ich hatte zunächst bis zum Morgen warten wollen, bevor ich mir alles weiter zurechtlegte, aber ich fühlte mich aufgestachelt, unter Zwang, nenn es, wie du willst. Jedenfalls war ich hellwach und hatte keine rechte Lust, mit Brushy zusammenzusein, jetzt, wo mir klar war, wie ich vorgehen würde.

Etwa zwei Straßenzüge weiter war ein durchgängig geöffneter Drogeriemarkt, direkt an der Ausfahrt der Stadtautobahn, mit der Atmosphäre eines Busbahnhofs. Eine Menge zwielichtiger Gestalten lungerte an den Türen herum, und am Randstein stand ein Streifenwagen. Ich kaufte mir Schreibzeug – einen Kugelschreiber und einen Filzschreiber –, eine Tube Alleskleber und eine Schere. An der Kasse fragte ich, ob es einen Münzkopierer gebe, doch sie hatten keinen, und so ging ich zurück ins Hotel, winkte dem Nachtportier zu und suchte mir eine Telefonnische mit Resopalpult, das mir als Schreibplatte dienen konnte.

Was ich sonst noch brauchte, hatte ich schon im Aktenkoffer – das Unterschriftsblatt, das ich in der International Bank of Finance erhalten hatte, Jakes alten Brief, die Vorlage für seine Unterschrift auf meinem Fax aus dem »Regency« und die Exemplare vom TNA-Jahresbericht, die ich schon nach Pico mitgeschleppt hatte. Dieser Bericht enthält Fotos aller Vorstandsmitglieder, auch das von Jake Eiger, und ich hatte die Exemplare damals schon mit dem Hintergedanken eingepackt, Jakes Foto könnte mir zupaß kommen, wenn ich Kapriolen machen müßte, um an das Geld zu kommen, etwa ein Sparbuch fälschen oder gar Personaldokumente.

Das Unterschriftsblatt war Dünndruckpapier mit einer verschlungenen Kopfzeile in Schreibschrift: *International Bank of Finance, Pico Luan.* Nur vier oder fünf punktierte Linien für die nötigen Angaben, in Klammern Erläuterungen in den wichtigsten westeuropäischen Sprachen. Mit dem Filzschreiber setzte ich jene Kontonummer ein, die auf die Rückseite der Litiplex-Schecks gestempelt war: 476642. Als Kontoinhaberin: Litiplex Ltd., mit Jake Eiger als Direktor. Nur um mir seine Schrift ins Gedächtnis zu rufen, sah ich dann auf Jakes Brief im Aktenköfferchen und setzte mit dem Kugelschreiber seine Unterschrift darunter, wieder glänzend imitiert, so exakt, daß man hätte glauben können, sie sei durchgepaust. Danach schnitt ich Jakes Grinsgesicht aus dem TNA-Jahresbericht und klebte es in die obere rechte Ecke des Unterschriftsblatts, wie Mr. George es mir gezeigt hatte. Und schließlich schrieb ich noch in das kleine Kästchen für die Codebezeichnung, das Kennwort also, genauso akribisch »J.A.K.E.«

Dann ging ich wieder zum Nachtportier am Empfangstresen. Er schien sich langsam an mich zu gewöhnen. Ich bedachte ihn mit einem müden Seufzer und strich mit den Händen über mein rotes Gesicht.

»Ich habe morgen früh eine Präsentation, hab aber vergessen, was zu kopieren. Nur zwei einseitige Kopien. Sie haben doch sicher im Büro ein Gerät.« Ich hatte bereits einen Zwanziger zwischen zwei Finger geklemmt, aber der Mann, noch jung, vielleicht ein Student, der das Leben noch vor sich hatte, wollte ihn nicht nehmen. Er hatte wohl immer noch ein schlechtes Gewissen, weil er mich für einen Penner gehalten hatte. Als er mir die Kopien des Unterschriftsblatts zurückbrachte, redeten wir über das Wetter und darüber, wie still doch die Stadt nachts sein konnte.

Ich ging zurück in die Telefonnische, nahm das Original des Unterschriftsblatts, zerriß es und warf die Schnipsel in die seitliche Öffnung eines hohen Abfalleimers, den oben eine Sandschale für Zigarettenkippen abschloß. Die zwei Fotokopien, die mir der Nachtportier gemacht hatte, kamen in mein Köfferchen. Dann rief ich die Auskunft an, ich fragte nach einer Nummer in Washington. Dort war die neueste Mrs. Pagnucci am Telefon, eine, wie ich mich erinnerte, einsfünfundachtzig große Blondine. Sie antwortete gar nicht erst, als ich erklärte, wer ich sei, sondern rief in einem Ton, den ich gelegentlich auch in meinen eigenen vier Wänden vernommen hatte, tödlich gelangweilt: »Einer von deinen Partnern.«

B) Zweiter Schritt

Brushy schlief, als ich das Zimmer aufschloß und betrat. Es war etwa drei Uhr morgens. Sie schlief immer wie ein Kind, zusammengerollt in der Lage eines Fötus und die Hand so nahe am Mund, daß es mich nicht gewundert hätte, wenn sie Daumen gelutscht hätte. Verletzlich, den schlauen Verstand über Nacht abgeschaltet, wirkte sie liebenswert auf mich. Kostbar ist vielleicht der bessere Ausdruck, und ich hatte wirklich ein schlechtes Gewissen, das Herz verdreht wie ein ausgewrungener Lappen. Ich riß mir die Sachen runter und kroch ins Bett. Als sich die Augen an das Dunkel gewöhnt hatten, konnte ich sehen, daß wir nicht gerade in der Hochzeitssuite waren. Das Kopfteil des Bettes war an mehreren Stellen aufgeschrammt, und unter dem Funier kam die kleinkörnige Struktur der Spanplatte zum Vorschein. Direkt über uns hatte sich die Strukturtapete von der Abschlußleiste gelöst und hing wie eine rausgestreckte Zunge von der Wand. Ich schob eine Hand an Brushys glatte Hüfte, um mich zu trösten.

»Wie geht's Bert?« Sie hatte sich immer noch nicht gerührt.

»Soso, lala«, sagte ich, »wenigstens ist er in Sicherheit.« Ich entschuldigte mich, sie geweckt zu haben.

»Ich hab auf dich gewartet.« Sie knipste das Licht an und bedeckte die Augen wie ein Kind mit dem Handrücken. Während sie noch geblendet war, faßte ich sie an, bloß so zum Spaß, zog ihr die Bettdecke weg und schmiegte mich mit meiner kalten Backe an ihre Brüste, doch sie hielt mich dort fest, und wir kamen schnell in Fahrt. Jedesmal, wenn wir bisher gevögelt hatten, war es anders gewesen. Manchmal trieben wir Faxen wie in der Damentoilette im Hotel, und sie war ganz schön frech und geschickt, hatte eine als kühn zu bezeichnende Art, richtig zuzugreifen nach dem Motto: das ist zur Lust, da darf man nicht zimperlich sein. Jetzt in dem billigen Hotelzimmer, das so heruntergekommen war wie Center City um uns, reagierten wir plötzlich schnell und verzweifelt, als wollten wir alles andere hinter uns lassen.

Echtes Feuer, und hinterher, zärtlich an ihren Rücken geschmiegt, merkte ich, daß auch sie es toll gefunden hatte. Wir lagen ruhig da und die zufälligen Geräusche des Hotels und der Straße drangen zu uns: Sirenen in der Entfernung und das Geschrei von Besoffenen und von Jugendlichen, die wie mein Sohn schon längst zu Hause im Bett liegen sollten. Ich fragte Brushy, ob sie Zigaretten dabei habe, und saß dann neben ihr im Bett, wo wir im Dunkeln abwechselnd an einer zogen.

»Hat er das Geld?« fragte sie.

»Laß doch, Brush!«

»Nur das. Hat Bert das Geld?«

»Brush, sind wir nicht zu alt für Frage-und-Antwort-Spiele?«

»Anwaltsgeheimnis«, sagte sie. »Hat er es, ja oder nein?«

»Nein.«

»Wirklich nicht? Hat er's je gehabt?«

»Er hat das Geld nicht. Schlaf jetzt!« Ich ging aufs Klo, nahm die Zahnbürste, die sie mir mitgebracht hatte, und trödelte herum in der Hoffnung, sie würde einschlafen.

Nachdem ich neben ihr unter die Decke gekrochen war, schlief ich traumlos – in einer Grube von Samt. Gegen sieben fuhr ich mit einem kleinen Schrei hoch, den ich aber gleich wie geräuschvolles Einatmen klingen ließ. Ich zog mich rasch an und hinterließ Brushy eine Notiz, daß ich bald zurück sei. Ich mußte etwa sechs Blocks weit und joggte zwischendurch, während ich mich durch vergammelte Quartiere immer mehr dem Stadtkern näherte und vom morgendlichen Getriebe eingesogen wurde: Lastwagen, in zweiter Reihe geparkt und den Verkehr blockierend, das schweigsame Heer der Berufstätigen, die durch die Straßen eilten. Es war reichlich kalt, über fünfzehn Grad unter Null, und ich zog meinen Mantel enger.

Toots frühstückte jeden Morgen mit denselben Typen, pensionierten Politikern, Parteifunktionären und Anwälten, in einer Ecknische eines griechischen Lokals namens »Paddywacks« direkt gegenüber seiner Kanzlei. Das war längst eine Institution. Toots grüßte die Hälfte der Gäste im Restaurant mit Namen und winkte allen mit seinem Spazierstock zu. In der Ecknische hechelten sie dann unsaubere Dinge aller möglichen Provenienzen durch – aus dem Gericht, der Stadtverwaltung oder dem Mob. Vor ein paar Jahren hatte das FBI in einem Salzstreuer eine Wanze versteckt, aber Toots und seinen Kumpeln war es irgendwie hinterbracht worden. Einer, wurde erzählt, habe sich lauthals beschwert, wie fade sein Rührei schmeckte und dann den Salzstreuer auf den Tisch gedonnert, worauf dem lauschenden Agenten das Trommelfell platzte.

»Paddywacks« wirkt leicht überladen: Messingbeschläge und Plüschbänke und Böden, die einmal pro Woche gewienert werden. Ich bekam schon Angst, Toots verpaßt zu haben, als er endlich, etwa Viertel nach acht, auf seinen Spazierstock gestützt, hereinhinkte, zwei Getreue links und rechts. Einer der beiden, Sally Polizzo, war bis vor sechs Monaten Logiergast im Strafvollzug gewesen. Toots begrüßte mich wie einen König auf Staatsbesuch. Ich schüttelte jedem seiner Begleiter die Hand und schlenderte dann mit ihm zu einer entfernten Nische, wo er allein Platz nahm. Ich blieb stehen.

»War das mit dem Gefallen wirklich ernst gemeint?« fragte ich. So auf dem Plüschbänkchen sitzend, wirkte der Colonel gnomenhaft, ein Männchen, das mit fortschreitendem Alter schrumpfte. Aber als ich ihn nun fragte, ob er es wirklich so gemeint habe, warf er sich mit einem Blick in die Brust, der so eiskalt war, daß man hätte glauben können, er sei wirklich ein Killer gewesen. Ich setzte anders an.

»Vielleicht ist es zuviel verlangt. Wenn ja, müssen Sie's sagen. Sie erinnern sich an unser Gespräch über meinen Partner?« Ich rekapitulierte rasch alles, schenkte Toots aber reinen Wein ein. Daß seine Leute hinter meinem Freund und dessen Freund her seien, und daß mein Freund untergetaucht sei. Noch einer sollte als Leiche enden, und alles für nichts und wieder nichts. Der Buchmacher habe ohnedies teuer bezahlt, die Jungs aber hätten solchen Schiß, daß sie bestimmt nicht weitermachten. Der Gerechtigkeit Tootsscher Prägung sei Genüge getan worden. Ich bat ihn, seine Freunde zu über-

reden, Bert und Orleans in Ruhe zu lassen. Eine Hand wäscht die andere.
Toots saß schweigend da, die runzligen Lippen geschürzt, den Blick unbeweglich. Er rechnete alles im Kopf durch. Rief er den einen an, um ihn an eine Sache zu erinnern, würde der Verbindung zu einem anderen aufnehmen etcetera. Für Toots war das reine Geometrie – und Macht. Er wollte mein Vertrauen nicht enttäuschen.
»Vielleicht«, sagte er dann. »Je nachdem. Glaube schon. Kann Ihnen heute nachmittag Bescheid geben. Hat der Kerl Geld?«
»Ein bißchen«, sagte ich, dachte dann an Pico Luan und fügte hinzu: »Ja, Geld hat er. Warum?«
»Hier geht's ums Geschäft. Jemand muß bilanzieren. Kriegt er Geld, stimmt die Bilanz. Klar?«
»Glaube schon.«
Toots sagte, er werde mir im Büro eine Nachricht hinterlassen. Dann half ich ihm hoch, damit er in die Ecknische zu seiner Gefolgschaft tapern konnte, wo bereits zwei alte Knaben mit Faltengesichtern seiner harrten, um ihn zu begrüßen.

C) Vorsicht beim nächsten Schritt

»Ich war gerade bei Toots«, sagte ich zu Brushy, als ich ins Hotelzimmer zurückkam.
»Bei Toots?« Sie saß vor dem Fenster an einem Rattantischchen mit einem leichten Frühstück, das sie aufs Zimmer bestellt hatte – Kaffee und Brötchen, eine halbe Melone –, und sah mich forschend an. Der schwere Nachtvorhang war zurückgezogen, und die Morgensonne umgab sie mit einem Gegenlichtschimmer. Sie benutzte ihren Mantel als Morgenrock und war schon geschminkt. Als ich hereinkam, las sie gerade Zeitung.
»Mack«, sagte sie, »ich will's wissen.«
Ich sagte gar nichts und warf meinen Mantel auf das Bett. Ich hatte Hunger, und sie sah mir beim Essen zu und versuchte

sich einen Reim darauf zu machen, daß ich nicht auf sie einging.
»Ich hab im Büro angerufen«, sagte sie, »und ausrichten lassen, daß wir später kommen. Detective Dimonte hat schon wieder auf der Matte gestanden.«
Ich knurrte. Welch eine Überraschung.
»Und Lucinda sagt, Martin sucht dich. Er hat zweimal einen Zettel hinterlassen.« Sie sah auffordernd zum Telefon hin, aber ich rührte mich nicht.
»Sieh mal, Mack«, sagte sie, »ich werd mit so was doch fertig. Ich bin schließlich kein Kind mehr. Was es auch sein mag, es geht mir ...«
»Ich dachte, du hältst dich an meinen Rat.«
»Es geht ja schließlich auch um mein Leben.«
Welch eine verhaßte Situation. Aber ich hatte immer gewußt, daß sie eintreten würde. Gibt sich eine Frau mit einem Mann zufrieden, der nicht ganz ihren Idealen entspricht, hat sie immer das Gefühl, sich auszuliefern, wenn sie sich an seine Vorgaben hält. Mit geschlossenen Augen dachte ich nach, schnappte mir dann meinen Aktenkoffer und spähte in seine dunklen, chaotischen Tiefen. Ein Bodensatz von zerknüllten Kontoauszügen, Zeitungsausschnitten und einzelnen Blättern mit selbstklebenden Notizzetteln am Rand. Ich zog eine der beiden Fotokopien des Unterschriftsblatts heraus, das ich gestern abend gebastelt hatte. Ich legte das Blatt vor Brushy auf den Rattantisch. Litiplex Ltd., Jake Eiger als Direktor.
»Frag mich nicht, wie Pindling da rangekommen ist! Was du nicht weißt, macht dich nicht heiß.«
Sie studierte das Dokument, die Stirn in die Hand gestützt, als belaste sie dieses Beweisstück mit seinem Gewicht. Ich holte ihre Zigaretten, wir teilten uns eine, und bald erfüllte Rauchermief das kleine Zimmer. Ich machte das Fenster einen Spaltbreit auf, worauf sie die Vorhänge wie Gespenster umflatterten.
»Jake?« fragte sie.
»Immerhin schwarz auf weiß.«
»Du weißt das schon die ganze Zeit, was? Deswegen bist du

auf Jake so sauer.« Ich glaube, ich zuckte zusammen, als sie das sagte. Selbst jetzt, wo alle Alarmglocken schrillten, wollte sie noch was Positives über mich heraushören.

»Ich weiß allerhand.«

»Zum Beispiel?«

Ich ließ mich jetzt treiben, ohne vorgegebenen Kurs. Die Willenskraft, mich gegen sie zu wehren, hatte ich nicht mehr, und die Lügerei machte mich kindisch weinerlich. Aus dem Aktenkoffer kramte ich die Hausmitteilung hervor, die ich aus Martins Schublade geklaut hatte. Beim Lesen zupfte sie sich einen Tabakkrümel von der Zunge. Ihr Gesicht wurde ausdruckslos und konzentriert. Jetzt war sie ganz die Juristin.

»Versteh ich nicht«, sagte sie. »Die kann doch nicht von Pindling sein, diese Hausmitteilung.«

»Ist von Martin.«

»Von Martin!«

Ich erzählte ihr, leicht gerafft, wie ich auf die Hausmitteilung gestoßen und zum »Club Belvedère« hinübergetigert war. Es bedrückte mich, wie weh ihr das tat. Sie hatte mir oft gesagt, wie gern sie diese Menschen hatte: Martin, Wash, ihre Partner. Die ganze Firma. Die Kollegen, die ihre Fähigkeiten bewunderten, ihr vor Jahren schon Fälle anvertraut hatten, die ihnen wichtig waren, die all ihren Triumphen Beifall zollten und für Brushys Arbeitsbeitrag bisweilen sehr dankbar gewesen waren. Sie wußte, sie würde es überleben. Sie hatte eigene Mandanten und ein wachsendes Renommee. Darum machte sie sich keine Sorgen. Ihr war das Engagement wichtig, die Treue, das gemeinsame Unternehmen. Sie war am Boden zerstört.

»Sie wollten das Bert in die Schuhe schieben, was? Der sollte statt Jake an den Pranger. Sieht das nicht so aus?«

»So sieht es aus.«

»Mein Gott!« stöhnte sie und fuhr sich mit der Hand durchs Haar. Ich schob kurz die Balkontür auf, um meine Zigarette auf dem Beton auszudrücken, und Kälte drang ins Zimmer. Draußen schien die Sonne, wärmte aber offenbar nicht, als sei sie nur zur Staffage in den blauen Himmel gehängt. Brushy fragte, was Bert mit alledem zu tun habe, und ich erzählte ihr die Geschichte, und warum ich bei Toots gewesen war. Aber es hatte den Anschein, als wollten ihre Gedanken nicht vom Ausschuß loskommen.

»Ach, es ist saudumm. Saudumm«, sagte sie. »Stecken alle mit drin?«

»Kann ich nicht sagen. Martin eindeutig. Pagnucci ist offenbar nicht eingeweiht. Wash ... Na, ich hab dir ja erzählt, was seine Einstellung ist.«

»Martin«, sagte sie wieder. Der große Magier. Sie hatte sich aufs Bett gesetzt und hielt ihren Mantel zusammen. Ich hätte wetten können, sie hatte darunter keinen Faden am Leibe – aber weder sie noch ich hatten in dieser Stimmung Lust auf dergleichen.

»Und was willst du mit alledem anfangen, Mack?«

Ich zuckte mit den Achseln. Ich hatte eine neue Zigarette angesteckt. »Wahrscheinlich das Rechte.«

Sie beobachtete mich abwägend, fragte sich, was diese Antwort bedeuten mochte. Dann schüttelte sie sich in einem Schauder ungläubiger Verlorenheit.

»Ist schon ein Ding«, sagte sie. »Ich meine, das mit Jake. Warum bloß? Ergibt keinen Sinn. Der verdient doch schweres Geld. Hat 'nen reichen Vater. Warum tut er so was?«

Ich beugte mich über das Bett und sah ihr in die Augen. »Weil er so ist.« Schiere Gehässigkeit übermannte mich, und sie verfolgte das, als sei es eine Art Schauspiel. Es machte ihr nichts aus, daß ich auftrumpfte: Ich hab dir's ja gleich gesagt. Angst bekam sie auch nicht. Sie sah mich nur distanziert an und staunte.

»Und jetzt erpreßt du ihn, was?«

Das war der Gipfel. Ich dachte, mich tritt ein Pferd. Der Kiefer sackte mir runter, mein Herz krampfte sich zur Faust zusammen und zuckte vor heftigem physischem Schmerz. Die Demütigung stieg mir wie Säure in die Augen.

»Schlechter Scherz von mir«, sagte sie.

»Blödsinn.«

Ich ging ums Bett herum und nahm meinen Mantel.

»Mack.« Sie streckte die Arme nach mir aus. »Mir ist egal, was du tust.«
»Das meinst du nicht ehrlich. Sag bloß nicht, ich soll das glauben. Ich weiß, wer du bist, und du selber auch.« Ein Blick in mein Köfferchen erinnerte mich daran, daß ich die Papiere auf dem Tisch hatte liegenlassen. Beim Wegnehmen wedelte ich ihr damit vor der Nase herum. Ich haßte mich jetzt, daß ich überhaupt etwas rausgelassen hatte.
»Anwaltsgeheimnis«, bemerkte ich, um sie zu mahnen, daß sie bloß Zuhörerin war und nur ich die Möglichkeiten zum Handeln hatte. Dann ging ich über den schäbigen Flur zum Aufzug. Ich drückte den Rufknopf und lehnte mich an die Wand, ausgelaugt und ohne Hoffnung, gewiß, daß ich mich selber nie verstehen würde, auch nicht ansatzweise.

IV. Planausführung

A) Bis zum Hals im Treibsand

»Das ist bestürzend«, sagte Carl. Seine ersten Worte nach etlichen Minuten. Er hatte die Hausmitteilung gelesen und dann die Fotokopie des Unterschriftsblatts der International Bank of Finance studiert. Als er mich nach Pindling fragte, wählte ich die gleichen Worte wie Lagodis.
»Ein richtiger Schlangenbeschwörer, ein Ekelpaket« sagte ich. »Wenn du ihn anrufst, hat er sicher nicht mal meinen Namen gehört. Hat auf Barzahlung bestanden.« Ich würde auf eine entsprechende Abbuchung von meiner goldenen Kreditkarte verweisen, wenn es je einer genauer wissen wollte. Wir saßen am Flughafen neben der Executive Lounge von TNA in einem winzigen Besprechungsraum, gerade groß genug für ein Tischchen mit schwarzer Granitplatte und vier Stühle. Zwischen uns ein Telefon, dazu eine Thermoskanne mit Kaffee, den keiner von uns angerührt hatte.
Gestern nacht hatte ich Carl gesagt, es sei dringend. Er schien nicht sehr überrascht gewesen zu sein, daß ich mich meldete.

Es paßte gut zu seiner Vorstellung von seiner Funktion und von sich selbst, daß er nach Mitternacht Brandanrufe erhielt. Kam wahrscheinlich immer mal wieder vor, wenn so ein Nachwuchsgenie drei Stunden vor der Börseneinführung einen Fehler in einem Emissionsprospekt entdeckt hatte. Es war die übliche Pause zum Nachdenken entstanden, als ich Pagnucci aufgefordert hatte, ein Flugzeug eher zu kommen und sich vor dem Murmeltierabend Zeit zu nehmen. Ich hatte ihm versprochen, am Gate auf ihn zu warten. Inzwischen war es fast eins.

Carl sah die Papiere ein zweites und drittes Mal durch. Sein Gehirn schaltete mit Höchstgeschwindigkeit, wollte alles zugleich aufnehmen, aber an seinem Stirnrunzeln merkte ich, daß es im schwerfiel, Klarheit zu gewinnen, besonders über den nächsten Schritt. Er verglich Jakes Schrift auf dem Unterschriftsblatt mit der auf dem alten Brief, den ich ihm als Muster vorgelegt hatte, und schüttelte sachte den Kopf.

»Was schlägst du vor?« fragte er mich schließlich nach einer längeren Pause.

»Wir bitten eine von den freundlichen jungen Damen draußen im Service Center, das alles zu kopieren. Die Vorlagen bleiben bei mir.«

»Und?« Er musterte mich kritisch.

»Du rufst sofort Krzysinski an. Sag ihm, du müßtest ihn dringend sprechen. Höchste Priorität. Dann legst du ihm die Dokumente vor. Sag ihm, du tust es für G & G! Zeig die entsprechenden Gefühle! Entsetzen. Bedauern. Tabula rasa sei in diesem Fall der einzige Ausweg.«

»Und das, ohne Martin oder Wash Bescheid zu sagen?«

»Genau.«

Pagnucci war blaß, die Pupillen schienen zu Stecknadelköpfen geschrumpft. Er nagte an seiner Rotzbremse.

»Stecken die alle unter einer Decke?«

Ich konnte nicht folgen.

»Wash, Martin, Eiger«, sagte er. »Stecken die alle unter einer Decke?«

Ich schüttelte die Frage ab. »Ist irrelevant. Auch ich bin schon lange bei G & G. 'ne Menge Leute sind sehr anständig zu mir gewesen.«

Allerdings kein Gefühl, von dem zu erwarten war, daß er es eventuell teilte. Bei Pagnucci baute ich unter anderem darauf, daß er so hart war, wie er tat, ein Kerl, der noch die Frechheit besitzt, dich zum Weitergehen zu ermuntern, wenn er selber bis zum Hals im Treibsand steckt. Ich kenne auch Cops von diesem Kaliber, Typen, die sich was beweisen wollten, indem sie ums Verrecken keine Gefühle zeigten. Die sind von sich selber überzeugt, ohne jede Einschränkung. Carl saß in seinem tadellosen blauen Anzug stocksteif da.

»Schön, aber spielen wir das doch mal durch!« sagte er und faßte sich unbewußt an die kahle Stelle am Hinterkopf. »Meine Partner haben mir gesagt, diese Hausmitteilung sei nirgends aufzufinden.«

»Sie ist aber aufgetaucht. Ganz überraschend.«

»Und was ist mit unserer Besprechung neulich, wo du Eigers Vorschlag illustriert hast, alles unter den Teppich zu kehren? Was ist dazu zu sagen?«

»Erzähl Tad das, gehört zu den Indizien! Jake wollte, daß kein Hahn mehr nach der Sache kräht. Aber wir haben weitergebohrt, und jetzt bist du stellvertretend für den Ausschuß, im Namen der Firma also, bei ihm erschienen, um reinen Tisch zu machen. Du weißt, Carl, niemand hat dir je nachgesagt, du seist eine Plaudertasche. Du bist ein Mann der Tat. Aber es ist deine Pflicht und Schuldigkeit, die Sache offenzulegen.« Pagnucci mit moralischen Pflichten zu kommen ist so belanglos, als wenn du sagst: einen schönen Tag noch! An den ruckartigen Bewegungen seiner dunklen Augen konnte man erkennen, wie scharf er nachdachte, den Verstand anstrengte.

»Aber wer hat denn die Hausmitteilung gehabt?« fragte er. »Wash?«

Ich gab keine Antwort. Pagnucci hatte vielleicht noch Fragen, aber was er da vor sich sah, mußte ihm einfach gefallen. Carl Pagnucci – ein Mann von Moral und Anstand. Der mit der Wahrheit rausrückte, auch wenn diese für seine Firma katastrophal war. Pagnucci hatte bereits erwogen, sich zusammen mit Brushy abzuseilen, und das paßte hervorragend. Er sah sofort, wie naheliegend es war, daß Tad ihm seine Aufrichtigkeit dankte und sie ihm lohnte, vor allem dann, wenn TNA als Mandantin frei wurde und in der Luft hing. Wenn er ging, würde er die Rechtsvertretung von TNA teilweise mitnehmen, auch wenn G & G dabei über den Jordan ging. Ein unwiderstehlicher Cocktail für jemand wie Carl, der schon jetzt von der eigenen Arroganz ganz besoffen ist.

»Und du würdest mir nicht raten, Martin oder Wash einzuweihen, bevor wir handeln?« Ich war leicht verblüfft, daß seine Vorsicht doch größer war als seine Raffgier.

»Denen kannst du hinterher sagen, was du getan hast, wieviel du gesagt hast. Sie können es dann nur noch absegnen. Sagst du's ihnen vorher, versuchen sie bloß, dich davon abzuhalten. Gezwungenermaßen, wie du weißt.«

Carl überlegte schweigend weiter. Am meisten störte ihn, vermutete ich, daß er sich blindlings auf mich verlassen mußte.

»Carl«, sagte ich, »es gibt keine andere Möglichkeit. Wir haben eine Treuepflicht gegenüber der Mandantin. Einer vom Ausschuß muß zu Krzysinski, ein Firmensprecher.«

Er betrachtete mich nüchtern. Beide wußten wir, daß ich ihn eiskalt vorschob. Aber ich hatte ihm geliefert, was er brauchte: den perfekten Vorwand. Machte sich doch alles astrein. Unerschütterliche Prinzipienfestigkeit. Über jeden Zweifel erhaben. Und höchst einträglich für Pagnucci. Er konnte die Flagge grüßen und gleichzeitig die Mandantin abspenstig machen. Darüber hinaus war ihm schnurzegal, was ich im Schilde führen mochte.

Ich zog das Telefon heran und wählte die Nummer von TNA. Es dauerte eine Weile, bis Krzysinski am Apparat war, doch meinte er, kurz vor zwei ein paar Minuten für Carl einschieben zu können.

B) Manche suchen mich, andere nicht

Ich verließ erst um drei den Flughafen und fuhr dann mit einem Taxi nach Hause. Inzwischen war bei TNA das große Palaver im Gange: zwischen Carl und Tad und dem Sicherheitschef von TNA, Mike Mathigoris. Sie beratschlagten, was sie mit Jake machen sollten – ihn verhören, kreuzigen oder einfach rausschmeißen. Noch eine Stunde etwa, und sie würden das FBI anrufen.
Als ich heimkam, blieb ich auf der niederen Betonvortreppe vor meiner Haustür unter den Efeuranken stehen. Die rare Wintersonne schien immer noch, aber die Luft war kalt geblieben, und ein strenger Wind blies. Ich sah mich nach Observierungsfahrzeugen um und winkte. Ich hob die Hand, die Finger zum V gespreizt, wie früher Nixon, und kasperte eine volle Minute herum. Niemand tauchte auf. Drinnen zog ich meinen Smoking für den Murmeltierabend an und fuhr dann in die Innenstadt. Lyle hatte ausnahmsweise das Auto saubergemacht.
Ich ging vor dem TNA-Büroturm dreimal um den ganzen Block, sah mich nach Beschattern um und war darauf gefaßt, hoppgenommen zu werden, aber es tauchte nach wie vor niemand auf. Schließlich ging ich ins Gebäude und fuhr nach oben. Lucinda händigte mir drei Telefonnachrichten aus, alle drei von Martin Gold. Er müsse mich unverzüglich sprechen. In meinem Büro angelangt, ging ich als erstes zum Telefon.
»Bitte das Betrugsdezernat«, verlangte ich von der Vermittlung im Polizeipräsidium.
Schweinsäuglein nahm selber ab. Ich war erleichtert, seine Stimme zu hören. Ich hatte gedacht, er habe seine Truppen vielleicht zurückgepfiffen, weil ihm Bert in die Falle gegangen war, aber aus seiner Stimme klang nur der sture Trott eines Daseins im Aktenstaub des Betrugsdezernats.
»Hast du deine Ermittlungen eingestellt? Ich dachte, du fahndest nach mir?«
»Wer zum Teufel spricht da?« fauchte er, und knurrte dann,

als er mich erkannte: »Glaubst du vielleicht, ich bin nur mit dir beschäftigt?«
»Ich bin jetzt in meinem Büro. Ich kann dir jetzt alles sagen, was du wissen willst.«
Er überlegte. Irgendwas, weiß der Teufel was, hatte ihn verblüfft.
»In zehn Minuten«, sagte er. »Und hau nicht wieder ab auf die beschissene Rückseite des Monds.«
Ich fischte gerade eine Zigarette aus meiner Schublade, als Lucinda den Kopf durch die Tür steckte. Sie hatte Toots am Apparat.
»Alles klar«, meldete er. »Bestens geregelt. Alles in Butter für Ihre Leute. Mußte nur ein paar Kumpel an ein paar Gefälligkeiten erinnern.«
»Toots, Sie sind ein Wundertäter.«
Am anderen Ende der Leitung sonnte sich der alte Knacker in diesem Lob. Man konnte es regelrecht hören.
»Nur eins noch«, sagte er, »das Geld. Darüber müssen wir uns unterhalten. Wissen Sie, meiner Meinung nach«, Toots schnaufte, »meiner Meinung nach sind zweihundertfünfundsiebzig fällig.«
Bei der Summe blieb mir die Luft weg. Ich hatte nicht damit gerechnet, Bert so hoch auslösen zu müssen. Aber dann konnte ich wieder logisch denken. Bert war mir nützlich, sogar unentbehrlich. Außerdem freute es mich, mir selber beweisen zu können, daß ich nicht ganz so fies war, wie Brushy mir unterstellt hatte.
Toots erläuterte: »War ein ziemliches Ding, wie ich so höre. Da wird schon ein Sümmchen fällig, wissen Sie, zweihundertfünfundsiebzig.« Eigentlich war das von Toots' Seite keine Verhandlung, sondern ein Preisdiktat, und da ging mir auf – vielleicht hätte ich das gleich wissen müssen –, daß der Colonel Prozente kassierte. Für dergleichen war Toots schließlich Spezialist, es war sein Beruf, Konflikte zu regeln, Brisantes aus der Welt zu räumen. Und wir hatten ihn ja auch nicht für ein Vergelt's Gott vertreten.
Ich erklärte ihm, wie ich es mir vorstellte. Ich brauchte eine

Kontonummer bei einer hiesigen Bank, und irgendwann nächste Woche würde dort eine telegraphische Überweisung von Fortune Trust in Pico Luan eintrudeln.

»Wie lauten die Regeln?« erkundigte ich mich. »Ist mein Kumpel in Gefahr, solange das Geld noch nicht da ist?«

»Ich hab Ihr Wort, die haben meins. Die Sache ist geritzt. Als wäre nie was gewesen. Aber sagen Sie Ihrem Partner: noch mal kommt er nicht davon.«

Nebenan telefonierte gerade Brushy. Sie lächelte und warf mir ein Küßchen zu, als sie mich sah, mit einer Handbewegung machte sie mir ein Kompliment für meine stattliche Erscheinung im Smoking. Ich versuchte ein Lächeln. Sie schaltete ihren Anrufer auf die Warteleitung.

»Nimmst du mir ab, daß es mir leid tut?« fragte sie.

»Klar.« Ich schloß die Augen. Weswegen sollte ich sauer sein? Daß sie mir Jake gegenüber schlechte Absichten unterstellt hatte? Ich fragte sie: »Was Neues von Bert?«

Er habe vor einer Stunde angerufen, sagte sie, und versprochen, sich bald wieder zu melden.

»Was war mit Toots?« wollte sie wissen. »Hat er's geschafft? Echt?« Sie schenkte mir ein hinreißendes Lächeln. Ich war schon ein toller Hecht. Die Tür zum Flur stand offen, also faßte sie nur meine Hand. Wir hatten unseren kurzen Moment und sahen einander zärtlich in die Augen. So hatten wir unseren eigenen Teufelskreis gefunden: Säbeltanz und Verletzung und sanfte Annäherung danach. Ich sah sie zur Tür blicken.

Dort stand Lucinda. Die Polizisten seien jetzt da. Und Mr. Gold wolle mich oben sprechen, in zehn Minuten. »Er scheint verärgert zu sein«, setzte sie hinzu.

»Sag ihm, ich spreche gerade mit der Polizei.« Ich wandte mich um zu Brushy, die ihr Telefonat beendet hatte. »Das fährt ihm bestimmt in die Knochen«, setzte ich hinzu.

C) Ich versuche, Schweinsäugleins Neugier zu stillen

»Okay, Gino, mal gucken, ob ich das richtig sehe. Die vom Vermißtendezernat sind, nachdem sie Mrs. Archie befragt hatten, runter ins Russische Bad, und dort hat einer mit 'ner schwachen Blase das ganze Ding mit den Schiebungen bei den Spielergebnissen gepillert, und da ham sie getan, was sie immer tun: die Sache abgegeben. In diesem Fall ans Betrugsdezernat, und dir erzählt, was für Wahnsinnslorbeeren du da ernten kannst, und du möchtest bitte zurückrufen, solltest du nebenbei über 'nen Versicherungsfritzen oder 'ne Leiche stolpern, mal angenommen, du kennst den Unterschied. Soweit richtig geraten?«
Er sagte nicht piep. Ein seltsames Grüppchen, wir vier – ich, Brushy, Schweinsäuglein und Dewey –, jeder an einem anderen Platz in Brushys Hightech-Büro, jeder sichtlich auf der Hut. Brushy saß hinter ihrem Glasschreibtisch, von den Dschungelkübelpflanzen flankiert. Ich war als einziger stehen geblieben, ging auf und ab, fuchtelte mit den Händen, amüsierte mich königlich. Ich war in großer Schale, in Smoking, Kummerbund und gestärktem Hemd, das ich seit zwanzig Jahren besaß und nie durch ein neues ersetzt hatte, mit lächerlichen Rüschen zum Anknöpfen, die mich an einen aufgeplusterten Kakadu erinnerten. Gino hatte meinen Aufzug beim Eintreten von oben bis unten gemustert und sogleich ein T-bone-Steak bei mir bestellt, bitte halb durch.
»Und so fahndest du nach diesen Kerlen, vor allem nach Kam Roberts, und nebenbei nach Archie und Bert, und bist überzeugt, hinter einem großen Fisch her zu sein. Du holst dir die halbe Polente zur Amtshilfe, weil aus deiner Sicht folgendes abgeht: A) Ein paar Typen aus dem Russischen Bad behaupten, sie hätten dank Bert Geld gewonnen, und der habe sein Wettwissen von einem gewissen Kam Roberts. B) Dieser Bert besitzt eine Kreditkarte auf den Namen besagten Kam Roberts. C) Dieser wiederum ist hier und dort gesehen worden. Und D) Der Buchmacher Archie wird vermißt. Bei dem

Ganzen sind aber ein paar Fragen offen: Erstens. Wer zum Teufel ist Kam Roberts? Zweitens. Wie organisiert ein Partner in einer großen Anwaltssozietät Schiebung bei Basketballspielen? Drittens. Warum spielt er Haschmich quer über ganz Nordamerika? Und viertens ... Ach übrigens, wo ist eigentlich Archie abgeblieben? Bin ich auf der richtigen Spur?«
Schweinsäuglein quittierte das mit einem Achselzucken, einem Abwinken. Er hatte immer noch kein Wort gesagt. Ein Cop verrät nie, wohinter er her ist; erst wenn er die Typen verhaftet hat, zählt er ihnen die Gründe von Gesetz wegen auf. Schweinsäuglein und Dewey hatten die Mäntel anbehalten und hockten nebeneinander auf Brushys Chrom-und-Leder-Sofa. Ich merkte, wie Gino unsicher wurde, weil ich so quietschfidel war.
»Okay, gehen wir also ein paar Dingen auf den Grund. Selbstverständlich rein hypothetisch, denn wer als Anwalt dick im Geschäft ist, muß auf die Anwaltskammer Rücksicht nehmen und auf die eigene Haut, und deswegen bin ich sein Sprachrohr. Aber wir wollen eines von vornherein klarstellen: Kein Mensch hat Schiebung bei Spielen gemacht. Keiner hier aus der Firma, und keiner, der mit einem von hier bekannt ist.«
Damit erzielte ich die erste Reaktion. »Nein?« fragte Schweinsäuglein. Skeptisch, kann man sagen.
»Nein. Das ist folgendermaßen gelaufen: Archie ist Buchmacher, aber in erster Linie Versicherungsmathematiker. Ein Computerfex. Läßt seine Nümmerchen laufen. Sagen wir mal, dann kommen ein paar Herren, nennen wir sie Valpolicella und Bardolino, die bei gewissen Ligaspielen im Mittleren Westen ums Verrecken jedesmal richtig tippen. Sagen wir mal, Archie merkt was. Nach Lage der Dinge sollte Archie so was eigentlich lieber für sich behalten, V & B beim Wetten doppelt abzocken lassen und die Chance wahrnehmen, tüchtig Provision zu kassieren. Aber sagen wir mal, Archie hat 'nen Kumpel, 'nen wirklich guten, intimen Freund.« Ich sah Schweinsäuglein direkt in die Glupscher, um sicherzugehen, daß er's gefressen hatte. »Und den weiht Archie ein. Der Freund, ein gewisser Spitzenanwalt in einer gewissen großen

Sozietät, hängt sich an die Wetten von V & B dran und streicht Riesengewinne ein. So weit, so gut.«
Schweinsäuglein hatte sich irgendwoher ein Foto von Bert besorgt und zog es nun aus den Tiefen seines Mantels hervor. »Der Schönling da? Und er ist andersrum?«
»Was du immer für Ausdrücke hast, Gino! Wir wollen doch nicht unfein werden, okay? Und damit mal was klar ist: Du warst derjenige, der mir das mit Archie gesteckt hat. Hast nicht du von ›Mastdarm versilbern‹ gesprochen?«
Den Spruch kannten er und Dewey noch nicht. Brushy bedeckte die Augen.
»Jedenfalls, Bert, wie ich diesen Anwalt hypothetisch nennen möchte, will diskret bleiben, doch die Kerle glucken immer im Russischen Bad zusammen und kennen einander in- und auswendig, die müssen einfach spitzkriegen, wie der Hase läuft. Eins führt zum anderen. Und bald schnallen alle da unten, daß Bert, oder Kam Roberts, wie er sich als Wetter nennt, bei bestimmten Spielen dick absahnt. Nun verrät er natürlich nicht, warum. Alle, die da unten schwitzen, stehen bei Archie im Buch. Nun wäre es aber keine gute Geschäftspolitik, einen von den Kunden zu bevorteilen. Noch dazu aus sehr persönlichen Gründen. Also lassen Archie und Bert durchblicken, Kam Roberts sei der mit dem Wettwissen. Doch das ist natürlich gelogen. Es ist allemal nur Archie. »Früher als Archie denkt, erfahren V & B, was unten im Russischen Bad abgeht, und sie müssen's ja wissen, daß das Wettwissen nicht von einem gewissen Kam Roberts stammen kann. Es ist ihr höchstpersönliches allervertraulichstes Geschäftsgeheimnis, und Archie hat es ausgeplaudert, ihnen damit die Quote versaut. Sie lassen durchsickern, daß Archies Gemächt in Bälde an irgend 'nen Köter verfüttert werden wird. Archie geht auf Tauchstation, V & B aber fangen an zu suchen, womit sie bald vor Berts Tür stehen. Sie stellen Bert vor die Wahl, entweder Archie binnen vierundzwanzig Stunden aus der Versenkung zu holen, oder er selber wird Hundefutter. Also taucht auch Bert unter. Bis einer seiner furchtlosen Partner, der einen Bekannten hat, der einen kennt, welcher einen

dritten kennt, etwas arrangiert, was wir mal als Amnestie bezeichnen wollen. Sauteuer. Könnte sein – natürlich rein hypothetisch –, daß Bert seine Gewinne mit Zins und Zinseszins zurückzahlen muß, wobei die Strafvorschrift für Zinswucher mal außer Betracht bleibt.«
Als ich zu ihr hinschaute, war Brushy tief in ihren Schreibtischsessel gesunken und sah mich beunruhigt an. Es verstörte sie vermutlich, mich derart schwungvoll lügen zu hören.
»Und?« fragte Schweinsäuglein.
»Und was?«
»Und wo steckt dieser abgefuckte Archie? Jetzt?«
»Ich würde in der Kanalisation nachsehen. Gucken, was in der Kläranlage angespült wird. So habe ich's jedenfalls läuten hören. V & B haben ihn ausfindig gemacht. Außer seiner Krawatte hat er jetzt noch was um den Hals. Und wenn deine Spitzel nur halb so gut sind wie früher, Gino, dann hast du das gleiche gehört.«
Daß jemand ausgeknipst, totgemacht worden ist, ist nichts, womit einer lauthals angibt, aber es spricht sich schnell herum. Soll es auch. Nur so halten diese Kerle andere in Schach.
Lucinda klopfte. »Mr. Gold!« ermahnte sie mich.
»Sag ihm, in fünf Minuten!«
»Er will dich unbedingt sofort sprechen.«
»In fünf Minuten«, wiederholte ich.
Lucinda ging zu meinem Telefon und drückte einen Knopf. Sie hielt mir den Hörer hin. Seit Jahren ist die arme Frau mit der Aufgabe geschlagen, mich vor mir selber zu schützen.
»Wir finden das nicht lustig«, sagte Martin, als ich den Hörer ans Ohr hielt.
»Ich bahe zu tun.«
»Wie ich höre. Und was, bitte schön, erörterst du mit diesen netten Polizisten?«
»Detective Dimonte hatte ein paar Fragen zu Bert.« Ich lächelte Gino an, als ich seinen Namen nannte.
»Wir reden doch nicht etwa über größere Geldbeträge?«
»Wir reden über Bert«, sagte ich.
»Hat Bert noch was Schlimmes angestellt?«

»Laß die Witze, Martin! Ich bin in einer Minute bei dir. Wir sind fast fertig.« Ich legte auf, ohne ihm einen Einwand zu gestatten.
Gino lauerte. »Also war diese Kam-Roberts-Geschichte reine Schau?« hakte er nach.
»Exakt.«
»Nur, daß es einen gewissen Kam Roberts gibt.« Schweinsäuglein grinste.
»Nein. Es gibt einen jungen Mann, der Berts Kreditkarte ein paarmal benutzen durfte. Das macht ihn nicht zu Kam Roberts.«
»Nein? Wer ist er denn dann?«
»Ein Freund von Bert.«
»Noch einer? Der Schönling ist ganz schön aktiv. Mag er 'nen flotten Dreier?«
»Also Gino, nenn's, wie du willst! Aber erinnere dich, ich habe neben dir im Streifenwagen gesessen und dich in *einer* Schicht zu drei verschiedenen Weibern hinaufgehen sehen.«
Klar, daß ihm die Mahnung schmeichelte. Er sah verstohlen zu Brushy hinüber und hoffte, sie beeindruckt zu haben. Irgendwann würde ich Schweinsäuglein über *Nueve* aufklären müssen.
»Jedenfalls, da ist also dieser junge Mann«, fuhr ich fort. »Bert sammelt ordentlich Guthaben auf das Kreditkartenkonto, also kann er auch was springen lassen. Nun könnte es rein hypothetisch sein, daß dieser junge Mann was mit der Uni zu tun hat. Vielleicht war er derjenige, der einen gewissen Anwalt gesetzten Alters neulich abend in den Schiedsrichterumkleideraum gelassen hat, damit Bert und dieser Anwalt ungestört vom wachsamen Auge des Gesetzes konferieren konnten, um die ganze Chose endlich zu bereinigen.«
»Stimmt das?« fragte Gino.
»Warum nicht«, sagte ich und setzte mich auf eine Sessellehne, um zu sehen, wieviel er davon schluckte. Offenbar mehr, als ich gedacht hatte. Ich war dabei, für Bert und mich das Äußerste zu geben, phantasierte wie wild drauflos, und bei Gino kannte meine Chuzpe ohnehin keine Grenzen. Aber

trotzdem hatte ich Angst, zu dick aufgetragen zu haben. Die ganze Geschichte war viel zu unglaublich, zu verwickelt, und obendrein hinkte sie arg. Ich wußte zum Beispiel nicht, was ich tun sollte, wenn sie den jungen Mann von der Uni befragen wollten. Und es würde mir auch keine schlaue Antwort mehr einfallen, wenn Gino jemals auf die Idee kam, die Basketballspiele, die die Jungs im Bad »Kam's Specials« genannt hatten, daraufhin abzuklopfen, welcher Schiedsrichter freitagabends gepfiffen hatte.

Aber das Tolle mit Menschen ist, daß man sich nie mit ihnen auskennt. Nachdem er mich zwei Wochen lang hautnah beschattet, mir überallhin nachgejagt war und mich bis in meine Träume verfolgt hatte, schien Gino der Sprit ausgegangen zu sein. Nicht, daß er mich besonders glaubwürdig fand, da wußte er Bescheid. Aber er hatte sichtlich Schiß, daß der Staatsanwalt ihn rausschmeißen würde, weil er nicht mal den Schatten eines begründeten Verdachts vorbringen konnte. Ob es nun gelogen war oder nicht, ich hatte alle Punkte gemacht; eine Rundumverteidigung. Und meine Vorgeschichte mit Gino war ausreichend, so daß jeder gewissenhafte Stellvertretende Staatsanwalt das nicht mal mit der Feuerzange anfassen würde. Schweinsäuglein gestand sich das nur ungern ein. Als er mich jetzt ansah, waren seine Augen starr vor Haß und ohne eine Spur von Vertrauen, so wie Schwarz die Abwesenheit jeder Farbe signalisiert. Aber ich erkannte, ihm war klar, daß er geschlagen war.

Er wandte sich zu Dewey, der die Schultern hob: Was soll's. Die beiden standen auf.

»Schön, dich wieder mal getroffen zu haben, Gino.«

»Ja, echt«, höhnte er zurück.

Lucinda schaute herein, nickte, und ich folgte ihr hinaus und verabschiedete mich fröhlich winkend, während Brushy Gino und Dewey zum Ausgang begleitete. Lucinda hatte eine Notiz: »Bert am Apparat.« In meinem Büro schaltete ich mich ein.

»Hör zu«, sagte ich, »ich hab deine Geschichte regeln können. Die Kerle lassen dich jetzt in Ruhe.«

Es rauschte in der Leitung. Dem dumpfen Getöse im Hinter-

grund konnte ich entnehmen, daß Bert von einem Münzfernsprecher an der Autobahn telefonierte.
»Konntest du sie beschwichtigen, ja?« fragte er.
»Frag mich nicht, wie! Du bist raus. Aus dem Schneider. Auch mit den Bullen hab ich die Kiste geregelt. Jetzt aber solltest du herkommen. Du mußt vermutlich ein paar Fragen über Jake beantworten.« Mathigoris, der Sicherheitschef von TNA, würde die ganze Sache sicher endlos durchkauen wollen. Die Hausmitteilung, die Schecks. Daß Jake Bert angewiesen hatte, alles unbedingt unter der Decke zu halten.
»Und was ist mit ...«
»Die Sache ist für euch beide geritzt. Leih dir einen Smoking und komm her! Heute ist doch Murmeltiertag.«
»Mein Gott«, stöhnte er heiser. Ich merkte, daß ihn im Augenblick der Erleichterung plötzlich das Entsetzen eingeholt hatte. Er war noch mal Kampfflieger gewesen. Eben war er gelandet, erschüttert von dem, was hinter ihm lag, die gewaltigen Schockwellen von Schall und Licht, die das Flugzeug durchgeschüttelt und ihn am Himmel verfolgt hatten. »Mein Gott«, stöhnte er noch einmal. »Mack, Mann, wie kann ich dir das danken?«
»Komm halt zurück!« wiederholte ich.
Langsam wurde es aufregend, alles fiel an seinen Platz. Mein Telefon läutete wieder.
»Ich warte«, mahnte Martin.

V. Martins Lösung

Martin war gerade dabei, sich in Schale zu werfen. Die Smokinghose mit den Satingalons an den Seitennähten hatte er schon an, auch das Smokinghemd, in das er gerade geschickt die Hemdbrustknöpfe hineinpfriemelte, kleine, diamantenbesetzte Dinger, die im Perlmuttlicht des winterlichen Spätnachmittags blitzten. In etwa einer Stunde würden meine Partner, alle ähnlich gekleidet, die Straße hinunter zum

»Club Belvedère« schlendern, gemeinsam einen Drink und ein paar Appetithäppchen nehmen und dann beim Abendessen einem Bericht über das Betriebsergebnis und die Prämienausschüttung lauschen. Ein in jeder Hinsicht quälender Abend stand bevor.
Martin sagte zuerst kein Wort. Er stand da und fummelte eine Zeitlang an seinem Hemd herum. Zwischendurch studierte er eine blaue Notizkarte auf seinem Schreibtisch, die er halblaut vorlas. Es war, wie ich vermutete, seine Ansprache zum Murmeltiertag. Bla-bla, verfaßt vom dafür zuständigen Partner. Er griff zum Füller und nahm ein paar Korrekturen vor. Ich sagte ebenfalls nichts. In dem geräumigen Eckbüro, das dank der großen Fenster noch taghell war, herrschte eine solche Stille, daß man das Kreiselgewicht surren hörte, das eine der Uhren antrieb. Ich wollte schon eine seiner Spielereien in die Hand nehmen, den Schamanenstab oder ein kleines Geduldspiel, setzte mich aber lieber in einen indianisch bemalten hölzernen Ohrensessel. Mein Aktenköfferchen hatte ich dabei.
»Ich bin dir gegenüber viel zu scheißanständig gewesen«, sagte Martin endlich. Er gebrauchte sonst keine Kraftausdrükke und wollte mich offenbar schockieren. Wollte mir zu verstehen geben, daß er stinksauer war, weil eine Durchsuchung seiner Schublade durch unseren Partnerschaftsvertrag nicht gedeckt war. Dabei fingerte er weiter an seinem Hemd herum.
»Hat Bert sehr viel Ärger?« fragte er nach einer Weile.
»Jetzt, nach meinem Plauderstündchen mit der Polizei, wohl nicht mehr.«
Er sah mich kurz an, um sich zu vergewissern, daß ich es ernst meinte.
»Wie hast du das geschafft? Ist der Cop ein alter Freund von dir?«
»So kann man es nennen.«
»Beeindruckend.« Er nickte. Ehrlich gesagt, bedauerte ich, daß er nicht dabeigewesen war, um das mitzuerleben. In einer Anwaltsfirma werden alle möglichen Talente gebraucht, und

aufs Verscheißern verstand ich mich wohl am besten in der Stadt; als habe man beim Baseball einen Werfer, der den Gegner mit einseitig spuckefeuchten Bällen linkt. Hätte Martin meine Galavorstellung mitbekommen, wäre sein Vertrauen in mich belohnt worden, all die Stunden, in denen er den Partnern immer wieder versichert hatte, ich würde die Kurve schon kriegen.

»Beeindruckend war eher, was ich inzwischen gemacht habe«, sagte ich. »Ich war übers Wochenende in Pico Luan.«

Martins Blick war zum erstenmal auf mich geheftet. Wie er so dastand, wurde seine Gestalt von dem schwarzen Stahlbogen der riesigen Stehlampe gerahmt, die über seinem Schreibtisch in den Raum ragte.

»Wollen wir uns mit Witzchen aufhalten?«

»Nein, ich schildere meine Ermittlungserfolge«, sagte ich, »und ersuche dich in aller Höflichkeit, keinen Scheiß mehr zu reden.«

Ich nahm eines der beiden gefälschten Unterschriftsblätter der International Bank of Finance aus dem Aktenkoffer und ließ es auf die Schreibtischplatte segeln, wo Martin es gründlich studierte. Am Ende ließ er sich in seinen hohen Ledersessel fallen.

»Und was tust du jetzt?«

»Ich hab's schon getan. Mr. Krzysinski ist informiert.«

Da fiel Martin auf einmal auf, daß er den letzten Hemdknopf noch zwischen den Wurstfingern hatte. Er sah ihn kurz an und feuerte ihn dann gegen das Fenster. Ich hörte ihn abprallen, konnte aber nicht sehen, wo er gelandet war.

»Carl ist oben bei ihm, mit diesem Dokument und der Hausmitteilung, die du versteckt hattest, und will mit den anderen rauskriegen, warum Jake Eiger so was tut.«

Martin bedeckte kurz sein Gesicht mit der breiten Hand, deren Rücken dicht und schwarz behaart war. Vom Flur her konnte ich durch die geschlossene Tür die Telefone und das Stimmengewirr des Arbeitsalltags hören.

»Na, das kann ja nicht lange dauern, oder?« fragte er schließlich. »Das Motiv ist nicht schwer zu erraten. Jake trifft Vorsor-

ge für seine Zukunft. Er weiß, daß Tad ihn nicht riechen kann und früher oder später, sobald er im Aufsichtsrat eine treue Gefolgschaft hat, die Klappen öffnen wird, um Jake ohne goldenen Fallschirm oder überhaupt einen auszuklinken. Also hat Eiger Vorsorge getroffen. So lautet die Erklärung, oder?«
»Scheint nicht falsch«, sagte ich.
Martin sah mich von der Seite an und wippte dabei im Sessel zurück. »Und was sagt Carl sonst noch?«
»Ich hab deinen Arsch gerettet, Martin, wenn du das wissen willst. Und das ist mehr, als du verdienst. Du hast mich ganz schön auflaufen lassen.«
Er machte eine Bewegung, wie um es zu leugnen, und ich ging aufs Ganze.
»Ich kann dir hundert Beispiele nennen. Ich brauch doch wohl nicht zu fragen, wen Glyndora letzte Woche angerufen und um Rat gefragt hat, wie sie mich aus der Wohnung kriegt, oder?«
»Nein.« Er mußte plötzlich lachen und ich ebenso. Ich trug ihm nichts nach, doch auch die Atmosphäre entkrampfte sich zusehends, während wir immer offener wurden. Bestimmt 'ne herrliche Geschichte, wie ich da die Treppe runterhopste wie ein Faun, immer bemüht, nicht über meinen Du-weißt-schon-was zu stolpern.
»Wolltest nicht, daß jemand mit deiner Freundin fummelt, was?«
Martin mahlte mit dem Kiefer. Wieder sah er mich von der Seite an. Ich war mir nicht sicher, wie er auf dieses Eindringen in seinen Intimbereich reagieren würde, ob er in Wut geraten würde oder einfach aufstehn, um mich vor die Tür zu setzen. Aber er kannte sich wohl gut genug, denn er schien es mit schwacher Resignation hinzunehmen.
»Laß dich nicht drausbringen«, sagte ich, »du wolltest gerade was erklären.«
»Mein Privatleben? Das muß vor der Sintflut gewesen sein.«
Das war keine eindeutige Abfuhr. Er sah durch die großen Fenster hinaus auf die Stadt und ihr Getriebe, und sein

Tonfall verriet Welten, Galaxien verdrängter Gefühle. Mein Gott, dachte ich, bei dieser Romanze hätte ich gern Mäuschen gespielt und die beiden Hauptdarsteller beobachtet, wie sie die vielen Hürden überwanden, bevor sie miteinander ins Bett fallen durften. Glyndora mußte alle ihre prächtigen Körperpartien hingehalten und ihn herausgefordert haben, sie anzufassen – damit sie ihm dann eins auf die Pfoten geben konnte. Ich hatte die Methode ja erlebt: Du hältst dich für abgebrüht? Abgebrüht bin ich. Ich, die schönste Frau im Umkreis von vier Blocks. Ich würde dich allemachen. Ich würde dich nachts viermal wecken und dich trockenvögeln und dir dann sagen: Ich brauche mehr. Meine Ansprüche sind so hoch, daß du ihn am besten abschnallst und in meine Trophäenschachtel tust. Deine feuchten Knabenträume waren nicht ein Zehntel so rattenscharf, wie ich es bin. Und trau dich nie, dranzufassen. Weil ich's nicht leiden mag.
Sie hatte vermutlich alle Register gezogen, und er hatte sich in der olympischen Disziplin geübt, ihr mit Sanftheit zu kommen. Glyndora hatte aufgestampft und geschmollt, und er hatte auf hunderterlei Art signalisiert, daß er sie für liebenswert hielt und nie aufgeben würde. Mit der Zeit hat er sie wohl mürbe gemacht, bis sie einfach der Wunschvorstellung erliegen mußte, alles, was sie zuvor abgewiesen hatte, bevor sie selbst abgewiesen werden konnte, werde ihr nun mit dieser Umarmung zufallen. Und Martin wagte sich in das schattenreiche Gebiet, wo Maske und Macht, wo alle seine Versuche, die Zukunft zu bestimmen, vor dem reinen Sicheinlassen auf die Gegenwart zurückstehen mußten. Jede Wette, daß es noch zehn Minuten, bevor sie rammelten, für beide nicht mehr als der tägliche Kitzel gewesen war, jener Porno, der immer bloß im Kopf abläuft.
»Aber was ist gewesen?« fragte ich. »Du weißt schon, zwischen ihr und dir. Darf ich das fragen?«
»Ging nicht gut«, sagte er. Er fuhr mit der Hand durch die Luft. »Wir haben uns was vorgemacht.« Die Bemerkung blieb im Raum stehen, in ihrer ganzen Traurigkeit – das amerikanische Dilemma. Martin hatte Kinder, eine Frau, nicht zu

vergessen den »Club Belvedère« und die Mandanten, die die Augenbrauen hochgezogen hätten, weil er was mit einer Schwarzen angefangen hatte. Doch Glyndora war es wohl nicht ungelegen gekommen, daß es so ausging: Auch von ihr wäre es viel verlangt gewesen, in seiner Welt sie selber zu bleiben.
»Ich hab Glyndora sehr gern«, sagte er dann ohne Rücksicht darauf, ob dieses Geständnis etwas beschwor oder verdeckte. Er sah mich an. »Glaubst du an Wiedergeburt?«
»Nein«, sagte ich.
»Nein«, sagte er. »Ich auch nicht.« Dann verstummte er. Auch Martin Gold, der erfolgreichste Anwalt, den ich kenne, wollte wer anderer sein. Es rührte mich. Tut Treue immer.
Wir schwiegen eine Weile. Schließlich begann Martin in nüchternem, nachdenklichem Ton zu erzählen, was geschehen war. Er habe mich nicht auflaufen lassen, sagte er. Nicht mit Absicht. Ich unterstelle ihm viel zu viel. Die Umstände hätten sich zugespitzt. Eins sei zum anderen gekommen. Seine Ehrlichkeit nahm für ihn ein. Du erlebst Martin selten so offen.
»Glyndora ist mit der Hausmitteilung und den Schecks zu mir gekommen, sobald sie aufgetaucht waren. Anfang Dezember, glaube ich. Ungefähr um diese Zeit. Kam uns natürlich komisch vor, Firmenschecks in einer Steueroase eingelöst, aber große Sorgen machte ich mir nicht. Bis ich anfing, der Sache nachzugehen, Bert darauf ansprach, Neucriss, den Banker da unten in Pico anrief. Litiplex nirgendwo registriert. Keinerlei Belege oben bei TNA. Ich war entsetzt, als ich erkannte, worauf das hinauslief. So was hätte ich Jake nie zugetraut. Der würde zwar aus Eitelkeit selbst den Papst anlügen, aber ich war wie erschlagen, als ich erkennen mußte, daß er ein Dieb ist. Und natürlich war es fürchterlich, sich die Konsequenzen auszumalen.«
Martin war wie jeder Administrator eines Imperiums Probleme gewöhnt – große Probleme, Situationen, die ihn und alle von ihm Abhängigen ins Verderben stürzen konnten. Etwa, daß uns TNA als Mandantin verließ oder Pagnucci von der

Fahne ging. Er hatte sich damit abgefunden. Er hatte gelernt, auf dem Hochseil zu balancieren, mit nichts als Mutterwitz und einem Sonnenschirm. Auch die Sache mit Eiger sei zunächst so ein Problem gewesen. Er habe Glyndora angewiesen, Ausschau nach weiteren Schecks zu halten, und sich Zeit gelassen, um über das allgemeine Wohl und Wehe nachzudenken.

»Und an diesem Punkt«, sagte er, »ging Glyndoras Leben in Scherben.«

»Wegen Bert und Orleans?«

Er stieß einen Laut aus, das alte Ringergrunzen, diesen leisen, schnell unterdrückten Überraschungsschrei, wenn ein Kämpfer auf die Matte gelegt wird. Er sah mich von unten herauf an, die kantigen Gesichtszüge reglos, von den Schatten des schwindenden Lichts wie gemeißelt.

»Weißt du, Malloy, wenn du hier in den letzten Jahren nur halb so gut gearbeitet hättest wie bei dieser Ermittlung, hättest du mir das Leben um vieles leichter gemacht.«

»Ich nehm das als Kompliment.«

»Bitte.«

»Wie ist er denn?« fragte ich. »Dieser Sohn?«

»Orleans? Kompliziert.«

»Ihr Sargnagel, nehm ich an.«

Martin nickte gedankenvoll. Offenbar hatte er versucht, sich um Orleans zu kümmern, als der noch klein war.

»Ein sehr begabter Junge. Eher ein Muttersöhnchen. Talentiert. Aber kein Stehvermögen. Unausgeglichen. Da ist nichts zu machen. Sie glaubte, sie könne ihm verbieten, zu sein, was er nun mal ist. Und er wollte sich das nicht bieten lassen.«

»Und das mit Bert hat sie dann umgeschmissen?«

»Es lag weniger an Bert selber. Es war die Situation überhaupt, der sie sich nie richtig stellen wollte.« Er zog ein trauriges Gesicht.

»Ja.« Ich nickte. Konnte ich verstehen. Aber ich hatte Mitleid mit Bert. Aller Wahrscheinlichkeit nach war er bei Orleans von Anfang an weit danebengelegen.

»Hast du Bert gewarnt?«

»Keiner hier hat meine Warnungen beherzigt. Keiner.« Er wirkte völlig hilflos, obgleich er sich ganz eindeutig immer mehr aufregte. »Lieber Himmel, was für ein Bockmist. Was für ein Bockmist! Das war wirklich das Allerdümmste ...« Martin fuchtelte mit den Händen. »Dieser hanebüchene, irrsinnige Einfall mit den Basketballergebnissen ... Und das Schlimmste: Keiner von den beiden hatte auch nur einen Moment, eine Sekunde lang überlegt, was daraus werden konnte ... Gefängnis, Gefahr für Leib und Leben. Lieber Gott, was für Aussichten! Und die beiden sind *überrascht*, fallen aus allen Wolken, wollen es gar nicht wahrhaben, wie kleine Kinder. Die unreifsten Erwachsenen, die mir je begegnet sind, keiner hatte auch die leiseste ...« Martin unterbrach sich; er war drauf und dran, den Faden zu verlieren.

»Du wolltest gerade erklären, wie du dich entschlossen hast, Jake zu decken.«

»Das gehört zusammen«, sagte er. »Ich hab's schon gesagt. Reiner Zufall. Verschwörung der Umstände. Gehört alles zusammen. Dadurch ist Glyndora auf die Idee gekommen.«

»Es Bert in die Schuhe zu schieben? Du meinst, es war Glyndoras Idee? Warum? Um sich zu rächen?«

Er wartete ab. Er lächelte. »Mack, für was für 'ne Mutter hältst du Glyndora eigentlich?«

Da gab es 'ne Menge Adjektive. Dominierend. Gluckenhaft. Sie hätte Orleans auch durch Kriegsverheerungen hindurchgebracht, Essen aus Mülltonnen gekratzt oder ihren Körper verkauft. Wie es aussah, war sie bei mir an jenem Abend kurz davor gewesen, letzteres zu tun. Aber ich konnte noch immer nicht folgen. Martin mochte seine Partner, seine berufliche Existenz retten, indem er Jake deckte, was jedoch die Chefbuchhalterin dabei zu gewinnen hatte, sah ich nicht.

»Sieh mal, Mack, Berts Entschluß, von der Bildfläche zu verschwinden, war ja ganz gut gemeint. Er selber fand ihn heldenhaft. Doch für Orleans war das schwerlich die Lösung. Noch viel weniger für Glyndora. Sie wollte nicht, daß er sein weiteres Leben auf der Flucht verbringt. Sie wollte ihn daheim sicher wissen, und das war er nicht.«

Ich begriff noch immer nicht.
»Mack, du selber hast die Frage doch aufgeworfen. Letzte Woche. Wo ist Bert hin? Was sagen wir, wo Bert hin ist? Er ist immerhin Rechtsanwalt – mit siebenundsechzig Kollegen, mit Mandanten. Seine Familie können wir aus dem Spiel lassen; da ist nicht viel. Und seine sogenannten Freunde waren alle in dieselbe Sache verwickelt, die hätten bestimmt die Schnauze gehalten. Aber was zum Kuckuck sollen wir hier in der Firma erzählen? Wie wollen wir jemand abhalten, die Polizei anzurufen, die prompt die ganze Schweinerei mit dem Basketball entdecken muß, sobald wegen Berts Verschwinden ermittelt wird? Es gab nur eine Möglichkeit, Orleans zu retten, seinen sicheren Schutz zu gewährleisten: Wir mußten eine ganz andere, glaubwürdige Erklärung für Berts Untertauchen erfinden – auch wenn eine solche Erklärung nur wenigen Menschen bekannt war und diese allen Dritten gegenüber Ausflüchte machen würden.«
Ich wiegte den Kopf. Irgendwie gefiel mir das. Bis ich den nächsten Schritt sah.
»Und deswegen habt ihr euch einen unfähigen Saftsack geholt, damit er ihn sucht.« Und der Bert, wie mir klar wurde, gar nicht finden, geschweige denn dahinterkommen sollte, was er tatsächlich ausgefressen hatte. Er sollte nur überzeugend feststellen, daß Bert fort war. Das hatte Glyndora gemeint, in der einen Sekunde Aufrichtigkeit zwischen uns. Martin hatte meine Bemerkung über die Einschätzung meiner Person durch den Ausschuß durchaus vernommen, machte sich aber nicht mal die Mühe eines Dementis.
»Und deshalb habt ihr die Leiche versteckt«, sagte ich, fiel mir einfach so ein, »sobald ich anfing, nach Bert zu suchen.«
»Wir haben *was?*« Martin schien plötzlich sein ganzes Gewicht auf die Hand zu verlagern, mit der er heftig die Sessellehne umklammerte. Dieses Hochfahren, diese Verständnislosigkeit konnten gespielt sein, wie mir klar wurde, aber Martin sah nicht so aus, als wolle er mir etwas vormachen. Ich schaltete rasch: Orleans und Bert, beschämt und gescholten, zusammengeschissen, als unverantwortliche Kindsköpfe titu-

liert, hatten das Fürchterlichste gar nicht gebeichtet. Martin und Glyndora waren der Meinung, Bert laufe vor bloßen Drohungen davon. Die Vermißtenmeldung über Archie in der Zeitung muß ihnen dann einen Wahnsinnsschreck eingejagt haben. »Na, eure Leiche im Keller«, sagte ich. »Die Hausmitteilung. Die habt ihr versteckt.«

»Ach so.« Martin entspannte sich. »Richtig. *Die* Leiche haben wir versteckt.«

Er versuchte ein flüchtiges Lächeln. Ich fragte mich kurz erneut, wer die Leiche fortgeschafft hatte. Sicher war nur, daß Archie nicht auf eigenen Beinen das Weite gesucht hatte.

Inzwischen fuhr Martin mit seinen Erklärungen fort und erzählte, wie sie daraufgekommen waren, Bert die Unterschlagung der Litiplex-Gelder unterzuschieben. Bei den ersten Gelegenheiten, als Glyndora und er den ganzen Plan erörterten, hätten sie bloß herumgealbert, sich eine Zukunft zusammengebastelt, in der alle Probleme gelöst waren. Er habe es ein dutzendmal mit ihr durchgespielt und ausgerechnet, wie die Dominosteine fallen müßten. Dabei hätten sie sofort erkannt, wie vorteilhaft es für die Firma war, wenn sie Jake nicht ans Messer lieferten. Es habe Spaß gemacht, so zu spekulieren, sie hätten viel gelacht dabei, wie ein Paar, das einander anstachelt, die Bank auszurauben, um endlich die Hypothek ablösen zu können. Am Ende habe er gemerkt, daß Glyndora ihn drängte, durchzuziehen, was er als Jux betrachtet hatte.

»Ich hab ihr gesagt, das ist heller Wahnsinn. Mehr noch, undenkbar. Betrug. Aber du weißt ja, wie so was geht.« Er setzte sich auf und sah mir direkt ins Gesicht. »Es gehe mir doch nur um mich. Um meine Ansichten. Meine liebgewordenen Werte. Meine Gesetze. Meine Regeln. Streich das mal aus der Gleichung: mein Recht«, sagte er. »Mein Unrecht. Meine geliebten Abstraktionen.« Er unterbrach sich mitten in der Litanei, die er von Glyndora bestimmt schon seit Ewigkeiten hörte, und verhielt wie eine Schwebfliege im Windhauch, sichtlich gequält. Als ich ihn so beobachtete, hüpfte mir plötzlich das Herz vor Hoffnung, Brushy und ich

könnten auf die gleiche Art überwinden, was uns trennte, bis ich mich genauso rasch erinnerte, daß wir ja angeblich das gleiche glaubten.
»Da sind nun diese Menschen«, fuhr er fort. »Glyndora und Orleans. Meine Partner. Jake, Bert. Auch du, Mack. Auch du. Die Firma hier ist eine Institution. Ein Lebenswerk. Von Hunderten. Schon gut, ich sülze bereits wie Wash. Entschuldige die Scheinheiligkeit! Aber soll ich das alles auf den Altar legen? Ich habe schon faulere Kompromisse geschlossen.«
Die Hände ausgebreitet, erweckte er den Eindruck priesterlicher Erhabenheit. Einer, der von sich glaubte, er habe sich offenbart.
Ich sagte: »Dir tut es ja auch nicht gerade weh, Martin. Wir alle wissen, wer die dickste Prämie kriegt.« Das tat mir wohl – einmal der Rechtschaffenere zu sein, auch wenn wir beide es als situationsbedingt erkannten, und ich gar als reine Schau. Tatsache ist, ich genieße jede meiner Rollen: Cop, Ganove, Schlauberger, Jurist. Ich kann ein guter Sonstwas sein, sofern es nur ein Teilzeitjob bleibt.
Martin hatte meine Bemerkung mit einem verhaltenen, traurigen Grinsen aufgenommen.
»Ich nicht«, sagte er. Er wischte das Kärtchen für seine Rede vom Schreibtisch, daß es durch die Luft segelte. Ich hob es vom Teppich auf. Martin hatte eine Sauklaue – Striche und Krakel, die ich auch nach all den Jahren nicht entziffern kann. Aber ein paar Stichworte waren deutlich genug. »Ausscheiden«, »Bürgermeister«, »Flußsanierung«, »schon lange Steckenpferd«.
In seiner Rede vor den Sozietätspartnern wollte Martin Gold heute abend seinen Abschied nehmen.
»Glaubst du, die Kommunalpolitik kann mich brauchen?« fragte er.
»Das ist doch nicht dein Ernst!« Es war nicht zu fassen. Der Zirkus ohne Barnum.
Er maulte. Verbiestert. Entschlossen. Es sei höchste Zeit, meinte er, und alles geregelt. Martin Gold. Dezernent für Flußsanierung. Ab 1. April. Er redete von dreißig Jahren

Praxis als Anwalt, daß er sich nun in die Pflicht nehmen lassen müsse, aber ich verstand seine Beweggründe. Wenn er Jake deckte, anstatt aufrecht in Krzysinskis Büro zu marschieren und seine Anwaltsfirma in den Orkus versinken zu lassen, dann würde er sich selber strafen. Sein Volk mochte überleben, doch er würde nicht bis ins Gelobte Land gelangen. Ein alter Gedanke, und die Mischung von praktischem Denken und Prinzipienreiterei war typisch Gold. Advokatisch, würde man sagen – aber trotzdem plemplem.

»Du hättest als Katholik auf die Welt kommen sollen«, erklärte ich ihm. »Da ist dir echt was entgangen. Da gibt's alle diese obskuren Fastentage und Bußrituale. Wir befassen uns seit Jahrhunderten mit Strategien der Selbstverleugnung.« Er glaubte natürlich, ich mache Witze. Tat er immer. Er lachte laut heraus.

In all den Jahren habe ich immer gemeint, wenn ich irgendwie Martins Abwehr austricksen und in sein Innerstes sehen könnte, wäre das ein Anblick von Größe: ein Löwenherz, mit Überschallgeschwindigkeit schlagend und von Leidenschaft gebläht. Und jetzt saß da drin ein Gnom, der ihm einblies, wirklich edel sei er nur, wenn er sich von allem abschnitt, was ihm das Liebste war: von Glyndora. Oder der Sozietät. Er war gemein – zu sich und seinem Glück gegenüber. Für mich eine niederschmetternde Erkenntnis: Er war produktiver als ich, aber nicht glücklicher. Auch mit ihm wollte ich nicht tauschen.

Er hielt immer noch dagegen. »Von heute an« – er nickte mir zu – »ist da nicht mehr viel zu verlieren. Wenn sich da oben erst mal der Staub gesetzt hat. Ob Tad seinen neuen Chefsyndikus nun anweist, uns ganz rauszuschmeißen oder nur zurückzustutzen, die Firma wird nicht zusammenhalten. Jemand wie Carl ...« Martin unterbrach sich; er redete nie schlecht von seinen Partnern. »So schnell wird sich keiner mit weniger zufriedengeben. Mal ehrlich, am Ende werden mich etliche einen Opportunisten nennen: die Ratten verlassen das sinkende Schiff.«

In diesen Bemerkungen lag natürlich eine unausgesprochene Anklage. Martin hatte die Mannschaft nur dezimiert, ich aber hatte ihr den Garaus gemacht. Doch der Katholik in mir, immer sofort schuldig im Sinne der Anklage, fuhr hoch, um sich zu rechtfertigen. War natürlich komisch. Da hatte ich fast sechs Millionen Dollar geklaut und dachte nicht daran, sie zurückzugeben, aber auf diese blöde Art, wie wir das zu sein glauben, was andere in uns sehen, war es mir doch wichtig, welchen Eindruck Martin von mir hatte.

»Soll ich mich vielleicht entschuldigen?« fragte ich. »Ein widerlicher Deal, Martin, den du da mit Jake machen wolltest – fünfeinhalb Millionen von der Mandantin, damit er G & G weiterhin die Koteletts rüberschmeißt.«

Martin erstarrte – genau wie bei meiner Erwähnung der Leiche. Er schüttelte entschieden den Kopf.

»*So* also stellst du dir das vor?« Er lächelte plötzlich. Strahlte. Stieß sich von den Sessellehnen ab. Was ich gesagt hatte, machte ihm regelrecht Freude. Ich wußte auch, warum. Ich hatte einen Bock geschossen, womit er wie üblich Oberwasser bekam.

»Oh, ich verstehe«, sagte er. »Ich verstehe. Ich habe also mit Jake gefeilscht: Mandate von TNA gegen die Moneten. Ist es so? *So* ist es?« Jetzt wollte er mir den Rang ablaufen, er lauerte. Ich hielt einfach den Mund, als er loslegte. »Ich bekenne mich schuldig, Mack. Ich hab versucht, die Firma zu retten. Ich wollte sogar Jake vor sich selber schützen. Und wollte weiß Gott Sicherheit für Orleans. Dabei hab ich mein Gewissen ein bißchen gedehnt – das gebe ich zu. Vielleicht mehr als bloß ein bißchen. Aber glaubst du ehrlich, meine Absichten dabei seien so … platt gewesen?«

Ich gab keine Antwort.

»Es will mir nicht in den Kopf, wie du das so sehen kannst. Warum habe ich denn letzte Woche Jake mit Wash und dir konfrontiert? Warum habe ich ihm nicht einfach geflüstert, daß ich ihn als Gauner ausgemacht habe und nun verlange, daß er uns alle Mandate überträgt, jetzt und für alle Ewigkeit?«

Es war natürlich sicherer für ihn, Jake nicht offen anzugehen,

aber ich wußte, er würde sich über diese Unterstellung mokieren.
»Siehst du das nicht?« fragte er. »Sieh das Ganze doch um Himmels willen mal von Jakes Warte! Wir sagen ihm, das Geld ist weg, wir glauben, Bert hat es, wir finden für die Auszahlung an Litiplex keine Belege. Aber wir erklären außerdem, daß wir Bert überall suchen und ihn auffordern wollen, die Summe zurückzuerstatten und heimzukommen. Wir sagen Jake sogar, daß wir seinen Segen dafür wollen. Du bist doch dabeigesessen! Hast es selber gehört! Und woher will Jake wissen, daß du Bert nicht findest? Wie kann er sich in Sicherheit wiegen?«
Es war wie im juristischen Repetitorium. Der Großinquisitor. Ich schluckte und räumte ein, er könne sich nicht in Sicherheit wiegen.
»Kann er nicht«, sagte Martin, »genau, kann er nicht. Er kann sich nicht in Sicherheit wiegen. Und wenn Bert gefunden ist, wenn er von irgend'ner hirnrissigen Eskapade heimkehrt, weiß Jake genau, auf wen Bert dann mit Fingern zeigen wird. Nämlich auf ihn. Daß wir Bert die Schuld geben, verschafft Jake keine Sicherheit. *Er* weiß ja, daß wir auf der falschen Fährte sind. Aber laß uns jetzt mal eine Alternative betrachten. Du bist unterwegs und willst Bert ausfindig machen, um ihm die Botschaft zu überbringen, daß alles in Butter ist, wenn er nur das Geld rausrückt. Und siehe da, siehe da: Jake Eiger, Glyndora, irgend jemand kann plötzlich melden, daß auf geheimnisvolle und wunderbare Weise eine telegrafische Überweisung aus Pico Luan eingegangen ist. Gottes Segen über Bert. Gottes Segen über uns alle. Akte geschlossen. Kein Hahn kräht mehr nach dieser Sache, wie besprochen. Mein Gott, Mack! Ist dir das wirklich entgangen? Begreifst du nicht, das war doch der springende Punkt: Jake eine diskrete Möglichkeit, eine letzte Gelegenheit zu bieten, das gottverdammte Geld wieder rauszurücken.«
Da dämmerte es mir, als sei ein Engel vorbeigeschwebt. Martin sprach natürlich die Wahrheit. Alles trug den diskreten Stempel seines Wirkens aus dem Hintergrund. Nichts Direk-

tes wie etwa eine Konfrontation mit Jake. Das wäre schäbig und erpresserisch gewesen – und riskant obendrein, wenn Jake jemals was davon verlauten ließ. Aber auf diese Weise konnte sich die Welt weiterdrehen, mit dem ganzen falschen Getue. Seltsamerweise würde es genauso kommen, wie mir der Ausschuß von Anfang an gesagt hatte. Bis auf die Person des Gauners war das Vorhaben identisch: das Geld zurückbekommen, die Sache unter den Teppich kehren, und alles war wieder paletti.

»Er hätte abhauen können«, sagte ich zu Martin.

»Hätte er. Aber bis jetzt ist er es nicht. Jake will offenbar seinen Lebensstil wahren. Er giert nur nach einer Sicherheit, auf die er keinen Anspruch hat. Ich hab ihn wissen lassen, es sei höchste Zeit, umzudenken und der Realität ins Auge zu sehen.«

»Und was passiert, wenn er das Geld nicht zurückgibt? Du willst mir doch nicht sagen, daß du wirklich vorhast, ihn anzuzeigen?«

Er sah mich an, als sei ich übergeschnappt. »Da gibt's doch keine andere Wahl? Das war die Grenze, die ich mit Glyndora von Anfang an gezogen habe.« Er sah mir an, daß ich erstaunt war. »Sieh mal, Mack, wenn ich entschlossen gewesen wäre, nichts zu sagen, ganz egal, was Jake tut, dann hätte ich diese Hausmitteilung verbrannt, statt sie in der Schublade aufzuheben.«

»Aber du *hast doch* nichts gesagt.«

»Warum sollte ich? Du selber hast uns doch letzte Woche Jakes Friedensangebot überbracht: Habt Geduld, Bert hat keine Schuld, es ist anders, als es aussieht, spätere Abrechnungen werden einen Buchungsirrtum ergeben. Das war eindeutig der Auftakt. Jake hatte vor, das Geld zurückzugeben.«

Eine seltsame Befangenheit entstand zwischen uns, als wir erkannten, auf wie verschiedenen Ebenen wir gedacht hatten, und äußerte sich in starren Blicken.

Martin stand auf. *»Mein Gott!«* sagte er. Eben ging ihm ein Licht auf, nicht, welche Dimension unser Mißverständnis hatte – die hatte er bereits erkannt –, sondern welche Folgen.

Er hatte angenommen, ich hätte Carl aus Abscheu über Martins schmierige Mauschelei zu Krzysinski geschickt: Vertuschung für Jake und die Firma, Verletzung unserer Pflicht gegenüber TNA, denen mitzuteilen, was wir über ihren Chefsyndikus wußten. Martin erkannte erst jetzt, daß ich zum Handeln getrieben worden war, weil ich viel schlimmere Machenschaften vermutet hatte. Er entdeckte seinen Hemdbrustknopf auf dem Boden und schmiß ihn ein zweites Mal gegen das Fenster – mit solcher Kraft, daß das Schmuckstück mit einem Sirren wie ein Querschläger zurückprallte.
Er deutete mit dem Finger auf mich und beschimpfte mich: »Du gottverdammt blödes Arschloch! Du wolltest mir am Telefon nicht mal zuhören!«
Er blieb stehen und schnaufte empört. Und wie fühlte ich mich? Ziemlich eigenartig. Konfus. Auf eine seltsame Art sogar erleichtert. Als ich wieder zur Besinnung kam, merkte ich, daß ich lächelte. Ich hatte Martin und seine Komplexität unterschätzt. Wie ein Heiliger hatte er sich zwar nicht gerade verhalten, aber besser, als ich gedacht hatte – und weiß Gott um Längen besser als ich.
Es klopfte. Brushy. Sie trug ein Abendkleid, ärmellos und knöchellang mit Bommeln. Sie hatte lange weiße Handschuhe an. Eine Straßtiara saß wie ein strahlender Pfau in ihrer Frisur. Ihr Blick huschte zum Schreibtisch, wo noch die Kopie des Unterschriftsblatts der International Bank of Finance lag, und sie registrierte das Geschriebene wie üblich so rasant wie ein Univac-Rechner. Ich stieß einen bewundernden Pfiff aus, und sie ließ sich für den Bruchteil einer Sekunde zu einem Lächeln ablenken.
»Ist Wash schon hier?« fragte sie. »Er hat gerade angerufen und mich gebeten, hierherzukommen. Er klang aufgeregt.«
Da kam Wash auch schon herein. In der Verfassung, die sie beschrieben hatte.
»Ich hatte gerade Krzysinski am Telefon. Dort oben ist die Hölle los.« Er hatte den Smoking an, trug eine kecke rote Fliege, war aber blaß im Gesicht und hatte Schweißperlen auf der Stirn. »Tad bittet alle hinauf, die für TNA arbeiten.

›Meine Zuverlässigen‹ hat er gesagt.« Wash schloß die Augen. »Er will uns alle dabeihaben. Dich. Mich. Brushy. Mack. Auch Bert. Was sagen wir dazu? Zu Bert?«

Martin wedelte mit der Hand, um die Frage abzutun. Wash hatte wie gewöhnlich nicht erfaßt, um was es ging. Martin fragte, was Tad genau wolle, und Wash schien sich zunächst gar keine Antwort abringen zu können. Das Greisenalter, in dem er verwirrt und schußlig sein würde, schien unversehens über ihn gekommen. Er stand da, mit schnappendem Mund und flackerndem Blick.

Schließlich antwortete er: »Tad sagt, er will sich schlüssig werden, was er mit Jake macht.«

VI. Und jetzt die Wahrheit

A) Im Allerheiligsten

In Tad Krzysinskis riesigem Büro herrschte Ratlosigkeit wie in einer Trauergemeinde. Tads Assistentin Ilene kam uns entgegen und sagte, Pagnucci sei kurz nach nebenan, um den Smoking anzuziehen, den seine Sekretärin heraufgebracht habe. Mathigoris, der Sicherheitschef, war ebenfalls kurz weg und Tads Vieruhrbesprechung im angrenzenden Konferenzzimmer noch im Gange. Anwesend waren nur Tad und Jake, sie sahen aneinander vorbei. Krzysinski nahm gerade einen Telefonanruf entgegen, und Jake kauerte deprimiert auf der Sesselkante und starrte ziemlich verständnislos auf die zahlreichen Fotos von Krzysinskis Kindern, fast die einzige Dekoration an der Wand gegenüber zwischen den drei Türen zu Jakes Büro, zu dem des Vorstandsvorsitzenden von TNA und zum Konferenzraum. An dem leeren Blick, mit dem Jake uns ansah, und an seinem bemühten Lächeln merkte man, daß er sich nicht erklären konnte, was am Gesamteindruck nicht stimmte, warum Brushy in knöchellangem Abendkleid und die drei Herren im Smoking hier deplaziert wirkten. Martins Fliege hing immer noch lose am Kragen, und sein Hemd wurde über dem Bauch hauptsächlich vom Kummerbund zusammengehalten, da er es nicht mehr geschafft hatte, den letzten Knopf einzufädeln.

»Ich wollte, daß ihr euch das anhört.« Krzysinski war aufgestanden, um jedem von uns die Hand zu schütteln, mit dem üblichen Quetschgriff. Tads Spitznamen am College, hatte ich gehört, sei »Atom« gewesen, und das besagt schon ungefähr alles über Wuchs, Körperbau und unbändiges Potential. Tad hatte natürlich ein weitläufiges Eckbüro. Auf dem Parkett lag ein riesengroßer Perser – mindestens fünfzigtausend Riesen – und die Aussicht reicht an klaren Tagen bis zum Flughafen. Bei schönem Wetter stellt Tad sich gern an eins der Panoramafenster, beobachtet den Start von Flugzeugen der TNA und kann dabei die Flugnummern und die Namen der Piloten herbeten.

Jetzt, kaum daß er uns begrüßt hatte, bedeutete er Jake mit einer Geste, er solle anfangen. Jake erzählte seine Geschichte irgendwie pedantisch, emotionslos. Es war ihm anzumerken, daß er sie schon etwa sechsmal zum besten gegeben hatte und das Ganze allmählich Routine wurde. Er war wie üblich überaus elegant, das Haar korrekt gescheitelt, den grauen Fischgrätanzug zugeknöpft, um noch seriöser zu wirken. Doch sein Gesicht zerfloß. Zum erstenmal im Leben stand Jake unter quälendem Druck, und es raubte ihm fast den Verstand. Ich fühlte nur kurzes Bedauern. Zu einem Kommentar aufgefordert, hätte ich vielleicht gesagt: »Fein.«

Im November, berichtete Jake, als wir daran dachten, die letzten Abfindungen für Flug 397 auszuzahlen, habe ein Gespräch zwischen Peter Neucriss und ihm stattgefunden. Eigentlich sei es so gewesen, daß Peter Jake für den Abend eingeladen hatte, ein typischer Schachzug, den Feind zu hofieren. Mit Spendierhosen. Abendessen im »Batik«. Viele Drinks. Dann ein Hockeyspiel. Als Jake und Peter anschließend noch einen Schlummertrunk bei »Sergio« genommen hätten, habe Peter die Katze aus dem Sack gelassen. Er habe Jake einen geschäftlichen Vorschlag zu unterbreiten. Eigentlich TNA. Neucriss vertritt drei verschiedene Schadenersatzkläger zu Flug 397. Selbstverständlich teure Fälle. Einer davon betraf Mutter und Kind. Die Gesamtsumme belief sich auf fast dreißig Millionen. Peter arbeitete für das übliche Drittel. Er hatte also fast zehn Millionen Dollar an Honoraren zu erwarten.

»Er erzählte mir eine langatmige Geschichte von dem Riesenbetrag, den sie dieser Gutachterfirma Litiplex schuldig seien. Er sagte, von deren Arbeit hätten alle Kläger profitiert, aber die für die Sammelklage zuständigen Anwälte täten nun so, als hätten sie nie etwas von einem Auftrag gehört. Er, Peter, sei in der Klemme, weil er Litiplex verpflichtet und eine sehr hilfreiche Abmachung mit den Leuten dieser Gesellschaft getroffen habe, etwas nicht ganz Koscheres. Ihr kennt ja Neucriss, wenn es um so was geht. Man möchte meinen, die Wand ist schmierig, wenn er daran gelehnt hat. Jedenfalls fühle er sich verpflichtet, Litiplex zu honorieren, zumal ich – angeblich ich – irgendwann einmal erklärt hätte, das werde aus dem Schadenersatzfonds abgedeckt. Ich hab widersprochen. Mehrmals. Ich meine, ich hatte ein paar intus, aber ich wußte doch, daß ich dergleichen nie im Leben gesagt hatte. Ich hatte keinen Schimmer, worauf er hinauswollte, bis er plötzlich mit seinem Vorschlag rausrückte: Wenn wir Litiplex in einer Steueroase auszahlen – 5,6 Millionen Dollar war die Summe, die er nannte –, beziehungsweise dort ein Konto auf deren Namen mit Verfügungsberechtigung nach Peters späteren Anweisungen einrichten würden, dann würde Neucriss unsere Restzahlung an seine Mandanten auf 22,4 Millionen ermäßigen. Für TNA käme dabei ein Rabatt von zwei Millionen Dollar heraus. Er hat geschworen, daß seine Mandanten ihre Abfindung ungekürzt erhalten würden. Ihr wißt ja, wie so was läuft: Wir zahlen an ihn, er zieht sein Anwaltshonorar ab und überweist den Rest an sie. Er wollte seine Geschäftsbücher so frisieren, daß es aussieht, als hätte er für einen Gebührensatz von zehn Prozent gearbeitet, anstatt für sein gewohntes Erfolgshonorar von einem Drittel. Warum sollte mich das jucken? Immerhin zwei Millionen für uns. Unterm Strich.«

»Ich komme da nicht mit«, gestand Wash. »Was hat Peter für einen Vorteil davon?«
»Er hinterzieht Steuern.« Das war von Brushy gekommen. Wie immer brauchte sie kein Nachschlagewerk. »Litiplex existiert nicht. Nicht real. Nur eine Tarnfirma für Neucriss, der sein Honorar in der Karibik kassiert und es überhaupt nicht zu versteuern braucht, nicht in diesem Jahr und später auch nicht die Kapitalerträge. Deswegen wollte er zwei Millionen Rabatt geben. Auf lange Sicht holt er das Zwei- bis Dreifache wieder rein.«
Jake nickte eifrig zu ihrer Darlegung. Eifrig. Soviel hatte sogar Jake begriffen.
»Neucriss streitet übrigens alles ab, das ganze Gespräch.« Das kam von Pagnucci, der jetzt unter der Tür stand. Carl hatte einen zweireihigen Smoking an, blaue Seide. Er rauchte eine Zigarette und wirkte irgendwie verstört. Mit einem Blick über die Versammlung bemerkte er trocken, er höre die Geschichte jetzt zum vierten Mal.
»Mathigoris und ich haben gerade mit Mr. Neucriss telefoniert«, sagte Carl. »Er erklärt mit Nachdruck, daß er von Litiplex erst gehört habe, als Mack und Martin ihn neulich darauf angesprochen hätten.«
»Selbstverständlich«, sagte Jake, »selbstverständlich leugnet er das. Hab ich euch doch gleich gesagt. Er möchte Steuern hinterziehen. Ich erwarte ja auch nicht, daß er das herumposaunt. Aber ich sage euch, das war der Deal. Ich hab das Konto auf diese Absprache hin eingerichtet. Im Gegenzug für die unterschriebenen Abfindungserklärungen in den genannten Fällen sollte er von mir die gekürzte Abfindungssumme erhalten, und dazu eine Blankovollmacht für das Karibikkonto, in die er als zeichnungsberechtigt eintragen konnte, wen er wollte. Kapiert ihr das nicht? Ich hab nichts unterschlagen. Es war für die Firma. Für TNA.«
Er sah Krzysinski an, aber der achtete nur auf Ilene, seine Assistentin, die von der Tür aus stumm Zeichen gab. Tad begab sich in den Konferenzraum, damit dort nichts anbrannte.

»Und wie hast du dir das mit dem Finanzamt vorgestellt, was die sagen würden, zur Firma und zu dir, Jake?« Das war wieder Brushy gewesen. Wash blickte mittlerweile wieder hoffnungsfroh. Er begriff nicht alles, aber Jakes letzte Sätze hatten ihm Auftrieb gegeben. Er sah sie schon nahen, die unverdiente Rettung. So war es in seinem Leben immer gewesen.
»Zu mir? Wir haben sie nicht angelogen. Wir haben keine falschen Belege eingereicht. Peters Steuererklärung kenne ich nicht mal vom Wegsehen. Einen Verdacht hatte ich schon, bei Gott, aber wer kommt schon drauf, was sich ein Peter Neucriss ausdenkt? Hätte die Steuerbehörde je dahintergehakt, hätte ich ohnedies die reine Wahrheit erzählt. Und ich habe mit Sicherheit keine Erträge versteckt. Im Gegenteil, wir *wollen* ja gerade welche ausweisen können. Sie werden in jeder Gewinn- und Verlustrechnung und Steuererklärung auftauchen. Das ist doch der springende Punkt. Machen wir uns nichts vor. Wir wissen doch alle, um was es geht. Tad sorgt sich sehr über die hohen Kosten in seiner Rechtsabteilung. Und er freut sich, wie gut wir bei Flug 397 abgeschnitten haben. Da bleiben zwei Millionen zusätzlich unterm Strich. Die brauchen wir. Wir alle. Auch die Firma, und jeder hier im Raum.«
»Ich glaube aber immer noch nicht, daß du dafür ein Fleißbildchen vom Finanzamt kriegst«, bemerkte Martin zu Jake.
»Auch nicht von der Börsenaufsicht«, ergänzte Pagnucci.
»Und von Tad auch nicht«, konstatierte Brushy.
»Das gebe ich zu«, sagte Jake. »Das gebe ich zu. Da hast du sicher recht. Krzysinski geht das gegen den Strich. *Total.* Ihr braucht ihn euch bloß anzusehen. Ist nicht sein Stil.« Mit einem finsteren Blick Richtung Konferenzraumtür senkte Jake die Stimme. »Aber an dem Ergebnis, da hätte er seine helle Freude. Der Aufsichtsrat auch. Mal ernsthaft, Freunde: Wen schert schon, ob im Urwald ein Baum umfällt? Wer soll was erfahren, wenn ich das ganz diskret deichsle? Neucriss sagt nicht piep. Das Finanzamt hat bei einem Treuhänderkonto keinen Grund zur Buchprüfung. Wir machen ein *Plus* – zum Kuckuck noch mal! Deswegen hab ich keinem was

gesagt. Ich hab Bert die Hausmitteilung geschickt und ihm erklärt, daß es brisant ist. Belege hab ich hier keine rumliegen lassen. Und das Feuer hab ich mir selbst unterm Hintern geschürt, indem ich's so gehandhabt hab. Ich bin ja der erste, der es zugibt. Der allererste. Mir waren die Lippen versiegelt, als ihr euch alle auf die Sache gestürzt habt, ich konnte letzte Woche bloß zu Mack noch sagen: Abwarten, kommt alles wieder ins Lot. Nach den Auszahlungen wird kein Geld fehlen, nein, es werden zwei Millionen zuviel in der Kasse sein. Wer wollte da jammern? Seht ihr denn das nicht? Ich bin doch kein Dieb!« Er sah uns alle der Reihe nach an. Er war so aufrichtig, daß es wehtat, so verletzt und dünnhäutig, die Jake-Masche, die ich vermutlich das letzte Mal erlebt hatte, als er mich wegen seines Zulassungsexamens angebaggert hatte. Krzysinski war während der letzten Szene dieser Vorstellung wieder hereingekommen, doch er ließ sich nicht beeindrukken und ging zu seinem Schreibtisch hinüber. Er sprach ohne jeden Groll mit Jake. Tad gab sich völlig natürlich – als Herr der Lage. Es ist sein Job, Entscheidungen zu treffen. Darin ist er besser als die meisten, wie gewisse Sportler, die eben immer über die nächsthöhere Latte springen können. Unbefangen bewegte er sich in olympischen Höhen und antizipiert dort das Geschehen mit maschinengenauen Spontanreflexen. Er fragte Jake, wo er hingehen wolle, solange wir die Angelegenheit erörterten.

»Nach Hause«, sagte Jake, und Tad nickte. Das sei eine gute Idee, sagte er, »geh heim! Bleib neben dem Telefon, falls wir noch Fragen haben!« Jake verließ uns, sichtlich verlegen um die passende Abschiedsgeste. Er entschied sich für ein leutseliges Winken, eine Politikergeste, wohl seinem Vater abgeguckt, die unter diesen Umständen jedoch jämmerlich deplaziert wirkte. Sein Abgang, sein Verschwinden schien vielsagend und hinterließ Schweigen und einen üblen Nachgeschmack.

»Also, was haltet ihr davon?« fragte Tad nach einer Weile. »Mich würde eure Meinung interessieren. Ihr kennt ihn alle viel länger als ich.« Er drehte sich in seinem großen Schreibtischsessel. Das konnte durchaus Tads Gefolgschaftstest sein: Würden die Anwälte von G & G auch nicht mit Platzpatronen schießen, wenn das Ziel Jake hieß? Vielleicht wollte er unsere Einschätzungen mit seiner bereits feststehenden vergleichen, um dann über uns zu urteilen. Doch mir schien es, als mache er nur geschickt Gebrauch von der zur Verfügung stehenden Beratungskapazität.

»Ich glaube ihm«, sagte Wash prompt. Er hatte sich aufgerichtet, um entschlossen zu wirken, und die ganze Herablassung der oberen Zehntausend in sein Mienenspiel gelegt.

Krzysinski schürzte die Lippen. »Mathigoris meint, die Geschichte ist erfunden, von langer Hand geplant. Carl ist derselben Meinung.«

Pagnucci nickte. Wie üblich sagte er nicht viel. Sein Ego litt nun einmal keinen Rückschlag, und so war ihm jedes Unheil lieber als das Eingeständnis, sich in der Einschätzung einer Situation geirrt zu haben. Ab und zu hatte er finster zu mir herübergesehen, weil er wohl meinte, von mir gelinkt worden zu sein. Doch ich war nonchalant geblieben, hatte seinen Blick bedeutungsvoll erwidert, und jetzt würde er keinen Schritt mehr zurückstecken.

Martin war völlig geistesabwesend, als Tad ihn ansprach, in die mystischen Tiefen seiner selbst versunken. Er hatte den letzten Knopf noch immer nicht in sein Hemd gefädelt und ließ ihn gedankenverloren auf der Handfläche springen, so daß das Schmuckstück glitzerte, wenn es in der Luft rotierte. Er ertappte mich, wie ich ihn musterte, und reagierte mit einem schiefen Blick.

Tad wiederholte seine Frage, um auf sich aufmerksam zu machen. Was Martin denn meine?

»Oh«, fragte Martin zurück, »du willst wissen, ob es Neucriss antörnt, wenn sich dein Chefsyndikus für ihn prostituiert wie ein Stricher? Und wie! Ist doch Peters liebster Zeitvertreib, sich zu beweisen, daß alle so niedrige Instinkte haben wie er. Aber mal andersherum: Ob ich glaube, daß Jake von sich aus zu solch einem Täuschungsmanöver fähig ist?« Martin lächelte mich flüchtig an, sich wie stets an der eigenen Ironie

ergötzend. »Durchaus«, sagte er dann. »Durchaus. Wirklich, Tad, ich hab keinen Schimmer, was hier gespielt wird.«
Martin stand in seiner unvollständigen Abendkleidung auf und zog die Hose mit den Biesen hoch; noch einmal warf er seinen Hemdknopf in die Luft. Er wirkte heiter. Daß ihm alles scheißegal war, hätte man nicht behaupten können. Doch war ihm anzumerken, daß er sich von diesem Leben befreit fühlte. Martin war drauf und dran, ein anderer zu werden. Er lächelte wieder, diesmal in Richtung Krzysinski.
»Für mich sieht es typisch nach Jake aus.« Das war Brushy. »Ich sag's nicht gern, aber wir alle wissen, daß Jakes höchster Lebenszweck finanzielle Mätzchen sind, mit denen er hinterher gut dasteht. Ehrlich, Tad, ich bin mir nicht mal sicher, daß ihm der Straftatbestand klar war. Ich glaube ihm.«
Da ich nicht mehr genau wußte, ob ich Brushy je im selben Raum mit Krzysinski erlebt hatte, belauerte ich beide, ob sie sich etwa durch Anzeichen verrieten. Aber zu bemerken war nur Tads angeborene Intensität. Sein forschender Blick ließ sie auch nicht los, nachdem sie ausgeredet hatte.
»Ich vermute, ich glaube ihm auch«, sagte Tad schließlich. »Siehst du«, fuhr er, zu Wash gewandt, fort und knüpfte an einen alten Streit im Aufsichtsrat an, »genau das ist es, was mir schon seit jeher mißfällt. Immer diese kleinen krummen Touren. Na, mit heute ist er weg vom Fenster. Das steht fest. Felsenfest. Und ich werde den Aufsichtsrat ins Bild setzen müssen. Aber vorher muß ich wissen, was ich dort empfehlen soll. Die gehen alle gern einem Skandal aus dem Wege. Ich zeige ihn ungern an, wenn ich's irgendwie vermeiden kann. Ich glaube, ihr könnt da aus dem Bauch heraus urteilen. Wenn ich bloß mehr Erfahrung mit so was hätte! Was meinst denn du dazu, Mack? Du hast da doch Berufserfahrung. Was sagst du? Sieht Jake für dich wie ein Gauner aus?«
Wir waren wieder an demselben Punkt angelangt wie letzte Woche. Alle guckten mich an. Alle. Der Ball flog wieder mal auf mich zu. Ich sah, daß ich Jake raushauen konnte. Ich konnte eine meiner wunderschönen verrückten Geschichten zum besten geben; sechs auf einmal fielen mir ein. Zum

Beispiel konnte ich sagen, Jake sei wohl entfallen, daß er mich schon vor Wochen ganz nebenbei auf einen schrägen Deal mit Neucriss angesprochen habe und ich ihm empfohlen hätte, die Finger davon zu lassen. Schon das würde genügen. Fünf Minuten mit einem Faxgerät reichten, um Anweisung nach Pico Luan an die Züricher Kreditbank und den Fortune Trust zu geben, und ich konnte sogar das Geheimkonto von Litiplex wieder auffüllen. Stand mir alles frei.

Aber diesen Weg wollte ich nicht einschlagen. Wir alle haben das schon erlebt, besonders in der Jugend. Die Kinoleinwand wird dunkel, die Tonspur läuft aus, und die Lautsprecher rauschen. Die aufflammende Beleuchtung blendet die Augen. Wie kann es schon vorbei sein, protestiert das Herz, wenn der Film in meinem Innern noch weiterläuft!

Jetzt stellte sich heraus, daß es nicht mehr darauf ankam, was eigentlich passiert war. Mein Entschluß, meinen Weg zu gehen, stand fest – in eine andere Richtung. Das spürte ich. Was Neues. Was anderes. Genau wie Martin. Ich hatte mich entschieden. Schöne Neue Welt. Keine Umkehr. Und wenn ich nicht unterwegs in ein besseres Leben war, dann zumindest in Richtung auf etwas, was in meinem jetzigen keinen Ausdruck gefunden hatte.

Im Rückblick finde ich es irgendwie lustig, daß wir alle so bereitwillig glauben wollten, Jake sei ein Dieb. Sein Hang zu Unkorrektheiten war wohl so offenkundig, daß jeder ihn sah – und eben deswegen hatten wir wieder Zweifel. Ist das nicht das Leben? Auch wenn wir's sehen, wenn wir's hören – wieviel gibt's da, was wir eigentlich nicht verstehen? In unsere Schützenlöcher geduckt, sehen wir nie das ganze Schlachtenpanorama. Ich hatte glauben wollen, sie seien nicht besser als ich, sie alle. Aber, was immer wir meinen, wir haben einen Grund dafür. Du kannst sagen, ich sei bescheuert oder auf meine Wunschvorstellungen reingefallen. Der einzige, bei dem ich mich nicht geirrt habe, bleibe ich.

»Ich glaub ihm«, sagte ich. Stimmte ja auch. Nicht, weil Jake zu ehrlich zum Klauen gewesen wäre. War er weiß Gott nicht. Sondern wegen der Geschichte, die er erzählt hatte, Neucriss betreffend. So was konnte Jake in tausend Jahren nicht erfinden. Auch nicht im Traum. Tad hatte es erfaßt. Jake hatte eine Schwäche für krumme Touren. Wenn er hinterher einen Ausputzer brauchte, suchte er sich einfach einen Dummen, einen Lakaien. Jemand wie mich.

»Ich glaub ihm«, sagte ich noch einmal und fügte dann hinzu: »vorausgesetzt, das Geld kommt ohne weiteres zurück.«

»Tut es«, sagte Krzysinski. »Mit Mathigoris hat er vor einer Stunde ein Fax an die Bank geschickt. Mathigoris steht schon die ganze Zeit neben dem Gerät und wartet auf Bestätigung. Wartet mal, da kommt er.«

Mike Mathigoris, der Sicherheitschef, ein gutaussehender Durchschnittstyp, ehemals Vizechef der Staatspolizei und nach zwanzig Jahren in Pension, war jetzt hier in dieser Spitzenstellung zuständig dafür, Flugzeugentführungen zu verhindern, Flugscheinfälschungen aufzudecken und betrügerische Reisebüros hochgehen zu lassen. Ich hatte viel mit ihm zu tun gehabt, bevor Jake meinen Arbeitsnachschub abwürgte. Kommentarlos reichte er Tad die Blätter, die er in der Hand hielt. Tad las und fing an zu fluchen.

»Dieser Sauhund«, sagte er. »Dieser Sauhund.«

Brushy tat, als wäre sie mit Krzysinski vertraut, und stellte sich so hin, daß sie über seine Schulter mitlesen konnte. Bald zirkulierten die Blätter im Kreis. Die erste Seite war ein Fax mit dem Briefkopf der International Bank of Finance in Pico Luan und folgender Mitteilung:

> Konto am 30. Januar aufgelöst
> gemäß Anweisung laut Anlage.
> Mit freundlichen Grüßen
> Salem George

Der Brief, den ich am Montag vom »Regency« hinübergefaxt hatte, war die Anlage. Beim Blick auf die Unterschrift mußte ich zugegebenermaßen grinsen. Schriftsachverständige können mit einer Kopie nichts anfangen. Und ich hätte sie auch so täuschen können. Brushy, merkte ich, beobachtete mich, ihr Blick hatte etwas Festes, vielleicht sogar Bedrohliches. Mit den Lippen fragte sie: Was freut dich so dran?

»Die Ironie«, sagte ich laut und wandte mich ab.

Pagnucci las gerade das Blatt, und er sah ziemlich selbstzufrieden drein. Er seufzte pompös, hätte aber genausogut sagen können: Ich hab's gleich gewußt.

»Was zum Teufel hat Jake vor?« fragte Tad, nicht zum erstenmal, aber noch immer hatte keiner geantwortet.

»Er wird verduften«, sagte ich. »Die Geschichte mit Neucriss hat er bloß aufgetischt, um Zeit zu schinden. Jetzt ist er über alle Berge, mit dem Zaster.«

»Um Gottes willen«, stöhnte Krzysinski. »Und ich hab ihn laufenlassen. Um Gottes willen! Tun wir was! Rufen wir die Polizei!« Krzysinski winkte Mathigoris herbei.

Direkt vor mir war Wash zu Holz geworden. So leblos wie ein Baumstumpf.

»Wen rufen wir an?« fragte Tad.

»Mack hat Freunde bei der Polizei«, meldete sich Martin sogleich quer durch den Raum. »Erst vorhin war einer bei ihm im Büro.«

»Der Falsche«, widersprach ich sofort. »Ungeeignet für diesen Fall.«

»Wer war das?« fragte mich Mike Mathigoris.

»Ein Detective namens Dimonte.«

»Gino?« fragte Mike. »Ein cleverer Cop. Jetzt beim Betrugsdezernat. Der wäre gut.«

Verzweifelt suchte ich mit Blicken Hilfe bei Brushy, aber sie hatte sich weggedreht.

»Glaubst du nicht, das FBI wäre besser, bei so einem grenzüberschreitenden Fall?« fragte ich Mathigoris. Er hob die Schultern. »Der Kerl erschreckt die Leute mit seiner Ermittlungstaktik zu Tode«, erläuterte ich zu Tad gewandt.

»Klingt ganz nach dem, was Jake verdient hat. Ruf ihn an! Mach schon!« wies Tad mich an. »Schnell, Jake darf nicht entwischen! Wir kommen sonst vom Regen in die Traufe.«

Weil der Konferenzraum besetzt war, landete ich in einer kleinen Telefonkabine am Empfang von TNA, wo ein Farbdruck von einer Frau mit Spitzenkragen hing, Rembrandts arme Verwandte. Eine Art Fernsprechzelle, gedacht für Besucher, damit sie mit ihrem eigenen Büro telefonieren können. Eine kleine Schale mit getrockneten Blüten verbreitete süßlichen Duft in der abgestandenen Luft. Ich forschte nach einem Ausweg. Ich hatte keinen. »War besetzt« ist keine glückliche Ausrede für einen Anruf bei der Polizei. »Es kommt gleich jemand« brachte auch nichts, denn die würden einfach noch einmal anrufen, wenn niemand erschien.

»Gino«, flötete ich. Ich wollte frisch und munter klingen. »Wenn du hörst, was jetzt kommt, wirst du mich küssen.«

»Im nächsten Leben«, reagierte er prompt.

Ich erzählte ihm die Sache. Wenn er schnell mache, könne er Jake daheim erwischen. Ich nannte ihm die Adresse. Jake saß dort natürlich herum wie ein geprügelter Hund. Treudoof neben dem Telefon, wie versprochen. Vielleicht hatte er mit einem Anwalt telefoniert. Oder mit seinem Vater. Aber er würde da sein. Ich hätte sonstwas dafür gegeben, sein Gesicht zu sehen, wenn ihn Schweinsäuglein festnahm. Mein Gott, dachte ich. Mein Gott, wie ich Jake haßte.

»Bis zu deiner Pensionierung brauchst du dann niemand mehr zu verhaften«, verhieß ich Schweinsäuglein.

»Damit du's weißt«, sagte Gino, als ich fertig war, »ich hab dir kein Wort geglaubt.«

Mir fiel nichts mehr ein.

»Kein einziges Scheißwort. Geh bloß nicht heut abend heim und lach in dein Bier, oder was du zur Zeit säufst. War mir gleich klar, dein ganzes Schmierentheater war gelogen, über die drei Schwulis, die es im Dreieck treiben.« Er sprach also von unserer Unterredung im Büro, von der Geschichte mit Bert und Archie und diesem schemenhaften Kam von der Uni. Seine Retourkutsche, *mano a mano.* Er wollte mir zeigen, daß ich ihm nichts unter die Weste jubeln kann.

»Alles erstunken«, sagte Schweinsäuglein.

»Wie?«

»Archie ist nicht andersrum, zum einen.«

»Das hast du mir doch gesagt, Schweinsäuglein, das mit Archie. Mit der Rakete im Arsch. Weißt du nicht mehr?«
»Nein, du mir. Ich hab bloß gesagt: was wäre, wenn? Ich hab gesagt: spuck's aus, und du hast gefragt: ist der Schließmuskel von dem Typ dehnbar? Und ich hab gesagt: was, wenn? Dieser arme Hund Archie, ich kenn seine Lebensgeschichte und die von seinem Mütterlein. Der ist hetero. Hat da nix außer Hämorrhoiden, genau wie du und ich. Also war das gelogen. Das ganze Schmierentheater. Damit du's weißt.«
Damit wußte ich's. Der andere, sein junger Stiefellecker Dewey, hatte es geschluckt. Gino nicht.
»Ich komm nicht ganz mit.«
»Wär nichts Neues.«
»Sind wir jetzt quitt, ja?« erkundigte ich mich.
»Ob wir quitt miteinander sind, wir beide quitt, wollen wir das überhaupt?«
»Ich meine wegen Bert.«
»Scheiß auf alle.«
Nur noch Schnee auf dem Bildschirm. Ich begriff nicht. Und genauso wollte er's wohl haben.
»Also, was ist jetzt? Eine Hand wäscht die andere.« Ich äußerte, mit dieser Prominentenverhaftung könnte er das Konto doch als ausgeglichen betrachten.
Er lachte, er brüllte vor Lachen. Ein eigenartiges Krachen dröhnte mir ans Ohr, als er mit dem Hörer gegen irgendwas Hartes hämmerte.
»Du hast mir schon zu viele Gefälligkeiten erwiesen. Wenn du mal in der Hölle schmorst, für deine Sünden büßt und glaubst, schlimmer kann es nicht kommen, dann sieh dich um, und da steh ich. Ich geb's nie auf, dir das heimzuzahlen, Mack. Damit du's weißt. Ich sage dir, du hast in der Sache Dreck am Stecken. Hab ich von Anfang an gesagt und sag ich immer noch. Du willst da was vertuschen, genau wie bei deinem Schönling. Also bleib auf Empfang. Gleiche Sendezeit. Gleicher Kanal.« Er knallte den Hörer wieder gegen irgend etwas, und diesmal war die Leitung tot. Vielleicht hatte er aufgelegt. Vielleicht den Hörer kaputtgeschlagen.

Aber er hatte erreicht, was er beabsichtigt hatte. Ich saß in der stickigen Telefonzelle und brach in Schweiß aus. Jetzt hatte ich wirklich Schiß.

B) Der Kreis schließt sich

Im Aufzug, auf dem Weg nach unten, verkündete Martin sein Ausscheiden aus der Firma. Offenbar als Vorwarnung für Wash und Pagnucci gedacht. Er schien diese Erklärung dramatisch zu finden, doch sie verpuffte. Seine Zuhörer hatten schon zu viel hinter sich, und es war, wie Martin mir schon zuvor eingestanden hatte, nicht mehr viel da, wovon man zurücktreten konnte. Brushy, das liebe Kind bis zum Schluß, wollte ihm trotzdem zureden, es noch mal zu überschlafen.
Als die Fahrstuhltüren im siebenunddreißigsten Stockwerk aufgingen, stand Bert vor uns. In seiner typischen Abendgarderobe: Lederjacke statt Smoking und Viertagebart. Wie ein Rockstar. Wahrscheinlich suchte ihm Orleans die Klamotten aus. Er blieb vor dem Aufzug stehen, ganz glückverheißende Pose, und spähte in die Kabine, um zu sehen, wer drinnen war. Eine Menge war passiert, seit wir ihn das letzte Mal hier gesehen hatten, und wir alle hielten einen Augenblick die Luft an.
Besonders Martin schien von Berts Anblick verstört, von seinem Überlebensinstinkt verlassen und seinem felsenfesten Vertrauen auf die eigene Kraft, auf das er normalerweise bauen konnte. Er glotzte kurz und schüttelte dann den Kopf. Schließlich fiel ihm auf, daß er seinen letzten Diamantknopf noch in der Hand hatte. Er schien ihn zu wägen. Ich glaube, er war versucht, ihn abermals in die Gegend zu pfeffern, aber am Ende knöpfte er ihn doch in sein Hemd ein.
»Schön«, sagte er dann, »ein paar von uns haben einen Termin im ›Club Belvedère‹.« Es war Zeit, an die Zukunft zu denken. Für Leute, die etwas zu sagen haben, steht der Augenblick nie still. Martin würde der Firma den Nachruf halten. In so was war er gut. Als wir Leotis Griswell beerdigten,

letztes Jahr, hielt Martin die Grabrede, den üblichen Sabbel am Sarg, Zeugs, das er selbst nicht ganz glaubte: daß Leotis mit Leib und Seele Jurist gewesen sei und gewußt habe, beim Recht gehe es letztendlich nicht ums Geschäft, sondern um Werte, um bestimmte Urteile, die nicht auf dem Markt gehandelt werden könnten. Das Recht, wie Leotis es aufgefaßt habe, hatte Martin gesagt, sei Ausdruck unseres Gemeinwillens und solle der Gesellschaft und dem Geschäftsleben Regeln diktieren, und nicht etwa umgekehrt. Wer weiß, was Martin den Partnern heute abend sagen würde. Vielleicht bloß Lebewohl. Wash, Carl und Brushy folgten ihm, um ihre Mäntel zu holen. Ich blieb bei Bert stehen, zwinkerte aber Brushy kumpelhaft zu, als sie vorbeiging. Sie reagierte mit einem giftigen Blick über die nackte Schulter, dessen Anlaß mir völlig schleierhaft war. Ging das schon wieder los? Verdammt, was hab ich verbrochen? Sie sagte kühl, sie müsse telefonieren und werde in ihrem Büro warten, um mit mir zusammen zum »Club« zu gehen.

Während ich so neben Bert stand, merkte ich, wie es ihn mitnahm, wieder hier zu sein. Er stand am Fenster hinter dem Schreibtisch der Empfangsdame und starrte in die Scheibe, in der sich seine Gestalt abzeichnete, verschwommen und undeutlich wie eine Spiegelung auf dem Wasser. Er blickte traurig drein.

»Ich wollte, ich hätt's gemacht«, sagte er unvermittelt zu mir.

»Was gemacht?«

»Das Geld gestohlen.«

Ich fuhr ein wenig zurück und packte ihn am Arm, damit er den Mund hielt. Aber ich sah schon, was ihn umtrieb. Er hatte auf einmal wieder eine Zukunft. Seine Verrücktheiten und Abenteuer waren vorbei. Er hatte seine Gratwanderung hinter sich: irrsinnig verliebt, halb wahnsinnig vor Angst ob der Gefahr. Und jetzt konnte er, wenn er wollte, ganz beiläufig sein Büro betreten und sich allen Fragen stellen. Eine Weile hatte er im Kopf alles schon fix und fertig gehabt. Szenen mit Gangstern und Sportlern – und wie er mit seinem Geliebten im Mondlicht auf Artischockenfeldern seltsame Dinge trieb,

verborgen und fröstelnd in Nebel und stiller Nacht. Nebensächlich, daß das zusammengesponnen war. Es war sein eigen. Das arme Würstchen. Wir armen Würstchen. Von den Gezeiten unserer unentrinnbaren privaten Sehnsüchte in einer Jolle aufs Meer hinausgesogen und bei Tagesanbruch auf die Klippen geschmettert. Doch wer von uns kann anders?
»Da ist dir einer zuvorgekommen«, klärte ich ihn auf. Er mußte lachen. Schließlich fragte er, ob ich mit ihm zum »Belvedère« ginge, aber ich schickte ihn allein dorthin.

VII. Das Ende – und wer ist glücklich?

A) Brushy nicht

Ich fuhr nach Hause. Ein Mann, der im Smoking ins Flugzeug steigt, würde zu großes Aufsehen erregen. Und bei allem Mißtrauen gegenüber Gefühlsduselei wollte ich noch mit meinem Sohnemann reden. War Zeit für ein paar Takte Reiß-dich-gefälligst-zusammen: He, ich weiß, du denkst, dein Leben ist beschissen. Aber so geht es uns allen. Wir alle lächeln trotz tausend Schmerzen. Manche schaffen es besser als andere. Und die meisten besser als ich. Hoffentlich wirst du allmählich erwachsen und schlägst dich zu dieser Mehrheit.
Für Lyle dürfte diese Gardinenpredigt größtenteils dummes Gequatsche sein, doch mir blieb dann wenigstens der Trost, es noch mal versucht zu haben. Daheim fand ich ihn oben schlafend vor, vollgedröhnt mit irgend'nem Stoff.
»He, Lyle«, ich tippte ihn an die Schulter mit den vorstehenden Knochen und den häßlichen Aknenarben. Ich mußte ihn unsanft rütteln, bis er halbwegs zu sich kam.
»Dad?« Er konnte nicht geradeaus blicken.
»Ja, mein Sohn«, sagte ich ruhig, »ich bin's.«
Er blieb stocksteif auf dem Rücken liegen und versuchte, etwas in Gang zu bringen, die Augen oder den Verstand oder den Geist. Er kapitulierte rasch.

»Scheiße«, murmelte er deutlich und wälzte sich zur Seite, so daß sein Gesicht wieder ins Kissen fiel, so verzweifelt schwer wie ein gefällter Baum. Ich verstand Lyles Probleme. Wie er es sah, waren ihm seine Eltern eine Erklärung schuldig. Der Alte war ein Saufaus. Die Mutter hatte ihm die ganze Kindheit hindurch vorgemacht, etwas zu sein, was sie dann nicht war. Da er keine Erwachsenen gefunden hatte, zu denen er aufsehen konnte, hatte er beschlossen, selbst erst gar nicht erwachsen zu werden. Im stillen konnte ich ihm nicht mal Logik absprechen. Aber wie soll's weitergehen? Alles zugestanden, schuldig im Sinne der Anklage, aber sag mir einer, wie man die Schulden der Vergangenheit tilgen soll. Ich strich ihm über die langen, ungewaschenen Haare, besann mich aber rasch anders und ging packen.

Ich war etwa zwanzig Minuten zugange gewesen, als es klingelte. Ich dachte mir: lieber vorsichtig sein, und linste durch das Schlafzimmerfenster, das zur Vortreppe hinausgeht. Dort stand Brushy in ihrem Flitter, ohne Mantel, wippte mit einem ihrer Lacklederpumps auf dem Beton und hauchte gelegentlich Atemschwaden aus, wenn sie sich nach dem am Randstein wartenden Taxi umwandte. Nachdem ich nicht bei ihr im Büro aufgekreuzt war, hatte sie sich wohl im »Belvedère« umgesehen und sogleich auf die Suche nach mir gemacht.

Ich machte die diversen Schlösser und Riegel auf, die ich an die Haustür geschraubt hatte, zum Schutz vor dem schwarzen Mann und seinen Spießgesellen, dem gefährlichen Unbekannten. Dann standen wir uns gegenüber, die gläserne Windfangtür zwischen uns. Brushy hatte die Arme mit den langen weißen Handschuhen um sich geschlungen, und die nackten Oberarme, von denen die tägliche Gymnastik den Babyspeck nie ganz runtergekriegt hatte, waren von der Kälte fleckig und mit Gänsehaut überzogen.

»Wir müssen reden«, sagte sie.

»Zwischen Anwältin und Mandant, was?« Ich grinste – höhnisch, fürchte ich.

Sie drehte sich um, um das Taxi wegzuschicken, riß dann mit der ihr eigenen Entschlossenheit die Tür auf und schlug mir noch auf der Schwelle ins Gesicht. Nur eine Ohrfeige, aber sie ist ein kräftiges Persönchen, und ich setzte mich fast auf den Hosenboden. Wir blieben unter der Tür stehen, in häßlichem Schweigen, während der Frosthauch des Winters um uns herum ins Haus eindrang.

»Ich hab unseren Partnern gerade angekündigt, daß das ganze Geld bis morgen abend um fünf wieder da ist«, sagte Brushy.

»Brushy, hat dir schon mal jemand gesagt, daß du schlauer bist, als für dich gut ist?«

»'ne Menge Leute«, erwiderte sie, »aber immer nur Männer.« Da mußte sie lächeln, aber der Blick aus ihren flinken Augen wäre eines Herkules würdig gewesen. Sie ließ sich nichts vormachen. Nicht, daß sie mir nie verzeihen würde. Aber zurückstecken würde sie nicht. Das war ihre Bedingung. Ich wackelte mit dem Kiefer, um mich zu vergewissern, daß nichts gebrochen war, und sie kam herein und stellte sich neben mich.

»Du schätzt deinen Mann falsch ein«, sagte ich.

»Nein, tu ich nicht.« Als ich nicht reagierte, rückte sie mir auf den Pelz. Sie legte die flinken kleinen Hände an meine Hüften und schob dann die kalten Fingerspitzen unter den elastischen Bund der Smokinghose, die ich immer noch anhatte. Sie schüttelte sich ihre Windstoßfrisur aus dem Gesicht, um mir in die Augen sehen zu können. »Glaub ich nicht. Mein Mann ist auf attraktive Art plemplem. Impulsiv. Ein Scherzkeks vielleicht. Aber am Ende doch realistisch. Am Ende.«

»Du bist an den Falschen geraten«, sagte ich. Noch mal mußte ich meinen Kiefer kontrollieren. »Und was passiert mit dir, wenn das Geld nicht zurückkommt? Hm?«

Sie musterte mich immer noch mit diesem durchdringenden Blick, aber ich merkte, daß sie innerlich zu zerfließen anfing. Ihre Forschheit schwand.

»Antworte!« sagte ich.

»Dann komm ich schwer in Druck. Die werden alle wissen wollen, wieviel ich gewußt habe. Und ab wann.«

Ich nahm sie in die Arme. »Brushy, wie konntest du das für mich riskieren?«
»Nicht diesen Ton!« wehrte sie sich. Sie ließ den Kopf an meine albernen Hemdrüschen sinken. »Macht mich traurig, wenn du so gemein tust.«
Ich wollte ihr noch einmal sagen, daß sie sich für den Falschen entschieden hatte, ging aber statt dessen zur Garderobe und wühlte in der klebrigen Tasche von Lyles lederner Polizeijacke, in der seine Zigaretten steckten. Ich nahm die ganze Schachtel für uns beide und fragte sie, was sie vorhabe.
»Wie wär's denn mit der Wahrheit?« fragte sie. »Wär das keine Alternative? Die Wahrheit?«
»Sicher, ich ruf grad mal Gino an: 'tschuldige, Schweinsäuglein, du hast den Falschen eingelocht. Ich will mit Jake tauschen. Darauf hat Gino nur gewartet.«
»Aber muß denn nicht erst eine Anzeige vorliegen? Ich meine, was ist, wenn bei TNA die Kasse stimmt? Tad kann ich das erklären, Mack, dazu kenne ich ihn gut genug. Gib mir zwanzig Minuten Zeit mit ihm. Er wird dir um den Hals fallen, weil du Jake Mores gelehrt hast. Er wird sagen, es war schon lange fällig, daß ihn mal jemand kurz in den Senkel stellt.«
»Zwanzig Minuten, hm?«
Ihr Gesicht verschloß sich. »Leck mich doch!« fauchte sie. Sie ließ sich auf Noras altes Sofa mit dem Rosenmuster fallen und starrte auf den fleckigen, staubgrauen Teppich, schwankend zwischen Wut auf mich und Empörung über ihr eigenes Leben.
»Was hast du mit dem Kerl laufen?«
»Nicht, was du denkst.«
»Also was dann? Seelenfreundschaft? Gemeinsame Saufabende?«
Sie probierte ihr Repertoire an Abwehrgesten durch – unsteter Blick, nervöses Ziehen an der Zigarette –, wie immer darauf bedacht, ihre Geheimnisse zu wahren. Schließlich seufzte sie.
»Tad hat mich gebeten, der neue Chefsyndikus für TNA zu werden. Ich denk schon seit Monaten darüber nach.«

»Du sollst Jake ablösen?«
»Richtig. Er sucht jemand, auf dessen Unbestechlichkeit er sich verlassen kann. Und der mit der Zeit die Mandate von TNA breiter streut.«
Tad war natürlich nicht per Zufall nach ganz oben gelangt. Auch er kannte sich aus in Konzernintrigen, und dieser Schachzug war schlau. Wash und seine Scharwenzler im TNA-Aufsichtsrat würden ihm nichts in den Weg legen, wenn Jakes Ablösung von G & G kam.
»Martin glaubt nicht, daß sich die Firma ohne den großen Brocken von TNA halten kann«, erklärte ich ihr.
»Ich auch nicht. Langfristig nicht. Deswegen wollte ich nicht so recht ran.«
Jake war jetzt allerdings weg vom Fenster. Tad würde ihn sowieso rausschmeißen. Brushys Kurs war klar. Ich konnte mir die Zukunft vorstellen.
»Und was passiert nach Brushys Weltenplan mit Mack, wenn Emilia Chefsyndikus von TNA ist und G & G ein treibendes Wrack auf hoher See?«
»Du bist Anwalt. Ein guter. Du wirst Arbeit kriegen. Oder« – sie lächelte sacht auf ihre pfiffige Art – »du wirst eben ausgehalten.«
Sie stand auf und legte wieder die Arme um mich.
Ich hatte immer noch die Zigarette im Mund und wich zurück, den Rauch in den Augen.
»Dazu hast du den Falschen«, sagte ich. Ich machte mich los und ging hinauf.
Sie kam schließlich hinauf ins Schlafzimmer. Sie betrachtete meine Malerei, die Vermeer-Kopie auf der Staffelei, bevor sie sich umwandte und mir beim Packen zusah.
»Wo willst du hin?«
»Zur Bahn. Und mit der zum Flugzeug. Und mit dem weit weg.«
»Mack.«
»Sieh mal, Brushy, ich hab's dir doch gesagt. Mein schweinsäugiger Exkollege Detective Dimonte riecht den Braten bereits. Hat er gesagt, als ich ihn angerufen habe.«

»Mit dem wirst du fertig. Wirst du schon seit Wochen. Seit Jahren.«
»Jetzt nicht mehr. Der hat mir auf den Kopf zu gesagt, er glaubt, ich hab Dreck am Stecken. Der ist schwer von Kapee, aber stur wie ein Rind. Er landet letztendlich immer beim Richtigen.« Ich ging zur Staffelei, blätterte im Skizzenbuch und warf es in die Reisetasche.
»Warum, Mack?«
»Weil ich lieber reich und unabhängig bin als hinter Gittern.«
»Nein, ich hab gemeint, warum das Ganze? Wie konntest du so was tun? Wie konntest du dir einbilden, die erwischen dich nicht?«
»Du glaubst, alle blicken immer so durch wie du? Daß du's rausgekriegt hast, liegt doch bloß daran, daß sich dein Bettgenosse hier dauernd verquatscht hat. Glaubst du wirklich, du hättest es geschnallt, wenn ich dir nicht von vornherein gesteckt hätte, wie gern ich selber das Geld klauen würde oder welchen Haß ich auf Jake hab?«
»Aber hast du kein schlechtes Gewissen dabei?«
»Gelegentlich. Aber du weißt ja, getan ist getan.«
»Sieh mal.« Sie fing noch mal an. Sie legte die Handflächen aneinander und hob das kecke, grobporige Gesicht. Sie wollte ruhig und vernünftig klingen, überzeugend dreinsehen. »Du hast was beweisen wollen. Es Jake, uns allen zeigen wollen. Uns dort treffen, wo's weh tut. Hast du geschafft. Du hast dich mißachtet gefühlt, unterschätzt, verletzt. Zu Recht. Und du wolltest …«
»Ach, laß!«
»… du wolltest erwischt werden.«
»Verschon mich mit Psychoanalyse! Ich hab's einfach tun wollen. Es gibt so was wie kindliches Vergnügen, Doktor Freud. Und ich hab meins gehabt. Und jetzt mach ich, was ein Erwachsener und Verantwortlicher tut, und bring meinen Hintern in Sicherheit. Genau, was du selber in Kürze tun wirst, wenn sie von dir Rechenschaft verlangen für fünfeinhalb Millionen Dollar, von denen du behauptet hast, sie kämen morgen wieder heim ins Reich.« Ich deutete mit dem

Finger auf sie. »Und denk an die Vertraulichkeit!« sagte ich. »Alles Anwaltsgeheimnis.«
»Ich versteh dich nicht«, sagte sie und sprang völlig frustriert vom Bett hoch. »Du mußt alle hassen. Ist doch so, oder nicht? Alle. Uns alle.«
»Hör auf zu tricksen!«
»Komm schon! Siehst du nicht, was für eine Wut du hast? Liebes Gottchen! Du bist wie Samson, der den Tempel einreißt.«
»Bitte, belehr mich nicht über meine Gemütsverfassung!« Da hab ich bestimmt kurz gewalttätig gewirkt. »Warum sollte ich eine Wut haben, Brushy? Weil ich so rauschende Gelegenheiten verpaßt habe? Hätte ich die Hure machen sollen wie Martin, bloß um Jakes Arsch zu retten? Damit Jake dann weggucken kann, wenn Pagnucci mich auf 'ner treibenden Eisscholle aussetzt, nachdem ich meine produktiven Jahre hier für die Firma vergeudet habe? Ich meine, wie formuliert's denn Pagnucci, wenn er sich überhaupt rechtfertigt? ›Der Markt hat gesprochen.‹ Mir ist das Theoriekapitel entfallen, Brushy, in dem erläutert wird, warum die Leute, die der Markt ausgesiebt hat, die Nachmittagsparty für all die anderen nicht mehr stören dürfen. Folglich habe ich ein bißchen Initiative gezeigt, Unternehmergeist, Vorsorgedenken. Ich hab hingelangt. Ganz nach den Gesetzen des Markts.«
Sie sagte eine Weile nichts mehr. Ich zog Smokinghose und Rüschenhemd aus, hopste in Unterwäsche herum und streifte eine saubere Hose und einen Pullover über. Die Laufschuhe noch. Fertig zum Flitzen.
»Und was wird aus deinem Sohn?«
»Was aus dem wird? Der wird schon für sich selber sorgen. Oder seiner Mutter auf der Tasche liegen. Offen gesagt, höchste Zeit für eins von beiden.«
»Du bist verkorkst.«
»Krank«, sagte ich.
»Feindselig.«
»Zugegeben.«

»Grausam«, sagte sie. »Du hast Liebe mit mir gemacht.«
»Und es so gemeint.« Ich sah ihr ins Gesicht. »Jedes einzelne Mal. Was nicht jeder Kerl zu dir sagen kann.«
»Oh.« Sie schloß die Augen und litt. Sie schlang die Arme in den langen weißen Handschuhen um sich. »Wie romantisch!« sagte sie.
»Sieh mal, Brush, ich hab von Anfang an gesehen, wie es kommen wird. Ich hab dir gleich gesagt, es ist keine gute Idee. Ich meine, du bist ein großartiger Mensch. Indianerehrenwort! Ich würde gern für die überschaubare Zukunft dein Bett und deine Gesellschaft teilen. Aber jetzt beherrscht Schweinsäuglein die Szene. Also bleibt nur eine Alternative: Du hast 'nen gültigen Paß, kannst gern mitkommen. Wie ich immer gesagt hab: es reicht für zwei. Je mehr Leute, desto mehr Kurzweil. Willst du ein neues Leben anfangen? Ich hab eher den Eindruck, du hängst ziemlich an allem, was du hier hast.«
Ich streckte ihr beide Hände entgegen. Sie sah mich nur an. Der Gedanke, merkte ich, war ihr nie durch den Kopf gegangen.
»Mach dir nichts draus«, tröstete ich sie, »du tust schon das Richtige. Glaub deinem alten Kumpel Mack, wenn er dir sagt, was das wahre Problem ist, auf dem ich immer rumkaue: Liebste, du wirst mich beim Aufwachen nicht mehr achten, wenn du das Ganze einmal richtig durchdenkst.«
Sie meinte kleinlaut: »Ich könnte dich besuchen.«
»Aber klar. Erzähl's Mr. K.! So was hört er rasend gern von seinem neuen Chefsyndikus: Ich flieg jetzt den Spinner besuchen, der unsere Anwaltsfirma ruiniert und deine Gesellschaft beklaut hat. Gib's zu, Brush, dein Leben ist hier! Keiner kann mir das Gegenteil beweisen. Ich denke, du kannst hier nicht weg. Und ich« – ich klappte den Koffer zu – »ich muß.«
Ich packte sie an den Schultern und küßte sie flüchtig – der Gatte auf dem Weg zur Arbeit. Sie setzte sich wieder aufs Bett und verbarg das Gesicht in den Händen. Ich wußte, daß sie zu spröde war zum Weinen, sagte aber trotzdem noch was.
»Let's not be mushy, Brushy.« Werden wir nicht sentimental. Ich

quetschte es heraus. Reimte es. Zwinkerte ihr von der Tür aus zu und sagte Lebewohl. Im Flur erblickte ich Lyle, nur in Jeans, in denen er eingepennt war, der schlaftrunken die Stimmen zu deuten suchte. Vielleicht war er aufgewacht, um seinem Traum nachzugehen, Mom und Dad seien wieder glücklich zu Hause, eine von diesen geträumten Sachen, die in Wirklichkeit nie eintreten. Ich blieb unter der Tür stehen und schaute zu beiden zurück, ließ einen dieser gewissen Momente auf mich wirken. Bis jetzt hatte ich an umfassender Gefühlsverstopfung gelitten. Schenk mir ein paar Drinks ein, und ich heul mir die Augen aus dem Kopf, aber sonst bin ich blasiert und selbstgefällig. Nun, da der echte Abschied bevorstand, setzte langsam der Schmerz ein.

»Mack, um Gottes willen«, beschwor mich Brushy, »bitte, *bitte,* tu das nicht! Überleg doch, was du dir da antust. Ich halt zu dir. Weißt du doch. Du weißt, daß es mir ernst gewesen ist. Ich meine, Mack, denk wenigstens an mich!«

Na, was hatte sie denn? Sie bildete sich zweifellos ein, ich liefe ihr davon. Und ich flüchtete mich in entwaffnende Vergleiche mit anderer Leute Beziehungsintensität – Bert mit Orleans, Martin mit Glyndora. Aber wem machte ich da was vor? Mir war plötzlich das Herz wund und krank, vor Schmerz schien es doppelt so schwer.

»Brushy, es gibt keine Wahl.«

»Das hast du schon gesagt.«

»Weil's die Wahrheit ist. So ist das Leben, Brushy, wir leben nicht im Himmel. Ich hab keine Wahl.«

»Das sagst du bloß. Du tust doch, was du selber willst.«

»Schön«, sagte ich, obwohl mir klar war, daß sie auf eine gewisse Art recht hatte. So vor ihr stehend, verwandelte ich mich plötzlich in eine Art leidenden Klumpen, ein zerfließendes Ektoplasma mit meinem Herzen als schmerzendem, einzig festem Bestandteil. Aber selbst in dieser Verfassung hatte ich ein Gefühl für die Richtung. Nicht Hoffnung war es, wie ich jetzt erkannte, was mich trieb. Vielleicht war ich wieder mal an einem dieser Scheidewege, wo ich tue, wovor mir am meisten graut, weil ich sonst gelähmt bin, schlimmer gefesselt als ein Galeerensträfling. Aber der Zwang war stark. Ich fühlte mich wie jene Mythengestalt, die mit wachsbefestigten Schwungfedern der Sonne entgegenflog.

»Mack, du redest von meinem Leben? Was soll ich sagen? Wie soll ich erklären, warum ich dich habe laufenlassen, warum ich nicht einfach die Polizei gerufen habe?«

»Dir wird schon was einfallen. Warte!« Ich kam einen Schritt zurück ins Zimmer. »Ich hab's. Geh zu deinem Kumpel Krzysinski. Gleich. Heute abend noch. Erzähl ihm die ganze Geschichte. *Alles*. Erzähl ihm, du hättest nicht dabeistehen und zusehen können, wie ich Jake fertigmache. Erzähl ihm, wie edel du bist. Und wie schlau. Du wolltest mich ganz erledigen. Mich überreden, das Geld zurückzugeben. Und mich erst dann der Polizei ausliefern.«

Sie saß auf dem Bett, die Arme um sich geschlungen, gekrümmt vor Schmerz, und sie zuckte ein wenig zusammen. Die Worte schienen sie mit der nachzitternden Wucht eines Pfeiles getroffen zu haben. Ich glaubte zuerst, sie staune wieder schaudernd, wie leicht ich log. Dann, plötzlich, sah ich noch etwas.

Ich stand stockstill.

»Oder hab ich's grad getroffen?« fragte ich sie sanft. »Hab ich endlich deine Gedanken gelesen?«

»O Mack.« Sie schloß die Augen.

»Mich umklammern und liebhaben und dann abführen lassen? Nach dem Plan ›Brushy zuerst‹?«

»Du hast dich verrannt«, sagte sie. »Kannst du die Wahrheit nicht erkennen? Nicht mal, wenn du sie vor dir siehst? Wenn du sie aussprichst?«

Sie glaubte, damit hätte sie mich, denn mit so was kann man die meisten Leute immer mal wieder packen. Ich wollte auf keinen Fall zurück. Brushy spielte, wie ich nur zu gut wußte, beim Squash über Wand und Decke. Sie hatte alle Winkel und Abpraller im Kopf, und ich war da auf etwas gestoßen, auf eine Vorstellung, eine Denkrichtung, die zuzugeben sie nicht umhin konnte, genausowenig, wie ich in diesem Augenblick nur ich selber sein konnte, voll befreiendem Trotz, einer so allge-

meinen, aber derart heftigen Wut, daß ich nicht mehr wußte, was mich so zornig machte – sie oder ich oder irgendwas Unbenennbares.
»War das die Idee?« Ich zog den Mantel an. Nahm den Koffer. »Okay, du hast nicht zugehört.« Ich sagte es noch einmal und hatte inzwischen den Verdacht, sie glaubte es auch: »Du bist an den Falschen geraten.«

B) Schweinsäuglein auch nicht

Die Schmalspurschnellbahn von Center City zum Flughafen war einer der stadtplanerischen Geniestreiche, für die mitverantwortlich zu sein Martin Gold sich gelegentlich rühmt. Er war Berater im Planungsausschuß, und unsere Fachleute für Obligationen haben die Finanzierung auf die Beine gestellt. Die Schleuder fährt nicht immer pünktlich, aber in der Stoßzeit schneller als der Straßenverkehr, den man auf beiden Seiten im Stau stehen sieht, während das Züglein auf dem Mittelstreifen dahinrattert. Die Endhaltestelle der Linie ist ein unterirdischer Bahnhof, eine riesige freitragende Halle mit einem Bogengewölbe wie ein Münster und diversen Glassteinfenstern, die von hinten angestrahlt werden, um Tageslicht vorzutäuschen.
Ich kam dort an, schleppte meinen Koffer und stritt im Geiste immer noch mit Brushy, leugnete meine Schuld und erklärte immer wieder, das habe sie sich selbst zuzuschreiben: Opfer gibt's nicht. Ich hatte erst ein paar Schritte zurückgelegt, als ich am Ende des Bahnsteigs Schweinsäuglein erblickte. Ich hatte intensive und beklemmende Visionen gehabt, wie Gino Jake verhaftete, ihm die Fingerabdrücke abnahm und ihn in die Sammelzelle im Präsidium sperrte, wo die Zuhälter dem Chefsyndikus in null Komma nichts die Rolex abschnallen würden, ohne auch nur danke schön zu sagen, und wiegte mich deswegen kurz in der Hoffnung, es sei ein Gespenst. Doch es war Gino. In schmuddeligem Trenchcoat und Cowboystiefeln lehnte er an einer Säule, pulte mit dem Fin-

gernagel in den Zähnen und musterte die Passagiere, die aus den Waggons ausstiegen. Kein Zweifel, nach wem er Ausschau hielt, aber ich hatte keine große Wahl, wohin ich sollte. Er hatte mich inzwischen gesehen, und es würde noch fünf Minuten dauern, bis der Zug in die Stadt zurückfuhr. Also ging ich weiter. Es war heller Tag, aber ich kam mir vor wie im Traum und ging auf diesen gefährlichen Unbekannten zu. Jetzt hatte er mich, und mein Puls schlug plötzlich in Zeitlupe. Während er mich näher kommen sah, blieben Ginos schwarze Knopfaugen ruhig, sein breites Grinsen wirkte festentschlossen. Er war darauf eingestellt, hinter mir her zu rennen, womöglich zu schießen. Ich hielt rasch nach Dewey Ausschau, aber es sah so aus, als sei Schweinsäuglein heute abend zum Alleinflug gestartet.

»Was für ein reizender Zufall«, sprach ich ihn an.

»Ja«, sagte er, »so was. Deine Freundin hat mich angerufen. Sagte, ich soll dich abfangen.« Schweinsäuglein lächelte falsch, ohne die Zähne zu zeigen. »Ich glaub, die ist scharf auf mich.«

»Tatsächlich?«

»Klar.« Er war nicht annähernd so groß wie ich, aber er rückte mir trotzdem auf die Pelle. Kam mit seinem Gesicht, seinem Mund- und Körpergeruch dicht an mich heran. Er kaute Kaugummi. Mir wurde in diesem Moment einiges klar. Ich war bei Brushy schwach geworden. Ich hatte gemeint, sie kaufe mir das alles ab, das mit der Vertraulichkeit zwischen Anwalt und Mandant, daß ich mein Geheimnis für mich behalten und sie nichts verraten dürfe. Sie hätte mir bestimmt hundert Gründe anführen können, warum das Anwaltsgeheimnis in diesem Fall nicht galt; ich selber hätte wohl fünfzig nennen können. Aber ich hatte nicht geglaubt, daß sie mich verkaufen würde. Sie war immer härter und schneller, als ich dachte.

»Was hat sie gesagt?« fragte ich.

»Nicht viel. Ich hab dir's schon gesagt. Wir haben über dich geredet.«

»Wie gut ich im Bett bin?«

»Ich erinnere mich nicht, daß das erwähnt wurde.« Schweinsäuglein setzte wieder sein falsches Lächeln auf. »Wo willst du hin?«
»Nach Miami.«
»Wozu?«
»Geschäftlich.«
»Ach ja? Darf ich mal in dein Köfferchen gucken?«
»Ich denke nein.« Er hatte die Hand auf den Koffer gelegt, und ich packte ihn fester.
»Ich glaube, da ist vielleicht 'n Sparbuch drin. Ich glaube, du hast einen Anschlußflug nach Pico oder sonst wohin. Ich glaube, du willst grade die Flatter machen.«
Er trat noch einen Schritt näher, was physisch kaum möglich schien.
»Langsam, Schweinsäuglein. Du könntest dir was einfangen.«
»Dich«, sagte er. Er machte den Mund auf und versuchte zu rülpsen. Er stand jetzt auf meinen Zehen, so daß ich hinfallen mußte, wenn ich mich rührte. Wenn ich ihn schubste, würde er weiß Gott was anfangen. »Ich hab's gewußt, daß ich wenigstens einen Hemdzipfel von dir schnappe. Da ersucht mich einer, das zu regeln, die ganze Kiste, und ich sage mir, vielleicht läuft dir dein alter Freund Mack übern Weg.«
Das glaubte ich sofort. Schweinsäuglein war immer hinter mir her, und ich hielt immer Ausschau nach ihm. Eine unverrückbare Tatsache. Eine unwiderstehliche Kraft. In jenem Moment, der schlimmer als Sterben ist, bei jenem flammenden Schrecken, der mich aus dem Schlaf reißt, wird immer Schweinsäuglein dasein. Wie sollen wir uns das erklären? Wieder wälzte ich in meinem Verstand diesen sattsam bekannten Gedanken: Zufälle gibt's keine, Opfer gibt's nicht. Und dann – nur Gott weiß, warum – ging mir ein letztes Licht auf. Damit war alles in Butter. Das war mir sofort klar.
»Ich glaube«, sagte Schweinsäuglein, der meinen angestrengten Gesichtsausdruck sah, »du hast dir grad in die Socken gepillert. Ich glaube, wenn du jetzt mitkommst, wird es in deinen Schuhen beim Gehen quatschen.«
»Glaub ich nicht.«

»Aber ich.«
»Nein, ich weiß da genau Bescheid.«
»Denkste.«
»Ich weiß alles. Du hast schon immer zuviel gequatscht, Gino. Besonders mir gegenüber. Bist nicht damit fertig geworden, daß ich dir schon wieder einen unter die Weste juble, was? Konntest nicht widerstehen, aufzutrumpfen, als ich heut nachmittag anrief, um dir das mit Jake zu stecken.«
Seine Gürtelschnalle war immer noch unter meinem Bauch, seine Nase zwei Zentimeter von meiner entfernt. Aber eine gewisse Vorsicht war jetzt zu spüren. Schweinsäuglein, schon einmal böse gebissen, hatte einen Heidenrespekt vor mir, so verblüffend das auch sein mochte.
»Nach alldem, was ich wissen soll«, sagte ich, »konnte ich mir eins nicht erklären: Warum hast du mich nie verhaftet, mir nicht mal die Vorladung zugestellt? Du mußt mich für blind und taub gehalten haben. Du sagst, du hättest gleich gewußt, daß ich dich mit dieser Geschichte von Archie und Bert neulich nachmittags verkohlt habe, hast aber Bert trotzdem nicht angerührt. Warum? Warum hab ich's nicht eher erkannt? Du bist zurückgepfiffen worden. Wer dich am Anfang geheuert hat, hat dich wieder gefeuert. Der Pate, oder sonstwer. Was haben sie gegen dich in der Hand, Schweinsäuglein? Glücksspiel? Rauschgift? Hast du dir einen zuviel in die Nase hinaufgeschoben? Oder machst du's für einen der alten Kumpel aus dem Viertel? Aber du warst derjenige, richtig? Du hast Archie dazu bringen sollen, seinen Kontaktmann preiszugeben. Und dem Kontaktmann solltest du Dankbarkeit einflößen, daß er am Leben gelassen wurde, und dafür sollte er für ein paar undankbare Kerle Basketballspiele schieben. Du bist es gewesen.«
Jetzt hatte ich seine volle Aufmerksamkeit.
»Warum bin ich bloß nicht eher draufgekommen? Ich hätte es schon merken müssen, als du gesagt hast, du verfolgst die Einkäufe mit Kams Kreditkarte. Lieber Gott, wie zum Kuckuck bist du an die Karte gekommen? Ich weiß, wo ich meine gefunden habe. Und der Umschlag war offen. Auf der Post

am Boden waren Sohlenabdrücke. Du bist vor mir dort gewesen, Gino. Bei Bert. Und nicht zum erstenmal. Beim erstenmal, Schweinsäuglein, habt ihr nämlich Archie im Kühlschrank verstaut. Du wolltest Bert so erschrecken, daß er ausspuckt, was du wissen wolltest. Erfolgreicher Anwalt? Mir doch egal, wem der Hals aufgeschlitzt wird! An die Polizei hat Bert sich nicht wenden können, weil er ihre peinlichen Fragen nicht beantworten konnte. Er würde nicht das Geld opfern wollen, den ganzen Zaster, indem er den Bullen gesteht, wie er landesweit Sportergebnisse geschoben hat. Aber schwach werden, wenn er die Leiche sah. Sich dir ausliefern. Ins Telefon flennen, um sein Leben betteln. Und dir sagen, wo du diesen verdammten Kam Roberts suchen mußt, den Archie ständig erwähnt hat. Bert würde sich sogar selber drum kümmern müssen, Archie irgendwo abzuladen. Unwahrscheinlich, daß er abhauen würde – wo er doch bloß einen Namen zu nennen brauchte. Aber er war nicht mehr da, als du anriefst.«

Schweinsäugleins schwarze Augen schienen noch tiefer in die Höhlen zu sinken. So schlau wie ich war er nicht. Das hatte er schon immer gewußt.

»Das war also Besuch Nummer zwei bei Bert, ja? Nachsehen, wo er abgeblieben war. Und da hast du die Kreditkarte mitgehen lassen. Und beschlossen, dir die Vermißtensache untern Nagel zu reißen. Auf die Art seid ihr die einzigen Bullen geblieben, die nach Archie gefahndet haben. Du hast die Vermißtenabteilung veranlaßt, den Fall ans Betrugsdezernat abzugeben – diese Kerle sind immer froh, wenn sie was loswerden –, und dann hast du im Russischen Bad rumgeschnüffelt, um eine heiße Spur zu finden. Wenn die Kerle nicht Scheiße bauen würden, Gino, würden sie nie erwischt. Warum hast du die Leiche nicht aus Berts Wohnung geschafft, solange du Gelegenheit dazu hattest? Was war das Problem? War die Nachbarin oben unter der Woche zu Hause? Hattest du nicht genug Hilfe? Aber als du mich mit der Kreditkarte da draußen im ›University Inn‹ erwischt hast, mußt du gewußt haben, wo ich gewesen war. Und was ich gesehen hatte. Ich meine, Gino, wer hat mir denn beigebracht, als erstes in den Kühlschrank zu gucken? Aber der Blindvogel Malloy liefert dir die perfekte Ausrede, noch mal hinzugehen. Und diesmal mit einem Durchsuchungsbefehl. Deswegen ist die Leiche dann verschwunden, ja? Bevor ich der Mordkommission was stecken konnte. Deswegen hatten wir unsere Szene in dem Observierungswagen. Damit du und Dewey mich vor einem glaubwürdigen Zeugen mit der Aussage dokumentieren konntet, ich hätte in Berts Wohnung nie was Interessantes gesehen. Ich meine, lieber Gott, war ich blöd oder was? Warum war's dir so wichtig, daß ich das aussage? Und das ist auch der Grund, weshalb du mich wegen dieser ganzen Hühnerscheiße nicht einbuchten wolltest, was du durchaus gekonnt hättest. Lohnte sich nicht. Ich wär nach 'ner Stunde wieder draußen gewesen, warum also das Risiko eingehen, daß ich mir's überlege und jemand von der Mordkommission was von der Leiche stecke, die ich gesehen habe?«

Irgendwann während dieser Rede war er von meinen Zehen heruntergestiegen. Hätten wir diese Erörterung nachts auf einsamer Straße gehabt, hätte er mich umgelegt. Aber wir standen in der Bahnhaltestelle unter dem Flughafen, und es herrschte ein ständiges Kommen und Gehen von Reisenden mit schweren Koffern und Kleidertaschen auf dem Bahnsteig, die sich nach uns umsahen, um sich dran aufzugeilen, weil's hier gleich handgreiflich würde. Schweinsäuglein war absolut nicht glücklich.

»Erzähl mir doch, Schweinsäuglein, daß du gar nicht vorgehabt hast, Archie zu ermorden! Erzähl mir doch, daß dir einfach der Gaul durchgegangen ist, als Archie Kams wirklichen Namen nicht nennen wollte.«

Ich zog ihm den Koffer unter der Hand weg.

»Was zahlen sie dir für einen Job wie den? Fünfzig? Fünfundsiebzig Riesen? Du richtest dich auf die Pensionierung ein? Ist es das? Soviel verdien ich in ein paar Wochen allein schon an Zinsen.« Zur Bekräftigung tippte ich ihm direkt aufs Herz und berührte dabei mit den Fingerspitzen jenes dreckige

Strickhemd, das er schon seit Tagen trug. Beide wußten wir, daß ich ihn hatte.
»Also verhafte mich doch!« sagte ich. »Fürchtest du, ich kann für mich Straffreiheit rausholen, wenn ich denen einen Lohnkiller nenne, der mit 'ner Polizeimarke rumläuft?«
Er gab keine Antwort. Er hatte die gleiche Lehre absolviert wie Toots.
»Der Kerl von früher, mit dem ich rumgefahren bin«, fuhr ich fort, »mein ehemaliger Kollege, der war nicht so übel. Hat fünfe gerade sein lassen, ein paar Dinger gedreht. Aber er hat keine Menschen für Geld gefoltert. Oder für Dope.«
Ich nahm meinen Koffer und nickte ihm zu.
Dabei kam mir beiläufig eine Erkenntnis. Wenn du Schweinsäuglein Wahrheitsserum spritzen würdest, würde er erklären, daß an allem zum Teil ich schuld sei. Vor Jahren hätte ich ihm seinen guten Namen genommen. Und dabei auch noch getrickst. Die Nachbarn, seine Mutter, die Kirchengemeinde – sie hätten von da an gewußt, was für einer er war. Er habe nicht mehr so tun können, als ob. Sie hätten ihn plötzlich so gesehen, wie er sich selbst. Ich sagte es ihm laut ins Gesicht, hier in aller Öffentlichkeit.
»Du bist ein krummer Hund«, sagte ich.
Du weißt schon, wie er reagierte: *Fan-gul! Fan-gul!* »Und das sagst du?«
»Wie du willst, Gino. Sind wir halt beide krumme Hunde.«
Ich meinte das nicht so. So tief wie er war ich nicht gesunken, nicht in meiner Vorstellung. Wir waren zwei verschiedene Typen, verkörperten zwei verschiedene Traditionen. Schweinsäuglein war wie Pagnucci – wirklich hart, echt gemein, zu Mut und Grausamkeit fähig. Einer von diesen Männern, für die immer Krieg herrscht, in dem man tut, was man muß. Ich stand in der zweiten Reihe der Diebe – bei den Betrügern. Aber jeder von uns beiden, Gino und ich, waren ganz unten angelangt; und da erkannte ich, daß es in allen Alpträumen genau darum geht: Ich bin er und er ist ich, und in den dunklen Gefühlen der Nacht gibt es keinen wahrnehmbaren Unterschied zwischen Wunsch und Angst. So ließ ich ihn also

stehen, auf dem Bahnsteig. Ich blickte einmal zurück, nur um mich zu vergewissern, daß er es voll in sich aufnahm, mich laufenlassen zu müssen. Ich hab mein Flugzeug nach Miami erreicht und auch den Anschluß nach Cuidad Luan. Ich sitze hier in der ersten Klasse und erzähle dem Diktiergerät das Ende meiner Geschichte, flüsternd, damit meine Stimme im Dröhnen der Maschine untergeht.
Wenn ich aussteige, gehen diese Bänder, jedes einzelne, an Martin. Ich schicke sie per Federal Exzess. Dann werde ich stockbesoffen sein. Eben jetzt tanzen auf dem Klapptisch vor mir mit der Vibration des Flugzeugs vier kleine Flachmänner, direkt vom Getränkewagen der Stewardeß. Die süße bernsteinfarbene Flüssigkeit gluckert im Hals jeder Flasche, so daß ich sie fast in meinem spüren kann. Ich werde den Rest meines Lebens besoffen sein, das gelobe ich. Ich werde reisen; werd mich sonnen. Ich werde mich ausgedehntem Nichtstun überlassen. Ich werde darüber nachdenken, wie sicher ich gewesen war, daß dieser Schachzug mich in Ekstase versetzen würde, und wie ich in diesem Gemütszustand die Anständigen nicht von den Krummen, die bloß Durchschnittlichen nicht mehr von den durchschnittlich Ekelhaften unterscheiden konnte.
Jetzt, da ich fertig bin, glaube ich, daß ich diese ganze Chose nur für mich erzählt habe. Nicht für Martin, Wash oder Carl. Und auch nicht für den Menschen per se. Auch nicht für Elaine dort oben. Vielleicht wollte ich mich mit mir selber unterhalten. Mit einem erhabeneren, besseren Ich, wie es Plato beschrieben hat, einem freundlicheren, sanfteren Mack, der klarer denken und tiefer verstehen kann. Vielleicht wollte ich noch einen dieser vergeblichen Versuche machen, mich selber oder mein Leben zu ergründen. Oder alles auf eine Art, die nicht so zwiespältig oder langweilig ist, erzählen, mich mit schärferem Verstand und deutlicheren Motiven erinnern. Ich weiß, was passiert ist – soweit mich das Gedächtnis nicht im Stich läßt. Aber da sind immer Filmrisse. Wie ich von da nach da gelangt bin. Warum ich was Bestimmtes in einem bestimmten Moment getan habe. Ich bin ein Typ, der

sehr viele Vormittage damit verbracht hat, sich zu fragen, was am Abend vorher eigentlich gewesen ist. Die Vergangenheit versinkt so schnell. Es bleiben nur ein paar Augenblicke im Rampenlicht. Ein paar Momentaufnahmen von einem Film. Vielleicht erzähle ich das alles, weil ich weiß, daß dies das einzige neue Leben ist, das ich kriege, weil ich weiß, daß das Erzählen die einzige Möglichkeit ist, mit der ich mich wirklich neu erfinden kann. Und hier bin ich der Mann, der nicht bloß die Worte beherrscht, sondern mit ihnen auch die Ereignisse, über die sie berichten. Der höhere, bessere Mack. Erhaben über Zeit und Vergangenheit, ein ernsterer, ehrlicherer, wissenderer Kerl als der geheimnisvolle Typ, der sich immer von einer Katastrophe gerade rechtzeitig erholt hat, um in die nächste zu fallen, dieses unbegreifliche Wesen, das mir von Fensterscheiben und Spiegeln entgegenblickt und das die meisten ernsthaften Dinge in seinem Leben mit Verachtung gestraft hat.

Dennoch habe ich das letzte Wort gehabt. Ich nehme die Schuld auf mich, wo es angemessen ist, und ansonsten heißt es abwägen. Ich mache nicht den Fehler, das für eine Ausrede zu halten. Ich spüre Bedauern, geb ich zu, aber wem geht es anders? Trotzdem hab ich Mist gebaut. Auf der ganzen Linie. Es gibt nur Opfer.

Dank

Mein besonderer Dank gilt allen Freunden, die sich mit einer ersten Fassung dieses Buches behelligen ließen: Barry Berk, Colleen Berk, David Bookhout, Richard Marcus, Vivian Marcus, Art Morganstein, Howard Rigsby, Teri Talan – und meinen beständigen Leuchtfeuern Annette Turow und Gail B. Hochman, der besten Literaturagentin der Welt.